MEKTOUB...
LE BADGE

ELIZABETH BERARDI

Photo couverture autorisée par le photographe: Bayrem Ben M'rad
Design de couverture & formatage intérieur: Rodolfo Samson

Social Sparkle & Shine est un éditeur de légendes et de contes, reconnu pour placer des auteurs accomplis sous les feux de la rampe, avec des éditions de livres de qualité artisanale, reconnu également pour son leadership éclairé sur les canaux médiatiques (publicité stratégique), ainsi que pour ses services de consultation "Fairy Godmother" afin de créer pour ses auteurs l'impact et les retombées de leurs oeuvres tels qu'ils les imaginaient. Pour obtenir une évaluation gratuite de votre potentiel d'édition et de celui de votre best-seller, envoyez un courrier électronique à Debbie Horovitch à l'adresse debbie.horovitch@gmail.com. Visitez notre site Web www.DebbieHorovitch.com

Données de catalogage avant publication de Bibliothèques et Archives Canada:
ISBN-13: 978-1-77316-026-9
ISBN-13: 978-1-77316-027-6 (ebk.)

Publié au Canada
PREMIÈRE ÉDITION

REMERCIEMENTS

Un immense merci à mon merveilleux fils Igor et à mon adorable belle-fille Maude qui ont cru en moi dès le début, à mon ami et complice Karim Bagdad, propriétaire du Centre d'Affaires du Plateau Mont-Royal qui m'a laissé squatter son bureau et utiliser son ordi chaque fois que le mien était en panne, et qui m'a toujours encouragée dans ce projet, à mon amie et soeur Berbère Fatima-Zahra Amensag, à mon ami Simon Thomas, le chevalier sur qui je peux toujours compter, même pour traverser les ponts en voiture et se retrouver inopinément dans un wagon de métro, à (Reini) Reinhard Linder à qui j'ai parlé si souvent de mon livre et qui par-delà l'océan m'a écoutée et conseillée depuis sa lointaine Autriche, et Papa Ciré Diop qui m'a apporté son support. Un merci tout particulier à mon meilleur ami Sid Kullar qui m'a inspiré le personnage de Sy, en tous points conforme à son original. Merci aussi au Dr. Bak Nguyen, fondateur de la clinique dentaire Mdex et écrivain lui-même, pour ses conseils avisés. Merci également à mon ami de longue date Remi Kalacyan, propriétaire de VIP Investigations Inc., l'une des trois meilleures agences de détectives au Canada, et qui m'a enseigné les trucs, techniques et règlements de sa profession, et à Debbie Horovitch mon éditrice, ma marraine-fée qui m'a guidée, conseillée et épaulée tout au long de cette aventure passionnante.

Moitié Française, moitié Slovène, avec des racines Italiennes, Elizabeth Berardi a immigré au Canada depuis plusieurs années et s'est installée à Montréal après avoir vécu dans de nombreux pays d'Afrique et d'Europe. Elle a étudié en France, au Gabon, au Maroc et en Allemagne et a obtenu des certificats universitaires en langue anglaise et allemande pour devenir interprète. Mektoub (le Destin) en a décidé autrement, elle a occupé des postes exécutifs en administration, en ventes et en marketing, tout en s'adonnant à ses passions dans ses temps libres: le karaté et l'écriture. Mektoub…. Le Badge est son premier roman.

CHAPITRE 1

Une idée géniale çà! m'écriai-je en jetant sur mon divan le bouquin que je venais de terminer.

Quelques heures plus tôt, j'avais envoyé mon vingt millième cv en quatre ans après avoir été licenciée sans tambour ni trompettes. L'assurance chômage appelle çà compression de personnel. Moi j'appelle çà dégage, on a trouvé quelqu'un d'autre moins cher. Écœurée, déprimée, j'en voulais à l'univers tout entier et je balançais entre l'envie de flamber mes dernières cartes de crédit pour aller visiter l'Écosse, ou carrément me recycler.

Je m'appelle Zika Diriva. J'étais adjointe de direction mais les employeurs n'ayant pas l'air de se précipiter à ma porte, j'avais envisagé d'autres options comme femme de ménage, cuisinière, ou chauffeur de maître. Sûrement moins stressant que mon boulot habituel ! Fini les heures interminables devant un ordi insipide et bye les sautes d'humeur de patrons grincheux qui piquaient une crise prémenstruelle quand le travail du lendemain n'avait pas été fini la veille.

J'en avais parlé à mon petit ami Riad qui avait éclaté de rire.

- Femme de ménage, toi ? Quand tu te décides à sortir l'aspirateur du placard on dirait que tu as envie de lui taper dessus. Chauffeur de maître, humm… ouais, à condition que le maître en question trimbale un défibrillateur avec lui. Quant à la cuisine… le reste de sa phrase se perdit dans son rire tonitruant.

Bon d'accord, quand je prépare à manger je commets parfois des petites erreurs qui tournent à la catastrophe nationale, mais çà faisait bien deux mois que les pompiers n'avaient pas débarqué chez moi. Et quoiqu'en dise Riad, je conduisais bien, peut-être excessivement vite, mais bien.

Non, là c'était autre chose, je le sentais. Le polar que je venais de dévorer m'ouvrait de nouveaux horizons. Détective, voilà ce que je voulais être ! Je n'avais suivi aucune formation appropriée mais si on s'arrête à des détails on n'en sortira pas. Depuis mon adolescence je dévorais romans policiers et livres d'espionnage aussi j'avais déjà une bonne base. Ce qui me chiffonnait un peu c'est que je ne savais pas me servir d'un flingue. Je n'en avais même jamais vu un en vrai d'ailleurs mais bon, je pourrais m'inscrire dans un club de tir. Entretemps ma ceinture marron de karaté ferait l'affaire.

A cinquante ans, on devrait être plus équilibrée dans le choix de ses activités professionnelles, mais j'étais née sous le signe des Poissons. J'en connais qui lèveraient les yeux au ciel mais c'est comme ça. Ceux qui sont venus au monde avec des nageoires sont différents des autres. D'abord ils n'agissent jamais comme le commun des mortels, mais surtout, dès qu'ils ont une idée en tête il faut qu'ils l'appliquent illico.

Je cogitai sur ma nouvelle lubie pendant une trentaine de secondes, après quoi je sautai sur l'annuaire des pages jaunes. Mon regard fébrile parcourait la section consacrée aux agences de détectives privés et je relevai les coordonnées d'une dizaine d'entre elles. Je ne savais pas si c'était les meilleures mais c'était celles qui étaient écrites en plus gros caractères.

Mon lunch avalé, je me mis en route bien décidée à revenir avec un contrat de travail et un badge de super détective avant la fin de la journée.

Tenace, déterminée, j'ignorai les regards stupéfaits et les bouches arrondies de mes interlocuteurs, mais lorsque la secrétaire de la sixième agence me demanda si c'était pour la caméra invisible, je battis en retraite me promettant de revoir mes méthodes d'approche.

En cet après-midi de fin septembre, un temps chaud et humide collait aux humains comme une maladie honteuse. Montréal était aux prises avec l'été indien. Les gens en manches courtes et vestons légers profitaient d'un sursaut de chaleur avant les tempêtes de neige et autres joyeusetés hivernales des six prochains mois.

Assise dans ma voiture, je dégustai un Bounty histoire de ranimer un moral défaillant tout en regardant pensivement l'entrée de l'agence IES (Investigations & Enquêtes Spéciales) que je venais de quitter. C'est vrai mon cv prouvait que je n'avais aucune expérience en la matière mais quoi, il faut un début à tout non ? Je creusai farouchement mes méninges survoltées quand je LE vis sortir de l'agence.

Grand, assez mince, épaules carrées, début trentaine, teint mat et cheveux noirs, une barbe de trois jours sexy, il portait avec une élégance négligée un jean et une chemise bleu clair sous une veste bleu marine.

Il aurait attiré le regard de toute femme normalement constituée mais ce qui avait accroché le mien c'était son attitude. Il ne marchait pas, ne bougeait pas, et se tenait simplement au bord du trottoir. Malgré la lumière verte pour les piétons, il ne se décidait pas à traverser la rue grouillante de monde de ce quartier d'affaires du centre-ville. Ses lèvres remuèrent et je crus qu'il parlait tout seul lorsque je vis un éclair métallique sur son oreille gauche.

La foule allait et venait près de lui sur le boulevard René-Lévesque à proximité du Centre Bell sans qu'il s'en soucie. Certains le bousculaient, les femmes lui jetaient un regard appuyé en passant près de lui sans réaction de sa part.

Un jogger, pantalon de course et t-shirt blanc, s'amenait en courant sur le trottoir lorsqu'il fut happé par l'homme. Sidérée, je vis celui-ci le pousser violemment contre le mur d'un restaurant en l'apostrophant vivement avant de prendre la fuite. Mes yeux allaient du jogger hébété à l'homme qui s'éloignait rapidement.

Sans réfléchir je démarrai en trombe, manquant renverser un cycliste qui se retourna majeur en l'air.

- Tu ne peux pas regarder où tu vas, hé tordue ?
- Dégage champion, pas le temps de draguer ! répliquai-je

L'homme héla un taxi alors qu'il atteignait la rue Drummond. Les idées se bousculaient dans ma tête. Quelle mouche avait piqué ce type ? Faisait-il partie d'une secte anti-joggers ? A la limite je pouvais comprendre, car je tire toujours des plans grandioses de remise en forme, mais je ne les mets jamais à exécution. Pour tout dire, courir sans but n'a jamais occupé une place privilégiée dans mes loisirs.

L'homme jetait de fréquents coups d'œil par la lunette arrière du taxi, mais impossible de savoir s'il m'avait repérée. L'un suivant l'autre, nous remontâmes les rues Drummond, puis Sherbrooke en direction de Westmount, quartier huppé de Montréal, jusqu'à une immense villa devant laquelle le taxi s'arrêta. Je le dépassai et atterris dans un cul-de-sac !

Il m'observait à présent, je jouai alors le tout pour le tout et me garai devant la première villa. L'air détendu, je sonnai à la porte espérant qu'il y ait quelqu'un.

3

Un Gremlin se tenait devant moi. Du moins c'est ce que je crus. Un maître d'hôtel âgé pourvu d'oreilles gigantesques, le visage sillonné de rides, me fixait de ses gros yeux globuleux. Un courant d'air soulevait ses dix-neuf derniers cheveux blancs.

- Vous désirez ?

Ne voulant pas m'éterniser sur le seuil, je le repoussai délicatement à l'intérieur.

- Je voudrais voir Anna, dis-je sortant le premier prénom qui me venait à l'esprit.

- Vous faites erreur il n'y a pas d'Anna ici.

- Comment ?

- Je vous répète que vous faites erreur…

Surveillant la rue par les carreaux du hall d'entrée, je vis l'homme s'éloigner vers Le Boulevard.

- J'ai dû me tromper excusez-moi, le coupai-je en ouvrant la porte.

Lui adressant un signe de la main je descendis doucement l'escalier principal en me cachant derrière les hautes plantes qui bordaient les marches. Je me retournai. Le Gremlin m'observait, complètement siphonné.

L'homme avait une centaine de mètres d'avance sur moi et je ne savais pas quoi faire. Sur Le Boulevard, artère résidentielle longée des deux côtés de villas luxueuses ceinturées de pelouses rasées comme des moquettes, rouler au pas c'était attirer l'attention à coup sûr mais je n'avais pas le choix. Je venais tout juste d'attacher ma ceinture de sécurité quand il emprunta l'allée menant à une grande maison en pierres grises. Une sorte de gorille lui ouvrit la porte, scruta les alentours quelques secondes et s'engouffra à l'intérieur derrière ma proie.

J'allumai une cigarette. Toujours dans mon rôle de super détective et avec l'aide indéfectible de mon imagination galopante, j'échafaudai toutes sortes d'hypothèses. Un règlement de comptes, des trafiquants, des espions peut-être…. me dis-je le cœur battant. La sonnerie de mon portable m'arracha à mes élucubrations. C'était Riad.

- Salut trésor, qu'est ce que tu fais de beau ?

- Je suis dans ma voiture, en train de suivre un mec depuis une heure.

- Tu te fous de moi ??

- Il a harponné un jogger dans la rue tout à l'heure et je l'ai pris en filature depuis.

- Bon Dieu dans quelle connerie tu t'es encore embarquée ? Laisse tomber, viens dîner chez moi, tu m'expliqueras.

- Si tu veux, mais je ne sais pas à quelle... zut ! le voilà qui ressort, à plus tard !

Une Mercedes S600 noir métallisé sortait du garage jouxtant la maison. L'homme était assis côté passager. Mon portable sonna de nouveau. Encore Riad !

- Il faut que je suive sa bagnole, dis-je avant de raccrocher.

Personne n'est plus têtu que Riad aussi je fermai mon téléphone. La voiture de l'homme glissa silencieusement direction centre-ville, s'arrêta devant un immeuble blanc sur la rue Crescent, le déposa, et repartit aussitôt.

Je stoppai un peu en retrait, fis un créneau savant, et attendis. Attendis quoi ? je ne le savais pas moi-même. Pour passer le temps, je regardai la foule agglutinée à un bar terrasse, comme des mouches sur une tartine de m...iel. Riad et moi y étions venus de temps en temps prendre un verre ou une bouchée. Mes pensées dévièrent sur lui.

On a le même âge et exactement la même taille… pieds-nus. Dès que je mets des talons je l'oblige à se tenir droit et j'enfonce ma tête au max dans mon cou. Déjà ado, je trimbalais un méga complexe avec mes jambes de girafe et visiblement j'en garde encore des séquelles. Riad avait un teint hâlé même en hiver, une silhouette d'ado et un ventre plat qui me rendait malade de jalousie. Il mangeait tout ce qu'il voulait, ne s'entraînait jamais, mais il avait une tablette quand même !!

Je l'aimais, du moins je le croyais, et j'étais presque sûre qu'il m'aimait aussi mais il me rendait dingue, mettant un point d'honneur à ne pas dévoiler ses sentiments. Il prétendait que cela le rendait vulnérable. Je veux bien, sauf que je passais ma vie à me demander ce qu'il y avait dans sa tête de pioche. Il faut dire qu'il était né sous le signe de la Vierge, ce qui veut dire que plus hermétique que çà, tu meurs ! Entre deux disputes je lui avais dit qu'un jour j'ouvrirai son crâne à coups de marteau histoire de voir ce qu'il y avait là-dedans. Paroles en l'air bien sûr, n'empêche que les trois nuits suivantes il avait attendu que je m'endorme avant d'en faire autant !

Mon œil glissait du bar terrasse à l'immeuble, pendant que j'essayais de trouver la réponse à la question que je me posais depuis des mois, pour ne pas dire des années. Par quelle aberration mentale m'obstinais-je à aimer Riad ? Avec lui c'était un pas en avant, deux pas en arrière, ce qui n'est pas ce qu'on fait de mieux pour progresser. Périodes tendresses et confidences suivies de hop je retourne dans ma coquille. Foutue manie qui m'avait donné l'envie de le quitter des centaines de fois. On avait fini par s'apprivoiser mutuellement, savourant les moments heureux entre deux crises d'identité, de jalousie ou d'incompréhension, il faut dire qu'entre nous le choix était vaste.

J'avais essayé le truc de la feuille blanche, trait au milieu, avec ses qualités d'un côté et ses défauts de l'autre, ce qui m'avait tenue en haleine toute une soirée pour rien. Je n'avais ni confetti pour y noter les *pour* ni assez de feuilles pour énumérer les *contre* et pourtant nous étions encore ensemble. *Mektoub*, le destin farceur !

Je continuai à ressasser nos bons et nos mauvais moments lorsque l'homme sortit d'un pas pressé de l'immeuble situé à une trentaine de mètres de ma planque. Il regarda des deux côtés et longea le trottoir en direction opposée. Je comptai jusqu'à cinq pour lui laisser du champ avant de tourner la clé de contact. A la troisième tentative mon Elantra accepta de partir. Je roulai lentement clim allumée, un œil sur l'homme et l'autre sur la circulation. Juste avant la rue Ste-Catherine il ralentit et je fis mine de chercher une place de parking. Il s'engouffra dans un des nombreux bars du quartier communément appelé la boucherie par les machos qui peuvent y trouver ce qu'ils appellent de la viande en échange d'une bière ou deux.

Manque de chance, j'avais laissé une super place pour rouler moins de cent mètres et évidemment pas d'autre stationnement en vue. En désespoir de cause je plantai ma tondeuse devant l'entrée d'une ruelle et pris l'air affairé, espérant que les policiers du coin soient occupés ailleurs. Je traversai la rue et commençai à reluquer la vitrine de la boutique jouxtant le bar.

Au bout de dix minutes une conjonctivite menaçait mon œil gauche. Excédée, je tirai la langue à la vendeuse qui me fixait de l'intérieur sans bouger, comme une chouette empaillée. Dans le reflet de la vitre je vis un mini-van blanc s'apprêtant à sortir de la ruelle. Si je bougeais ma voiture l'homme pouvait sortir pendant ce temps-là et s'éloigner. Qu'est-ce qu'il foutait là-dedans à la fin ? Le mini-van commença à klaxonner.

J'allais pousser la porte du bar quand celle-ci sembla venir à moi. Je vis la veste bleu marine et avant même de lever les yeux je sus que c'était lui. Mes clés de voiture glissèrent de mes doigts. Courtois, l'homme se pencha pour les ramasser en même temps que moi si bien que nos fronts firent brutalement connaissance. Fâchée de ma maladresse, j'allais filer avec un vague merci quand la camionnette recommença son vacarme.

Le conducteur sortit la tête par la vitre et vociféra. La foule s'attroupait. Une voix cria :

- M'dame…. Hé M'dame ! C'est votre voiture.

Je me retournai lentement, espérant que l'homme allait partir mais je n'eus pas cette chance. Il me prit par le coude.

- Laissez-moi voir votre front j'ai dû vous faire mal.

- Non, non, laissez tomber ce n'est rien !

Le plantant là, je courus vers mon auto et m'y engouffrai plus que je n'y montai, énervée et mécontente de moi. Au moment de déboîter, je jetai un coup d'œil de l'autre côté de la rue et manquai lâcher le volant. Il me fixait. Avec un vague sourire gêné à mon *percuteur* je me glissai dans la file de voitures. Je n'osai pas regarder dans le rétroviseur mais j'aurais pu jurer que son regard me suivait.

Je fis le tour du pâté de maisons en me distribuant mentalement une dizaine de coups de pied aux fesses. Je ne savais toujours pas ce que ma cible était allée faire dans ce bar par contre en fait de filature discrète j'étais complètement grillée.

Revenant en vitesse sur Crescent planquée derrière un taxi en vadrouille, je passais les piétons au crible à la recherche de l'homme lorsque je l'aperçus à une vingtaine de mètres. Il leva le bras ce qui eut des conséquences inattendues. Le taxi stoppa et mon pied oublia d'appuyer sur la pédale du frein. Un choc sourd et un bruit de verres pilés attira tous les regards. Je voulais me faire toute petite derrière mon volant mais mon mètre soixante-quinze ne me permettait pas cette fantaisie. Le chauffeur jaillit comme un diable de son taxi, inspecta les dégâts et tapa sur ma vitre.

- V'savez-pas conduire ? Et mon pare-chocs tordu, hein ? Pas croyable ces bonnes femmes au volant ! meugla-t-il en prenant l'assistance à témoin.

J'avais une envie féroce de lui enfoncer mon portable dans le gosier pour le faire taire mais son presque client s'adressa au chauffeur.

- Calmez-vous, vous faites peur à la dame.

- Me calmer ? Vous en avez de bonnes ! Et mon pare-chocs…

Alors qu'il allait reprendre sa litanie, l'homme lui dit quelques mots à l'oreille en lui glissant des billets de banque dans la main. Le chauffeur porta deux doigts à son front en guise de salut et consentit à déguerpir.

J'allais en faire autant lorsque l'homme ouvrit ma portière côté passager et s'installa près de moi. Mon cerveau en ébullition ne parvenait pas à ordonner à ma bouche de dire quoi que ce soit. La seule idée qui me venait en tête, là tout de suite, c'était de chevaucher vers l'aéroport de Dorval et de prendre le premier vol pour les Galapagos !

- N'ayez pas peur, je ne vous veux aucun mal, mais me voilà sans taxi et pressé. Si vous pouvez me déposer à l'aéroport de Dorval, je vous dédommagerai, dit-il en déposant tranquillement deux billets de cent dollars sur mon tableau de bord.

- Vous partez aux Galapagos vous aussi ?
- Pardon ?
- Non, rien.

Mes yeux ne quittaient pas les billets de banque et mon cerveau me criait attention, danger ! Ma connerie proverbiale et mon instinct eux me soufflaient super vas-y, comme çà tu n'auras pas besoin de le filer pour le moment !

Tous ceux qui me connaissent vous le diront, j'écoute toujours mon instinct. Je pris donc le boulevard René-Lévesque pour rejoindre l'autoroute vers l'aéroport.

Cet homme me déconcertait et me troublait tout à la fois. Un mètre quatre-vingt à vue de nez, super sexy, des yeux noirs magnifiques et une virilité sauvage qu'adoucissait parfois un sourire hyper craquant. Ses traits et son léger accent me donnaient à penser qu'il était Arabe mais bon, depuis que j'étais avec mon copain Marocain j'avais tendance à voir des Arabes partout.

J'enclenchai le CD Crazy de Gnarls Barkley. *Oups, mauvaise idée çà !* Je n'ai jamais été foutue d'écouter cette musique sans frôler l'orgasme, alors avec ce genre de mec si près de moi…. Je sentis mes joues s'empourprer et enlevai vivement le CD, ce qui amena un léger sourire sur ses lèvres. Agacée, je mis une station de bulletins de nouvelles.

Il saisit un alphapage accroché à sa ceinture et lut le numéro sans qu'un muscle de son visage ne bouge. Il me fit signe de prendre la sortie avant celle de l'aéroport, me montrant du doigt une station service.

- Un coup de fil à passer, je n'en aurai pas pour longtemps !

Une cabine téléphonique vitrée jouxtait la porte d'entrée principale et je me garai à proximité. Il traversa le parking et entra dans la cabine. Je ne le voyais que de profil, alors qu'il jetait de temps à autre un coup d'œil vers moi. J'aurais bien voulu savoir ce qu'il disait mais je n'étais pas James Bond et n'avais pas de micro directionnel. Je sortis de la voiture, verrouillai les portières et me dirigeai vers la station, en proie à une envie subite de chocolat. En passant et en allongeant mes oreilles au maximum je pourrai peut-être saisir quelque chose.

J'atteignis la porte en même temps qu'une femme rondelette flanquée d'une petite fille qui sautillait autour d'elle.

- M'man, je peux avoir une glace ?…. Dis m'man tu m'achèteras une glace ?

Elle faisait plus de bruit qu'un troupeau de perruches en folie et m'empêchait d'entendre ce que disait l'homme. Bien ma veine, les quelques mots que je parvins à entendre étaient en arabe, mais en dehors du Darija[1] que je comprenais à force de fréquenter Riad, walou[2]. Je ressortis avec des Bounty et autres calories. Il m'attendait appuyé contre ma voiture.

Reprenant place à l'intérieur je lui tendis le sachet de friandises, après tout, pour deux cent dollars je pouvais bien sacrifier un de mes chocolats. Il refusa d'un signe de tête. Je repris le chemin de l'aéroport. Aux abords du terminal j'hésitai.

- Où dois-je vous déposer Monsieur… heu…
- Arrivées internationales, s'il vous plaît… vous pouvez m'appeler Seif.

C'est çà ouais ! Il avait une tête à s'appeler Seif comme moi à m'appeler La Fée Clochette, mais bon c'était son problème, pas vrai ?

Un flic faisait de grands signes pour régenter la circulation devant l'aéroport International Pierre-Elliott Trudeau. Taxis et voitures jouaient des coudes pour stationner le temps d'embarquer les nouveaux venus. Débouchant du parking intérieur une foule slalomait entre les véhicules pour se ruer vers les arrivées, impatiente de retrouver des proches. Alors que je ralentissais en bordure du trottoir, Seif sauta hors de l'auto.

- J'arrive tout de suite.

Il se dirigea vers le flic, lui dit quelques mots et revint à la voiture.

- Vous pouvez rester ici un moment je n'en ai pas pour très longtemps.

Sans me laisser le temps de répondre il entra dans le terminal à grands pas. La patience n'est pas la première de mes vertus aussi je commençai à fulminer. D'accord il m'avait payée pour le trajet mais je n'étais pas un chauffeur, et si je l'avais accompagné c'était avant tout pour le surveiller lui.

A travers les parois vitrées j'essayai de l'apercevoir mais il y avait trop de monde à l'intérieur. Pour rajouter à mon bonheur un bus s'arrêta en double file à ma hauteur pour me faire profiter de l'arôme subtil de son pot d'échappement. Le chauffeur, gros mec en jeans flanqué d'une casquette des Canadiens de Montréal sur son crâne ovoïde, descendit du bus et alla palabrer avec le flic qu'il devait bien connaître si j'en jugeai par leurs cris et claques dans le dos. De la porte tournante la plus proche je vis sortir un amas de valises et de sacs empilés à la va-que-je-te-pousse sur un chariot qui ahanait sous l'effort. Une blonde aux

---

[1] Darija : arabe courant parlé au Maroc
[2] Walou : rien, en arabe

cheveux longs essayait de manœuvrer l'engin. Des yeux bleus couleur d'huître avariée, un anneau sur sa babine en botox véritable, elle portait une robe stretch rouge betterave juste assez longue pour cacher son string. Pour compléter son look pro, elle était perchée sur des BBM (BottesBaisezMoi) lui arrivant à mi-cuisses, avec des talons de vingt centimètres. Pas le top du confort pour voyager mais une fois à l'hôtel ça devrait aller.

Elle secoua ses bras en direction du policier en le hélant. Curieuse et amusée, je baissai ma vitre :

- Où est le terminal des départs à la fin, j'ai cherché partout ?

- À l'étage supérieur. Retournez à l'intérieur et prenez un des ascenseurs.

Visiblement c'était trop d'informations à la fois pour elle, si je me fiais à ses yeux ronds et à sa bouche ouverte comme un four à pizza.

- Mais j'en viens de l'intérieur et je n'ai pas vu d'ascenseurs….

- Cherchez bien, ils étaient encore là ce matin !

Mon rire fit écho à ceux des personnes qui passaient à côté d'elle. Elle haussa les épaules, offrant à tout le monde une vue panoramique sur son string vert, et entreprit de reculer son chariot vers la porte tournante. Fascinée en quelque sorte par le suspense je la regardais manœuvrer. Tombera ? Tombera pas ? Quand le chariot heurta un petit muret, la rangée supérieure de sacs dégringola sur le trottoir, bloquant le passage. La femme poussa un cri perçant et secoua ses ailerons comme une autruche affolée. Devant l'attroupement qui commençait à se former le flic leva les yeux au ciel en poussant un soupir excédé et s'amena d'un pas lourd pour disperser les gens.

Me payant de culot je descendis de la voiture, fendis la meute et entrai dans l'aéroport par une porte coulissante. Si Seif n'était pas content, tant pis pour lui !

Mes yeux erraient sur la masse humaine agglutinée devant les portes en attente des passagers lorsque j'assistai à un manège curieux. Caché derrière un des piliers circulaires du hall, Seif observait les voyageurs qui arrivaient. Dans la foule, un homme de type arabe lui aussi, costume foncé, attaché-case en main et Ray-Ban fumés fonçait vers la sortie. Seif contourna son poteau, lui emboîta le pas et se retrouva face à moi.

- Qu'est-ce-que vous foutez ici ?

- J'en avais marre d'être enfermée dans la voiture.

- Dépêchez-vous, allons-y !

- Minute, allons-y où ? demandai-je une fois à l'extérieur.

Plus loin, les sacs de la blonde avaient enfin réintégré le chariot. L'homme aux Ray-Ban allait grimper dans un taxi. Lorsqu'il se retourna, Seif me prit brusquement dans ses bras et m'embrassa à m'en décrocher les amygdales. Je m'y attendais si peu que je n'eus même pas le réflexe de le gifler, tout juste le temps de sentir une chaleur intense au niveau de mon plexus. Il me lâcha et sauta dans la voiture.

- Mon cousin ignorait que j'allais venir le chercher, suivons-le je lui ferai la surprise.

- Seif, ou peu importe votre nom, vous croyez que je m'appelle Sanservo ? C'est quoi cette histoire ? Et pourquoi ne pas le suivre en taxi, ce n'est pas çà qui manque ici !

- Foncez ! dit-il en tournant ma clé de contact.

J'embrayai machinalement et fonçai. Le taxi prit l'autoroute 20 en direction de Montréal. Seif me demanda de laisser de la distance entre nous, ce que je fis volontiers. Regarder les pros de la filature à la télé c'est cool mais faire moi-même un rodéo ne m'emballait pas plus que çà. Comme le trafic devenait plus dense en approchant du centre-ville je réduisis l'écart. Le soir commençait à tomber. Le taxi ralentit pour prendre la rampe d'accès montant vers l'Hôtel Bonaventure. Seif me demanda de me garer dans la rue au pied de la rampe et sortit en courant.

- Laissez tourner le moteur, j'arrive !

Et quoi encore ? J'hésitai entre ronger mon frein ou un autre Bounty. J'étais en train d'avaler mon dernier demi-chocolat, lorsqu'il y eut un brouhaha suivi de cris et de jappements. Je n'eus pas le temps de m'interroger, Seif galopait dans ma direction.

- Saleté de Pékinois ! Foncez !

- Encore ! Où çà ?

- Tout droit, vite !

- Tout droit, tout droit ! Facile à dire çà ! Si je continue tout droit, on va grimper sur le Mont-Royal. C'est une bagnole que j'ai, pas un téléphérique !

- Allez-y, je vous dirai.

Je commençai à me dire que j'aurai dû rester tranquillement chez moi aujourd'hui au lieu de me retrouver embarquée dans une histoire à la noix. En plus j'avais vaguement la trouille pour tout dire.

En roulant tout droit comme il me l'avait demandé je repensai à tout ce qui s'était passé depuis que j'étais sortie de mon appart. Je pensai aussi à Riad qui devait être en train de jurer copieusement en recomposant sans arrêt mon numéro de téléphone. Encore des discussions houleuses à venir !

- Stooooop !!

L'ordre brutal de Seif me ramena d'un coup sur terre. Je me garai comme je pus sur Mansfield et le regardai interrogativement. Je sentis littéralement mes cheveux se dresser sur ma tête lorsqu'il me fixa droit dans les yeux.

- Et maintenant ma chère suiveuse, parlons !

- Je… je ne comprends pas ! croassai-je en essayant de refouler la boule d'angoisse qui obstruait ma gorge.

- Vous me suivez depuis des heures ! Pourquoi ? Qui êtes-vous ? Pour qui travaillez-vous ?

- Écoutez c'est un malentendu…. Une histoire incroyable mais vraie, je vous assure !

- Je vous écoute, tâchez d'être convaincante !

- Bon voilà… Elle m'a demandé si c'était pour la caméra invisible… moi tout ce que je voulais c'était un travail…. c'était juste après avoir mangé mon sandwich alors je m'étais dit que… à cause du badge vous comprenez….et puis j'ai vu le jogger… alors au lieu de faire la cuisine j'ai fait comme Poirot… à cause des pompiers vous comprenez et…

- Assez !! C'est quoi ce charabia ? Vous ne pouvez pas vous expliquer plus clairement ? Je vous ai posé des questions, j'attends les réponses. Et tâchez d'être cohérente cette fois !

M'efforçant d'aligner mes idées, je me mis à raconter mon histoire, ma vie jusque là, pourquoi et comment je m'étais retrouvée entraînée dans cette aventure. Plus je parlais, plus je voyais à son regard qu'il ne croyait pas une miette de ce que je disais, et je ne savais plus comment me tirer de ce guêpier !

- Vous espérez vraiment que je vais avaler un truc pareil ?

- Ben oui… vous savez je suis un Poissons alors…

- Que viennent foutre les poissons là-dedans ? C'est une secte ?

- Non, non, rien de tout çà, fis-je en éclatant de rire, je veux juste dire que je suis née sous le signe des Poissons. C'est un signe très spécial vous savez ?

- Je commence à m'en rendre compte ! répliqua-t-il en se demandant visiblement de quel asile je m'étais échappée. Et que comptiez-vous faire ensuite ?

- Je ne sais pas vraiment, probablement continuer à vous suivre pour voir…

- Voir quoi ? fit-il nerveusement.

- Ben, pourquoi vous aviez harponné le jogger, pourquoi filer le soi-disant cousin…

- Dans quel but ?

- D'abord pour calmer ma curiosité et aussi pour m'entraîner pour après !

- La curiosité est un vilain défaut, et récurrent chez les femmes je dois dire. Mais je ne comprends pas le *pour m'entraîner pour après* !

- Mais si, vous savez… pour avoir le badge quoi !

- Ah oui Hercule Poirot !

- Rigolez si çà vous chante, mais pour moi c'est important.

À voir sa tête il se demandait sûrement quoi faire, et surtout quoi faire de moi. Au bout de quelques longues minutes, de plus en plus inquiète, je fis un geste vers la poignée de la portière. Sa main rapide et sûre se posa sur la mienne.

- Redémarrez il faut qu'on parle. Allez, roulez !

- Encore ? On va où cette fois ?

- Je vous dirai !

Lui obéissant j'empruntai la rue des Pins sur le flanc du Mont-Royal. Passant non loin de chez moi, j'eus une pensée émue pour mon petit appartement douillet. Finalement il me fit signe de me garer devant le Lac des Castors envahi pendant la journée de promeneurs, mais désert à cette heure-ci.

Je ne voulais pas lui montrer ma peur même si je sentais des picotements d'angoisse le long de ma colonne vertébrale. D'un autre côté, en pensant à Riad qui devait fumer de rage en essayant de me joindre je me dis que finalement j'étais mieux ici.

- Pourquoi avoir décidé subitement de devenir détective, pour le prestige ?

- Non, pour le fric ! J'ai perdu mon boulot, je n'ai plus d'argent, et j'ai assez de factures en retard pour tapisser tous les murs de mon appart.

Après quelques minutes de silence tendu, il se décida.

- Deux mille dollars pour vous tout de suite si vous acceptez de m'aider, et trois mille dollars plus tard si vous réussissez !

- Hé je ne veux tuer personne ! D'ailleurs je n'ai pas d'arme à part ma lime à ongles.

- Qui vous parle de tuer ? Je dois récupérer quelque chose et vous allez m'aider.

- C'est quoi ?

- Je vous le dirai plus tard. J'ai déjà une équipe mais ils sont plutôt… repérables.

- Qui çà, les gorilles que j'ai vus à Westmount ?

- Vous n'avez pas les yeux dans la poche décidément !

- Qu'est ce que je devrai faire ? demandai-je en visualisant les cinq mille dollars qui se profilaient sur mon horizon perso.

- Traîner dans le hall de l'hôtel Bonaventure, repérer mon *cousin* et le suivre en restant en liaison avec moi par téléphone. Puisque vous aimez suivre les gens çà devrait vous plaire ! Vous le suivez et moi je vous suis, c'est clair ?

- Et après ?

- Mon *cousin* peut me conduire à la chose que je veux retrouver. J'ai essayé de le coincer tout à l'heure mais çà a foiré à cause d'un clébard ! Je veux savoir qui il voit, ce qu'il fait, où il va etc...

- Est-ce qu'il faudra que je lui saute dessus et que je le fouille ?

- Dieu du ciel non ! D'ailleurs vous n'en auriez pas la force, dit-il condescendant.

- Je suis ceinture marron de karaté vous savez, répliquai-je un poil vexée.

- Vraiment ?

- Vraiment !

- Çà peut toujours servir. Voici le numéro pour me joindre, donnez-moi le vôtre.

Je le lui donnai en soupirant, anticipant les explications qu'il faudra encore donner à Riad si je recevais un appel de Seif devant lui.

- Je peux commencer demain si çà vous va ?

- Vous commencez tout de suite !

- Mais j'avais prévu de dîner chez mon copain et…

- Vous dînerez avec lui un autre jour ! Après m'avoir déposé en ville vous filerez au Bonaventure.

- Et si le gars reste dans sa chambre jusqu'à demain ?

- Il vient d'arriver. Il va sûrement aller manger quelque chose à cette heure-ci.

- Il en a de la chance !

- Quoi ?

- Non rien ! marmonnai-je.

- Bon en route, je vous appellerai plus tard !

- Minute, et mes deux mille dollars ?

- C'est juste ! Il sortit de sa poche une liasse de billets impressionnante sur laquelle il préleva le montant promis.

- Maintenant, à vous de jouer. Et pas de faux-bond je vous ai à l'œil !

- Génial, la confiance règne !

Après avoir déposé Seif à la station de métro Atwater, je mis d'abord le cap sur mon appartement histoire de mettre mon fric à l'abri. J'habite un immeuble tranquille sur le flanc du Mont-Royal à l'écart de l'agitation du centre-ville. Je saluai Colgate, un des gardiens de sécurité et pris l'ascenseur. Je l'avais surnommé ainsi à cause de ses dents si blanches qu'on pouvait le voir faire sa ronde même par une nuit sans lune. Une fois chez moi je plongeai dans mon frigo et avalai vite fait un sandwich pain-de-mie-dinde-fumée-mayonnaise, au cas où. Je résistai à l'envie de me vautrer sur mon canapé moelleux pour regarder un match pré-saison de la ligue nationale de hockey et ouvris ma penderie.

Réflexion faite, je gardai mon jean mais je mis une veste un peu plus habillée, plus appropriée pour un cinq étoiles, et des escarpins à talons hauts.

Une place *et sans parcmètre s'il-vous-plaît* se libéra non loin de l'hôtel et je m'y faufilai aussitôt. La ville était en rupture de stock ou quoi ? Je pris un des ascenseurs jusqu'au dernier étage, cet hôtel ayant la particularité d'être situé sur le toit de l'immeuble. Une fois dans le hall de la réception j'optai pour un fauteuil avec vue sur les ascenseurs, et attrapai un magazine en faisant mine de consulter ma montre pour donner le change… Tu parles d'un rendez-vous romantique !

Je me demandai quand Seif me téléphonerait. *Meeerde !* J'avais oublié que mon portable était éteint. Minute, si je le rallume Riad aussi pourra m'appeler alors…. Han ! Je levai les yeux au ciel devant ce dilemme en appuyant sur la touche *on*.

Le voyant de ma boîte vocale clignotait furieusement. Deux messages de Riad, *Merde, qu'est ce que tu fous ? - C'est encore moi, rappelle-moi !* Le troisième était de Seif, *À quoi vous jouez là, je n'arrive pas à vous joindre ! Rappelez-moi !*

Je poussai un tel soupir que les faux-cils de la réceptionniste manquèrent s'envoler! La vie allait devenir franchement impossible avec ces deux-là, j'aurais dû partir aux Galapagos tout à l'heure !

Histoire de gagner du temps je composai d'abord le numéro de Seif.

- Désolée, j'avais fermé mon portable à cause de mon copain qui ne cessait pas de m'appeler….

- Je m'en fous du copain, je dois pouvoir vous joindre en tout temps !

- Ouais mais à moins de tout lui expliquer il ne pigera pas et il en fera tout un plat !

- Pourquoi, il est bouché ?

- Non mais il est Arabe. Il ne comprendra pas que sa copine se balade la nuit pour traquer un homme, et dans un hôtel en plus !

- ….

- Allo ? allo ?

- Oui je suis là. Comment çà il est Arabe ? Il travaille pour qui ? Depuis quand ?

- Hé arrêtez de paranoïer ! Il est Arabe depuis qu'il est né, il a un travail normal, et il est mon copain depuis des années ! C'est quoi votre problème ?

- Bon, on en reparlera ! Du nouveau ?

- Rien jusqu'à présent. Je regarde pousser les poils du tapis !

Je me levai et m'éloignai de quelques pas, me résignant à composer le numéro de

Riad. Sa main devait être soudée sur son téléphone car il décrocha tout de suite.

- Bordel, mais tu es où à la fin ?

- Je suis en planque pour surveiller et filer un mec bizarre.

- Ne me dis pas que tu es toujours après lui ?

- Non… enfin je veux dire si, mais ce n'est pas le même type et…

- De mieux en mieux. Rapplique ici en vitesse avant que je saute les plombs !

- Peux pas… je ne sais même pas quand je vais être relevée !

- Relevée ?

- Je voulais dire…. Oh ! Merde, le voilà !

Je raccrochai brusquement car ma cible venait de déposer sa clé à la réception. Pas de Ray-Ban mais il tenait toujours sa mallette. Le voyant se diriger vers les ascenseurs je pris les devants et pressai le bouton d'appel. Mon portable se mit à sonner. Encore Riad je parie, tu parles d'une tête de mule !

L'homme s'effaça pour me laisser passer, je décrochai avec une voix enjouée.

- Oui mon chéri ne t'inquiète pas, je suis un peu en retard mais j'arrive bientôt !

- Merci pour le chéri… mais çà veut dire quoi au juste ? demanda Seif amusé.

L'homme ne me regardait pas mais je sentis qu'il était attentif à mes paroles.

- Chéri je suis dans l'ascenseur de l'hôtel, la ligne va couper, je te rappelle !

- Compris, à tout de suite !

Lorsque les portes s'ouvrirent, je le laissai prendre un peu d'avance. Je n'étais pas entraînée pour ce genre de trucs et j'espérais qu'il ne piquerait pas un sprint. Avec mes hauts talons je n'avais aucune chance, à moins de m'en servir

16

de javelots ! Il s'approcha d'un taxi. Le temps d'aller chercher ma bagnole, il va se tirer c'est couru d'avance. Je décidai alors de prendre un taxi moi aussi, sauf qu'il n'y en avait pas d'autre en vue.

- Partageons cette voiture si vous êtes pressée, dit l'homme en me voyant désemparée.

- C'est gentil à vous mais je ne vais pas loin, je vais marcher.

- Vous n'y pensez pas? Il est plus de 20 heures, c'est imprudent pour une femme seule de marcher dans les rues. Où aviez-vous l'intention d'aller ?

- J'ai rendez-vous avec mon copain dans un restaurant sur la rue Peel, chez Alphonse, improvisai-je à toute allure, et sentis ma mâchoire se décrocher en entendant

- Vraiment ? Je m'y rends justement ! Allons, je vous en prie prenons le même taxi.

- Bon, si vous insistez mais je paierai ma part, fis-je d'un ton digne.

Une fois dans le restaurant je le saluai et me dirigeai vers le fonds de la salle. Il s'assit à une table déjà occupée par un homme aux cheveux en bataille, veston froissé, un œil fixant la porte devant lui tandis que son autre œil restait vissé au plafond. Il avait l'air aimable du monsieur dont on avait violé la fille, tué la femme et épargné la belle-mère ! M'assurant qu'ils ne pouvaient m'entendre, j'appelai Seif.

- Je suis chez Alphonse sur Peel, où votre cousin dîne en compagnie d'un homme.

- A quoi il ressemble ?

- Il n'a pas l'air très grand, il a dû se coiffer avec un pétard, ses deux yeux ne vont pas dans la même direction et il n'a pas l'air commode.

- Connais pas, j'arrive !

En attendant Seif, je commandai un jus de tomates. Il arriva dix minutes plus tard, me fit un grand sourire et se penchant vers moi il m'embrassa sur la bouche !

- Soyez naturelle, vous avez rendez vous avec votre chéri non ?

Ouais, c'était une façon de voir, pensai-je, lorsqu'il s'assit près de moi sur la banquette. C'était la deuxième fois qu'il m'embrassait. Bon ça ne voulait rien dire c'était pour le boulot, mais quand même, je ne pus m'empêcher d'être troublée. Après tout j'étais une femme et Seif était attirant et sexy en diable. Je me demandai ce qu'aurait fait Riad dans la même situation. *Idée super conne !* Mes anciens doutes se remirent à trotter dans ma tête en repensant à la garce qui bossait dans un magasin de meubles où nous étions allés un jour. Sur le mauvais versant de la quarantaine, avec des mines de chienne en chaleur elle avait dragué mon copain sous mes yeux sans qu'il se soucie de moi.

Avec ses tifs jaune foin elle avait ce qu'il fallait pour attirer un vieux chimpanzé en rut dans la jungle africaine, quoiqu'un vrai chimpanzé aurait sûrement pris la fuite devant ses racines noires de quatre centimètres, ses ongles sales et longs comme des pelles à charbon et son fond de teint de la veille étalé à la truelle dans les rides de sa peau mal vieillie.

Ce jour-là, je m'étais étonnée de voir Riad répondre à ses simagrées. En temps normal il ne lui aurait même pas serré la main sans se désinfecter tout de suite après avec un chalumeau, tant il était terrorisé par le Sida et les MTS. Je n'avais pu me calmer qu'en imaginant cette pouffiasse assise sur un tisonnier chauffé à blanc qui lui ressortait par les naseaux !

Mes amies arabes à qui j'avais raconté l'histoire m'apprirent qu'on l'appelait la pute-à-Maghrébins de Montréal-Nord. Là-bas tout le monde savait qu'elle baisait avec tous les mecs qui entraient dans son magasin, à condition qu'ils viennent d'Afrique du Nord. Sa façon d'encourager les échanges culturels j'imagine ! Par solidarité mes copines avaient aussitôt manigancé un plan comme seuls des cerveaux de filles peuvent en échafauder. Elles avaient recommandé le magasin en question à tous les Maghrébins qu'elles connaissaient, sauf à leurs maris et à leurs copains bien sûr, en insistant fortement sur les *spéciaux disponibles*. Deux mois plus tard on avait dévoilé les résultats au cours d'un dîner mémorable. À part Driss, un de leurs collègues qui habitait trop loin et n'avait pas voulu pas rouler pendant une heure même pour aller tirer un coup facile, les trente-sept autres avaient en alternance et à plusieurs reprises profité du derrière accueillant de cette radasse. Houda, ma meilleure amie de l'époque avait eu le mot de la fin.

- Zika, tu t'es vengée trop la classe ! Si Riad t'as vraiment trompée avec cette kaheba[3], dis-toi que pendant tout ce temps-là, il a été cent fois plus cocu que toi. Quand le moment viendra tu le lui diras, il va criser grave j'te dis pas !

On avait toutes applaudi chaleureusement avant de lever nos verres.

Je retombai à pieds joints dans la réalité en entendant la voix de Seif.

- Est-ce-qu'il a parlé à quelqu'un avant de sortir ?

- Désolée, j'avais la tête ailleurs…Non, il a remis ses clés puis il a pris l'ascenseur.

- Vos pensées n'avaient pas l'air joyeuses dites-donc !

---

[3] Kaheba : putain, prostituée, en Darija (Marocain courant).

- Non, pas vraiment !

A la table voisine, un gros homme en sueur se battait avec une fourchette à escargots bien décidé à gagner le combat. Nous mangeâmes tranquillement comme un vieux couple tout en jetant de temps à autre un regard sur l'autre table. J'expliquai rapidement à Seif ce qui s'était passé.

- On peut dire que vous avez du pot, vous parlez d'une filature !

- Ouais, en quelque sorte. Par contre je n'ai pas ma voiture, et comme j'ai déposé mon argent chez moi, vous allez devoir payer mon repas et un taxi. J'avais tout juste assez de fric pour le chauffeur qui m'a emmenée jusqu'ici.

- Comment çà vous êtes passée chez vous ? Vous deviez filer directement à l'hôtel !

- Je n'avais pas envie de me balader avec deux mille dollars sur moi ! répondis-je en sentant la moutarde me monter au nez à la vitesse grand V.

- Là, calmez-vous, vous avez fait du bon boulot jusqu'à présent.

Je lui coupai la parole.

- Regardez, votre *cousin* a l'air de vouloir s'en aller !

- Je vais régler l'addition, attendez-moi dehors. Quand j'arriverai faites-moi une scène, cela me permettra de rester ici.

Bon, v'là autre chose ! Il s'éloigna vers la caisse. Je sortis du restaurant, et pris un air furax en préparant mon discours. Seif arriva portable à l'oreille, suivi du *cousin*.

- Tu en as mis du temps ! attaquai-je aussitôt. J'imagine que tu t'es arrêté pour parler à cette conasse qui t'as souri tout le long du repas !

- Qu'est-ce que tu vas encore imaginer ? Allons chez toi maintenant.

- Non ! Moi, je rentre chez moi. Puisqu'elle avait l'air de te plaire tant que çà, retourne lui offrir un verre. Et d'abord rends-moi l'argent que tu me dois ! dis-je en pensant au taxi.

Le *cousin* me jeta un coup d'œil amusé avant de grimper dans un taxi.

- Et maintenant ? demandai-je lorsque le taxi fut hors de vue.

- J'attends que l'autre sorte, je m'en occupe. Rentrez chez vous, je vous appellerai !

- D'accord ! fis-je en lui flanquant une gifle qui le laissa baba, avant de me retourner en vitesse. Par la fenêtre du taxi qui m'emportait je vis Seif me faire un clin d'œil. Dieu merci il avait compris en voyant sa cible à deux mètres de lui.

Je chantai toute seule dans ma voiture enfin récupérée. *Quelle journée!*

Soulagée j'ouvris la porte de mon appartement, étonnée d'avoir laissé les lumières allumées. J'ôtai mes chaussures et jetai mon sac sur le divan. En me dirigeant vers le salon je sursautai. Riad était planté devant moi avec un air qui n'augurait rien de bon.

- Tu t'es enfin décidée à rentrer ?

Aïe, aïe, aïe…. Ma pause bien méritée c'était pas encore pour tout de suite.

Pour gagner du temps je me servis un verre de jus de pamplemousse et lui en offrit un qu'il refusa de la main.

- Tu as faim, tu veux manger un morceau ?

- Laisse tomber la bouffe, notre dîner est sous l'eau à l'heure qu'il est !

- Sous l'eau ?

- J'ai passé mon temps pendu au téléphone pour te joindre. J'ai oublié la marmite sur le feu et la bouffe est restée scotchée au fond. J'y ai balancé un seau d'eau, pas besoin de te dire que je suis de mauvais poil !

Oups !

Nous prîmes place chacun sur un divan, et tout en cherchant mes mots j'allumai une cigarette et tendis mon paquet à Riad.

- Est ce que tu vas enfin te jeter à l'eau ? me demanda-t-il.

- Dans ta marmite ?

Riad projeta le cendrier dans le mur comme un frisbee. Il n'était pas branché sur le mode humour apparemment!

- Hé çà ne va pas non ? qu'est ce qui te prend ?

- Il me prend que j'en ai marre d'attendre tes explications sur cette histoire vaseuse !

- Bon ok…

Je racontai à Riad ce qui s'était passé depuis l'histoire du jogger. Je m'abstins de parler des baisers de Seif, *épisode tout à fait superflu vu les circonstances*, d'autant plus que je voyais une fumée de plus en plus épaisse sortir de ses oreilles.

- Merde, je rêve ! T'as pas pensé une minute au danger ? Et tout çà pourquoi, tu peux me le dire ?

- Ben, pour m'entraîner pour le badge !

- Répète un peu !

Je parlai alors de mes nouveaux projets professionnels, ce qui le fit exploser.

- Pas croyable, je vais brûler tous tes putains de bouquins policiers ! J'hallucine, je suis amoureux d'une dingue qui ne fait que des conneries ! hurla-t-il.

- Que des conneries ? C'est la première fois que je file des gens ! protestai-je.

- Ah ouais ? Et la fois où tu nous a entraînés dans une course à obstacles avec ta bagnole pour suivre le chauffard qui avait écrasé un chien ?

- Ça ce n'était pas une connerie, c'était un geste humanitaire !

- Humanitaire ? sursauta-t-il. On ne pouvait plus rien faire pour le chien qui avait déjà rejoint le paradis des os. Mais toi la justicière zélée, il a fallu que tu nous emplâtre dans une borne fontaine pour attraper l'autre gros nul. Avec ce que ça t'a coûté pour remettre ta caisse en état tu aurais pu t'acheter tout un chenil !

- Ouais, bon... t'as peut-être raison, dis-je sans en penser un mot.

Je me levai, éteignis l'air conditionné et allai ouvrir la porte patio pour aérer la pièce enfumée par nos cigarettes. Il faisait encore chaud mais l'humidité semblait avoir diminué un peu. Je servis un verre de jus à Riad qui cette fois finit par l'accepter.

- Viens t'asseoir près de moi, dit-il en me regardant de cette façon spéciale que j'aimais tant.

Quand il me regardait ainsi j'avais toujours l'impression que son regard farouche me scrutait jusqu'au fond de l'âme tandis que sa voix grave et rauque me flanquait des idées érotiques. Riad avait les cheveux noirs semés de quelques fils d'argent ici et là, et des lèvres qui appelaient mes baisers à grands cris. Son visage tourmenté et ses gestes dégageaient une force et un magnétisme puissants. Sûrement efficace le magnétisme d'ailleurs, puisque dix-neuf ans et demi plus tard j'étais toujours avec lui !

- Allez James Bond, maintenant qu'on est à la maison ensemble, embrasse-moi et oublions cette histoire d'espions.

- Mais je ne peux pas ! m'écriai-je.

- Comment ça tu ne peux pas ?

- Seif m'a déjà donné un acompte, je dois finir mon boulot si je veux avoir le reste !

- Tu ne vas pas en faire un plat pour quelques dollars !

- Deux mille !

- Quoi deux mille ?

- Il m'a remis deux mille dollars, et si je réussis il m'en donnera trois mille de plus.

Riad semblait avoir reçu un coup de poing entre les deux yeux, assommé comme un bœuf par le merlin.

- C'est dingue ! Tu essaies de me faire croire qu'un type t'a donné une somme pareille juste pour suivre des gus ?

- Exactement !

- Donnez-moi un mur quelqu'un que je puisse me taper la tête ! Écoute, ou bien ce que tu dois faire est super dangereux, ou ce mec a une idée sur toi. Dans les deux cas je n'aime pas çà, mais alors pas du tout !

- Çà ne doit pas être si dangereux que çà, il sait que je ne suis pas une pro. Et ce n'est pas lui qui me courait après pour me séduire, c'est moi qui le suivais, dis-je en me relevant.

Toujours sonné, sourcils froncés, Riad essayait d'analyser la situation en faisant visiblement de gros efforts pour garder son calme.

- Écoute, tu sais quoi ? Maintenant que je te sais saine et sauve je vais retourner chez moi pour arranger le désastre dans ma cuisine, et toi tu vas sagement aller te coucher. Demain quand tu auras réfléchi à tout çà, appelle ce Seif et dis-lui que tu as trouvé un autre job !

- Et mes factures, elles vont se payer toutes seules ?

- On trouvera autre chose. J'en parlerai à des copains, peut-être qu'ils connaissent quelqu'un qui pourrait t'embaucher.

- D'accord, je vais y penser, lui dis-je gentiment en l'accompagnant à la porte.

Il était aussi têtu que moi et je devinai que j'aurai à batailler sec au sujet de mon nouveau boulot. Le fait qu'il soit Arabe ne facilitait pas les choses non plus pour l'occidentale que j'étais. Disons que nous n'avions pas exactement les mêmes concepts sur la vie de couple. Après avoir obéi au doigt et à l'œil à mes parents jusqu'à ce que je vole de mes propres ailes, je n'étais pas disposée à en faire autant pour un homme quel qu'il soit.

Riad m'enlaça et me déposa un baiser sur la bouche, léger d'abord puis plus en plus profond. Je commençai à ressentir des vibrations annonciatrices de *oooohlala* dans mon hémisphère austral et glissai mes doigts dans ses cheveux épais en me collant à lui.

Après une dernière caresse qui me fit entrevoir la face cachée de Jupiter, Riad se détacha de moi à regret.

- Bon il vaut mieux que je parte maintenant, entre le métro et le bus j'en ai pour une heure avant d'arriver chez moi, et demain je dois me lever tôt pour aller bosser. Je t'appellerai pendant ma pause déjeuner.

J'allais lui proposer de dormir chez moi, mais réflexion faire j'y renonçai au cas où Seif aurait la malencontreuse idée de m'appeler. Pas la peine de rouvrir les hostilités.

CHAPITRE 2

Une fois seule, j'enfilai à la hâte un pyjama et plongeai dans mes draps. Je tournai et retournai dans mon lit sentant encore les mains de Riad sur ma peau. Flûte ! Au diable Seif, j'aurais dû demander à Riad de rester. Après tant d'années ensemble je m'émerveillais toujours de la passion qui nous unissait. Dommage que notre relation soit régulièrement parsemée de hauts idylliques et de bas explosifs. Il m'aimait sans doute, mais après un mariage houleux et un divorce cataclysmique il avait une peur bleue de s'engager de nouveau, alors que je ne rêvais que de toi et moi pour la vie. J'allais enfin m'endormir lorsque la sirène d'incendie de l'immeuble se déclencha dans tous les étages. Minuit vingt ! Bon sang qui est le débile qui cuisine à cette heure-ci ?

Je me relevai d'un bond et courus à la porte d'entrée. Dans le couloir quelques personnes mal réveillées sortaient de leurs appartements et s'interpellaient pour savoir quoi faire. On avait déjà eu pas mal de fausses alertes dans cet immeuble alors personne n'avait vraiment envie de descendre tous les étages à pied pour rien.

Je retournai chez moi et appelai le gardien de sécurité pour savoir s'il fallait s'inquiéter tout de suite ou plus tard. Colgate était déjà parti, son horaire terminé. Son remplaçant avait l'air affolé devant l'afflux d'appels que j'entendais résonner sur son standard. Il était plein de bonne volonté pour me renseigner mais il ne parlait pas français et son anglais était des plus restreints. Renonçant à déchiffrer son discours je raccrochai, pas plus avancée qu'avant.

L'alarme hurlait toujours. Je mis un jeans en vitesse, gardai ma veste de pyjama, raflai mon sac et mes clés et me précipitai dans le couloir où régnait une confusion totale.

Des gens couraient vers les deux extrémités du corridor, en direction des escaliers. Trois appartements plus loin madame Monclair, une septuagénaire avec des bigoudis sur le crâne, le visage enduit d'une couche épaisse de crème vert-épinards piaillait en disant qu'elle refusait de sortir attifée de la sorte. Énervé, son mari la cramponna par une aile et l'entraîna vers les escaliers. A l'autre extrémité, monsieur Jones procédait méthodiquement à son évacuation, tenant d'une main la litière avec son chat Hannibal et dans l'autre un aquarium boule où batifolaient César et Cléopâtre ses deux poissons rouges. A la vitesse à laquelle il marchait, ses pensionnaires allaient finir en brochettes si feu il y avait. Je me précipitai pour l'aider, hissai la courroie de mon sac sur mon épaule et m'emparai de l'aquarium.

Le rez-de-chaussée était rempli de gens de mauvais poil qui se partageaient le hall et l'allée extérieure du jardin. Des pompiers redescendaient des étages. L'un d'eux saisit ma manche de pyjama.

- Je vous ai déjà vue quelque part vous !
- Cette fois ce n'est pas moi, je ne cuisine jamais après minuit.

Le calme revint après la neuvième fausse alerte de l'année et on s'engouffra tous dans les ascenseurs pour regagner nos pénates. Enfin chez moi, je pris juste le temps d'ôter mes jeans, me jetai sur mon lit et m'endormis comme une bûche.

Louis Armstrong jouait du saxo près de mon oreille préférée quand je réalisai que c'était la sonnerie de mon portable. Mon œil féroce nota qu'il était presque deux heures du matin.

- Vous avez le sommeil lourd on dirait, annonça Seif sans préambule.
- Un sommeil normal à deux heures du matin ! lançai-je furibarde.
- Sautez dans vos habits et rejoignez-moi à la gare d'autobus !
- Quoi ??
- Tout de suite ! Je vous y attends ! fit-il avant de raccrocher.

La colère me donnait des ailes. Est-ce-qu'on allait enfin me laisser dormir cette nuit ? Qu'est ce qu'il croyait ce Seif, que j'allais bosser pour lui vingt-quatre heures sur vingt quatre ? Je me passai vite fait de l'eau sur le visage, attachai mes cheveux en queue de cheval, enfilai rageusement mes jeans, un sweat, une paire de baskets et filai en claquant la porte de mon appartement au risque de réveiller tout l'étage.

Je sortis ma voiture du parking intérieur et fonçai à tout berzingue dans les rues de Montréal presque désertes à cette heure. Dix minutes plus tard j'arrivai à la gare d'autobus coincée entre l'Université du Québec et le quartier où prostituées et dealers géraient leurs commerces. Vitres relevées, portières verrouillées, je contournai l'édifice à la recherche de Seif. Je le repérai debout dans une encoignure de porte. Plus loin une prostituée discutait tarifs et promotions spéciales automne-hiver avec un automobiliste arrêté en double file. Je déverrouillai mes portières et Seif sauta dans ma voiture.

- Le bigleux est dans la file de voyageurs pour Ottawa. Descendez et trouvez un moyen pour l'attirer à l'extérieur, s'il me voit il va se méfier !

- Qu'est ce que vous voulez que je lui raconte ?

- Débrouillez-vous, servez-vous de votre imagination nom d'une pipe, vous êtes une femme çà devrait être facile !

- Facile, tu parles ! grommelai-je en sortant de ma voiture.

J'entrai dans le Terminus Voyageurs en courant, l'air hagard comme si je cherchais de l'aide. Entre nous, je n'avais pas besoin de faire beaucoup d'efforts pour avoir l'air paumée après une heure de sommeil. Quelques personnes étaient avachies sur des banquettes, le regard éteint à cette heure tardive.

L'homme était le dernier dans la file pour Ottawa, l'air toujours aussi hargneux.

Je tournai la tête en tous sens, semblant indécise, puis plaquant sur mes lèvres mon sourire de charme numéro un je courus vers lui et m'agrippai à sa manche.

- Je vous en supplie monsieur aidez-moi...

- Mais madame.... fit-il avec un curieux accent, tout en tentant de se dégager.

- Mon pneu a crevé, je ne sais pas comment changer la roue... il est très tard... je dois rentrer chez moi... s'il vous plaît, aidez-moi.

Me prenant à mon jeu, quelques larmes commencèrent à rouler sur mes joues.

- Mon bus arrive dans quinze minutes, et je n'ai pas d'outils d'ailleurs....

- Ce ne sera pas long, j'ai tout ce qu'il faut dans mon coffre, c'est juste que je ne sais pas comment m'en servir.

Les gens dans la salle arrachés à leur somnolence suivaient à présent le débat faute d'autres distractions, ce qui décida l'homme à bouger.

- Bon allons-y, mais faisons vite !

- Oh merci, merci monsieur, fis-je, éperdue de reconnaissance.

Nous sortîmes au pas de course. Je l'entraînai vers ma voiture, notant au passage que Seif n'était plus à l'intérieur. J'ouvris le coffre soi-disant à la recherche du cric. J'entendis un *Houmpff* avant de voir le type glisser à terre.

Seif qui venait de l'assommer, le fit basculer avant de l'enfourner dans mon coffre, qu'il referma avec difficulté.

- Vous êtes dingue ? Pas question de trimbaler ce mec dans ma voiture !

- Je ne peux pas lui parler tranquillement ici, n'importe qui peut arriver. Filons !

- Mais on va où ? Pas chez moi j'espère !

- Bien sûr que non ! Sauf si vous voulez demander à votre gardien de sécurité de le porter jusqu'à votre appartement, dit-il en s'installant sur son siège.

- Quoi ? suffoquai-je, comment savez-vous où j'habite d'abord ?

- Vous ne pensiez quand même pas que j'allais confier deux mille dollars à une fille bizarre sans me renseigner?

- Bizarre, moi ? J'étais plus en rogne contre le qualificatif dont Seif m'affublait que sur le fait qu'il savait où je vivais.

- Vous allez démarrer à la fin ?

Je mis le contact et m'éloignai en roulant prudemment. Je ne me voyais pas en train d'expliquer la présence de mon bagage en cas de contrôle routier. Mon cœur jouait un solo de batterie sur mes côtelettes. Seif toujours zen me demanda de prendre l'autoroute 15 direction nord.

- Rien de plus près pour lui parler tranquillement, comme vous dites ?

- On sortira avant le pont de Laval, il y a plein de parcs déserts à cette heure-ci.

À ces mots mon cœur se serra. Riad habitait un chouette appartement dans ce quartier au nord de Montréal au bord de la rivière des Prairies, qui sépare Montréal de Laval. A cet instant précis j'aurais tout donné pour qu'une bonne fée fasse disparaître Seif et son colis encombrant, et que je puisse aller chez mon amoureux me blottir dans ses bras sous ses draps frais…. Il faudrait juste que je lui explique ce que je venais foutre chez lui à cette heure-ci. *Bon, laisse tomber !* L'horloge du tableau de bord indiquait trois heures dix. Dieu seul savait à quelle heure je pourrai rentrer chez moi !

Seif me fit signe de prendre le boulevard Gouin et de rouler dans l'enceinte d'un terrain boisé longeant le fleuve. Pas un chat dans les rues. Quelques rares lampadaires éclairaient d'un faible halo les arbres environnants. Le silence n'était troué que par les bruits des bêtes nocturnes. Seif ouvrit le coffre, chargea l'homme sur son épaule comme un baluchon et s'éloigna vers la zone pique nique du parc.

- Attendez-moi ici ! S'il y a quoi que ce soit, klaxonnez !

- Ok. Allez-vous le… ?

- Pas si je peux l'éviter. Rien de plus encombrant qu'un cadavre !

Saine philosophie ! ne pus-je m'empêcher de penser. Dire que je me sentais relax serait mentir. J'étais morte de trouille, oui ! D'abord je n'aime pas être toute seule dans le noir. Et si des ratons laveurs, des renards ou d'autres bestioles s'amenaient, ou plus simplement un violeur psychopathe ? Je me barricadai dans l'auto et levai les vitres, ne laissant que deux centimètres pour respirer. Même la nuit, la température de l'été indien était élevée et collante. En sueur, j'ouvris la clim, mis de la musique pour m'éviter de penser et allumai une cigarette. Trois heures quarante ! Qu'est ce qu'attendait Seif pour revenir ? Est-ce qu'il était en train de désosser le bigleux ? Ce n'était ni l'endroit ni l'heure pour ce genre de pensées, mais après tout je ne savais absolument rien de Seif à part qu'il avait l'air correct et qu'il était sexy.

Au bout de ce qui me sembla une éternité, je le vis enfin revenir, seul.

- Qu'avez-vous fait de lui ?

- Je l'ai ficelé serré avec une cordelette en nylon et l'ai laissé sur place.

- Je veux le voir, dis-je en descendant de voiture. emportant avec moi mes clés d'auto.

- Pourquoi ?

- Juste pour être sûre qu'il n'est pas en train de jouer aux cartes avec Jules César !

- C'est lui là ? fis-je en montrant un tas sombre près des tables de pique nique.

- Oui. Je n'avais pas le temps de fignoler.

Fignoler, il avait de ces mots ! Je m'approchai doucement. L'homme avait un œil salement amoché et les lèvres fendues. La conversation avait dû être animée. Je touchai le corps étendu du bout de mes baskets. Juste un tressaillement, mais néanmoins suffisant pour me convaincre qu'il était encore en vie.

- Vous avez une façon très spéciale pour parler tranquillement on dirait.

- Sa faute ! Il n'était pas très réceptif, au début du moins.

En regardant le gars je me dis que Seif devait avoir sa méthode pour persuader les récalcitrants et je me fis illico la promesse de répondre rapidement s'il me posait des questions à l'avenir.

- Attendez, j'ai une idée !

- Aïe, aïe, aïe…

- On devrait l'asseoir sur un banc d'une table de pique nique, comme çà si un promeneur matinal s'amène plus tard, de loin il pensera que le gars se repose.

27

- Bien vu pour une fois !

Sans relever le sarcasme, une fois que Seif eut installé M. Joyeux sur son banc, comme il n'y avait pas de dossier j'inclinai son buste en avant. Vu comme çà, il avait l'air de s'être endormi après avoir passé la nuit à se cogner la tête sur la table. Après un dernier regard, nous retournâmes à la voiture.

Une fois sur le boulevard Gouin, je recommençai à respirer. Je me tournai vers Seif en bâillant.

- Tout est bien qui finit bien. Vous avez pu lui parler, il vous a tout dit, alors je vous dépose et je rentre me coucher.

- Il m'a seulement dit qu'il avait déposé à l'intention du cousin un pli avec les détails de la transaction et le lieu de l'échange.

- Parfait, alors vous n'avez plus qu'à y aller et récupérer votre truc.

- Ce type n'est qu'un sous-fifre, il ne savait rien. D'après ses papiers il s'appelle Vassili Bilakiev, d'origine Bulgare et chauffeur de poids lourds. Il était juste chargé de remettre les instructions à l'endroit qu'il a indiqué au cousin lors de leur rencontre.

- C'est où ?

- Dans un café sur Ste-Catherine. Quand vous m'avez laissé chez Alphonse, je l'ai suivi en attendant l'occasion de le coincer.

- Et ?

- Et ce tordu m'a remarqué dans une salle de ciné où j'ai dû me taper un film idiot pendant deux heures. Impossible de l'approcher avec les gens autour de lui. En sortant de là il est allé dans ce café où il est resté vissé sur un tabouret jusqu'à ce qu'un taxi l'emmène à la gare d'autobus.

- Il a peut-être donné le pli à quelqu'un qui devait le remettre au cousin.

- Il n'a parlé à personne !

- Alors c'est qu'il a planqué l'enveloppe sur place.

- Probablement, mais je ne pouvais pas deviner l'existence de cette enveloppe avant. Dès qu'il est entré dans le café il est allé aux toilettes et il n'y est resté qu'une dizaine de secondes avant de revenir s'asseoir au comptoir.

- Peut-être qu'il pisse très vite !

Me fusillant du regard, il poursuivit

- Demain matin ou plutôt tout à l'heure, je me posterai à proximité du café pour attendre le cousin.

- Sans vouloir vous vexer, depuis le temps le pli a sûrement dû être ramassé.

- Pas sûr, un de mes hommes a pris en charge le cousin dès qu'il est sorti du restaurant. Il est rentré directement à son hôtel et n'en a pas bougé jusqu'à maintenant.

- Ouah çà c'est fort, j'ai rien remarqué. Il faut dire que j'étais occupée.

- Oui, d'ailleurs en parlant de çà, la gifle n'était pas nécessaire.

- C'était pour vous couper la parole quand j'ai vu le bigleux sortir.

- Je l'ai compris après. Vous avez des réflexes percutants je dois dire !

- Quand vous aurez repéré le cousin est-ce qu'on devra aussi le foutre dans le coffre et l'emmener au parc en pleine nuit ?

- Ne soyez pas ridicule ! Bon, déposez moi en ville et je…. bon, quoi maintenant ?

La voiture était secouée de hoquets, et ralentissait à vue d'œil.

- Je n'en sais rien.

- Laissez-moi voir, dit-il en se penchant vers le tableau de bord avant de commencer à jurer en Arabe.

- On ne vous a jamais dit qu'une voiture a besoin d'essence de temps à autre ?

- Mais j'en ai mis la semaine dernière !

Il me lança un regard de commisération.

- On va pousser l'auto jusqu'au McDonald qui est à environ huit cent mètres d'ici et on la laissera là-bas.

- Et on va rentrer comment, à dos de chameaux ? Les bus et les métros ne marchent pas avant cinq heures du matin ! rouspétai-je.

- Vous vous forcez pour être de mauvaise humeur ou bien c'est naturel chez vous ?

- Après une engueulade avec mon copain et une alerte incendie dans mon immeuble, j'ai dormi à peine une heure avant de me faire réveiller par votre appel !

- Incendie ? Rien de majeur j'espère, tout va bien ?

- C'était une fausse alerte, répondis-je en remerciant le ciel qu'il ne me questionne pas au sujet de ma dispute avec Riad.

- Bon, on prendra un café au McDo, çà vous remettra d'aplomb, ensuite on ira à pied chercher un bidon d'essence.

- Hiiiiiiirrkk ! Marcher ? Je déteste marcher. C'est tout ce que vous avez trouvé pour me remettre d'aplomb ? Et marcher jusqu'où d'ailleurs ?

Il y a une station service à environ deux ou trois kilomètres d'ici.

- Deux ou trois kilomètres à pied ! dis-je d'un air catastrophé.

- Une autre solution à proposer ?

Je la bouclai, enclenchai la vitesse au neutre et nous commençâmes à pousser ma voiture. Lorsqu'enfin l'enseigne éclairée du McDo fut en vue, mon sweat et mon jeans étaient bons à essorer et j'étais sur le point d'exploser. En ne voyant pas la plus petite goutte de sueur sur le front de Seif, j'eus envie de le mordre ! Il capta mon regard.

- La gym aussi çà remonte à la semaine dernière ?
- *Grrrrr*

Une fois mon Elantra amarrée sur le parking nous entrâmes dans le McDo.

- Deux cafés !
- Non, rectifiai-je, pour moi un thé avec du lait et du sucre, un jus d'orange et un muffin !

Comme il regardait ma silhouette, je m'énervai.

- Ouais quoi ? Je viens de perdre au moins un kilo en poussant cette satanée bagnole ! Allez-y je vous rejoins, dis-je en tournant les talons.
- Vous allez où ?
- Fumer une clope !
- Pas bon pour la santé çà !
- Ma ligne, ma santé ! Est-ce qu'on se serait mariés par hasard sans que je m'en aperçoive ? lancé-je de mauvais poil. Vous ne fumez pas vous?
- Si, occasionnellement…. mais pas ce genre de cigarettes!

D'accoooord…. je vois çà d'ici!

Riant silencieusement de mon regard réprobateur, il alla s'asseoir tandis que j'allai en griller une vite fait dehors.

Non, mais c'est vrai quoi à la fin, de quoi je me mêle ! S'il aime se taper du *j'aibesoindeçàpourplaner* tant mieux pour lui, et si j'ai envie d'avaler du goudron c'est mon problème, et même si je faisais une consommation effrénée de chocolats et de muffins, c'était mes fesses à moi qui engraissaient. La deuxième bouffée inhalée, je dus convenir qu'il avait raison, ce qui me mit de plus mauvaise humeur encore. Puisque c'est comme çà, je mangerai deux muffins au lieu d'un seul !

Nous partîmes une fois la dernière miette du deuxième muffin avalée. En regardant marcher Seif d'un bon pas je me demandai d'où il tenait cette forme insolente. Mes jambes à moi semblaient peser des tonnes, mon estomac jouait à chat perché avec mon foie, et je me demandai avec horreur si je n'allais pas vomir mon petit-déjeuner sur l'asphalte. En plus j'avais une envie folle de m'allonger dans l'herbe au bord de la route pour y dormir jusqu'à l'hiver prochain juste pour dire de récupérer.

Enfin arrivés à la station service, abrutie de fatigue, je m'assis sur un petit muret laissant Seif aller parlementer avec le pompiste.

- Allez hop, on y va ! fit-il en me montrant un bidon en plastique transparent contenant un liquide brunâtre.

- Déjà ! Il faut encore se taper trois kilomètres de marche ! bougonnai-je.

- Ça ira plus vite que d'apprendre à voler.

Le jour pointait lorsque nous reprîmes enfin le chemin du centre-ville. Il était plus de six heures du matin et le trafic routier devenait plus dense. Les lève-tôt étaient en route pour attaquer une autre journée de travail. Mes doigts pianotaient d'impatience sur le volant tandis que je contemplais écœurée les pare-chocs agglutinés autour de nous.

Pour passer le temps et aussi pour me sentir moins nulle j'essayai de tirer les vers du nez de mon passager.

- Vous n'avez pas pensé à demander à ce Bilakiev pour qui il bossait ?

- Qu'est-ce-que vous croyez ?

- Alors ?

- Ce genre de type est entraîné. A moins de lui enfoncer des fourchettes à fondue dans les narines on ne pourra rien en tirer, et je n'en avais pas sous la main.

Je le fixai avec stupeur, me demandant s'il plaisantait ou s'il voulait me foutre les jetons. Dans le doute je changeai de sujet.

- Si vous me disiez ce que vous cherchez, je pourrais mieux vous aider il me semble.

- Un sceau.

- Un seau ? Sans déconner, on peut en trouver dans n'importe quelle quincaillerie.

- Je parle d'un sceau. Sceau comme dans sceller !

- Oh ? Mais qu'est ce qu'il a de spécial ce sceau ?

- Il a plus de trois mille ans, et il vaut douze millions de dollars !

Du coup je la fermai à double tour, essayant d'imaginer à quoi ressemblait un vieux machin de douze millions de dollars.

Nous atteignîmes la sortie Guy et sur ses directives je déposai Seif sur le boulevard René-Lévesque après qu'il m'eût dit qu'il m'appellerait en fin de matinée. Je rentrai chez moi complètement fourbue, et sans même prendre le temps de me déshabiller je me jetai sur mon lit les paupières déjà à demi-fermées.

Une conversation entre mon voisin et sa petite amie me réveilla vers onze heures. L'insonorisation de cet immeuble était nulle à chier. Tous ceux qui n'avaient pas la chance d'être durs d'oreilles pouvaient entendre ce qui se passait chez les autres, ébats sexuels inclus, retransmis en stéréo avec sous-titres à travers les murs en carton amélioré.

Encore ensommeillée, je me levai en titubant vers le frigo pour mon ouvre-paupières habituel, un grand verre de jus de fruits accompagné de ma première cigarette. Une fois sous la douche, je laissai une averse tiède et bienfaisante tomber sur moi jusqu'à ce que la peau de mes doigts ressemble à de la tôle ondulée. Je terminai en me lavant les cheveux vigoureusement histoire de me réveiller complètement.

Tout en m'essuyant je m'examinai dans le miroir de ma salle de bains. Grande, plutôt mince, malgré ce que monsieur *les-muffins-c'est-pas-bon-pour-la-ligne* pouvait en penser, des cheveux bruns mi-longs aussi bouclés que des cotons-tiges, des grands yeux noisette avec des reflets verts pour l'heure un peu cernés par le manque de sommeil, et des lèvres gonflées par les baisers enflammés de Riad. Sur le moment j'adore quand il mordille mes lèvres en m'embrassant, mais après c'est bonjour les dégâts.

Je poussai un cri perçant en montant sur ma balance. Malgré la marche forcée de la nuit dernière j'avais pris 400 grammes. Bien fait pour moi ! Je n'aurais pas dû manger de frites avec mon steak tartare chez Alphonse, ni la tarte aux pommes chaude après d'ailleurs ni... non ce n'était pas les muffins, il n'y en avait que deux et tout petits d'ailleurs. Pour perdre tout ça il faudra que je marche pendant au moins six kilomètres, non, plutôt deux... Ouais bon, on verra plus tard pour la distance. Et puis au diable la marche ! Je pourrais juste faire du karaté dans mon salon. Quelques coups de poing par-ci et coups de pieds dans le vide par-là et s'il me reste encore un peu de souffle après, quelques katas. Pour les combats je pourrais m'exercer sur mes voisins les plus chiants.

Après un maquillage express, poudre bronzante, deux couches de mascara volumisant et une touche de gloss transparent sur les lèvres, je me séchai les cheveux vite fait. Pas la peine d'utiliser une brosse ronde pour les faire boucler, c'était perdu d'avance ! J'enfilai ma tenue habituelle depuis que je ne bossais plus, jeans, t-shirt, baskets, et je fonçai dans ma cuisine pour la suite du rituel.

Mon thé était prêt. J'allais mordre avec délice dans mes toasts beurrés recouverts de confiture d'abricots lorsque mon portable se fit entendre. Ça je déteste carrément, ces machins-là sonnent toujours au mauvais moment. Je m'apprêtais à dire à Seif de me rappeler après mon petit-déj mais y renonçai.

- Oui allo ?

- Comment vas-tu ma belle, bien dormi ? me demanda Riad gentiment.

- Oui, merci mon chéri. *Inutile de l'inquiéter avec mon épopée nocturne.* Et toi tu as pu te reposer ?

- J'ai eu un peu de mal à m'endormir après ce que tu m'as raconté mais ça va. Par contre je suis arrivé en retard au boulot et mon patron m'a sonné les cloches.

- Tu n'as pas entendu ton réveil ?

- Si, mais en sortant de mon appart j'ai été retardé par les flics.

- Qu'est-ce-que tu as fait ?

- Moi rien, mais le quartier était cerné parce qu'ils ont trouvé un gars ficelé, assis bizarrement sur un banc du parc pas loin de chez moi.

- Ils l'ont déjà trouvé ? fis-je étourdiment en me mordant la langue, mais trop tard.

Dans le silence assourdissant au bout de la ligne je crus entendre grincer les dents et les rouages du cerveau de Riad. Je n'osai plus respirer et ne songeai plus à mes tartines. Lorsqu'il reprit la parole, ce fut d'un ton froid et coupant.

- Comment ça déjà trouvé ?

Ne sachant quoi lui répondre, ni surtout comment lui expliquer, devant mon mutisme il s'énerva.

- Alors ? Je t'ai posé une question ?

- C'est pas moi qui l'ai tabassé et ficelé, répondis-je d'une traite, moi je l'ai juste penché après sur la table pour ne pas qu'il tombe de son banc, eus-je le temps de dire avant d'entendre le *BANG* du récepteur qu'on raccrochait brutalement.

Je réchauffai mon thé, maintenant froid, dans le four micro-ondes et avalai machinalement mes toasts, stressée en pensant à la réaction de Riad. Il me rappela quelques minutes plus tard.

- Je suis sorti un moment pour fumer une clope et essayer de me calmer les nerfs. Avant de débarquer chez toi, t'attacher sur ton divan pour que tu te tiennes tranquille, je veux savoir ce qui s'est passé après mon départ.

- Je me suis couchée tout de suite après. Un peu après minuit, l'alarme incendie s'est déclenchée dans l'immeuble et tout le monde a dû descendre dans le jardin.

- Une cuisinière concurrente ?

- Laisse tomber, ce n'est pas drôle ! Quand on a enfin pu remonter se coucher….

33

- Qui çà on ? demanda Riad déjà soupçonneux.

- Quand je dis on, je parle des résidents de l'immeuble. Si tu me coupes tout le temps on n'y arrivera pas !

- Ok, vas-y, continue.

- Bon, je venais à peine de m'endormir quand Seif m'a appelée à deux heures du matin pour me demander d'aller le retrouver à la gare d'autobus…

Pendant que je lui racontai mes aventures de la nuit dernière, j'entendais Riad égrener des jurons et pousser des grognements d'ours sauvage qui me glaçaient le sang. Lorsque je terminai, il dit simplement.

- Écoute, j'en ai déjà plein les bras avec le projet que je mets sur pied avec mes copains. J'ai assez de stress sans que t'en rajoutes avec tes histoires à la James Bond. Je n'ai pas le temps de te baby-sitter et je ne veux pas me demander à chaque instant ce qui a bien pu t'arriver. Alors laisse tomber ce tordu avant que çà se gâte entre nous !

Pas vraiment le ton qu'il fallait employer avec moi. Je me forçai cependant à garder mon calme.

- Je ne te demande pas de me baby-sitter, et je ne fais rien de grave ou de dangereux. Comment tu veux que je lâche Seif maintenant ?

- Démerdes-toi, c'est ton problème !

- Facile à dire ! J'ai une montagne de factures à payer, pas de boulot, pas d'argent. En plus, il m'a déjà versé un acompte.

- Je ne veux pas le savoir !

- Mais si je lui dis que j'arrête maintenant, là çà pourrait être dangereux pour moi….

- Comment çà, il t'a menacée ? gronda-t-il.

- Bien sûr que non, mais après tout ce que j'ai vu et entendu… est-ce que tu penses que c'est comme dans mes bouquins ?

- Quoi tes bouquins ?

- Ben oui, tu sais… les témoins gênants qu'on fait disparaître.

- Merde, merde et merde ! Laisse-moi réfléchir, je te rappelle plus tard, fit-il avant de raccrocher.

Je commençai à tourner en rond dans mon petit appartement comme une otarie dans un bocal de cornichons, stressée au max par l'ultimatum sous-entendu de Riad et par la situation à la gomme dans laquelle je m'étais mise. J'essayai de me rappeler ce que faisaient les héros de mes livres pour se tirer d'affaire mais c'était le vide intégral !

Peut-être que Seif oubliera de m'appeler après tout, me dis-je dans un sursaut d'optimisme. Peut-être qu'il en a marre de mes maladresses et qu'il me dira lui-même qu'il ne veut plus de mon aide. Oui mais alors, adieu mes cinq mille dollars ! Ou peut-être que si je lui expliquais mon problème avec Riad, il comprendra et me laissera tranquille. *Ouais tu parles, tu peux toujours rêver,* me chuchota mon petit lutin intérieur. En parlant de Seif, il faudrait que j'essaie au moins d'en savoir un peu plus sur lui. Je ne savais même pas s'il était du côté des bons ou des méchants, ou du côté des méchants contre d'autres méchants. Bon, qu'est ce que je débloque maintenant ? Si je continuais à réfléchir ainsi mon cerveau allait finir par siffler comme une bouilloire.

Quoi qu'il en soit, je commençai à mesurer l'étendue de ma stupidité en suivant un homme dont je ne savais rien. En plus j'avais accepté son argent pour l'aider à en filer un autre que je ne connaissais pas davantage. Pendant que j'usais mes pneus dans les rues de Montréal en carburant à l'adrénaline je m'identifiai aux héros de mes bouquins, mais quand Seif m'avait démasquée je dois avouer que j'avais eu les chocottes. Il avait l'air intelligent, pourtant il m'avait engagée sans qualifications. Une idée me glaça le sang tout à coup. Et si c'était sa façon de me neutraliser sans être obligé de me descendre, me dis-je en repensant à sa remarque sur les cadavres encombrants.

J'ouvris mon congélateur à la recherche d'une poche de glace que j'appliquai sur ma tête en feu, et allumai la télé. A la une du bulletin de treize heures, une photo de Bilakiev me sauta au visage. *Heurrrk !* Son brushing était encore plus dégueu qu'hier. Avec un œil au beurre noir à demi fermé et ses lèvres fendues, il ressemblait à un boxer que j'avais beaucoup aimé. Sauf que le boxer avait une bouille plus sympa.

Le reporter expliquait qu'un promeneur matinal avait aperçu de loin une forme bizarre affalée sur une table dans le parc où il avait l'habitude de faire son footing. Il s'était approché et avait aussitôt appelé la police en voyant l'homme ligoté. Celle-ci se perdait en conjectures, le vol ne semblant pas être le mobile de l'agression. Le sergent interrogé disait que l'enquête suivrait son cours puisque la victime refusait de collaborer.

Pourquoi ce cloporte refusait-il de collaborer, voulait-il régler ses comptes tout seul ? *Meeeerde !* Un jour ou l'autre il allait se rappeler la grande bringue qui lui avait demandé de réparer son pneu. Je sentis l'angoisse me mordre les boyaux à grands coups de molaires.

Je saisis mon téléphone d'une main tremblante pour appeler Seif, lui il saura sûrement quoi faire. Je dus m'y reprendre à plusieurs fois avant de réussir à composer son numéro. Pas de réponse. Pendant la demi-heure qui suivit, je recommençai le même manège sans plus de résultats. Mes neurones en mode centrifuge étaient incapables d'émettre un signal cohérent tandis que j'échafaudai toutes sortes de projets en vue de me planquer, aller cueillir des fraises au Népal ou partir faire de la plongée sous-marine dans le désert du Sahara par exemple.

Seif m'appela au moment où je m'apprêtais à aller m'acheter une paire de palmes. Je ne lui laissai même pas le temps de placer un mot.

- Vous avez vu les nouvelles ? Qu'est-ce-qui va se passer maintenant ? Et si je tombe sur Bilakiev dans la rue ? Mon copain est au courant et hors de lui, il dit que c'est trop dangereux, il veut que j'arrête tout çà ! Qu'est-ce-que vous allez faire ? demandai-je en jetant toutes ces questions, totalement paniquée. J'allai reprendre mon souffle pour une autre tirade lorsqu'il m'interrompit.

- Calmez-vous bon sang ! J'ai vu les nouvelles, Bilakiev va sûrement se planquer pour le moment. Quant à votre copain, aucun intérêt, c'est entre lui et vous. Vous avez accepté mon offre et j'ai encore besoin de vous.

- Quoi encore ?

- Retournez vous poster à l'hôtel, un de mes gars est sur place depuis cette nuit. Vous ferez équipe avec lui pour continuer à filer le cousin.

- Comment je vais le reconnaître votre gars ?

- Lui il vous reconnaîtra.

- Le cousin lui aussi me reconnaîtra, on a pris le même taxi hier soir !

- Aucune importance !

- Si vous le dites.

- Assez discuté, allez retrouver Sam. Je resterai en contact, fit-il avant de couper la communication.

Je fis tout d'abord un arrêt à une station Shell et mis pour vingt dollars d'essence. Pas de quoi rouler jusqu'à Vancouver, mais assez pour éviter de renouveler mes exploits sportifs de la nuit précédente. Allan et Fred les deux frères propriétaires de la station étaient d'excellents amis à moi depuis des années. Super sympas, excellents mécanos et toujours de bonne humeur, ils comptaient parmi les rares fans des Canadiens avec qui je pouvais parler hockey de façon amicale, en digne fan des Bruins que je suis. Après quelques échanges aigres-doux sur le match prochain qui allait opposer nos deux équipes, je les saluai et hissai la grand-voile, cap sur le Bonaventure.

Mes tibias commençaient l'ascension de la rampe de l'hôtel quand un *Hou, Hou Zika !* strident me fit sursauter. Une femme petite et menue, cheveux châtain foncé flottant sur ses épaules, trottait vers moi en agitant son bras. Hélène ! Une femme adorable et une pipelette infatigable. Ex-collègue de travail, c'était ma meilleure amie fille et je l'adorais. Elle avait tout un réseau de contacts, moyennant quoi elle savait toujours tout sur tout le monde et alimentait toute la bande de copines de potins croustillants.

- Quelle surprise ! Qu'est ce que tu deviens, çà fait longtemps…. Comment va Riad ?

- Il va bien, et toi ? Ton mari, tes enfants ?

- Toujours aussi adorables et chiants, merci. Qu'est-ce-que tu fous dans le coin ? J'adore ton look ado, sympa tes jeans. Moi je bosse maintenant tout près, chez Chapatok sur René-Lévesque, dans le building collé à l'hôtel Reine Elizabeth. Super pratique, en hiver même pas besoin de mettre un manteau pour aller casser la croûte à la Place Ville-Marie. On est au trentième étage, passe me voir si tu es dans le coin. Au fait, tu as appris pour Sue ? Dingue, après huit ans de mariage et deux gosses découvrir que son mari est gai, tu parles d'un choc la pauvre ! C'est ma pause déjeuner, on peut grignoter quelque chose ensemble si tu veux, ce serait super j'ai tellement de trucs à te raconter….

J'allais enfin réussir à placer un mot lorsque je vis ses yeux s'agrandir en fixant un point derrière moi. Le gorille entr'aperçu à Westmount posa sa main sur mon épaule avant que je n'ai eu le temps de faire un mouvement.

- Vite, il arrive !

- Sam ?

- Oui, vite !

Plantant là Hélène désemparée, je me mis à courir en lui criant on se rappelle cette semaine. *Quelle tuile !* Je l'adore, mais ce n'est pas pour rien qu'on l'appelle entre nous radio-express. Avec elle les ragots sont transmis à la vitesse de la lumière et j'entendais déjà la voix soupçonneuse de Riad me questionner à propos du gorille.

Sam, déjà au volant de la grosse Mercedes noire me faisait signe de me grouiller. Sitôt ma portière refermée nous vîmes le cousin descendre la rampe de l'hôtel. Il grimpa dans une BMW 4x4 blanche qui fila à toute pompe. A deux pas de là, Hélène toujours plantée sur le trottoir, regardait dans ma direction les yeux exorbités.

Le 4x4 roulait à vive allure sur l'autoroute Décarie et sortit près de l'hippodrome Blue Bonnet. Sam, l'écouteur de son portable vissé dans l'oreille faisait des prouesses pour ne pas les perdre dans la circulation.

- Elle est avec moi, BMW 4x4 blanche, direction Blue Bonnet. Vitres fumées, pas pu voir le chauffeur.
- C'est à Seif que vous parliez ?
- Oui, il voulait savoir si vous aviez pu me rejoindre à temps.
- Il va venir ?
- Peut-être.

Tu parles d'un père laconique ! Je l'observais du coin de l'œil. Des yeux légèrement bridés, cheveux châtain foncé, fine cicatrice sur le menton, taillé comme un bunker et des mains capables d'étrangler un bison. Je frissonnai. *Sûrement l'air conditionné!*

Nous étions à présent dans la zone industrielle située derrière le champ de courses. Plein de camions entraient et sortaient des bâtiments alignés comme des dominos. Pendant que Sam donnait notre position au téléphone, le 4x4 s'engagea dans un grand stationnement où se trouvait une centaine de véhicules. L'enseigne du bâtiment proclamait Transports Knox. Ralentissant, nous entrâmes à notre tour dans la cour. Sam coupa le contact.

- Qu'est-ce qu'on fait maintenant ?
- On attend.

Pour le priver du plaisir de ne pas me répondre, je ne lui posai plus de questions.

Il sortit de la voiture.

- Je reviens tout de suite, ne bougez pas d'ici.

Pour passer le temps j'observai les environs. Des chauffeurs, logo de la compagnie sur leur casquette, sortaient du bâtiment principal, des feuillets en main, probablement les bordereaux de livraisons. L'un d'eux me fit penser à Sam avec sa silhouette délicate de silo à blé. Il venait vers moi et je pouffai nerveusement en constatant que c'était bien lui affublé d'une casquette Knox. Lorsqu'il reprit place dans la voiture mon rire cessa net en croisant son regard.

Un employé de la compagnie se dirigea vers la BMW. La vitre côté passager s'abaissa. D'où nous nous trouvions je ne pouvais voir que le nez et les Ray-Ban du *cousin*. L'employé continuait à parler en faisant de grands signes en direction d'une des portes de l'entrepôt, puis il repartit vers les bureaux.

Sam enfonça davantage la casquette sur son crâne de taureau, ouvrit la boîte à gants et en sortit un revolver qui me parut énorme, une boîte de cartouches et ce que je pris pour une bombe de laque pour les cheveux. En me penchant, je vis que c'était du poivre de Cayenne. *Ooops!* C'était la première fois que je voyais ce genre de trucs pour de vrai. J'eus du mal à déglutir. Sam se tourna vers moi.

- Asseyez-vous au volant et faites tourner le moteur. Tenez-vous prête à démarrer dès que vous me verrez ressortir.

- Ok, répondis-je en essayant d'affermir ma voix.

Dès que Sam s'éloigna, j'eus un moment de panique. J'avais l'impression qu'on entendait mon cœur battre depuis New-York et je tremblais de la tête aux pieds. *Tu en voulais de l'action pauvre cloche, tu es servie maintenant !.*

La BMW se dirigea vers la grande porte de l'entrepôt qui s'ouvrit à son approche. Une fois à l'intérieur, le lourd rideau métallique s'abaissa laissant tout juste le temps à Sam de se glisser en dessous.

Je tournai la clé de contact et posai mes mains moites sur le volant. *Zika ressaisis-toi !* Je parvins à me calmer en me disant que Seif devait sûrement être dans les parages. N'entendant ni cris ni coups de feu, je commençai à me détendre. Sans perdre de vue la porte de l'entrepôt je profitai de ce moment de répit pour me familiariser avec la Mercedes. Belle bête ! Et j'allai la conduire Ouah ! J'imaginai plus de cinq cents chevaux rugissants sous le capot lustré, lancés sur une autoroute à perte de vue.

D'habitude, les gens qui montaient pour la première fois en voiture avec moi ne renouvelaient jamais leur expérience, allez savoir pourquoi ! Riad appuyait toujours sur une pédale de frein imaginaire en hurlant que je roulais beaucoup trop vite. Incrusté dans ses accoudoirs, il gueulait comme un fou, tandis que je prenais les rues de Montréal pour un circuit de course. Minute…. et si je faisais un essai, un tout petit dans la cour, juste pour me familiariser avec ce monstre quoi ! J'enclenchai la vitesse. A peine eus-je effleuré la pédale que la voiture bondit en avant. Génial, quel pied !

Je parcourus une centaine de mètres lorsque j'entendis comme des coups de tonnerre. La petite porte à coté du grand rideau de fer s'ouvrit et Sam sortit en courant comme s'il était poursuivi par un troupeau de buffles. Il tenait à bout de bras un attaché-case et criait dans son portable. J'accélérai et pilai sec devant lui.

- Grouillez-vous, çà va devenir chaud dans le coin.

En voyant des hommes, le *cousin* en tête, sortir de l'entrepôt revolvers en main, je remis mes questions à plus tard et démarrai comme une folle. Évitant les véhicules stationnés, je fonçai vers la sortie du parking. Dans le rétroviseur, j'aperçus au loin la calandre de la BMW piquer vers nous.

- Oh mon Dieu ils sont derrière nous….

- Mettez pleins gaz bon sang ! Prenez Décarie, on essaiera de les semer !

- Jamais de la vie, s'il y a un bouchon, on est cuits !

Prenant les virages sur deux roues, j'évitai de justesse un camion-remorque qui venait en sens contraire.

- Je vais essayer d'atteindre le boulevard Côte-des-Neiges.

- Vous êtes cinglée ? C'est toujours plein de trafic dans ce quartier !

- Par les rues transversales et les ruelles, on devrait pouvoir les semer.

Je roulais maintenant comme une débile sur la rue Jean-Talon, brûlai un feu rouge klaxon enfoncé et tournai enfin sur Côte-des-Neiges. La BMW était toujours derrière nous à environ une centaine de mètres, zigzagant au milieu des voitures. Sur son portable, Sam donnait notre itinéraire.

A mi-pente devant l'Hôpital Général Juif, un gros camion poubelle s'apprêtait à tourner dans une petite rue transversale. J'appuyai sur le champignon, le dépassai et manquai arracher une aile de la Mercedes en tournant devant lui au ras de son énorme pare-chocs. Le chauffeur se mit à klaxonner comme un fou. Je vis la BMW prendre de l'élan pour tenter la même manœuvre. Le chauffeur du camion déjà de mauvais poil ne voulut pas se laisser faire à nouveau et il engagea le mufle de son véhicule dans la petite rue. J'entendis un gros *BOUMMM,* Sam se retourna en criant tout excité.

- Bien joué ! Dis-donc tu te défends pas mal pour une femme !

Tiens donc, M. Hermétique était capable de montrer des sentiments. Son portable sonna. Je me garai le long du trottoir, mes jambes tremblant comme de la gelée de groseilles.

- On arrive sur Côte-Ste-Catherine, Zika a fait en sorte qu'ils s'emplâtrent dans une benne à ordures et a fini par les semer, mais on va sûrement les avoir bientôt aux fesses.

- On va où maintenant ? Ils ont dû se dégager à présent, à moins qu'ils aient des copains pour prendre le relais, dis-je en redémarrant pour continuer à mettre de la distance entre nous et nos poursuivants.

- Direction le Boulevard à Westmount !

Sous l'effet de la surprise je manquai emboutir une moto. J'essayai de rester zen. Après tout Westmount c'est grand, aucune raison qu'on aille sur les lieux de mes premiers exploits.

- Ralentis, on arrive, dit Sam en appuyant sur une télécommande qui déclencha l'ouverture du garage.

On se trouvait exactement devant la grosse maison en pierres grises où j'avais vu Seif entrer lorsque je le filais. Avec ce qui m'était arrivé récemment, tout ça me semblait à des années lumières, et pourtant c'était hier. Dingue !

- On est où là ?

- Tu ne le sais pas ? Allez entre, on nous attend.

Je ne savais pas trop si j'avais envie d'entrer, mais bon je n'avais pas vraiment le choix. Et puis on ne discute pas avec un mec armé. Je pénétrai lentement dans le garage. La porte basculante se referma derrière nous. En sortant de la voiture je promenai ma main sur le capot de la Mercedes.

- Je t'adore, tu es la meilleure !

Sam m'adressa un regard approbateur et me fit signe de le suivre. Une porte faisait communiquer le garage avec le reste de la maison. Nous débouchâmes dans un vaste hall d'entrée dallé de marbre. Un tapis Persan en recouvrait une partie et quelques tableaux anciens se partageaient les murs. Au centre une petite table ronde supportait un bouquet de fleurs fraîches dans un vase en argent ciselé. Nous continuâmes notre chemin, tandis que je me demandai si et quand j'allais repartir d'ici. Nous arrivâmes enfin dans une bibliothèque spectaculaire. Tous les murs, tapissés du sol au plafond de rayonnages en bois ciré, contenaient des milliers de livres reliés. Comme aimantée, je m'approchai pour lire les titres.

D'aussi loin que je me souvienne j'ai toujours adoré lire. Enfant ma mère devait se battre avec moi pour m'obliger à éteindre la lumière et dormir, au lieu de bouquiner jusqu'à des heures tardives, ce qui ne m'empêchait pas de rallumer dès qu'elle tournait les talons. Allant d'un rayonnage à l'autre, j'effleurai les reliures précieuses, éblouie. Montaigne, Diderot, Voltaire, Shakespeare, El Djahed, Goethe, Khalil Gibran et tant d'autres. Je me sentais comme une enfant sous le sapin de Noël au moment de déballer ses cadeaux et j'avais perdu tout contact avec la réalité. Une petite toux sèche me ramena sur terre. Je me retournai. Un homme âgé et très distingué se tenait au milieu de la pièce. Sam s'inclina devant lui et sortit.

- Ainsi, vous êtes Zika !

- Oui, Monsieur. Vous me connaissez donc ?

- Disons que depuis hier j'entends souvent parler de vous. Mais je vous en prie, asseyez-vous, dit-il en joignant le geste à la parole.

Je pris place sur une bergère tendue de velours rouge grenat. Avec mes jeans, mon t-shirt en coton, mes baskets et mes cheveux en bataille, je ne me sentais pas vraiment à l'aise dans ce décor. Je posai mon gros fourre-tout sur un Boukhara somptueux avec l'impression de commettre un sacrilège. Sam réapparut avec un grand plateau d'argent sur lequel se trouvaient une théière, des tasses et tout un assortiment de biscuits et pâtisseries orientales.

- Peut-être préfèreriez-vous un jus de fruits ?

- Non merci, un thé ce sera parfait.

- Vous devez probablement vous demander ce que vous faites ici, me demanda-t-il, et sans attendre de réponse de ma part il ajouta d'une voix douce et posée, je vais vous raconter une histoire. Avant cela, je vous en prie, servez-vous.

Je versai délicatement le thé odorant dans une tasse que je lui tendis.

- Merci, j'apprécie les bonnes manières chez les jeunes…

Pour lui, tout ce qui avait moins de soixante ans devait être considéré comme un ado. Je faillis lâcher la tasse que je me servais à mon tour lorsqu'il ajouta

- A moins que vous ne vouliez vous assurer que le thé n'est pas empoisonné.

- Il y a des moyens plus simples pour éliminer quelqu'un, dis-je en me ressaisissant. Pas besoin de me faire conduire jusqu'ici. Et puis, dis-je en haussant les épaules, je crois que mon heure est inscrite depuis ma naissance sur le calendrier divin alors…

- Intelligente en plus et philosophe, j'aime ça !

Je commençai à me demander si c'était une façon surannée de me faire la cour.

- Lorsque mon père eût vingt et un ans, son propre père lui offrit un objet de grande valeur transmis au fil des générations. Un sceau en or, datant de l'époque des Pharaons, de Ramsès II plus précisément et probablement volé par quelque pilleur de pyramides au siècle précédent. Mon aïeul, grand collectionneur, le gardait comme un trésor précieux. Depuis toujours dans notre famille, nul d'entre nous n'aurait accepté de s'en défaire. Les plus grands musées, celui du Caire en tête, et des collectionneurs privés nous en ont offert régulièrement des montants faramineux en pure perte. Nous avons subi plusieurs tentatives de vol, mais personne n'était parvenu à nous le dérober, jusqu'au mois dernier.

Des idées confuses se mettaient en place dans ma tête tandis qu'il poursuivait.

- Il y a quatre semaines, rompant avec les traditions, j'acceptai de laisser exposer cette pièce unique au Musée des Beaux-arts de Montréal pour leur quinzaine sous le thème de l'Égypte Antique. Toutes les précautions possibles et imaginables furent prises vous le pensez bien, que ce soit lors du transport ou pendant l'exposition. Tout se passa le mieux du monde. Lorsque la quinzaine fut terminée, le véhicule qui me rapportait le sceau fut attaqué non loin d'ici. Le chauffeur et l'un des deux gardes furent grièvement blessés. L'autre disparut dans l'échauffourée... de même que le sceau.

Il saisit un biscuit me faisant signe de me servir. Je croquai avec délices une corne de gazelle, biscuit délicat rempli de pâte d'amandes. Dévorée de curiosité, j'avais envie de lui demander de poursuivre mais je gardai le silence, difficilement je dois dire tant j'étais impatiente de connaître la suite. Mon puzzle personnel prenait forme. Seif m'avait parlé d'un sceau de trois mille ans valant une fortune. Ce devait être celui-là, la coïncidence serait trop forte autrement. Je me souvenais vaguement d'avoir vu cette histoire aux nouvelles mais n'y avais pas autrement prêté attention alors.

- Nous alertâmes les assurances qui déployèrent immédiatement leurs enquêteurs, sans aucun résultat jusqu'à présent. Je décidai alors de...

La porte de la bibliothèque s'ouvrit et Seif fit son entrée.

- Je vois que vous avez déjà fait connaissance, dit-il en s'asseyant.

- J'étais en train de raconter les circonstances du... vol, dit le vieux monsieur dont la voix se fêla sur le dernier mot. Voyons, où en étais-je ? Ah oui ! Je décidai donc d'engager de mon côté des détectives privés, l'agence IES pour être précis.

Je sursautai tandis que Seif me regardait en souriant.

- Le monde est petit, n'est-ce-pas ?

- Mais alors...

- Oui ?

- Non rien, ou plutôt si. Je vous ai vu sortir de l'agence hier. Je ne savais pas si vous étiez un employé ou un client. Je trouvais juste que vous aviez l'air bizarre et...

- Oui, je connais la suite, dit-il en riant.

Le vieux monsieur tapa dans ses mains pour ramener l'attention.

- Seif, où en sommes-nous à présent ?

- On a pu localiser le lieu de la transaction. Un entrepôt dans une zone industrielle. Ce cher Hamad et un comparse se sont présentés au rendez-vous. Le vendeur, inconnu de nos services, était déjà là. Sam avait pu s'introduire dans les lieux en se faisant passer pour un employé et faisait mine de vaquer à ses occupations tout en gardant un œil sur eux. Hamad et le vendeur étaient assis de part et d'autre d'une table, deux attachés-cases posés devant eux. Leurs acolytes se tenaient un peu en retrait. Selon Sam, la discussion a rapidement dégénéré jusqu'au moment où Hamad sortit un revolver. Ce fut tout de suite le chaos. Tout le monde tirait sur tout le monde. Dans la confusion générale Sam traversa l'entrepôt en courant, comme un employé affolé cherchant la sortie, et en passant il attrapa au vol un des attaché-case espérant qu'il contenait le sceau.

- Et ?

- J'ai vérifié en arrivant ici tout à l'heure, il n'y avait dans la mallette que deux millions de dollars.

Que deux millions de dollars ? On aurait dit qu'il parlait d'une poignée de noisettes. Deux millions ! Une véritable fortune selon mes critères à moi. Il faut dire qu'à partir de cinq mille dollars je fais déjà des rêves de grandeur, alors... Tout est relatif, quoi !

- Quoi d'autre ?

- Sam est sorti en courant. Zika qui l'attendait au volant a démarré dès qu'il est monté à bord, poursuivis par Hamad qui les avait pris en chasse. Moi j'étais dans le stationnement prêt à filer le vendeur. Hamad, on savait où le trouver. Peu après, trois hommes sont sortis, se sont engouffrés dans un Jeep Cherokee bleu foncé et….

- C'est Zika qui conduisait la Mercedes ? coupa le vieux monsieur, yeux écarquillés.

- Oui. D'après Sam elle s'est plutôt bien débrouillée. De mon côté, j'ai suivi la Jeep jusqu'à une villa du quartier Notre-Dame-de-Grâces. Je suis resté en planque jusqu'à ce que Tom prenne la relève, puis je suis venu ici. J'ai pris quelques photos du vendeur, floues je le crains, et les ai envoyées au bureau avec le numéro de leur plaque minéralogique. Je devrais avoir des informations sous peu.

- Bien, attendons. Et vous Zika, comment les avez-vous semés? Pas trop éprouvée ?

- Elle s'en est sortie comme un pro Monsieur, intervint Sam avec enthousiasme, qui venait d'entrer. Elle a si bien manœuvré que les autres ont embrassé un camion poubelle, ce qui nous a permis de filer.

- En vérité, Monsieur, l'adrénaline et la peur m'empêchaient de penser. J'ai dû m'arrêter ensuite en attendant que mes jambes cessent de trembler.

- Normal compte tenu des circonstances, rassurez-vous.

La sonnerie de mon portable nous fit tous sursauter.

- Mon Dieu, c'est mon copain ! annonçai-je catastrophée.

- Dites-lui que vous êtes en entrevue d'embauche, suggéra Seif avec un clin d'œil.

Je le fixai avec stupeur, puis décrochai.

- Désolée Riad, je suis en entrevue pour un travail. Je te rappellerai.

J'eus juste le temps d'entendre *enfin une bonne nouvelle !* avant de raccrocher. Sam, ressorti entre temps, revint avec un autre plat de pâtisseries et repartit. Le silence s'installa, bientôt rompu par Seif.

- Zika, je crois que je vous dois la vérité, commença-t-il.

- Oui, le moment est venu, ajouta le vieil homme.

- Oh oh, je ne suis pas sûre de vouloir entendre la suite, fis-je en les fixant.

- Quand vous êtes passée à l'agence hier je vous ai entendue de mon bureau. Je m'apprêtais à venir ici avant d'aller à l'aéroport. Comme la secrétaire je croyais qu'il s'agissait d'un canular, mais votre voix était si passionnée et si sincère à l'évidence que j'ai voulu faire un… une sorte de test pour voir ce que vous valiez. Je suis sorti sur vos talons et j'ai appelé un de nos coursiers que j'ai projeté contre un mur à son arrivée.

- Le jogger était dans la combine ? criai-je rouge de honte. Quelle idiote j'ai été !

- Vous ne pouviez pas savoir. Je me disais elle va paniquer, appeler le 911 ou courir se réfugier chez elle.

- Je n'y ai même pas pensé, avouai-je piteusement.

- Quand vous m'avez pris en filature, j'ai été surpris. Comme vous ne vouliez pas décrocher j'ai continué. Sur Crescent, comme vous étiez encore là et que je devais absolument me rendre à l'aéroport, j'ai décidé qu'il valait mieux vous avoir avec moi que de vous voir faire foirer ma prise de contact avec Hamad.

- Alors Hamad, Bilakiev et tout le reste c'était aussi du bidon ?

- Pas du tout ! Tout le reste est vrai, malheureusement !

- Pourquoi me dire tout cela maintenant ? Depuis hier, je ne savais pas si vous étiez du côté des bons ou des méchants. J'ai eu des problèmes incroyables avec mon copain qui pensait que je travaillais pour un gangster.

- Au lac des Castors, poursuivit-il passant outre mon interruption, je me suis rendu compte que vous aviez l'inconscience des débutants, mais en voyant votre fougue en parlant d'Hercule Poirot, du badge, et tout le reste, j'ai décidé de vous donner une chance, tout en vous surveillant et en vous protégeant de mon mieux pour vos débuts. Et puis…. j'adore votre humour grinçant quand vous êtes en colère, conclut-il en riant.

- Comment çà me donner une chance ? Et çà veut dire quoi pour vos débuts ?

- Qu'en pensez-vous ? demanda Seif en se tournant vers le vieil homme.

- Je suis d'accord. Elle m'a favorablement impressionnée moi aussi.

- Bien. Zika vous êtes engagée par l'IES, si vous acceptez naturellement!

- Non, c'est vrai ? Vrai de vrai ? criai-je en sautant sur mes pieds toute excitée. Vous pensez que le patron de l'agence sera d'accord ? Et désignant le vieil homme, votre client acceptera une débutante pour travailler avec vous avec un enjeu pareil ?

- Zika le patron de l'IES c'est moi, Seif El Toufir. Vous garderez les deux mille dollars, juste récompense pour votre travail, et pour la débrouillardise et le courage dont vous avez fait preuve jusqu'à présent. Les trois mille dollars restants seront déductibles de votre commission quand le travail sera achevé.

- Mince alors je vous prenais pour un truand et en fait j'espionnais mon boss ! dis-je en éclatant de rire. Puis redevenant sérieuse, de quelle commission parlez-vous ?

- Comme nos autres agents, pas de salaire fixe, vous toucherez un pour cent de la valeur des objets ou documents que nos clients nous chargent de retrouver. Cent vingt mille dollars dans le cas présent. Lorsqu'il s'agit simplement d'investigations, d'enquêtes ou de filatures, la commission est de cinq pour cent des honoraires versés par le client.

- Bien entendu, poursuivit-il, vous devrez suivre très prochainement une formation, apprendre les lois fédérales et provinciales, comment établir des rapports et pas mal d'autres choses. Vous aurez aussi un entraînement pour réussir des filatures, prendre des photos ou des vidéos discrètement, un stage sur le terrain si vous préférez. Lorsque vous aurez complété toutes les étapes et passé avec succès votre examen final, vous aurez alors une licence officielle de détective. D'habitude ces procédures ont lieu avant de lancer un agent sur une affaire, mais depuis que vous avez déboulé sur ma route j'ai dû improviser et procéder à l'envers. Vous avez fait la pratique avant la théorie en quelque sorte. Mais quoi d'étonnant quand on commence à vous connaître ! conclut-il en riant.

Je me sentais dépassée, assommée. J'avais l'impression que mes cellules grises ne répondaient plus à l'appel. *Allô la Terre ?* Je comptais chaque dollar depuis si longtemps pour pouvoir manger à ma faim, et là on me parlait de cent vingt mille dollars !

- Mon Dieu je vais enfin pouvoir payer mes factures et... Oh bon sang ! Mon copain va devenir fou quand il apprendra tout çà, déjà qu'il m'appelle Calamity Jane !

- Il s'en remettra, il n'aura pas le choix, dit Seif en riant de plus belle. J'allais oublier, notre client est d'accord pour que vous fassiez partie de l'équipe, n'est-ce pas Père ?

- Absolument Seif, dit-il en souriant.

Père ? C'était trop ! Trop de nouvelles, trop d'émotions, trop d'argent, trop de surprises, trop de tout…. Je pris le parti le plus sage, celui de m'évanouir.

CHAPITRE 3

En ouvrant les yeux, je me demandai qui avait changé le lustre de ma chambre sans ma permission. Je me redressai sur un coude et me vis allongée sur un divan de la bibliothèque. La mémoire me revint d'un coup. Je me relevai d'un bond, encore un peu vacillante. Seif était au téléphone. Son père me regardait d'un air inquiet.

- Vous nous avez fait une peur bleue Zika.

- Désolée, je ne m'étais jamais évanouie jusque là, fis-je confuse.

- Trop d'émotions j'imagine, dit-il en souriant.

Seif interrompit nos mondanités.

- C'était le bureau. La villa à NDG appartient à un certain Branko Horak, d'origine Tchèque. Importe des poissons et fruits de mer, principalement de Thaïlande. Ses bureaux et entrepôts sont à Montréal-Nord. Des ennuis avec le fisc il y a quatre ans. Aucune charge retenue. Impliqué l'an dernier dans un trafic d'ivoire et de jade en provenance d'Asie, découverts dans des containers de poissons congelés. Son avocat lui a obtenu un non-lieu, la Couronne n'ayant pu prouver qu'il était au courant du trafic.

- Tout un pedigree dites-donc ! m'exclamai-je.

- En effet, mais attendez le meilleur ! La Jeep est au nom de Vassili Bilakiev, chauffeur et homme à tout faire de Horak. Il loue un bas de duplex à St-Léonard.

- Vous l'avez retracé !

- Oui, on lui rendra visite prochainement.

- Heu… personnellement je ne suis pas si pressée, ce gars-là doit avoir un démonte-pneu contre moi.

- Voilà du bon travail. Quel est ton programme Seif ? lui demanda son père.

- Tom est toujours à NDG. Aucun mouvement à noter. Bill est au Bonaventure, Hamad n'a pas bougé de sa chambre, il s'est fait monter un repas. Sam va relayer Tom tout à l'heure. Zika et moi filons au Bonaventure.

- Oh mon Dieu ma voiture ! J'ai oublié ma voiture !

- Aucun problème nous prendrons la mienne.

- Non, non, ce n'est pas çà. Je n'avais mis que deux heures dans le parcmètre. Je parie qu'une contravention est scotchée sur mon pare-brise.

- Vous l'enverrez au bureau.

- Ouah ! J'aurais aimé vous rencontrer avant, tout a l'air si simple avec vous.

- Ne vous y fiez pas, le plus dur est à venir, dit-il mi-figue, mi-raisin. Allez venez !

Nous prîmes congé de M. El Toufir senior qui nous accompagna jusqu'à la voiture.

La contravention rose et blanche coincée sous un essuie-glace se voyait à cent mètres. J'allai la prendre, la jetai dans mon fourre-tout et rejoignis Seif.

- Je viens de parler à Bill, rien à signaler.

- Qu'est-ce-qu'on fait ?

- Je vais faire équipe avec Bill pour surveiller ce cher Hamad. Comme la rencontre ne s'est pas passée comme prévu, il doit être en train de manigancer quelque chose.

- Et moi ?

- Inutile de vous impliquer là-dedans. Rentrez chez vous. Je ne pense pas qu'il y ait du nouveau ce soir, dans le cas contraire, je vous appellerai.

En route pour mon appartement, je décidai de m'accorder une récréation en m'arrêtant un instant chez Sy, mon meilleur ami. Sa famille était propriétaire d'un dépanneur-épicerie à deux cent mètres de chez moi. On y trouvait de tout ce qui se mange, se boit, sans oublier les cigarettes et des billets de loteries. C'est aussi un haut lieu de discussions entre amis de Sy et amateurs de hockey et de football. Fan des Flyers de Philadelphie, lui-même hockeyeur gardien de but dans ses temps libres, la mi-trentaine, grand et super musclé, Sy allait tous les soirs au club de gym en sortant du boulot, au grand désespoir de son adorable épouse qui ne le voyait qu'entre deux portes.

- Et alors, qu'est-ce-qui se passe Zika ? Je ne t'ai pas vue depuis deux jours !

- Si tu savais !

- Avec toi, rien ne peut plus m'étonner, s'esclaffa-t-il. Allez raconte !

- Oh la vache ! Depuis le temps, je suis habitué à tes excentricités, mais là je dois dire que tu t'es surpassée, dit-il lorsque j'eus terminé mon récit. Comment a réagi Riad ?

Je me contentai de pousser un énorme soupir en levant mes yeux au plafond.

- Je vois, un jour tu vas le rendre fou, je t'assure.

- Hé ben comme çà on sera quittes. Dis-moi, d'après toi est-ce-que les Bruins vont gagner ce soir ?

- Les Bruins sont des abrutis ! intervint un client à haute-voix.

Je fusillai l'intrus du regard. Sy secouait la tête en riant, sachant que la discussion allait être houleuse comme chaque fois que quelqu'un osait dire du mal des Bruins.

- Je suis sûre que les Bruins vont gagner, dis-je à Sy. Les Canadiens sont des crêpes et leur gardien de but est une passoire ! sifflai-je en fixant délibérément le provocateur qui s'étrangla de rage.

Je pris des yogourts, une pizza congelée aux épinards et un carton de lait que je posai sur le comptoir. Réflexion faite, j'ajoutai deux Bounty.

- Demain je monterai deux ou trois étages à pied au lieu de prendre l'ascenseur dis-je à Sy dont le regard amusé résumait ses doutes sur mes projets de mise en forme.

Je payai le tout, dis au revoir à Sy en écrasant *accidentellement* le pied du client au passage, et rentrai chez moi.

Il était un peu plus de dix-sept heures. Trop tard pour déjeuner, trop tôt pour dîner. Je mis mon portable sur son chargeur, puis j'avalai un Bounty avec un verre de lait, allumai la télé et me jetai sur le divan. Le bulletin de nouvelles ne mentionnait aucun développement sur l'affaire Bilakiev. Je mis la chaîne des sports. On ne parlait que de la visite des Bruins à Montréal, qui allaient affronter dans quelques heures les Canadiens au Centre Bell. J'enfilai à la hâte un de mes chandails noir et or des Bruins, comme toujours lorsqu'ils jouaient à Boston ou ailleurs, histoire de leur envoyer des bonnes vibrations. Pas vraiment la tenue vestimentaire idéale dans cette ville, surtout ce soir avec les Bruins en ville. Il y en a qui y verront de la provocation, c'est comme si j'y étais ! Être un fan des Bruins de Boston, l'éternel rival des Canadiens n'est pas une situation de tout repos quand on vit ici, mais bon, il faut savoir s'adapter et courir vite dans certains cas.

Riad allait sûrement m'appeler en sortant du boulot. Il devait envisager les jours à venir l'esprit tranquille pour se consacrer à son projet en pensant que j'avais décroché un job de secrétaire.

En avril dernier, après plusieurs semaines de bourrage de crâne, Haroun, son dernier meilleur ami en date, avait persuadé Riad de monter sa propre affaire. Sympa et serviable, il avait un ventre en forme de barrique, des yeux de hibou mutant et un cerveau de la taille d'un poids chiche. Ce gars-là n'était pas une lumière, mais il était rusé, et surtout il avait de la suite dans les idées.

Procédant par étapes, il avait d'abord convaincu Riad de déménager, Ô hasard, pas loin de chez lui. Sa femme, musulmane pratiquante ne tolérant aucun alcool chez eux, il venait alors se cuiter chez Riad chaque semaine, de préférence le samedi soir lorsque mon copain et moi devions être ensemble. Notre soirée à nous passait alors automatiquement en mode annulé. J'aimais prendre un verre de vin de temps en temps avec mon copain, mais les soirées cuites au max et les discours d'ivrognes ce n'était pas mon truc. Comme il était inconcevable pour un Arabe de faire passer une femme avant un hoya[4], je restais alors seule chez moi pendant que ces deux-là refaisaient le monde autour de leurs caisses de bières. Bien entendu, Riad buvait lui aussi, par esprit de solidarité j'imagine ! Une fois les bières descendues, les projets les plus ardus devenaient réalisables, d'autant plus que Haroun ponctuait toutes ses phrases avec des tas de *çà va marcher, garanti !* et de *je te dis la vérité hoya, c'est du tout cuit !*

Riad était un homme intelligent, courageux et travailleur, qui aimait peser le pour et le contre avant toute décision. Sa principale faiblesse était qu'il se méfiait de tout le monde, surtout des personnes qui lui avaient prouvé leur loyauté, à commencer par moi.

Pour gagner la confiance de Riad un seul critère était requis, être né Marocain ou Marocaine. Une fois ce difficile examen de passage réussi, la personne pouvait manipuler Riad à fond tout en le persuadant que ses décisions venaient de lui-même. Du grand art !

Cette fois, l'idée brillantissime était d'acheter au Maroc des produits d'artisanat et de les revendre au Canada. Sauf que ni Riad ni Haroun n'y connaissaient quoi que ce soit.

- Haroun a dit qu'il a plein de contacts là-dedans au Maroc, m'avait-il dit tout excité.

---

[4] hoya : frère en arabe

- Riad, je souhaite que çà marche pour toi, mais il y a déjà plein de boîtes du même genre ici, lui avais-je répondu alors qu'il m'exposait ses plans.

- Haroun va trouver les meilleurs fournisseurs avec des prix imbattables, trancha-t-il. En échange je lui filerai une commission sur les prix d'achats.

- Comment peux-tu être sûr que les vendeurs et Haroun ne se seront pas entendus pour gonfler les prix ? Le vendeur pourra ainsi encaisser davantage, et lui aussi d'ailleurs.

- Je demanderai à ma sœur qui est là-bas d'aller vérifier que tout est en ordre. Si elle me dit que tout est bien, c'est suffisant. Comme elle ne travaille pas en ce moment, çà l'occupera.

Je laissai Riad poursuivre ses discours sur son futur projet sans dire mot, sachant d'expérience qu'il était moins dangereux de traverser l'Atlantique à la nage par des vents de force dix que de critiquer, même avec raison, un membre de sa famille ou ses hoyas.

J'avais fait la connaissance de sa sœur aînée au cours de vacances d'été qu'on avait passé Riad et moi chez lui au Maroc. Le séjour dans ce pays magnifique que je connaissais bien et que j'adore était génial, par contre l'ambiance dans la demeure familiale laissait à désirer. En moins d'une semaine j'avais pigé que sous son faux air soumis, la sœur en question maîtrisait au plus haut niveau l'art de faire tourner son frère au bout du doigt qu'elle lui avait enfoncé dans le derrière comme on dit là-bas. Dès qu'elle sut qu'il avait des économies, elle en fit son banquier personnel.

Sans nécessité mais pour le besoin de paraître, besoin essentiel au Maroc, elle avait mis en chantier année après année des travaux de rénovation et de décoration dans la demeure familiale. Sans argent, puisqu'elle ne travaillait que lorsqu'elle n'avait plus de maladies-prétextes à inventer, elle faisait des emprunts bancaires à taux élevés. Son frère l'appelait chaque soir du Canada pour prendre de ses nouvelles. En fait de nouvelles, c'était une suite ininterrompue de gémissements en mode plaintif et accablé, au sujet de factures et remboursements qu'elle ne pouvait assurer. Suivant un scénario réglé une fois pour toutes, Riad se mettait alors à gueuler et à jurer, puis, le téléphone raccroché, enfilait ses godasses en vitesse et courait à la poste pour lui envoyer du fric.

Dix-huit heures, le ciel commençait à s'obscurcir. Je me levai, allumai les lampes du salon, me préparant mentalement pour le match diffusé à dix-neuf heures. Je préparai une salade composée pour accompagner ma pizza et mis le four à chauffer.

Je trépignais sur mon divan, poussant des cris d'Apaches sur le sentier de la guerre en regardant la première période de jeu. Mes voisins, depuis longtemps habitués, ne cognaient plus sur les murs depuis belle lurette. Ils n'avaient même plus besoin de consulter le calendrier des matchs de la LNH pour savoir quelle équipe jouait.

Les Canadiens avaient marqué le premier but et l'attaquant vedette des Bruins venait de prendre une pénalité pour rudesse. Tu parles, toute une histoire pour un malheureux coup de poing donné distraitement. L'arbitre n'avait pas l'air de mon avis alors que la caméra faisait un zoom avant sur le nez en sang d'un joueur des Canadiens qui regagnait péniblement son vestiaire. La foule au Centre Bell hurlait des insultes. Le jeu reprit. Les Bruins se donnaient à fond pour égaliser la marque. Le filet adverse était en vue lorsque la sonnerie de mon portable me fit sauter au plafond.

Énervée, je fis tomber mon assiette à terre en m'emparant du téléphone, ce qui amena sur mes lèvres quelques jurons bien sentis.

- Tu as l'air de bonne humeur on dirait !

- C'est rien Riad, j'ai juste fait tomber mon assiette.

- Comment s'est passée ton entrevue, tu as décroché le job ?

- Super bien. Je l'ai eu.

- Bravo ! Ça va te sembler bizarre après si longtemps de retourner au bureau, mais tu vas voir tu vas vite retrouver le rythme.

- C'est-à-dire… ce n'est pas exactement un travail de bureau

- Ah non ?

- Non. Tu sais quoi ? J'ai finalement découvert qui était Seif. Ce n'est pas un gangster. C'est le patron de l'agence IES, une de celles où je m'étais présentée.

- Qui te l'a dit ?

- Personne, il me l'a dit lui-même en présence de son père quand j'étais chez lui.

- Tu étais chez lui ? rugit Riad.

- Ben oui, c'est Sam qui m'avait dit d'y aller pour échapper aux dingues.

- Échapper aux dingues ?

- Mais oui, ceux qui nous poursuivaient en voiture. Comme ils étaient armés, Seif a dit à Sam qu'il valait mieux qu'on aille chez son père.

- Putain c'est quoi cette merde ? Pourquoi ces derniers jours j'ai l'impression que tu me parles en Japonais ancien ?

- Écoute c'est simple…

Lorsque je me tus, l'explosion que je redoutais ne se produisit pas. A la place, un silence minéral troué par le sifflet de l'arbitre à la télé, là-bas dans une autre galaxie.

- C'est génial non ? Maintenant on sait que je ne bosse pas pour des bandits, et…

- Tu ne travailles pas pour des bandits, mais ça change quoi pour moi de savoir d'où viennent les balles qu'on tire autour de toi ?

- Ouais, vu comme ça… dis-je à mi-voix.

- Y a-t-il une autre façon de voir ?

- Ce sont des hommes armés et entraînés comme Sam qui s'occupent des tâches disons, plus musclées. Moi je ne suis qu'un agent de filature, un chauffeur à l'occasion, un agent de liaison en quelque sorte.

- Qu'est ce que tu foutais au volant de cette bagnole ?

- C'est ce que je suis en train de t'expliquer, il fallait bien un chauffeur puisque Sam était occupé à éviter les balles comme tu dis.

- Pourquoi ne pas envoyer ton cv à Postes Canada, un copain m'a dit qu'ils recherchent des employés de bureau en ce moment ?

- D'après toi, j'ai combien de chances d'avoir un job, là tout de suite, alors que des centaines de candidates ont dû déjà postuler ? Et puis, est-ce que tu as enregistré le montant que je vais toucher quand cette affaire sera réglée ?

- Si cette affaire se règle un jour, si je ne pète pas les plombs avec toi d'ici là !

- Peut-être aussi que je suis un vieux macho traditionnel, reprit-il. J'ai déjà du mal à encaisser de ne pas pouvoir t'aider plus avec le peu que je gagne, et le fric que ma sœur me pompe avec sa folie des grandeurs et ses rénovations à la con ! En plus maintenant ma compagne va toucher ce que je ne gagnerai probablement pas avant des années.

- Sois pas bête ! Moi je ne vois que la merde financière dans laquelle je me débats depuis quatre ans. Non seulement cet argent règlera pas mal de problèmes, mais ce sera aussi un coussin de sécurité pour les jours plus sombres. Après je pourrais me cantonner dans des activités de bureau pour eux. Tu sais, comme compiler des données ou m'occuper de logistique pour les agents. Des trucs plus pépères quoi.

- Ouais, tu pourrais. Et pour cette affaire-ci, qu'est ce qui va se passer maintenant ?

- J'en sais rien. Seif doit m'appeler s'il y a du nouveau.

- Ce soir ?

- Je ne sais pas.

- Bon, puisque tu es chez toi, j'arrive. On arrivera peut-être à passer une soirée et une nuit tranquilles ensemble.

- Super, ne t'inquiètes pas pour la bouffe, je cours chez Sy chercher une autre pizza.

- D'acc ! Haroun me déposera en ville, je serai là d'ici vingt minutes.

Je remis mes baskets en vitesse, gardai mon jersey des Bruins, et décidai d'aller à pied jusqu'au dépanneur, histoire de perdre quelques calories. Quatre cent mètres aller retour seulement, mais les marathons commencent toujours par quatre cent mètres pas vrai ? C'est juste que moi je m'arrête avant.

J'avançais rapidement perdue dans mes pensés. Un concerto de klaxons me fit reprendre pied dans la réalité. Des huées s'échappaient des vitres ouvertes. Un vieil homme marchait tranquillement vers moi. Lorsqu'il ne fut plus qu'à un mètre il s'arrêta, et prenant soin de bien viser, cracha juste entre mes deux pieds. Han ! On ne devait pas aimer la même équipe. Mon poing se serra, puis se rouvrit. Trop vieux, j'aurais l'air de quoi ! Je levai poliment mon majeur sous son nez et poursuivis mon chemin. Qui a dit que je manquai de savoir-vivre ?

Chez Sy l'ambiance déjà électrique monta d'un cran lorsque je débarquai. Les huées et le crachat m'avait rendue d'humeur agressive aussi je redressai la tête fièrement en fendant le groupe bleu-blanc-rouge debout devant la grande télé murale, bien décidée à répliquer à la moindre attaque. Les clients, ceux qui n'étaient là que pour acheter de la bouffe ou des bières se dépêchaient de faire leurs emplettes pour pouvoir évacuer l'endroit en vitesse au cas où. Finalement être la meilleure amie de Sy avait du bon, mon chandail était intact et je n'avais aucune marque de coup en ressortant à l'air libre.

Riad arriva devant mon immeuble en même temps que moi. La Honda rouillée de Haroun s'éloignait en crachant de la fumée par son pot d'échappement. La lutte contre la pollution ce n'était pas son souci majeur. Haroun estimait que de jeter ses bouteilles de bières vides dans un bac à recyclage était déjà une grosse contribution de sa part pour l'environnement.

Mon copain fit la grimace en regardant mon jersey. Le hockey ça ne le branchait pas vraiment, il aimait mieux le foot, ou le soccer comme on dit en Amérique du Nord. Il y a quelques années je l'avais initié au hockey, il avait même commencé à aimer les Bruins jusqu'à l'an dernier où il était subitement devenu un fan des Canadiens. Un autre hoya avait dû trouver les mots qu'il fallait !

Chacun sur un divan, les yeux rivés sur la télé, Riad essayait d'avaler sa pizza tandis que je sautais en l'air en criant quand mes Bruins marquaient un but. La marque était de six à deux pour Boston lorsque le sifflet final se fit entendre. Au Centre Bell la météo annonçait des orages violents. Moi, je trouvais le ciel radieux. Les commerçants du centre-ville habitués et résignés, avaient baissé les rideaux de fer sur leurs devantures, en prévision des fans frustrés qui allaient encore tout casser sur leur passage.

Une fois la table débarrassée et la vaisselle rangée, Riad me prit dans ses bras, m'entraînant hors de la cuisine. De bisous en caresses, je me retrouvai quelques minutes plus tard sur mon lit, tandis qu'il bataillait avec son ceinturon et son jeans. La magie entre nous opérait de plus belle, tandis que corps et souffles emmêlés, nous oubliions tout ce qui n'était pas nous. La passion entre nous, toujours aussi forte, nous permit de signer un traité de paix en deux exemplaires sur nos draps, en attendant la prochaine dispute. Bien plus tard, je le regardai dormir, émue par ses traits que le sommeil adoucissait. J'éteignis la lampe, me pelotonnai contre lui et m'endormis à mon tour.

Je rêvais que je conduisais la Mercedes noire à un train d'enfer sur la piste de Blue Bonnet terrorisant chevaux et jockeys qui s'écartaient sur mon passage, lorsque la voix de Riad pulvérisa mon sommeil.

- Qui est l'abruti qui t'appelle à cette heure-ci bordel ?

Une idée me vînt à l'esprit mais je la gardai pour moi. Je jetai un regard embrumé au réveil. Une heure moins le quart. *Décidément c'était une manie !*

- Oui ? fis-je d'une toute petite voix, en évitant le regard noir de Riad.

- Zika, venez tout de suite, on a besoin de vous pour passer à travers une fenêtre.

- Quoi ? Je n'ai pas envie de me faire taillader, criai-je subitement réveillée, me voyant déjà hérissée de tessons de verre.

Je vis Riad sortir du lit et se rhabiller à toute allure, en marmonnant des mots sans suite.

- On ne vous demande pas de jouer à la torpille humaine en défonçant une fenêtre, juste de vous glisser à l'intérieur, pour aller ouvrir la porte qui est fermée au verrou. J'ai essayé, je ne passe pas, et vous avez vu Sam, pas la peine de vous faire un dessin….

- Mais… quelle fenêtre ? Où êtes-vous ?

- Dans le jardin de Bilakiev. Il a quitté NDG il y a une heure avec Tom sur ses talons. Il a foncé aux bureaux de Horak, y est resté dix minutes, avant de rentrer chez lui. Prenez la rue Langelier direction nord, juste avant la rue

Belherbe vous verrez une laverie automatique. Je vous attendrai devant, remuez-vous !

Titubante de sommeil, je me rendis à la salle de bains pour une toilette express. Riad, visiblement furax, me rattrapa par un bras.

- Où vas-tu ?

- A St-Léonard, il faut que je me dépêche.

- Pour te faire taillader ? gronda-t-il.

- Non, non, il faut juste que je passe à travers une fenêtre, fis-je en me dégageant.

- Pourquoi toi ? Ton cher patron et ses sbires ne peuvent pas le faire eux-mêmes ?

- Ils sont trop gros.

- Çà c'est le bouquet ! dit-il en se tapant sur le front. Et après tu fais quoi ?

- Une fois à l'intérieur, je leur ouvre la porte. Elle est fermée au verrou, ils ne peuvent pas la forcer.

- Entrée par effraction, de mieux en mieux ! Et où à lieu la fête ?

- Chez Bilakiev.

- QUOI ?? hurla-t-il.

- Chuuuut ! Tu vas réveiller tout l'étage.

- Je m'en fous ! Tu ne vas pas là-bas toute seule au milieu de la nuit !

- Pas le choix !

Je me passai un rapide coup de peigne, enfilai jeans et sweat sombres, ainsi qu'une paire d'espadrilles noires, bousculant Riad qui me barrait le chemin.

- Je viens avec toi, j'en profiterai pour dire à ce Seif ce que je pense de lui !

- Oublie çà, tu ne devrais même pas être au courant.

- Je n'en ai rien à cirer !

- Je vais perdre mon boulot si tu t'entêtes, grondai-je à mon tour. Je ne peux pas me le permettre. Je dois y aller, fis-je en ramassant mon fourre-tout et mes clés.

- Écoute, ou je viens avec toi, ou bien je rentre chez moi et tu ne me reverras plus. J'en ai marre, tu comprends, marre !

- C'est du chantage, voilà ce que c'est ! Et nous deux alors, çà ne veut plus rien dire pour toi ? criai-je à mon tour en éclatant en sanglots.

- Tu ne comprends pas ? Je tiens à toi bon Dieu, mais j'aime mieux tirer un trait sur nous que de passer ma vie à me demander si je te reverrai en bon état.

- Tu tiens à moi ? C'est la première fois en dix-neuf ans que tu me dis que tu tiens à moi, dis-je en sanglotant de plus belle et en me jetant dans ses bras.

- Çà m'a échappé, fit-il bourru, en me caressant les cheveux. Allez, filons !

Je conduisais à toute allure sur Métropolitain, tandis que Riad tournait la tête en tous sens comme un derviche en folie pour repérer les distributeurs de contraventions. Avant la sortie Langelier, je m'arrêtai sur la voie de service.

- Qu'est-ce-qui se passe ?

- Écoute, je te le demande comme une faveur. Allonge-toi derrière entre les sièges. Je ne veux pas que Seif te voies, je n'ai pas envie d'avoir de problèmes, pas envie de perdre mon boulot ! S'il-te-plaît Riad, fais le pour moi.

- Écoute-moi bien toi aussi, dit-il d'un ton rude, je ne suis pas d'accord mais je vais le faire pour que tu ne m'accuses pas plus tard d'être la cause de ton renvoi, mais souviens-toi que je t'aurai à l'œil.

- Merci mon chéri, allez grimpe vite derrière et fais-toi petit.

- Me faire petit, tu en as de bonnes ! grommela-t-il en s'installant comme il put.

Dès que je fus en vue de la laverie automatique, Seif m'appela sur mon portable.

- Inutile d'attirer l'attention, suivez-moi. La maison de Bilakiev est à deux rues d'ici. Une fois sur place, stationnez votre voiture et rejoignez-nous à l'arrière du duplex.

- Compris !

Je répétai les consignes à Riad, l'adjurant de ne pas bouger.

- Je ne verrouillerai pas les portières, tu garderas les clés et je laisserai une vitre entrouverte pour que tu aies de l'air.

- Tu es trop bonne !

- T'inquiètes pas, je devrais en finir rapidement et on pourra retourner se coucher.

- Han !

La Mercedes se gara dans une courbe. Tout avait l'air tranquille. Aucune lumière chez les résidents du coin, à cette heure-ci tout le monde devait roupiller. Seif sortit de sa voiture sans se presser et se dirigea vers un des nombreux duplex qui bordaient la rue, comme un noctambule qui rentre tranquillement chez lui. Je le dépassai, repérai le numéro, fis demi-tour plus loin, et revins sur mes pas. Je me garai dans le coin le plus sombre que je pus dénicher, loin des lampadaires.

- Çà se passe au 8718, au rez-de-chaussée, chuchotai-je, je reviens tout de suite.

Je refermai ma portière aussi doucement que je le pus, marchai entre les buissons en me tenant éloignée des zones éclairées, et me rendis à l'arrière de la bâtisse où Seif était allé. Il faisait sombre et j'avais du mal à voir où je mettais les pieds. Je distinguai la tâche plus claire d'une véranda quand je perçus un mouvement sur ma droite. J'allais hurler lorsqu'une main se plaqua sur ma bouche.

- Chut, c'est moi, murmura Seif à mon oreille.

- Ouf ! Vous m'avez fait une de ces trouilles !

- Venez par ici, et pas de bruit surtout. Me tenant par le coude, il me conduisit sur le côté de la maison.

C'était un vieux duplex en briques des années soixante-dix subdivisé selon les standards de l'époque. Au premier un appartement, et un deuxième au rez-de-chaussée doté d'un sous-sol habitable. A l'arrière, une véranda de bois commune aux deux. Sur la façade principale, deux portes avec leur numéro respectif. Sur le côté de la maison séparée du duplex voisin par une haie d'arbustes, au niveau sous-sol il y avait deux fenêtres à guillotine de taille normale et une fenêtre standard plus étroite, donnant probablement sur une salle de bains.

Seif armé d'un stylo-lampe de poche me montra cette dernière.

- On a vérifié, aucun système d'alarme, chuchota-t-il. Les châssis des autres fenêtres sont rouillés, on ne voulait pas risquer de faire du bruit en les relevant. Celle-ci n'était que poussée. Elle donne dans une salle de bains. Vous allez vous faufiler par-là, remonter au rez-de-chaussée et débloquer le verrou de la porte d'entrée. Soyez prudente, la chambre de Bilakiev est au rez-de-chaussée, elle donne sur la cour arrière.

- Mais si Bilakiev est là, il m'entendra lorsque j'irai ouvrir, dis-je à voix basse, les bras déjà hérissés de chair de poule en imaginant la scène.

- Si vous ne faites pas de bruit, il n'y a aucune raison. Tout est éteint à l'étage, il dort probablement. Une fois au rez-de-chaussée, allez vers l'entrée et tournez les verrous. Sam vous attendra à l'extérieur devant la porte.

J'entendis un léger craquement de brindilles non loin et sursautai. D'une pression sur le bras, Seif me rassura.

- C'est Sam.

- Qu'est-ce-qu'il fout dans le jardin ? Il ne devrait pas être devant la porte ?

- Il attend que vous soyez entrée, il ne va pas rester à la vue d'un insomniaque en se tenant planté devant.

- Bon, alors il faut que j'y aille maintenant ? demandai-je, pas plus pressée que çà de faire l'acrobate, et encore moins de me retrouver dans la caverne du bigleux.

- Oui, répondit-il en sortant un flingue. Au moindre pépin, criez ou lancez quelque chose dans une fenêtre, compris ?

- Compris !

Je remis mon fourre-tout à Seif qui le déposa au creux d'un buisson. J'aurais dû le laisser dans ma voiture, mais comme une conne je n'y avais même pas pensé. Tournant le dos au mur je me mis à plat ventre sur le sol. Allongée, la moitié de mon corps sur la pelouse, l'autre moitié sur les fleurs plantées le long du mur, je commençai à ramper en marche arrière. La taille en équilibre sur le rebord de la fenêtre, mes jambes pendaient à l'intérieur à la recherche d'un point d'appui. Seif accroupi à côté de moi suivait l'opération.

Mon pied droit détecta une surface dure. Du bout de mon espadrille, j'en délimitai le contour. Çà devait être le siège de la toilette. Rassurée, je posai l'autre pied quand tout à coup mon buste et mes bras furent aspirés à l'intérieur. Je ne pus retenir un *oups* de surprise en essayant de rétablir mon équilibre. Mon deuxième pied avait atterri dans la cuvette des toilettes, et baignait jusqu'à mi-cheville dans l'eau que j'espérais propre. Les hommes *Grrrr* tous les mêmes, jamais foutus de rabaisser les couvercles ! Je perçus le chuchotement angoissé de Seif.

- Çà va ?

- Si on veut ! J'ai un pied dans la cuvette des chiottes, murmurai-je le nez pointé vers la fenêtre.

Je ne voyais pas bien le visage de Seif dans l'obscurité, mais je pouvais deviner le rire silencieux qui le secouait. Je commençai à me diriger vers l'extérieur de la minuscule salle de bains. Un *chplaff chplaff chplaff* accompagnait mes pas, tandis que j'avançais sur la céramique. Rouspétant intérieurement, j'ôtai mes espadrilles, les nouai ensemble avec leurs lacets et les suspendit autour de mon cou. J'avais vu Rambo faire çà dans un film, à moins que ce ne soit Bruce Willis après tout. Bon, on s'en foutait, l'essentiel c'était que je puisse marcher sans me faire annoncer par la fanfare.

Au-delà de la porte de la salle de bains je laissai mes yeux s'accoutumer à la pénombre. Les rideaux à moitié tirés laissaient passer une clarté diffuse provenant de l'extérieur. Je distinguais les contours d'un gros divan et de deux fauteuils autour d'une table basse, face à une cheminée. Au centre de cette grande salle, une table de billard. Contre le mur à ma droite une espèce de comptoir et deux hauts tabourets de bar. Au fond de la pièce, je devinai le commencement de l'escalier menant au rez-de-chaussée.

Refrénant une envie folle de remonter par la fenêtre, j'avançai prudemment entre les meubles priant pour ne pas me cogner sur quelque chose. Je saisis en passant une boule sur le tapis du billard qui pouvait devenir une arme efficace. Je bloquai ma respiration en arrivant au bas des marches et attendis. Mes oreilles devaient ressembler à celle de Bugs Bunny tant elles étaient étirées vers le ciel, et tous mes radars étaient en alerte à l'affût du moindre bruit. Rien. Mon cœur dansait une samba effrénée dans ma poitrine alors que je posai un pied timide sur la première marche. Me rappelant de toutes les fois où adolescente, je faisais le mur en pleine nuit chez mes parents pour rejoindre les copines, je gravis l'escalier en prenant soin de poser les pieds sur l'extrémité des marches pour éviter tout craquement intempestif.

Parvenue au rez-de-chaussée je m'arrêtai, tâchant de m'orienter. Un bruit bizarre et continu me fit dresser les cheveux sur le crâne et je faillis lâcher la boule de billard. Je ne bougeai plus. Par réflexe je posai ma main sur mon cœur comme pour atténuer le bruit des battements. On devait sûrement les entendre depuis le Stade Olympique.

J'apercevais le début d'un couloir plus loin sur la gauche, tandis qu'une salle à manger-salon me faisait face. A droite un petit vestibule, au fond duquel se trouvait sûrement la porte d'entrée. Le bruit continuait toujours. Çà venait du couloir à gauche. Un fou-rire nerveux faillit me secouer. Quelqu'un ronflait à perdre haleine, c'était ce boucan que mes oreilles captaient depuis tout à l'heure.

Je m'enhardis et me dirigeai vers le vestibule, mes espadrilles brinquebalant sur ma poitrine. A tâtons, je touchai la porte à la recherche du verrou, priant pour que Sam ne soit pas allé cueillir des champignons. Mes doigts tremblants trouvèrent le verrou et commencèrent à tourner le bouton tout doucement. *CLAC* fit le pêne. Le ronflement cessa. Je faillis hurler lorsqu'une voix pâteuse à l'accent épais se fit entendre dans la nuit.

- Qui est là ?

J'avais l'impression d'être assise sur un marteau pneumatique tant mon corps était secoué de tremblements compulsifs. Je me retournai vivement et mon pied heurta une espèce de sceau métallique posé à l'entrée, un porte-parapluies peut-être, qui se renversa sur le sol avec un bruit d'enfer. Merde il manquait plus que çà ! Pour faire diversion, du moins je l'espérais, je lançai la boule de toutes mes forces en direction du corridor. Je l'entendis cogner contre un mur, rebondir avec un *Clong* sonore sur le plancher et rouler au loin. Quelle idiote, j'aurais dû la balancer dans la fenêtre du salon !

Une lumière apparut d'une des pièces donnant sur le corridor derrière moi, et l'ombre d'une silhouette se dessina sur les murs. Je retrouvai enfin le verrou que je tournai vivement. Un projectile vînt frapper le miroir de l'entrée tout près de moi le faisant éclater en morceaux. Cette enflure avait utilisé ma boule billard pour me canarder. J'ouvris la porte en grand, fonçai au-dehors, percutai Sam et volai littéralement au-dessus des marches en direction de n'importe où à condition que ce soit loin. Je trébuchai contre un pot de fleur et m'affalai sur l'allée cimentée. Je me relevai en boitillant et repartis aussi sec.

Hors d'haleine et en sueur, je me planquai derrière le tronc d'un gros érable dans le jardin voisin. Risquant un œil prudent, je vis Sam arme au poing projeter violemment la porte contre le mur en criant *haut les mains* ! De l'arrière, me parvint le bruit d'une porte qui volait en éclat. Seif, probablement.

Je relevai le bas de mon jeans maculé de terre pour inspecter les dégâts. Du sang dégoulinait de mon genou salement écorché jusqu'à mes pieds nus. Mes godasses ! Flûte, je les avais perdues dans la course. Quelqu'un arrivait derrière moi en soufflant comme une locomotive. Je me retournai et sidérée, vis Riad s'amener en courant.

- Qu'est-ce-que tu fous là, tu devais rester dans la voiture ! fulminai-je.
- J'ai entendu le boucan et j'ai eu peur pour toi. Çà va ? Tu n'as rien ?
- J'ai perdu mes godasses.
- On s'en fout de tes pompes. Allez viens, foutons le camp d'ici !
- Non. Retourne à la voiture. Je dois voir Seif et savoir ce qui se passe, dis-je en me dirigeant vers la demeure de Bilakiev

Il leva les yeux au ciel, excédé.

- Où est ton portable ?... Au cas où il faudra appeler les flics.
- Dans mon fourre-tout… Oh zut !
- Quoi encore ?
- Seif l'a planqué dans un buisson sur le côté de la maison au moment où j'allais passer par la fenêtre.
- Reste ici, je vais le chercher, fit-il en s'éloignant au trot.

Riad parti, j'attendis quelques minutes puis m'approchai de la maison en scrutant le sol alentour à la recherche de mes espadrilles. Rien. Je grimpai les marches et tendis mes oreilles près de la porte restée ouverte. Pas de bruit et toujours pas de godasses en vue. Je redescendis, fis le tour du duplex, repassant par le côté où je jouai un peu plus tôt premier de cordée. Bizarre, aucun son ne me parvenait par la fenêtre ouverte. Je furetai dans les buissons, pas de fourre-tout, et pas de Riad ! Je fis demi-tour et courus en clopinant en direction de ma voiture. Vide.

Folle d'inquiétude, je repartis au pas de course en direction du duplex. Mon genou me faisait un mal de chien, et à force de marcher pieds nus sur des cailloux et sur l'asphalte, j'avais l'impression que les plantes de mes pieds avaient été chauffées au fer à friser. Je m'en foutais, tout ce que je voulais c'était retrouver mon copain. En approchant de la véranda arrière, j'entendis la voix furieuse de Riad.

- Lâchez-moi imbécile !... Je vous dis de me lâcher bordel !

J'avançai centimètre par centimètre collée au mur extérieur, tournai le coin de la maison et escaladai la petite balustrade en bois. Sur la pointe des orteils je m'approchai de la porte vitrée qui était entrouverte. Jetant un coup d'œil à l'intérieur j'eus l'impression que ma mâchoire allait dévaler sur mes seins.

Devant moi, une cuisine, avec une petite table en bois blanc et deux chaises. Sur l'une d'elles, Bilakiev en pantalon de pyjama, torse nu, bras ramenés en arrière et ligoté, était face à Sam qui le tenait en respect.

Les cheveux plus en bataille que jamais il était encore plus moche que d'habitude. Sur l'autre chaise, Riad se démenait comme un dingue en crachant des insultes en français entrecoupées de jurons en arabe pendant que Seif essayait de l'attacher. Par terre, mon fourre-tout, incongru en ce lieu.

- Oh Bon Dieu, c'est pas vrai !

Toutes les têtes se tournèrent vers la porte. D'un bond Seif poussa la porte vitrée. Dès qu'il m'aperçut il me fit reculer, hors de la vue des autres.

- Où étiez-vous passée vous ? me demanda-t-il à mi-voix, mi-furibard, mi-soulagé.

- Je m'étais planquée derrière un arbre quand Sam est entré dans la maison avec son flingue à la main. Du nouveau de vôtre côté ?

- On a pu maîtriser Bilakiev et j'ai appris des trucs intéressants. Je l'ai laissé ensuite avec Sam pour aller à votre recherche, et en sortant je suis tombé sur un type bizarre qui sortait d'un buisson dans l'allée. Il tenait votre sac alors je lui ai collé mon revolver sous le nez et l'ai ramené à l'intérieur. On allait le cuisiner quand vous êtes arrivée. Sûrement un de la bande à Hamad, il jurait en arabe vous l'avez entendu ?

- Pas la peine de le cuisiner, je sais qui c'est, dis-je d'une voix à peine audible.

On aurait dit que Seif avait pris un coup de gourdin entre les deux oreilles.

- D'où le connaissez-vous ? demanda-t-il stupéfait.

- C'est Riad, mon copain ! lâchai-je dans un souffle.

- QUOI ??

Toujours à voix basse, je dus expliquer à Seif ce qui s'était passé après son coup de fil. S'Il avait l'air soulagé de savoir que Riad ne faisait pas partie de la bande adverse, en revanche il me regardait avec colère tandis que je souhaitais être à mille lieues de là.

- On s'expliquera plus tard, le temps presse, Horak va bientôt rappeler Bilakiev.

- Comment le savez-vous ? Qu'est-ce-qu'il vous a dit ?

- Quand Horak a exigé de Hamad deux millions supplémentaires, l'autre est devenu fou furieux et a exigé de voir le sceau. Horak a dit qu'il ne le lui remettrait qu'une fois en possession de l'argent. Hamad a sorti son arme…. vous connaissez la suite.

- Mais où est le sceau maintenant ?

- On pense qu'il est dans le coffre-fort de Horak, à son bureau. Selon ce que j'ai pu obtenir de Bilakiev, plus tôt en soirée Horak lui a donné l'ordre de quitter NDG pour se rendre à Montréal-Nord et s'assurer que tout était normal là-bas.

- Si vous pensez que le sceau est là-bas, pourquoi ne pas appeler les flics ?

- La police ne bougera pas un cil tant que je ne leur fournirai pas la preuve de ce que j'avance. Tout ce que j'ai ce sont des présomptions, ce qui est insuffisant pour obtenir un mandat de perquisition. Et puis, je tiens à terminer mon travail moi-même, et il ne sera terminé que lorsque j'aurai récupéré le sceau !

- Bon alors qu'est-ce-qu'on fait ?

- Maintenant il faut se débarrasser de votre copain au plus vite.

- Hé vous êtes cinglé, je ne vous laisserai pas lui faire du mal !

- Je ne parle pas de le descendre, mais de le faire sortir d'ici en vitesse. Bilakiev l'a vu, lui aussi doit penser que c'est un envoyé de Hamad.

- Alors quoi ?

- Laissez-moi faire, dit-il en retournant dans la cuisine.

Je vis Seif se diriger droit vers Sam et lui murmurer quelque chose à l'oreille. Si celui-ci fut surpris il n'en montra rien. Il s'adressa à Bilakiev.

- Nous n'en avons pas encore terminé avec vous !

Puis se tournant vers Riad.

- Vous, vous venez avec moi !

- Détachez-moi espèce de salaud !

- J'ai dit tout de suite ! fit-il soulevant Riad de sa chaise, le poussant vers l'extérieur.

- Tiens l'autre à l'œil je reviens tout de suite, fit-il à Sam.

Ré-enjambant la balustrade, je battis précipitamment en retraite dans l'allée. Avec la porte toujours ouverte, je ne voulais pas qu'à ma vue Riad dise quoi que ce soit qui puisse mettre la puce à l'oreille de Bilakiev et faire foirer la suite de l'opération.

Seif tenait fermement Riad et le propulsa hors de la véranda. Connaissant mon copain, je fermai les yeux. Un bruit me les fit rouvrir. D'un coup de tête Riad avait étendu mon patron qui se relevait péniblement. Du sang s'écoulait de son nez et voyant son air furieux j'augurais mal de la suite. Ce fut bref. Seif attrapa Riad par le col de son t-shirt et lui fit dévaler les marches de la véranda sans ménagements.

Je m'approchai et mis un doigt sur ma bouche pour imposer silence à mon copain qui écumait littéralement de rage.

- C'est Seif mon patron, fis-je à mi-voix. Ne dis rien, tu pourrais être en danger.

Il allait répliquer lorsqu'il saisit le sens de mes paroles. Il se tourna vers Seif qui tenait un mouchoir sous son nez, et se retenait d'exploser. Il nous fit signe d'avancer.

- Allons plus loin, on ne peut pas parler ici.

- Détachez-moi d'abord, j'ai l'air de quoi comme çà ?

Sortant un canif de sa poche, Seif coupa prestement la cordelette qui liait les poignets de Riad et nous fit signe de le suivre. Nous longeâmes le sentier qui passait derrière la rangée de duplex. Arrivés près de ma voiture Seif nous enjoignis d'y monter, ce qu'il fit lui-même après que Riad eut enlevé l'alarme.

- Ce que vous avez fait ce soir en emmenant votre ami est inadmissible ! attaqua-t-il

- Je le sais. J'ai essayé de le dissuader de venir mais…

- Pas question que je la laisse partir seule en pleine nuit, coupa Riad, et je n'aime pas, mais alors pas du tout, la savoir en danger à cause de vos activités à la noix !

- Zika a choisi librement de faire partie de notre équipe, rétorqua Seif. Mes hommes et moi veillons à ce que les risques soient limités pour elle, pour ses débuts.

- Ses débuts ?

- Pas le temps de parler de çà, vous devez filez d'ici au plus vite. Le type que vous avez vu doit vous prendre pour un membre de l'équipe adverse.

- Et ?

- Et vous me compliquez la vie !

- Vous croyez que vous ne compliquez pas la mienne ? rétorqua Riad énervé. On aurait dit deux coqs en colère. Je les interrompis.

- Qu'est-ce-qui va se passer maintenant Seif ?

- Horak doit appeler ici dans sept minutes exactement, fit-il en regardant sa montre. Je dois être près du Bulgare pour m'assurer qu'il ne me fasse pas une entourloupe.

- Je viens avec vous ? demandai-je.

- Oui. Après l'appel de Horak, on avisera.

- Je viens aussi ! dit Riad en le défiant du regard.

- Au point où on en est ! répondit Seif en haussant les épaules. Venez, mais qu'aucun de vous ne se montre avant mon signal.

- C'est peut-être pas le bon moment, commençai-je après quelques pas, mais…

- Mais quoi ? répondirent les deux hommes avec un ensemble touchant.

- Mon fourre-tout…. il est resté par terre, dans la cuisine.

Riad et Seif levèrent les yeux au ciel, parfaits dans leur numéro de duettistes improvisés, et continuèrent leur chemin. En les suivant, je méditai sur l'égoïsme masculin. Ce fut plus fort que moi !

- Mes godasses aussi vous vous en foutez ? J'ai les pieds en sang !

- Attends Zika, je crois qu'il y a des pansements dans la boîte à gants et…

En ouvrant la portière, l'alarme qu'il avait oublié de neutraliser se mit à hurler dans la nuit tranquille, nous faisant tous sauter en l'air. Seif le foudroya du regard. En une seconde Riad appuya sur le boîtier et le silence revînt. Il prit en vitesse la boîte de premiers soins, referma et nous rejoignit, penaud.

Seif nous regardait tous deux. Il se demandait clairement ce qu'il foutait avec ces deux zouaves, puis il tourna les talons en direction du duplex. Nous le suivîmes, Riad en grommelant et moi en claudiquant. Avant la véranda, Seif nous fit signe de rester dehors, ce que nous fîmes volontiers. Il entra dans la cuisine alors qu'assise sur une rocaille du jardin j'entreprenais de soigner mes bobos.

Près de moi, Riad avait fini de nettoyer ma plaie au genou et y colla un pansement adhésif. Lorsqu'il examina les plantes de mes pieds, il ne put retenir un sifflement.

- Putain, tu t'es drôlement arrangée ! T'as marché sur des cactus ou quoi ? Serre les dents, il va falloir nettoyer tout çà à l'alcool !

- *Outch !*

- Pas assez de pansements ! Je vais te faire des semelles avec des carrés de gaze que je scotcherai à tes pieds avec du sparadrap.

- Et zut, pas assez de gaze non plus pour les deux pieds, reprit-il plus tard. T'as pas un foulard, quelque chose je ne sais pas moi, pour dire d'emballer l'autre pied ?

- Je ne suis pas venue avec mes valises je te signale, répondis-je abruptement, puis

- Désolée, mais j'ai tellement mal !

- J'ai trouvé ! dit-il en retirant la camisole qu'il portait sous son t-shirt, et il commença aussitôt à empaqueter mon pied.

- Merci trésor, mais comment je vais enfiler mes baskets après, dis-je en regardant consternée le volumineux paquet qui enrobait mon pied droit.

- Si on les retrouve !...Sinon tu te passeras de godasses en attendant.

Je tentai quelques pas maladroits. Riad lança la boîte vide dans un buisson.

- Si tu t'entêtes à faire ce job à la con, il faudra penser à racheter une autre trousse de soins. Dis-moi pourquoi ton patron imaginait que j'étais un gars de la bande adverse ? ajouta-t-il en changeant de sujet.

- Parce-que tu jurais en arabe. Hamad, le type qui est arrivé à Montréal pour acheter le sceau est Arabe lui aussi. D'ailleurs, en parlant de lui, je me demande ce qu'il fabrique. C'est bizarre qu'il n'ait pas encore fait surface.

- Tu trouves qu'on n'est pas déjà assez nombreux ici ?

Nous restâmes silencieux chacun perdu dans ses pensées.

- Il est deux heures et demie, je vais être dans le cirage tout à l'heure au boulot. En plus c'est moi qui ouvre le magasin aujourd'hui. Si je me pointe en retard, mon boss va encore être de mauvais poil, bougonna-t-il.

Seif nous coupa la parole en arrivant à pas pressés et visiblement soucieux.

- C'est fou de voir à quel point un revolver collé sur une tempe peut délier des langues. Quand Bilakiev a dit à Horak que tout était normal à Montréal-Nord, celui-ci lui a donné rendez-vous là-bas à cinq heures avec l'équipe. D'après le bigleux, il doit s'agir de Schmidt et de Olaf, les deux hommes de main de Horak.

- C'est quoi le programme ? demandai-je, espérant vaguement qu'il nous demande de rentrer chez nous.

- Filer à Montréal-Nord avant que les autres s'amènent. Pas question de s'encombrer de Bilakiev. Sam et moi avons dû le neutraliser.

- Neutraliser ? sursauté-je.

- J'ai besoin de Sam pour aller là-bas au cas où on tombe sur des indésirables. Pas question de le laisser ici faire du baby-sitting. On a bâillonné le Bulgare et laissé hors de portée d'un téléphone. On partira avec deux voitures.

- On ?

- Oui, vous venez avec nous Zika. Et vous aussi, dit-il, en se tournant vers Riad, sauf si vous préférez dormir ici sur la pelouse.

- Cadeaux Zika, dit Sam de retour parmi nous, me tendant mon sac et mes baskets.

- Super, merci Sam, où étaient-elles ?

- Dans le vestibule, je me suis pris les pieds dedans en entrant. Quelqu'un qui a dû partir précipitamment, me fit-il avec un clin d'œil.

- Bon voilà le topo, reprit Seif. On a contraint Bilakiev à nous donner la clé et le code d'alarme pour l'entrée principale, mais il n'a pas la combinaison du coffre. J'aviserai sur place. Si ce n'est pas un système trop sophistiqué, je devrais pouvoir en venir à bout.

- Je n'ai pas pensé à vous le demander avant, mais lui avez-vous demandé ce qu'il allait faire à Ottawa le soir où on l'a emmené… en promenade ?

- Horak lui avait demandé de se planquer une fois qu'il aurait déposé le pli pour Hamad. Comme il a une sœur à Ottawa, il avait décidé d'y aller pour se faire oublier.

- Ah je pensais qu'il allait conspirer des trucs là-bas, dis-je toute déconfite.

- Rappelle-moi de jeter tes bouquins à la mords-moi-le-chose ! intervint Riad.

- Une fois aux bureaux de Horak, est-ce que je devrai encore passer par la fenêtre ?

- Vous deux ferez le guet à l'extérieur avec Sam, répondit Seif, esquissant un sourire. Discrètement. Au moindre signe suspect vous m'appellerez. Des questions ?

Personne ne se manifestant, Seif allait donner le signal du départ lorsque son regard se posa sur mes pieds.

- Seigneur qu'est-ce-que c'est çà ?

- D'après vous ? répondis-je énervée.

- Vous pensez sérieusement pouvoir conduire avec des trucs pareils ?

- Je prendrai le volant, intervint Riad.

- Bien, suivez-nous. Si vous nous perdez, rendez-vous sur le boulevard Industriel juste avant le boulevard Pie-IX.

Personne ne s'étant égaré, nous nous garâmes au bord du trottoir tous phares éteints face à l'édifice de Horak Import. Le bâtiment de deux étages incluant un entrepôt, était coincé entre un grossiste en pneus et un marchand d'arbres artificiels qui faisait le coin avec la rue transversale.

Le seul éclairage provenait des enseignes lumineuses et des lampadaires. Dans la cour, trois camionnettes réfrigérées arborant la raison sociale en grosses lettres foncées étaient stationnées à côté des places réservées aux clients. À gauche du bâtiment, un gros conteneur à déchets dégageait une odeur de *il est pas frais mon poisson* dont on pouvait se régaler depuis la rue. Pendant la journée çà devait être un buffet à volonté pour les mouettes. J'appelai Seif.

- Si vous êtes d'accord, on va planquer la voiture en arrière du fleuriste, et on ira à pied dans la cour de Horak.

- Ok. Je vais rouler jusqu'au bout de la rue pour voir si le secteur est dégagé et je déposerai Sam cent mètres avant pour qu'il ratisse l'arrière des bâtiments. Il vous prêtera main forte car vous n'êtes pas armés et qu'il y a une grande zone à surveiller. Je me stationnerai dans la cour du marchand de pneus. En attendant, observez les alentours et appelez-moi s'il y a quelque chose qui cloche.

Pendant que la Mercedes se remettait lentement en route sur le boulevard, Riad roula vers l'arrière du fleuriste. Il y avait un mini-van, les mots *Fleurs & Arbres en Fête* sur ses flancs, ainsi que l'inévitable conteneur poubelle sur le côté. Celui-là au moins ne dégageait pas d'odeurs pestilentielles. Riad mit la voiture derrière celui-ci, museau tourné vers la rue transversale, pour se barrer en vitesse en cas d'urgence. Je pris mon portable, mes cigarettes et mon briquet que j'enfonçai dans les poches de mon jeans.

En sortant de l'auto je regardai mes pieds pour voir si mes bandages tenaient le coup puis m'étirai longuement. J'avais l'impression que tous mes muscles avaient été passés au malaxeur. Je contournai la voiture lorsque mon regard accrocha des espèces de piques touffues qui dépassaient du conteneur.

- Riad, on dirait qu'il y a un arbre là-dedans.

- Oui et alors ?

- Çà serait cool dans le salon, les arbustes artificiels c'est tendance en ce moment.

- T'sais, moi la déco….

Mon côté Poissons qui somnolait se réveilla subitement.

- Je vais jeter un coup d'œil.

- C'est pas le moment bordel ! D'ailleurs s'ils l'ont balancé c'est qu'il est foutu.

- Pas sûr, peut-être qu'il était pas vendable à cause d'un petit défaut.

- Laisse tomber et amène-toi, les autres ne vont pas tarder.

- Je n'en ai pas pour longtemps, surveille le carrefour pendant ce temps-là.

Je grimpai péniblement sur le capot puis sur le toit de ma voiture, prenant garde à ne pas déraper avec mes pansements. Riad, posté entre les deux bâtiments observait la route et moi en alternance, les yeux hors de la tête.

- Tu es complètement barje, descends de là tout de suite !

Sourde à ses appels je tirai vers moi les branches qui dépassaient. Ce n'était pas lourd, plutôt encombrant je dirais. Pour choper le tronc je devais me battre avec les branches qui me fouettaient le visage. L'arbre, à présent sorti aux deux-tiers, je l'inclinai vers moi pour que la base se soulève.

- Bon Dieu, j'essaie de dégager cette saloperie de tronc mais il y a quelque chose qui coince au bout.

Après quelques jurons retentissants en arabe, Riad vint à ma rescousse pour attraper l'arbre avant de repartir en vitesse faire le guet. Je redescendis de mon perchoir.

- Tu vas le caser où ? Il fait plus de deux mètres ton plumeau !

- Dans le coffre, on l'attachera plus tard quand j'aurai trouvé de la ficelle, dis-je en joignant le geste à la parole. T'avais raison, il dépasse pas mal en arrière. T'as pas une autre camisole ou un mouchoir à accrocher au bout ? J'ai vu des convois routiers faire çà.

Riad soupira bruyamment sans répondre et me fit signe de le suivre. Nous nous glissâmes dans la cour de Horak. Près du conteneur à déchets Riad me saisit le bras.

- Allons plutôt nous planquer derrière les camionnettes, çà chlingue grave ici !

- Mauvaise idée, on pourrait voir nos pieds en dessous. Avec le conteneur au moins s'il y a du grabuge on pourra toujours se cacher dedans.

- Se cacher là-dedans ? rétorqua Riad horrifié.

- Il vaut mieux sentir le poisson que de risquer de bloquer une balle non ?

- Putain, les balades nocturnes avec toi çà craint !

Comme je le fixai d'un œil féroce, il eut le bon goût d'ajouter

- Je sais, je sais, c'est moi qui ai voulu venir.

Chuuuut ! Une voiture arrive.

CHAPITRE 4

Deux pinceaux lumineux éclairaient la chaussée et le terrain adjacent.

- Çà doit être Seif, dis-je, on va attendre pour être sûrs.

- J'espère pour nous que c'est lui, on n'a même pas un cure-dent pour se défendre.

- On restera planqués en attendant les secours, mais c'est vrai, je me sentirais mieux si j'avais un flingue.

- Il ne manquerait plus que tu aies un flingue, rouspéta Riad. Tu te prends pour qui, Calamity Jane ? Bon Dieu, juste d'y penser çà me fout les jetons !

Nous cessâmes de nous chamailler en voyant Seif. Il tenait une mallette et longeait le bâtiment de Horak. Il ouvrit la porte et entra. Nous le vîmes tapoter sur quelque chose dans l'entrée, probablement le panneau de contrôle de l'alarme, puis il prit son portable.

- Sam est tout près, je rentre, me dit-il. Coupez la sonnerie de votre téléphone, j'appellerai avant de sortir pour m'assurer que la voie est libre.

- D'accord.

La porte se referma sur lui. Je jetai un coup d'œil à ma montre, déjà trois heures vingt. Silencieux, tous sens aux aguets, Riad et moi scrutions les alentours pour localiser Sam. J'allai allumer une cigarette lorsqu'elle vola dans les airs sous l'effet de la surprise.

- Pas de cigarettes, jeta Sam, çà se voit et çà se sent de loin.

Malgré sa corpulence, il était arrivé derrière nous sans que ni Riad ni moi n'ayons perçu sa présence, tu parles de guetteurs d'élite !

- Ouah t'es fort ! On n'a rien entendu, et pourtant on faisait attention.

- Après ton entraînement et avec le temps, tu pourras faire pareil.

- C'est quoi cet entraînement ? voulut savoir Riad, qui reprenait du poil de la bête.

- Seif lui expliquera en temps voulu. Allons-y maintenant.

- Où ?

- D'abord faire le tour du bâtiment ensemble pour s'assurer qu'il n'y a personne. Ensuite on se postera dans des endroits différents pour couvrir le secteur. Tout le monde a éteint la sonnerie de son portable ?

- Sonnerie ou non, je n'ai pas de téléphone, répondit Riad.

- Dans ce cas, vous ferez équipe tous les deux. Vous resterez ici derrière le container pour couvrir le côté avec le fleuriste et l'arrière. Moi je surveillerai l'autre côté et l'avant. Zika, prend mon numéro, et mettons nous en route.

- Tu ne prends pas le mien ? demandai-je à Sam.

- Je l'ai déjà !

Bien sûr, question idiote ! Décidément je bosse avec des mecs organisés.

Nous partîmes vers l'arrière du bâtiment à la file indienne. Au niveau de l'entrepôt, un petit quai de déchargement au pied duquel s'empilaient des palettes en bois à moitié défoncées. Sam saisit une latte d'environ un mètre qu'il tendit à Riad. *Bien pensé, avec çà on aura moins l'impression de se balader tout nu.* Un peu plus loin, une porte sur laquelle était apposé un collant blanc indiquant que l'établissement était protégé contre les intrus.

Ouais, çà ne voulait pas dire grand-chose. Un voisin de mes parents avait mis sur sa porte un énorme panneau *attention au chien* pour décourager les voleurs. Pour ne pas se faire foutre de lui, il sortait son teckel par la porte de derrière pour la promenade-pipi. Peut-être que son écriteau c'était pour que les gens ne marchent pas sur son clébard !

A l'étage supérieur s'alignaient quatre fenêtres, obscures pour le moment. Je me demandai si Seif avait réussi à ouvrir le coffre. Ne pas savoir ce qui se tramait à l'intérieur me rendait nerveuse. Nous continuâmes jusqu'au vendeur de pneus. Un coup d'œil entre les deux bâtiments, rien à signaler. Sam nous demandait de regagner notre poste après avoir répété les consignes, lorsqu'il nous repoussa derrière le bâtiment et sortit son arme.

- Qu'est-ce qu'il y a ? demanda Riad, plus inquiet qu'il ne voulait le laisser paraître.

- J'ai vu des phares, il y a une bagnole qui arrive. Ne bougez-pas et ne parlez pas !

Riad et moi serrés l'un près de l'autre derrière le mur, essayions de deviner ce qui se passait en observant le visage de Sam puisque nous ne pouvions rien voir au-delà.

- Ford Explorer noir, fit Sam à mi-voix. Trois personnes à bord. Il a ralenti devant Horak et a continué. J'appelle Seif pour savoir où il en est.

- Il en a encore pour dix à quinze minutes, dit Sam après avoir raccroché.

- Sam, c'est qui ces mecs d'après toi ?

- Une minute Zika ! fit-il avant de reprendre son portable.

- Çà fait combien de temps ?... Ils viennent de passer devant nous et vont pas tarder à rappliquer. On est au 31011 Industriel aux bureaux de Horak. En face il y a un fabricant de matelas. Amène-toi avant eux et fous-toi dans la cour arrière.

- Bill m'a dit que c'était Hamad et sa garde. Il a dû avoir la même idée que nous et se dire que les tractations diplomatiques n'étaient plus de mise. L'acheteur a dû lui demander d'employer les grands moyens pour avoir le sceau. Bill est derrière eux depuis qu'ils ont quitté l'hôtel. Il va nous donner un coup de main, on ne sera pas de trop.

- Comment çà l'acheteur ? demandai-je à Sam. Je croyais que c'était Hamad.

- Hamad Fatrah est connu dans le milieu des receleurs d'objets précieux. Généralement il se procure des pièces uniques qu'il revend à de riches collectionneurs. Interpol a été sur sa piste pendant des mois après qu'une émeraude de soixante-dix-huit carats ait été dérobée dans la demeure bavaroise d'un millionnaire brésilien, mais ils n'ont jamais réussi à le coincer.

- Ouah tu parles d'un mec, fis-je, impressionnée.

- Toi qui demandais de ses nouvelles tout à l'heure, tu dois être satisfaite maintenant, jeta Riad un poil acerbe.

- Satisfaite, tu parles !

On entendit un bruit du côté de Sam qui continuait à surveiller la rue.

- C'est le signal, Bill est en place, les autres ne devraient pas tarder. Je vais dire à Seif de rester à l'intérieur en attendant. Vous deux, à votre poste, ne faites aucun bruit et ne bougez pas avant que Bill ou moi on vous le dise.

- Ok, on y va ! répondis-je.

Je m'éloignai aussitôt sur la pointe des pansements, suivie de Riad qui ne songea plus à rouspéter lorsque nous nous retrouvâmes derrière le conteneur puant. Je penchai légèrement la tête pour regarder en face, tandis que Riad me tournant le dos, observait la rue transversale. A la faible lueur des lampadaires, je crus apercevoir dans la cour arrière du fabricant de matelas la masse sombre d'un véhicule. Je n'avais jamais vu Bill, et je me demandai à quoi on le reconnaîtrait au milieu des autres.

Un bruit de moteur me fit dresser l'oreille. Je me retournai et tirai Riad par son t-shirt, en lui montrant la rue du doigt. Le Ford Explorer se rangea le long du trottoir devant l'édifice d'Horak. Deux hommes flingues en main en descendirent. Le plus petit des deux, portant un gros sac, se dirigeait vers la porte d'entrée tandis que Hamad sur le trottoir regardait autour de lui. Sam avait parlé de trois hommes, mais il n'y avait plus d'occupants dans le véhicule. Où était passé le troisième ?

Je n'osais pas regarder Riad pour ne pas lui montrer ma peur, mais j'étais dans mes petits souliers, sans mauvais jeu de mots. Un bruit de lutte à l'arrière de notre immeuble nous fit sursauter. *Sam !* Je fis signe à Riad de rester là et me dirigeai vers l'endroit d'où venait le bruit. Ne tenant aucun compte de mes signaux Riad me dépassa bâton en main, et courut vers l'endroit où Sam aurait dû se trouver.

Je n'en menais pas large, j'avais peur non seulement pour Sam mais avant tout pour mon copain. Je me sentais coupable de l'avoir laissé m'accompagner dans une expédition qui m'avait l'air n'importe quoi sauf tranquille. À cause de mes saloperies de pansements Riad avait une dizaine de mètres d'avance sur moi.

- Mains en l'air et ne bouge plus…. Lâche ce bâton tout de suite ! Bien, maintenant mets-toi ici contre le gros ! ordonna quelqu'un d'une voix rude.

- Où sont les autres ? reprit la voix.

- Quels autres, je suis seul çà se voit pas ? répondit Riad qui songeait à me protéger.

Morte de peur, je restai clouée au sol ne sachant quoi faire, sans arme, sans rien. Et Bill qu'est-ce-qu'il foutait ? Est-ce-que ceux d'en avant l'avaient eu lui aussi ? À mon insu, tout douuuucement mes pieds recommencèrent à avancer. J'étais à moins de trois mètres de l'homme qui me tournait le dos à présent. Il était en train de pousser Riad et Sam vers l'allée entre les deux bâtiments. Quoi faire bon Dieu ?

- KIAAAAIII !

Je ne réalisai pas tout de suite que ce cri puissant était sorti de mon ventre. Face au danger, sept ans de karaté avaient surgi de mon subconscient. La rage décuplée par la peur je m'approchai en une seconde de l'homme qui était resté figé sur place, et sans prendre le temps de réfléchir je lui décochai de toutes mes forces un mawashi[5] à la tête. Il tomba sur les genoux, ce qui fut suffisant

---

[5] mawashi-geri : au karaté, coup de pied latéral.

pour que je lui en colle un autre en pleine figure. L'homme s'effondra enfin. Riad qui avait enfin émergé de sa stupeur récupéra son bout de bois comme un automate, et pour faire bon poids lui en fila un coup sur le crâne. Je me précipitai vers Riad qui me serra contre lui à m'étouffer.

- Fais-moi penser de ne pas te contrarier à l'avenir, dit-il la voix fêlée par l'émotion.

- Entièrement d'accord avec vous, fit Sam, occupé à désarmer le gars.

- Comment çà va Sam ?

- Il m'a filé un coup de crosse sur la tête, mais ça va aller. Tenez, attachez-le, fit-il en nous envoyant sa boîte de fil en nylon. Je vais voir ce qui se passe en avant.

- Tu l'as ta ficelle maintenant, me dit Riad gentiment.

- L'arbre, je l'avais oublié !

- Je m'en occuperai quand tout çà sera fini, je te dois bien çà, dit-il en déposant un bisou sur ma bouche.

Le mec solidement immobilisé, nous rejoignîmes Sam. Il avait ressorti son arme et se tenait planqué dans un renfoncement du mur latéral.

- Hamad s'est rabattu dans la voiture, courageux mais pas téméraire, nous dit-il à voix basse. L'autre avec sa mallette est toujours planté au milieu du parking. Ils doivent attendre des nouvelles de leur copain…. Une seconde…

- Bill ?... On va leur offrir une surprise, à toi de jouer !

Un dixième de seconde plus tard, deux coups de feu éclatèrent et le Ford se pencha de côté. L'homme sur le parking se jeta à terre. Hamad démarra aussitôt pleins gaz en zigzagant et termina sa course cent mètres plus loin dans le poteau du stop dressé au carrefour. Sortant du véhicule, il tira tous azimuts, fuyant à pied par le stationnement face à la rue transversale. Bill, arme au point se lança à sa poursuite.

Dès que le Ford avait démarré, Sam s'était précipité vers le type allongé par terre.

Il le releva et lui flanqua un coup de poing à terrasser un bœuf, ce qui le fit partir dans les quetsches illico. Il le fouilla, sortit un .38 de sa poche, et jeta un coup d'œil à l'intérieur du sac avant de le lancer un peu plus loin.

- Ligotez-le !

- Simple curiosité, mais pourquoi tu l'as relevé, si c'était pour le renvoyer au tapis ?

- Plus facile à attacher comme ça, dit Sam en riant. Je vais jeter un coup d'œil dans la tire de Hamad, puis on récupérera l'autre derrière avant de les foutre dans le coffre.

Du déjà-vu, au moins ce coup-ci c'est pas dans mon coffre à moi.

Riad et Sam firent un voyage avec l'homme resté derrière le bâtiment et le balancèrent dans le coffre de la Mercedes. Pendant qu'ils repartirent chercher l'autre, je pris le sac resté à terre et le déposai sur la banquette arrière. En passant, je jetai un regard pour voir de plus près l'homme que j'avais Kiiiiiiaaaaaaaaaiié. Blanc, la trentaine environ, du peu qu'on pouvait en juger. A voir son visage on aurait dit qu'une locomotive arrivant à pleins tubes l'avait embrassé sur la bouche. Ses cheveux blonds étaient zébrés de rouge maintenant, avec les rigoles de sang qui commençaient à coaguler sur son crâne. Une latte de bois ce n'est pas ce qu'on peut trouver de mieux pour se coiffer. Il portait un pantalon de treillis kaki et un coton ouaté marine.

Mes deux compères déposèrent ensuite le deuxième larron dans le coffre. De type Arabe, habillé simplement d'un pantalon de toile gris et d'une chemise à manches courtes bleu pâle, il avait l'air un peu plus âgé que son complice. Celui-là il n'avait pas de problème pour se coiffer vu qu'il était chauve comme une pastèque. Son sex-appeal en avait prit un sale coup avec l'œil au beurre noir dont l'avait gratifié Sam. Apparemment c'était la marque de fabrique de l'IES, si je me référais à la tronche de Bilakiev.

Ils étaient un peu à l'étroit, mais Sam et Riad avaient fini par caser tout le monde.

- A cette cadence, il faudrait penser à acheter une remorque, dis-je en riant, ce qui détendit un peu l'atmosphère.

Sam prit alors son téléphone et appela Seif.

- Vous pouvez venir, la place est nette.

Ouais, on pouvait dire çà comme çà. Riad ne disait rien, mais je sentais que pour lui tout çà était dur à digérer en une seule nuit. Même moi, du haut de mes deux jours d'expérience j'étais encore secouée. Je croisai son regard. Message reçu, je n'avais pas encore fini d'entendre parler de ce boulot !!

Seif sortit enfin de l'immeuble. Il marchait à grandes enjambées et contre toute attente il ressemblait à un volcan en éruption.

- Ce salaud de Horak est plus tordu que je ne le pensais, explosa-t-il. Il n'y avait qu'une moitié du sceau dans son coffre !

- Comment çà une moitié ? osai-je demander.

- Ce sceau est composé de deux moitiés qui s'emboîtent l'une dans l'autre pour former le sceau. L'une à l'effigie de Ramsès II, l'autre à celle de Néfertari. Chacune est de grande valeur bien sûr, mais sans aucune mesure avec celle du sceau au complet. J'ai récupéré celle de Néfertari, il me faut l'autre à présent ! Horak a dû la planquer chez lui, d'après Bilakiev il a un coffre là-bas. A moins que...

- A moins que quoi ? demandai-je passionnée comme nous tous par le tour que prenait la conversation.

- A moins qu'elle ne soit dans les bureaux de Transports Knox, puisque la réunion avait lieu là-bas, réfléchit Seif à voix haute. Si Horak avait envisagé de remettre une moitié du sceau à Hamad en échange du versement initial en gardant l'autre jusqu'à ce qu'il lui remette le complément, ça pourrait s'expliquer.

Personne n'osait plus dire un mot. Même Sam qui le connaissait le mieux était comme son portable, sur le mode silence.

- Qu'est-ce-qui s'est passé ici ? demanda finalement Seif à la ronde.

Sam résuma brièvement les évènements qui s'étaient déroulés en son absence.

- Des nouvelles de Bill ?

- Pas encore !

- Appelez-le, dites-lui de décrocher et de revenir ici. Sam, rentrez la voiture dans le garage à côté, il nous faut un endroit tranquille pour interroger ces deux-là. Maintenant que Hamad est en fuite, inutile d'espérer le retrouver au Bonaventure. Il faut savoir où est leur base. Après on les larguera quelque part dans la nature.

- Dans le parc où on avait laissé le bigleux ? demandai-je ingénument, ce qui me valut un regard meurtrier de la part de Riad.

- C'est quoi ton problème, tu veux que les poulets cernent encore mon quartier ?

- On avisera plus tard ! coupa Seif.

- Quand Horak sera ici, reprit-il, il croira que Hamad a piqué Néfertari. Bill planquera ici pour voir ce qu'il fera et les suivra ensuite. Pendant qu'Horak est en route pour ici, on filera chez Knox avant qu'il ait le temps de se retourner. Vite, on a moins de quarante minutes avant qu'il se pointe, dit-il en consultant sa montre.

Sam fit coulisser la grande porte du marchand de pneus, et recula la Mercedes à l'intérieur. Seif le rejoignit et nous demanda à Riad et à moi d'attendre Bill.

- J'ai l'impression qu'on n'est pas encore couchés, dit Riad avec colère.

- Ouais, comme tu dis. J'espère qu'on pourra décamper avant l'arrivée de Horak, je n'ai pas la force d'assister à un autre rodéo. Flûte! J'ai paumé mon pansement quand j'ai filé un coup de pied à l'autre tordu.

- Je vais chercher tes baskets dans la voiture, ce sera mieux que rien.

- Il faut rechercher le pansement, c'était ta camisole. Si on la retrouve, il ne faut pas qu'on puisse faire un lien avec nous.

- Comment tu veux qu'on puisse nous retracer avec çà ?

- J'en sais rien moi, le sang, l'ADN, ton eau de toilette, qu'est-ce-que j'en sais, j'ai lu çà quelque part un jour.

- Toi et tes bouquins !!! Bon je vais la chercher, passe-moi ton briquet on n'y voit que dalle derrière, dit-il en se levant péniblement.

Je me sentais vidée, lessivée physiquement et mentalement, et Riad n'avait pas l'air plus en forme avec ses yeux cernés et sa barbe naissante. J'avais l'œil vissé sur ma montre, je ne voulais pas voir arriver Horak et sa bande avant que Seif et Sam n'en aient fini avec les deux autres joyeux troubadours. Mais par-dessus tout je voulais que mon copain revienne vite. Même sans arme, près de lui je me sentais en sécurité.

Dix minutes s'étaient écoulées depuis le début de la rencontre au sommet dans le garage voisin. On n'entendait aucun bruit d'ici, Seif n'avait pas dû utiliser ses fourchettes à fondue. Riad avait retrouvé le pansement, l'avait mis dans la voiture et revenait avec mes baskets juste au moment où Bill arrivait au pas de course par la petite rue de côté.

C'était un copié-collé de Sam pour ce qui était de la carrure, une armoire avec des bras sur les côtés. Les cheveux plus clairs, les traits un peu plus fins, il n'avait pas les yeux bridés, mais pour le reste c'était le même profil bulldozer.

- Zika, je suppose ?

- Oui, et voici Riad, mon copain.

- Où sont les autres ?

- Dans le garage à côté. Ils s'occupent des types de Hamad. Il faudrait peut-être leur dire que tu es là.

- J'y vais !

La porte du garage s'entrouvrit pour laisser passer Seif. Après un bref échange, Bill revînt vers nous.

- Je retourne planquer dans ma voiture pour attendre Horak. Vous deux vous attendez Seif et Sam, ils arrivent.

- Ok

Lorsque Bill eut rejoint son poste de surveillance, je me tournai vers Riad.

- On devrait aller ficeler l'arbre au cas où il faut décarrer en vitesse, dis-je en me levant.

- Bordel, quand t'as quelque chose dans la tête toi ! Passe-moi la ficelle, je t'avais promis de m'en occuper.

- Tu es un amour, pendant ce temps-là, je vais essayer d'enfiler mes baskets.

Je ne savais pas si Riad s'en sortait facilement avec l'arbre, mais de mon côté c'était sons et lumières pour mettre mes pompes. Je réussis finalement à enfiler le pied droit et gardai l'autre avec les carrés de gaze en guise de semelles. Un look d'enfer ! Énervée, je jetai l'autre godasse au loin en jurant.

- Bien la peine que je j'aille te les chercher !

- Je n'ai pu en mettre qu'une, j'ai trop mal. T'as réussi à attacher l'arbre ?

- M'en parle pas! C'est pas le format bonzaï ton truc, il dépasse du coffre d'au moins un mètre et demi.

La porte coulissante s'ouvrit laissant passage à la Mercedes. Seif et Sam vinrent vers nous en laissant le moteur tourner.

- Pas de point de ralliement. Hamad les appelle quand il a besoin d'eux. On leur a piqué leurs papiers et leurs téléphones. On fonce chez Knox maintenant, en chemin on balancera les deux autres. Vous deux vous pouvez rentrer chez vous.

- Pas trop tôt ! s'écria Riad, dans moins de trois heures je dois aller bosser.

Au lieu d'entamer un nouveau débat, Seif s'éloigna me faisant signe de le suivre.

- Vous ne tenez plus debout Zika, allez vous reposer. Après-demain jeudi vous commencerez votre formation. Soyez au bureau à huit heures et demandez Steve. Je l'ai déjà averti, c'est lui qui s'occupera de vous.

- Super nouvelle ! Mais…est-ce-que çà veut dire que je ne suis plus dans le coup dans l'affaire Hamad ?

- N'ayez pas peur, dit-il en riant, je ne vous enlèverai pas votre os. Si j'ai besoin de vous je vous appellerai, entretemps démarrez l'entraînement, le plus tôt sera le mieux !

- Vous me direz s'il y a du nouveau hein ? Si vous n'avez pas le temps de m'appeler, au moins un message sinon je vais me ronger les ongles jusqu'aux omoplates.

- Comptez sur moi ! Il faut y aller maintenant, fit-il en retournant vers les autres.

- On ne sait pas si Hamad est toujours dans le coin, dit-il à Sam. On va suivre Zika et Riad jusqu'en dehors de la zone industrielle pour les couvrir. En route !

Arrivée à l'auto je regardai hébétée les longues branches qui formaient une espèce de plumeau géant à l'extérieur du coffre. J'avais pas réalisé qu'il était aussi grand. Pas le temps de l'enlever, sinon Riad va piquer une crise sans parler des autres qui nous attendent. Il prit le volant.

- Foutons le camp en vitesse mais jouons-là flegmatique en roulant devant eux, lui dis-je, comme si on ne s'était pas aperçus qu'il y avait ce baobab derrière quoi !

Riad avait l'air de faire la gueule aussi j'essayai de le dérider.

- Fais pas cette tête, on reviendra demain pour en chercher un autre pour ton salon.

- Mais qu'est-ce-que t'as à la fin ?

- Je m'en fous de l'arbre ! Pourquoi ce mec s'est éloigné avec toi pour te parler, il t'a donné rendez-vous plus tard chez lui ?

Décidément question caractère çà ne s'améliorait pas. Riad pouvait être charmant, drôle et plein d'attentions comme pour l'arbre par exemple, mais d'un autre côté sa jalousie et ses sautes d'humeur provoquaient sans cesse des disputes. Qu'elles soient en général suivies de réconciliations ne changeait rien au fait que sur le coup c'était chiant.

- T'es vraiment cinglé ! Ce mec comme tu dis c'est mon patron. Et oui il m'a fixé un rendez-vous, pour débuter ma formation, pas pour baiser comme tu as l'air de le croire !

- Alors tu vas continuer ce boulot à la con ?

- On en a déjà parlé, on ne va pas remettre çà non ? Regarde plutôt si l'autre cinglé de Hamad n'est pas planqué dans le coin.

- Ouais hein ? Quoi de mieux que de se faire tirer dessus pour finir la soirée en beauté. Pourquoi il nous fait des appels de phares l'autre derrière ?

- J'en sais rien, je vais l'appeler pour savoir ce qu'il veut. Zut ! Il a essayé de me joindre mais j'avais oublié de remettre la sonnerie sur mon portable.

- Désolée Seif… Quel machin ?.... Ah ouais le fleuriste l'avait balancé. Je l'ai trouvé cool alors on l'a embarqué.

- Sam vient juste de me dire qu'avec vous dans l'équipe çà va pas être monotone, et je partage son avis, ajouta Seif dans un éclat de rire. A propos, il m'a dit aussi que c'est vous qui aviez démoli le gars de Hamad, bravo !

- Merci, bonne chance !

- Qu'est-ce-qu'il voulait encore, il n'a jamais vu d'arbre ? demanda Riad en râlant.

- Le coffre était fermé quand on est arrivé, il se demandait d'où çà sortait. A part çà il m'a juste félicité pour avoir cassé la gueule à l'autre.

- Je dois dire que tu m'en as bouché un coin à moi aussi, je ne t'avais jamais vue à l'œuvre, dit-il un peu radouci. Bon on fait quoi, tu viens dormir chez moi ?

- Si tu veux, je suis trop claquée pour retraverser la ville. On montera l'arbre chez toi je n'ai pas envie qu'un abruti me le fauche.

- On peut dire qu'il va me faire chier jusqu'au trognon ce putain d'arbre.

Les premiers bus presque vides à cette heure matinale roulaient dans les rues désertes. Un gars débarquait des journaux d'un mini-van devant la porte d'un dépanneur sur le boulevard Henri-Bourassa. Le trajet jusque chez Riad se déroula dans le silence jusqu'à ce qu'une enseigne de McDo nous cligne de l'œil.

- Riad, tu sais quoi ? On devrait s'arrêter au service à l'auto et ramener le petit déj à la maison, comme çà après on pourra dormir.

- Dormir ! Parle pour toi, quoique humm, tu sais quoi ? Le temps qu'on avale quelque chose et qu'on prenne une douche il sera six heures. J'appellerai mon boss alors pour lui dire que je ne rentre pas aujourd'hui, il faut juste trouver une bonne raison.

- Dis-lui que tu as chopé une gastro et que tu ne peux pas servir des clients et surveiller le magasin si tu passes ton temps aux toilettes. En plus c'est contagieux, il ne voudra pas courir le risque.

- Géant çà, s'esclaffa-t-il. Y en a là-dedans, fit-il en me tapotant la tête.

On trouva une place au bord du trottoir juste devant l'entrée de son immeuble. Lestés de l'arbre, d'une basket, du pansement sale et des sacs de McDo, on gravit péniblement les escaliers jusqu'à son appartement au deuxième étage et on s'affala sur ses superbes banquettes marocaines, épuisés.

Une fois les douches prises et les pansements changés, on se jeta sur la bouffe comme des piranhas en délire. La discussion avec le patron de Riad démarra assez mal du fait que l'autre s'était fait réveiller en sursaut, mais se termina rapidement quand mon copain lui dit qu'il devait courir aux toilettes, avant de lui raccrocher au nez.

- Ouah çà fait du bien ! fis-je en rabattant les draps frais sur moi.

Riad ne répondit rien, il dormait déjà.

Le silence inhabituel me réveilla vers midi et demi. Ici, les seuls bruits qu'on pouvait entendre c'étaient les pépiements des oiseaux dans les branches des arbres et les dents des écureuils qui croquaient des pommes dans le jardin de l'immeuble. J'adorais dormir chez mon copain, on était toujours à Montréal mais à des années lumières du boucan de la ville. C'était comme partir en vacances sans prendre l'avion.

Riad dormait toujours. Je me levai sans bruit et allai me servir un jus de mangues. Assise sur une des banquettes au salon, j'allumai une cigarette et regardai par la baie vitrée le spectacle reposant de la nature dans son écrin de verdure. J'aurais donné n'importe quoi et plus encore pour vivre ici avec lui. Mais c'était rêver en couleurs. Dans la vraie vie, nos horaires, nos styles de vie, nos caractères et surtout son égoïsme rendaient la chose complètement impossible.

On avait essayé. Pendant les trois premières années de notre relation nous avions vécu ensemble chez moi. Après être allée le chercher en voiture à son boulot, Riad buvait ses bières apéro jusqu'à vingt-deux heures, pour décompresser comme il disait. Le dîner se terminait quand mes paupières tombaient dans mon assiette. Le matin, je me levais une heure avant lui pour avoir le temps de me doucher et de préparer son petit-déjeuner pendant que lui dormait.

Bref, la journée commençait toujours pour moi avec un max de stress puisqu'il fallait que tout soit prêt à la seconde où il sortait de la salle de bains, sa toilette terminée, sinon gare aux gueulantes ou dans les meilleurs des cas, à des remarques acerbes. Une fois qu'il avait bu son café et fumé sa première cigarette, la tension baissait enfin.

J'avalais alors mon petit-déjeuner avec une catapulte pour aller plus vite et courais dans la chambre pour faire le lit et ranger les pyjamas et habits qui traînaient. Ensuite, je roulais comme une débile pour l'accompagner à l'heure à son travail avant d'arriver enfin au mien, toujours en retard bien entendu, car il n'était pas question pour lui d'arriver au boulot en avance ! A part çà, pas besoin de la radio pour mettre de l'ambiance, ses cris et nos disputes fournissaient le nombre de décibels nécessaires.

Bon d'accord, çà devait faire partie de la différence culturelle je suppose, puisque chez lui les mâles se faisaient servir dès leur naissance par leur mère, sœurs et tantes, en attendant que leurs épouses et leurs filles prennent le relais plus tard. Parce que je l'aimais j'avais essayé de m'adapter, mais comme sur ma planète à moi les choses avaient pas mal évolué depuis l'abolition de l'esclavage, ce n'était pas évident.

Un matin il m'annonça qu'il retournait vivre dans son appartement qu'il avait gardé entre temps, et qu'on se verrait dorénavant quelques fois par semaine chez lui ou chez moi. Dès lors il m'avait fallu plusieurs semaines avant de m'habituer au vide de son absence, et seulement quelques jours pour réaliser que j'avais enfin le droit de manger quand j'avais faim, dormir quand j'avais sommeil, démarrer mes journées l'esprit serein et les terminer dans le calme une fois mon travail achevé.

Au fil du temps le nombre de nos soirées hebdomadaires avait diminué au profit des nouveaux hoyas qui prenaient petit à petit ma place dans la vie de Riad. Du statut de compagne à temps plein j'étais passée à celui de copine à temps très, très partiel.

Perdue dans mes souvenirs, je sursautai lorsque Riad arriva dans le salon, sa tasse de café en main et une assiette de msemen[6] dans l'autre.

- Je t'observais de la cuisine, tu avais l'air téléportée dans une autre galaxie, fit-il en s'asseyant en face de moi et sautant aussi sec sur la télécommande de la télé.

- Je me disais que j'adorerais me réveiller ici tous les matins près de toi, jusqu'au moment où nos trois années de vie commune sont venues torpiller mes rêves, lui répondis-je en souriant.

- Ah !.... ouais, bon ! dit-il seulement.

Pas de commentaires, c'était mieux comme ça. Il mit la chaîne qui diffusait les nouvelles en continu. En me tendant l'assiette de crêpes il poussa un juron sonore.

- Oh bordel de merde, je n'y crois pas !

- Quoi ?

- Regarde la télé au lieu de regarder par la fenêtre !

Sur l'écran, les tronches des deux acolytes de Hamad. Riad monta le volume.

- Une nuit mouvementée à Montréal Nord, disait le journaliste. Un usager du transport en commun a trouvé ces hommes ligotés et allongés par terre dans un abri-bus sur la rue Jarry Est très tôt ce matin. Aucun papier sur eux.

---

[6] msemen : crêpes marocaines

Ils s'expriment en français, mais prétendent tous deux qu'ils n'ont aucune déclaration à faire.

- Hé c'est dingue, Seif les a largués dans un abri-bus ! m'écriai-je en riant.

- Attends, tais-toi une minute, dit Riad en augmentant encore le son.

- Par ailleurs, l'homme découvert un peu plus tôt cette semaine dans un parc de Cartierville a été retrouvé cette fois à son domicile de Montréal Nord, bâillonné et attaché. À force de cogner avec ses pieds contre le mur de sa chambre son voisin du dessus, excédé, est descendu voir ce qui se passait. Comme personne ne répondait à ses appels mais que les coups persistaient, il a appelé la police qui a dû défoncer la porte. La victime refuse toujours de collaborer avec les autorités.

- Le Bulgare a une de ces dégaines, ne pus-je m'empêcher de commenter.

- Chuut !

- On ne sait pas si tous ces évènements sont reliés, mais aux petites heures du matin un automobiliste arrêté à un feu rouge sur le boulevard Pie IX a dû descendre de sa voiture sous la menace d'une arme qu'un homme brandissait dans sa direction. Le voleur, vêtu d'un ensemble de jogging noir s'est enfui à bord d'une vieille Oldsmobile couleur brune retrouvée abandonnée sur le boulevard Crémazie, tout près du boulevard Saint-Laurent. Selon la victime, il était de type arabe, très grand et devait avoir à peu près une quarantaine d'années. Tous témoins de l'agression, ou toutes personnes ayant aperçu un homme correspondant à ce signalement sont priés de communiquer avec la police au numéro affiché au bas de l'écran. Les informations recueillies ainsi que l'identité des témoins resteront confidentielles. Passons maintenant à notre segment météo...

- Depuis que tu as recommencé à bosser tes activités ne passent pas inaperçues, jeta Riad en baissant le son.

- Mes activités, mes activités, c'est vite dit !

- Remarque, dans un sens çà a un côté pratique, quand je n'arriverai pas à te joindre je n'aurai qu'à allumer la télé pour avoir de tes nouvelles, fit-il sarcastique.

- Et moi, quand j'appelle chez toi et que tu n'y es pas, chez quel hoya ou chez quelle *hoyette* je dois téléphoner puisque tu n'as pas de portable ?

- Hoyette ? Çà veut dire quoi ? répondit-il tout de suite sur la défensive.

- Chez quelle poufiasse si tu préfères ! Tu sais ce qui serait cool Riad ?

- ... ?

- Que juste une fois de temps en temps tu arrêtes de me prendre pour une conne ! Et ne me regarde pas comme ça, tu veux me faire croire que tu n'as jamais couché avec une autre depuis qu'on est ensemble ? Comme par exemple la pétasse à qui tu as fais la bise au lave-auto en revenant d'Ottawa, toi qui n'es même pas foutu de tourner la tête pour m'en faire une quand je te dépose au boulot !

- Je n'ai jamais baisé avec elle, dit Riad avec force.

- Ni avec qui que ce soit d'autre d'ailleurs, ajouta-t-il au moins trente secondes plus tard, à voix basse et en évitant mon regard.

Ce fut à cet instant précis que j'eus la certitude qu'il m'avait trompée. Je fis semblant de me concentrer sur la télévision le temps de rassembler toute ma volonté pour ne pas cracher sur sa gueule de faux-jeton.

Pas croyables ces mecs ! Peu importe leur race ou leur âge, ils ont tous ce même air idiot quand ils nient nous avoir trompées. Qu'est-ce qu'ils croient ? Qu'il n'y a qu'à effacer les numéros de téléphone, enlever les cheveux *pas-de-la-bonne-longueur-pas-de-la-bonne-couleur* qui trainent sur leur veste, ou demander à leurs copains de leur servir d'alibi quand ils vont faire leur vidange ? Il ne leur vient jamais à l'idée qu'en en faisant trop ou trop peu, leurs gestes, leurs regards, leurs paroles les trahissent plus sûrement qu'une trace de rouge à lèvres bon marché sur leur slip. Et puis c'est bien connu les femmes ont des antennes. Elles savent toujours tout, même quand elles ne le savent pas encore elles-mêmes !

Sur ce point, il faut dire que les femmes leur sont nettement supérieures. Même les plus connes et surtout les plus sainte-nitouche peuvent baiser ailleurs pendant des années sans qu'aucun de ces mâles imbus ne s'en aperçoivent.

En ce qui me concernait ça avait été plutôt facile de le percer à jour. Avant, quand je lui demandais s'il m'avait trompée il s'écriait avec force en me regardant droit dans les yeux *Jamais, je te le jure sur la tête de mon père et de ma mère !*

Depuis l'épisode de la pute-à-Maghrébins de Montréal Nord douze ans auparavant, quand il m'arrivait de lui poser ce genre de question, sa réponse était la même, sauf qu'il ne jurait plus sur personne et qu'il n'était plus foutu de me regarder droit dans les yeux.

A l'époque je m'étais mise en mode autruche. Je gardais la tête dans le sable en me disant qu'après tout je n'avais aucune preuve disons... concrète. Alors, conne pour con, je jouais avec lui au jeu du FCS (Faire Comme Si!). Il pensait pas vu pas pris et je répliquais par "tu ne sais pas que *je sais* que tu es pris". Vraiment un truc tordu !

Je me levai et m'étirai en regardant l'heure sur les cristaux à quarts de la télé. Je jetai un coup d'œil à Riad. Il devait se dire qu'il aurait dû fermer sa gueule tout à l'heure.

- Je vais prendre ma douche, je dois rentrer chez moi.

- Reste avec moi si tu veux, on repartira ensemble demain quand j'irai travailler.

- Merci, mais c'est non. J'ai plein de trucs à faire et comme je dois me lever tôt demain pour commencer l'entraînement je préfère me coucher de bonne heure ce soir.

Il n'insista pas pour me retenir. Il ne broncha pas au sujet de mon entraînement. J'imagine que même les cons savent quand ils se sont mis un pied dans la bouche !

Sur la route qui me ramenait chez moi je laissai enfin couler les larmes que je retenais depuis tout à l'heure. Ma tristesse était si profonde et la douleur dans ma poitrine si forte que j'avais l'impression que c'était du sang qui coulait sur mes joues. En sanglotant comme une enfant, je me garai le long du trottoir et examinai mon visage dans le rétroviseur. Ce n'était que de l'eau qui s'écoulait de mes yeux rougis.

Devant moi, un couple enlacé marchait sur le trottoir. Mes sanglots redoublèrent. Je crevais d'envie de retourner chez Riad, me jeter dans ses bras et le supplier de me jurer qu'il ne s'était rien passé, jamais, comme une enfant qui voulait plein de câlins pour effacer le mauvais cauchemar qu'elle venait de faire. L'adulte que j'étais tourna la clé de contact et continua son chemin. Elle n'arrivait plus à rêver. Un jour peut-être, plus tard….

Arrêtée au feu rouge je revis le couple passer devant moi. Un jour ou l'autre lui aussi te trompera, dis-je mentalement à la femme avant de redémarrer.

A la dernière minute je décidai de m'arrêter chez Sy avant de rentrer chez moi. Sy était à la fois mon ami, mon frère, mon fils, mon père, selon les circonstances et les conversations. En un mot il était mon meilleur ami. Il savait tout de moi, plus que n'importe qui d'autre dans mon entourage. Il me donnait des conseils toujours excellents que je ne suivais pas toujours, ou bien il faisait des blagues pour me voir sourire. Quand j'étais heureuse il partageait ma joie. Quand j'étais triste, il ne me laissait jamais repartir de son magasin avant d'avoir réussi à remonter mon moral en berne.

La plupart des habitués du magasin devaient penser qu'il y avait quelque chose entre nous en me voyant si souvent là. C'est vrai qu'il était attirant et sexy, mais même s'il me l'avait proposé ce qui n'a jamais été le cas, pour rien au monde je n'aurais voulu foutre en l'air une amitié aussi exceptionnelle pour une histoire de cul. Comme on dit, pour ce genre d'activité ce ne sont pas les volontaires qui manquent, mais un ami comme Sy on n'en trouve qu'un dans toute une vie.

Dès que j'entrai dans son dépanneur un seul coup d'œil lui suffit pour juger de mon état. Comme il le faisait souvent pour les enfants de ses clients, il me tendit un chocolat avec un grand sourire.

- Laisse-moi deviner, encore Riad j'imagine ! dit-il en levant les yeux au plafond.....

- Arrête de pleurer et mange ton chocolat, reprit-il. Je ne te dirai pas de laisser tomber ce fumier, je te l'ai déjà dit des millions de fois.... Bordel c'est quoi ton problème ? Tu es jolie, tu as de la classe, tu es encore jeune et tu es intelligente, alors qu'est-ce-que tu fous avec ce trou de cul ?

- Il m'a trompée ! eus-je le temps de dire avant d'éclater en sanglots.

- Il te l'a dit, ou tu l'as chopé sur le fait ?

- Nooooooooon, je le sais là-dedans, braillai-je en posant ma main sur ma poitrine.

- Bon, fit-il en me tendant un mouchoir en papier, garde un œil sur le magasin je vais chercher mon lap top dans ma voiture.

- Regarde ça, qu'est-ce-que t'en penses ? me demanda-t-il après avoir tapé sur le clavier de son ordi.

Il me montrait le site de la Ligue Nationale de Hockey sur lequel étaient affichés tous les matches à venir. Nick et Willy, deux amis et clients entrés dans l'intervalle, se mirent aussitôt à faire leurs pronostics, commentaires à l'appui. Mon portable se mit à sonner. Le silence se fit tandis que je décrochai le cœur battant. Riad ou Seif ?

- Allo ?

Aucune voix, aucune parole. J'allai raccrocher lorsque je perçus au loin les paroles d'une chanson. *Tu étais formidable, et j'étais fort minable la la,* puis la voix de Riad reprenait les paroles en même temps sur la musique de fond. La chanson s'arrêta, un silence, puis encore la voix de Riad.

- Ça ne m'avait pas échappé hier soir, dit-il avant de raccrocher doucement.

Il me fallut quelques secondes pour décrypter le message. Hier soir, quoi hier soir? Soudain je compris. Oh Mon Dieu, hier soir il m'avait dit qu'il tenait à moi, en ajoutant que cela lui avait échappé. Dans mon cerveau un ring se dressa sur lequel s'affrontaient le Champion du Doute et le Challenger du Ilmaime. Mon lutin perso qui servait d'arbitre décida de donner une chance au Challenger, déclaré vainqueur. Le ring s'escamota comme un lit mural et une vague de bonheur me submergea. Je ne dis rien à Sy, voulant conserver pour moi seule ce sentiment merveilleux au creux de moi. Deux minutes après, je riais aux éclats des blagues de Sy, de Nick et de Willy. Sy souriait de me voir heureuse.

- Reviens quand tu veux, et si tu as besoin de quelqu'un pour aller casser la gueule de Riad et lui dire que c'est un trou de cul qui ne te mérite pas appelle-moi ! me lança Sy lorsque je sortis du magasin nantie de mon sac d'épicerie.

Une fois dans mon appart je consultai mon relevé bancaire en ligne. *Outch, pas brillant,* ce qui aiguilla mes pensées sur mon nouveau boulot. Flûte, je n'avais pas vérifié mes messages textes. Il y en avait deux. *Rien chez Knox, Horak reparti directement chez lui,* à *demain au bureau.*

J'en apprendrai sûrement plus demain. Je fis un peu de ménage, préparai un dîner léger pour plus tard et vaquai tranquillement à mes occupations jusqu'au soir.

Assise devant la télé, je regardai le dessous de mes pieds. Aux infos rien de nouveau. Mes pieds eux retrouvaient doucement une apparence humaine. Avant de me coucher je les tartinai avec une pommade antibiotique et calmante, et enfilai des chaussettes moelleuses. Pas vraiment sexy comme look, mais apaisant. Je rallumai l'air conditionné, réglai mon réveil pour six heures et me mis au lit.

Au moment de fermer les yeux, je me souvins de l'arbre resté chez Riad. On n'avait pas trouvé d'autre endroit pour le caser qu'au milieu de son salon. Bien fait, me dis-je en souriant, il pensera à moi chaque fois qu'il se cognera dedans.

Le *plic, plic, plic* continu de la pluie sur mes chaises de terrasse me tira du lit bien avant que le réveil ne sonne. *Trop cool !* J'avais dormi huit heures d'affilée, un record ces derniers temps. Je pris rapidement ma douche et grimpai sur ma balance en retenant mon souffle. *Alléluia !* Tirer des coups de pieds çà a du bon finalement. Je m'attardai un peu plus que d'habitude sur mon maquillage et enfilai rapidement des jeans, un t-shirt blanc et mes Reebok. Mes pieds ne me faisaient presque plus mal. Mes tartines avalées, à sept heures et demi tapantes j'attrapai mon fourre-tout et y jetai en vrac mon portable, mes cigarettes et un

Bounty. Je saisis au vol un blouson marine en nylon muni d'une capuche et me mis en route.

Malgré la circulation démentielle je couvris le trajet jusqu'au boulevard René-Lévesque sans avoir insulté ni automobilistes ni piétons, toute excitée à l'idée de ce qui m'attendait. A dire vrai je n'en avais aucune idée mais je me voyais déjà en train de grimper sur un mur d'escalade ou de ramper sous une barre de limbo. Des trucs qui pourraient être utiles dans mon nouveau boulot quoi. Je ne savais pas combien de temps je resterai là-bas aussi j'optai pour le stationnement à la journée du Centre Bell.

J'ouvris la porte du bureau de l'IES et me plantai devant la secrétaire, une petite brune aux cheveux courts frisés, potelée et dynamique, qui me reconnut aussitôt et m'accueillit avec un grand sourire.

- Mes cameramen sont en bas avec le matériel, ils arrivent! Voici ma carte d'affaires, dis-je en lui remettant ma contravention.

Elle éclata de rire et mis le papier dans un tiroir.

- Tu dois être Zika, moi c'est Louisa. On va avoir besoin de ton sens de l'humour ici, surtout aujourd'hui, reprit-elle plus bas, depuis que Seif est arrivé tout le monde rase les murs. Il nous a avertis à ton sujet, Steve ne devrait plus tarder. Sers-toi quelque chose si tu veux, fit-elle en me montrant la cafetière et le distributeur de boissons froides.

Un jus d'orange à la main je pris place dans un des fauteuils en cuir gris clair et regardai autour de moi. Ma dernière visite avait été plutôt rapide, je n'avais pas eu le temps de voir grand-chose. Devant moi, une table basse en verre épais avec un téléphone et des magazines d'actualités. Partout des murs blancs sauf celui derrière le bureau de Louisa qui était recouvert par une murale de bambous, très zen. De part et d'autre de son bureau s'étirait un couloir avec plusieurs portes fermées. Au sol des tuiles d'ardoise gris foncé. Ambiance moderne et chic. À côté de la porte d'entrée un large escalier incurvé menait à l'étage supérieur.

- Le bureau de Seif et la salle de conférence sont là-haut, souffla Louisa qui avait suivi mon regard. Quand ils sont ici nos agents occupent les pièces au rez-de-chaussée. Steve te fera visiter plus tard.

- Et pour s'entrainer au tir ou au kick-boxing c'est où ?

Re-éclat de rire de Louisa.

- Quand ils ne se battent pas entre eux les gars vont dans un centre pas loin d'ici, au bord du canal Lachine.

Une porte se ferma à l'étage au-dessus. L'instant d'après Seif descendit l'escalier suivi d'un gars d'une trentaine d'années, cheveux blond-roux, yeux clairs, à peu près de ma taille et assez menu, style sauterelle olympique.

- Bienvenue parmi nous, voilà Steve qui assurera votre formation. La sauterelle m'adressa un sourire sympa.

- Une minute je dois parler à Zika, lui dit-il en me faisant signe de le suivre dans un des bureaux du rez-de-chaussée.

- On a fouillé chez Knox, rien ! fit Seif en refermant la porte. Selon Bill, Horak a attendu un moment dans le parking, avant d'aller dans son bureau d'où il en est ressorti en courant avant de retourner chez lui à Notre-Dame-de-Grâces.

- J'ai vu les nouvelles pour Bilakiev et pour les copains de Hamad. Toute une trouvaille l'abri-bus, dis-je en riant.

- On n'avait pas beaucoup de temps devant nous. C'est Sam qui y a pensé, on dirait que vous l'avez contaminé avec vos idées, dit-il avec un clin d'œil.

- Ils ont dit que Hamad avait fauché une voiture.

- On ne l'a pas encore retracé celui-là ! Il y a eu un appel sur un des téléphones qu'on avait piqués à ses complices, mais dès le premier mot çà a raccroché. Un des nôtres est au Bonaventure, si Hamad s'y pointe on le saura. Tom a pris le relais chez Bilakiev. On n'a plus qu'à attendre.

- Attendre quoi ?

- Que Horak sorte de chez lui. Sam et Bill se relaient devant sa maison. On attend que la poussière retombe, après on ira fouiller sa tanière. La deuxième moitié du sceau doit forcément être quelque part. Bon, je vous laisse entre les mains de Steve, on se verra plus tard dans la journée. S'il y du nouveau je vous appellerai.

CHAPITRE 5

- Prête ? me demanda Steve.

- Toujours ! répondis-je avec entrain sans savoir à quoi je devais me tenir prête.

- Première étape, les ficelles de la filature ! Règle numéro un avoir l'air naturel, ne jamais fixer la cible mais cependant ne jamais la perdre de vue et….

Pendant plus de trois heures Steve m'enseigna les trucs et subtilités d'une filature réussie. Il adorait visiblement son travail, me faisant partager son enthousiasme. Il ne parlait pas comme un prof barbant, plutôt comme un copain qui refilait des bons tuyaux.

- Maintenant on va faire un tour histoire de mettre tout çà en pratique. En chemin on trouvera un truc à grignoter.

- Super, j'ai hâte ! On va filer qui ?

- Je te désignerai quelqu'un au hasard. Dès que je te l'aurai montré, on ne se connaît plus. Tu suivras la personne et moi je te suivrai. Quand je te ferai un signe, on décroche et on revient ici pour corriger les erreurs.

- Quel genre de signe ?

- Je me frapperai le front comme si je venais de penser à quelque chose, dit-il après réflexion.

C'était l'heure du lunch et les gens se pressaient nombreux sur les trottoirs. Nous marchâmes en direction du Square Dorchester. La pluie avait fait place à une fine bruine rafraîchissante. Je relevai ma capuche tandis que Steve mettait sur sa tête une casquette des Canadiens ! Je m'immobilisai.

- C'est pas vrai que je vais me promener avec quelqu'un qui porte ce truc !

- C'est la casquette des Canadiens, ils sont trop cool. C'est la meilleure équipe de hockey tu ne trouves pas ? dit-il tout fiérot.

- Non !

- ….

- La meilleure équipe elle est à Boston !

- Oh merde ! ne me dis pas que tu es une fan des Bruins toi !

- Et pourquoi je ne te le dirai pas ? fis-je l'œil flamboyant.

- Ce ne sont pas des joueurs de hockey, ce sont des brutes sanguinaires.

- Et tes Canadiens sont des agneaux anémiques c'est çà ?

La querelle devenait patriotique, sportivement parlant. Plantés au milieu du trottoir, poings sur les hanches, on était comme deux parlementaires à l'assemblée lorsque l'ordre du jour affiche on n'est pas d'accord. Une femme bouscula Steve ce qui nous ramena à nos préoccupations du moment.

- Oublie ma casquette pour le moment, tu vois le type qui va traverser la rue Peel ?

- Le gros avec un t-shirt rouge et un bermuda kaki ? Je ne le vois que de profil.

- Pas d'importance, suis-le. Arrête-toi avant Ottawa quand même, dit-il en riant.

- Je vais essayer de m'en rappeler.

J'ajustai ma capuche et me mis en route. Fais le vide dans ta tête, oublie Steve, concentre toi sur le mec, me répétai-je en me dirigeant vers l'homme. Je laissai une dizaine de personnes entre lui et moi en traversant le carrefour. Un homme me dépassa en marchant rapidement. Je ne pus m'empêcher de trouver sa silhouette familière. Il remonta Peel jusqu'à Sainte-Catherine et tourna à droite alors que le bermuda kaki continuait tout droit. J'hésitai, essayant de me rapp…. Bon Dieu, Hamad ! C'est Hamad ! Je me dépêchai pour ne pas le perdre de vue. Il entra dans les Cours Mont-Royal et j'allai en faire autant lorsqu'il en ressortit presqu'aussitôt. Dans un réflexe je me retournai et arrêtai un passant pour lui demander l'heure. Hamad revint sur ses pas, reprit la rue Peel avec moi dans son sillage. Steve de l'autre côté de la rue se frappait le front comme un maniaque. *Je l'avais oublié lui !* Il devait se demander ce que je foutais. Je pris mon portable et appelai Seif.

- Je suivais le gars que Steve m'avait désignée quand j'ai vu Hamad sur la rue Peel. Il porte des jeans et un sweat noir. Pas de lunettes, pas de mallette. Je suis sur ses talons. Il se dirige vers le Square Dorchester. Attendez…. Il s'est assis sur un banc. Je n'ai pas encore joint Steve pour lui dire ce qui se passe.

- Je l'appelle tout de suite, il prendra le relais. Hamad vous connaît, revenez ici, c'est trop dangereux !

- D'accord ! dis-je à regret. Je garde un œil sur lui jusqu'à ce que Steve….

- Quoi ? Qu'est-ce-qui se passe ?

- Il s'est retourné en regardant autour de lui, son regard a glissé sur moi. Ouf ! Il ne m'a pas reconnue fringuée comme je suis avec ma capuche sur la tête. Ooooh!....

- Quoi ?... Quoi ?.... Allo ?

- Il me regarde à nouveau comme s'il cherchait à se rappeler où il m'a….. Zut, il vient dans ma direction. Je vais me rapprocher de Steve, dis-je avant de raccrocher.

Je m'efforçai de marcher normalement et repérai mon prof es-filatures en train de battre la semelle sur le trottoir longeant le parc. Hamad derrière moi ne pouvant voir ce que je faisais je mis un doigt devant ma bouche et sans me retourner je fis un signe du pouce vers l'arrière en roulant des yeux. Cinquante mètres devant moi Steve saisit son portable et se mit à parler à toute vitesse, avec Seif probablement. Je n'étais plus qu'à dix mètres du fil d'arrivée lorsqu'une main se posa sur mon épaule. Steve se figea.

- Bonjour, comment çà va ?

- Bonjour, fis-je, prenant l'air appliqué de *vous avez une tête qui me dit quelque chose.*

- Ah j'y suis ! Vous êtes le monsieur sympa qui a partagé son taxi avec moi l'autre soir, enchaînai-je avec un grand sourire.

- Quel hasard ! On se retrouve dans la même rue, bizarre non ?

- Pas vraiment vous savez, je travaille dans le coin et je me balade pendant mon heure de lunch. Vous aussi vous travaillez par ici ? lui demandai-je avec aplomb.

- Non, j'attendais un copain pour aller prendre un café quand je vous ai aperçue. Sans être indiscret j'espère que çà s'est arrangé avec votre chéri, vous aviez l'air vraiment fâchée l'autre soir.

- Il m'a appelée le lendemain pour s'excuser…. eh bien j'ai été ravie de vous revoir, mais je dois retourner travailler maintenant.

- Je vous accompagne, j'aurai ainsi le plaisir de cheminer en plaisante compagnie.

- Vous risquez de rater votre ami, fis-je réfléchissant à toute allure.

- Aucun problème, je l'appellerai plus tard si on se manque. On y va ?

- Bon allons-y avant que je sois carrément en retard, fis-je soucieuse.

J'avais de bonnes raisons d'être soucieuse, je n'avais aucune idée où aller.

Hélène, qu'est-ce-qu'elle m'avait dit déjà ? À côté du Reine Elizabeth, trentième étage çà je m'en rappelais, j'avais fait la grimace quand elle l'avait dit à cause de ma phobie des ascenseurs. Mais le nom de la boîte c'était quoi ? Un nom bizarre, rigolo, mais quoi ? Hitchcock, Eufalacoque ? Zut, ça ne me revenait pas ! Je marchais d'un bon pas espérant que Steve suivait et surtout qu'Hélène n'ait pas choisi de tomber malade aujourd'hui sinon j'étais mal barrée.

Une fois dans le hall de l'immeuble nous nous dirigeâmes vers les ascenseurs.

- Vous n'êtes pas obligé de m'accompagner jusqu'au bureau Monsieur… euh. Si on arrive ensemble mon patron va croire que j'ai passé trop de temps avec mon petit ami. *Qu'il mette les voiles, c'est tout ce que je veux!*

- Suleiman…mais on m'appelle Sully, c'est plus facile à retenir. Vous êtes une femme séduisante, je serais flatté d'être pris pour votre petit copain. Rassurez-vous je ne veux pas vous causer de problèmes, je vous laisserai devant la porte de votre bureau.

- Vous me flattez ! *Il veut juste s'assurer que je ne lui raconte pas de bobards, quoi!*

L'ascenseur arrivait. J'entendis un martèlement de hauts talons sur les dalles en céramique du hall et me retournai. Hélène ! La méga tuile ! Si elle met en route son moulin à paroles je suis cuite.

- Tu reviens du lunch toi aussi ? dis-je en vitesse en lui pinçant le bras pour qu'elle la ferme. Grouillons-nous, il faut qu'on arrive avant le patron.

- Merci beaucoup Sully, c'est sympa de m'avoir accompagnée, je vais monter avec ma collègue maintenant, fis-je en entraînant Hélène dans l'ascenseur.

- Heureux de vous avoir revue, à bientôt peut-être pour un café, répondit-il avec un sourire énigmatique.

Dès que les portes se refermèrent sur nous je serrai Hélène dans mes bras.

- Dieu merci tu piges vite, lui dis-je en riant.

- Pige vite ? Je n'ai rien pigé du tout tu veux dire. J'étais tellement baba de te revoir si vite que j'ai manqué de réflexes. Qu'est-ce-qui t'arrives ? Tu m'as l'air d'avoir une vie mouvementée toi en dernier.

- C'est une longue histoire, je te raconterai tout un de ces jours, promis.

Je regardai défiler les chiffres lumineux indiquant les étages en évitant de penser que j'étais suspendue dans le vide à l'intérieur de cette boîte de conserve. Hélène qui connaissait ma phobie parlait sans discontinuer pour me changer les idées.

- Ne te mets pas en retard pour moi, lui-dis-je en sortant mon portable une fois devant les bureaux de la compagnie Chapatok. *Eufalacoque, Chapatok, j'en étais pas loin.* Je vais rester un moment dans le couloir, un coup de fil urgent à passer avant d'y aller.

- Steve ? Oui çà va, je suis dans l'immeuble à côté du Reine Elizabeth. Je l'ai quitté dans le hall….. Ok… j'attends un moment et je retourne à l'agence.

- Tout va bien ? fit Hélène qui mine de rien était restée près de moi dans le couloir.

- Oui, ne t'inquiètes pas. Ce mec a commencé à me draguer et je ne savais plus comment m'en débarrasser, tu m'as rendu un fier service.

- Pas de problème, reste pas plantée dans le couloir entre un moment, je t'apporte un verre d'eau. Le boss ne viendra pas avant une heure, il avait un déjeuner d'affaires.

Je débarquai à l'agence essoufflée et trempée d'avoir couru sous la pluie. Louisa, sandwich à la main me regarda avec des yeux ronds. Moi je louchai sur son casse-croûte.

- Çà va ? Tu ressembles à un épagneul mouillé qui a fait un cent mètres haies.

- Ouais çà va, j'ai juste la dalle parce-que je n'ai rien mangé dans la foulée.

- Un momento !

Elle partit comme une flèche et revint en brandissant un sandwich et une pomme.

- Des fois on finit de bosser plus tard alors j'apporte toujours du rab. Après ton appel Seif est sorti d'ici comme un fou, il avait l'air angoissé.

- Il est allé où ?

- Je n'en sais rien. Il parlait sur son portable avec Steve. Je l'ai juste entendu dire *je pars à sa recherche avant qu'elle n'ait encore une de ses idées bizarres.*

- Il a dit bizarres ?

- Heu… oui!

Sourcils froncés je songeai que c'était la deuxième fois qu'il utilisait ce mot à mon égard. Je plantai férocement mes dents dans mon sandwich aux œufs que je terminai en un clin d'œil. Je snobai la pomme, mais en guise de dessert je pris un Bounty dont j'offris la moitié à Louisa qui l'avala séance tenante.

- Mmmmm… Pourquoi tout ce qui est délicieux fait grossir ? Toi t'as pas l'air d'avoir ce genre de problèmes, reprit-elle en me détaillant. Tu fais quoi pour garder la ligne ?

- Je tire des coups de pieds sur les gens de temps à autre.

Elle repartit à rire. Elle avait l'air plutôt sympa. Pas très grande, plutôt dodue, la trentaine bien avancée, elle comprimait un derrière imposant dans une jupe en coton vert pâle ultra serrée, mais elle n'avait pas l'air d'avoir le moindre complexe.

- C'est le mariage et les pâtes ! fit-elle avec une moue amusée. Nous les Italiennes c'est toujours pareil, quand on est jeunes on fait gaffe à la ligne, ensuite on se marie et les pastas et les pâtisseries prennent le dessus. Une fois la bague au doigt la seule balance qu'on utilise c'est celle pour peser la farine.

- Dans un sens c'est cool, moi j'ai une balance-baromètre que j'utilise chaque matin. C'est plus fort que moi je ne peux pas m'en empêcher.

- Baromètre ?

- Ouais, le poids qu'elle affiche indique si je vais être ou non de mauvais poil. Et quand il y a du surplus çà ne vient pas de mes talents culinaires tu peux me croire. Tu comprends, pour moi faire la cuisine c'est un plaisir qui vient juste après celui de me raser les jambes avec une machette.

- Elle est bonne celle-là ! s'esclaffa-t-elle, et ton mari ne rouspète pas ?

- Je ne suis pas mariée. Mon copain et moi on n'habite pas ensemble. Quand il vient me voir je fais l'effort de ramper jusqu'à la cuisine. Après sept visites des pompiers et deux virées en catastrophe à l'urgence, il a décidé qu'il valait mieux pour nous deux que ce soit lui qui fasse la bouffe.

- Tu es vraiment trop toi, tous les pompiers du monde ne pourraient pas forcer mon mari à s'installer aux fourneaux, s'écria-t-elle en essuyant les larmes de rire qui coulaient sur son visage.

- On dirait qu'il y a de l'ambiance ici ! fit Seif en entrant.

Nous sursautâmes comme des écolières surprises à chahuter en l'absence du prof. Il enleva sa veste trempée, s'adossa à la porte et nous regarda tour à tour. Louisa attrapa un dossier au hasard et se mit à en feuilleter énergiquement les pages.

- Zika, dans mon bureau tout de suite ! dit-il d'une voix ferme.

Avant de grimper l'escalier à sa suite je me tournai vers Louisa qui m'adressa un signe de ses doigts croisés avec un sourire qui se voulait confiant. Sitôt la porte de son bureau refermé, Seif me saisit les bras et se mit à me secouer comme un prunier.

- Vous m'avez foutu la trouille. Je vous avais dit de décrocher et rentrer à l'agence !

- C'est ce que j'allais faire, mais je voulais être sûre que Steve prenne le relais avant pour ne pas qu'Hamad nous échappe, dis-je un peu démontée par son comportement.

- Ce type est dangereux et il est aux abois ! Il doit mettre la main sur le sceau coûte que coûte, il a perdu les deux millions de dollars que Sam a escamotés et depuis qu'il a volé la voiture il a les flics après lui. Je suis parti du bureau comme un fou à votre rencontre. J'ai sillonné le quartier sans vous trouver, pas plus que Steve ni Hamad.

- Désolée, j'ai cru bien faire. J'ai menti à Hamad en lui disant que je bossais dans le coin et cette tête de mule a voulu m'accompagner, pour vérifier je suppose. Heureusement j'ai rencontré une copine, et j'ai pu m'en débarrasser.

- Un 4x4 avec deux types à bord roulait au pas derrière Hamad et vous, Steve me l'a dit lorsque j'ai enfin pu le joindre sur son portable. Ou bien ses complices, ou bien des gars de Horak qui l'ont retracé. Dans les deux cas ils auraient pu vous embarquer.

- Je n'ai rien remarqué. Je voulais me retourner pour m'assurer que Steve était derrière nous, mais je n'ai pas osé le faire pour ne pas mettre la puce à l'oreille à Hamad, dis-je en essayant de me dégager.

Seif me lâcha enfin, passa nerveusement sa main dans ses cheveux mouillés, fit quelques pas dans son bureau puis revint se planter devant moi.

- J'avais peur que vous ayez encore inventé une…. une…

- Bizarrerie? coupé-je brusquement.

- Heu… oui ! Ne refaites plus jamais un truc pareil. Je… j'ai cru… j'ai pensé… et merde ! fit-il en m'enlaçant fougueusement.

Il me releva la tête et m'embrassa avec passion. D'abord je ne bougeai pas, pétrifiée, mais lorsque je sentis sa langue dans ma bouche, tout comme à l'aéroport une chaleur intense se nicha dans ma poitrine qui cette fois-ci se propagea dans tout mon corps. Sans trop savoir ce qui m'arrivait je me mis à répondre à ses baisers tandis que mes bras allèrent se lover d'eux-mêmes autour de son cou. *Riad, Oh mon Dieu ! Qu'est-ce-que je fabrique ? Je deviens nymphomane, au secours !*

Je repoussai Seif doucement et nous nous retrouvâmes l'un en face de l'autre, les yeux dans les yeux, sans trop savoir comment se comporter.

- Zika… commença-t-il d'une voix grave.

Nos regards toujours soudés, je posai doucement un doigt sur ses lèvres. Il ne parla plus, je ne dis rien non plus. Quelque chose d'étrange et de spécial s'était passé entre nous et nous le savions tous les deux.

- Et alors, vous êtes encore vivants là-dedans ? demanda l'impétueuse Louisa, qui en passant la tête par la porte entrebâillée rompit l'espèce d'envoûtement dans lequel Seif et moi étions plongés.

- Et si vous essayiez de frapper avant d'entrer la prochaine fois ? répondit Seif d'un ton rogue.

- J'ai frappé, on a une urgence, reprit-elle précipitamment.

- Quoi encore, Steve a appelé ?

- Non, pas Steve…. Aldo !

- Qu'est-ce-qu'il a encore fait celui-là ? soupira Seif en levant les yeux au plafond.

- Pendant qu'il était dans un resto-bar à Anjou pour surveiller la femme de M. Delcott la ville a remorqué sa voiture. Quand la dame est sortie du resto avec un homme, Aldo s'est précipité dehors pour continuer sa filature et il est tombé sur un os.

- A-t-il pris des photos au moins ?

- Je lui posé la question en me souvenant de la dernière fois…

- Et ?

- Il avait oublié son téléphone intelligent dans sa voiture, dit-elle en riant.

- Où est-il à présent ? demanda Seif, exaspéré.

- Dans un taxi qui l'emmène à la station de métro la plus proche, il devrait être en route pour l'agence en ce moment.

- Troisième fois en deux semaines qu'il fait des conneries avec deux clients différents ! Quand il arrivera, dites-lui que je lui retire le dossier Delcott et programmez-lui une autre formation filatures avec Steve. D'ici là qu'il se débrouille pour récupérer sa voiture à la fourrière.

- Qui va traiter l'affaire Delcott alors ? demanda Louisa. Le quart de nos gars est mobilisé avec le dossier Hamad et les autres sont déjà occupés ailleurs.

- Voyez si le vieux Greg peut s'en charger, il devrait rentrer de Toronto demain. Il n'a plus ses jambes de vingt ans mais c'est un vieux renard. Il faut en finir, Delcott veut des résultats et un rapport complet la semaine prochaine au plus tard.

Lorsque Louisa fut repartie, je m'assis dans un fauteuil face au bureau de Seif. Je tremblais encore rétrospectivement en me demandant ce qui se serait passé si elle était entrée cinq minutes plus tôt. Seif prit place derrière son bureau. Visiblement il se posait la même question, alors qu'un frémissement de sourire courait sur ses lèvres. Ce type était vraiment craquant, trop craquant même !

Pour nous éviter de revenir sur ce qui s'était passé je demandai à Seif qui étaient Aldo et Greg.

- Aldo est une de nos dernières recrues. Il est entré chez nous il y a trois mois. Vingt-huit ans, Italien d'origine, intelligent et vif mais tête en l'air. Son problème c'est qu'il ne peut s'empêcher de faire son numéro de séduction quand une jolie femme croise son chemin. La semaine dernière, au lieu de surveiller Madame Delcott qui dînait au restaurant en galante compagnie, il était si occupé à draguer la serveuse qu'il n'a même pas vu sa cliente s'en aller. Ensuite quand il a traversé la rue en courant pour regagner sa voiture, il a fait tomber son téléphone qui s'est fait aplatir par un bus la minute d'après. Steve et moi on lui a déjà passé un savon. Il s'excuse avec un grand sourire, promet qu'il fera attention à l'avenir, jusqu'à la prochaine gaffe.

- Quant à Greg, reprit-il, c'est un vieux de la vieille. Engagé il y a six ans lorsque l'agence de détectives qui l'employait a fermé ses portes. Le patron avait pris sa retraite et son fils unique n'avait pas envie de prendre la relève. Greg est proche de la soixantaine, c'est un sympathique Irlandais de souche. Franc buveur en dehors du travail et solide bagarreur, Il connaît toutes les ficelles et nous a été très utile sur de nombreux… Un instant, dit-il en saisissant son portable

- Steve ? Où est-il ? Incroyable, ce type a un culot d'enfer! Julien doit être encore là-bas, dites-lui qu'il resserre la surveillance et qu'il le colle s'il bouge de là. Et les autres ? Non, elle est ici avec moi. Demain vous l'emmènerez au centre, après ce qui s'est passé aujourd'hui le plus tôt sera le mieux.

- Steve a réussi à trouver le point de chute de Hamad ? demandai-je.

- Vous ne le croirez jamais, il a tout simplement regagné sa chambre au Bonaventure. Steve m'a dit que le 4x4 a suivi Hamad jusqu'à l'hôtel et depuis il est garé à proximité. Sûrement des types de Horak. Ils ne peuvent pas faire un esclandre dans l'hôtel alors ils attendent qu'il sorte.

- Ce cher Hamad est très recherché on dirait, fis-je en souriant. Qu'est-ce-qui va se passer maintenant ? Et Bilakiev ?

- Sam et Bill se relaient toujours devant la maison de Horak. Il est cloîtré chez lui. Tom suit Bilakiev comme son ombre. Le Bulgare est sorti quelques minutes hier après-midi. Il est allé s'acheter à manger, s'est arrêté en chemin pour mettre de l'essence avant de retourner chez lui. Rien de ce côté-là non plus.

- Tout le monde a l'air occupé, et moi là-dedans ? Tout a été si mouvementé ces derniers jours que maintenant j'ai l'impression de regarder pousser les arbres !

- Steve est à l'extérieur du Bonaventure, donc les cours sont suspendus cet après-midi. Demain c'est le retour à l'école. Il va vous emmener au centre pour votre premier cours d'auto-défense.

- Super, j'ai hâte de comparer avec ce que j'ai appris au karaté. Est-ce-qu'il va m'apprendre à tirer aussi ?

- Hors de question ! La loi interdit aux détectives privés d'utiliser une arme, même le fait d'en porter une constitue une infraction.

- Mais Sam et Bill en ont une, vous aussi d'ailleurs.

- J'ai un permis de port d'arme en tant que particulier. Ma demande a été acceptée à la suite des cambriolages que nous avons subis mon père et moi. J'ai obtenu également un permis pour mes hommes en arguant de leur qualité de gardes du corps, après l'attentat commis lors du vol.

- Arme ou non, poursuivit Seif, il faut absolument que vous puissiez vous défendre peu importe la situation, c'est pourquoi vous devez suivre ces cours d'auto-défense.

- Vous avez raison !

- Ne vous inquiétez pas, à moins de fermer les yeux en tournant le dos à l'adversaire, deux ou trois semaines d'entraînement devraient suffire ! fit-il en riant.

- Il n'est que quinze heures, dis-je en regardant ma montre. Que faire à présent ?

- Je vous emmène visiter nos locaux, je n'ai pas eu le temps de le faire ce matin, ensuite vous serez libre jusqu'à demain huit heures….

- Sauf si vous m'appelez en pleine nuit pour aller au parc ou sauter par une fenêtre, lancé-je avec un clin d'œil.

La fin de ma phrase se perdit dans son rire. Il se leva de son fauteuil pivotant. Du regard je fis le tour de son bureau. Une pièce spacieuse avec une grande table noire en bois laqué sur laquelle était posés un téléphone multi-lignes, quelques dossiers et une lampe design en acier. Devant, deux fauteuils en cuir noir pour les visiteurs. Sur le mur de droite un long meuble bas à tiroirs et à gauche une reproduction magnifique des Iris de Van Gogh éclairait les murs blancs. De grandes baies vitrées pourvues de stores verticaux donnaient sur le boulevard René Lévesque deux étages plus bas.

Sur le même palier se trouvait la salle de conférence avec une table ovale et une dizaine de fauteuils autour. Une photo laminée de Montréal vu d'avion sur l'un des murs, et un écran géant sur l'autre, relié à un appareil audio-vidéo posé sur un petit meuble.

Louisa était au téléphone lorsque nous redescendîmes. Seif me montra les pièces au rez-de-chaussée, sept en tout, meublées très sommairement. Un bureau, une chaise, un fauteuil visiteur et un classeur à tiroirs. Au bout du couloir, les toilettes. La visite se termina par la salle où le personnel prenait ses repas. Il y avait une cuisinette, un réfrigérateur, un four à micro-ondes, une table et quatre chaises.

- Vous êtes bien équipés ici c'est sympa ! dis-je à Seif, quand on entre dans l'agence on ne penserait jamais qu'il y a autant de pièces.

- D'habitude nos agents se croisent entre deux portes, mais parfois il en arrive plusieurs en même temps, d'où la nécessité d'avoir de la place.

- Salut poupée, Louisa m'a dit qu'on avait une nouvelle recrue. Je suis Aldo et toi ?

Je toisai l'homme qui venait d'entrer dans la cuisine. Un type à peine plus haut que moi, cheveux noirs sculptés avec du gel et des yeux bleus pétillants de malice. Plutôt beau gosse. Il avait une chemise aviateur blanche coincée dans un pantalon noir ajusté. Avec çà une chaîne en or autour du cou qui aurait pu servir à amarrer le Queen Mary, un bracelet du même métal au poignet droit et une montre avec un cadran gros comme Big Ben au poignet gauche. La panoplie du parfait dragueur ! Pendant que je l'examinai, il continuait à parler en faisant des grands gestes avec ses mains.

- Mama mia ! Pour une fois on a un collègue, ou plutôt une collègue sexy, fit-il en me donnant une tape sur la fesse.

Dans la seconde qui suivit je lui donnai un coup sec du tranchant de la main dans le plexus. Je n'y avais pas été trop fort, mais l'air qui s'échappa de son gosier fit un bruit de soufflet crevé. Il se plia en deux, recula, et se mit à tousser. Je regardai Seif qui se mordait les joues pour ne pas rire.

- Je m'appelle Zika et je ne suis pas ta poupée. À l'avenir garde tes mains dans tes poches quand on sera ensemble, c'est clair?

- Tu parles d'un punch ! fit Aldo en essayant de retrouver son souffle.

- Pas punch, c'était un shuto[7], dis-je en souriant pendant que Seif continuait à lutter contre l'hilarité qui le secouait.

---

[7] shuto : au Karaté, coup asséné avec le tranchant de la main

- Vous vous en êtes bien tiré Aldo, Zika est une karatéka. Récemment j'ai vu un gars à qui elle avait balancé un coup de pied en pleine figure, pas beau à voir !

Aldo me jeta un regard perdu en reculant prudemment de quelques pas.

- Sans rancune ? dis-je en lui tendant la main qu'il serra après une légère hésitation. *Il devait se demander si j'allais lui briser les phalanges.*

- Sans rancune Zika ! fit-il en sortant de la cuisinette. Je serai dans votre bureau dans quelques minutes Seif.

- Depuis que je vous connais, j'ai beau m'attendre à tout avec vous et surtout à l'inattendu, vous me surprenez toujours. Notre Casanova de service va aborder sa prochaine victime avec plus de prudence, n'empêche qu'il s'en est fallu d'un cheveu pour qu'il prenne mon poing dans la figure, dit Seif en me fixant.

L'étrange courant passa de nouveau entre nous alors que j'assimilai ses paroles. Lâchement je décidai de battre en retraite.

- Je vais y aller maintenant. Je viens ici demain ou directement au centre ?

- Non, venez ici, Steve vous y emmènera. S'il y a quoi que ce soit d'ici là…

- Je sais, dis-je en riant.

Je roulai distraitement, repassant en boucle le baiser de Seif et revivant l'émotion que j'avais ressentie. Sois honnête, tu as aimé çà, chuchota mon petit lutin intérieur. Ah la ferme ! lui répondis-je, j'ai déjà assez de problèmes comme çà. Troublée malgré tout, je décidai de faire une halte chez mon conseiller privé. Sy, lui saura sûrement quoi faire. J'en profiterai pour acheter des clopes et pour recharger ma provision de Bounty.

- T'as l'air d'avoir réglé tes problèmes avec Riad. Tes yeux sont encore dans le cosmos et tes lèvres ont un look *j'ai-fait-le-plein-de-bisous !*

- J'ai pas revu Riad depuis hier, dis-je en touchant mes lèvres du bout des doigts. *Ohputainc'estdingue !.... Elles sont toutes gonflées !*

- Merde, merde, meeeerde ! Qu'est-ce-que Louisa a dû penser ?

- Louisa ?

- La secrétaire de l'agence, elle m'a vue arriver ce matin avec une bouche normale…. et elle sait que j'ai un copain !

- Tu parles de là où tu bosses maintenant ? Et alors ? Elle doit savoir que les bébés n'arrivent pas à bord d'Air Cigognes. D'ailleurs qu'est ce que çà peut lui foutre à cette Louisa que tu aies les babines enflées ?

- Elle n'est pas idiote, maintenant elle doit savoir qui m'a embrassée.

- Dis-moi un peu toi, je viens de réaliser ! Si tu n'as pas revu Riad qui c'est qui t'a mise dans cet état ?

- C'est Seif…. dis-je à voix basse.

- QUOI ?? Attends une minute je vais choper un Coke, je dois décaper ma cervelle.

Lorsque je lui racontai ce qui s'était passé au bureau, Sy se gratta la tête à deux mains et essuya ses verres de lunettes.

- Tu m'en bouches un coin ! Pourquoi il t'arrive toujours des trucs bizarres à toi ?

Mais dis-moi, toi tu te sens comment maintenant ?

- Pour être honnête, j'ai aimé çà. Je me sens coupable vis-à-vis de Riad mais j'ai envie de me botter les fesses de me sentir coupable. En plus, Seif connaît Riad, et je ne veux pas qu'il me prenne pour une nympho. C'est vrai, il y a une attirance certaine entre nous mais c'est mon patron. J'ai toujours évité les rapports fesses-boulot jusqu'ici, je ne veux pas perdre mon travail maintenant que j'en ai enfin trouvé un. Et pour couronner le tout, Seif est beaucoup plus jeune que moi, tu vois le délire ?

- Ouais, tu parles d'un merdier ! Écoute Zika, c'est ta vie, tu en fais ce que tu veux, et tu es la seule personne capable de savoir ce que tu ressens. Par contre ce que moi je peux te dire clairement c'est, oublie ta culpabilité à la con vis-à-vis de Riad ! Même si tu n'en as pas la preuve ce salaud t'a déjà trompée et plus d'une fois même, alors pourquoi tu stresses pour un baiser ? Quant à ton histoire de différence d'âge, on s'en fout, tu es plus sexy et en forme que beaucoup de filles plus jeunes. On n'est plus au Moyen Âge, les femmes couguars c'est devenu banal à notre époque.

Je devrais penser à ouvrir un zoo, avec Seif, dangereusement beau comme un tigre royal, Riad, têtu comme un âne, Sy, réconfortant comme un nounours et moi que Sy traite de couguar, il y a déjà de la matière première.

- C'est vrai tout ce que tu dis, mais le problème est toujours là.

- Mais qu'est-ce-que tu ressens pour Seif ? Et pour Riad ?

- Jusqu'à présent je voyais Seif comme un patron sympa et sexy, vraiment sexy. Le problème c'est que lorsqu'on est ensemble, on ressent tous les deux une attirance incroyable et chaque fois qu'il m'embrasse il y a quelque chose qui remue dedans moi. Riad, c'est différent. Il me rend dingue, des fois il me rend si heureuse que je me sens exploser et parfois j'ai envie de lui taper dessus jusqu'à ce que ce soit lui qui explose.

- Attends, j'ai raté une marche ! Comment çà *chaque* fois que Seif t'embrasse ? Ce n'était pas la première fois aujourd'hui ?

- Troisième fois, dis-je en baissant la tête.

- Pffiouh ! Ben dis-donc…. petite cachotière !

- Ce n'est pas ce que tu crois Sy, les deux premières fois c'était pour le boulot !

- Ah ouais ? Trop géant comme travail, je devrais peut-être envoyer mon CV.

- Et ta femme, petit malin, tu y penses ?

- Hé tu sais bien quand je blague non ? Si j'ai bien compris, ce Seif t'a embrassée aujourd'hui parce qu'il avait eu peur qu'il te soit arrivé quelque chose de grave c'est çà ? Aïe Aïe Aïe…. Alors çà voudrait dire que ce n'est pas juste une attirance physique, çà a l'air plus sérieux son problème.

- Maintenant que tu le dis, en y réfléchissant, çà complique les choses !

- Pour qui, pour toi ou pour lui ?

- Zut! Je voyais çà comme une simple attirance physique réciproque, tu sais un truc qui va passer vite ! Un peu comme la grippe ou les oreillons tu vois ?

- Les oreillons !! Et maintenant qu'est ce que tu en penses ?

- Je me sens bizarre j'te dis. J'étais super bien quand Seif m'embrassait, et décalée et bizarre maintenant. Je ne sais plus, aide-moi quoi !

- Je vois. Bizarre, çà ce n'est pas nouveau de ta part, mais si tu ne sais plus c'est que quelque chose est en train de changer dans ta caboche. C'est un grand jour, va te chercher un Coke ou un Seven Up, c'est moi qui te l'offre !

- Merci ô mon meilleur ami, à quoi je dois cette générosité ?

- Tu deviens moins conne, il faut arroser çà !

Affalée sur mon divan, j'étais perplexe. Je me sentais toujours aussi bizarre. Sy lui me trouvait moins conne. Je devais remettre de l'ordre dans ma tête tout de suite, aussi j'optai pour ma position de réflexion préférée, allongée sur le dos. *Mauvaise idée !* Trop de choses se bousculaient sous mon crâne, il me faudrait un siècle et demi pour trier les lentilles. Je me retournai alors sur le ventre histoire de me relaxer. *Encore pire !* Je sentais l'eau de toilette de Riad flotter sur les coussins ce qui me ramena à la dernière fois où nous avions fait l'amour. Je revoyais ses yeux assombris par le désir et sa bouche se poser sur la mienne, jusqu'au moment où celle de Seif se superposa sur mon écran perso.

Qu'est ce qui m'arrive bon Dieu ! Je me levai comme propulsée par un ressort direction la salle de bains. Je vais me balancer de l'eau sur la figure, çà devrait me calmer. *Ohnonc'estpasvrai !* Je ne voyais que mes lèvres dans le miroir. A moins d'avoir une cagoule, impossible de planquer un truc pareil. Louisa devait me prendre pour une dévoreuse doublée d'une hypocrite ! *Je ne suis pas mariée, mais j'ai un copain… arghh* Qu'est ce que je vais pouvoir lui dire, et surtout comment lui dire ? Une allergie ! Voilà, je suis allergique à… à mon nouveau gloss. Le téléphone sonna.

- Bonjour, vous avez bien rejoint la banque Sisséron-Sépakaré. Si c'est pour une demande de prêt rappelez-nous la prochaine année bissextile.

- Eh ben t'as l'air en forme aujourd'hui.

- Désolée Riad, tu sais que je blague toujours quand mon cerveau surchauffe.

- Des problèmes avec ta formation ? Comment ça a marché ?

- Plutôt bien, mon prof m'avait demandé de filer un inconnu dans la rue quand je suis tombée sur Hamad.

- C'est pas vrai ! Qu'est ce qui s'est passé ? Tu vas bien ?

- T'inquiète, ça va. Par contre Seif était furax. Il m'avait demandé de rentrer à l'agence mais j'ai pas eu le temps. De retour au bureau j'ai eu droit à une engueulade. *Et aussi à sa langue dans ma bouche !*

- Il a bien fait, si j'avais été là j'aurais fait la même chose.

- J'aurais adoré çà ! *Merde ! Est-ce-que je perds les pédales ou quoi ? Je me donnai mentalement un coup sur la tronche.*

- Quoi ?

- Non rien, laisse tomber, je blaguais. Et toi, quoi de neuf ?

- C'est pour çà aussi que je t'appelais. Haroun est passé me voir après ton départ.

- Ah ben j'ai rien perdu alors.

- Il est coincé ici à cause de son travail, il m'a demandé d'aller à sa place à Casablanca au plus tôt pour rencontrer son fournisseur et mettre les affaires en route.

- Je comprends. Dans combien de temps tu penses partir, et jusqu'à quand ?

- J'ai appelé l'agence de voyages et j'ai déjà pris mon billet. Je pars demain soir.

- C'est une blague ? Et tu reviens quand ? Et ton boulot à toi ? Et moi ?

- Je reviens samedi dans huit jours, on passera le week-end ensemble à mon retour. Quant j'ai appelé mon patron pour lui demander huit jours de vacances pour une urgence, comme il était déjà mal luné à cause d'hier on a eu une prise de bec et…

- Laisse-moi deviner, tu lui as balancé les clés du magasin à la figure. Air connu, c'est le quatrième patron que tu balances quand tu as envie d'aller t'éclater au Maroc !

- Çà veut dire quoi çà ? Je te dis que j'y vais pour monter mon affaire.

- Ouais c'est çà ! Finalement j'ai de la chance. C'est vrai quoi, tu aurais pu juste m'appeler de là-bas pour m'annoncer que tu étais bien arrivé.

- C'est pas croyable ! Pourquoi on se dispute chaque fois que je pars en voyage ?

- Parce que tu fais toujours tes trucs dans mon dos avant de mettre devant le fait accompli. Comptes pas sur moi pour faire la virée des magasins pour acheter tout ce que tu rapporteras à tout le monde, ni pour faire tes valises d'ailleurs. Et trouves-toi aussi quelqu'un d'autre pour t'accompagner à l'aéroport.

- C'est quoi çà, des représailles ?

- Non, çà s'appelle une formation. Demain j'ai un entraînement d'auto-défense. Je ne sais pas combien de temps çà va durer ni si j'ai un autre cours après.

- Un entraînement d'auto-défense ? Bordel, il ne manquait vraiment plus que çà !

- C'est tout ce que tu trouves à me dire ?

- Qu'est ce que tu veux que je te dise ? Que je suis heureux de savoir que tu vas te faire casser la gueule ou en casser d'autres ?

- Non, mais tu pourrais peut-être dire quelque chose comme Zika on va être séparés pendant huit jours, on passe la soirée et la nuit ensemble avant mon départ ? *Flûte qu'est ce que je raconte ! S'il vient maintenant il va voir mes babines.*

- Je ne demanderai pas mieux tu le sais, mais comment tu veux que je fasse ? Je dois être à l'aéroport demain à dix-sept heures. Je dois aller faire mes courses maintenant en bus et en métro, ensuite rentrer chez moi pour me taper la lessive. Demain il me faudra la journée pour faire mes valises vu que je n'ai jamais fait çà, c'est vrai quoi, d'habitude c'est toi qui t'en occupes.

- Hé oui, c'est à des petits détails comme ceux-là que tu vas te rendre compte que je te manque c'est çà ?

- Tu veux vraiment qu'on s'engueule avant mon départ ?

- Non, mais tu avoueras que je n'ai pas de quoi sauter de joie non ?

- Écoute ma belle, fit Riad sur un ton radouci, pense plutôt à nos retrouvailles. Juste huit jours, occupés comme on va l'être tous les deux, çà va passer très vite tu verras.

- ….

- Tu boudes ?

- Non, je suis juste triste c'est tout, comme chaque fois que tu t'en vas si loin.

- Tu as le numéro de la maison à Casa, si je dois m'absenter laisse un message à ma sœur Aya, sinon essaye mon portable en espérant qu'il n'y aura pas de problèmes de communication ou de zonage.

- Entre le décalage horaire et les réseaux c'est toujours la galère pour t'attraper au téléphone.

- Écoute, je te laisse maintenant pour filer faire mes courses avant que les magasins ferment. Je t'appellerai ce soir pour te dire bonne nuit s'il n'est pas trop tard, sinon demain pour sûr.

- Demain il y a des chances que je n'entende pas ton appel avec le boucan dans la salle d'entraînement. J'essaierai d'être près de mon portable vers dix-sept heures, au pire tu pourras me passer un coup de fil de l'aéroport.

Çà c'est le bouquet, tu parles d'une nouvelle ! Depuis hier ce n'était qu'une succession de hauts et de bas qui me foutaient à l'envers. Je me sentais de plus en plus paumée. Hier matin j'avais envie de pendre Riad par les testicules jusqu'à ce qu'elles se détachent toutes seules, quelques heures après, son appel me projetait en plein ciel sur mon tapis volant. Tout à l'heure Seif m'a emmenée à douter de mon équilibre émotionnel et maintenant j'avais de nouveau le cœur en berne depuis que Riad m'avait annoncé son départ. Il y avait vraiment de quoi s'arracher les poils du nez pour s'en faire des tresses. Quand Sy saura tout çà, il va probablement me demander de rembourser mon Seven Up, apparemment je suis toujours aussi conne !

Télécommande en main, j'allumai la télé et zappai les chaînes pour trouver de quoi me changer les idées. Pas de hockey, pas de film marrant. Pour finir, je laissai la chaîne des nouvelles ce qui me redonna le sourire. On voyait les vitrines des magasins du centre-ville défoncées suite au passage des supporters des Canadiens après le dernier match. Pour une belle victoire de mes Bruins, on peut dire que c'en était toute une. Un peu ragaillardie, je fonçai à la cuisine et revins armée d'un bol de chips et d'une bouteille d'eau. Je m'installai confortablement sur le divan et allumai d'abord une cigarette. Sur l'écran devant moi, une photo des bureaux de Horak vint me frapper entre les deux yeux.

- Du nouveau suite aux incidents dont nous vous avons parlé récemment, survenus dans le secteur de Montréal-Nord. Quelques heures plus tard, non loin de là, des employés de la ville ont signalé la présence d'un véhicule accidenté qui aurait heurté violemment un panneau d'arrêt sur le boulevard Industriel. Les agents de la police de Montréal qui ont procédé aux premières constatations pensent que ce véhicule pourrait appartenir au voleur armé. En interrogeant les employés des compagnies situées à proximité de l'accident, et après recoupements, la force constabulaire a découvert que Horak Import avait déjà eu maille à partir avec la justice l'an dernier. Cette compagnie avait en été soupçonnée à l'époque d'avoir mis sur pied un trafic illégal d'ivoire et d'autres objets précieux en provenance d'Asie. La police a transféré le dossier à la Sûreté du Québec qui procèdera à une enquête plus approfondie. Nous vous tiendrons au courant de….

Je coupai le son et appelai Riad.

- Ouf ! J'avais peur que tu sois déjà parti faire tes courses !

- J'allais sortir quand le téléphone a sonné, qu'est-ce-qui se passe ?

- Je viens de voir un truc à la télé qui m'a rappelé notre nuit romantique près de la benne à ordures de Horak. Écoute ça….

- Dis-donc, ils ont fait vite pour remonter le courant. J'imagine que ce Horak se passerait volontiers de ce genre de publicité.

- Ouais comme tu dis.

- Et ton patron qu'est-ce-qu'il en pense ?

- Je ne lui ai pas encore parlé. Je l'appelle tout de suite.

Seif décrocha à la première sonnerie, il devait avoir un afficheur. Moi aussi d'ailleurs, c'est juste que question technologie j'étais nulle. Depuis que j'avais acheté mon portable, je n'avais jamais su le programmer pour faire apparaître les numéros entrants.

- Ne me dites pas que vous êtes allée du côté du Bonaventure et que vous êtes encore tombée sur Hamad, je ne veux pas finir aux soins intensifs.

- Non, non, pas intensifs ! Je viens juste de voir à la télé…..

- Horak et Hamad doivent se ronger les ongles à l'heure qu'il est, par contre toute cette publicité ne m'arrange pas.

- Pourquoi ?

- Si la police remonte aussi rapidement la filière on les aura bientôt dans les jambes.

- Il leur faudra sûrement plusieurs jours non ?

- Peut-être. J'appelle Sam et Bill pour savoir s'il y a du nouveau du côté de Horak. Si la voie est libre, j'essaierai d'y faire un tour ce soir.

- Moi aussi ?

- Sam et Bill devraient suffire et je n'ai pas envie de subir à nouveau les foudres de votre copain, dit-il d'une voix amusée.

- Le copain en question m'a annoncé tout à l'heure qu'il partait demain au Maroc pour huit jours. Une urgence. D'ici là il en a plein les bras avec tous les préparatifs.

- Je suis désolé pour vous Zika.

- Je survivrai, ce n'est pas la première fois qu'il part là-bas sans moi.

- Vous n'aimez pas le Maroc ?

- J'adore le Maroc, mais quand il avait ses congés ou je venais de perdre mon travail ou je venais juste d'en trouver un, jamais le bon moment quoi ! *Pas la peine de me ridiculiser devant Seif en disant qu'en réalité Riad préférait y aller s'éclater sans moi.*

- Je ferai en sorte de vous tenir super occupée ainsi le temps passera plus vite.

- Bonne idée ! *J'espère qu'il parle de travail là, uniquement de travail !*

- Bien, j'appelle Sam tout de suite. Je vous contacterai plus tard.

Je repris mon bol de chips et commençai le compte à rebours de mes calories.

Je me demandai cyniquement comment Riad allait s'en tirer avec ses courses et ses valises. D'habitude à chacun de ses départs au Maroc on se répartissait les tâches lui et moi, la joie des vacances pour lui et un stress de merde pour moi. Je m'occupais de tout, le conduisait partout. Tout ce qu'il avait à faire c'était de choisir les nouveaux habits qu'il mettrait là-bas et les cadeaux qu'il apporterait. Toujours soumis à la règle du paraître, pas question de se montrer avec les mêmes habits que l'année d'avant. Pour le reste sa sœur s'arrangeait toujours pour lui donner une liste longue comme un rouleau de papier hygiénique de choses *indispensables* à lui ramener.

Je dois dire que Riad pensait toujours à m'offrir quelque chose à moi aussi. Ainsi au fil des ans, j'accumulai des souvenirs de ses départs en vacances, en plus des cadeaux qu'il me rapportait toujours du Maroc.

Faire les bagages de Riad était un défi en soi reposant sur mes seules épaules. Tournant dans son appartement en bourdonnant comme une guêpe enfermée sous cloche, il faisait de temps à autre une apparition dans sa chambre où je m'escrimais à faire entrer l'équivalent d'un camion-remorque à l'intérieur de ses deux valises. Il faisait ses suggestions et commentaires, s'énervait puis repartait. Cette fois-ci il faudra bien qu'il se débrouille. A moins qu'il n'appelle un hoya à la rescousse.

Il n'était pas tout à fait dix-huit heures. Quand j'étais seule et inoccupée le temps n'en finissait plus de s'écouler et je détestais çà. Je regrettai presque de ne pas être en train de me faire suer dans les magasins pour aider Riad à faire ses courses. Bon d'accord pour être honnête je regrettai surtout de ne pas grappiller quelques heures de plus avec mon copain. Mes doigts se posèrent automatiquement sur mes lèvres. Énervée, je décidai d'aller faire un tour dans le jardin de mon immeuble.

Au moment de saisir mes clés mon portable sonna. Peut-être Riad a trouvé le temps de venir ou Seif va encore me proposer une soirée mouvementée. Je décrochai le cœur battant. C'était Hélène. Je reposai mes clés, enlevai mes baskets. Plus la peine de sortir.

Lorsque je raccrochai le soleil se couchait et mes oreilles chauffées à blanc étaient maintenant aussi boursouflées que mes babines. Il en fallait beaucoup pour la surprendre mais je l'avais cisaillée avec le récit de mes aventures, sans toutefois entrer dans les détails. Je dus néanmoins subir mises en garde et recommandations ponctuées par ses cris d'effroi. Elle serait tombée dans les pommes si elle avait su ce que j'avais fait chez Bilakiev, ou lors de mon face à face avec le mec armé derrière chez Horak.

Plantée dans ma cuisine, j'observais des cubes de poulet d'un œil féroce en me demandant comment diable j'allais les apprêter, lorsque Seif m'appela.

- Horak ne sortait pas de sa tanière, alors on lui a monté un coup à notre façon !

- Comment çà ?

- Bilal, un de nos agents, l'a appelé en se faisant passer pour Hamad, ponctuant sa conversation d'interjections en arabe. Il lui a dit que son client, d'abord très réticent, avait fini par accepter de verser la somme demandée.

- Et çà a marché ?

- Il paraît que Horak était un peu méfiant au début, mais nous avions briefé Bilal. Il a gagné la manche en lui disant qu'il vaudrait mieux que l'épisode de l'entrepôt de Knox ne se reproduise pas. A moins d'avoir été présent, personne n'aurait pu savoir ce qui s'était passé ce jour-là. C'est ce qui a décidé Horak d'accepter la rencontre.

- C'est pour quand ?

- Bilal lui a donné rendez-vous dans le parc du Jardin Botanique ce soir à vingt-trois heures, pour l'éloigner le plus longtemps possible et nous laisser le temps à Sam et à moi de fouiller son domicile. Bill sera au parc pour surveiller Horak et surtout pour nous prévenir dès qu'il en repartira.

- J'espère que cette fois vous réussirez à récupérer l'autre moitié du sceau.

- Je vous dirai çà demain. D'ici là reposez-vous, Steve va vous faire travailler dur.

- Je serai en forme, promis. Pas question qu'il me mette au tapis comme une débutante, sinon je devrai me balader après avec un sac en papier brun sur la tête.

Nous raccrochâmes ensemble dans un éclat de rire.

CHAPITRE 6

En m'éveillant, malgré les rayons de soleil éclatants qui filtraient entre les lattes de mon store, je me sentais cafardeuse en pensant à Riad qui prenait l'avion aujourd'hui. Il n'était même pas encore parti et il me manquait déjà. Il m'avait appelée la veille au moment où je me glissais dans mes draps.

- Désolé si je t'ai réveillé, mais entre les courses et le linge à trier je n'ai pas vu le temps passer.

- Non, je viens à peine de me mettre au lit.

- Mmmmm…. je ne veux pas penser à çà maintenant, sinon je serais capable de venir chez toi là tout de suite, et alors adieu la lessive et les valises !

- Comment tu t'en sors ?

- Je suis rentré chez moi chargé comme un âne. J'ai essayé de me rappeler comment tu t'y prenais alors j'ai tout réparti en petits tas le long des murs de ma chambre et sur les commodes. Le résultat c'est que maintenant j'ai l'impression de dormir dans un souk de la vieille médina.

- Sépare tout en deux quand tu feras les valises, ce sera plus facile pour équilibrer l'espace et le poids.

- Quand je regarde tout le stock qu'il y a je me demande si j'arriverai à les fermer.

- Je me posais la même question chaque fois que je faisais tes bagages !

La conversation s'était terminée par des mots tendres et des bisous, nous laissant tous les deux sur notre faim. J'avais fini par m'endormir après avoir coché la date de son retour sur mon calendrier, et avoir posé la tête sur son oreiller imprégné de son odeur. Pas juste conne, mais connement romantique aussi !

La pensée de Steve qui m'attendait en s'échauffant sur un tapis de combats m'extirpa de mes draps. *Mince !* Il fallait que je me grouille, à force de rêvasser j'étais à la bourre maintenant. Je passai sur le mode express. Jus de fruits, thé et tartines furent expédiés à la vitesse du son dans mon gosier. Douche éclair, pas de séance de séchoir. J'attachai mes cheveux en queue de cheval, me fit un maquillage léger en forçant juste un peu sur le mascara et une ligne de khôl histoire de mettre un peu de relief. Dieu merci mes lèvres étaient revenues à la normale, aussi j'ajoutai une touche de gloss.

Je balançai mes jambes dans mon jeans, enfilai un t-shirt stretch vert pomme qui éclaircissait mes yeux et des baskets blanches. Je jetai pêle-mêle dans un ancien sac de gym un pantalon de survêtement noir, un haut blanc en coton que j'avais l'habitude de mettre dans une autre vie sous mon karaté-gi et une serviette éponge. Mon fourre-tout sur l'épaule et le sac de gym à la main je sortis de mon appart comme une flèche.

Louisa parlementait au téléphone avec je ne sais qui. Seif debout près de son bureau, un dossier à la main, faisait la gueule. *Ho, ho !* Ou il avait mal aux dents ou çà n'avait pas marché comme il voulait. Je saluai tout le monde de la main et attendis plantée au milieu de l'entrée. Louisa me dit bonjour en agitant son petit doigt sans lâcher son téléphone. Seif s'approcha de moi et son regard daigna s'adoucir.

- Encore un pépin ! Greg a raté son avion et Delcott s'impatiente. Joli la couleur du t-shirt, on dirait que vos yeux sont plus verts, fit-il en posant les siens sur mes seins.

Je sentis mes joues s'empourprer et baissai la tête pour enlever une poussière imaginaire sur ma manche. Lorsque je relevai enfin les yeux, une étincelle amusée dansait dans son regard et un début de sourire frémissait sur ses lèvres.

- Comment çà s'est passé hier soir ? Vous avez retrouvé Ramsès ?

- Négatif ! Dans le coffre il n'y avait que quelques liasses de cent dollars et des documents sans rapport avec notre affaire. J'ai tout remis en place.

- Où a-t-il pu le planquer alors ?

- Je n'en sais rien et le seul fil conducteur qui me reste c'est Hamad.

- Il est toujours au Bonaventure ?

- Il n'en a pas bougé. Steve m'a dit que le 4x4 était reparti vers une heure du matin.

Tom qui a assuré la relève, a dit que la voiture avec deux types à bord était de retour tôt ce matin. Quant à Steve, il est allé prendre quelques heures de repos mais il devrait bientôt arriver.

- Je comprends, qu'est-ce-que je peux faire en attendant ?

- Dès qu'elle aura terminé son appel, demandez à Louisa de vous remettre les règlements provinciaux et fédéraux que vous devrez apprendre pour obtenir le badge, dit Seif avec un clin d'œil.

- Si je dois apprendre par cœur des bouquins épais comme des bottins de téléphone j'aurai mon badge dans cent vingt ans, répondis-je avec une grimace.

- Ce sont juste les règlements en rapport avec vos activités de détective qu'il faudra assimiler. En bref, ils vous permettront de savoir ce que vous avez le droit de faire, et surtout ce que vous devrez éviter de faire lorsque vous traiterez vos dossiers.

- Comme d'entrer par effraction vous voulez dire ? fis-je avec un air candide.

- Touché ! Installez-vous dans un des bureaux pour étudier tranquillement entre deux cours. Ah elle a enfin lâché le téléphone.

- Steve vient d'appeler, il sera ici dans vingt minutes, annonça Louisa et Greg a réussi à prendre un vol qui atterrira à Dorval à neuf heures trente.

- Bien, en attendant donnez les règlements à Zika, et montrez-lui où elle peut s'installer. Je monte dans mon bureau, quelques coups de fils à passer.

Peu après je pénétrai dans un des petits bureaux du rez-de-chaussée, trois gros classeurs sur le bras. Je les ouvris, avide de commencer à étudier et les refermai aussi sec consternée de voir toutes les pages qu'il me faudrait ingurgiter. La fac était loin derrière moi, et j'avais perdu l'habitude d'apprendre par cœur autant de textes. Bof ! Pas la peine de stresser à l'avance. Si je les lisais en me concentrant au max, çà devrait rester imprimé dans ma mémoire, au moins jusqu'à l'examen.

- Ah te voilà toi, je te cherchais, dit Steve en ouvrant la porte de mon bureau. Allez hop, en route pour le ring !

- Vas-y doucement Steve, c'est sa première séance, et surtout ne te laisse pas faire Zika, fit Louisa avec son rire inimitable.

Sitôt que nous eûmes dépassé le marché Atwater, nous longeâmes une petite rue tranquille en bordure du canal Lachine près des immeubles résidentiels récemment construits selon le programme d'embellissement du secteur centre-sud de Montréal. Un peu plus loin, dans ce qui était encore l'ancien quartier, des commerces et des logements se partageaient quelques immeubles. Nous nous garâmes devant une petite bâtisse en briques blanches de deux étages qui devait dater des années soixante. Au dessus de la porte un grand panneau annonçait Centre sportif des Atocas[8]. Je me grattai la tête, qu'est-ce-que les canneberges venaient foutre là-dedans ?

Derrière Steve, je grimpai l'escalier menant à l'étage. En pénétrant dans le local qui sentait fort la sueur et les produits d'embrocation, je fus étonnée de voir que c'était plus vaste que ça n'en avait l'air vu de l'extérieur. Il y avait deux rings ceinturés de cordes, trois tapis de combats, et tout le long du mur à droite de l'entrée il y avait une profusion de tapis roulants, bicyclettes d'exercices et autres instruments de torture.

À cette heure matinale seulement une douzaine d'hommes et une femme suaient à grosses gouttes sur leurs appareils. Les aires de combats étaient vides. Steve me guida vers le fond de la salle et me montra où se trouvait le vestiaire réservé aux femmes.

- Va te changer, on se retrouve dans la salle, fit-il avant de s'éloigner.

Je me mis aussitôt en devoir de me déshabiller et.... *Super merde !* Il y avait des compartiments métalliques pour ranger nos affaires, mais je n'avais pas pensé à apporter un cadenas. Tant pis, je déposerai foutrai mon sac de gym avec mes affaires là où on s'entraînera. Il faudra juste que je fasse gaffe de ne pas marcher dessus.

J'arrivai la première dans la salle et en profitai pour me familiariser avec les lieux. La femme qui pédalait comme une forcenée m'adressa un signe de tête en guise de bonjour. Elle avait une cinquantaine d'années et elle était maigre comme une carcasse de pintade. Si elle s'est mise en tête de continuer à maigrir elle n'aura plus que ses tibias à enfiler dans ses pantalons en sortant d'ici. Elle me fit signe d'approcher.

- Nouvelle ? Je ne t'ai jamais vue avant. Je m'appelle Chylvia et toi ?

- Chylvia ?

- Non, pas Chylvia.... Chyl-via avec un eche comme dans chauchiches. Excuche ch'est mon dentier qui me fait jojoter !

- Ah ! Tu veux dire Sylvia ?

- Ch'est cha !

- Moi je m'appelle Zika. C'est la première fois que je viens ici. Le gars qui est avec moi c'est mon prof. Il va me donner des cours d'auto-défense.

- Ch'est bien cha ! Nous les femmes on doit chavoir che défendre. Tiens voilà ton prof qui te fait chigne.

- Ouais, t'as raison. Bon ben je vais y aller, à plus tard peut-être.

---

[8] Atocas : canneberges

Steve portait un pantalon de gym en coton ouaté gris clair et un t-shirt rouge foncé. Il me montra un des tapis de combat et je déposai mon sac à proximité.

- Voilà notre terrain de jeu. Que je t'explique, je vais simuler des attaques contre toi et te montrer quelques mouvements de défense appropriés, d'accord ?

- D'accord !

- Pour commencer on fera les mouvements au ralenti pour que tu les assimiles, et puis on les répètera jusqu'à ce que çà devienne automatique pour toi ok ?

- Çà marche !

Une fois sur la surface de combat, Steve se plaça derrière moi et m'entoura d'un bras pour m'immobiliser tandis que de l'autre il simula un revolver braqué sur ma tempe.

- Bon, là tu es bloquée, tu as un flingue sur la tête et t'as la trouille. Qu'est-ce-que tu fais maintenant ?

- Ben, je crie au secours et je mouille ma culotte !

- Non ! Tu ne cries pas et tu te retiens. Tu gardes ton souffle. Tu te penches rapidement vers l'avant en te tournant dans le sens opposé au flingue. Ensuite tu te retournes d'un coup sec et tu me files un coup de pied dans les parties. Mais attention, douuuuuuucement hein ?

- Ok, on y va.

Nous fîmes et refîmes les mêmes mouvements au moins une vingtaine de fois. J'étais en sueur mais j'avais fini par capter le synchronisme et j'avais acquis plus de vitesse et de fluidité dans mes mouvements. Au fur et à mesure Steve me criait d'aller plus vite et de mettre plus d'énergie dans mes mouvements. J'étais un peu tendue car je ne voulais pas le châtrer par inadvertance quand même ! Lorsqu'il fut enfin satisfait, il décida de passer à l'étape suivante sous le regard intéressé des personnes qui s'entraînaient sur les machines à quelques mètres de nous.

- Regarde, là j'arrive face à toi. Je veux voler ton sac ou te saisir toi pour te jeter à terre dit-il en attrapant mes bras à la hauteur des épaules et en essayant de me déséquilibrer. Qu'est-ce-que tu fais ?

- Je ne crie pas au secours, je ne mouille pas ma culotte. Je garde mon souffle et je te file un coup de tête dans le nez ! répondis-je toute fière de moi.

- Noooooon ! Si le type est plus grand que toi tu n'y arriveras pas et de toute façon tu n'auras pas assez de force dans la nuque pour réussir un truc pareil !

- Quoi alors ?

- Tu lèves tes avant-bras et tu appuies fort tes pouces sur mes yeux comme si tu voulais les enfoncer à l'intérieur. *Heuuuurrrrkkkk !* Bien sûr, je vais reculer mon buste alors tu en profites pour me pousser en arrière et encore une fois tu me tires un coup de pied dans les parties, compris ?

- Ouais ! *À force d'à force, çà va finir mal et il va sortir d'ici avec les boules comme des noyaux de cerises et une voix de soprano !*

- Allez hop !

Nous recommençâmes encore et encore les attaques et les mouvements de défense. Je commençai à en avoir ma claque. Je trouvai çà trop doux comme entraînement, je veux dire comparé à ce qu'on pouvait faire au karaté, mais bon, j'étais ici pour apprendre. Mon t-shirt était collé à ma peau à force de transpirer comme une malade. Mes cheveux étaient trempés et la sueur ruisselait dans mes yeux.

Plus j'étais éreintée, plus Steve reprenait des forces. À croire que ses endorphines lui servaient de carburant.

- Plus vite Zika ! Plus fort ! Merde alors ! Si j'étais un dingue sorti de nulle part qui te voudrait du mal c'est tout ce que tu serais foutue de faire ? Sors tes tripes bordel !

Bordel oui ! Là il commençait vraiment à me pomper ! Je le vis s'approcher comme un psychopathe allumé, les yeux hors de la tête, la bouche ouverte sous ses exhortations qui m'incitaient à y aller encore plus vite, encore plus fort et qui ne cessait de me crier qu'est-ce-que tu attends ? Hein ? Hein ? Au moment où il allait saisir mes bras, j'attrapai sa tête à deux mains que j'aplatis avec force sur mon genou que j'avais relevé simultanément. J'entendis un *Crrraaaaaac* et je vis Steve s'effondrer devant moi en se tenant les mandibules. *Putain, qu'est-ce-que j'ai fait ?* Je me penchai sur lui.

- Steve, çà va ? Tu as mal ? Bon Dieu, je suis tellement désolée, je ne voulais pas te faire mal, c'est juste un réflexe, tu m'as poussée hors de mes limites tu sais en gueulant vas-y plus fort ! Je te demande pardon, dis-moi quelque chose je t'en supplie !

Les autres s'étaient approchés de nous. Ils regardaient Steve allongé, puis moi, et

Steve encore, complètement siphonnés. L'un des hommes fit un signe vers Steve.

- Il essaye de dire quelque chose…

- Steve s'il-te-plaît parle-moi… je suis tellement, tellement désolée tu sais, dis-je en éclatant en sanglots sur sa poitrine.

Sa main se posa doucement sur ma tête. Je me redressai et vis à travers mes larmes qu'il essayait de me sourire malgré la souffrance qui creusait ses traits. Par gestes il me montra sa mâchoire en faisant le geste de casser une branche.

- Ne me dis pas que je t'ai brisé la mâchoire ! dis-je en pleurant de plus belle.

Il eut une réaction inattendue. Il leva le pouce dans ma direction comme pour dire *Super, bien joué !* Incroyable ! Je repris pied dans la réalité et demandai à grands cris où se trouvait le téléphone.

- Il faut appeler une ambulance, il doit être conduit à l'hôpital tout de suite.

Un gros homme courut vers un petit bureau et nous l'entendîmes hurler pour réclamer un véhicule d'urgence. Il donna l'adresse, raccrocha et revînt vers nous.

- Ils arrivent dans deux minutes !

Je saisis mon sac et demandai à un des hommes d'aller prendre les affaires de Steve dans le vestiaire des gars. Entre-temps je sortis les clés de voiture pour suivre l'ambulance dès qu'ils l'emmèneraient. Je songeai à appeler Seif mais remis cela à plus tard. Il valait mieux savoir dans quel hôpital ils allaient transporter Steve, au cas où notre patron voudrait lui rendre visite. J'étais en train de remettre dans mon sac ma serviette éponge lorsque les ambulanciers arrivèrent au pas de course en pilotant une civière. Ils s'accroupirent près de Steve, prirent ses signes vitaux puis jetèrent un coup d'œil à son visage.

- Qu'est-ce-qui s'est passé ? On dirait que cet homme a la mâchoire fracturée, on va l'emmener à l'hôpital en vitesse pour qu'il fasse des radios et qu'un médecin s'occupe de lui.

Nous nous mîmes tous à parler en même temps pour expliquer comment c'était arrivé. Sylvia expliqua que c'était mon premier cours d'auto-défense. Les ambulanciers me regardèrent avec des mines ahuries.

- On va le charger sur le brancard maintenant.

- A quel hôpital l'emmenez-vous ?

- À l'Hôpital Général de Montréal, c'est le plus proche.

- Je vous suis en voiture !

En sortant de la salle de sport derrière les ambulanciers, lestée de mon sac de gym et de celui de Steve, je me retournai pour saluer les gens. Sylvia et l'homme qui avait appelé les secours s'approchèrent de moi.

- C'est vraiment bête ce qui s'est passé, me dit l'homme…. D'un autre côté, si vous avez réussi à faire un truc pareil dès le premier cours, vous allez devenir redoutable. C'est vrai quoi, fit-il en se tournant vers Sylvia, un seul cours d'auto-défense et hop !

- Vous êtes sympas tous les deux mais je n'ai pas grand mérite, je suis aussi karatéka, leur lancé-je avant de franchir la porte, les laissant médusés.

M'évertuant à coller au pare-chocs de l'ambulance qui filait à toute vitesse je saisis mon portable et entrepris d'appeler Seif. Il décrocha tout de suite mais avec le raffut de la sirène toute proche je n'entendais pas grand-chose.

- Allo ? C'est Zika, vous m'entendez ?

- Pas très bien, où êtes-vous ?

- En route pour l'Hôpital Général avec Steve... Mâchoire fracturée... Allo ?... Allo ?

Quelle connexion à la con, ça avait coupé, je le rappellerai une fois sur place.

Je perdis du temps à me stationner dans le parking de l'hôpital, plein à craquer. Dans la salle des urgences je dus jouer des coudes et écraser quelques pieds pour arriver jusqu'au comptoir d'accueil. La préposée racontait en détail à une collègue ce qu'elle avait fait le week-end dernier. Parce-que je suis polie et bien que piaffant d'impatience je m'abstins de l'interrompre, mais lorsqu'elle entreprit de donner la recette complète du sauté de veau dont elle avait régalé sa famille je ne pus me contenir.

- Si vous pouviez enlever votre marmite du feu le temps de me renseigner ce serait hyper cool de votre part, lui dis-je excédée.

- Pardon ??

- Une ambulance vient d'emmener un de mes amis ici, je veux juste savoir dans quelle pièce il se trouve.

- Probablement salle un au fond du couloir mais si vous n'êtes pas de la famille proche on ne vous laissera pas entrer.

- Ils me laisseront entrer, je suis la sœur de la cousine de la tante par alliance du père de l'oncle de la grand-mère paternelle de mon ami alors vous pensez ! Ce qui lui restait de cerveau devait encore jouer à saute-mouton sur ses épaules quand j'entrai dans la salle. Steve était allongé sur une des quatre civières de la pièce. Son regard s'éclaira lorsqu'il me vit débouler précipitamment à son chevet.

- Comment tu vas ? Tu as vu un médecin ? Est-ce qu'ils t'ont au moins donné quelque chose pour calmer la douleur ?

- …

Ses lèvres remuaient faiblement mais je dus coller mes oreilles à deux centimètres de sa bouche pour percevoir sa réponse.

- Comment çà personne n'est venu encore ? Bien la peine d'arriver en ambulance ! Enfin, au moins avec le sédatif tu vas avoir moins mal, lui dis-je prête à refondre en larmes. Il devait avoir un mal de chien et je me sentais atrocement coupable.

- ...

- Ouais je sais bien que tu m'avais dit d'y aller plus fort mais là...

Nous fûmes interrompus par un remue-ménage et des cris de l'autre côté de la porte. Je me levai pour aller voir ce qui se passait. La porte s'ouvrit violemment et faillit m'aplatir contre le mur comme une crêpe.

- Zika, vous avez juré de me rendre fou ? J'ai presque embouti un bus pour arriver plus vite ! Çà va, vous n'avez rien ? fit Seif en me palpant sous toutes les coutures.

Je vis le moment où il allait me reprendre dans ses bras et m'embrasser comme l'autre fois, aussi je reculai prudemment d'un pas.

- Désolé, j'oubliais que vous aviez la mâchoire fracturée, dit-il tout penaud.

Le bruit d'un flacon tombé à terre nous fit sursauter. Je me précipitai vers Steve.

- ...

- Qu'est ce qu'il dit ?

- Il dit que c'est lui qui a la mâchoire fracturée.

- Ah Oui ?... Dieu merci ! dit Seif avant de me reprendre dans ses bras.

Un autre flacon prit le même chemin que le précédent. Steve, congestionné, le fixait férocement.

- Non, ce n'est pas çà, je voulais dire, je suis vraiment désolé Steve, vous devez avoir très mal, mais je suis si soulagé si vous saviez... Enfin non, je veux dire...

- ...

- Quoi ?

- Il vous a dit *dehors !*

- C'est quoi ce merdier, et pourquoi y-a-t-il tant de monde ici ? rugit une infirmière aussi sympa qu'une gonorrhée, en faisant irruption dans la pièce.

- C'est mon collègue là, dis-je en montrant Steve, et ce monsieur c'est notre patron.

- Je veux rien savoir, tout le monde dehors ! On va emmener le patient faire des radios, ensuite il verra un médecin. Allez dans la salle d'attente, on vous tiendra informés.

Au lieu de m'asseoir parmi les éclopés et les microbes, je décidai d'aller à l'extérieur. Dès que je fus à l'air libre j'allumai une cigarette que je me mis à aspirer goulûment en faisant quelques pas. Seif ne me lâchait pas d'une semelle et se mit à marcher près de moi. Je lui dis ce qui s'était passé à la salle de sports sans essayer de minimiser mes torts. Il m'écoutait mais ses yeux noirs restaient vrillés dans les miens. Je commençai à danser d'un pied sur l'autre, gênée. Il se mit à rire sans retenue.

- Je vous regarde, je vous écoute et…
- Et ?
- Et je me demande à quoi ressemblerait ma vie si je ne vous avais pas rencontrée ! Steve m'a dit hier que vous aviez failli le mordre parce qu'il n'est pas un fan des Bruins, Louisa ne cesse de répéter qu'avec vous dans l'agence on a enfin recommencé à rire et Aldo sursaute et rase les murs chaque fois qu'il entend prononcer votre nom. Sam me casse les pieds à tout moment pour que je vous mette en équipe avec lui et je ne peux pas rentrer chez moi sans que mon père me demande quand vous reviendrez lui rendre visite. Quant à moi, je suis passé deux fois en deux jours à un cheveu d'un infarctus !
- Je suis désolée Seif, je ne l'ai pas fait exprès. Je suis navrée de ce qui est arrivé à Steve, même si c'est un supporter des Canadiens. À cause de moi vous n'avez plus de prof maintenant.
- C'est vrai, mais si je repense à la tête du complice de Hamad et à celle de Steve aujourd'hui je ne suis plus tellement sûr que vous ayez besoin de ces cours.
- Çà veut dire que tout ce que j'aurai le droit de faire ce sera d'apprendre par cœur les bouquins que Louisa m'a donnés ? demandai-je anxieuse.
- Vous serez sûrement encore mise à contribution sur le terrain n'ayez pas peur, mais souvenez-vous, plus vite vous aurez appris ces règlements, plus vite vous aurez le fameux badge de Poirot !
- Vous vous en souvenez encore ?
- Je me souviens de tout, fit-il la voix rauque.
Hou la, la ! Attention terrain glissant ! Respire par le nez Zika et change de sujet avant que tes bras aillent s'enrouler tous seuls autour de son cou.
- Que va-t-il se passer à présent pour Steve ? repris-je après quelques instants.

- Cela dépend de ce que le médecin dira, mais le connaissant, je serais surpris qu'il reste allongé chez lui. Il vit seul, et à part le hockey, sa passion c'est son travail.

- On a çà en commun lui et moi, le hockey. Vous aimez çà, vous?

- Il m'est arrivé parfois de regarder un match, mais pas assez souvent pour m'attacher à une équipe en particulier.

- Je suis sûre que si vous regardiez les Bruins jouer vous deviendriez un fan vous aussi. On ne peut pas ne pas les aimer ! Quand ils sont venus jouer ici il y a deux jours tous les magasins du centre-ville ont eu leurs vitrines fracassées.

- Des supporters enthousiastes ?

- Non, des supporters frustrés. Les Bruins ont gagné contre les Canadiens. Il y en a qui n'ont pas aimé, dis-je en éclatant de rire.

Nous parlâmes de choses et d'autres jusqu'au moment où le téléphone de Seif se mit à sonner. Je consultai ma montre et vis avec surprise qu'il était déjà treize heures. Riad devait batailler pour réussir à fermer ses valises. Steve lui se faisait rafistoler la mâchoire. Je regardai la façade de l'hôpital et fis signe à Seif que j'allais aux nouvelles. Je parcourus des yeux la salle d'attente, les couloirs et finalement retournai dans la salle un. Aucune trace de Steve. Je revenais sur mes pas lorsque je le vis arriver au fond du couloir. *OhbonDieuc'estquoiçà ?* Il avait les cheveux tout ébouriffés et au-dessous une espèce de cylindre qui emprisonnait son cou. Seif nous rejoignit sur ces entrefaites.

- Mince ! C'est quoi ce machin ? demandai-je à Steve.

- C'est une minerve, pour immobiliser mon cou.

- Ils n'auraient pas pu t'en filer une de la taille au-dessus ? Celle-là ne couvre même pas ta mâchoire !

- La mâchoire va bien, si on veut. Le coup l'a déboîtée mais il n'y a pas de fracture, par contre le choc a déplacé une vertèbre. Ils les ont remises en place l'une et l'autre mais je dois garder ce truc-là pendant une semaine par précaution.

- Mais sinon çà va ? Je veux dire tu as moins mal maintenant ?

- Çà va aller. J'en suis quitte pour bouffer des analgésiques en poudre et me nourrir avec une paille pendant quelques jours.

- Tu veux que je te ramène à l'agence ou chez toi ? Je t'avertis, si c'est plus loin que Québec je te colle dans un bus !

- C'est sympa Zika, on va retourner à l'agence, j'habite tout près. Ce matin j'avais pris ma caisse parce qu'on devait aller au centre.

- Content de savoir que vous allez mieux Steve, dit Seif, à plus tard au bureau alors!

Notre arrivée fut à inscrire dans les annales de l'IES comme le mentionna Seif plus tard. Louisa, Aldo, Greg et même Sam étaient à la réception lorsque nous entrâmes. Ce fut un beau concert de cris et de questions, tout le monde parlant en même temps pour avoir des nouvelles. Ce fut Seif qui ramena le calme.

- Plus de peur que de mal, dit-il, Steve s'en est sorti avec une mâchoire déboîtée et une vertèbre déplacée. D'ici quelques jours il devrait être en pleine forme.

- Qu'est-ce-qui s'est passé? voulut savoir Louisa. Seif a filé d'ici en disant que Zika était dans une ambulance et c'est Steve qui revient avec la tête dans un entonnoir.

- J'étais devant elle, la seconde d'après j'étais par terre, dit Steve. Il faudra que tu me montres comment t'as fait çà Zika, je n'ai même pas vu arriver le coup.

- Non merci, pas envie de retourner à l'urgence, dis-je en riant.

Ce fut une explosion de cris dominée par les rires de Louisa et de Sam.

- Et dire que ce matin j'avais recommandé à Steve d'y aller doucement avec Zika pour son premier cours, fit Louisa qui hoquetait de rire.

- La prochaine fois mets une armure mon vieux, lança Greg tout aussi hilare.

Aldo ne disait rien, mais ses yeux allaient sans cesse de la minerve de Steve à moi. *Il doit penser que tout compte fait lui ne s'en était pas si mal sorti !*

- Et toi Zika tu vas bien ? demanda Sam qui s'était avancé. Quand je pense que j'ai raté çà, la prochaine fois peut-être !

- Çà va merci, mais si cela ne tient qu'à moi il n'y aura pas de prochaine fois. Tu sais quoi ? fis-je en me tournant vers Steve, pour me faire pardonner je t'emmène voir le deuxième match Bruins–Canadiens demain. Comme chaque fois que je mets le chandail de mon équipe çà finit par des insultes et des bagarres, tu seras mon garde du corps officiel.

- Tope-là ! fit-il en tendant sa main.

- Je viens aussi, dit Sam, s'il y a de la bagarre je veux en être, d'ailleurs il faut quelqu'un pour veiller sur vous deux, on ne sait pas ce qui pourrait arriver, reprit-il en coulant un regard rieur vers moi.

- J'aimerais bien voir çà, dit Louisa en repartant à rire, avec vous trois, il y a des chances pour que le spectacle soit en dehors de la glace.

- Hé vous n'avez pas honte de dire des trucs pareils ? Je ne frappe qu'en état de légitime défense, enfin la plupart du temps, dis-je avec un air angélique.

- Si c'est comme çà, fit Seif, et pour fêter une journée qui finit mieux qu'elle n'a commencé, c'est moi qui invite tout le monde au Centre Bell demain. J'en profiterai pour voir de près ces matches de hockey dont on me rebat les oreilles.

Le *hourrah* qui suivit ses paroles dut s'entendre jusqu'à Tokyo. On aurait dit une salle de classe en délire après l'annonce d'une semaine de congé imprévu. Tout le monde parlait et riait à la fois, heureux. On n'abattit pas grande besogne cet après-midi-là.

Sam pris Seif à part pour lui parler et je me demandai s'il y avait eu du nouveau pour Horak. Seif se tourna vers moi, les paumes ouvertes et les yeux levés au plafond.

- Qu'est-ce-que je vous disais tout à l'heure ?

- À propos de ?

- Je demandais à Seif qu'on fasse équipe toi et moi la prochaine fois, dit Sam avec un sourire fendu d'une oreille à l'autre.

- Encore avec la Mercedes ? fis-je les yeux brillants. Quand tu veux !

- Vous deux vous finirez par avoir ma peau ! déclara Seif avec un long soupir.

Mon portable sonna. Je décrochai en m'éloignant un peu à cause du bruit.

- Comment çà va trésor ? Haroun m'a déposé un peu en avance à l'aéroport, j'en ai profité pour enregistrer mes bagages, comme çà j'ai plus de temps pour te parler.

- Tu as réussi à fermer tes valises alors ?

- Ne m'en parle pas, à te regarder faire j'étais loin d'imaginer que c'était aussi chiant. Et toi comment s'est passé ton cours ?

- On vient de rentrer de l'hôpital….

- QUOI ? Je t'en supplie dis-moi que tu blagues !

- Attends tu ne m'as pas laissée finir, ce n'était pas pour moi mais pour mon prof !

- Oh ! Enfin, j'aime mieux çà ! Tu t'es fait engueuler ?

- Non, mais tu ne devineras jamais….

- Quand je t'ai appelée je n'aurais pas pensé entendre des trucs pareils, mais c'est vrais qu'avec toi je peux m'attendre à tout, conclut Riad. *Qu'est-ce qu'ils ont tous à me répéter la même chose !* Je suis content pour toi, depuis le temps que tu mourrais d'envie de voir ton équipe en chair et en os. Et puis j'aime mieux çà que de t'imaginer face à un flingue ou en train de passer par une fenêtre. J'espère seulement qu'une fois sur place tu ne vas pas insulter les fans des Canadiens ou leur cracher dessus !

- Sois tranquille, Sam sera là aussi au cas où, répondis-je en riant.

Encore quelques bisous sonores au téléphone et je raccrochai. En me retournant je vis l'équipe au grand complet qui me regardait.

- Mon copain prend l'avion ce soir, il part pour huit jours, fis-je en réponse à leur question muette.

Sam vint poser sa grosse patte sur mon épaule.

- Huit jours çà passera vite ne t'en fais pas. On s'organisera pour te tenir occupée.

- J'ai déjà entendu çà quelque part, lui répondis-je en regardant Seif qui me fit un clin d'œil que Louisa intercepta.

Je dois vraiment trouver un moment pour lui expliquer, comment, je n'en savais trop rien pour l'instant, mais je ne voulais pas qu'elle se mette des idées bizarres en tête.

Après avoir bu maints jus de fruits et cafés, tout le monde quitta l'agence après avoir convenu de se retrouver devant l'entrée principale du Centre Bell à dix-huit heures le lendemain soir. Louisa resta pour remettre de l'ordre et j'offris de l'aider. Munies de plateaux nous emportâmes tout dans la cuisine après avoir verrouillé la porte principale.

- Louisa je ne sais pas comment m'y prendre, il faut que je te dise quelque chose.

- À propos de Seif ?

- Comment....?

- Zika, il n'y a qu'un aveugle avec des lunettes de soleil qui n'aurait pas remarqué les regards que Seif pose sur toi quand il pense qu'on ne le voit pas, et puis je ne suis pas une voyeuse mais tes lèvres hier.... dit-elle avec une grimace en éclatant de rire.

- Ce n'est pas ce que tu peux croire, commencé-je

Lorsque je me tus, elle me regarda d'un air songeur. Finalement elle se décida à parler cherchant visiblement comment exprimer ce qu'elle allait me dire.

- Écoute, je vais te dire un truc mais promets-moi de garder çà pour toi.

- Promis juré, répondis-je en faisant mine de cracher.

- Quand j'ai commencé à bosser ici il y a quatre ans, Seif était fiancé. Elle, je ne l'ai vue au bureau que deux ou trois fois. Une blonde fadasse toujours sapée à la dernière mode. Ils devaient se marier quelques mois plus tard. À l'époque ils vivaient ensemble dans un appartement ici au centre-ville. Un matin Seif est arrivé au bureau dans un tel état que j'ai eu la trouille. Il avait des cernes noirs sous les yeux, pas rasé, les vêtements froissés, bref, pas le Seif habituel. Je crus qu'il était souffrant et lui suggérai de rentrer chez lui se reposer. Il m'assura qu'il allait bien et coupa court à mes questions.

Deux semaines plus tard, Sam qui connaît Seif depuis des lustres, me confia ce qui s'était passé. Ce fameux jour Seif devait prendre l'avion pour Toronto mais le rendez-vous avec son client avait été reporté. Il rentra donc chez lui pensant faire une bonne surprise à sa fiancée. La surprise, c'est lui qui l'a eue en la trouvant dans leur lit avec un autre mec !

- Bon Dieu, tu parles d'un choc. S'il l'aimait j'imagine à quel point il a dû souffrir.

- Tu parles, il était devenu méconnaissable. Il avait recommencé à fonctionner normalement, boulot oblige, mais ce n'était plus le même homme. Il était devenu renfermé, taciturne. On était tous inquiets pour lui parce qu'on l'aime bien. Personne ne l'a plus revu sourire depuis cette époque jusqu'à ton arrivée parmi nous.

- Mais je n'ai rien fait je t'assure ! Je ne l'ai pas dragué, je ne lui ai jamais fait de proposition équivoque, en fait je l'ai connu en le suivant.

- Je sais, il nous a raconté. Sans te connaître, juste de la façon dont il nous a parlé de toi on a tous poussé un soupir de soulagement en pensant qu'enfin c'était le début d'un temps nouveau pour lui.

- Mais Seif a su dès le premier jour que j'avais un copain. Sam aussi le sait, il l'a rencontré d'ailleurs quand mon ami s'est retrouvé embringué dans l'histoire de Horak.

- Je te crois, Sam nous l'a raconté à Steve et à moi.

- Es-tu en train de me dire que toute l'agence est au courant de la vie intime de Seif et maintenant de la mienne ? demandai-je horrifiée.

- Non rassure-toi ! Tu vois nous sommes les trois plus anciens ici, mais en fait nous sommes tous très attachés à notre patron. Quand on a su que tu avais un copain on s'est dit Seif a l'air mordu, il va encore souffrir. Sam avec sa sagesse habituelle a dit laissons faire les choses, peut-être que ce n'est qu'une passade, mais au moins çà l'aidera à réaliser qu'il y a d'autres femmes sur terre que la fichue garce qui était avec lui avant.

- Merci d'avoir été franche avec moi. Depuis le premier jour j'ai senti qu'il y avait un courant d'amitié entre toi et moi, et je me désolais que tu puisses me prendre pour une Marie-couche-toi-là ! En fait, à propos de mon copain....

Je résumai ma longue relation en dents de scie avec Riad, et ma confiance en lui fissurée avec son lot de doutes et de souffrance. Comme Louisa avait été franche avec moi je lui avouai que même si le comportement de Seif m'avait quelque peu déstabilisée émotionnellement, je n'étais ni du genre à coucher avec mon patron, ni de celles qui trompent leur copain, même si j'avais de bonnes raisons de croire qu'il m'avait trahie.

- Je le sais ne t'en fais pas, et les autres le savent aussi. On voit tout de suite que tu n'es pas du genre à baiser n'importe où, avec n'importe qui, excuse-moi pour les termes, mais j'ai tendance à parler comme je pense, dit Louisa en riant.

- Ne t'excuse pas, j'ai le même défaut, la rassuré-je en souriant.

Nous restâmes plongées dans nos pensées, puis elle s'approcha de moi.

- Amies ?

- Amies, lui répondis-je.

Son naturel refit surface. En riant elle me prit dans ses bras et déposa un baiser sur ma joue, volubile autant en paroles qu'en gestes, une Italienne ne pouvant demeurer silencieuse très longtemps comme chacun sait !

- Tu sais quoi ? Chez nous on dit lascia[9] che il tempo faccia il suo lavoro.

- È vero[10] !

- Tu parles Italien ? s'étonna-t-elle.

- Oui, en fouillant bien je dois avoir du sang italien qui me vient de mon arrière-grand-père paternel, dis-je tranquillement.

- Mama Mia !

Nous éteignîmes les lumières et sortîmes de l'agence bras-dessus, bras-dessous.

- Ah enfin un visage souriant et heureux ! Je veux tous les détails, en commençant par les plus croustillants, dit Sy dès que je pénétrai dans son antre.

- Pas d'autres baisers, petit curieux, répondis-je avant d'entamer mon reportage.

Je dus m'interrompre plusieurs fois à cause de Sy qui poussait des cris d'enthousiasme en riant comme un débile. Lorsqu'il eut reprit son souffle et

---

[9] Lascia che il tempo faccia il suo lavoro : Laisse le temps faire son travail, en Italien.
[10] è vero : c'est vrai, en Italien.

après avoir essuyé plusieurs fois ses verres de lunettes embués, il me contempla en secouant la tête.

- Miss catastrophe, c'est comme çà qu'on devrait t'appeler ! Riad va avoir un répit avec toi pendant quelques jours, par contre ceux avec qui tu bosses, à commencer par ton patron, devraient courir s'acheter un défibrillateur si tu veux mon avis.

- Rigole tant que tu veux, n'empêche que ce n'était pas de ma faute.

- Mais c'est çà le problème justement ! Ce n'est jamais de ta faute, mais tu as le chic pour semer des cataclysmes avec une régularité effrayante.

- Hmmpff ! Si tu le dis.

Assise en face de mon ordi, je consultai le site de l'Aéroport International Pierre-Elliott Trudeau et fascinée par la surprise, je vis que le vol de Riad partait à l'heure prévue. Les deux dernières fois il était resté coincé pendant plus de trois heures dans la salle d'embarquement sans manger, ni boire, et pire que tout sans pouvoir fumer.

Je rangeai l'appart, fis un peu de ménage, puis rassemblant tout mon courage je mis le cap sur la cuisine et préparai une omelette avec une salade de tomates, un truc dans mes cordes avec des risques limités.

Aucun appel intempestif de Seif, aucune sirène d'alarme incendie ne vinrent perturber mon sommeil, et en dehors de Chuck le berger allemand de Pierrot Matis mon voisin du-dessus, qui se mit à aboyer au milieu de la nuit et de son maître qui gueulait encore plus fort pour le faire taire, j'eus droit à un sommeil tranquille jusqu'à onze heures. Une grasse matinée royale on pourrait dire.

À cause des cinq heures de décalage horaire avec le Maroc, je décidai d'appeler Riad pour savoir s'il était bien arrivé, avant de filer sous la douche. Je grattai l'endos d'une des cartes d'appel achetées chez Sy la veille. Cela ne donnait pas beaucoup de minutes, juste assez pour dire bonjour, comment çà va. Comme d'habitude, il fallut composer le code, le nip et le numéro une dizaine de fois avant d'avoir enfin la communication.

Finalement Aya se décida à décrocher. Après les bonjours, comment çà va, çà va et toi, répétés à l'infini, j'appris qu'un ami de Riad était venu le chercher pour aller boire un café. *Quelle surprise!* Il ne restait plus assez de temps sur la carte pour appeler Riad sur son portable, de toute façon il y avait neuf chances sur dix pour que l'appel ne passe pas, ou qu'il *n'entende* pas la sonnerie. Au moins il était bien arrivé à destination. Je dis à sa sœur que j'essaierai de rappeler demain ou après-demain, et après les au-revoir, les je t'embrasse et les embrasse tout le monde eux aussi répétés à profusion, la connexion s'interrompit. La routine habituelle quoi ! *Aaargh*

Ma balance n'affichait rien de nouveau depuis la veille, la chaîne d'informations à la télé non plus, aussi je fonçai dans ma salle de bains. Ce soir était un grand soir pour moi. La première fois que j'allai pénétrer dans le Centre Bell, mais surtout la première fois que je verrai mes Bruins en vrai. Pour cette occasion spéciale il fallait que je sois au top au cas où j'aurais la chance d'être prise en photo avec l'un d'entre eux. Après la douche, je me maquillai soigneusement, poudre bronzante, double couche de mascara volumisant, puis je soulignai l'intérieur de mes yeux d'une ligne de khôl. Je terminai en appliquant du gloss longue durée sur mes lèvres. Brosse ronde et séchoir à la main, je passai ensuite à l'étape du brushing. Contre toute attente je réussis à former quelques boucles souples que je scotchai aussitôt avec de la laque.

Quatorze heures venaient de sonner au clocher de ma montre. Trop tard pour un petit-déjeuner, aussi j'optai pour un lunch tardif. *Ossitodiossitofé* je procédai à des fouilles archéologiques dans mon frigo. Au bout de dix minutes de contemplation morbide et de surmenage intellectuel, je sortis un sac de pain tranché, de la dinde fumée et remplaçai la mayo par de la moutarde, histoire de ne pas bouffer la même chose que d'habitude.

Une fois mon sandwich avalé et mon assiette lavée, vint le temps de choisir ce que j'allais porter. Après mûre réflexion, j'optai pour des jeans, un t-shirt noir que je recouvris du chandail officiel des Bruins, celui avec des lacets au col et tout, et tout. Je complétai ma tenue par des boots en cuir noir, plus chics que des baskets et aussi plus efficaces si j'étais amenée à frapper quelques tibias. Mon portable sonna lorsque j'étais en train de jeter quelques Bounty dans mon fourre-tout.

- Salut Zika, en forme ? demanda Sam.

- En pleine forme et toi ?

- Ça va être archiplein là-bas, au lieu de te faire suer pour te garer, Seif et moi on peut passer te prendre avant d'aller cueillir Louisa au métro Guy. Gino, son mari, n'a pas pu l'emmener mais il viendra la chercher à la fin du match. Qu'est-ce que t'en dis ?

- J'en dis que c'est gentil d'y avoir pensé. Trop cool, quand mes voisins vont me voir grimper à bord d'une super Mercedes ils vont attraper une jaunisse !

- Ha ha ha, on sera devant chez toi à dix-sept heures trente.

Quelques minutes avant l'heure dite j'étais assise sur le muret qui s'élevait entre le trottoir et la pelouse qui ceinturait mon immeuble. Les automobilistes qui passèrent devant moi me huèrent mais je restai zen, toute à la joie anticipée de voir le match. Deux hommes arborant le chandail des Canadiens descendaient le trottoir dans ma direction et me regardèrent en se poussant du coude.

- Les Bruins font dur, ce soir on va les écrabouiller ! me lança l'un d'eux.

- Dans tes rêves ouais. Attend et tu verras, répondis-je vivement.

- C'est tout vu, la dernière fois ils ont eu du pot, ce soir ils vont sortir de la glace sur des civières, fit le deuxième en tapant sur mon épaule.

- Quand les Bruins se seront occupés d'eux, tes Canadiens pourront tout juste ramper vers le vestiaire, répliquai-je en le repoussant.

- Il y a un problème ici ? fit Sam en s'interposant.

La Mercedes s'était garée le long du trottoir, et toute à ma dispute je ne l'avais pas vue arriver.

- Merci çà va aller, on n'était pas d'accord sur l'issue du match, dis-je en jetant un regard féroce aux deux types qui s'éloignèrent prudemment en voyant Sam.

Seif assis au volant me fixait avec des yeux rieurs. Nous montâmes dans la voiture et la Mercedes repartit silencieusement.

- J'ai bien fait de vouloir assister au match, dit Sam hilare il va y avoir de l'ambiance.

- Çà m'en a tout l'air, acquiesça Seif en me jetant un coup d'œil dans le rétroviseur.

Lorsque Louisa grimpa à bord, nous poussâmes toutes deux le même cri.

- C'est quoi çà ? Chacune pointant un doigt vers le chandail de l'autre.

Louisa avait mis des jeans comme moi…. avec un jersey des Canadiens !!

- Calmez-vous les filles, attendez que le match commence avant de vous crêper le chignon, dit Sam.

- Il faudra qu'on les sépare une fois là-bas, renchérit Seif qui essayait de garder son sérieux.

Comme prévu, le parking du Centre Bell affichait complet et Seif dû se rabattre sur un stationnement rue Drummond. Ce deuxième match pré-saison ne commençait pas avant au moins une heure mais déjà une foule se pressait sur l'esplanade. Une majorité de chandails bleus, blancs et rouges, mais quand même pas mal de jerseys noirs et or ce qui me rassura. Devant l'entrée, Steve engoncé dans sa minerve et Aldo tous deux vêtus aux couleurs des Canadiens nous attendaient. Près d'eux, Greg habillé *en civil* grillait une cigarette et j'en profitai pour en fumer une aussi.

- Pour un match pré-saison je ne m'attendais pas à voir autant de monde, dit-il en tirant sur sa clope.

- Je suis arrivé juste à temps ce matin pour arracher les dernières places, dit Seif, on est dans la sixième rangée derrière les joueurs.

- Bien joué, fit Louisa toute excitée.

- Je ne voulais pas risquer une émeute en vous annonçant qu'il n'y avait plus de places.

On acheta boissons et chips avant de pénétrer dans l'amphithéâtre, portés par le mouvement de la foule. Je regardai autour de moi émerveillée et abasourdie, à la télé on ne se rendait pas compte que c'était aussi grand. Perdue dans cette immensité j'avais l'impression d'être une fourmi. Derrière nous, des supporters des Canadiens, gobelets de bière à la main, ouvrirent les hostilités en dénigrant les Bruins. Je me retournai vivement et leur jetai un regard noir, ce qui ne les découragea pas le moins du monde.

- Hé la groupie des Bruins, qu'est-ce que tu fous au milieu de nos supporters, me lança un grand blond couvert de tatouages. Tu veux qu'ils t'enseignent comment joue une vraie équipe de hockey ?

- Et toi, t'as pas encore compris comment joue une vraie équipe de hockey depuis la dernière raclée qu'on vous a mise ? répliquai-je.

Le gars grommela des insultes à l'égard des Bruins. J'allai me rebiffer mais Louisa et Steve me tirèrent chacun par une manche. Nos places étaient situées presqu'au milieu de la sixième rangée et je vis les enquiquineurs prendre place dans la rangée devant nous à peine deux ou trois sièges plus loin sur la gauche. Sam flairant le danger prit les choses en mains et nous désigna à chacun nos sièges. Aldo, Greg et Steve s'assirent d'abord, Sam ensuite, suivi de Louisa et de moi tandis que Seif bouclait le rang. Sam casa sa masse du mieux qu'il put sur son siège en prenant soin de n'écraser personne. Moi je m'efforçai de ne pas sentir le bras de Seif effleurer le mien sur l'accoudoir. De temps à autre je jetai un œil vers les zozos, prête à faire face au besoin.

Une fois les hymnes nationaux joués, la partie s'engagea. Les deux premières périodes se passèrent relativement bien, compte tenu de la rivalité séculaire entre les deux équipes. Les forces étaient égales et aucun but n'avait été marqué. La foule était tendue, les supporters de chaque équipe criaient des encouragements à tue-tête. Il ne restait que huit minutes avant la fin du match lorsqu'un des Canadiens fit un échec avant vicieux sur un défenseur des Bruins. Une bagarre s'ensuivit aussitôt sur la glace pendant que les arbitres sifflaient comme des fous en essayant de séparer les belligérants.

Je me mis à hurler des insultes au joueur de Montréal, insultes reprises par d'autres supporters des Bruins derrière moi. Le groupe devant nous se retourna et nous fit un bras d'honneur, ce à quoi je répondis avec mon doigt levé. Steve, Greg et Louisa se retournèrent pour insulter les fans des Bruins. Sam était secoué par un rire dantesque dans son fauteuil et Seif semblait avoir du mal à croire ce qu'il voyait. Les vociférations qui fusaient de partout furent interrompues par la décision de l'arbitre cramponné à son micro. Un joueur de chaque équipe fut envoyé au banc des pénalités et la partie reprit. Les Canadiens semblaient survoltés par la présence de leurs fans et par le rappel de leur dernier échec. De leur côté les Bruins ulcérés du coup vicieux porté à leur défenseur mettaient le paquet. Vingt-sept secondes avant la fin du match alors que le suspense était à son comble les Bruins marquèrent un but, le seul de la partie. Un silence de mort s'abattit dans les tribunes pendant que s'égrenaient les dernières secondes. Dès que la victoire des Bruins fut confirmée ce fut le chaos.

Des insultes fusèrent de toutes parts. Les supporters des Bruins, dont moi, se mirent à chanter ironiquement *ole, ole, ole* le chant de ralliement des Canadiens, ce qui mit le feu aux poudres. Le grand blond tatoué se retourna et cracha dans ma direction. Je voulus m'élancer vers lui mais Sam écrasant Louisa au passage me maintint de sa poigne solide tandis que Seif saisissait mon bras pour me faire asseoir.

Les spectateurs commencèrent à refluer vers la sortie mais Sam nous demanda de rester assis, le temps que le plus gros des troupes soit parti. A l'extérieur, des centaines de supporters des deux clans étaient agglutinés sur l'esplanade échangeant des coups et des insultes. Nous marchions groupés, vers le boulevard René-Lévesque où Gino devait attendre Louisa, lorsque le grand tatoué surgit devant nous avec ses deux copains passablement éméchés. Ils se plantèrent devant nous puis se dirigèrent vers le seul chandail des Bruins de notre groupe. *Ho ho, ils n'avaient pas l'air de bonne humeur.* Seif se mit devant moi pour me protéger.

- Dégagez du chemin vous trois avant que ça se gâte ! leur jeta Sam.

- Hé le gros, tu essaies de nous impressionner ou quoi ? Qu'est-ce que vous en pensez les gars ? lança le tatoué à ses amis qui ricanaient tout en continuant d'avancer.

- Alors espèce de fan des Bruins de mes deux, tu te planques ou quoi ? me cria-t-il.

- Je ne me planque pas enfoiré, répondis-je en essayant de me dépêtrer de Seif.

- Allons les gars ce n'est qu'un match, dit Steve dans l'espoir de calmer le jeu.

- Tire-toi l'éclopé avant qu'on te dévisse la tête ! cria le tatoué.

Je ne voulais que Steve déjà mal en point, risque de se faire blesser encore une fois par ma faute, aussi me tortillai-je tant et si bien que je réussis à me libérer de Seif. Je fonçai aussitôt sur le grand blond à qui je balançai un solide coup de pied dans le tibia.

- Garce, tu vas me payer çà !

- Prends çà en attendant, fit Greg en lui assenant un direct sur son nez qui se mit à pisser du sang aussitôt.

Toi le vieux crabe çà va être ta fête, dit un copain du tatoué l'air mauvais, en relevant les manches de son chandail.

Sam se jeta sur lui et commença à serrer ses gros battoirs autour du cou de l'autre qui ne tarda pas à suffoquer. Aldo se gardait bien d'intervenir, quant à Louisa elle hurlait sans discontinuer au bord de la crise de nerfs. Seif s'approcha d'elle et essaya de la calmer. Le troisième abruti en profita pour s'approcher de moi.

- Hé Steve, c'est çà que tu voulais voir ? criai-je pour détourner l'attention du mec.

Tout le monde se figea alors que saisissant à pleines mains la tête du gars je l'abaissai de toutes mes forces sur mon genou relevé. Nous entendîmes tous le *Crrraaaac* tandis qu'il reculait, vacillant, en se tenant la bouche. Repensant aux leçons de Steve et la rage décuplée par les menaces de ces trois abrutis, j'enchaînai avec un coup de pied dans les parties du type. Il tomba sur ses genoux en couinant et en me traitant de sale pute. Alors je me laissai aller et lui balançai un autre coup de pied dans la mâchoire qui émit un bruit sinistre d'os brisé. Le type s'affala sur le sol sans connaissance.

- Cette fois, je crois qu'on peut dire sans se tromper qu'il s'agit bien d'une fracture, dis-je en piquant un fou-rire nerveux.

Des agents descendirent d'un car de police qui venait d'arriver sur les lieux et fendirent la foule rassemblée autour de nous. Une ambulance dépêchée sur place embarqua *belles mâchoires*. Les explications furent pénibles et laborieuses car tout le monde criait en même temps, aussi les constables nous embarquèrent tous dans le panier à salade en direction du poste de police tout proche sur la rue Guy. Aldo voulut protester en disant qu'il n'avait rien fait, mais ils l'emmenèrent aussi, de même que Louisa qui n'eut que le temps d'appeler son mari pour qu'il aille la chercher au poste. Sam riait sans discontinuer un bras passé autour de mes épaules, tandis que Steve tout excité ne cessait de répéter *vous avez vu çà, c'est le même coup qu'elle m'a donné hier !* Seif lui ne disait rien mais il avait visiblement du mal à croire qu'il ne rêvait pas.

Arrivés au poste, on nous mit tous dans la même cellule grillagée où on dut attendre plus d'une heure avant qu'un sergent nous convoque dans son bureau. Nous lui expliquâmes ce qui s'était passé et lorsqu'il comprit enfin que nous étions les victimes et non les agresseurs, il consentit à nous laisser partir après nous avoir fait la morale et livré un discours bien senti sur l'esprit sportif. A l'extérieur, Gino attendait au volant d'une Audi rouge pompiers. Nous ne pouvions tous y prendre place aussi il emmena sa femme, Steve, Greg et Aldo tandis que Seif hélait un taxi qui nous déposa Sam, lui et moi jusqu'au parking où nous récupérâmes la Mercedes.

- J'ai découvert un aspect du hockey que je ne connaissais pas, dit Seif en riant.

- Vous avez aimé çà ? lui demandai-je espiègle.

- La partie hockey ou le segment lutte ?

- Quelle soirée ! fit Sam avec enthousiasme, je n'avais pas vécu un truc aussi grandiose depuis la dernière victoire des All Blacks chez moi en Nouvelle-Zélande.

- Qu'est-ce que tu as dit ? Les All Blacks ? criai-je toute excitée, attends une minute, c'est mon équipe de rugby préférée depuis que je suis ado.

Survoltée, je me mis à interpréter le Haka O Pango au milieu du parking aussitôt imitée par Sam qui enchaîna avec moi les figures de la danse célèbre des All Blacks, tout en rugissant en duo les paroles qui l'accompagnait. Une voiture de police, circulant sur la rue Drummond, entra dans le parking avec deux hommes à bord intrigués par notre comportement et la puissance de nos cris. Le préposé au stationnement battit prudemment en retraite dans sa cabane en bois. Seif d'abord transformé en statue de sel, leva les yeux en direction des étoiles en faisant mine de s'arracher les cheveux.

- Qu'est-ce que je vais devenir avec ces deux-là, c'est à croire qu'on les a clonés !

- Qu'est-ce qui se passe ici ? fit l'un des constables.

- Ils font la danse tribale des All Blacks, répondit Seif d'un air découragé.

- C'est quoi çà les All Blacks ?

Sam et moi, en sueur et échevelés, venions de terminer notre Haka sur un dernier rugissement.

- Comment ça, c'est quoi les All Blacks ? dit Sam indigné par tant d'ignorance.

- Les All Blacks c'est la meilleure équipe de rugby au monde, tout le monde sait ça, expliquai-je patiemment comme si j'avais affaire à des retardés.

- Ouais, seuls les extra-terrestres ignorent qui sont les All Blacks, renchérit Sam.

- Ah ouais ? Vous allez nous suivre bien gentiment tous les trois au poste, comme ça vous nous expliquerez tout ça en détail !

- Encore! Mais on en sort justement ! m'écriai-je en me mordant la langue une seconde trop tard.

- Tiens donc, allez hop, en voiture tout le monde !

Sam et moi coulâmes un regard contrit à Seif qui semblait au bord de l'explosion. Dès notre arrivée au poste, nous nous heurtâmes au sergent qui nous avait sermonnés un peu plus tôt. *Meeeerde !*

- C'est pas vrai, encore vous ! fit-il dès qu'il nous reconnut. Ne me dites pas que vous vous êtes encore battus ?

- Vous les connaissez chef ? demanda le constable qui nous avait amenés.

- On n'a rien fait de mal, on allait prendre notre voiture quand Sam et moi on a commencé à exécuter un Haka. Là-dessus vos gars sont arrivés et nous ont embarqués.

- Sous quel motif constable ? demanda le sergent.

- Ben, d'abord ils se sont moqués de nous parce qu'on ne connaissait pas leur espèce de danse bizarre, et quand on leur a demandé de nous suivre, la dame a protesté en disant encore ? Alors on s'est dit que c'était louche et… nous voilà !

- Je vois, ce sont des anciennes connaissances rencontrées un peu plus tôt suite à une bagarre à l'extérieur du Centre Bell.

Le constable sembla enfin réaliser que je portais le chandail des Bruins et fit une moue dégoûtée.

- Écoutez-moi bien vous trois, fit le sergent, on a des trucs plus importants à régler, alors vous allez nous faire le plaisir de décamper d'ici et de rentrer bien sagement chez vous. Si je vous revois encore une fois ce soir, je vous colle en cellule pendant vingt-quatre heures pour vous apprendre à ne pas troubler l'ordre public, c'est clair ?

- Très clair sergent, on s'en va tout de suite, s'empressa de dire Seif en tournant les talons.

Sam et moi le suivîmes à l'extérieur l'oreille basse. De temps en temps on se regardait à la dérobée en nous retenant de pouffer de rire. Vu la situation, ce n'était pas la meilleure des choses à faire. Aucun mot ne fut prononcé jusqu'au parking. Le préposé se dépêcha de nous remettre les clés et réintégra sa hutte. Nous roulâmes en silence jusqu'à mon immeuble. Au moment de descendre de la Mercedes, j'hésitai un moment.

- Merci pour la soirée Seif, c'était tellement super, hyper cool, tellement…. fis-je en cherchant mes mots.

- Surréaliste, compléta Sam tourné vers moi, le visage fendu par un large sourire.

Je rencontrai le regard de Seif dans le rétroviseur et baissai les yeux. Il se retourna à son tour, nous fixant Sam et moi à tour de rôle. Nous vîmes une lueur dans ses yeux tandis qu'un début de sourire courut sur ses lèvres. Sam et moi le regardions comme deux bons chiots maladroits qui essayent de se faire pardonner leurs gaffes. Il nous contempla à nouveau puis la digue qu'il essayait de maintenir se rompit. Son rire éclata, franc, sonore immédiatement suivi de celui de Sam et du mien. Portière ouverte, je ne parvenais pas à m'extirper de la voiture pliée en deux par un fou rire. Chaque fois que l'un de nous essayait de placer un mot il en était empêché par les deux autres qui hurlaient de rire dans le silence de la nuit. La silhouette de Colgate se profila devant l'entrée de l'immeuble. Sam baissa la vitre côté passager.

- Qu'est-ce qui se passe ici ? demanda Colgate toutes dents dehors.

- Oh non, pas encore, soupira Sam.

Nos rires tonitruants reprirent de plus belle. Parvenant à sortir de la Mercedes je me tournai vers les deux autres.

- Tout va bien, celui-ci je m'en charge, fis-je en repoussant Colgate vers l'allée.

Deux éclats de rire me répondirent alors que la Mercedes s'éloignait doucement.

CHAPITRE 7

Je remontai l'allée avec Colgate en essayant de lui expliquer en français ce qu'était un fou rire. À voir l'expression de son visage il n'avait rien pigé mais cela me permit d'arriver aux ascenseurs sans recevoir de semonce pour tapage nocturne.

Il était minuit et demi lorsque je refermai la porte de mon appartement. Je riais en enlevant mon chandail des Bruins au souvenir de cette soirée mémorable, regrettant que les copains de l'agence n'aient pas été là pour le *Haka show*.

La lumière clignotait sur mon téléphone. Il y avait deux messages. Le premier était de Riad, *Aya m'a dit que tu as appelé, il est vingt-trois heures chez toi, je croyais que tu serais revenue du match de hockey. J'espère que tout va bien. Appelle-moi demain. Je t'embrasse.* Le deuxième message était de Sy, *J'ai regardé les nouvelles, j'avais raison, tu es vraiment une Miss Catastrophe !*

J'allumai la télé en vitesse et mis la chaîne des nouvelles. Je dus attendre une dizaine de minutes avant de voir ce que Sy avait voulu dire. Un des journalistes posté à l'extérieur du Centre Bell avait filmé la bagarre qui nous avait mis aux prises avec le tatoué. Sidérée, je vis notre petit groupe en train de monter à bord du car de police.

- ….la rivalité entre Boston et Montréal fait toujours les manchettes, concluait le journaliste en faisant un zoom sur les véhicules de police qui sortaient de l'esplanade.

J'appelai Seif. Comme il m'avait déposée il y a moins d'une demie-heure il ne devait pas encore être couché.

- Un problème avec le gardien ? fit-il aussitôt.

- Non, non, vous devriez mettre la chaîne Infos 24/24.

- J'ai vu, mon père m'a accueilli avec la nouvelle dès que je suis rentré.

- J'imagine qu'il doit être fâché contre moi.

- Fâché ? La première chose qu'il a dite a été *j'espère que Zika n'a pas été blessée !* …. désolé, mon père me parlait en même temps, il voulait savoir si vous étiez libre pour venir bruncher à la maison demain.

- Bruncher ? fis-je un peu surprise. Remerciez-le de ma part, mais je ne voudrais pas vous déranger un dimanche.

- Vous ne dérangerez personne, au contraire il sera ravi de vous revoir, et moi aussi. À treize heures cela vous convient ?

- D'accord, à demain, fis-je doucement avant de raccrocher.

Je ne me m'attendais pas à ça, néanmoins j'étais heureuse de revoir Monsieur El Toufir si distingué et si gentil et aussi…. non, rien !

Quand mon réveil sonna je sautai hors de mon lit en pleine forme. Le soleil brillait, mes Bruins avaient encore gagné, et j'allai pouvoir parler avec Riad tout à l'heure. Je me propulsai dans la salle de bains et pris ma douche en chantant à tue-tête Another brick in the Wall, en plaquant des accords à coups de poing sur la paroi en céramique. J'espérais que mes voisins aimaient les Pink Floyd, d'ailleurs qui n'aime pas les Pink Floyd ? La dernière fois que Monsieur El Toufir m'avait vue mon look laissait à désirer, il fallait que je m'applique aujourd'hui. Je n'ambitionnai pas de réussir à boucler mes cheveux aussi bien que la veille, aussi me contentai-je de donner du volume à ma tignasse à l'aide de mon séchoir et de vigoureux coups de brosse, après m'être maquillée avec soin. Une légère touche de Coco de Chanel, mon parfum fétiche, et *hop !* je filai dans ma chambre.

Perplexe, je passai en revue ma garde-robe. Pas question de m'harnacher comme pour une parade au gala des Oscars, on parlait d'un brunch là. J'optai finalement pour des jeans bleu très foncé et un top stretch blanc avec des paillettes argentées microscopiques qui captaient la lumière. Une veste légère en lin blanc complèterait l'ensemble. Je sortis des escarpins à brides bleu nuit et une pochette de même couleur dans laquelle je transvasai une partie de mon fourre-tout.

Il était plus de onze heures lorsque je terminai mon petit-déjeuner en me préparant mentalement à la torture de la carte d'appel. Ça devait être jour de miracles, j'obtins la communication dès le troisième essai et entendis la voix nette de Riad par-delà les cinq mille et quelques kilomètres qui nous séparaient.

- Comment vas-tu ma belle ? Raconte, comment était le match, tu as passé une bonne soirée ?

- Une soirée mémorable on pourrait dire. Heureusement que tu n'étais pas là, tu m'aurais encore accusée de faire les manchettes !

- Tu ne t'es pas encore colletée avec la bande à Hamad ? demanda-t-il inquiet.

- Non avec des supporters des Canadiens, tu ne devineras jamais !

- La nuit dernière j'ai eu des flashes bizarres, dit-il lorsque j'eus fini de raconter ma soirée. J'ai rêvé que tu avais sauté sur la glace pour casser la figure au gardien de but des Canadiens parce qu'il ne laissait pas les Bruins marquer et je me suis réveillé en sursaut, avec la trouille d'avoir fait un rêve prémonitoire, te connaissant…..

- Non, tout s'est passé en dehors de la glace. Et toi, comment çà va, as-tu contacté ton fournisseur ?

- Pas encore, je devrais le voir demain matin, mais je ne suis plus certain…

- Comment çà, il ne veut plus te rencontrer ?

- Non, mais on a discuté ma sœur et moi, et elle a m'a suggéré un truc qui pourrait être génial !

Aïe Aïe Aïe !

- Au lieu de monter un commerce au Canada, elle m'a suggéré d'acheter un ou plusieurs appartements ici au Maroc, au bord de l'océan par exemple, et de les louer pour me faire des revenus. Génial non ? Comme elle dit, je pourrai les revendre plus tard, en racheter d'autres, ou même en habiter un et louer l'appart en ville. Quand l'heure de la retraite sonnera, peut-être même avant, je pourrai m'installer ici au Maroc et finir ma vie en regardant mon fric s'entasser dans mon compte en banque sans me casser la tête.

- Tu les as déjà achetés ?

- Tu es folle ? Je suis arrivé seulement hier !

- Ah mais oui, j'avais oublié ce détail ! Connaissant ta sœur, *qui est aussi molle qu'une guimauve digérée mais rusée comme un chacal*, ajouté au peu de temps que tu as passé avec elle depuis ta descente d'avion, je me disais qu'en plus d'avoir trouvé cette idée géniale en quelques minutes, elle avait aussi déjà sélectionné les apparts !

- Qu'est-ce que tu as ? Tu as l'air de mauvais poil d'un coup.

- Pas encore, mais çà ne va pas tarder !

- Pourquoi ?

- Parce-que que mon radar me dit qu'une fois de plus tu es en train de me jouer dans le dos.

- Qu'est-ce que tu racontes !

- Et moi dans tout çà qu'est-ce que je deviens, et nous deux ? Quand tu te tireras au Maroc après avoir passé tant d'années ensemble, ce sera quoi, à la poubelle Zika ?

- Je t'ai toujours dit que je ne voulais pas finir ma vie au Canada où on est enseveli sous la neige la moitié de l'année, mais chez moi au Maroc.

- C'est vrai. Alors tu comptes m'emmener là-bas dans tes valises ?

- Écoute Zika, depuis le début je t'ai dit que je ne voulais plus jamais me remarier.

- C'est vrai aussi, et c'est quoi le rapport ?

- Tu connais le Maroc, tu connais nos traditions, tu sais très bien qu'il est totalement impossible de vivre ici en couple sans être mariés !

- Donc tu es en train de me dire que le jour où tu rentreras définitivement là-bas, tu ne toucheras plus jamais une autre femme jusqu'à ta mort ?

- Je me disais que je pourrais passer six mois au Canada et six mois au Maroc….

- Quelle idée géniale ! Tu veux dire six mois avec moi, et six mois avec ta main ?

- De toute façon, reprit-il en ignorant ma flèche, même s'il n'y avait qu'une chance sur un milliard pour que je me remarie un jour, ce ne serait pas avec une Chrétienne comme mon ex-femme, mais avec une Musulmane.

- Et alors où est le problème ? Même si tu n'as jamais encaissé le fait que je me sois convertie à l'Islam il y a plus de seize ans, c'est comme çà et tu n'y changeras rien. Je suis aussi Musulmane que toi, que çà te plaise ou non !

- Tu ne vas pas recommencer avec çà ? s'énerva Riad.

- Il ne reste presque plus de temps sur la carte et je dois partir. Quand dois-je te rappeler ?

- Demain Aya a prévu *Encore elle, toujours elle !* qu'on aille voir des tantes et des cousines qui vivent entre Casa et Rabat, çà fait longtemps qu'on n'a pas vu cette partie de ma famille. Tu pourras essayer de me joindre sur mon portable, je le laisserai allumé….

Vous n'avez plus de fonds suffisants Clic ! La communication venait d'être coupée. Je me sentis mal à l'aise comme toutes les fois où mes antennes détectaient des trucs bizarres. Je connaissais Riad comme le fond de ma poche et je sentais au fond de moi qu'un coup vaseux était en train de se préparer. Je ne voulais pas arriver chez mes hôtes avec un visage soucieux ou un air furieux, aussi je mis à profit les quarante minutes qui me restaient pour essayer de me détendre. J'ouvris la porte patio, allumai une cigarette et commençai une partie d'échecs sur mon ordi. Rien à faire, impossible de me concentrer. Énervée, j'enfilai ma veste et mes escarpins, pris ma pochette dans laquelle je glissai mon portable et quittai mon appartement pour rouler au hasard dans Westmount en attendant l'heure de débarquer chez Seif et son père.

J'avais réussi à retrouver un semblant de sérénité, après avoir regardé des écureuils s'ébattre sur la pelouse verdoyante d'un parc proche du Boulevard, lorsque je sonnai à la porte de la grande villa grise. Ce fut Seif lui-même qui vînt m'ouvrir.

- J'ai du mal à vous reconnaître sans votre chandail des Bruins, vous êtes magnifique, dit-il avec un clin d'œil en me faisant signe d'entrer.

- Merci, dis-je en sentant mes joues rosir sous son regard.

Cet homme était tout simplement trop sexy ! Il portait un jeans aussi avec une chemise en toile blanche légèrement entrouverte, laissant voir un torse bronzé et viril à souhait. En passant devant lui, je sentis son eau de toilette fraîche et épicée, à son image. Je m'efforçai de ne pas frissonner lorsqu'il posa une main sur mon épaule pour me guider à travers la maison. Nous arrivâmes sur une immense terrasse située à l'arrière de la villa, surplombant le jardin et protégée du soleil par des auvents en toile à larges rayures jaunes et blanches. Une table basse en verre, quelques fauteuils et deux divans en rotin avec des coussins du même jaune jetaient une note joyeuse et ensoleillée. Sur le côté, une table recouverte d'une nappe d'un blanc éclatant, sur laquelle trônait un immense bouquet de fleurs. Monsieur El Toufir se leva et vint vers moi en souriant.

- Zika, enfin vous revoici parmi nous ! J'ai gardé un excellent souvenir de notre dernière rencontre et je suis heureux que vous ayez accepté notre invitation, dit-il en me serrant la main.

- C'est moi qui vous remercie de m'accueillir une fois encore chez vous Monsieur El Toufir.

- Plus de cérémonie entre nous, appelez-moi Aref je vous en prie. C'est plus sympa, comme vous dites vous les jeunes.

- D'accord…. Aref, dis-je en regardant Seif qui avait l'air de trouver cela naturel.

- Asseyons-nous, nous serons plus à l'aise pour bavarder, dit-il, mais tout d'abord, que désirez-vous boire ? Thé, café, jus de fruits, champagne ?

- Pas d'alcool, un jus de fruits sera parfait, merci.

- Et toi Seif que prends-tu ?

- La même chose.

- Sam ! appela-t-il.

Étonnée, je regardai les deux hommes.

- Sam est avec nous depuis si longtemps qu'il fait presque partie de la famille, expliqua Aref. Selon les circonstances il est chauffeur, garde du corps, maître d'hôtel et même nounou, avec son affection protectrice vis-à-vis de nous, et de Seif en particulier.

- C'est formidable çà !

Dès que Sam me vit il esquissa la première position du Haka. Je pouffai et fis mine de me lever en lui disant d'une voix de flic.

- Qu'est-ce qui se passe ici ?

- Vous n'allez pas recommencer vous deux ? dit Seif faussement sévère avant de rire à son tour et de s'adresser à son père.

- Vous n'imaginez pas ce qu'ils m'ont fait subir hier soir!

- À ce point-là? demandai-je avec un sourire en coin.

- C'était super, hyper cool comme dirait Zika, fit Sam, en tout cas je n'avais pas entendu Seif rire aussi souvent et aussi fort depuis…. depuis des années.

Un ange passa et s'enfuit à tire-d'aile.

- C'est vrai on s'est bien amusés, dis-je précipitamment. Des nouvelles de Louisa ? Elle avait l'air un peu secouée hier soir.

- Je n'ai pas eu l'occasion de lui parler, dit Seif, mais çà doit aller mieux. C'est une femme solide mais elle est incapable de voir du sang sans être toute retournée.

- C'est quand le nez du tatoué a éclaté qu'elle s'est mise à hurler, intervint Sam.

- La pauvre, je suis désolée pour elle, elle est tellement gentille. Nous avons sympathisé et elle m'aime bien je crois.

- Qui ne vous aimerait pas Zika ? dit Seif en me fixant.

- Aldo peut-être, répondis-je en vitesse, en sentant mes joues s'empourprer de nouveau. *Aaargh*

- Quel est le problème avec Aldo ? demanda Aref.

Seif raconta à son père comment j'avais fait la connaissance d'Aldo, ce qui le fit rire aux éclats.

- Vous avez bien fait, une femme doit défendre sa vertu lorsqu'il n'y a pas d'homme près d'elle pour s'en charger ! dit Aref.

- Mais Seif a failli…. commençai-je m'interrompant aussitôt.

- Oui ? releva Aref, les yeux pétillants de malice.

- Zika allait dire que j'ai failli envoyer mon poing dans la figure d'Aldo, expliqua Seif posément, alors que mes joues prenaient la teinte des pivoines à pleine maturité, elle m'a juste devancé.

- Je vois, fit Aref pensivement en échangeant un regard entendu avec Sam.

- Eh bien, je pense qu'il est temps d'apporter des jus de fruits pour tout le monde, ajouta-t-il, conscient de mon embarras.

Après avoir apporté les boissons et fait d'innombrables aller-retour chargé de plats de toutes sortes, Sam allait se retirer lorsqu'Aref lui fit signe de se joindre à nous. Nous bavardâmes amicalement tous les quatre de choses et d'autres tout en dégustant toutes sortes de mets. L'ambiance était sympa et la nourriture excellente.

- Vous avez l'air pensive Zika, dit Aref avec un clin d'œil.

- Pas une autre idée bizarre en tête j'espère, jeta Seif faussement épouvanté.

- Pas cette fois, désolée, lui répondis-je en riant. J'étais juste en train de me demander combien de brigades de pompiers débarqueraient chez moi si je me m'avisais de préparer ne serait-ce qu'un seul de tous ces plats délicieux.

- Tu ne vas pas me faire croire que tu cuisines aussi mal quand même, dit Sam.

- C'est pire que tout ce que tu pourrais imaginer, une vraie catastrophe ambulante. Quand je mets les pieds dans la cuisine c'est simple, ou ce sont les pompiers qui arrivent, ou c'est moi qui vais à l'urgence. Mais j'ai fait des progrès en dernier.

- Tu as pris des cours de cuisine ?

- Hiiiirrrrkkkk ! Çà ce serait mon deuxième choix juste après celui de faire du saut en parachute sans parachute. Plus simplement je me suis spécialisée en sandwiches et en pizzas congelées, ce qui fait que maintenant mes voisins dorment tranquilles.

La fin de mon commentaire se perdit dans un éclat de rire général. Mon portable sonna et je m'excusai auprès de mes hôtes.

- Salut miss, oui je vais bien…. non, ce n'était qu'une bagarre entre fans rassure-toi. QUOI ???? Tu es sûre ? Mais comment tu as pu le voir ?... Ok je t'appelle plus tard.

Je raccrochai la tête en feu. Sam et Aref me regardaient avec des points d'interrogation dans leurs prunelles. Seif se rapprocha instinctivement de moi.

- Des mauvaises nouvelles ? demanda-t-il.

- Mince, c'est fou çà, lui dis-je. Je me tournai vers Sam.

- Tu te rappelles du gars qui pilotait la BMW 4x4 qu'on a suivi jusque chez Knox ?

- Je me rappelle de la bagnole, mais je ne pouvais pas voir le gars à cause des vitres fumées, pourquoi ?

- On l'a vu finalement et même de très près.

Tous trois me fixaient à présent, sérieux et attentifs.

- C'était celui à qui j'ai cassé la mâchoire hier soir !

- Hein ? Tu es sûre ?

- Comment le savez-vous ? Vous en êtes certaine ?

Toutes les questions fusaient à la fois. Encore assommée par la nouvelle qu'Hélène m'avait communiquée, je me tournai vers eux.

- C'est Hélène qui vient de m'appeler, ma meilleure amie. On s'est rencontrées par hasard devant le Bonaventure le jour où je devais y retrouver Sam.

- Oui je m'en souviens, tu parlais avec elle lorsque je t'ai pressée de me suivre.

- Entre nous on l'appelle radio-express parce qu'elle voit tout, entend tout, et relaie toutes les nouvelles et les potins à la vitesse du son. Ce matin elle a vu la bagarre à la télé, et sur le coup elle s'est juste dit que ce type lui rappelait quelqu'un. À force d'y penser, elle s'est souvenue et en a parlé avec Ben son mari. C'est lui qui lui a conseillé de m'appeler.

- Mais comment elle a pu le voir à travers les vitres de la BMW ? demanda Sam.

- Avant que j'arrive, elle était déjà à l'endroit où je l'ai rencontrée. Elle parlait avec une collègue de travail qui l'a laissée pour aller déjeuner. Elle se souvient du chauffeur de la BMW parce qu'il est descendu de sa voiture pour parlementer avec un agent de la ville qui voulait lui donner une contravention. Il s'est disputé avec, et a fini par mettre des pièces dans le parcmètre avant de remonter en voiture.

- Incroyable, tu parles d'un hasard, dit Sam en secouant la tête.

- Justement, je me demande si la bagarre d'hier soir est bien un hasard, fit Seif l'air soucieux.

- Tu penses qu'ils avaient suivi Sam ou Zika ? demanda Aref.

- Impossible ! dit Sam avec force. Celui qui peut me suivre sans que je m'en rende compte n'est pas encore né. D'ailleurs comment aurait-il pu suivre Zika alors que c'est nous qui sommes allées la chercher, et en dehors des deux types habillés avec les chandails du Canadiens qui parlaient avec elle sur le trottoir, il n'y avait personne dans sa rue.

On aurait pu s'entendre penser.

- Peut-être qu'il a juste voulu aller voir le match de hockey, commencé-je.

- Et comme par hasard, il se trouvait assis avec sa bande juste dans la rangée devant nous ? objecta Seif.

- Vous avez dit avoir pris les billets le matin, en précisant que vous aviez arrachés les derniers, comment auraient-ils pu savoir que nous irions au match ?

- Effectivement, dit Aref, c'est impossible, mais alors ?

- Alors ce serait bien juste le hasard, dis-je en essayant de m'en convaincre.

- J'ai une idée, ajoutai-je soudain.

- Aïe Aïe Aïe ! fit Seif.

- Laquelle ? demanda Aref.

- Hier l'ambulance l'a emmené à l'hôpital. On pourrait appeler les hôpitaux du coin pour savoir s'il est encore chez eux.

- Mais on ne connait même pas son nom, répondit Seif.

- Je pourrais les appeler en inventant une histoire…

- Aïe Aïe Aïe ! répéta Seif amusé.

- Quoi par exemple ? demanda Sam, pour l'imagination je te fais confiance !

- Laisse-moi réfléchir. Oui…. çà pourrait marcher. Je pourrais dire qu'il y a eu une bagarre, que le gars s'est fait démolir en voulant prendre ma défense et que j'aimerai le retrouver pour le remercier. Qu'en pensez-vous, çà se tient non ?

- Je pense que vous allez encore faire grimper ma tension, dit Seif lugubre.

- Dans un sens elle a raison, on n'a rien à perdre. Si çà marche on saura au moins où il habite, ajouta Aref.

- Et on pourra aller lui rendre visite, complétai-je.

- *On* ? Rien à faire ! Si on le retrouve j'irai avec Sam et Bill, déclara Seif.

- Vous m'aviez promis que vous ne m'enlèveriez pas mon os, dis-je déçue.

- Si vous venez avec nous, c'est vous qui pourriez tomber sur un os. Vous l'avez démoli, il y a gros à parier qu'il s'en souvient !

- Justement, il ne sera pas tenté de recommencer l'expérience, fit Sam arrivé en renfort.

- Çà m'aurait étonné que vous ne soyez pas d'accord avec ses idées folles, fulmina Seif. Démoli ou pas, personne ne court plus vite qu'une balle.

- Ce type-là non plus, dit Sam en sortant son revolver.

- Calmez-vous les enfants, fit Aref d'un ton apaisant. Nous n'en sommes pas encore là, il faut d'abord le retrouver cet homme.

- Alors Seif, c'est d'accord ? demandai-je les yeux brillants d'impatience.

- Ai-je le choix ?

- Cool ! Je vais débuter par l'Hôpital Royal Victoria, si çà ne marche pas j'appellerai l'Hôpital Général.

Sam fouillait déjà dans l'annuaire des pages jaunes et ne tarda pas à me remettre les numéros. Je composai le premier, tombai sur le robot habituel, et réussis enfin à parler avec le réceptionniste du Royal Victoria. Je pris une profonde inspiration et commençai à débiter le discours que j'avais préparé dans ma tête. Moins d'une minute après je raccrochai.

- Aucune mâchoire fracassée au Royal Vic ces deux derniers jours, dis-je avant de composer le numéro suivant. Lorsque je terminai ma conversation avec le préposé au standard de l'Hôpital Général, tout le monde sut qu'on tenait le bon bout.

- Il s'appelle Thomas Lecoq et ils l'ont gardé en observation à l'urgence jusqu'à demain. Ils veulent s'assurer que le coup reçu à la tête n'a pas provoqué de lésion interne, dis-je d'une voix mal assurée.

- Ne vous sentez pas coupable Zika, dit Seif, vous n'avez fait que vous défendre.

- C'est vrai ce qu'il dit, c'était toi ou lui ! approuva Sam.

- Il faut que je m'endurcisse on dirait, n'empêche que c'est le deuxième gars en deux jours que j'envoie à l'hôpital !

- Peut-être trois qui sait, dit Sam en riant, on n'a jamais su comment çà s'est terminé pour celui qu'on a laissé dans l'abri-bus.

- Que penses-tu faire Seif ? demanda son père.

- Sam, Zika ou moi nous ne pouvons pas aller à l'hôpital, il va nous reconnaître tout de suite. C'est valable aussi pour ceux qui nous accompagnaient hier soir. Si Sam peut remplacer Bill, on pourrait demander à celui-ci de suivre le gars à sa sortie de l'hôpital.

- Ce qui m'ennuie c'est qu'on ne sait toujours pas où se trouve la deuxième moitié du sceau, reprit-il.

- On le retrouvera tôt ou tard, j'ai confiance, lui dis-je pour lui remonter le moral.

En fait, je me demandai moi aussi où ce truc pouvait bien se trouver. En voyant le jour baisser je consultai ma montre et sursautai.

- Oh mon Dieu ! fis-je en me levant. Je suis désolée, je n'avais pas réalisé qu'il était déjà dix-huit heures. Je me sentais si bien auprès de vous tous que je n'ai pas vu le temps passer. Je vous remercie pour ces bons moments, mais je dois y aller à présent.

- C'est nous qui vous remercions d'être venue Zika, revenez quand vous voudrez notre porte vous est ouverte, dit Aref en me serrant la main.

- A bientôt Zika, ajouta Sam en souriant.

- Je vous raccompagne à la voiture, fit Seif.

En marchant vers la sortie, il reposa sa main sur mon épaule, pour me guider je suppose. Je me sentais bien. Dehors ça sentait bon le gazon fraîchement coupé. Seif s'approcha de moi et déposa un baiser léger sur mes lèvres.

- Si je m'écoutais je vous emporterais sur mon épaule comme un homme des cavernes et je ne vous laisserais plus jamais repartir, dit-il de sa voix rauque. Fascinée par son regard comme un cerf pris dans un faisceau de phares, je pris place derrière le volant. Ma main tâtonna à la recherche de la clé et je rassemblai toute ma volonté pour la faire tourner dans le contact. Il se repencha vers moi.

- Ce n'est pas facile de lutter lorsqu'il se passe quelque chose de plus fort que nous-mêmes, vous le savez vous aussi.

Il m'embrassa à nouveau, plus profondément, et se redressa.

- Dormez bien, on se verra demain matin à l'agence.

Je m'éloignai lentement. Un dernier coup d'œil dans mon rétroviseur avant de négocier la courbe devant moi, debout sur le trottoir, il me suivait des yeux. Je passai machinalement ma langue sur mes lèvres. Bon sang ! ce mec faisait danser mes hormones, juste en le regardant. Avant d'arriver chez moi, je m'arrêtai chez Sy comme un automate, un peu comme un cheval qui retourne à l'écurie sans y penser. En franchissant le seuil je fus surprise de voir plus d'amis que d'habitude, mais je sus vite pourquoi. L'échauffourée d'hier soir à l'extérieur du Centre Bell était sur toutes les lèvres.

- Et voilà l'héroïne du jour, Miss Catastrophe, celle qui alimente les bulletins de nouvelles ! lança Sy.

- C'est vrai que tu as cassé la mâchoire du gars qui est parti en ambulance ? demanda Nick.

- C'est lui qui a commencé, il m'avait insultée quand je lui ai balancé un coup de pied dans les parties alors….

- Logique, où avais-je la tête ? Il passait devant toi, t'as pas aimé son chandail alors tu lui as envoyé un coup de pied dans les boules quoi ! résuma Nick.

- Pas du tout, il s'en est pris à moi après que mes deux collègues ont pété le nez et serré le coup à ses copains, fis-je indignée par tant d'incompréhension.

- Ah voilà, je savais qu'il y avait une explication logique à tout çà, dit Sy hilare. Les gars il faut l'excuser, c'était la première fois qu'elle mettait les pieds au Centre Bell, elle ne connaissait pas les règlements voilà tout.

- Qu'est ce que tu veux dire toi avec tes règlements ?

- Ben tu vois, genre tu achètes ton billet, tu t'asseois à ta place, tu regardes le match et tu rentres chez toi en riant ou en jurant.

- Très drôle ! C'est ce qu'on avait prévu de faire, sauf que ces abrutis ont commencé à nous insulter mes Bruins et moi avant même qu'on se soit assis.

- Ah alors çà change tout là, admit Sy.

Je saisis un muffin sous cellophane et le lui lançai gentiment en pleine figure. Il me le renvoya aussi sec. Les autres copains se mirent aussitôt au diapason et s'envoyèrent en riant tout ce qu'ils avaient sous la main. Cinq minutes plus tard, le dépanneur ressemblait à un champ de bataille. Imperturbable, Sy s'avança vers sa caisse.

- Bien, alors nous disons donc huit muffins, six sacs de pains tranchés, deux boîtes de Smarties….

La ruée inverse se produisit, nous nous mîmes tous à quatre pattes pour ramasser les produits éparpillés sur le sol et les rangeâmes avec soin sur les tablettes.

- Voilà, tout est en ordre, dit Nick en se frottant les mains.

Je pris deux Bounty, un jus de pamplemousse rose et mis le cap sur mon appart.

En sortant de l'ascenseur je vis un attroupement insolite dans le couloir. Monsieur Jones au bord de la panique expliquait qu'Hannibal, profitant d'un moment d'inattention, s'était probablement engouffré dans la porte de l'escalier de secours qu'un imbécile avait laissé ouverte. Il s'était mis à appeler son chat à grands cris ce qui avait fait sortir les voisins de leurs appartements. Madame Monclair avait déjà appelé le gardien pour attraper le chat s'il s'aventurait au rez-de-chaussée, et deux autres bénévoles empruntant l'issue de secours arpentaient les étages supérieurs et inférieurs. J'essayai de rassurer Monsieur Jones qui, une main derrière son oreille, essayait de capter des miaulements. Aucune chance, *à moins qu'Hannibal ne se retrouve nez-à-nez avec Chuck, mais là au moins on saura où aller le chercher !*

Une heure plus tard, je ressortis de chez moi pour aller aux nouvelles. Monsieur Jones arpentait toujours le couloir, la porte de son appartement ouverte pour le cas où son chat se déciderait à rentrer au bercail.

- Quelqu'un a dû voir mon chat et l'a emporté chez lui, il est si mignon, gémit-il.

Mignon tu parles ! Hannibal était une grosse boule hirsute de poils gris et noirs avec des oreilles pointues et des yeux jaunes perpétuellement en mode féroce.

- Ne vous inquiétez pas, on va le retrouver votre chat, dis-je en lui tapotant l'épaule.

- Non, je suis sûr que c'est un chat-napping, s'entêta-t-il en geignant.

Je n'avais pas envie de l'écouter appeler Hannibal à tous les échos pendant le reste de la nuit, aussi je décidai de passer à l'attaque. Empruntant l'escalier de secours je descendis deux étages, tirai sur le rabat de l'alarme incendie, et remontai en courant. Une minute six dixièmes plus tard comme à Blue Bonnet pendant un Derby, toutes les portes des stalles s'ouvrirent et les résidents se retrouvèrent dans le couloir, paniqués.

- Sûrement une autre fausse alerte, dis-je avec un air innocent tandis que mes yeux fouillaient le sol. Soudain je repérai une boule de poils innommables se faufiler entre les jambes. Je le capturai au vol.

- Te voilà bandit, dis-je en soulevant Hannibal que je m'empressai de remettre à son propriétaire. J'entendis la vieille Madame Schwarz déclarer que le chat était entré chez elle par inadvertance et qu'elle allait justement le rapporter à Monsieur Jones, le pauvre.

C'est çà ouais, deux heures plus tard ! Je ne perdis pas de temps à lui expliquer ce qu'elle pouvait encourir pour un chat-napping, et allai me barricader chez moi. Vers vingt et une heures, perchée sur mon balcon je vis repartir les derniers camions de pompiers. Qui veut la fin veut les moyens, comme on dit ! Les casqués s'étaient tapé une ballade pour rien mais c'était pour une bonne cause. C'est vrai quoi, Monsieur Jones était enfin rassuré, le calme était revenu dans le couloir et moi j'avais la paix. Je regardai la fin d'un match des Rangers de New-York et allai me coucher. Le sommeil tarda à venir. Entre les nouvelles lubies de Riad et les baisers de Seif, je me tournai et retournai dans mon lit comme une tortue en perte d'équilibre. Je m'endormis enfin et rêvai qu'Hannibal rugissait à moustaches déployées dans les corridors.

J'arrivai à l'agence prête à m'attaquer aux fichus règlements. Il fallait que je me les enfonce dans le crâne à coup de marteau au besoin si je ne voulais pas passer le reste de l'année à végéter dans un bureau. Steve et sa minerve étaient dans un fauteuil à l'entrée, un journal posé devant eux. Louisa était déjà sur le pied de guerre, une tasse de café à la main et le téléphone dans l'autre. En me voyant elle raccrocha précipitamment.

- Dis-donc mon petit doigt m'a dit qu'il s'en est passé de belles après notre départ !

- Je vois que Sam est déjà passé par là, m'esclaffai-je.

Lorsqu'elle eut fini de relater nos avatars à Steve, Hakas inclus, celui-ci sortit de sa stupeur en riant.

- Décidemment on peut compter sur toi pour mettre de l'animation.

- Ah vous êtes là Zika, j'aimerais vous voir un instant dans mon bureau, il y a du nouveau, me dit Seif du haut de l'escalier. Louisa soyez gentille de m'avertir dès qu'Aldo sera revenu de la fourrière, j'ai deux mots à lui dire !

Je vis le clin d'œil complice de Louisa qui devait anticiper la suite du roman-photo mais je haussai les épaules en roulant des yeux, et grimpai l'escalier l'air digne poursuivie par son rire en cascade.

- Horak est allé voir Bilakiev tôt ce matin. Il y est resté presqu'une heure avant d'aller à son bureau où il se trouve encore. Le Bulgare est resté chez lui.

- Qu'est-ce-que çà veut dire d'après vous ?

- Le fait qu'il soit enfin sorti de sa maison peut vouloir dire qu'il y a eu un élément nouveau dans l'histoire, mais quoi, je n'en sais rien !

- Si je vous suis, Horak pense que Hamad a la moitié du sceau, et Hamad s'il nous prend pour ses complices pense que Horak lui a piqué deux millions de dollars, au cours du guet-apens chez Knox. En plus si Horak a reparlé avec Hamad depuis le rendez-vous bidon au Jardin Botanique, ils doivent se demander qui est le troisième luron, si troisième luron il y a, selon leur degré de méfiance réciproque !

- Exactement ! Il faudrait qu'on en profite pour aller de l'avant et trouver le sceau avant qu'ils ne parviennent à s'entendre. Si j'avais au moins un début de piste !

Je ne savais quoi lui répondre n'en ayant aucune idée moi-même, aussi me contentai-je de ruminer mes pensées silencieusement. Seif se leva de son fauteuil et vint s'asseoir sur un coin de son bureau, face à moi.

- En rentrant chez moi après vous avoir dit au revoir hier, je me suis retrouvé en face d'un comité de discipline qui m'attendait de pied ferme dans le hall d'entrée.

Prise au dépourvu mais fidèle à moi-même je me mis à rougir comme une idiote. D'un doigt léger il me releva le menton.

- Vous êtes adorable quand vous rougissez comme une petite fille, fit-il en souriant.

C'est ça, moi je me giflerais pour ne pas réussir à garder mon self control comme une grande fille.

- Mon père et Sam nous épiaient par la fenêtre du salon et m'ont fait subir un interrogatoire en règle parce que je vous avais embrassée.

- Ils doivent me prendre pour une…. pour une….

- Vous plaisantez j'espère, ils ont beaucoup de respect et d'affection pour vous. C'est à moi qu'ils s'en sont pris, à moi et à mon comportement à votre égard.

Je le regardai les yeux ronds ne sachant ce qu'il entendait par là.

- Mon père et Sam s'en étaient déjà rendu compte mais ils m'ont poussé dans mes derniers retranchements jusqu'à ce que j'avoue que j'étais amoureux de vous.

Je sursautai.

- Mon père voulait que je vous déclare mes sentiments, que j'agisse avec vous honnêtement selon ses critères. *Oups !* Sam lui prônait la patience, me rappelant que vous aviez un copain auquel vous deviez tenir, que vous n'étiez pas du genre à jouer avec deux hommes en même temps, qu'il fallait laisser faire le temps, et moi….

- Et vous ? finis-je par demander.

- Moi j'ai passé la moitié de la nuit à me demander quoi faire et l'autre moitié….

- L'autre moitié ?

- À vous imaginer près de moi dans mon lit.

Meeeerde! Mon chauffage interne se mit en route tandis que des images précises, trop précises même, se dessinaient dans ma tête.

Je me levai et lui fis face. Je devais lui dire, lui expliquer, mais comment expliquer ce que je n'arrivais même pas à comprendre moi-même. Je me décidai finalement.

- Seif, commençai-je doucement, lorsque vous m'avez embrassée ici même dans ce bureau, c'est vrai que j'ai ressenti quelque chose d'étrange et de fort en même temps, et inconsciemment je vous ai rendu vos baisers. Après j'ai eu honte de moi en pensant à Riad. Vous savez, lui et moi sommes ensemble depuis presque vingt ans, et même si les sentiments sont forts notre relation est houleuse. Notre entourage considère même qu'elle est malsaine pour toutes sortes de raisons….

Je brossai sommairement ce qui nous unissait Riad et moi, et comment ses amis avaient fait de notre relation stable une relation à temps partiel, entrecoupée de hauts et de bas, relation qui n'allait pas tarder à s'achever pour de bon s'il persistait dans les projets que sa sœur avait faits pour lui. Je lui avouai mes doutes sur la fidélité de Riad, doutes qui avaient empoisonnés notre relation et continuaient à le faire.

Pendant que je parlais, Seif me fixait dans les yeux sans mot dire. Je pus voir passer dans son regard toute une gamme d'émotions, de la joie quand je parlais de notre baiser et de la colère lorsque je parlai du comportement de Riad à mon égard.

- Riad me rend heureuse parfois, mais il me fait souffrir souvent car je ne vois ni une vie stable et sereine avec lui, ni même un avenir ensemble. Çà fait des années que je me dis qu'il vaudrait mieux qu'on arrête et pour finir on est encore ensemble !

- Si vous n'êtes pas heureuse pourquoi restez-vous avec lui ?

- Je ne sais pas, peut-être parce-que je l'aime, pourtant parfois je le hais si fort que cela me fait peur. Peut-être parce-qu'après toutes ces années j'ai l'espoir que çà change pour le mieux, sans tout à fait y croire. Ce qui m'embrouille encore plus c'est que depuis que je vous connais, et surtout depuis que nous nous sommes embrassés, ce que j'ai ressenti alors m'a fait douter de moi et de ce que je ressens pour Riad. À présent je me sens complètement déstabilisée émotionnellement mais….

- Mais ? fit-il à son tour.

- Vous aviez raison hier, il y a quelque chose entre nous de plus fort que nous-mêmes et cela me fait peur, mais ce qui me fait encore plus peur c'est….

- C'est Riad ? Moi ?

- Non, j'ai peur de moi-même et de l'avenir. Seif, vous êtes beaucoup plus jeune que moi, et même si nous sommes très attirés l'un par l'autre, je ne peux oublier nos âges respectifs et….

- Zika….

- Non, laissez-moi finir s'il-vous-plaît, c'est déjà si difficile à dire. Vous comprenez, je ne peux pas m'empêcher de penser que si nous cédions à la tentation, un jour ou l'autre, dans quelques mois ou quelques années peu importe, vous me laisserez pour vous marier, avoir des enfants, faire votre vie et moi je resterai seule avec ma souffrance….

- Zika, écoutez-moi, je me fous de me marier ou d'avoir des enfants, et si mon père avait trouvé quelque chose à redire à cette situation, il me l'aurait déjà dit. Il ne veut que mon bonheur, et mon bonheur Zika, c'est vous. Je ne suis pas un gamin, j'ai déjà vécu plusieurs expériences, mais à ce jour je n'ai jamais ressenti pour une autre ce que je ressens pour vous. Nos routes ne se sont pas croisées par hasard, Dieu l'a voulu ainsi, c'est le destin…. notre Destin Zika. Et puis quelle importance la différence d'âge? Vous pouvez vivre encore vingt ans et moi mourir l'an prochain, alors pourquoi ne pas saisir le bonheur qui s'offre à nous et en profiter le temps qu'il durera ?

À court de mots, Seif me prit dans ses bras et m'embrassa avec une fougue qui balaya toutes mes défenses. Ses mains glissées sous mon top caressèrent mes seins et mes bras s'enroulèrent autour de son cou, tandis que sa bouche se pressait sur la mienne et que nos langues et nos souffles s'entremêlaient.

- Aldo est arrivé ! fit Louisa depuis le pas de la porte, nous faisant sursauter, et…. oui, j'ai frappé avant d'entrer ! ajouta-t-elle mutine.

- Je vais installer une sonnette à la porte de mon bureau, grommela Seif tandis que j'essayai de reprendre contenance.

- Vous devriez plutôt vous passer un coup de peigne avant que je vous envoie Aldo, on dirait que vous avez mis les doigts dans la prise de courant, pouffa-t-elle espiègle, avant de ressortir.

- C'est le bouquet, après votre famille, maintenant vos employés…. dis-je en le regardant mi-fâchée, mi-rieuse.

- Peut-être qu'un autre peloton d'exécution m'attend au pied de l'escalier. Comme dirait mon père, puisque je vous ai compromise il faut que je vous épouse sur le champ, répliqua-t-il du tac au tac.

- Seif je me suis laissée emporter par…. mais rien n'est réglé. La situation est compliquée et je ne veux ni vous faire espérer quoi que ce soit, ni vous laisser penser que je suis une girouette ou une….une putain, ni perdre mon emploi.

- Perdre votre emploi, il n'en est pas question, je vous ai, je vous garde. Quant au reste je sais faire la différence entre une vraie femme et une putain comme vous dites. J'ai su tout de suite que vous n'êtes pas de celles qui couchent avec le premier homme qui passe. Un jour, si personne ne nous interrompt de façon intempestive, dit-il en souriant, je vous parlerai plus de moi. Je comprends ce que vous ressentez. Je ne vous forcerai jamais la main pour quoi que ce soit, j'attendrai que vous soyez prête. Quand ce moment viendra, je serai là.

Émue, je m'approchai de lui, déposai rapidement un baiser léger sur ses lèvres et me préparai à sortir de son bureau.

- Je vais recevoir Aldo maintenant, un entretien moins plaisant j'en ai peur mais j'ai un compte à régler avec ce phénomène.

- Je vous l'envoie.

Lorsque j'arrivai dans l'entrée, Steve n'était plus là. Je fis signe à Aldo de monter voir Seif, et je m'apprêtai à aller discrètement m'enfermer dans mon petit bureau, mais c'était sans compter sur Louisa qui se leva de sa chaise et m'emboîta le pas.

- Alors tout baigne enfin pour toi et Seif ? demanda-t-elle avec son bon sourire.

- Çà ne baigne pas, çà patauge, répondis-je en levant les yeux au plafond.

- Qu'est ce que tu racontes ? Tu ne vas pas me dire que tu ne l'as pas embrassé, tes lèvres ressemblent à nouveau à des pneus de tracteurs !

- Comment çà des pneus de tracteurs ? dis-je en touchant instinctivement ma bouche. *Ohmeeeeerde, c'est pire que la dernière fois !*

- Je ne voulais pas te vexer tu sais, d'ailleurs j'aime bien les tracteurs.

- Arrête, tu es en train de t'enfoncer là.

Rire de Louisa.

- Écoute, je voulais juste te dire que si Seif et toi êtes heureux, alors on sera tous heureux aussi, moi la première.

- Ce n'est pas aussi simple ma pauvre….

Je lui confiai en quelques mots ce qui s'était passé à l'étage au-dessus.

- Pour ne rien arranger, ce soir je dois appeler Riad au Maroc et j'ai la trouille de ce qu'il va encore m'annoncer.

- La vita[11] non è facile eh ? fit Louisa en secouant la tête.

- Come dici ![12]

- Bah ne t'en fais pas, tout va finir par s'arranger tu verras.

- J'aimerais avoir ton optimisme, mais franchement c'est mal barré. C'est comme si on essayait de faire sortir de l'eau claire d'un tonneau de goudron.

- Çà a l'air compliqué comme çà mais tu vois, il faut juste vider le goudron, laver l'intérieur du tonneau et quand c'est fait, le remplir d'eau pure !

- Avec toi, tout devient simple, dis-je amusée.

- Tu verras, quand tu auras mon âge toi aussi tu deviendras philosophe!

Louisa étant ma cadette et de loin, sa réplique nous fit rire toutes deux aux éclats. Le téléphone n'arrêtant pas de sonner, elle se décida à réintégrer sa place.

Ma journée se passa à plancher sur mes bouquins que j'avais du mal à assimiler et surtout à retenir, entrecoupée par le lunch où j'avalai rapidement

---

[11] La vita non è facile eh? – La vie n'est pas facile hein ? en Italien.

[12] Come dici ! – Comme tu dis ! en Italien

un sandwich, et une pause-cigarette au milieu de l'après-midi. Aucun incident notable si ce n'est que nous vîmes Aldo sortir l'oreille basse du bureau de Seif à l'heure du déjeuner. Je ne revis ce dernier que brièvement et je pus quitter l'agence après avoir dû promettre à Louisa de lui raconter demain comment la conversation s'était passée avec Riad.

Exceptionnellement je n'avais pas envie de m'arrêter chez Sy, mais je n'avais plus de lait et surtout plus de cartes d'appel.

- Non, je ne dirai rien ! lança-t-il dès qu'il vit mes lèvres.

Je roulai des yeux et déposai le lait et deux cartes sur le comptoir. Réflexion faite j'ajoutai un Bounty. Je ne pouvais m'éclipser sans parler avec Sy qui m'observait avec son doux regard d'ami fidèle, et je lui répétai ce que j'avais dit à Seif et à Louisa plus tôt.

- Le goudron s'épaissit on dirait, fit-il simplement.

- Ah ne t'y mets pas toi aussi avec cette histoire de goudron !

- Ho, Ho syndrome prémenstruel ?

- Pas du tout ! Il faut juste laver le tonneau et le remplir avec de l'eau claire !

Sy me regarda avec l'air de *il vaut mieux ne pas la contrarier*. Là-dessus, je saisis mon sac d'épicerie et repartit chez moi.

J'attendis qu'il soit dix-huit heures pour avoir une chance d'attraper Riad. À vingt-trois heures au Maroc, il devait être en train de dîner. Bien entendu la carte donnait encore moins de minutes en appelant sur son portable que sur un téléphone fixe mais au moins je pourrai lui parler. Riad décrocha aussitôt. Quel exploit, du premier coup !

- Comment vas-tu, tu es encore à table ?

- Ne t'inquiètes pas, on a fini. Et toi comment vas-tu, tu suis toujours tes cours ?

- Pas d'action, juste de la théorie. Je dois apprendre des tonnes de règlements légaux pour passer l'examen dans deux ou trois semaines. Quoi de neuf de ton côté ?

- J'ai passé la journée à visiter des apparts au bord de mer avec mes cousines et leur frère qui m'y ont emmené en voiture. Ils m'ont invité aussi à déjeuner.

- Et ?

- C'était un restaurant super sympa et…

- Désolée de te couper j'ai très peu de minutes avec cette connerie de carte. Je ne te parlais pas du menu, je te demandais pour les apparts.

- Ben au lieu d'attendre samedi j'ai prévu de revenir après-demain à Montréal pour retrouver un boulot au plus vite. Alors comme le temps pressait, je me suis finalement décidé pour deux apparts super. Celui que je pense utiliser pour moi qui donne sur l'océan, et l'autre qui donne côté jardin que ma sœur occupera comme çà ce sera…

- Quand penses-tu les acheter, au cours de tes vacances l'an prochain ?
- Je les ai achetés cet après-midi et….
- Déjà ????
- Ben oui, pourquoi attendre ? Mes cousines aussi les trouvaient cool.
- Ah ben ouais, c'est super important çà !
- Attends une minute….
- Qu'est-ce qui passe ?
- Non rien, ce sont mes cousines qui m'appellent justement. Je dois te laisser, elles m'attendent dans l'entrée, je dois les accompagner à l'hôtel pour aller boire un verre.
- Elles boivent de l'alcool ?
- Elles ne boivent pas, mais moi oui ! Bon, il faut que j'y aille, on se rappelle.

Ni bisou, ni même au revoir. J'écoutai stupidement le déclic du portable qu'il refermait de l'autre côté de l'océan avant même que soient écoulées les neuf minutes de la carte. J'étais contente de savoir que Riad rentrait après-demain, triste de n'avoir pu lui parler plus longtemps et surtout frustrée qu'il n'ait même pas eu la décence de demander à ces connasses d'attendre qu'il ait fini de parler avec sa copine qui appelait de si loin. J'imaginai Riad aller avec deux femmes dans un hôtel pour boire. Pourquoi à l'hôtel, il n'y a pas de bars dans ce bled ? Un voile rouge explosa devant mes yeux tandis que je sentais monter en moi une rage folle mêlée à l'impuissance de ne pouvoir me défendre. Comme je connaissais Riad, il allait boire comme un malade, histoire de fêter ses deux apparts. Et une fois imbibé d'alcool, avec deux bonnes femmes près de lui, et dans un hôtel en plus….

J'essayai de me raisonner, de me dire que c'était des cousines. *Argument non valable !* Chez lui on baise et on se marie entre cousins et cousines. Puis je me dis que la famille ne verrait sûrement pas d'un bon œil leurs filles passer la nuit à l'hôtel. Ouais bon, elles pouvaient rentrer en douce à la maison avec lui au milieu de la nuit. En dernier recours histoire de me rassurer, je me dis que chez eux il était essentiel pour une femme d'arriver vierge au mariage. *Rassurer mon œil !* Je me rappelai une conversation que j'avais eue lors de notre séjour au Maroc avec Ghita, une des cousines de Riad, un jour où nous étions seules pour une rare fois. Elle m'avait demandé une cigarette.

- Tu fumes toi ? lui avais-je demandé étonnée.

À ma profonde stupeur, elle avait éclaté de rire.

- Zika, je fume et je bois de l'alcool aussi.

- Depuis quand ?

- Çà fait longtemps! avait-elle déclaré en riant de plus belle.

- Ouah ! Je croyais que dans ta famille les filles ne buvaient pas, ne fumaient pas et arrivaient vierges le jour du mariage, avais-je répondu assommée.

- Redescends de la lune, bien avant leur mariage toutes nos cousines sans exception, au Maroc ou à l'étranger, n'étaient plus vierges depuis longtemps ! Grâce au téléphone arabe on a toujours su ce que les autres faisaient, mais on la bouclait pour notre bien commun. Celles qui avaient réussi à se faire prêter un peu de fric se sont fait recoudre l'hymen avant de se marier et les plus fauchées ont simplement apporté un petit sachet de sang de poulet à leur nuit de noces.

- Bon Dieu, si Riad savait çà !

- Riad est comme la plupart de nos hommes. Ils sont aveugles et ils ne font pas le poids avec les femmes de chez nous qui savent comment les manipuler et leur faire croire tout ce qu'elles veulent. En résumé on fait ce qu'on veut et on leur dit ce qu'ils veulent entendre, avait-elle dit en riant de plus belle.

- Mais, comment çà vous faites tout ce que vous voulez ? Vous êtes surveillées, et chaque fois que vous passez le pas de la porte, vous devez dire où et avec qui vous allez, avais-je répondu incrédule.

- Il faut vraiment tout t'expliquer à toi ! C'est simple, quand l'une de nous veut sortir s'amuser elle dit qu'elle va chez une copine que la famille connaît. La copine-alibi passe nous chercher et dès qu'on est hors de vue de la maison, chacune de nous va s'éclater de son côté. Quand on a fini, on se retrouve à un endroit prévu d'avance et le tour est joué. Ni vu ni connu, comment tu croies que j'ai pu passer tellement de soirées dans les boîtes à putes de la côte ?

- Mais si ce sont des boîtes à putes comme tu dis, pourquoi tu y allais toi ? avais-je demandé effarée.

- Parce-que c'est là où on trouve les mecs qui ont le plus de fric !

Je repensai à cette conversation qui m'avait choquée à l'époque, ce qui ne fit rien pour calmer mes doutes actuels. Je n'arrivai plus à émettre de pensées cohérentes, ni à ressentir autre chose qu'une souffrance inouïe qui me déchirait toute entière. Je me levai enfin, allai dans ma chambre et regardai le lit dans lequel nous avions fait l'amour si souvent. *Idée conne !* J'imaginais Riad en train de faire la même chose avec d'autres, dans un autre lit. Je pensai que j'allais devenir folle de douleur et de chagrin. Je revins dans le salon, anéantie. En passant devant la photo de Riad, ce fut plus fort que moi, je crachai dessus puis la jetai à terre en la piétinant jusqu'à ce je ne vois même plus son visage de faux-jeton, et finalement j'éclatai en sanglots.

Je restai prostrée sur mon divan pendant des heures, puis je lus quelques versets du Coran suppliant Dieu de m'aider. À trois heures du matin, complètement anéantie et sans même penser à manger quelque chose, je me traînai jusqu'à mon lit, et y tombai comme une masse, tout habillée.

CHAPITRE 8

La sonnerie du réveil m'arracha à un sommeil peuplé de cauchemars. En traînant les pieds je me mis sous la douche que je laissai couler sur moi pour essayer de reprendre pied dans la réalité. Je me pesai et mon œil enregistra avec indifférence une perte de poids additionnelle, ne pas dîner la veille çà aide je suppose. Lorsque je me tournai vers le miroir, je me demandai si ces paupières bouffies par les larmes et ce regard morne m'appartenaient. Vingt minutes plus tard je balançai dans l'armoire de toilette cache-cernes, trompe l'œil et pinceaux qui n'avaient pu réparer les dégâts.

J'avalai mon petit-déjeuner sans m'être rendue compte avant de l'avoir terminé, que j'avais oublié de sucrer mon thé. Comme un automate je revêtis ma tenue habituelle jeans, t-shirt, baskets, pris mes clés, mon fourre-tout et quittai mon appartement, soulagée de laisser derrière moi l'image de Riad qui y était imprimée partout.

Quelle merde, chaque parcelle de cette ville me renvoyait son visage ! Après tant d'années, il n'y avait pas un coin ou un recoin de Montréal qui ne me rappelait pas un moment de notre histoire. J'arrivai à l'agence soulagée d'échapper à ces réminiscences et profitai de ce que Louisa soit occupée avec un visiteur pour aller me planquer dans mon bureau. Mon répit fut de courte durée. Moins d'un quart d'heure plus tard elle entra sans façon dans mon refuge. Peu désireuse de lui montrer mon visage resplendissant, je gardai la tête baissée faisant mine d'être concentrée sur ma tâche.

- Est-ce-que ton cou est resté bloqué vers le bas ?

- Salut Louisa, fis-je toujours penchée sur mes bouquins.

- Bon, assez ri, fit-elle enjouée, montre-moi les dégâts.

- Oh Bon Dieu ! dit-elle seulement lorsque je relevai enfin le visage. Elle fit le tour de mon bureau et maternelle, posa doucement sa main sur mon épaule.

- Riad ?

Je ne pus qu'incliner la tête en signe d'assentiment et je fondis en larmes.

- Calme-toi Zika je t'en supplie. Çà va aller, répétait-elle en me tapotant l'épaule. Mais qu'est ce qu'il t'a dit pour te mettre dans un état pareil, on dirait que tu as dormi dans une essoreuse en marche.

D'une voix entrecoupée de sanglots, je lui relatai la conversation que j'avais eue avec Riad la veille et pire, ce que j'en avais déduit.

- Si ce que tu penses est vrai, tu parles d'un fumier ! dit-elle catégorique. Attends je vais te chercher un verre d'eau.

- Oui quoi ? cria-t-elle énervée à la personne qui frappait à ma porte.

Elle alla ouvrir en disant *tous des salauds ces mecs !* Sa phrase expira sur ses lèvres lorsqu'elle se trouva face à Seif qui était descendu voir pourquoi le téléphone sonnait sans cesse sans que personne ne prenne les appels. Par réflexe elle lui referma la porte au nez qui se rouvrit aussitôt.

- Qu'est ce qui vous prend, et c'est quoi cette danse idiote ? fulmina Seif.

Louisa ne dansait pas. Avec ses mouvements désordonnés elle essayait juste de me cacher à la vue de Seif. Elle le repoussa gentiment et l'accompagna vers la réception sous prétexte de lui montrer un dossier. Je saisis un kleenex et en profitai pour essayer de reprendre figure humaine. Quelques minutes plus tard elle réapparut.

- Seif est remonté à son bureau. Je lui ai raconté une salade en disant que je n'avais pas entendu le téléphone sonner, fit-elle en pouffant. Écoute, concentre-toi sur tes bouquins et si tu veux pour le lunch on fera un tour dehors pour te changer les idées.

- Merci, tu es vraiment sympa.

Lorsqu'elle eut refermé la porte derrière elle, la rage me saisit brusquement au ventre en repensant à Riad, et j'attrapai mon bouquin bien décidée à apprendre aujourd'hui le maximum de règlements. *Merde alors !* Ce mec n'allait pas faire foirer mon travail en plus de foutre ma vie en l'air ! J'étudiais depuis plus d'une heure lorsque la voix de Seif me parvint de l'autre côté de la porte.

- Comment çà je ne peux pas la voir maintenant ? disait-il surpris.

J'essayai de capter sans succès la réponse de Louisa plus loin au bout du couloir lorsque ma porte s'ouvrit. Aussi sec, je replongeai la tête dans mon livre.

- Bonjour, il y a un problème ? Le dragon femelle là-bas à l'entrée ne voulait pas que j'entre dans votre bureau, dit-il en riant.

- Non, tout va bien Seif, répondis-je tête toujours baissée.

Je ne sus qu'il avait contourné ma table que lorsque je sentis ses doigts relever doucement mon menton. Il eut la même réaction que Louisa auparavant.

- Bon Dieu ! fit-il en me soulevant de ma chaise. Qu'y a-t-il Zika ?

Je sentis mes lèvres se mettre à trembler. La crise de larmes n'était pas loin. Je fixai sans répondre un point sur le mur pour éviter de rencontrer son regard. Il me secoua doucement sans obtenir davantage de réponse.

- Allez hop ! Je vous emmène boire un café chez Sunny, fit-il décidé.

Sans attendre ma réponse, il attrapa mon fourre-tout dont il passa l'anse sur mon épaule et me saisissant par le bras il m'entraîna hors de mon bureau.

- On va prendre un café à côté, lança-t-il à Louisa éberluée en me voyant passer devant elle remorquée par Seif.

- Prenez votre temps, il y a quelqu'un au standard, répondit-elle avec un clin d'œil.

Sitôt dehors je mis mes lunettes de soleil pour camoufler mes yeux. Avec tact, il suggéra qu'on prenne place sur la terrasse pour que je ne sois pas obligée de les retirer. À cette heure-ci nous étions seuls, le flux des consommateurs ne se manifesterait que bien plus tard pour le lunch. Il commanda un express au garçon qui vint à notre table, et se souvenant de notre marche forcée il demanda un thé et un jus d'orange pour moi.

- Un muffin aussi ? fit-il avec un sourire taquin.

- Je veux bien merci, j'ai une faim de louve !

Lorsque j'eus avalé mon thé et mon muffin, Seif attaqua.

- Zika, je vous en prie dites-moi ce qui ne va pas.

Je recommençai à raconter ma conversation de la veille avec Riad, puis ce fut d'une voix hachée que je parlai de mes doutes au sujet de l'épisode de l'hôtel. Je me dis qu'en tant qu'homme, Seif trouverait cela normal et se moquerait sûrement de mes peurs. Au lieu de cela, il se pencha au-dessus de la table, et d'une voix devenue plus dure entreprit de me raconter l'expérience qu'il avait vécue avec sa fiancée. Je me gardai bien de trahir la confiance de Louisa en lui signifiant que j'étais déjà au courant.

- Je suis Arabe moi aussi comme vous le savez, ma famille est originaire de Jordanie, mais je pense que cela n'a rien à voir avec le comportement d'un homme en général, ou avec les femmes en particulier. C'est une question d'éducation, c'est aussi une question de droiture, peu importe, ce que j'essaie de vous faire comprendre c'est que tous les Arabes et tous les Musulmans ne se comportent pas comme Riad.

- Vous n'avez que des doutes alors que moi j'ai eu la preuve de la trahison sous les yeux, poursuivit-il, je sais exactement ce que vous pouvez ressentir en cet instant. C'est un de ces mauvais moments à passer que la vie nous envoie. Sur le moment çà fait très mal, et plus tard on réalise que cela nous rend plus fort.

- Seif, je ne voulais pas vous parler de tout cela sachant vos sentiments à mon égard, mais je vous remercie de vos paroles réconfortantes, lui dis-je alors qu'une larme d'émotion se faufilait sous mes lunettes.

Délicatement, il la recueillit au bout de son doigt et la déposa sur ses lèvres.

- Je veux voir un grand sourire sur les vôtres maintenant, me dit cet homme étonnant.

Je lui fis un sourire timide d'abord, puis retirai mes lunettes et devant son regard pénétrant mes lèvres lui adressèrent un sourire radieux qu'il me rendit aussitôt.

- Çà va mieux ? Alors retournons au bureau avant que Louisa n'envoie une équipe d'urgence à nos trousses. Je dois voir Greg qui m'a appelé tout à l'heure pour me dire que le dossier Delcott était enfin réglé. Le rapport est prêt.

- Tant mieux, votre client va être content.

- Encore un autre qui n'avait rien compris.

- Comment çà ?

- À soixante-cinq ans, notre cher monsieur Delcott s'est amouraché d'une femme qui a moins que la moitié de son âge. Il prétendait que cela lui rendait sa jeunesse, parlait d'elle comme une femme douce, pure, honnête et désintéressée, dit Seif ironiquement.

- Quelques mois plus tard, reprit-il, toujours à la poursuite de ses illusions, il l'a épousée. Il ne fallut que quelques semaines à cette perle rare pour obtenir de son mari qu'il mette sa maison et ses biens à son nom en pointant avec habileté qu'il n'était plus tout jeune *je t'aime tellement mon chéri, mais tu comprends c'est juste au cas où.* Elle se mit ensuite à utiliser les cartes de crédit de son époux avec frénésie, *c'est pour me faire belle pour toi mon chéri* lui disait-elle lorsqu'il protestait en épluchant ses relevés de comptes. Encouragé par la famille de sa femme qui ne voulait pas risquer de perdre la poule aux œufs d'or, il continua à fermer les yeux jusqu'au jour où les absences de sa femme se firent de plus en plus nombreuses et répétées. *Je vais rendre visite à mes parents mon chéri, tu sais combien les liens de famille sont importants pour nous.*

- Mon Dieu, il ne se doutait vraiment de rien ? fis-je incrédule.

- À cet âge là, un homme est extrêmement vulnérable face à une jeune sainte-nitouche. Il se ferme volontairement les yeux et va même jusqu'à se fâcher contre tous ceux et toutes celles qui essayent de les lui ouvrir. Le mois dernier il a enfin décidé d'engager des détectives *je suis presque sûr qu'elle ne me trompe pas, elle est si pure dans sa tête et elle me dit sans cesse à quel point à quel m'aime, mais, je veux juste en être certain !* Pour finir, trois semaines de filatures et d'enquêtes minutieuses plus tard, nous avons établi preuves et photos à l'appui, qu'elle avait des relations très poussées depuis plusieurs mois avec un homme de son âge qu'elle rencontrait chez lui ou dans des chambres d'hôtel. Dans la trentaine, ce jeune homme était superbe il faut l'avouer mais il n'avait ni argent, ni biens alors…

- Monsieur Delcott aurait dû écouter son miroir ! dis-je en riant.

- Oui. Il a appris à la dure que les contes de fées n'existent pas. Je pense que la prochaine fois il évitera celles qui ont l'âge d'être sa fille ou même sa petite-fille, conclut Seif en riant à son tour.

J'employai la journée et le lendemain à stocker dans ma tête le maximum de règlements pour pouvoir réussir mon examen le plus rapidement possible. Bill avait fini par trouver l'endroit où vivait l'homme à la mâchoire brisée et nos gars s'y relayaient à tour de rôle. À ma grande surprise, Seif avait finalement décidé de remettre à plus tard notre irruption chez lui, se contentant de le faire surveiller jour et nuit en attendant.

Grâce à la gentillesse et au support de Seif et de Louisa, les journées s'écoulèrent plus sereinement. On était mercredi et je devais aller chercher Riad ce soir à l'aéroport. J'avais hâte et en même temps j'appréhendais le moment de nos retrouvailles.

L'avion atterrit sans surprise avec quarante minutes de retard et il était presque vingt deux heures lorsque nous arrivâmes enfin chez lui. Il fouilla dans une de ses valises et me tendit avec un sourire une robe d'intérieur marocaine joliment brodée qu'il m'avait rapportée. S'asseyant près de moi il entreprit de me raconter son séjour en buvant une bouteille de vin de laquelle je sirotai une ou deux gorgées dans son verre. Pour ne pas fêter son retour par une dispute, je ne lui demandai pas comment s'était passée sa soirée à l'hôtel. J'eus droit à maints détails sur les appartements, puis il fit une pause dans son récit avec une expression sur son visage que je ne lui connaissais pas.

- Tu sais quoi, je suis tombé amoureux…. d'une paire de bottes !

- D'une paire de bottes !!

- Oui tu sais, des cuissardes super géniales qu'une de mes cousines portait. Elles valent sept cent dollars, dit-il comme s'il s'attendait à ce que j'applaudisse. *Des BBM comme on dit ici (BottesBaisezMoi) je vois d'ici le genre de la « cousine ». Je m'abstins de lui demander combien de clients elle avait dû s'envoyer pour se payer ses bottes !*

Visiblement troublé par le souvenir des bottes en question, et sans avoir l'intelligence ou du moins l'instinct de penser qu'à son retour je m'attendais à un autre sujet de conversation, il se mit à me décrire les accessoires.

- Elle a un peu moins de trente ans, fit-il l'air rêveur, blonde, les cheveux longs, elle a un piercing sur la narine, et un autre…. ici, cherchant du doigt à mémoriser sur son visage l'endroit où cette *cousine* avait son autre tag.

- *Tu as baisé avec elle ?* lui demandai-je silencieusement, pendant que mes antennes se déployaient à toute vitesse et que je commençai à ressentir un malaise proche de la nausée en le regardant et en l'écoutant parler.

Comme d'habitude il me raconta son séjour. Cette fois non seulement j'eus droit à la *cousine*, mais aussi au restaurant où la *cousine* et son frère l'avait invité, aux appartements qu'il avait achetés et que la *cousine* avait trouvés cool, à la moto super que le frère super de la *cousine* super conduisait….

Il ne pensa pas à me montrer les photos des apparts, c'est vrai quoi, je n'étais que sa copine, je veux dire celle, ou une de celles d'ici ! Je ne m'abaissai pas à lui demander de me les montrer.

Lorsqu'il eut terminé son reportage, c'est-à-dire, ce qu'il voulait bien m'en dire et passant sous silence le reste, nous allâmes nous coucher. Pour la première fois depuis l'épisode de la pute-à-Maghrébins-de-Montréal-Nord, je fis l'amour partagée entre l'envie de tenir Riad serré dans mes bras et l'envie de dégueuler en pensant à ce qu'il avait probablement fait avec l'autre. Ma bouche poussa soupirs et gémissements pendant que mes neurones disséquaient froidement ce que mes yeux voyaient, en un mot je fis semblant! Il s'endormit enfin, et je réglai le réveil sur sept heures. Non seulement j'avais école le lendemain mais je devais aussi me taper la traversée de Montréal pour y aller.

Malgré ma fatigue et l'heure tardive, impossible de trouver le sommeil. Mon cerveau n'avait pas de bouton marche-arrêt et continuait son travail de sape. Le cadran lumineux du réveil indiquait deux heures dix, lorsque dans la pénombre je vis Riad se redresser à demi et rester quelques secondes immobile, puis il se tourna vers moi et m'embrassa tendrement sur la bouche.

- Je t'aime.

Paralysée par la surprise, le cœur battant à tout rompre, je ne respirai plus, je ne bougeai plus. Il m'embrassa à nouveau sur la bouche, puis sur le front, ce qui dans son pays est une marque de respect.

- Tu m'entends ?.... Je t'aime !

- Moi aussi je t'aime Riad, lui dis-je en me laissant emporter par une vague de bonheur comme je n'en avais jamais connu auparavant avec lui.

Il me prit alors dans ses bras, et se rendormit en me tenant serrée tout contre lui. Tellement inouï, tellement surréaliste. Habituellement après l'amour, il se retournait et s'endormait aussitôt. Je repassai dans ma tête ce qui venait de se passer comme un disque en boucle jusqu'à quatre heures du matin et je m'endormis enfin.

À cause du décalage horaire Riad était déjà levé lorsque le réveil sonna. Je me dépêchai de me préparer et débarquai au salon pour prendre le petit déjeuner avec lui. Toujours sous l'émotion de ce qui s'était passé au cours de la nuit, je le regardai du coin de l'œil et vis que lui aussi me fixait bizarrement, un peu comme s'il était gêné, ou comme s'il se demandait si j'allais être différente avec lui après son aveu, ou…. Oh ! Mon Dieu, comme s'il avait dit je t'aime à une autre à qui il avait rêvé et se demandait à présent, la trouille au ventre, si je l'avais entendu prononcer son nom dans son sommeil.

Le couteau qui s'enfonça dans ma poitrine vint crever le nuage rose sur lequel je flottai depuis cette nuit. Les idées s'entrechoquaient dans ma tête. Minute, c'était trop grave, il fallait que je sache. J'appelai Seif pour m'excuser et lui dire que j'allais arriver en retard vu que j'étais à l'autre bout de la ville, fis des bruits dans le micro en lui disant que la connexion réseau était mauvaise et raccrochai pour couper court à ses questions.

J'inspirai alors profondément et vint m'asseoir sur la banquette près de Riad. Je le regardai droit dans les yeux.

- Cette nuit tu m'as rendue si heureuse, plus heureuse que jamais au cours de toutes ces années ensemble, tellement heureuse que je n'ai pu fermer l'œil après.

- …?

- Pour la première fois en presque vingt ans tu m'as dit je t'aime.

- Qu'est-ce-que tu racontes ? Je ne t'ai jamais dit je t'aime, tu as dû rêver !

- Comment çà rêver ? Je ne dormais pas encore lorsque tu t'es réveillé et que tu m'as dit je t'aime, tu me l'as même répété une deuxième fois !

- Je n'en sais rien, j'avais bu avant d'aller au lit…. tu dois te tromper !

Je le regardai fixement n'en croyant pas mes oreilles, mais je dus serrer les poings pour ne pas taper sur mes antennes et sur ma cervelle qui étaient en train de me crier

- Tu vois connasse ? On te l'avait bien dit, ce n'était pas à toi qu'il a dit je t'aime !

Je plaquai vivement ma main sur ma bouche, me levai comme une somnambule, et me mis à reculer vers la cuisine en continuant de le regarder comme si je découvrais un étranger devant moi. Je me resservis un verre de jus de mangue que j'avalai d'un trait, saisis mon fourre-tout et mes clés de voiture, et revint me planter devant lui.

- Je n'ai pas rêvé, je ne dormais pas ! martelai-je. Non seulement tu as bien prononcé ces mots, mais quand tu les as répété une deuxième fois, tu m'as même dit *tu m'entends ? Je t'aime !* comme si tu avais peur que je ne t'ai pas entendue la première fois ! poursuivis-je sans tenir compte du geste qu'il fit pour m'interrompre. Ta bouche a bien dit ces paroles, la question maintenant c'est, est-que c'est bien à moi que tu les as dites, laissai-je tomber en tremblant intérieurement.

- Je te dis que tu t'es trompée, j'avais bu… tu as dû rêver ! insista-t-il.

Je le toisai de la tête aux pieds excédée et dégoûtée. Comme j'étais en retard je renonçai à l'envie de chercher des fourchettes à fondue pour les lui planter dans les yeux, et je sortis de chez lui en claquant la porte.

Je fis le trajet jusqu'à l'agence dans un état second. Non seulement je n'avais dormi que quelques heures mais en plus cette question me taraudait sans cesse. *Flûte alors !* Il venait à peine de revenir et déjà il recommençait à empoisonner ma vie ! Je plaquai sur mes lèvres mon sourire *toutvabienmadamelamarquise* en poussant la porte du bureau. Curieusement Louisa n'était pas à son poste. J'entendis un bruit de tasses entrechoquées au fond du couloir et je me dirigeai vers la cuisinette. Elle était là, les cheveux ébouriffés avec le regard aimable du taureau qui s'apprête à charger.

- Qu'est-ce qui t'arrive ce matin ? On dirait que tu es de mauvais poil ! lui dis-je en guise de bonjour.

- De mauvais poil ? Tu veux rire j'espère, je ne suis pas de mauvais poil, je suis carrément furax ! répondit-elle.

- Tu veux en parler ?

- J'avais raison et je te le confirme, tous les mecs sont des salauds ! Hier soir Gino m'a appelée du travail pour me dire que son ami Franco avait un problème

166

avec sa femme et qu'il voulait passer un moment chez lui pour lui remonter le moral. Il m'a dit de ne pas l'attendre pour dîner, qu'il rentrerait plus tard !

- Bah ! Ne te prends pas la tête avec çà, c'est ce qu'ils appellent la solidarité masculine, dis-je pour essayer de l'apaiser.

- Solidarité mon cul, ouais ! Comme mon mari avait oublié son portable à la maison, à onze heures du soir j'ai appelé *le solidaire*, juste pour savoir si Gino allait bientôt rentrer….

- Laisse-moi deviner, ton mari t'a traitée de pot-de-colle et t'as engueulée.

- Cette ordure ne m'a traitée de rien du tout, cracha-t-elle de plus en plus furax. Cet imbécile de Franco n'avait pas vu mon mari depuis deux semaines !

- Oups ! Çà c'est nul de chez nul je dois dire, il aurait pu trouver mieux comme réponse !

- Ouais c'est nul ! Franco est nul ! Mon connard de mari est nul ! Et moi qui avais confiance en lui je suis nuuuuuuulle aussi, conclut-elle en donnant de la voix comme seules les Italiennes savent le faire quand elles pètent les plombs. Puis elle se mit à sangloter. Je balançai mon fourre-tout sur le comptoir, m'approchai d'elle et la pris dans mes bras pour tenter de la calmer.

- Si çà peut te remonter le moral, mon copain aussi est nul ! Il est rentré de voyage hier soir et pour fêter son retour il a passé la soirée à me parler en long et en large d'une paire de bottes dont il est tombé amoureux ! dis-je d'une voix atone.

- D'une paire de bottes ? demanda Louisa en se reculant un peu.

- Ouais, et aussi de la bidoche qui était à l'intérieur ! Et là-dessus je me mis à pleurer moi aussi à gros bouillons.

Nous nous étreignîmes comme les rescapées d'un naufrage en sanglotant de plus belle. On se serait crues devant le Mur des Lamentations un jour de grande pénitence. Parfois Louisa poussait un cri et se mettait à jurer en Italien tandis que je lui donnais la réplique en utilisant toutes les insultes en Marocain que je connaissais. Sur un dernier *Stronzo*[13] lâché férocement, Louisa ouvrit la porte du frigo et en sortit deux bières qu'elle décapsula. Elle m'en tendit une que je saisis et porta le goulot de la sienne à la bouche. Neuf heures du matin ! Comme je suis soûle après une cuillérée de vin, ce n'était peut-être pas une bonne idée…. Bah ! Après tout c'est une thérapie comme une autre, me dis-je avant d'avaler une grande gorgée d'un trait.

---

[13] Stronzo – Connard, en Italien

- Oh Bordel ! Le ton tout autant que le gros mot que nous n'étions pas habituées à entendre de sa part coupa net nos vociférations. En reniflant nous nous retournâmes pour voir Seif, superbe dans une chemise blanche et des jeans délavés, qui se tenait droit comme un I à l'entrée de la pièce, poings sur les hanches et regard en lance-flammes.

- On entend vos cris depuis l'étage au-dessus, je suis descendu pour savoir quel était ce vacarme. On aurait dit des chiens qui hurlaient à la lune, qu'est-ce qui se passe ?

Pour toute réponse, Louisa jeta à toute volée des petites cuillers dans l'évier.

- Les hommes, tous des salauds ! lança-t-elle à Seif abasourdi avant de filer en direction de son bureau.

J'amorçai un mouvement pour la suivre mais retrouvant ses réflexes, Seif eut le temps de m'agripper par le col de mon t-shirt qu'il relâcha lorsqu'il croisât mon regard.

- Je descends en trombe de mon bureau et qu'est-ce que je trouve ? Deux femmes supposément équilibrées en train de se taper des bières tôt le matin et en criant comme des hystériques.

Parlant de bière, l'effet commençait déjà à se faire sentir et j'avais l'impression que mes pieds étaient posés sur un tapis de ouate. Je regardai les lèvres sensuelles de Seif avec l'envie de les mordre comme un beau fruit mûr.

- Allez-vous m'expliquer à la fin ? me demanda-t-il d'une voix radoucie.

- Louisa pense que son mari l'a trompée et que tous les hommes sont des salauds.

- Et c'est pour cela que vous aussi vous étiez en train de crier et de pleurer ?

- Moi je pense que mon copain m'a trompée quand il était au Maroc, et que Louisa a raison, tous les hommes sont des salauds, fis-je avec une voix légèrement pâteuse. *Bon Dieu qu'est-ce qui m'arrive ? Et Monsieur Sexy qui n'arrête pas de me fixer. Aaargh*

- Est-ce que vous êtes aussi un salaud Seif ? dis-je en glissant mes bras autour de son cou. *Merde ! Qu'est-ce que je suis en train de faire ?*

- Zika vous avez trop bu ma parole ! fit-il amusé.

- Une grande gorgée de bière c'est tout, c'est juste que je n'ai pas l'habitude de boire de l'alcool, dis-je en humectant mes lèvres.

- Arrêtez….

- Arrêtez quoi ?

- De passer votre langue sur vos lèvres sinon je ne réponds plus de moi…

- Bon, si vous ne voulez pas m'embrasser alors je file ! *C'est moi qui ai dit ça ?*

Seif alla fermer à clé la porte de la cuisinette, et se tourna vers moi, une drôle de lueur dans les yeux. Dans l'instant qui suivit, il me plaqua contre le mur et enfonça dans ma bouche sa langue chaude autour de laquelle la mienne s'enroula aussitôt. Ses mains glissèrent sous mon t-shirt et caressèrent mes seins tandis que je me collai davantage contre lui. Avec un gémissement rauque Seif recula, ses yeux noirs rivés dans les miens.

- Pas comme çà, pas maintenant, dit-il doucement, en essayant de retrouver ses esprits, pendant que je me demandais quelle sorte d'alchimie nous poussait aussi fort l'un vers l'autre.

Je commençai à me rajuster en vérifiant si mon corps était toujours sous ma tête.

- Quand nous ferons l'amour ensemble ce ne sera pas entre deux portes sur un comptoir de cuisine, ce sera mieux, beaucoup mieux, fit-il en déposant un baiser sur mes lèvres. *Oups ! Il n'avait pas dit si... il avait dit quand nous ferons l'amour....*

Seif était sorti de la pièce depuis un bon moment alors qu'assise à la table de la cuisinette, les yeux dans la brume, je me demandai encore quelle mouche m'avait piquée. Je m'assurai que personne ne se dirigeait par ici, et subrepticement je soulevai mon t-shirt pour poser mes mains sur mes seins à l'endroit où il avait posé les siennes, histoire de m'assurer qu'ils étaient encore là. Des images précises me revenaient en mémoire aussi je rabaissai vite fait mon top avant que la bride de mon soutien-gorge ne saute et que mon string se mette à glisser tout seul le long de mes jambes.

Vers onze heures Steve pointa le bout de son nez dans mon bureau.

- Tu t'en sors avec tes bouquins ?

- J'en ai appris deux depuis la semaine dernière, il m'en reste trois autres à me rentrer dans le crâne ! Et toi çà va? Je vois que tu ne portes plus ta minerve.

- Tu parles d'un cache-col, comme çà allait mieux j'ai décidé de l'enlever. Je me sens super bien depuis que je peux regarder mes orteils sans utiliser de rétroviseurs !

- Contente que tu n'aies plus mal, tu m'as fichu la frousse ce jour-là tu sais.

- J'ai eu sûrement plus la trouille que toi. En tombant par terre, j'ai cru que ma tête était à côté de mes fesses sur le plancher. Oublions çà, dit-il avec un sourire. Je suis venue te demander si tu pouvais me donner un coup de main.

- Bien sûr, de quoi il s'agit ?

- Du dossier Junon.

- Kézaco ?

- Alfred Junon est le directeur de la Greg Jelky et Associés, une compagnie de placements financiers. Son patron le soupçonne depuis quelque temps de délits d'initiés. Il nous a chargés de le filer, histoire de voir qui il rencontre, où il va. Tu vois le topo ?

- Très bien, mais qu'est-ce que je dois faire ?

- Monsieur Jelky s'est entendu avec l'assistante de Junon pour qu'elle épie ses conversations téléphoniques, mais ce n'est que la partie visible de l'iceberg. Junon est beaucoup trop malin pour avoir ce genre d'entretiens au bureau. S'il est découvert, non seulement il risque sa place mais aussi la tôle après un procès qui aurait des répercussions catastrophiques pour la compagnie. Aldo devait faire équipe avec moi mais Seif l'a mis au rancart jusqu'à demain à cause de ses conneries sur l'affaire Delcott. J'ai parlé de toi à Seif, en lui disant que çà te ferait pratiquer et il m'a donné son feu vert pour aujourd'hui seulement, si c'est d'accord pour toi.

- Bien sûr que je suis d'accord, çà me changera des règlements à ingurgiter!

- Génial ! Le temps de grignoter un sandwich, on se pointera en bas de son bureau et on le filera dès qu'il sortira pour déjeuner. Il bosse dans la tour IBM pas loin d'ici. Pour éviter les gaffes de l'autre fois, inscris tout de suite mon numéro de portable, au cas où on se perd de vue.

- En parlant de portable tu ne saurais pas toi comment activer le système qui affiche les numéros entrants ? J'ai essayé mais je ne me rappelle plus comment on fait.

- Il faut seulement appeler ton distributeur de services téléphoniques pour rajouter cette option. Passe-moi la bête, je vais t'arranger çà tout de suite.

Quelques minutes et un appel plus tard c'était réglé. Steve me passa une grande enveloppe dans lesquelles je trouvai des photos de Monsieur Junon que je pus étudier à loisir en avalant mon sandwich. Un mètre soixante environ, la cinquantaine, cheveux châtains dégarnis sur le sommet, assez rondouillard, une tête sympa de bon vivant. Ouais c'est bien connu, la plupart des escrocs n'ont pas une tête d'escroc !

Steve et moi nous nous séparâmes en entrant dans l'immense hall vitré de la tour IBM. Il se tint proche des portes s'ouvrant sur le boulevard René-Lévesque tandis que je me postai beaucoup plus loin, près des ascenseurs. Midi quarante venait de sonner au beffroi de ma montre et le plus gros des employés de l'immeuble s'était déjà rué en direction des restaurants avoisinants. Pas de Junon en vue ! Mon portable sonna. Riad nom d'une pipe ! Les yeux rivés sur les portes des ascenseurs, j'hésitai à répondre. Je repensai à l'expression de son visage ce matin et à nouveau les fourchettes à fondue se profilèrent à l'horizon. Çà sonnait toujours ! Je finis par décrocher.

- Oui quoi ? dis-je énervée.
- Qu'est-ce que tu as encore, quelqu'un t'a mordue ?

Oui Seif ! pensai-je un brin cynique.

- Personne ne m'a mordue, je suis en train de bosser. Filature.
- Encore Hamad ?
- Non, un autre client ! fis-je sèchement. Tu m'as appelée pour quoi au juste ?
- Comme çà, pour te dire bonjour, dit-il gentiment histoire de m'amadouer.
- Pour que ce soit un bon jour, il aurait fallu qu'il commence autrement !
- Tu ne vas pas recommencer avec çà non ?
- Je ne vais pas recommencer maintenant comme tu dis, je n'ai pas le temps, je travaille. Mais tu ne t'en tireras pas comme çà, on en reparlera !
- Dis, tu ne vas pas me répéter tous les jours que tu m'as entendu te dire je t'aime en dormant ?
- Entre autres !
- Çà veut dire quoi ?
- Il faudra que tu m'expliques, pas en détail çà tu l'as déjà fait, mais en clair ce que représentent pour toi ces putains de bottes, ou ces bottes de putain si tu préfères !
- ….
- Tu as perdu la voix ?
- Non, je me demandais quel nouvel os tu avais trouvé à ronger ! dit-il en soupirant.
- Plutôt nulle ta remarque, tu vois moi je me demandais quelle nouvelle bidoche tu avais trouvé à bouffer ! Je te laisse, ma cible s'amène, dis-je avant de raccrocher.

Ventre en avant engoncé dans un costume gris clair, Junon, porte-documents en main se dirigeait vers la sortie côté René-Lévesque en parlant dans son téléphone. Je le laissai prendre du champ et me mis en route derrière lui. Du regard je fis un signe à Steve. Chacun sur un trottoir, nous suivîmes notre homme qui nous fit trotter jusqu'à la rue de la Montagne où il tourna à droite. Nous le vîmes entrer chez Pastas Pigioli, un petit resto italien sympa. Steve m'appela.

- Tu as du fric sur toi ? demanda-t-il.

- Pas assez pour aller aux Bahamas là tout de suite, mais suffisamment pour payer un plat de nouilles si c'est le but de ta question.

- Tu piges vite. Entre manger un morceau et choisis une table assez proche de lui pour pouvoir entendre ce qu'il raconte. Moi, je reste dehors. S'il file, attend un moment avant de sortir. Il ne se doutera de rien si tu restes à l'intérieur. Des questions ?

- Oui. J'ai déjà mangé un sandwich, comment tu veux que j'avale une bassine de pâtes maintenant ?

- Mange seulement le persil qui est dessus, dit-il en riant avant de couper la communication.

Un peu à l'écart des gigantesques tours à bureaux du centre-ville, ce restaurant n'avait que quelques tables occupées à l'heure du déjeuner. Junon, assis à une table près du comptoir sirotait un apéritif. Un couvert était mis en face de lui. Je parcourus la pièce du regard, fis mine d'hésiter avant de prendre place à la table voisine de la sienne. Après tout si je voulais entendre ce qu'il racontait il valait mieux que je n'aille pas m'installer au fond de la cuisine. Un maître d'hôtel se précipita aussitôt et me tendit le menu.

- Désirez-vous un apéritif pour commencer ? demanda-t-il avec un grand sourire.

- Un jus de tomate, merci. *J'ai assez fait de conneries pour la journée avec une gorgée de bière.*

Je n'avais pas faim mais j'étais sûre que le maître d'hôtel ferait la gueule si je ne commandai qu'un cure-dents, aussi je me parcourus le menu avec application. J'hésitais entre des raviolis aux champignons sauvages et des calmars frits lorsqu'un homme costume-foncé-chemise-blanche-cravate-rayée vint s'asseoir en face de Junon.

- Ernest comment allez-vous ? fit Junon en serrant la main de l'homme. Vous prendrez bien un apéritif ? Garçon !

- Je ne peux pas rester longtemps Alfred. Une réunion d'affaires à quatorze heures.

Le garçon prit leur commande et se retournant, me demanda si j'avais choisi. Je me décidai finalement pour les raviolis. *Je mangerai juste les champignons sauvages, j'adore les champignons sauvages. Peut-être un peu de pâtes aussi. L'aiguille de ma balance passa devant mes yeux. Je rappelai le maître d'hôtel.*

- Désolée, j'ai changé d'avis, je prendrai les calmars frits à la place avec une salade verte. *Bonne idée la salade verte, çà ne fait pas grossir çà.*

Mes voisins commencèrent à s'entretenir des fluctuations récentes à la Bourse de New-York. Zut ! J'avais l'impression qu'ils parlaient en Jupitérien. Comment me souvenir de ce qu'ils disent si je n'y comprenais que dalle ? Une ampoule s'alluma dans ma tête. Je saisis discrètement mon portable et le déposai entre mon assiette et la corbeille à pains, mis l'enregistrement vocal sur ON, et recouvris partiellement le téléphone d'une serviette en papier. Au bureau Steve et Seif s'arrangeront pour déchiffrer tout ça.

Je savourai mes calmars en évitant de compter les calories farine-huile de friture et me déculpabilisai en picorant quelques feuilles de salade. Du coin de l'œil je captai un mouvement à la table voisine. Junon tendait un dossier à son interlocuteur qui le saisit prestement.

- Tout y est ! déclara Junon. Dès l'ouverture demain matin achetez autant d'actions que vous le pourrez de la Hauker.

- Vous plaisantez ? Leurs titres dégringolent sans cesse depuis deux mois.

- Vous ai-je déjà déçu auparavant ?

- J'espère que vous savez ce que vous faites, ce sont plusieurs centaines de milliers de dollars que je vais investir demain.

- Mardi au plus tard vous en récolterez plus du triple ! coupa Junon. Au fait, je me permets de vous rappeler…

- N'ayez crainte, le transfert sera fait aux Caïmans, comme d'habitude, dit Ernest.

Ben dis donc, journée fructueuse pour certains on dirait. Ils changèrent de sujet et se mirent à parler politique. Je stoppai l'enregistrement et remis mon portable dans mon fourre-tout. Steve m'avait demandé de rester dans la salle, mais il ne pourrait pas suivre les deux en même temps. Je me rappelai avoir lu dans un bouquin que le meilleur moyen de suivre quelqu'un était de le précéder et je fis signe au serveur à qui je demandai l'addition. *Ouah !* Dix dollars de plus et je finissais ma journée devant le bac à plonge. Je laissai un pourboire au gars qui se fendit d'une courbette, et m'adressai à lui en prenant soin d'élever la voix.

- Je suis nouvelle venue à Montréal et je n'ai jamais dégusté de calmars aussi succulents, ni mangé dans un restaurant aussi sympathique, dis-je avec enthousiasme sous le regard blasé de mes voisins. Puis-je prendre des photos de votre beau restaurant en souvenir, peut-être aussi une ou deux vu de l'extérieur ?

- Je vous en prie, répondit le serveur. Une cliente satisfaite est une cliente que nous aurons le plaisir d'accueillir à nouveau. *C'est çà ouais, compte là-dessus !*

Je ressortis mon portable et pris plusieurs clichés de la salle. Me mettant face à lui, je m'offris le luxe de dire à l'interlocuteur de Junon avec un petit sourire désolé

- Excusez-moi, le vase sur le comptoir derrière vous est tout simplement magnifique. Pourriez-vous déplacer légèrement la tête pour que je puisse le photographier ? Ce disant, j'appuyai sur la touche et pris plusieurs photos en rafale de ce monsieur Ernest avec une branche de glaïeuls derrière les oreilles. *Ben quoi, j'avais dit que je voulais photographier le vase oui ou non ?*

Je pris encore un ou deux clichés de la salle, remerciai une fois de plus le serveur, fis au revoir de la main avec un grand sourire et sortis. Pour la forme, au cas où on m'observerait de l'intérieur par les baies vitrées, je m'arrêtai au bas des marches et pris un cliché du bâtiment avec son enseigne. Puis réfrénant l'envie de prendre mes jambes à mon cou, je marchai dignement vers René-Lévesque. Steve était assis à la terrasse d'un café mais je fis mine de l'ignorer et poursuivis mon chemin. Je l'appelai pour lui faire mon rapport et décrire Ernest.

- Bien joué Bruinsie ! Je vais filer ce type et essayer d'en savoir un peu plus sur lui. Junon on sait où il bosse, tu peux rentrer à l'agence si tu veux.

- D'accord, je vais imprimer les photos et faire écouter l'enregistrement à Seif. Quand il ira voir Greg Jelky çà pourra l'aider.

- Tout à fait ! Ho ho…. Ils sortent du resto, à plus tard.

Nous étions dans les premiers jours d'octobre et l'été indien n'était plus qu'un souvenir. Un soleil radieux éclaboussait un ciel sans nuages mais le temps s'était rafraîchi. Je me mis à marcher un peu plus rapidement. En plus de me réchauffer cela m'aidera à perdre le surplus de calories ingurgitées. J'ouvris la porte du bureau en risquant un œil prudent en direction de Louisa. Elle avait remis de l'ordre dans sa coiffure mais elle n'avait pas tellement l'air de meilleure humeur que ce matin. Je l'interrogeai du regard et elle me répondit en roulant des yeux. *D'accoooord !*

- Seif est occupé ? Steve m'avait envoyé sur une filature, j'ai des photos à lui montrer et un enregistrement vocal à lui faire écouter.

- Tu peux y aller, il est dans son bureau. Je ne sais pas si on l'a traumatisé ce matin quand il nous a trouvées dans la cuisine, mais depuis il a l'air bizarre.

- Bizarre ?

- Ouais, bizarre comme dans pas comme d'habitude quoi ! Quand il nous parle, il nous regarde comme s'il était ici mais que ses pensées étaient sur une autre planète !

Pas le moment de rougir, sinon elle me fera faire subir un interrogatoire en règle !

- J'espère que ses pensées vont faire escale ici, pour qu'il comprenne ce que les mecs racontent sur la bande sonore, moi en tout cas je n'ai rien pigé !

Je pénétrai dans le bureau de Seif après avoir frappé à sa porte. Assis derrière son bureau, il feuilletait distraitement quelques pages d'un dossier posé devant lui. En me reconnaissant son visage s'éclaira.

- Heureux de constater qu'il y en a qui frappent avant d'entrer ! fit-il avec un clin d'œil.

- Je n'aurais pas pris le risque de vous surprendre en train de… travailler ! répondis-je en lui tirant la langue.

Il éclata de rire.

- Steve vous a donné congé ?

- Il m'avait dit de rester dans le resto où j'avais suivi Junon, mais je suis partie.

- Vous m'étonnez, Zika la rebelle !

- Pas rebelle ! Je suis partie parce-que….

- Je suis curieux de voir les photos, dit Seif lorsque j'eus fini de tout lui expliquer.

- Voyez-vous çà ! Ernest Cossol en personne !

- C'est qui çà ?

- Un homme d'affaires très riche et puissant. On dit qu'il a le génie de déceler avant tout le monde les coups payants et un flair hors pair en matière d'investissements.

- Je vois, il a déjeuné avec son flair aujourd'hui ! dis-je en souriant.

Lorsque Seif eut terminé l'écoute de l'enregistrement, il appela Steve.

- Vous pouvez décrocher, mission terminée !

- Jelky voulait la preuve que Junon trahissait en faisant ses combines dans le dos de son patron. L'enregistrement et les photos sont plus qu'il n'en faut pour prouver que non seulement il a commis un délit d'initié, mais que ce n'est pas la première fois si on se réfère à la remarque de Cossol sur le transfert aux Iles Caïmans. Jelky sera content. Louisa lui enverra un rapport auquel elle joindra les photos et un double de l'enregistrement. Une affaire rondement menée ! dit-il satisfait.

- Et sans gaffes ! ne pus-je m'empêcher d'ajouter, me rappelant de la dernière fois où je n'avais pas suivi les instructions de Steve et de Seif en filant Hamad.

- Et sans gaffes, approuva-t-il. Qu'avez-vous prévu de faire maintenant ?

- Remettre mon portable à Louisa pour qu'elle récupère les photos et l'enregistrement, et me replonger dans mes livres ! fis-je en levant comiquement les bras.

- Sam a fait le point avec les autres, il va passer dans quelques minutes pour faire son rapport.

- Si je ne le vois pas, dites-lui bonjour pour moi.

- Çà m'étonnerait qu'il reparte d'ici sans vous avoir saluée !

- Toujours rien de nouveau du côté de Horak ou de Hamad ?

- Rien à part des allées et venues de Horak et de ses gars du domicile de Horak au bureau, du bureau jusque chez Bilakiev et ainsi de suite. Hamad est toujours dans sa tour d'ivoire au Bonaventure, ce qui est inhabituel de sa part. Il est plutôt du genre à traiter ses affaires rapidement avant de repartir sous d'autres cieux.

- Il doit y avoir quelque chose qui ne tourne pas rond !

- Oui, et toujours pas de nouvelles de Ramsès, dit Seif soucieux.

Nous réfléchîmes quelques minutes en silence, puis je m'ébrouai mentalement et me retirai. Je donnai mon portable à Louisa qui en extirpa de quoi étoffer son rapport et regagnai mon bureau. Je forçai ma cervelle à assimiler ces satanés règlements et comme à l'école bien des années auparavant, je ne cessai de consulter ma montre en attendant l'heure de la fin des cours. Sam me tira de mon ennui en ouvrant la porte de mon bureau.

- Çà fait un moment que je ne t'ai pas vue ! Alors c'est ici que tu te planques ?

- J'ai des tête-à-tête prolongés et assidus avec eux ! dis-je en montrant la pile de bouquins posés sur ma table de travail.

- Çà a l'air de t'enthousiasmer rare on dirait, fit-il en riant.

- En parlant de tête-à-tête prolongés, quand tu es partie de chez nous dimanche, Aref et moi avons coincé Seif entre quatre murs, t'aurais dû voir çà, reprit-il plus bas en refermant la porte.

- Il m'en parlé !

- Et ?

- Et qu'est-ce-que tu veux que je te dise ? Tu connais la situation….

- Je sais Zika, c'est pourquoi je lui ai dit de te laisser du temps, et à lui aussi d'ailleurs. Il a beaucoup souffert il y a quelques années et je lui ai recommandé de ne rien précipiter.

- Je sais cela aussi, il m'a raconté. Je ne sais plus quoi faire ni quoi penser Sam. Mon copain me rend dingue, et d'un autre côté je ne suis pas insensible à Seif, loin de là, c'est çà le problème ! Je ne veux pas qu'on me prenne pour une girouette ou une fille facile, comme je le lui ai dit, mais franchement je ne sais plus où j'en suis en ce moment, tu comprends ?

- Je comprends Zika, ne t'en fais pas. Comme je le dis toujours, le temps finit par apporter des solutions.

- Tu es sage comme un vieux moine bouddhiste.

- Pas toujours, par exemple sur le parking l'autre soir…. fit-il en riant aux éclats.

- C'était trop cool, dis-je en me laissant gagner par son rire contagieux.

Sans nous concerter nous ébauchâmes les prémices du Haka mais la carrure de Sam ne se prêtait pas à l'exiguïté du bureau. Les bouquins ne tardèrent pas à dégringoler de la table que nos mouvements faisaient cogner dans les murs, qui eux-mêmes vibraient sous nos rugissements. La porte s'ouvrit brusquement.

- J'aurais dû m'en douter ! dit Seif en soupirant.

Derrière lui, Louisa et Steve, les yeux ronds, se montaient sur les pieds pour tenter de voir la scène. Coupés en plein élan Sam et moi nous regardions les nouveaux venus.

- On répétait un Haka, dit Sam avec simplicité.

- C'était çà le fameux Haka ? demanda Steve.

- Nous aussi on veut voir ! renchérit Louisa.

- Et en plus ils sont contagieux, je renonce ! fit Seif en levant les bras en l'air.

Louisa et Steve insistèrent tant et si bien que Sam et moi allâmes à la cuisine plus vaste où nous refîmes la démonstration. Les applaudissements saluèrent notre final et Steve nous demanda de lui enseigner le Haka un de ces jours. Seif secouait la tête en riant. Puis chacun retourna à ses occupations de bonne humeur. Quelle équipe !

Le magasin de Sy est situé sur la rue du Docteur Penfield que j'emprunte toujours pour rentrer chez moi, impossible de passer devant sans m'y arrêter. Sy était comme une espèce de drogue pour moi, beau temps mauvais temps mon meilleur ami était mon point d'ancrage. En y pensant c'était fou. Il était beaucoup plus jeune que moi, mais avec son bon sens et sa maturité j'avais souvent l'impression que c'était lui l'aîné.

- Sy, je vais t'épater aujourd'hui ! claironnai-je en entrant.

- Ouah ! Je demande des preuves Votre Honneur !

- J'ai fait une filature, je l'ai réussie, Seif a pu boucler le dossier et je n'ai pas fait de conneries, enfin presque pas.

- Presque pas…. c'est le moment que je préfère ! dit Sy avec une amorce de sourire.

- Parfaitement ! La connerie c'était avant de commencer à travailler, et ce n'était pas ma faute, enfin pas au début !

- Je me doutais bien que le début de ton histoire ne cadrerait pas avec la fin. Envoie les détails avant que je meure de curiosité fit-il en riant.

- On dirait que Louisa et toi avez des points en commun, déclara Sy à la fin de mon récit. C'est quoi le problème de ton mec, je n'ai pas bien compris son histoire de bottes.

- Qu'est-ce que tu n'as pas compris ? Ce vieux salaud est tombé amoureux d'une pétasse qui pourrait être sa fille et comme il avait besoin d'en parler, c'est à moi la cocue chanceuse qu'il a confié son trop plein de sentiments. Aussi faux-cul que d'habitude, au lieu de me dire qu'il était amoureux d'elle il m'a dit qu'il était tombé amoureux de sa paire de bottes voilà ! Sûrement celle qu'il a emmenée boire un verre à l'hôtel d'ailleurs. Moi je n'ai eu droit qu'aux détails vestimentaires, si j'avais été un de ses copains nullos il m'aurait probablement dit aussi de quelle couleur était son string, ajoutai-je en recommençant à me pomper.

- Peut-être qu'il ne t'a pas parlé franchement pour ne pas te faire de la peine, hasarda Sy.

- Tu ne vas pas me prendre pour une conne toi aussi ? Riad qui aurait peur de me dire la vérité pour ne pas me faire de la peine ? Ça c'est la meilleure ! dis-je en grinçant des dents. Riad n'en a rien à foutre de me faire de la peine, la seule chose qui compte pour lui c'est son nombril et ce qu'il y a autour ! Si Riad ne m'a jamais dit la vérité sur ses putaineries, repris-je, c'est pour deux seules raisons. Primo, j'en sais beaucoup trop sur lui et il a peur que par vengeance je déballe ses combines malhonnêtes, et deuxio parce qu'il n'a pas de couilles !

- Ouais, ça c'est clair. Ce qui l'est moins c'est que ce n'est pas d'aujourd'hui que tu sais que c'est une ordure sans couilles, alors ?

- Ah ! Ne m'en parle pas !

- C'est pas pour changer de sujet mais parlant de couilles, on dirait que tu as sauté un chapitre.

- Quel chapitre ?

- Je te connais, tu ne bois jamais et tu réussis à te soûler juste en regardant l'étiquette d'une bouteille de vin. Comment t'as fait pour bosser après avoir sifflé de la bière ? Et le matin en plus ! Putain, quand tu t'y mets, tu ne fais pas les choses à moitié toi décidément, lança Sy en rigolant.

- Ho ho ! reprit-il en voyant mes joues devenir écarlates, on dirait que le meilleur reste à venir.

- ….

- T'as perdu ta langue ? Ou c'est un passage réservé aux plus de seize ans ?

- Seif nous a surprises en train de crier et de boire. Louisa s'est barrée à son poste. J'allais en faire autant mais Seif m'a chopée au vol, voilà !

- Il t'a engueulée j'imagine ?

- Euh pas exactement, il a fermé la porte de la cuisinette à clé et…. et voilà !

- NON ? Ne me dis pas…. attends, t'as pas fait çà dans la cuisine de l'agence ! dit Sy le souffle coupé.

- Il s'en est fallu d'un cheveu ! dis-je de plus en plus rouge. Heureusement Seif a trouvé la force d'arrêter avant qu'il ne soit trop tard.

- Ah ? Parce que c'est lui qui…. demanda Sy avant d'éclater de rire.

- Oui. Il ne voulait pas que çà se passe à la va vite. Il a dit que lorsqu'on fera l'amour ce sera beaucoup mieux.

- Oh la vache ! Tu avais raison, tu as réussi à m'épater ce coup-ci ! dit Sy en s'asseyant sur des caisses de bières empilées.

- J'avoue que j'ai du mal à te suivre, reprit-il au bout d'un moment. Riad te parle de ces putains de bottes, tu passes la nuit avec lui, tu te réveilles heureuse, tu lui parles et te fâches avec lui. Là-dessus tu débarques au bureau, tu cries et tu pleures, tu te tapes une gorgée de bière et tu passes à un poil de t'envoyer en l'air avec Seif ! Il va falloir que je m'entraîne à la course à pied si je veux pouvoir te suivre toi.

- Tout çà c'est la faute de cette grosse garce ! criai-je soudainement.

- De qui tu parles là ?

- Je parle de Aya, la sœur de Riad. C'est elle qui l'a enroulé autour de son doigt. Elle le manipule depuis des années. C'est elle encore qui a combiné toute cette merde d'histoire d'appartements et ces putains de soi-disant cousines ! Tu parles, depuis que je connais Riad, il n'avait jamais foutu le pied dans le bled pourri où il a acheté ses apparts, et il n'avait pas revu cette partie de sa famille depuis qu'il était ado.

- Mais qu'est ce que çà peut lui foutre à cette tordue si c'est comme tu penses ?

- Elle fait chier son monde depuis que leurs parents sont morts. Elle est seule, elle s'emmerde, elle veut son banquier de frère près d'elle, et surtout elle veut s'assurer qu'il ne restera pas au Canada, c'est pour çà que pour le séparer de moi, elle lui a foutu ses cousines sur sa route. Elle veut Riad là-bas, à ses pieds, prêt à ouvrir son portefeuille et à prendre soin d'elle à la moindre de ses jérémiades. Ghita, la cousine de Riad m'avait déjà mise en garde depuis longtemps. Elle m'avait dit *tout le monde pense que la grosse là-bas n'a qu'un pois chiche dans le crâne et qu'elle est la bonniche de son frère. Tu parles, je la connais depuis toujours, plus sournoise et manipulatrice qu'elle tu meurs ! Elle mijote son coup et un jour ce connard de Riad suivra la route qu'elle aura elle-même dessinée bien des années avant. Contrairement à ce qu'il pense, le boss ce n'est pas lui, c'est elle !*

- Si tu savais tout çà pourquoi tu n'en as jamais parlé avec Riad ? demanda Sy.

- Pourquoi ? dis-je avec un rire ironique qui virait à l'aigu. Qu'est ce que je pouvais faire seule contre toute une meute ? Il a sa clique de copains qui lui disent quoi faire et comment penser et sa sœur qui régente sa vie à sa place. Maintenant apparemment il y a aussi les *cousines* qui lui disent avec qui baiser ! Tu me vois moi, l'étrangère comme ils disent, ouvrir la bouche pour dire la moindre petite chose contre eux et contre elles ? Je n'aurai même pas fini la première phrase que Riad m'aura déjà cassé la figure en disant que ce sont eux qui ont raison, que peu importe si ce sont des cons, des manipulateurs, des putes ou même des criminels, ce sont ses amis et sa famille.

- Bordel, tu sais quoi ? Le jour où tu as rencontré ce mec, tu aurais dû te casser les deux jambes à la place. Deux mois dans le plâtre, mais après tu aurais été guérie et heureuse. Au lieu de çà, tu vis un calvaire depuis presque vingt ans, c'est dingue !

- C'est drôle, quand elle était encore en vie ma mère me disait la même chose.

- Si on est plusieurs à te tenir le même langage, c'est probablement parce qu'on a raison, tu ne crois pas ? dit Sy doucement en me regardant dans les yeux.

- Si ! répondis-je dans un souffle en baissant la tête.

- Tu es sur la bonne voie pour que ta vie change pour le mieux, c'est juste une question de temps. Tu as déjà pris conscience que ta vie avec cette ordure était nulle. Tes yeux et ton cœur t'ont fait réaliser qu'il y a des vrais hommes sur terre Dieu merci ! Comme çà fait vingt ans ou presque que tu manges de la merde, quelques semaines ou quelques mois de plus à patienter ce n'est rien si c'est pour avoir enfin une vie plus belle que ce que tu as vécu ces dernières années. Allez, tiens prends un chocolat et fais moi un sourire, dit-il en me tendant une bouchée de Lindt praliné.

Je laissai fondre cette merveille chocolatée sur ma langue puis je m'approchai de Sy et l'enlaçai fraternellement. Ce type formidable était comme un grand nounours, mais c'était aussi un rocher solide auquel je venais régulièrement m'arrimer.

CHAPITRE 9

Je garai ma voiture au sous-sol de mon immeuble. Au lieu d'aller directement chez moi je fis un arrêt au rez-de-chaussée, direction boîte aux lettres. Rien de nouveau sous le soleil, des factures, des factures, quelques brochures publicitaires, et encore des factures ! Je fourrai le tout dans mon sac, m'arrêtai quelques instants à la réception pour dire bonjour à Colgate et remontai finalement à mon appartement.

Dédaignant les éternelles pizzas congelées, tant qu'à innover je décidai de frapper un grand coup en ouvrant une boîte de chaudrée de clams du Maine que je versai dans un bol et mis à chauffer dans le four micro-ondes. Il n'était que vingt-heures mais le manque de sommeil de la nuit précédente se faisait rudement sentir, aussi je lavai rapidement bol et cuiller, enfilai le haut de mon pyjama et fonçai sous mes draps. À une heure et demie je m'éveillai en état de choc après avoir fait un cauchemar à grand spectacle. Aya, plus grasse que jamais, était assise sur un trône et regardait Riad enchaîné à ses pieds, pendant qu'une horde de *cousines* alignées devant elle comme un troupeau de chèvres scandait Vive le boss ! Vive le boss ! Je me levai pour boire un verre de lait avant de retourner me coucher. Le sommeil ne venait plus. Je repensai à mon cauchemar, puis de là mes pensées glissèrent à ma conversation avec Sy. Quelque chose que je n'arrivais pas à cerner se dessinait en filigrane au fond de ma tête. Je me calai contre l'oreiller de Riad et essayai de me rendormir. Mes paupières se fermaient doucement lorsqu'elles se rouvrirent d'un coup comme des stores. Le malaise que je sentais en arrière-plan dans mes pensées s'accentuait, comme s'il cherchait à voir le jour.

Je fermai les yeux une fois encore et.... Oh ! Bon Dieu, ce n'est pas vrai !.... Non, impossible !.... Pourtant.... je repensai à Riad, à Aya, à Sy.... Le boss n'est pas celui qu'on croit.... pas celui qu'on croit ! Meeeerde ! D'un bond je sortis du

182

lit, attrapai mon portable et sans me soucier de l'heure, je composai le numéro de Seif. Deux heures du matin ! Il n'allait pas sauter de joie en se faisant réveiller à une heure pareille mais je m'en foutais, je devais lui parler tout de suite !

- Zika ?? dit-il la voix ensommeillée.

- Désolée Seif, en me réveillant j'ai pensé à quelque chose de très important. Je n'ai pas pu attendre jusqu'à demain pour vous voir, pour vous le dire, lui dis-je d'une voix oppressée.

- Vous voulez me voir maintenant ? Vous avez envie de faire l'amour ? fit-il subitement réveillé.

Ohbondieu ! Je ne l'avais pas vue venir celle-là !

- Non ! m'écriai-je, enfin si !... *Flûte je suis en train de m'emmêler dans les câbles !*

- Vous n'avez pas l'air très sûre on dirait, dit Seif amusé.

- Attendez, ce n'est pas çà, je veux dire, ce n'est pas pour faire l'amour avec vous que je vous ai appelé c'est….

- Çà me semblait trop beau aussi ! Vous me réveillez en pleine nuit pour me dire que vous n'avez pas envie de faire l'amour avec moi….

- Mais si j'ai envie de faire l'am…. dis-je avec fougue avant de la boucler brusquement.

- J'aime mieux çà ! fit-il enthousiaste. Je serai chez vous dans vingt minutes.

- Mais ce n'est pas pour çà que je vous ai appelé, c'est à cause de la sœur de mon copain !

- Vous m'avez appelé pour me parler de la sœur de votre copain ?

- Oui, à cause de Bilakiev !

- Bilakiev ! répéta Seif comme un automate.

- Mais oui ! m'impatientai-je. J'ai fait un cauchemar à cause de la sœur de mon copain et de ses garces de cousines, alors quand je me suis réveillée j'ai repensé à la conversation que j'ai eu avec Sy et….

- Sy ? Qui est Sy ? demanda Seif, l'air plus perdu que jamais.

- Sy c'est mon meilleur ami depuis des années, dis-je brièvement. On a parlé hier quand je me suis arrêtée à son magasin, c'est pour çà que lorsque j'ai fait ce cauchemar je vous ai appelé tout de suite, pour vous parler de Bilakiev ! Vous comprenez ?

- Zika, en ce moment je n'arrive pas à savoir si je suis réveillé ou si je rêve éveillé ! C'est comme le jour où je vous avais demandé pourquoi vous vouliez devenir détective.

- C'est quoi le rapport ? demandai-je en flottant à mon tour.

- Il n'y en a pas. Mais dans les deux cas vos explications ont été si embrouillées que je n'y ai rien compris ! Je n'arrive pas à faire le lien entre votre meilleur ami, la sœur et les cousines de votre copain, votre cauchemar et Bilakiev.

- C'est pourtant simple, je crois savoir où se trouve Ramsès !

- QUOI ?? demanda Seif estomaqué.

- C'est ce que je me tue à vous expliquer depuis tout à l'heure ! Vous savez le cauchemar, la….

- Stooop ! Ne bougez pas ! me coupa Seif. Le temps d'enfiler des vêtements et j'arrive chez vous, vous pourrez m'expliquer tout çà calmement avant qu'on aille récupérer Ramsès.

- Mais, je ne suis pas habillée….

- Habillez-vous si vous y tenez, quoique personnellement…. *Oups !* Je serai là dans vingt minutes ! dit-il avant de raccrocher.

Merde, c'est moi qui hallucine maintenant ! pensai-je en écoutant stupidement le bip-bip-bip dans l'écouteur. Réalisant enfin ce qu'il venait de dire, je fonçai comme une flèche sous la douche, me séchai avec une serviette éponge tout en courant vers ma chambre. Je saisis au vol une paire de jeans et un t-shirt stretch noir que j'enfilai en vitesse. Je retournai dans la cuisine et me servis un jus d'orange pour me débarrasser des écharpes de brouillard qui faisaient la brasse papillon sous mon crâne. Je faillis lâcher mon verre en entendant la sonnerie de l'intercom et appuyai sur le bouton qui actionnait la porte d'entrée dans le hall de l'immeuble.

Je n'avais pas eu le temps de me coiffer, aussi j'arrangeai mes cheveux comme je le pus en glissant mes doigts dedans. On frappa à la porte. J'inspirai profondément et allai ouvrir. Seif se tenait dans l'encadrement, plus beau et surtout plus dangereusement sexy que jamais. Il portait des jeans, un coton ouaté noir ras du cou à manches longues avec un logo ton sur ton brodé sur le côté gauche de sa poitrine, et des Nike noirs aux pieds. La barbe de trois jours qui ombrait ses joues et son menton le rendait encore plus irrésistible. Look viril, sauvage et sexy. Je m'écartai pour le laisser entrer et refermant la porte derrière lui j'eus la sensation que je laissai le loup entrer dans la bergerie.

- Asseyez-vous je vous en prie. Voulez-vous un café, un thé, un jus de fruit ?

- Un jus de fruit bien froid serait le bienvenu, dit-il en souriant.

- J'aime bien votre appart, reprit-il en saisissant le verre que je lui tendais.

- Pas très grand, rien à voir avec votre villa, mais gigantesque lorsqu'il s'agit d'y faire le ménage, dis-je en riant.

- Peut-être pas très grand, mais meublé avec goût. Moderne, épuré, zen. J'aime çà, fit-il en regardant autour de lui.

- Je vois que vous avez eu le temps de vous habiller, dit-il avec un sourire en coin.

- Oui, de justesse, fis-je en passant machinalement mes mains sur mes jeans et sur mon top pour m'assurer que j'avais bien mes sous-vêt…. *Meeeerde ! Dans la précipitation j'avais oublié de mettre un soutien-gorge !*

Naturellement je piquai un fard sous son regard étonné et plaquai mes mains sur mes seins tout en reculant. Une lueur d'intelligence brilla dans ses prunelles et un sourire se dessina sur ses lèvres.

- J'ai oublié quelque chose, ne bougez pas, je…. je reviens tout de suite ! dis-je en bafouillant et en détalant vers ma chambre.

Un œil sur la porte fermée de ma chambre, j'enlevai mon top en vitesse, bataillai pour agrafer mon soutien-gorge, remis mon t-shirt et revins au salon légèrement essoufflée.

- J'aimais bien avant aussi ! dit-il taquin. Mais rassurez-vous, reprit-il avant que j'ai eu le temps de rougir, ce n'est pas l'endroit idéal.

- Ici, c'est chez vous et aussi un peu chez votre copain, expliqua-t-il en voyant mon expression perplexe. Un endroit où il n'y aura que vous et moi, sans empreintes ou de souvenirs d'un autre ce serait mieux….

- Ou d'une autre ! ne pus-je m'empêcher de répondre tandis qu'un petit pincement m'alarma. *Décidément je deviens folle, au secours ! J'en avais déjà plein les bras avec ma jalousie à l'égard de Riad, je n'allais pas faire un bis avec Seif quand même.*

- Je vis dans la demeure familiale depuis ces dernières années, et aucune femme n'y a dormi ou séjourné. En fait, la seule qui y soit entrée c'est vous ! laissa-t-il tomber.

Je me resservis un autre verre de jus de fruit pour me donner contenance, ne sachant quoi répondre. Je repris place sur le divan à côté de celui où Seif était assis, et tentai d'aborder le sujet de notre rencontre pour alléger la conversation.

- Toujours envie d'avoir des nouvelles de Ramsès ? demandai-je malicieusement.

- Bien sûr, dit-il en secouant la tête vigoureusement, vous m'avez presque fait oublier la raison de ma visite.

- Çà me semblait trop beau aussi ! Vous me rendez visite en pleine nuit pour m'annoncer que vous n'êtes venu que pour discuter du sceau, dis-je en le parodiant.

- Ne recommencez pas à me tenter, répliqua-t-il aussitôt en riant.

- Mon cerveau prend parfois des chemins étranges et sinueux, mais….

- Vous êtes un Poissons, termina-t-il avec un clin d'œil.

- Exact, je suis un Poissons ! dis-je fièrement, je vais essayer de vous expliquer comment j'en suis arrivée à ces déductions.

Je lui brossai rapidement le caractère d'Aya et de ses manigances répétitives. Je lui dis aussi que Riad était quelqu'un qui se montrait très fier et très jaloux de son autorité, clamant à qui voulait l'entendre que lui seul était le maître de sa vie. Pourtant, en fin de compte, ce n'était pas lui le patron, c'était elle !

- Comme j'ai toujours l'affaire Hamad dans un coin de ma tête, poursuivis-je, un parallèle a dû se former à mon insu, mais ce n'est qu'en me réveillant cette nuit que l'idée m'a frappée.

- Quelle idée ?

- Depuis le début nous pensons tous que Horak est le cerveau de l'affaire. Après tout c'est lui le patron de Horak Import, lui qui a rencontré Hamad et imposé ses exigences, lui qui est venu au rendez-vous que Bilal lui a donné mais… dis-je en réfléchissant au fur et à mesure que je parlais.

- Mais ?

- Vous avez fouillé en pure perte son bureau, son domicile et même chez Knox où la première rencontre avec Hamad avait eu lieu.

- Exact, et alors ?

- Alors, il y a un endroit où vous n'avez pas fouillé, où personne n'aurait même eu l'idée de fouiller. Chez Bilakiev !

- Bilakiev ? sursauta-t-il, mais c'est un sous-fifre ! Il n'a pas l'envergure d'un patron, il donne toutes les informations qu'on lui demande dès qu'on l'interroge, bon avec un revolver pointé sur lui c'est vrai, mais…. Bilakiev ! Vous imaginez que Horak aurait confié le sceau à une chiffe molle comme Bilakiev ? Je n'arrive pas à y croire.

- Ce que je pense, dis-je en pesant mes mots, c'est que le patron et le cerveau de toute l'affaire c'est Bilakiev lui-même et non pas Horak comme nous le pensions tous !

Là-dessus je la fermai, laissant Seif digérer les paroles incroyables que je venais de prononcer. Visiblement il était assommé, perplexe, dubitatif. Il ne disait mot, mais j'avais l'impression de voir tous les neurones de son cerveau danser le menuet dans sa tête.

- Écoutez Zika, Horak a pignon sur rue, une grande maison, alors que Bilakiev vit chichement dans un appartement modeste. Horak a une garde rapprochée avec des types qui lui obéissent au doigt et à l'œil tandis que Bilakiev est seul dans sa tanière, dit Seif en essayant de se faire l'avocat du diable.

- Imaginez que j'ai raison, Bilakiev aurait alors toutes les raisons du monde de mettre Horak, son homme de paille, sous les feux de la rampe pendant qu'il tire les ficelles dans l'ombre. En jouant le rôle du sous-fifre il n'a nul besoin d'une escorte armée autour de lui. Qui s'en méfierait, qui aurait l'idée de s'en prendre à lui ? répondis-je.

- Et, continuai-je, pourquoi Bilakiev est le seul de la troupe à ne pas rester dans l'entourage de Horak, pourquoi Horak aurait-il autorisé le seul Bilakiev à s'éloigner de Montréal pour aller à Ottawa alors que Hamad était en ville et que la transaction n'était pas encore terminée ? Enfin, pourquoi c'est Horak qui se déplace pour aller voir Bilakiev au lieu du contraire ? conclus-je en détachant mes mots.

- Stupéfiant ! Je n'arrive pas encore à y croire, et pourtant tout se tient si l'on considère l'affaire du point de vue de Bilakiev. Pourtant….

- Oui ?

- Comment se fait-il que j'ai retrouvé Néfertari dans le bureau de Horak si ce n'est pas lui le grand manitou ?

- Selon ma théorie, çà s'expliquerait facilement. Néfertari se trouvait en possession de Horak parce-que c'est lui qui a rencontré Hamad, il devait pouvoir la lui montrer pour s'en servir d'appât en vue d'obtenir un montant plus élevé pour Ramsès ! martelai-je, sûre de moi en cet instant.

Seif se tut quelques minutes continuant à cogiter en essayant d'étudier toutes les pièces du puzzle. Je profitai de ce répit pour me lever et aller à la recherche de mon paquet de cigarettes. J'allai en allumer une lorsque je suspendis mon geste.

- La fumée ne vous dérange pas j'espère ? Sinon je peux aller sur mon balcon, lui dis-je gentiment.

- Cela ne me dérange aucunement, dit Seif en poursuivant ses réflexions.

Je me gardai de le distraire de ses pensées et allumai une cigarette.

- Renversant ! dit soudain Seif en sautant sur ses pieds et en me soulevant de mon divan. Il me prit dans ses bras, les yeux pétillants d'émotion contenue.

- Zika vous êtes tout simplement étonnante ! fit-il en déposant un baiser rapide sur mes lèvres.

Je me dégageai doucement de ses bras pour éviter que des effusions comme celles qui avaient eu lieu dans la cuisine de l'agence se reproduisent. L'heure n'était pas à la passion mais à l'action.

- Qu'est-ce qu'on fait maintenant, on y va ? lui demandai-je.

- J'appelle Sam immédiatement pour qu'il se tienne prêt, on le ramassera au passage quand nous partirons d'ici, dit Seif en saisissant son portable.

Je le laissai passer son coup de fil et allai dans ma chambre pour prendre une veste en cuir à poches multiples dans lesquelles je glissai les objets essentiels de mon fourre-tout. Comme les nuits étaient plus fraîches la veste en cuir irait parfaitement et je n'aurai pas besoin de trimbaler mon sac encombrant.

Seif avait fini son appel. J'enfilai mes Reebok, pris mon portable et mon trousseau de clés et après avoir éteint toutes les lumières, nous quittâmes l'appartement. Comme sa voiture était stationnée dans la rue, nous sortîmes par le rez-de-chaussée. Dans le hall d'entrée nous nous heurtâmes à Colgate me fixant l'air réprobateur. *Il doit penser que je fais des heures sup en dehors des visites de Riad !*

- Il a l'air plutôt renfrogné votre gardien de sécurité, dit Seif à qui rien n'échappe.

- Il connaît Riad, et c'est écrit en grosses lettres sur son front qu'il vous prend pour mon amant, sinon comment expliquer la présence d'un homme à mes côtés à cette heure de la nuit ! fis-je en tentant de prendre un air enjoué. *Si la chose transpirait, çà promettait encore des moments joyeux avec Riad.*

- Si vous voulez, je peux aller lui dire que nous ne le sommes pas encore, dit Seif pince sans rire.

Je m'efforçai de lui lancer un regard sévère, mais devant son expression espiègle je décidai d'en rire. Dans l'allée qui sinuait entre les pelouses je vis Colgate qui mine de rien était ressorti de l'immeuble sur nos talons. Bordel ! Est-ce-que je suis majeure oui ou on ? Le comportement de Colgate commençait à me faire flipper. Seif actionna le voyant qui commandait l'ouverture des portières de la Mercedes. Avant d'y prendre place je me retournai et vis le gardien qui m'observait en souriant tandis qu'un éclair de compréhension traversait son regard. Il a dû se souvenir de la crise de fou rire de l'autre soir en reconnaissant la voiture, me dis-je. Peut-être que dans son pays les amants ne rigolent pas ensemble !

La montre du tableau de bord indiquait trois heures. Hormis de rares véhicules, les rues étaient vides surtout à Westmount qui est toujours déserte après vingt heures, une fois que les résidents, leur journée achevée, sont rentrés se cloîtrer chez eux.

La porte du garage s'ouvrit dès que Seif effleura la télécommande accrochée au pare-soleil. Nous pénétrâmes silencieusement dans la maison. Sam nous attendait dans le salon, fourbissant son arme et jetant dans un gros sac de sport tous les éléments nécessaires à un pique-nique réussi. Dès qu'il nous vit, il posa un doigt perpendiculaire sur sa bouche en montrant le plafond.

- Je ne voulais pas réveiller Aref, murmura Sam. J'ai glissé un mot sous la porte de sa chambre pour lui dire que vous alliez venir me chercher avec Zika, suite à de nouveaux développements dans l'affaire Hamad, et qu'on l'appellerait plus tard pour lui donner plus de détails.

- Vous avez bien fait, dit Seif sur le même ton, inutile de l'inquiéter outre mesure. Je monte chercher mon arme en vitesse, reprit-il, je ne l'avais pas emportée avec moi.

- Inutile ! Dès que vous m'avez appelé, je suis allé la récupérer dans votre chambre, avec deux boîtes de balles dit Sam.

- Vous pensez à tout décidemment, dit Seif visiblement satisfait des initiatives de son équipier.

- Tout est prêt ! déclara Sam en refermant le sac dont il passa l'anse sur son épaule.

Nous repartîmes tous trois à la queue leu leu, aussi silencieusement qu'à l'aller. Ce ne fut qu'une fois installés dans la Mercedes que Seif expliqua à Sam ce que je lui avais énoncé. Tout comme son patron auparavant, Sam secoua sa grosse tête en signe de surprise et d'incrédulité. Mais lorsque Seif refit pour lui le cheminement de mes déductions, il resta coi pendant quelques secondes avant de se retourner vers moi.

- Mais de quelle planète tu arrives toi ? me dit-il en riant. Étonnante, tu es vraiment étonnante ! Personne n'aurait jamais pensé à un truc pareil et pourtant çà fait un bail qu'on fait ce boulot.

- Je lui ai dit la même chose, fit Seif en me souriant dans le rétroviseur.

- Arrêtez de m'encenser vous deux, sinon mes chevilles vont se mettre à gonfler, dis-je faussement sévère. C'est parce que je disposai d'un atout pour m'aider à trouver la clé de l'énigme, atout que vous n'aviez pas avec toutes vos années d'expérience !

- Ah oui lequel ? demandèrent-ils en même temps.

- Vous ne connaissez pas Aya ! dis-je en éclatant de rire.

Sam me regardait comme si je parlais en dialecte pygmée, aussi Seif entreprit de faire la traduction. En suivant le boulevard Décarie vers le nord, il décida de s'arrêter au service au volant du McDo.

\- J'ai besoin d'un café pour me garder alerte, dit-il, pas vous ?

\- Jamais de café pour moi…. commençai-je

\- Oui je sais, un thé, un jus d'orange et DEUX muffins, coupa Seif avec un clin d'œil.

\- Un muffin suffira aujourd'hui, l'autre c'était juste en signe de protestation, répondis-je en le fixant dans le miroir avec l'air de *tu sais de quoi je parle* !

\- Je suis d'accord pour un café, et même un gros ! fit Sam. J'ai encore des bribes de sommeil qui rôdent sous mes paupières. Quand mon portable a sonné j'ai failli le jeter dans le mur, je ne me suis retenu qu'en voyant affiché le numéro de Seif. Mais quand il m'a dit que tu faisais partie de la fête, ajouta Sam en se tournant vers moi, là je me suis levé d'un bond de mon lit.

\- Bravo, belle mentalité Sam, vous devriez avoir honte ! s'esclaffa Seif.

Nous passâmes notre commande et allâmes nous garer un peu à l'écart sur le parking pour avaler nos petits-déjeuners. Lorsque ce que fut fait, nous repartîmes vers le boulevard Métropolitain direction est. Pendant que la Mercedes roulait silencieusement vers Saint-Léonard, je me remémorai le même trajet effectué avec Riad auprès de moi, ce qui ramena mes pensées vers mon copain. Mon boléro de Ravel à moi quoi ! Il devait sûrement dormir tranquillement à moins que le fait de penser à lui ne le réveille, si le dicton est vrai qui prétend que les oreilles des gens se mettent à siffler lorsqu'on pense à eux en bien ou en mal, auquel cas le pauvre ne devait pas dormir souvent.

La voiture amorça le virage de la sortie Langelier, continua sa route et tourna finalement dans la petite rue où Bilakiev résidait. Nous passâmes une première fois devant le 8718. Toutes les lumières étaient éteintes, ce qui n'avait rien de surprenant vu l'heure. Seif continua à rouler au pas pendant quelques mètres, scrutant les environs. La lueur d'une flamme de briquet sur notre droite, juste après le duplex du Bulgare, troua la nuit deux fois de suite.

\- C'est Tom, dit-il, il nous a vus. Je vais me garer plus loin, on reviendra en passant par l'arrière des maisons jusque chez Bilakiev. Envoyez-lui un message pour le lui dire.

Sam se mit à taper avec ses gros doigts sur les touches minuscules de son téléphone à une vitesse stupéfiante. Il tapait à la manière des ados, ultra vite en n'utilisant que ses deux pouces, chose que je n'avais jamais réussi à faire ! Moi j'étais de l'école *ontapeavectoussesdoigtssurleclavieretlepoucec'estjustepourlesespaces*.

Après avoir vu Bill du même gabarit que Sam, je m'attendais à ce que Tom soit le troisième de la lignée question format. Il n'en fut rien. L'homme que je vis arriver était de taille moyenne, à peine plus grand que moi et plutôt mince. Il n'avait pas dû être nourri avec la même moulée que ses deux compères. Le lampadaire dans la ruelle en arrière n'éclairait pas grand-chose, tout ce que je pus discerner c'est qu'il avait les cheveux châtain moyen et les yeux très clairs, bleus ou verts. Sam fit les présentations.

- Bienvenue au club, j'ai déjà entendu parler de toi, me dit Tom avec un sourire.

- Quoi de neuf ici ? demanda Seif.

- Horak et deux de ses gars sont passés en fin de soirée, vers onze heures. Ils sont restés au salon avec Bilakiev pendant une trentaine de minutes avant de repartir. Je pouvais les voir discuter de la ruelle, mais impossible d'entendre quoi que ce soit avec les vitres fermées. Horak avait l'air nerveux, il s'est levé de son fauteuil à plusieurs reprises. Bilakiev lui était impassible comme un joueur de poker.

Nous nous regardâmes Seif, Sam et moi d'un air entendu. Cette fois encore c'était Horak qui s'était déplacé pour rencontrer Bilakiev.

- Avaient-ils des mallettes, ou un sac ?

- Négatif, tous trois avaient les mains vides à l'aller comme au retour.

- Puisque nous sommes là, vous pouvez aller prendre un peu de repos, lui dit Seif.

- Merci, ce n'est pas de refus ! fit-il en portant deux doigts à son front pour nous saluer avant de tourner les talons.

Une fois Tom hors de vue, Seif s'adressa à nous.

- Bilakiev doit être en train de dormir. La dernière fois on a vu qu'il y avait une autre chambre à côté de la sienne, puis le couloir, le salon-salle à manger, mais je ne me rappelle pas avoir vu quoi que ce soit qui ressemble à un coffre, dit-il en réfléchissant. Si c'est bien lui qui a Ramsès, où peut-il l'avoir mis ?

- Zika, en entrant par le sous-sol, avez-vous remarqué quelque chose ?

- En sortant de la petite salle de toilette, commencé-je en me concentrant pour essayer de raviver mes souvenirs, il n'y a qu'une pièce. Un gros divan, des fauteuils, deux je pense, une table de billard, une espèce de comptoir de bar avec des tabourets hauts sur pattes. C'est à peu près tout ce que j'ai pu voir, mais il faut dire qu'il n'y avait pas beaucoup de clarté et que j'étais surtout concentrée sur ma trouille. Ah oui, il y avait aussi une cheminée devant le divan, et des boules sur le tapis du billard. Je ne me rappelle pas avoir aperçu un coffre.

- On n'a qu'à entrer, surprendre Bilakiev dans son sommeil et lui taper dessus jusqu'à ce qu'il nous dise où il a planqué le sceau, dit Sam, partisan de l'action directe.

- S'il reste campé sur sa position de subalterne, à moins de le découper en lamelles il ne nous dira rien ! répondit Seif de plus en plus soucieux.

- On pourrait peut-être faire comme Sam l'a suggéré, mais sans le tabasser ! dis-je en mettant mon grain de sel.

- Çà nous donnerait quoi ? demanda celui-ci avec l'air d'un pit-bull à qui on aurait enlevé l'os qu'il s'apprêtait à ronger.

- Je me disais que si on ne peut ni le tabasser, ni le torturer, on pourrait juste le mettre hors d'état de nuire, le ficeler serré et passer sa baraque au peigne fin. Le sceau est forcément quelque part. Même s'il nous faut des heures, on finira bien par le trouver ! dis-je enthousiaste.

- Dans un sens, on n'a rien à perdre. Bien, il faut qu'on soit synchronisés. Pour bénéficier au maximum de l'effet de surprise, on va entrer en même temps. Sam, vous vous chargez de la porte principale, moi j'entrerai par la véranda et la porte d'en arrière.

- Et moi alors ? demandai-je offusquée d'être tenue à l'écart.

- Vous, vous restez dehors, répondit Seif, Bilakiev peut réagir brutalement. On ne sait pas s'il est armé, mais une chose est sûre, vous vous ne l'êtes pas !

- Mais….

- Seif a raison, c'est pour te protéger tu sais, dit Sam en me donnant une tape affectueuse sur l'épaule.

- Bon, bon ! grommelai-je en tirant un coup de pied dans une motte de terre qui s'en alla voltiger plus loin.

- On y va ! dit Seif. Il est presque quatre heures, on n'a pas beaucoup de temps devant nous. Il faut essayer d'en finir avant que le voisinage se réveille.

Nous rasâmes les murs arrière jusqu'au duplex du Bulgare, trois maisons plus loin. Aucune lumière en vue. Seif nous demanda de couper la sonnerie de nos portables pendant qu'il en faisait autant. Du doigt il me signe de me poster dans l'allée de côté, lieu de mes précédents exploits, et enjoignit silencieusement à Sam de se diriger vers l'avant. Seif attendit qu'il ait tourné au coin de la maison pour grimper les marches de la véranda.

Je me morfondis, frustrée de ne pas avoir pu aller avec eux, et aussi vaguement inquiète de me retrouver tout seule dans l'allée obscure. La dernière fois au moins je savais que Riad n'était pas loin. Riad ! S'il savait où j'étais en ce moment il s'arracherait les tifs. Je me mis à sourire toute seule dans le noir. Des cris et des bruits de lutte provenant de l'intérieur de la maison me ramenèrent sur terre. Une fenêtre s'éclaira au-dessus de ma tête. La chambre de Bilakiev. Sam et Seif étaient sur place maintenant. J'essayai de me mettre sur la pointe de mes baskets pour tenter de voir quelque chose, mais c'était trop haut. Je me mis à faire les cent pas dans l'allée. Aucun coup de feu n'avait été tiré depuis qu'ils étaient entrés là-dedans. Le Bulgare devait être ficelé à présent.

Je mourrai d'envie d'entrer à mon tour, mais au fond de moi j'avais un peu peur de la réaction de Seif. Après tout, c'était mon patron et je devais lui obéir. Je repris mes allers-retours le long du mur. Je consultai ma montre qui m'annonça cinq heures moins le quart. Le jour n'était pas encore levé mais la voûte céleste commençait à s'éclaircir tranquillement. S'ils doivent retourner chaque centimètre carré de cette bicoque, ils vont en avoir pour la journée, me dis-je en tapant du pied. Un frémissement familier glissa le long de ma colonne vertébrale, signe que ma patience était à bout et que je ne tarderai pas à faire quelque chose, n'importe quoi, une connerie de préférence ! Au risque d'encourir les foudres de Seif, je décidai d'entrer à mon tour dans la demeure de Bilakiev. La question à présent était de savoir si je suivrai le chemin de Sam ou si je passerai par la véranda. Je pesai le pour et le contre et décidai finalement de me diriger vers l'avant de la maison lorsque je distinguai la fenêtre de la salle de bains au sous-sol. Je m'arrêtai net, comme un cheval devant l'obstacle. J'appuyai ma main sur la vitre qui s'ouvrit sans effort. Elle n'était que poussée. Il ne me fallut que quelques secondes pour me décider.

Retrouvant mes gestes de la dernière fois, je rampai en reculant, amorçai ma descente à l'intérieur en prenant garde cette fois de ne pas foutre le pied dans les chiottes. Dire que je me sentais à l'aise serait mentir, par contre je ne ressentais pas la frousse que j'avais eu la fois d'avant car je savais que des alliés étaient là quelque part, pas loin. Je poussai doucement la porte qui communiquait avec la salle principale et avançai avec précaution. J'avais fait deux mètres lorsque le pan de ma veste accrocha un des hauts tabourets qui vint heurter le comptoir en bois. J'entendis des pas précipités en provenance de l'étage et allai m'avancer pour dire que ce n'était que moi, mais je n'en eus pas le temps. J'entendis un *pop !* et une balle vint se ficher dans la table de billard. Je distinguai des pieds, puis des jambes amorcer la descente de l'escalier.

- Hé ne tirez plus. C'est moi ! dis-je précipitamment avant que des coups de feu plus précis n'endommagent mon anatomie.

Une kyrielle de jurons me répondit me laissant sans voix. Je n'aurais jamais pensé que Seif connaisse autant de gros mots. Il vola au-dessus des marches, traversa la grande salle au pas de charge, et me saisissant aux épaules se mit à me secouer comme un fou. Mais cette fois-ci il n'avait pas l'air de vouloir enchaîner avec un baiser fougueux.

- Qu'est-ce que vous foutez ici ? Je vous avais dit d'attendre dehors ! jeta-t-il furax.

- J'avais peur toute seule dans le noir, fis-je d'une petite voix en faisant de mon mieux pour être convaincante.

Ma réponse lui coupa le sifflet et il s'arrêta de me secouer.

- Peur toute seule, dit-il ironiquement. Vous avez un aplomb d'enfer, reprit-il en fulminant. J'ai tiré en pensant qu'un sbire de Bilakiev était caché au sous-sol. J'aurais pu vous blesser, en êtes-vous seulement consciente ? Moi qui vous croyais sagement à l'extérieur. Sagement, mais qu'est-ce que je raconte ! fit-il en se tapant le front.

- Il faut croire que ce n'était pas mon heure, dis-je d'une voix légère. Bon, puisque je suis à présent sur place je peux vous donner un coup de main pour chercher Ramsès. Dans quel coin voulez-vous que j'ailler fouiller ?

- Sam a déjà fouiné dans le salon-salle à manger et moi dans les chambres, fit-il lorsqu'il eut retrouvé l'usage de la parole. On n'a rien trouvé ! On se dirigeait vers le sous-sol quand on a entendu du bruit.

- On parle de moi ici ? dit Sam qui descendait l'escalier à son tour. Il s'arrêta net en me voyant. Comment diable as-tu… commença-t-il en essayant de ne pas pouffer de rire sous le regard furieux de Seif.

- Elle a pris goût à l'alpinisme apparemment ! jeta celui-ci en secouant la tête.

- Puisque vous en étiez au sous-sol, çà tombe bien, on y est maintenant, il ne reste plus qu'à chercher, dis-je en joignant le geste à la parole. Le Bulgare n'a rien dit qui pourrait nous aider par hasard ?

- Il a essayé d'attraper son flingue sur sa table de chevet lorsqu'on est entrés dans sa chambre, dit Sam mais je l'en ai dissuadé en lui collant le mien sous le nez.

- Quand il nous a reconnus, poursuivit Seif, il a juste soupiré encore vous, qu'est-ce-que vous voulez à la fin ? Je ne lui ai pas demandé si c'était lui qui avait Ramsès, je lui ai demandé de me dire où il l'avait planqué.

- Et alors ?

- Il a recommencé à jouer à celui qui ne savait rien, cependant un je ne sais quoi dans son regard m'a donné à penser qu'il en savait plus long que ce qu'il prétendait.

- Alors je lui ai dit puisque vous refusez de collaborer, enchaîna Sam, on va le trouver nous-mêmes et là-dessus je lui flanqué un grand coup sur le crâne.

- Sam l'a ficelé dans son lit et on a commencé à fouiller, conclut Seif.

- Eh bien fouillons ! fis-je en allant en arrière du bar.

Durant la demie-heure qui suivit, nous retournâmes la totalité de la salle, vidant les étagères à l'arrière du comptoir, soulevant les coussins du divan et des fauteuils. Il y avait une petite porte contre la paroi de l'escalier que je n'avais pas remarqué lors de ma première visite. Quand Sam l'ouvrit, un fatras de valises, de dossiers et d'objets hétéroclites nous tomba dessus. C'était un petit cagibi qui servait de débarras et où le Bulgare avait entassé pêle-mêle tout ce qui l'encombrait. Accroupis tous les trois, nous épluchâmes le tas devant nous, walou[14]!

Seif était à bout de nerfs et semblait désemparé. Sam remonta à l'étage visiblement décidé à s'occuper de plus près de Bilakiev. Seif et moi le suivîmes pour nous assurer qu'il ne le mette pas en miettes.

- Vous n'avez rien trouvé je parie ! Je vous avais bien dit que je n'ai pas ce que vous cherchez, claironna le Bulgare.

- Ta gueule ! cracha Sam en lui balançant un coup de poing dans la figure.

Je me tenais dans l'embrasure de la porte de sa chambre, et je me dis qu'à force de lui taper dessus on allait finir par le rendre idiot. Je tirai Seif par la manche et lui fis signe de me suivre dans le couloir.

- Je n'ai pas pensé à vous poser la question avant, mais de quelle dimension est ce sceau ?

- ….?

- Je veux dire est-ce qu'on cherche un truc qui a la taille d'une marmite ou d'une pastille pour la gorge ?

- Le sceau complet doit faire environ dix centimètres de long sur six de large et à peu près quatre centimètres d'épaisseur, épaisseur réduite de moitié puisque Néfertari a été retirée, dit Seif en regardant autour de lui. Vous avez une idée ?

- Non, mais c'est plus facile de savoir où chercher si on connaît la taille de l'engin.

---

[14] walou : rien, en arabe

Un bruit de claques qu'on distribuait à la volée nous fit courir vers la chambre de Bilakiev. Sam, à bout de patience, était en train de le gifler à tour de bras pour lui faire reprendre conscience. *J'espère que ce ne sera pas lui qui devra me réveiller si je m'endors un jour au boulot.* Le Bulgare avait rouvert un œil tuméfié, mais son visage avait maintenant toutes les apparences d'un steak tartare, sans les condiments.

- Tu te décides à parler ou tu veux que je continue ? tonna Sam.
- Mais puisque je vous dis que je ne sais rien, chevrota Bilakiev.

En tournant la tête pour éviter le poing de Sam il m'aperçut près de Seif. Son visage refléta un étonnement total jusqu'au moment où les fils de transmission de son cerveau se reconnectèrent.

- Vous ! C'est vous la sale garce qui m'avez entraîné à l'extér….
- Sois poli avec les dames ! dit Sam en lui fermant la bouche d'un coup de poing.

Je regardai Bilakiev qui crachotait du sang en me fixant d'un regard haineux. Sam se mit à rire.

- Si tu voyais ta gueule ! On dirait la mère-grand après que le loup l'ait embrassée !
- J'ai déjà vu des grands-mères avec une tête plus sympa, dis-je en pensant à la mienne.

Ma grand-mère paternelle était une femme spéciale. Très peu d'instruction faute de moyens car ses parents était de condition modeste, mais une intelligence hors du commun. Elle avait travaillé dur et avait su utiliser ses contacts pour monter un magasin de meubles et d'antiquités qui au fil des ans lui avait rapporté une petite fortune. En avance sur son époque, elle avait cependant gardé des habitudes de sa jeunesse, et toutes sortes de manies désuètes.

On avait beau dire ou faire, elle répugnait à changer ses méthodes. Elle avait la même coupe de cheveux depuis des années et n'achetait ses vêtements que dans les boutiques où chic et classe étaient les mots clés. Sur le tard lorsqu'elle eut amassé beaucoup d'argent, elle avait fini par le mettre à contrecœur dans un compte bancaire, mais elle gardait toujours sur elle, dans une poche cousue sur sa gaine une somme importante en espèces. De même, après avoir vu à la télé tous les hold-up qui avaient eu lieu dans des banques, elle refusa tout net de mettre ses bijoux dans un de leurs coffrets de sûreté arguant que chez elle ils seraient plus à l'abri, au grand dam de mon père qui s'évertua en pure perte à la faire changer d'avis.

Fine mouche, elle dédaigna les cachettes ordinaires comme les dessous de matelas, les tiroirs et les caches en arrière des tableaux qui ornaient les murs de son appartement. Ce fut moi, en visite chez elle, qui trouvai accidentellement sa planque en allant chercher des glaçons pour ma limonade. Je me souvins de ma mine intriguée lorsqu'en démoulant les cubes de plastique je vis des tâches de couleur au centre des glaçons. J'avais fait couler de l'eau chaude dessus et avais découvert ébahie des bagues et des boucles d'oreilles en diamants, des émeraudes et d'autres pierres précieuses dont j'ignorais le nom à l'âge de treize ans. Je m'étais enfuie en courant vers le salon où m'attendait ma grand-mère et…...

- Ma grand-mère ! m'écriai tout à coup, émergeant de mes souvenirs de jeunesse.

- Où ça ? Quelle grand-mère ? me demanda Seif alors que trois paires d'yeux convergeaient vers moi.

- Je pensais à ma grand-mère, dis-je surexcitée tout à coup, puis sans transition je m'adressai à mes partenaires.

- Avez-vous fouillé la cuisine ?

- Quoi maintenant ? Vous allez faire la popote ? demanda Bilakiev ironiquement.

- Toi la ferme on t'a dit ! jeta Sam en lui balançant une autre mandale.

- J'ai regardé dans les placards, dit Sam en se tournant vers moi, mais il n'y avait que des casseroles et une vaisselle merdique dedans.

- Je reviens tout de suite ! dis-je avant de m'élancer hors de la pièce.

Seif m'emboîta aussitôt le pas, intrigué. À peine arrivée dans la cuisine, j'ouvris la porte du frigo, regardai sur les étagères et sortis les tiroirs que je vidai dans l'évier. Dominant ma répugnance je me mis à fouiller dans les légumes couverts de moisissure sans rien trouver, me lavai soigneusement les mains, puis ouvris la porte du congélateur logé dans la partie supérieure du réfrigérateur. Outre quelques barquettes de viande, se trouvaient une dizaine de contenants en plastique transparent de différentes tailles, sur lesquelles on avait écrit hâtivement au stylo feutre sauce à spaghettis, ragoût de bœuf, boulettes de viandes….

Je laissai de côté les pots qui me semblaient trop petits et jetai mon dévolu sur les trois derniers qui me semblaient de la bonne taille. Fébrile, j'ôtai les couvercles, et disposai les pots dans l'évier que j'emplis d'eau chaude. Seif me regardai faire, hypnotisé par mes gestes sans oser m'interrompre. Lorsque l'évier fut plein, j'allumai une cigarette et attendis. Il me regardait avec les prunelles en forme de point d'interrogation.

- J'attends que çà décongèle un peu, lui dis-je simplement.

- Vous avez faim ? demanda-t-il désorienté.

- Pas vraiment non, dis-je avec un sourire énigmatique.

Je saisis deux grosses cuillères qui traînaient sur l'égouttoir à vaisselle et en remit une à Seif qui la prit d'un geste automatique sans trop savoir quoi en faire. J'entrepris de gratter la sauce à spaghettis qui commençait à se ramollir en lui demandant d'en faire autant avec le pot de ragout. Nous étions en train de racler le contenu des contenants en plastique lorsque soudain j'éclatai de rire. Seif s'interrompit dans sa besogne et me regarda, de plus en plus perplexe.

- J'étais en train de me dire que le métier de détective mène à tout, dis-je sans pouvoir m'arrêter de rire en voyant la tête de Seif qui devait penser que ma cervelle pédalait en roue libre.

Je remuai le magma encore à moitié congelé en serrant les dents. Je ne voulais pas lui faire de fausse joie au cas où je me serais plantée dans mes déductions. La cuillère toucha enfin le fond du pot et je poussai un soupir de déception. Rien ! Je dis à Seif de ne pas se préoccuper de moi alors qu'il me couvait d'un regard inquiet et j'attrapai le troisième contenant en plastique. Une sorte de frénésie s'était emparée de moi tandis que je plantai la cuillère pour briser les copeaux de glace qui s'étaient formés à la surface.

- Ma cuillère a touché le fond, qu'est ce que je fais maintenant ? demanda Seif.

- Rien, videz simplement le contenu dans l'évier !

La rage montait maintenant à l'assaut de mes narines. On avait cherché partout, il

fallait que Ramsès soit ici, il le fallait ! pensai-je en donnant de vigoureux coups de cuillère. Je remis un peu d'eau chaude dans le pot. Seif ne disait mot, mais il sentait la tension qui régnait dans la pièce. J'étais à peu près à la moitié et je ne sentais toujours rien d'anormal. Des larmes d'énervement glissèrent sur mes joues que j'essuyai d'un revers de bras rageur. Je sentis la main de Seif se poser doucement sur mon cou. J'allai abandonner et me blottir dans ses bras à la recherche de réconfort lorsque ma cuillère rencontra une surface dure. Survoltée, je refis couler de l'eau chaude et en appuyant sur les parois du contenant je réussis à démouler la masse brunâtre. Dirigeant le jet d'eau chaude dessus je restai penchée sur l'évier comme si j'attendais qu'il se transforme en or. Seif sentit que quelque chose se passait et émit un *Oh Bon Dieu !* sonore lorsqu'au milieu de la masse brune nous vîmes une parcelle brillante.

- Zika, ne me dites pas que…

- Si, c'est Ramsès ! fis-je émue aux larmes en lui tendant le sceau qui venait de se libérer de sa gangue de sauce.

Nous ne pouvions détacher notre regard de la masse d'or que Seif tenait dans ses deux mains réunies en conque. Au bout d'un moment nos regards se rencontrèrent et ce que nous y découvrîmes nous souda d'une façon inimaginable.

- J'ai l'impression d'avoir assisté à une naissance, dit-il enfin de sa voix rauque voilée par l'émotion.

Je ne pus qu'acquiescer en silence en l'étreignant, le sceau entre nos deux corps, ma gorge serrée refusant de laisser filtrer la moindre parole. Le bruit d'une portière de voiture qui claqua chez le voisin nous fit sursauter. Je pris délicatement le sceau des mains de Seif, l'emballai soigneusement dans des essuie-tout en papier que j'arrachai du distributeur mural, et le lui remis.

- Je vous en prie allez vite mettre Ramsès en sécurité dans la Mercedes. Je vais chercher Sam, le temps de s'assurer que le Bulgare ne puisse donner l'alerte tout de suite, on vous rejoint à la voiture, dis je d'un ton suppliant.

Après toutes ces recherches et tous ces efforts je n'avais qu'une idée en tête, sortir le sceau d'ici et le mettre en lieu sûr.

- Vous êtes sûre que çà va aller ? demanda Seif.

- Oui oui, allez-y, on sera là dans cinq minutes, lui dis-je en le poussant vers la porte de la véranda.

Dès qu'il sortit, je courus à la chambre. Sam m'interrogea du regard lorsqu'il me vit dans l'encadrement de la porte. Je m'avançai dans la pièce et lui murmurai à l'oreille.

- Reste flegmatique surtout, Seif nous attend dans la voiture avec le sceau !

Il fut à la hauteur et n'eut pas la moindre réaction au point que je me demandai s'il m'avait entendue. Je le regardai et vis que ses prunelles brillaient d'un éclat inhabituel. Il battit des cils pour me faire comprendre qu'il avait capté le message.

- Assure-toi que ce fumier est attaché solidement, repris-je à voix haute, et prend tes affaires, le patron a décidé qu'on s'arrache !

Après nous être assurés que nous n'avions laissé aucun indice permettant de nous identifier, Sam se rapprocha de Bilakiev qui nous fixait férocement à travers ses paupières tuméfiées. Il lui balança un dernier coup de poing dans la figure qui manqua lui arracher la tête, vérifia la solidité de ses liens, prit son sac, puis nous hissâmes les voiles.

Évitant l'entrée principale maintenant qu'il faisait presque jour, nous sortîmes par la véranda et nous nous mîmes aussitôt à courir dans l'allée latérale pour regagner la rue où Seif nous attendait. Plus entraîné que moi, Sam m'avait distancé d'une bonne vingtaine de mètres et était déjà parvenu au trottoir. En soufflant comme un phoque, je débouchai enfin de l'allée. J'eus à peine le temps de voir cent mètres plus loin la Mercedes qui venait à notre rencontre avant qu'un mec ne me barre le chemin. Baraqué, il n'avait pas l'air commode et la balafre qui traversait sa joue de la lèvre supérieure à l'oreille ne faisait rien pour lui donner un air plus sympa. Un écouteur vissé dans son oreille il marmonna quelque chose. J'essayai de le contourner.

- Bouge plus ! Toi tu viens avec moi ! dit-il en m'attrapant par l'épaule et en essayant de me pousser vers une vieille Toyota rouge garée le long du trottoir.

- Lâchez-moi tout de suite ! criai-je en essayant de me dégager.

- Tiens-toi tranquille ou sinon…. gronda-t-il en sortant un revolver.

Au son de ma voix, Sam s'était retourné. Lorsqu'il comprit ce qui se passait, il adressa un signe à Seif et sortant son arme se mit à courir vers moi. Le bras du type se leva et il pressa sur la détente. Sam roula au sol, touché. La Mercedes fit un bond en avant.

- Sam ! Nooooooon ! criai-je en pleurant et en me débattant pour le rejoindre.

La Mercedes s'arrêta à sa hauteur. La vitre avant se baissa et la main de Seif pointa un revolver dans notre direction. Le type m'attrapa par les cheveux et me tira vers sa voiture. En me tournant je vis Sam se relever péniblement et se hisser dans la Mercedes. Son pantalon était tâché de sang au niveau de la cuisse, mais Dieu merci il était vivant ! Se servant de moi comme d'un bouclier, l'homme tira vers la Mercedes dont un des phares vola en miettes, puis il ouvrit la portière arrière de sa bagnole, me poussa brutalement sur la banquette avant de s'asseoir au volant et de démarrer en faisant hurler ses pneus. Me redressant, je risquai un œil par la lunette arrière. Sam la moitié du torse hors de la fenêtre brandissait son flingue tandis que Seif essayait de nous coller à la roue. Tremblant convulsivement, j'étais partagée entre l'envie de voir Sam tirer sur le type pour me sauver, et la trouille qu'une balle perdue me traverse le crâne. Mon agresseur parlait à son interlocuteur à voix basse dans son portable et roulait à une vitesse démentielle, brûlant tous les feux rouges, manquant nous faire retourner plusieurs fois comme une crêpe. Les maisons et les bâtiments défilaient à toute allure tandis qu'il prenait la sortie pour Métropolitain en direction ouest.

- Qui êtes-vous ? Où m'emmenez-vous ! demandai-je au bord de la panique.

- Ferme-là tu le verras bien ! cracha l'homme sans tourner la tête, avant de continuer à parler dans son micro.

Un panneau indiquait la prochaine sortie pour le boulevard Pie IX et je fermai les yeux en voyant que mon kidnappeur allait s'engager dans la courbe sans même ralentir. Une Chevrolet rouillée et toute déglinguée attendait sagement au feu rouge. Sans lever le pied, l'homme fonça entre elle et le muret de protection qui surplombait le Métropolitain, la projetant au-delà du carrefour. Je me retournai. La Mercedes était toujours derrière nous. La course folle continua sur Pie IX que nous dévalâmes plein sud. Je me demandai où ce type allait m'emmener lorsque je me souvins que les bureaux de Horak n'étaient pas loin d'ici. Je tentai de rassembler mes idées. Qu'est-ce que çà voulait dire ? Sachant maintenant que Bilakiev était le cerveau de l'affaire, pourquoi aller chez Horak ? De plus Bilakiev n'avait pas eu le temps de dire à ses comparses que le sceau avait été volé puisque nous l'avions laissé ficelé et hors d'état d'appeler qui que ce soit !

Bon sang, où ce mec avait-il l'intention de m'emmener, et pourquoi moi ? À quelques encablures du boulevard Industriel un camion-citerne de la ville déboucha d'une rue transversale en arrosant la chaussée pour la nettoyer. Brûlant une fois encore le feu rouge, mon chauffeur fit une embardée à la dernière minute pour contourner le camion citerne évitant de justesse une fourgonnette qui remontait le boulevard dans la voie opposée. Un violent crissement de freins suivi d'un bruit de tôle froissée me fit me retourner brusquement. Seif avait fait la même manœuvre, parvenant à contourner le camion-citerne mais la Mercedes beaucoup plus large n'avait pu éviter la fourgonnette dont elle percuta l'avant. *Meeerde !* Le fou furieux qui pilotait la Toyota appuya encore sur l'accélérateur augmentant la distance avec ses poursuivants.

Tournée vers l'arrière, je vis au loin Seif sortir de sa voiture, inspecter rapidement les dégâts, parler au chauffeur de la fourgonnette avant de se remettre en chasse. J'espérais que personne n'avait été blessé. Finalement le débile prit le virage sur deux roues pour tourner sur le boulevard Industriel. Quelques mètres plus loin, il s'engouffra sur le parking de Horak désert en dehors d'un 4x4 BMW blanc. Un homme sortit du côté conducteur, ouvrit ma portière à toute volée et me fit descendre de voiture sans ménagement. La

Toyota repartit aussitôt. Pourvu que Seif et Sam ne la suive pas en pensant que j'étais encore dedans. L'homme qui me tenait par le bras remonta la grande porte de l'entrepôt. Le 4x4 s'engouffra aussitôt à l'intérieur. Il me poussa en avant et la porte s'abaissa derrière nous avec un grincement.

Une odeur insoutenable de poissons régnait à l'intérieur. Deux grands bassins rectangulaires d'environ un mètre et demi de haut entourés de travées encombrées de caisses en plastique occupaient la plus grande partie de la pièce. L'un d'eux était vide tandis que l'autre grouillait de pieuvres et de calmars gluants qui se mouvaient en faisant un bruit de succion.

Un autre homme descendit à son tour du 4x4. Je ne pus retenir une exclamation lorsque je vis Hamad s'approcher de nous. Bien campé sur ses pieds, il enleva ses Ray-Ban et me fixa tranquillement.

- Chère Zika, encore en train de vous dégourdir les jambes avant d'aller travailler ? dit-il ironiquement.

Je ne répondis rien, encore ahurie de le voir en face de moi. Qu'est-ce qu'il foutait ici ? Les pensées s'entrechoquaient dans ma tête, parmi lesquelles une concernant mon avenir immédiat qui ne s'annonçait pas en couleur.

- Comment savez-vous mon nom ? Et vous-même que faites-vous ici ? demandai-je avec un aplomb que j'étais loin de ressentir.

Son rire puissant résonna dans la pièce tandis qu'il s'adressait à son complice qui restait à l'écart.

- On peut dire qu'elle ne manque pas d'air !

- Trêve de plaisanteries, reprit-il en se tournant vers moi. Je suis ici pour rencontrer Horak une fois de plus, et récupérer le sceau qu'il s'est enfin décidé à me vendre.

- Qu'est-ce que j'ai à voir dans tout çà ? Pourquoi m'avoir enlevée pour me conduire ici ?

- Des hommes à moi sont postés dans tous les endroits où Horak a mis les pieds ces dernières semaines, pour le tenir à l'œil et m'informer de ce qu'il fabrique. Garé devant le duplex à Saint-Léonard, le type qui vous a emmenée ici a vu un homme s'enfuir en courant de chez Bilakiev. En allant voir ce qui se passait, il est tombé sur vous, et sur mes instructions il vous a ramenée ici.

- Encore une fois, pourquoi moi ?

- C'était trop tard pour choper le gars qui s'est barré, mais puisque vous étiez ensemble vous allez pouvoir me renseigner.

- Vous renseigner, mais sur quoi grands dieux ? Je n'ai rien à voir avec vos histoires.

- Ah non ? Expliquez-moi pourquoi je vous trouve toujours sur mon chemin. Qui est le type qui s'est enfui de chez Bilakiev ? Qui est celui qui l'attendait au volant d'une Mercedes ?

- Je vous ai rencontré par hasard au Bonaventure, je venais de rendre visite à une copine qui travaille là-bas et…

La gifle que Hamad me balança me coupa le souffle.

- Je vous ai posé des questions précises ! dit-il l'air mauvais. Je vous conseille d'y répondre en vitesse si vous ne voulez pas que les choses tournent mal pour vous.

Fini le gentil et souriant Hamad qui avait partagé son taxi avec moi. J'avais en face de moi un homme dur, déterminé, qui n'avait pas l'air de plaisanter. Je devais gagner du temps en attendant que Seif et Sam arrivent à ma rescousse. Une autre gifle atterrit avec force sur ma bouche fendant ma lèvre. Je sentis le goût du sang sur ma langue et la rage me reprit.

- Si vous m'interrompez chaque fois avec vos baffes….

- Je vous écoute !

- J'ai essayé de vous dire que je vous ai rencontré par hasard, en allant rendre visite à une amie. J'allais rentrer chez moi quand mon copain m'a appelée pour m'inviter à dîner chez Alphonse. D'ailleurs, vous le savez bien puisque vous m'avez entendue lui parler, on est même allés ensemble au restaurant.

- Admettons. Qui est votre copain ? Que fait-il ?

- Il travaille dans une agence immobilière, improvisai-je. Il achète et vend des maisons, des commerces et… je m'interrompis en baissant la tête devant Hamad qui levait le bras pour me foutre une nouvelle claque.

- Vous me prenez pour un imbécile? Que foutait votre agent d'immeuble ici même il y a deux semaines quand vous m'avez tiré dessus et que vous avez cassé la gueule à deux de mes hommes ? dit-il en s'échauffant à mesure qu'il parlait.

- Moi ? Je n'ai jamais tiré sur personne, je ne sais même pas me servir flingue ! Quant à casser la gueule à quelqu'un…. Hé dites vous m'avez regardée ? fis-je en reprenant du poil de la bête, vous pensez vraiment que je serais de taille face à vos types s'ils sont du même gabarit que le gorille qui m'a traînée ici ?

- Vous avez fini votre numéro ? demanda Hamad. Je vois que vous n'avez pas bien compris !

- Sven ! appela Hamad en se tournant vers le 4x4.

La portière arrière s'ouvrit et un homme en sortit. Mon gosier se coinça et mes jambes se mirent à trembler sous moi. Le Sven en question n'était nul autre que le type que j'avais kiiiaaiiié l'autre soir. Il portait un bandage sur son crâne partiellement rasé, souvenir du coup de latte de bois que Riad lui avait flanqué sur la tête. Il s'avança vers nous en me fixant avec l'air sympa du gardien de prison qui vient de s'apercevoir que tous ses pensionnaires s'étaient évadés.

La peur me coupait le souffle et brouillait tous mes signaux. Bon Dieu, qu'est-ce que foutaient Seif et Sam ? Et quelle saloperie de mouche m'avait piquée pour que j'ai eu l'idée de faire un boulot pareil ? Je regardai mes adversaires en me demandant s'ils allaient me descendre.

- Peut-être qu'un bain lui rendrait la mémoire, dit pensivement Hamad en me fixant. Allez-y ! ordonna-t-il à Sven en désignant le bassin des pieuvres.

Lorsque je compris ce qu'ils avaient l'intention de faire, je reculai d'un pas, me pris les pieds dans une caisse en plastique et tombai sur le derrière. Sven me souleva comme une plume et sans hésiter me balança au milieu des bestioles. Sur le moment, je n'eus pas mal. C'était plutôt moelleux comme sensation, mais la texture gluante sur laquelle j'étais allongée sans parler de l'odeur me souleva le cœur. J'ouvris la bouche pour hurler, mais Sven appuya sur ma tête jusqu'à ce que ces mollusques dégueulasses la recouvrent. Cette ordure me maintenait fermement, je me démenais mais je n'avais aucun appui sur cette masse molle et toujours en mouvement. Je battis des jambes mais l'air commençait à me manquer. Je décidai de jouer l'évanouie, levai encore une fois le bras puis le laissai retomber en retenant ma respiration. J'espérais qu'ils n'allaient pas me laisser là-dessous dans l'espoir de me voir battre un record Guinness de plongée en apnée.

Au bout de ce qui me sembla un siècle quelqu'un m'agrippa par le bras pour me tirer vers l'extérieur du bassin. Me concentrant pour ne pas vomir en sentant le liquide gluant de ces animaux s'insinuer dans ma bouche et mes narines, je clignai des yeux plusieurs fois, n'arrivant pas à décoller mes cils et fut prise d'un hoquet. Je n'eus que le temps de pencher ma tête en avant et vomis sur les pieds de ce Sven qui se mit à jurer. Hamad me passa un mouchoir avec lequel je m'empressai d'essuyer mes yeux et ma figure. Sven, l'air de plus en plus mauvais s'approcha de moi. Je crus qu'il allait me re-balancer dans le bac à mollusques. *Tout mais pas ça !* Je jetai un coup d'œil vers Hamad qui semblait jubiler.

Sven leva le bras, alors je me décidai. Perdue pour perdue, je fonçai sur lui. Je croyais avoir mis toute ma force dans mon coup de pied la dernière fois, mais je me trompai. Essayant de ne pas déraper avec les semelles de mes baskets imprégnées de bave, je trouvai mon équilibre et lui décochai un mawashi tel que son visage n'en avait jamais reçu avant. Il vacilla sur le côté. Mue par une trouille irraisonnée je saisis ce qui restait de sa tignasse et frappai son visage à grands coups rageurs sur le rebord du bassin.

Un craquement effroyable de ferraille tordue résonna dans la salle et des coups de feu retentirent. Je tournai la tête en direction du bruit. Un gros pick-up rouge venait de défoncer la porte coulissante. Hamad leva son arme et tira dans sa direction mais je ne perdis pas de temps à vérifier s'il avait fait mouche. Je courus vers l'arrière du bassin pour me planquer et en me retournant je vis que Sven, la tronche ensanglantée, se ruait derrière moi. Affolée, les poumons en feu, j'allai tourner dans une travée lorsque je glissai et allai heurter le bord du bassin tête première. La dernière chose que je vis avant de m'écrouler assommée fut Sam faisant feu sur Sven, le visage déformé par la haine.

Quelque chose coulait sur mon visage alors que je sentais sous moi un roulis moelleux. Saletés de bestioles ! Je levai le bras pour les repousser lorsqu'une main freina mon geste.

- Tout va bien maintenant Zika, vous êtes hors de danger, dit une voix apaisante.

J'ouvris doucement les yeux et vis le visage de Seif au-dessus de moi. Ses yeux cernés étaient inquiets. Remuant avec précaution, je constatai que j'étais allongée sur la banquette arrière de la Mercedes, ma tête reposant sur ses cuisses. Sam, au volant se retourna vers moi.

- On est en route pour l'hosto, tu as du sang plein la figure. Il faut t'examiner et on en profitera pour reboucher un trou qu'un connard a fait dans ma cuisse. Çà va ? Tu tiens le coup ?

L'hôpital ? Un trou dans la cuisse ? J'avais l'impression d'avoir un matelas en mousse sous mes cheveux, puis mes souvenirs se remirent en place. Hamad, les calmars, le balafré qui tirait sur Sam….

- Çà va, je crois ! J'ai la tête remplie de coton et collante, gluante ! *Hiiiirrrrkkkk !*

- Quelle idée aussi de nager là-dedans ! dit Sam en riant.

- Ramsès ! Où est Ramsès ? m'écriai-je en voulant me redresser.

- Ici avec nous, dit Seif en posant une main sur mon épaule, me forçant à me rallonger.

- Je suis contente, soufflai-je.

Je sentis la main de Seif caresser doucement ma joue. Je levai les yeux et vis sa mâchoire crispée et son regard embué. Je saisis sa main, la posai sur mon cœur et mis la mienne par-dessus avant de refermer les yeux.

CHAPITRE 10

Un mouvement de tangage m'éveilla. Deux infirmiers étaient en train de me charger sur une civière, avant de pousser le chariot vers l'entrée de l'urgence du Montréal Général. Devant moi, Sam, allongé sur un autre chariot pénétra dans le bâtiment. Seif, à mes côtés, s'adressait aux infirmiers

- Allez-y doucement, faites attention, elle a pris un coup sur la tête !

- Ne vous inquiétez pas monsieur, on a l'habitude, on va prendre soin de votre chérie !

Votre chérie ! Je tournai la tête vers Seif. Il m'adressa un sourire en levant les bras l'air de *Hé ! Je n'y suis pour rien !*

Une fois seuls dans l'allée de l'urgence je repensai aux paroles de l'infirmier. Riad ! Il n'était au courant de rien ! Il fallait que j'essaie de le joindre.

- On a trouvé le numéro de téléphone de votre copain dans votre portable, dit Seif comme s'il lisait dans mes pensées. Avant de partir de chez Horak je l'ai appelé pour lui annoncer, avec ménagement il va sans dire, ce qui vous était arrivé.

- Qu'est-ce qu'il a dit ?

- Il va venir ici ? insistai-je en voyant la mine embarrassée de Seif.

- Il ne pouvait pas bouger de chez lui, il attendait son meilleur ami qui devait lui rendre visite ! laissa tomber Seif sèchement.

La colère fit saillir les muscles de mes mâchoires que je tenais serrées. Une fois de plus Riad n'était pas auprès de moi lorsque j'allais mal !

- Ne soyez pas déçue Zika, dit doucement Seif essayant de me consoler, ce sont des choses qui arrivent, il ne pouvait pas prévoir.

- Déçue ? Avec lui ce sont des choses qui arrivent tout le temps ! dis-je amèrement en m'efforçant de contrôler les larmes de tristesse et de honte qui me montaient aux yeux. Les rares fois où j'avais vraiment besoin de lui, il avait toujours mieux à faire !

- Qu'est-ce qu'ils ont fait de Sam ? demandai-je pour changer de sujet en voyant les yeux de Seif chargés d'éclairs.

- Ils l'ont emmené en chirurgie. Les infirmiers qui l'ont sorti de la voiture étaient inquiets car il avait perdu beaucoup de sang. Ils nous ont reproché de ne pas être venus plus tôt.

- Quelle heure est-il ?

- Dix heures. Je voulais le déposer dans un hôpital au nord de Montréal, mais cette tête de mule a refusé. Il disait qu'il s'occuperait de çà quand on vous aurait retrouvée.

Je me mis à pleurer silencieusement. Sam, que je ne connaissais pas il y a à peine un mois. Et Riad pendant ce temps…. Respectant mon chagrin, Seif détourna la tête. Un infirmier s'approcha de nous.

- On monte la dame au service de radiologie. Il faut vérifier qu'il n'y a pas de lésions internes, ensuite un médecin la rencontrera.

Seif amorça le geste de nous accompagner.

- Vous devriez rester ici, s'il y a du nouveau pour Sam, lui dis-je doucement.

- Je ne peux pas me résoudre à vous laisser seule Zika et….

Mes pensées retournèrent vers Riad. *Prends-en de la graine, toi !*

- Ne soyez pas inquiet, çà va aller. Pour Sam les choses ont l'air plus sérieuses et, lui aussi a besoin de vous.

- Je vous attends, dit Seif en se penchant pour embrasser délicatement mes lèvres amochées.

Une demie-heure plus tard on me redescendit enfin du département de radiologie. Seif, dans la salle d'urgence, était en train de faire les cent pas.

- Sam ?

- Le chirurgien est venu me voir il y a moins d'une minute. Il a perdu beaucoup de sang, et comme son groupe sanguin n'est pas parmi les plus répandus ils vont app…

- C'est quoi son groupe ? l'interrompis-je.

- A négatif !

- J'ai le même ! m'écriai-je en sursautant. Courez vite chercher le toubib et dites-lui que vous avez trouvé un donneur !

- Vous êtes folle ? Vous n'êtes pas en état vous-même !

- Une bosse sur le crâne n'a pas dû changer quelque chose dans ma tuyauterie ! Je vous en supplie, allez-y, lui dis-le les yeux brillants.

Comme je demeurai inflexible, Seif s'éloigna à grands pas en secouant la tête. Quelques minutes plus tard, après une analyse rapide, civière contre civière dans la salle de chirurgie, je me retrouvai attachée à Sam par des tuyaux qui allaient de mon bras au sien. La tâche n'avait pas été facile. Sam avait refusé que je sois le donneur, arguant que j'étais déjà affaiblie, et je dus montrer les dents. Ensuite le chirurgien dû batailler avec Seif qui ne voulait pas sortir de la salle, exigeant d'être près de nous. De guerre lasse, sur un ordre du chirurgien un infirmier avait tendu un masque et des gants de caoutchouc à Seif et avait enfin procédé à la transfusion. Celle-ci terminée, on me donna un jus d'orange dans un contenant en plastique fermé et un muffin, puis le chirurgien nous fit sortir Seif et moi pour pouvoir enfin soigner la blessure de Sam.

De retour dans la salle d'attente, une infirmière vint me dire qu'un médecin m'attendait dans la salle numéro quatre avec mes radios. Avant même qu'un infirmier n'ait eu le temps d'intervenir, Seif cramponna ma civière qu'il poussa jusque dans la pièce où m'attendait le docteur, et prit place sur une chaise, bien décidé à utiliser la force au besoin si on tentait de le faire sortir. Je lui souris, attendrie par son comportement et frustrée en pensant que Riad aurait dû agir ainsi à sa place. *Riad ! Grrrrr*

Après m'avoir palpée sous toutes les coutures et examiné attentivement mes radios, le médecin déclara qu'en dehors d'une plaie sur le sommet de mon crâne, il n'y avait pas de dégâts. Le soupir soulagé de Seif qui daigna enfin sourire aurait pu gonfler les voiles d'un trois-mâts. Je poussai un cri lorsqu'on badigeonna la plaie avant d'y coller un pansement. Pourvu qu'il me reste des cheveux sur le caillou quand je l'enlèverai ! En sortant, le docteur, un homme charmant proche de la soixantaine avec des cheveux tout blancs, me remit un tube de pommade antibiotique.

- À appliquer sans faute sur vos lèvres matin et soir. Le bobo devrait disparaître d'ici quelques jours, me dit-il en souriant avec bienveillance.

- J'y veillerai, même si je dois le faire moi-même, dit Seif faisant fi de mon regard courroucé.

À nouveau nous nous retrouvâmes dans la salle d'attente. On m'avait autorisée à quitter ma civière aussi j'en profitai pour marcher vers la sortie et griller une cigarette. Je me sentais un peu faible et j'avançai avec précaution. Seif me prit le bras.

- Vous tenez à peine debout, vous devriez retourner vous asseoir à l'intérieur.

- Je ne me sens pas solide, solide, mais j'ai tellement envie de fumer, fis-je sur un ton contrit.

Dès la première bouffée, ma tête commença à tourner. Normal, çà faisait des heures que je n'avais pas fumé, aussi m'obstinai-je à aspirer ma dose de nicotine. Les choses revenant à la normale, je repartis dans mes pensées, essayant de me rappeler ce qui s'était passé. Je revoyais Hamad avec son sourire sadique après que….

- Hamad ! Cette ordure connaissait mon nom!

- Comment çà ? gronda Seif.

- Il m'a appelée Zika sitôt arrivé devant moi pour m'interroger. Dites-moi, que s'est-il passé après ? J'ai vu le gros pick up défoncer la porte et….

- N'y pensez pas pour le moment. Je vous dirai tout quand nous serons à la maison. Mon père nous y attend, et comme il faudra que je lui raconte tout à lui aussi…. dit Seif en riant.

Un tumulte d'où émergeaient cris et bruits de portières nous fit tourner la tête. Les yeux écarquillés je regardais une petite troupe surexcitée qui accourait vers nous criant et gesticulant.

- J'ai dû avertir Louisa. dit Seif voyant ma tête ahurie.

Elle parlait et agitait les bras vers le ciel, suivie de près par Steve, Aldo et Greg.

- Mama mia, Zika ! Comment tu vas ? Tu as la tête pleine de sang ! Dio bono[15] ! Mais qu'est-ce qui c'est passé ? fit-elle en m'entourant de ses bras. Et où est Sam ?

- Avoue que tu avais la nostalgie de cet hosto ! dit Steve en m'étreignant.

- Il me semble qu'on parle souvent d'hôpital ces derniers temps, fit Greg sur un ton bourru qui masquait son émotion avant de m'enlacer à son tour.

Aldo s'approcha timidement de moi, et posa sa main sur mon épaule.

- J'ai été désolé d'apprendre ce qui t'était arrivé, vraiment, fit-il gentiment.

Au milieu de toutes les questions, Seif parvint à dire que Sam et moi étions hors de danger et que tout allait bien. Puis se souvenant que nous étions vendredi, il regarda toutes ces braves figures tournées vers nous en s'efforçant de prendre un air sévère sans y parvenir vraiment.

- Il n'y a plus personne à l'agence ? C'est la révolution ou quoi ?

- Ma qué ! C'est un cas d'urgence et c'est le week-end américain ! se récria Louisa.

- Week-end américain ? dit Seif.

- Oui, c'est quand le week-end commence plus tôt !

---

[15] Dio bono – Bon Dieu, en Italien.

- C'est la première fois que j'entends un truc pareil !

- Normal, je viens de l'inventer, répondit Louisa en éclatant de rire.

Le silence se fit lorsque Sam sortit de l'urgence en s'appuyant sur une canne, puis nous courûmes tous vers lui en poussant de plus belle des cris et des exclamations de joie.

- Super cool, mon fan club m'attendait dehors, fit-il visiblement heureux de voir toute la petite troupe rassemblée autour de lui.

Remettant sa canne à Greg, il s'approcha de moi, me regarda longuement avant de me serrer dans ses bras à m'étouffer.

- C'est ton sang qui coule maintenant dans mes veines Zika, merci. À partir d'aujourd'hui, entre nous c'est à la vie à la mort, dit-il d'une voix sourde.

Me hissant sur la pointe des pieds je collai une bise sur sa bonne grosse joue. Une larme solitaire apparut au coin de son œil, et nous nous sentîmes tous émus en face de ce géant qui laissait craquer sa carapace.

Ému lui aussi, Seif dissipa la gêne en tapant dans ses mains.

- Merci à tous et à toutes d'être venus, mais nous devons maintenant rentrer à la maison, et par décret spécial je vous autorise à en faire de même, dit-il au milieu des hourras qui éclatèrent dès qu'il termina sa phrase.

Après moult embrassades, l'équipe se dirigea vers la voiture de Steve, tandis que Seif et moi aidâmes Sam à prendre place dans la Mercedes.

- Me voilà bien équipé avec vous deux, dit Seif en souriant, pourquoi ai-je tout à coup l'impression d'être promu au rang de garde-malade ?

- Çà veut dire qu'on va avoir droit au petit déjeuner au lit ? fit Sam malicieusement.

- En ce qui vous concerne, je ne suis pas très sûr, répondit Seif avec un clin d'œil avant de tourner la tête dans ma direction.

- Toujours les mêmes qui ont tout ! dit Sam en riant, tandis que je fusillai Seif du regard avant d'éclater de rire à mon tour.

Aref nous attendait dans le hall de la villa à Westmount, l'air anxieux.

- J'ai entendu la porte du garage s'ouvrir, dit-il en nous regardant l'un après l'autre.

Il s'approcha de Seif, et plus touché qu'il ne voulait le montrer, serra son fils contre lui après l'avoir embrassé. Puis il vint vers moi. D'instinct je me rapprochai de Sam, solidaire.

- Heureux de vous revoir tous sains et saufs les enfants, dit-il en s'éclaircissant la gorge. En lisant le mot que Sam avait déposé sous ma porte, je ne m'attendais pas à recevoir de vos nouvelles de cette façon.

- On ne voulait pas vous déranger tôt ce matin, et ensuite les choses se sont précipitées, répondit Seif.

- J'ai hâte d'entendre ce qui s'est passé, venez au salon nous y serons plus à l'aise.

- Je vais aller préparer du thé et des sandwiches, dit Sam aussitôt.

- Tu plaisantes, tu n'es pas en état de rester debout voyons, dis-moi juste où çà se trouve, je vais m'en occuper, lui dis-je gentiment.

- Est-ce bien prudent Zika ? demanda Seif.

- Ne vous inquiétez pas, je n'ai qu'une bosse sur la tête.

- Je ne parlais pas de çà, je voulais dire…… les pompiers, et tout ce que qui peut arriver lorsque vous mettez les pieds dans une cuisine, fit-il avec un clin d'œil.

- Allons Seif, cesse de la taquiner, dit Aref.

- On y va ensemble, trancha Sam, je te montrerai comment faire.

- Jusqu'ici nous avions des complices Père, je vous annonce qu'à présent nous avons aussi une paire de frères siamois, dit Seif alors que Sam et moi, haussant les épaules et roulant des yeux, partîmes vers la cuisine.

Seif et Aref s'étant joints à nous, le thé et les sandwiches furent préparés en quelques minutes dans une ambiance bon enfant. Sam ouvrit un placard et garnit un grand plateau de pâtisseries orientales dans lequel il piocha une corne de gazelle qu'il me tendit avec un sourire complice.

- J'ai cru comprendre que tu aimais çà !

- Ce sont mes gâteaux préférés, dis-je en croquant dedans illico.

En retournant au salon, je demandai discrètement à Sam où je pouvais me procurer une serviette de bain.

- Tu veux prendre une douche ?

- J'en meurs d'envie en vérité, mais je vais devoir attendre pour çà. Par contre mes vêtements sont encore humides de cette bave de calmars et je ne veux pas risquer de tâcher un fauteuil.

- Tiens, fit-il, en me remettant une serviette éponge qu'il prit au passage dans la salle de bains du rez-de-chaussée.

Une fois confortablement installés, après avoir bu quelques gorgées de thé et grignoté des sandwiches, Seif s'enfonça dans son fauteuil et entreprit d'expliquer à Aref ce qui s'était passé à partir du moment où il avait débarqué chez moi au milieu de la nuit.

- Vous êtes vraiment étonnante Zika ! dit Aref en me regardant bouche-bée.

Seif et Sam éclatèrent de rire.

- Quoi ? Qu'est-ce que j'ai dit de si drôle ?

- On lui a dit exactement les mêmes mots sans se concerter, dit Sam.

Lorsque l'accès d'hilarité se fut calmé, Seif reprit le fil de son récit. Lorsqu'il en arriva au moment où lui et moi nous nous étions mis à gratter les pots qui étaient dans le congélateur, je vis Aref retenir son souffle. Seif se leva et retira de sa poche un paquet enveloppé du tissu-papier qu'il déballa délicatement. Nous le regardions fascinés. Aref n'osait pas encore se réjouir. Sam lui savait, mais n'avait pas encore vu l'objet, et moi je regardai les mains de Seif me rappelant le moment spécial qui nous avait unis lorsque nous l'avions trouvé. Il dut penser à la même chose car son regard se posa sur moi en un message muet, puis il déposa le sceau dans la main de son père. Les mains d'Aref se mirent à trembler tandis que ses yeux restaient fixés sur l'effigie de Ramsès.

- Mes enfants, vous m'avez rendu la vie ! dit-il d'une voix fêlée par l'émotion.

- Au fait, on n'a jamais su comment tu avais eu l'idée d'aller fouiller dans le congélateur, me demanda Sam.

- C'est ma grand-mère, dis-je avant d'expliquer ses manies bizarres.

- Maintenant je comprends pourquoi tu as crié *Ma Grand-Mère !* dans la chambre de Bilakiev, dit Sam tout joyeux.

- Bénie soit-elle ! dit Aref.

- Oui, sans elle Ramsès serait encore chez le Bulgare, dis-je simplement.

- Sans elle, et sans vous ! ajouta Seif.

Il poursuivit son récit, interrompu par Sam qui poussa un juron d'indignation lorsque Seif expliqua comment le balafré lui avait tiré dessus. J'attendais impatiemment la suite pour savoir comment ils m'avaient retrouvée, et surtout ce qui s'était passé après que j'ai perdu connaissance dans l'entrepôt.

- Après avoir embouti la fourgonnette, poursuivit Seif, on a perdu de précieuses minutes avant de pouvoir repartir. Sam avait vu la Toyota tourner sur le boulevard Industriel. En passant devant les entrepôts de Horak on a ralenti, mais il n'y avait aucun véhicule devant. On a continué et fini par recoller la Toyota à la hauteur de Saint-Michel.

- On a fait demi-tour en vitesse, coupa Sam, en voyant que Zika n'était plus dedans. On s'est mis dans le stationnement voisin de Horak avant de faire le tour du bâtiment. C'est comme çà qu'on a pu voir entre les lamelles du store que Hamad et deux autres gars retenaient Zika en otage. On est retournés sur le parking, essayant de trouver un moyen pour la sortir de là.

- On aurait pu faire sauter la porte d'entrée d'un coup de revolver, continua Seif, mais nous ne voulions pas risquer la vie de Zika dont ils se seraient sûrement servis comme bouclier ou comme monnaie d'échange.

- Il y avait un gros pick up plus loin, stationné devant une compagnie de rénovations, enchaîna Sam. J'ai suggéré à Seif de l'utiliser pour défoncer la porte de l'entrepôt et profiter de l'effet de surprise pour tenter de sortir Zika de là.

- On ne pouvait pas attendre plus longtemps la sachant entre leurs mains. Sam a piqué le camion après avoir neutralisé l'alarme et on a défoncé la grande porte de l'entrepôt. Dès qu'on est entrés ils ont tiré sur nous et on a riposté.

- Zika courait entre les travées. Un grand blond avec le visage en sang s'est lancé à sa poursuite, alors j'ai levé mon arme et j'ai tiré ! laissa tomber Sam.

- Tu l'as eu ? demandé-je.

- Mort sur le coup !

- J'ai visé l'autre homme et l'ai touché à l'épaule, dit Seif, mais Hamad a profité du tumulte pour se faufiler par la brèche. Le temps que je descende du camion, il avait filé. J'aurais pu le courser avec le pick up mais Zika était allongée par terre, du sang sur le visage, alors je me suis précipitée vers elle pendant que Sam tenait l'autre type en joue.

- Tu as bien fait, il fallait s'occuper d'elle en priorité, dit Aref.

- Quand j'ai vu qu'elle respirait toujours, je l'ai soulevée dans mes bras et l'ai déposée sur la banquette arrière de la Mercedes que j'avais ramenée devant chez Horak quand Sam pilotait le camion. De retour à l'intérieur, on a constaté le décès du type blond et on a attaché le deuxième avant de le jeter dans le bassin rempli de bestioles. Ensuite on a sauté dans la Mercedes et on s'est rendu à l'hôpital. Il y en avait un plus proche mais comme on ne savait pas dans quel état se trouvait Zika, on a préféré foncer jusqu'au Montréal Général qui devait être mieux équipé, conclut-il.

- Quelle aventure les enfants! s'écria Aref. Zika, que s'était-il passé avant l'arrivée de Seif et de Sam ?

Je racontai à mon tour mes démêlés avec Hamad et sa bande. En apprenant que Hamad m'avait appelée par mon nom dès qu'il avait commencé à m'interroger, Aref sursauta. Je poursuivis mon rapport. Seif serra les poings lorsque je parlai des gifles que m'avait balancées Hamad, et Sam faisait chorus en grognant des insultes.

- Qu'est-il arrivé au type blond ? Est-ce qu'ils se sont disputés et Hamad lui a cassé la figure ? demanda Seif.

- C'est moi qui ai cassé la figure à Sven. C'est comme çà que Hamad l'appelait. Il m'avait déjà jetée dans le bassin plein de calmars une première fois en me maintenant la tête sous l'eau. Comme je ne voulais toujours pas parler, il s'est avancé vers moi. J'ai eu peur qu'il recommence alors je…. je lui balancé un coup de pied dans la figure comme l'autre fois, puis j'ai attrapé sa tête et je lui ai cogné le visage sur le bord du bassin de toutes mes forces à plusieurs reprises. Çà s'est passé si vite que les deux autres n'ont pas eu le temps de bouger. Ensuite Seif et Sam sont arrivés et j'en ai profité pour m'enfuir. Le problème c'est que mes semelles étaient gluantes. J'ai glissé et suis partie tête première dans la bordure où je me suis assommée, conclus-je piteusement.

- Avoir su çà avant, je l'aurais tué deux fois cette ordure, commenta Sam avec véhémence.

Seif ne dit rien, mais ses yeux plus noirs que jamais lançaient des éclairs et les muscles crispés de ses mâchoires décrivaient mieux que des mots ce qu'il ressentait. Avec sa barbe qui avait continué à pousser et son regard farouche, même sans arme il aurait fait fuir n'importe quel ennemi. Le silence s'installa tandis que nous ressassions dans nos têtes ce que nous venions d'entendre. Aref reprit la parole.

- Qu'ont dit les médecins à propos de Zika et de Sam ?

- Zika a une plaie à la tête, suite à sa chute contre le bord du bassin mais aucune lésion interne heureusement, dit Seif.

- Il m'a scotché un sparadrap sur le crâne après avoir arrosé la plaie avec de l'alcool. Si j'arrive un jour à décoller ce truc je vais avoir la tête déplumée ! coupai-je indignée.

- Déplumée ou pas, vous serez toujours jolie, dit Seif sous les regards complices des deux autres. Et puis entre nous, c'est mieux que d'avoir une balle sous les cheveux, non ?

- Ouais…. vu comme çà ! marmonnai-je. Je ne devrais pas me plaindre, le pauvre Sam a écopé d'une balle dans la cuisse lui.

- Heureusement elle n'a fait qu'entrer et sortir sans causer trop de dégâts. J'en suis quitte pour danser le charleston avec une canne, dit Sam en riant. Comme c'était une blessure par balle le toubib a dû remplir un rapport qu'il remettra à la police, mais on leur passera un coup de fil lundi.

- Quand le chirurgien a dit qu'il avait perdu beaucoup de sang, j'ai surtout eu peur que la balle ait touché l'artère fémorale, dit Seif.

- Heureusement que non, dit Sam, sinon adieu tout le monde, fini les Hakas!

Seif leva les bras au ciel tandis que je me penchai pour toucher en vitesse le bois des pieds de mon fauteuil.

- Maintenant j'ai un sang tout neuf et bouillonnant, dit Sam en se relevant pour venir me serrer dans ses bras.

- Je suis sûre que tu aurais fait la même chose pour moi ou pour n'importe lequel d'entre nous, lui dis-je en lui rendant son étreinte.

- Dès qu'elle a su qu'elle avait le même groupe sanguin, Zika a voulu à tout prix donner son sang à Sam, dit Seif à son père qui nous regardait en s'interrogeant.

- Je suis à court de mots pour vous dire mon admiration et surtout ma reconnaissance Zika. Vous êtes une sorte de porte-bonheur, et votre arrivée parmi nous a été une bénédiction pour nous tous, dit Aref en se levant, de plus en plus ému. Me permettez-vous de vous embrasser moi aussi ?

Pour toute réponse, je m'approchai de lui et l'étreignis, le laissant déposer un baiser sur ma joue que je lui rendis.

- L'affaire est réglée puisque nous avons récupéré le sceau dans sa totalité. Mais Hamad, Horak et Bilakiev sont toujours en circulation, dit Seif en fronçant les sourcils.

- Le plus important c'est qu'on ait le sceau, pour le reste ils peuvent aller circuler où çà leur chante, ce n'est plus notre problème, jeta Sam.

- Je n'en suis pas si sûr, répondit Seif. Hamad veut toujours le sceau, son client le talonne, mais il ignore que Bilakiev et Horak ne l'ont plus. D'un autre côté ces deux-là ne vont pas courir le risque de perdre les millions escomptés sans rien faire.

- Mais puisque nous avons le sceau pourquoi ne pas tout simplement aller voir la police et les dénoncer ? demandai-je à Seif. S'ils les arrêtent, ils seront hors d'état de nuire et on sera tous tranquilles.

- Oui, sauf que çà va être le début d'une longue suite de problèmes !

- Comment çà ?

- La police peut m'accuser d'avoir dissimulé des faits et d'avoir nui ainsi à leur enquête. Il faudra aussi qu'on prouve la légitime défense à propos du blond qu'ils ont retrouvé mort par balles et expliquer l'histoire du mur défoncé à l'aide d'un camion *emprunté* ! S'ils poussent leur enquête, ils ne manqueront pas de faire aussi faire le lien avec les deux types retrouvés dans l'abri-bus, sans parler du Bulgare attaché sur le banc du parc et retrouvé ficelé quelques jours plus tard chez lui. S'ils remontent à nous pour tous ces délits, encore des problèmes, ce genre d'actions étant illégal dans le cadre de notre travail, expliqua Seif en soupirant.

- Hamad et les autres ont une longueur d'avance, poursuivit-il. Même si on prenait le risque d'avertir la police, le temps qu'elle se mette après eux, ils auront pu s'organiser et faire Dieu sait quoi !

- Et alors ?

- Alors dès que Hamad fera le recoupement avec ce qui s'est passé chez Bilakiev, et si on tient compte du fait qu'il connaît votre nom, le seul lien qui pourra le faire remonter jusqu'au sceau, c'est vous Zika, dit Seif de plus en plus soucieux. Il faut qu'on mette la main sur Hamad avant qu'il ne vous trouve, pour lui dire qu'il a perdu la partie.

- Et si on…. commençai-je avant de m'arrêter aussitôt.

- Oui ?

- Non rien, j'allai dire quelque chose mais c'est stupide.

- Que vouliez-vous dire Zika ? demanda Seif.

- J'allais suggérer d'annoncer à la presse que votre famille avait récupéré le sceau, ainsi les autres sauront qu'ils ne peuvent plus rien faire, mais dans ce cas aussi on aurait la police sur le dos qui voudra savoir comment le sceau a été retrouvé ! répondis-je.

- Vous avez tout compris, c'est une lame à double tranchant ! dit Seif lugubre.

Regagnant son fauteuil, Aref nous regarda tous trois et après avoir réfléchi quelques minutes, il reprit la parole.

- Avez-vous un endroit sécuritaire où vous réfugier Zika ?

- Chez moi bien sûr ! Pourquoi ?

- Si Hamad connait votre nom, qui nous dit qu'il ne connait pas également votre adresse ? Après ce que nous venons d'entendre, des mesures de protection s'imposent.

Je me figeai.

- Peut-être qu'il a simplement entendu Seif m'appeler par mon prénom quand nous étions chez Alphonse, dis-je sans grande conviction.

- Seriez-vous prête à courir ce risque ? insista Aref.

- Il y a des gardiens de sécurité dans mon immeuble vingt quatre heures sur vingt quatre, finis-je par répondre.

- Armés ?

- Non, bien sûr que non !

- Que pourraient-ils faire si Hamad ou Bilakiev débarquaient chez vous ?

- Pas grand-chose à vrai dire, mais je n'ai pas vraiment le choix. Chez mon copain ce serait encore plus risqué, il n'y a pas de gardien du tout !

- Alors restez ici, au moins jusqu'à ce que cette affaire soit réglée. Il y a six chambres avec salle de bains, ce n'est pas la place qui manque dans cette maison, suggéra Aref.

- Vous n'y pensez pas ? Je veux dire, je vous remercie infiniment de vous inquiéter pour moi, mais je ne veux ni vous déranger ni vous faire courir de risques, et d'autre part, je ne suis pas sûre que mon copain approuve cette décision.

- Pensez-y, intervint Seif. Nous sommes équipés pour recevoir ce genre d'individus.

- Oui, ils auront droit à un comité d'accueil de première, approuva Sam énergiquement. Sauf si tu préfères que mon flingue et moi on vienne s'installer chez toi !

- Sam, mon appartement est si petit, qu'une fois à l'intérieur tu ne pourrais plus bouger ! dis-je en riant.

- Moi je suis plus mince ! intervint Seif.

Je le regardai, pensant à une plaisanterie, mais son regard était on ne peut plus sérieux. Les deux autres ne bronchaient pas et me sentis soudain acculée au pied d'un mur invisible.

- Ne la brusque pas, finit par dire son père. De toute façon elle doit aller chez elle pour se changer, cela lui laissera le temps de réfléchir à tout cela.

- Je la raccompagne, dit Seif, en glissant son revolver sous la ceinture de son jeans.

- Si tu ne reviens pas tout à l'heure, je t'en supplie fais attention à toi, me dit Sam avant d'ajouter, je vais sortir d'autres cornes de gazelle au cas où tu déciderais de revenir.

- Tentative de corruption sur un agent de l'IES humm ? dis-je en lui faisant les gros yeux et en essayant de garder mon sérieux.

- Ben quoi, je ne risquais rien à essayer ! dit-il en soupirant comiquement.

Dans la Mercedes qui roulait en direction de chez moi ni Seif ni moi n'avions ouvert la bouche depuis notre départ de Westmount. Préoccupée et perdue, je ne savais pas quoi décider. Là tout de suite, tout ce que je voulais c'était de sauter sous la douche pour me débarrasser de ce truc gluant qui avait en partie séché sur ma peau, avant de me plonger dans un bain chaud moussant, histoire de relaxer et de me remettre de mes émotions à l'abri de mon petit appartement. A l'abri ! Ce qu'Aref avait dit trottait dans ma tête et je n'étais plus très sûre que mon nid soit réellement un abri.

D'un autre côté, je ne me voyais pas débarquer avec mes valises à Westmount et vivre auprès de trois hommes seuls, dont l'un était mon patron. Sans parler de la réaction de Riad si je lui annonçais un truc pareil. *Seule avec trois hommes ? Je vois çà d'ici !* ne manquerait-il pas de me dire, ou plutôt de me hurler, et comment le blâmer ? S'il me disait qu'il avait décidé d'aller vivre seul avec trois femmes…. je préférai ne pas penser à ce que je lui aurais dit ou fait ! Rien de méchant c'est sûr, juste quelque chose qui le fasse changer d'avis comme lui trancher ses outils à donner du plaisir avant de les parachuter au-dessus de la jungle amazonienne. Ben quoi ? Il faut être bon pour les animaux et les alligators aussi doivent se nourrir non ?

En sonnant, mon portable m'arracha à mes projets zoologiques. C'était Riad ! Quand on parle de l'alligator !

- Seif m'a appelé ce matin pour me dire ce qui t'était arrivé, fit-il d'une voix neutre. Il allait t'emmener à l'hôpital en même temps que Sam qui était blessé aussi paraît-il.

- ….

- Il a dû te le dire, reprit-il devant mon mutisme, je ne pouvais pas bouger de chez moi, j'attendais un très bon ami à moi que j'ai connu pendant mon séjour au Maroc. *Un très bon ami ? En moins d'une semaine ?* D'ailleurs il est encore ici, on s'apprêtait à aller chez lui où il m'a invité à passer la soirée. Je t'ai appelée avant pour savoir comment tu allais. *Génial ! Huit heures plus tard il m'appelle en coup de vent pour me dire quoi ? Qu'il passera la soirée chez un mec qu'il ne connaissait pas il y a une semaine !*

- Je vais bien. Sam aussi va bien. Tu voulais me dire autre chose ?

- Qu'est-ce-que tu as, tu es encore fâchée ?

- Fâchée ? Pourquoi je devrais l'être ? Parce-que tu es resté chez toi pour attendre un *très bon ami* que tu ne connais que depuis une semaine au lieu de courir à l'hôpital pour savoir si j'étais encore en vie ?

- Qu'est-ce que tu voulais que je fasse ? Explique-moi….

- T'expliquer ? dis-je suffoquée par sa réponse. Oh ! et puis laisse tomber ! Si je dois commencer à t'expliquer je serai au téléphone jusqu'à la semaine prochaine.

Je jetai un coup d'œil à Seif qui ne disait mot. Il faisait de son mieux pour avoir l'air de ne pas écouter mais à moins d'un mètre de moi, il ne pouvait faire autrement que d'entendre ce que je disais.

- Justement, en parlant de la semaine prochaine, dit Riad d'un ton plus bizarre.

- Quoi ?

- Je ne viendrai pas te voir la semaine prochaine, et probablement pas les trois ou quatre semaines suivantes non plus d'ailleurs.

- Ça veut dire quoi ?

- Ça veut dire ce que ça veut dire, je n'ai pas envie de te parler, ou de te voir, ni de parler ou de voir qui que ce soit d'autre d'ailleurs, fit-il avec une voix plus tranchante. *À part son nouveau et irremplaçable hoya apparemment et…. une paire de BBM !*

- Ah oui ?

- Oui, j'ai quelqu'un d'autre en tête et….

- Épargne-moi tes explications à la con enregistrées devant public ! On en parlera une autre fois. J'ai eu une journée très dure, pour le moment je veux juste rentrer chez moi me relaxer, dis-je avant de couper la ligne.

J'aurais voulu hurler, casser quelque chose, *de préférence la gueule de Riad*, avant de me laisser noyer dans un torrent de larmes. Je me souvins que je n'étais pas seule et je fis un effort de volonté surhumain pour effacer cette conversation de ma tête. Rue du Docteur Penfield, je posai la main sur le bras de Seif.

- S'il-vous-plaît, pouvez-vous arrêter un instant au dépanneur, là juste un peu plus loin. Je dois acheter un truc en vitesse. Venez avec moi si ça vous tente, ajoutai-je d'une voix que je tâchai de rendre enjouée, je vous présenterai Sy.

- Le fameux Sy dont vous m'avez parlé ? Avec plaisir, dit-il en manœuvrant pour garer la voiture dans le petit parking.

Dès que je poussai la porte, Sy promena un regard consterné sur mon allure générale et leva les bras au ciel en roulant des yeux.

- Qu'est-ce qui t'es encore arrivé ? s'écria-t-il avant que ses derniers mots expirent sur ses lèvres en voyant Seif se rapprocher de moi.

- Je suis tombée sur quelque chose de dur et je me suis un peu ouvert le crâne, mais ça va. Sy je voulais te présenter Seif dont je t'ai déjà parlé, mon patron.

- Seif, voilà Sy mon meilleur ami.

Les deux hommes se jaugèrent du regard. Mine de rien Sy passait au crible le phénomène dont je lui avais parlé, et Seif examinait celui qui était mon meilleur ami. Ce qu'ils lurent dans leurs yeux dut leur plaire, car ils finirent par se serrer cordialement la main au-dessus du comptoir.

- Je vous laisse un moment, je vais chercher des jus de fruits, dis-je en m'éloignant.

Je tournai autour des rangées, pris du jus de pamplemousse, en essayant de me rappeler ce que je devais prendre d'autre. Du fond du magasin j'entendis les deux hommes discuter hockey. Sacré Sy, il était reparti sur son hobby ! À ma grande surprise Seif lui répondait jusqu'au moment où je les entendis éclater de rire. Je m'approchai et en les regardant tous deux, un voile se déchira dans ma tête. Deux hommes formidables qui m'aimaient tous les deux, chacun à leur manière. Deux hommes sur qui je pouvais compter ! Je vins à leur hauteur et posai mes jus sur le comptoir.

- Vous avez l'air de vous amuser on dirait, dis-je en souriant.

- Seif me racontait votre soirée au Centre Bell, dit Sy en essuyant ses verres de lunettes embués par des larmes de rire.

- Ouais, mémorable on pourrait dire, répondis-je.

Seif avait l'air détendu. Sy avait l'air de passer un bon moment. Moi, je dansai d'un pied sur l'autre, indécise. Sy se tourna vers moi.

- Laisse-moi deviner, tu as oublié ce que tu es venue acheter, dit-il en riant.

- Heu…. Oui, en quelque sorte. J'hésitais entre une pizza congelée et tes plats-minceur congelés déjà tout prêts à manger.

- Choix gastronomique ardu je dois dire, dit Sy gravement. Parlant de plats-minceur j'en ai reçu un nouveau que j'ai goûté, vraiment savoureux. Attends, je vais te montrer.

- Tiens, lamelles de bœuf sautées sauce Banzaï avec légumes verts du jardin !

- Banzaï ? répétai-je amusée, et çà se mange ?

- Un moment miss Incrédule, quatre minutes au four micro-ondes et tu pourras goûter ce délice Japonais !

Sy revint avec un petit plateau fumant et deux fourchettes en plastique.

Je tendis une fourchette à Seif et nous commençâmes à déguster. Ce n'était pas si mauvais en fin de compte, plutôt bon même. Je regardai Seif.

- Quel est le verdict ?

- Pas mal du tout je dois avouer !

- Vendu ! J'en prends deux autres dis-je à Sy.

- Avec ton appétit d'oiseau tu ne vas jamais arriver à finir les deux.

- C'est vrai, mais Seif m'aidera à les manger, du moins si vous n'êtes pas trop pressé de rentrer, lui dis-je en me tournant vers lui.

- J'ai toute la nuit devant moi, répondit-il simplement en me regardant dans les yeux, tandis que Sy me fixait éberlué, se demandant s'il avait bien entendu.

Les dés étaient jetés. Je payai mes achats. Seif insista pour porter le sac. Nous dîmes au revoir à Sy et regagnâmes la Mercedes. En arrivant dans le hall d'entrée nous vîmes l'inévitable Colgate assis derrière son comptoir. Il nous adressa un sourire timide.

- On dirait que vous avez réussi l'examen de passage, dis-je à Seif.

En entrant dans l'appartement, mes résolutions chancelèrent en voyant l'image de Riad imprimée partout en filigrane. *Riad ! D'après les dernières nouvelles, la mienne d'image devait avoir pâli sur ses murs à lui !* Je m'ébrouai.

- Je vais mettre les plats au congélateur, sauf si vous voulez manger tout de suite ?

- Il est à peine dix-huit heures, fit-il en consultant sa montre, je peux patienter.

- Bien, asseyez-vous, je vous apporte un verre de jus de fruits ? Désolée, je n'ai pas d'alcool ici.

- Volontiers, je ne bois que très rarement de l'alcool, fit-il en déposant son arme sur la table du salon. *Flippant de voir un truc pareil chez moi !*

J'allai m'asseoir sur un des divans après l'avoir servi mais je suspendis mon geste.

- Un problème ?

- Je viens de me rappeler que je trimbale encore sur moi des extraits de calmars.

- Si vous voulez vous changer ou vous doucher, allez-y, je vous attendrai sagement assis sur le divan, promis ! fit-il avec un clin d'œil.

- Super, je vais prendre une douche en vitesse, tenez, pour vous aider à patienter, lui dis-je en lui tendant la télécommande de la télé.

Je gagnai ma chambre, pris un string, pas de soutien-gorge, un pantalon d'intérieur noir, un top stretch ivoire et je me rendis dans la salle de bains mes affaires sous le bras. Derrière la porte fermée, je me déshabillai rapidement et me mis sous la douche tiède que je laissai ruisseler sur moi. *Quel pied !* J'y serais bien restée toute la nuit, mais me rappelant que Seif était au salon, je me résignai à me shampouiner énergiquement. *Outch !* J'avais oublié ce pansement à la noix. Les mains glissantes je bataillai pour essayer de le décoller, mais il tenait bon. Énervée je tirai plus fort. Outch ! Je regardai le creux de ma main dans lequel le sparadrap et une bonne touffe de cheveux me narguaient. Je passai une main précautionneuse sur le sommet de mon crâne. Tout va bien, pas de geyser de sang et il reste encore des cheveux sur le dessus de ma tête. À l'aide d'une brosse, je me lavai le corps vigoureusement pour enlever toute trace de ces saletés de bestioles *quand je pense qu'il y a peu de temps je me régalais en les mangeant* et sortis enfin de la douche. Mouais, je me sentais enfin propre, mais question babines ce n'était pas ce qu'on pouvait faire de mieux. Ma lèvre inférieure était coupée mais cependant moins enflée que…. Je secouai la tête, appliquai un maquillage réduit au minimum, et séchai mes cheveux en vitesse à l'aide du séchoir à main. Lorsque je sortis de la salle de bains, habillée et propre, mon moral avait remonté d'un cran. Assis sur un divan, Seif regardait la chaîne de nouvelles.

- Du nouveau ? lui demandai-je.

- Rien jusqu'à maintenant, peut-être au prochain bulletin. Vous avez l'air beaucoup mieux Zika, dit Seif en me détaillant.

- Je me sens beaucoup mieux en effet, la douche m'a fait un bien fou, répondis-je en m'asseyant à mon tour sur l'autre divan. Je me versai un jus de fruit. Seif avait les yeux fixés sur ma bouche.

- Oui je sais, pas génial comme look, dis-je en passant ma langue sur la lèvre, mais j'ai pu décoller le pansement en n'arrachant que la moitié de mes cheveux !

- Faites-moi voir, fit-il en s'installant à côté de moi. J'ai ce qu'il vous faut, reprit-il en sortant de sa poche le tube de pommade que le toubib m'avait donné.

- Je l'avais oublié sur son bureau ! dis-je la mine déconfite en faisant le geste de lui prendre le tube des mains.

- Tst, tst laissez-moi faire !

Il déposa un peu de crème sur le bout de son doigt qu'il appliqua légèrement sur ma lèvre pour ne pas me faire mal. Surprise au début par cette situation inusitée pour moi, je me laissai faire et incapable de soutenir son regard, je fermai les yeux. Je sentis quelque chose de plus doux et de plus chaud sur ma bouche. Ses lèvres se promenaient doucement sur les miennes. C'était tendre et électrisant en même temps. Je rouvris mes yeux. Le désir que je lu dans les siens me fit entrouvrir les lèvres. Sa langue s'enfonça aussitôt dans ma bouche et je me collai plus près de lui. Il me serra plus fort. Mes bras retrouvèrent le chemin maintenant familier de son cou autour duquel ils s'enroulèrent. Une espèce de frénésie s'empara de nous. Je sentais le cœur de Seif battre à tout rompre contre ma poitrine tandis que nos mains parcouraient nos corps, s'unissaient puis se détachaient pour d'autres caresses de plus en plus précises. La sonnerie de son portable nous fit presque traverser le plafond. En jurant, Seif se démena pour récupérer son téléphone dans la poche de son jeans et j'en profitai pour retrouver mon souffle.

- J'espère que c'est urgent ! fit-il sans préambule en passant sa main dans ses cheveux tout ébouriffés. J'étais au milieu d'une conversation très importante et...

Je le vis éloigner l'écouteur de son oreille tandis que retentissait le rire tonitruant de Sam que je pouvais entendre de ma place.

- ....

- Je vous rappellerai, c'est pas croyable ! marmonna-t-il avant de couper la communication.

- Une urgence ? demandai-je en essayant de mettre un peu d'ordre dans ma tenue.

- Vous ne devinerez jamais ! fit-il en balayant l'air du bras.

- Quoi ?

- Comme il ne voyait revenir personne, Sam m'a demandé s'il devait apporter chez vous des cornes de gazelle pour deux !

Je restai bouche bée puis un fou rire me saisit. Pliée en deux sur le divan, je ne pouvais pas m'arrêter de rire, bientôt accompagnée par Seif qui mêla ses éclats de rire aux miens. Quelques minutes plus tard on frappa à ma porte. J'allai ouvrir et vis Colgate sourcils froncés, se dandinant d'un pied sur l'autre.

- Ah ! C'est bien vous ! Je me disais aussi....

- Qui pensiez-vous trouver en venant chez moi ? lui demandai-je en repartant à rire.

- Un résident a appelé pour signaler des rires anormalement forts à votre étage qui l'empêchent de se concentrer sur son travail. C'est un étudiant vous comprenez, il fait un travail difficile sur son ordi et....

- Je rêve ou quoi ? Y-a-t-il un règlement qui empêche les gens de rire dans cet immeuble ? Allez plutôt dire à cet imbécile qu'il s'enfonce des éponges dans les oreilles, ou qu'il apprenne à rigoler ! fis-je courroucée avant de lui claquer la porte au nez.

- C'est un vrai complot ! On dirait que tout le monde se ligue contre nous chaque fois qu'on essaye de se rapprocher, dit Seif qui avait tout entendu.

- Oui, on dirait. On devrait profiter de cette interruption pour dîner.

- Si vous vous y mettez vous aussi, déclara Seif en riant.

Sans répondre, je filai dans la cuisine et en ressortis rapidement avec deux assiettes contenant les Banzaï que je déposai sur la table basse du salon. Je fis un deuxième voyage avec des baguettes, des fourchettes et des serviettes en papier. Nous nous mîmes à manger de bon appétit et terminâmes nos assiettes en un clin d'œil. Je lavai rapidement assiettes et ustensiles et retournai m'asseoir au salon. Un panneau Spécial Dernière Heure sur l'écran de la télé attira notre attention et je montai le son.

- Une fois de plus des évènements surprenants ont eu lieu dans le district de Montréal-Nord. Cette fois des actes de nature criminelle se sont perpétrés dans les locaux de la compagnie Horak sur le boulevard Industriel. Nous rappelons à nos téléspectateurs que cette firme est dans la mire de la Sureté du Québec suite à l'incident impliquant une voiture accidentée retrouvée il y a quelques jours à proximité et dont on n'a pas encore retrouvé l'occupant. Ce matin, en arrivant au travail, une employée de Horak a constaté que le mur de la façade avant avait été défoncé. C'est en pénétrant à l'intérieur du bâtiment qu'elle a fait la macabre découverte, trouvant sur place un mort et un autre homme dans un bassin rempli de mollusques marins. Ce dernier était grièvement blessé et ligoté. L'employée a immédiatement alerté la police qui s'est rendue aussitôt sur place, suivie d'une ambulance. La dame a été traitée pour un violent choc nerveux.

Selon les premières constatations, l'homme décédé était un de ceux retrouvés ficelés au fond d'un abri-bus quelques jours plus tôt. La police n'est pas en mesure de dire de qui il s'agit puisque la victime n'avait aucun papier sur elle. Selon le sergent qui mène l'enquête, il semblerait qu'une troisième personne se soit trouvée sur les lieux au moment des incidents, selon les empreintes retrouvées à l'intérieur d'un 4x4 BMW blanc qui se trouvait dans l'entrepôt. L'enquête suit son cours, nous ne manquerons pas de vous tenir informés dès que nous en saurons plus. En attendant, tout témoin ayant vu quelque chose en rapport avec cette affaire est prié de contacter les autorités.

- On dirait que Hamad a réussi une fois de plus à s'échapper, dis-je à Seif après avoir baissé le volume. Et le tandem Bilakiev-Horak ne va pas apprécier de se retrouver encore sous les projecteurs !

- Ils doivent être plongés dans l'huile bouillante maintenant qu'on a le sceau. Je ne sais pas comment ils vont s'en sortir avec Hamad, répondit Seif, moi ce qui m'inquiète le plus c'est de savoir que celui-ci est quelque part dans la nature ! Ce type est dangereux comme un cobra. Il n'est pas fiché comme étant un tueur, mais il est dos au mur vis-à-vis de son client et personne ne peut savoir comment il va réagir.

- Quand je lui ai demandé ce qu'il faisait à l'entrepôt, Hamad m'a répondu qu'il attendait Horak, celui-ci s'étant paraît-il décidé à conclure la vente du sceau.

- Toutes les hypothèses sont permises à présent. Si les autres continuent à lui faire croire qu'il est toujours en leur possession, Hamad peut essayer de joindre Horak pour se procurer le sceau avant de s'échapper au plus vite du Canada. Bilakiev doit être furieux de ne plus avoir le sceau et de voir des millions de dollars risquer de lui filer sous le nez. Avec lui aussi il faut s'attendre à tout. Il va sûrement tenter quelque chose, mais quoi ?

- Si je comprends bien, on n'en a pas encore fini avec eux, dis-je en soupirant.

- À part ça, lundi Sam et moi devrons aller à la police pour expliquer comment il a pris une balle dans la cuisse, un casse-tête en perspective ! fit Seif la mine lugubre.

- Comment çà un casse-tête ?

- Il faudra qu'on monte un scénario lui et moi, pour justifier sa blessure par balle !

- Une pratique d'entraînement au tir dans les bois qui a mal tourné, un pied qui dérape sur les feuilles mortes, ou encore une arme qu'on avait oublié de décharger, il y a plein d'idées qui viennent en tête quand on a de l'imagination, improvisai-je aussitôt.

- Ce n'est pas l'imagination qui vous fait défaut, répondit Seif en riant.

- D'ici là, bien des choses peuvent se passer, je suis sûre que vous trouverez une solution, fis-je pour l'encourager.

- Oui, bien des choses peuvent se passer, dit-il en fixant mes lèvres avec un sourire gourmand.

- Vous voulez dire comme des cornes de gazelle qui arriveraient par Sam Express ? dis-je malicieusement.

- Lui aussi peut faire montre d'imagination quand il a une idée en tête, fit Seif en secouant la tête.

- Une idée ?

- C'était sa façon de me dire reste près d'elle pour la protéger, puisqu'elle ne veut pas revenir à Westmount, parce que je suppose que vous ne voulez pas y aller, dit Seif en me regardant gravement. Est-ce à cause de votre copain ?

- Riad ? Han ! Il semblerait que je ne sois pas sur la liste de ses priorités. Je crois qu'à présent je ne figure sur aucune de ses listes d'ailleurs ! dis-je la voix morne, me souvenant de son dernier appel.

- Souhaitez-vous en parler ?

- Non, je n'ai pas envie de parler de lui, pas même l'envie de me rappeler de l'existence de ce hmar[16] ! Les hommes, tous des salauds ! lancé-je en tournant les talons.

- Dites, vous n'êtes pas en route pour aller chercher une bière ? demanda Seif en riant pour détendre l'atmosphère.

- Vous avez peur de me voir ivre ? fis-je en revenant sur mes pas.

- Non, mais je ne voudrais pas que vous fassiez des choses dont vous n'êtes pas consciente, ou que vous pourriez regretter, dit Seif en me fixant droit dans les yeux.

- J'étais consciente ce jour-là, dis-je en m'approchant de lui à le toucher, et encore plus consciente en ce moment, ajoutai-je en déposant un baiser sur sa bouche. Quant à regretter, je ne regrette jamais ce que je fais…. consciemment, conclus-je en plongeant mon regard dans le sien.

Seif et moi restâmes un long moment nos regards rivés l'un dans l'autre. Il avança d'un pas et posa une main hésitante sur ma joue.

- Oui, j'en sûre, dis-je doucement en réponse à la question que je lisais dans ses yeux. Et je fis glisser lentement mon top au dessus de ma tête.

- Zika…. fit-il se sa voix rauque en m'enlaçant avec fougue, avant de me lâcher soudainement.

- Plus de téléphone ce soir, dit-il en coupant la sonnerie de son portable avant de le jeter sur la table à côté de son arme.

Lorsqu'il me reprit dans ses bras nos mains retrouvèrent leur rythme interrompu. Sa langue s'enroula autour de la mienne, et oubliant ma lèvre fendue, je l'embrassai avec passion en glissant ma main sous son sweat shirt. Il promena sa bouche sur ma poitrine agaçant de sa langue les pointes de mes seins qui se dressèrent aussitôt. Je réussis à lui enlever son sweat shirt que je lançai sur un divan et plaquai mon buste sur sa poitrine. Haletante, je bataillai avec la ceinture de son jeans tandis qu'il faisait glisser mon pantalon le long

---

[16] Hmar – âne, insulte en Marocain.

de mes jambes. Nos sous-vêtements volèrent à travers la pièce. Il me souleva de terre sans effort et me déposa sur un divan. Sa bouche se posa sur mes seins, glissa vers mon ventre, mes cuisses, mon…. *Ohlalamondieucesttropbon !* J'attrapai ses cheveux en l'attirant vers moi et continuai à l'embrasser pendant que nos corps moites glissaient l'un sur l'autre. Une passion animale nous soulevait. Je voulais le sentir en moi là, maintenant, mais inlassablement il continuait à m'exciter de ses baisers et de ses caresses. Lorsqu'il entra enfin en moi, ses yeux noirs rivés dans les miens, une onde de chaleur m'envahit toute entière, jusqu'au moment où nous explosâmes ensemble, téléportés dans une autre galaxie. Revenus sur terre, toujours enlacés, Seif repoussa une mèche de cheveux collée sur mon visage moite en me regardant tendrement.

- Tu es bien ? demanda-t-il.

- Mieux que bien, et toi ?

- Encore plus que ça, dit-il en déposant un baiser sur le bout de mon nez.

Je me blottis contre lui. C'est vrai, je me sentais bien, incroyablement bien.

Une sensation étrange m'éveilla. La lumière de la lampe de coin était toujours allumée dans le salon. Je tournai la tête, Seif dormait paisiblement, un bras passé autour de ma taille. Ses cheveux en bataille et sa barbe de deux jours lui donnait un air sauvage et irrésistible. Je le regardai longuement, ne parvenant pas encore à réaliser que nous avions enfin fait l'amour ensemble. Ça devait arriver tôt ou tard, nous le savions tous deux depuis le début. Je n'éprouvai aucun regret, seulement un sentiment de plénitude. Je me dégageai doucement pour aller boire un verre d'eau. Il ouvrit les yeux et son bras se resserra autour de moi.

- Je ne te laisse plus partir, dit-il doucement en m'embrassant et en faisant de nouveau glisser ses doigts sur ma peau.

- Tu es insatiable ! soufflai-je dans un sourire.

- De toi oui ! fit-il en me faisant rouler sur lui.

Un long moment plus tard, je me levai, surprise de pouvoir encore marcher.

- Je vais chercher un verre d'eau, tu en veux un aus….

- Qu'y-a-t-il ? dit-il tout de suite sur le qui vive.

- Je ne sais pas, en me réveillant tout à l'heure j'ai eu une sensation bizarre, et ça recommence ! Comme un bruit léger, inhabituel….

- Attends une minute ! fit-il en se levant d'un bond.

Il saisit son arme et se dirigea vers la porte. Se tenant de côté, il jeta un coup d'œil par le judas.

- Je ne vois rien, mais tu as raison, j'entends aussi quelque chose, dit-il.

Il revint au salon, enfila rapidement ses jeans et ouvrit doucement la porte. Je le vis tourner la tête à gauche et à droite, puis pousser une exclamation en regardant au sol. Il se pencha, ramassa un paquet par terre et referma la porte en hochant la tête, les épaules secouées par un rire silencieux. Je m'approchai de lui.

- Qu'est-ce que tu as trouvé ?

- Cadeau, dit-il en me tendant une boîte en carton recouverte d'une pellicule en plastique transparent.

- Des cornes de gazelle ! m'exclamai-je en soulevant le plastique pour saisir une carte glissée à l'intérieur sur laquelle nous pûmes lire *Bon appétit, dormez tranquille tous les deux, je veille !*

- Quand ce gars-là a quelque chose dans la tête ! fit Seif en riant. Le bruit que tu as entendu c'était le souffle du conduit d'aération sur le plastique.

- Dans un sens çà tombe bien, j'ai justement un petit creux.

Je disposai quelques biscuits dans une assiette que j'amenai au salon. Nous nous jetâmes dessus avec délices.

- Comment est-il arrivé jusqu'ici puisque tu avais pris la Mercedes ? demandai-je.

- Sam a sa propre voiture, une Land-Rover qu'il utilise quand il n'est pas en service.

- Comment il a fait pour entrer dans l'immeuble sans sonner à l'interphone pour qu'on lui ouvre la porte, fis-je pensivement.

- Sam a ses méthodes et bien peu de portes lui résistent, dit Seif en souriant.

- N'empêche que j'aimerais bien savoir ce que fichait Colgate pendant ce temps, grommelai-je.

- Colgate ?

- Oui, le gardien que tu as vu. Je l'appelle Colgate à cause de ses dents super blanches, je n'ai jamais réussi à prononcer son nom ! dis-je en riant.

- Dis donc, j'étais en train de penser…. non, oublie çà !

- Quoi ? Dis-moi, insistai-je.

- Colgate ou pas, je me disais que si Sam a réussi à venir jusque devant ta porte, un autre aurait pu en faire autant.

- Je n'avais pas pensé à çà, fis-je en sursautant.

- C'est pour çà que mon père t'avait suggéré de séjourner à Westmount avec des gardes du corps, mais ne t'inquiète pas, je suis là pour garder ton corps ! dit-il en me reprenant dans ses bras.

- Si tu continues comme çà, demain il n'y aura plus de corps à garder car je serai réduite à l'état de flaque d'eau, dis-je faussement grondeuse.

- Pas de problème, je saurai comment te remettre sur pieds ! fit-il en riant.

Un rayon de soleil filtrant par les interstices du store me fit ouvrir les yeux. Je regardai ma montre. Dix heures et demie du matin ! Seif n'était plus à mes côtés. J'entendis le bruit de la douche derrière la porte de la salle de bains. Je me levai péniblement, les membres tout engourdis, et me dirigeai vers la cuisine. J'arrivai au salon munie de deux grands verres de jus de pamplemousse au moment où Seif sortait de la salle de bains, un drap de bains autour des hanches.

- J'ai trouvé les serviettes dans le placard au-dessous du lavabo, par contre je ne peux pas continuer à me promener avec cette tête d'homme des cavernes. Un jour de plus et seule une tondeuse à gazon pourra venir à bout de ce désastre, dit Seif en passant le dos de sa main sur ses joues.

- Il y un rasoir et des lames neuves dans l'armoire de toilette.

Le visage de Riad passa devant mes yeux. *Connasse, pense à la paire de BBM et à ce qu'il foutait avec une pute dans un hôtel au Maroc pendant que tu l'attendais ici ! D'ailleurs, si je me rappelle ce qu'il m'a dit, il n'aura plus besoin de son rasoir chez moi !*

Je ramassai les vêtements de Seif et les miens éparpillés dans le salon et retapai le divan. J'allai ensuite dans ma chambre et sortis de mon placard des sous-vêtements, un jeans propre et un sweat shirt bleu marine que je laissai sur mon lit le temps que Seif termine sa toilette. Je refis un saut dans la cuisine et disposai le reste des cornes de gazelle sur une assiette que je mis sur la table du salon avec des serviettes en papier et deux tasses.

Seif, les cheveux encore humides et sa barbe émondée, réajusta son drap de bains mais resta torse nu. Je notai chaque détail de son corps de félin magnifique et une onde de chaleur se répandit dans mon ventre. Incroyable l'effet que cet homme avait sur moi. On avait passé toute la nuit à faire l'amour et encore en cet instant, je sentais de nouveau le désir monter en moi juste en le regardant. Je me grouillai de faire demi-tour vers la cuisine.

- Où tu vas comme çà ? On n'est pas pressés, fit Seif amusé.

- J'allais prendre une douche, bégayai-je en évitant de regarder en bas de sa taille.

- La salle de bains c'est par ici, souriant de plus belle en montrant du pouce la porte derrière lui.

- C'est juste ! dis-je en évitant de toucher son corps en passant près de lui.

Sauvée ! pensai-je en franchissant la porte. Les mains de Seif m'agrippèrent aux hanches et remontèrent rapidement le long de mon ventre. Les pointes de mes seins se mirent aussitôt au garde-à-vous. Je suis foutue ! me dis-je déjà consentante alors que ma main se posait sur son membre qui grossissait à vue d'œil. *Comment arrive-t-il à faire çà ?* Je ne perdis pas de temps à me poser des questions inutiles. Seif me souleva dans ses bras et alla me redéposer sur le divan. Son corps s'écrasa sur le mien et je me dépêchai de hisser le pavillon blanc en signe de reddition en l'entourant de mes bras.

Bien plus tard….

- As-tu quelque chose de prévu pour aujourd'hui ? me demanda Seif.

- Tu veux dire, si je parviens à sortir du divan ?

- Petite futée ! Je me demandais justement si on me reverrait à l'agence un jour, répondit-il en déposant un baiser sur ma bouche.

- Non, je n'avais rien prévu, pourquoi ?

- Je pensais aller voir ce qui se passe du côté de Horak et de Bilakiev, savoir si Hamad a refait surface au Bonaventure….

- Tu m'emmènes avec toi j'espère, fis-je aussitôt.

- Bien sûr, sinon tu serais capable d'aller rôder autour de chez eux toute seule ! De toutes façons je dois rester près de toi, pour protéger ton….

- Mon corps, oui j'ai vu çà ! dis-je avec un regard en coin, avant de sauter en vitesse hors du divan au moment où Seif s'apprêtait à m'enlacer. Je vais me doucher cette fois…. et n'approche pas de la salle de bains si tu veux qu'on sorte d'ici, lancé-je en riant.

Je me fis un shampoing et me lavai aussi rapidement que me le permettaient mes membres ankylosés. Je grimpai sur ma balance et étouffai un cri de joie. Un kilo, j'avais perdu un kilo ! Manger peu, faire beaucoup d'exercices, voilà la clé. Bon çà dépend de quels exercices on parle là ! Avec Seif comme entraîneur, je suis partante, me dis-je en repensant à…. non, pas le moment de penser à çà, sinon…. Je maquillai mes yeux plus que de coutume, pour détourner l'attention de ma lèvre toujours fendue et maintenant carrément enflée. Je levai les yeux au ciel. J'étais la seule personne de ma connaissance à attraper des babines pareilles dès qu'on l'embrassait. Je sortis en catimini de la salle de bains et en trois bonds, mes jambes se retrouvèrent dans mes jeans. Vite mon sweat, mes boots. Je risquai un œil vers le salon. Seif s'était rhabillé et rebranchait la sonnerie de son portable. Son regard s'éclaira en me voyant.

- Jolie ! Attends, n'oublie pas ta crème, le doc a dit matin et soir, fit-il en sortant le tube de sa boîte.

- *Apparemment je n'avais pas assez forcé sur le maquillage de mes yeux.* Lance-la moi s'il-te-plaît, demandai-je en me souvenant d'hier soir, quand tout avait commencé.

- Prudente ? dit-il en me le lançant avec un sourire malicieux. *Lui aussi se souvenait.*

- Le temps de nous préparer un thé, et on pourra y aller !

- Ne te casse pas la tête, je dois m'arrêter d'abord chez moi pour me changer, on en boira un là-bas et on en profitera pour faire provision de cornes de gazelles…. pour plus tard, dit-il avec un air malicieux.

Ho ho ! Est-ce que je vais tenir le coup moi avec Superman ? Je pris une veste sport multi-poches et y transférai tout ce qui était dans mon blouson en cuir tâché de boue et de jus de calmars. Seif remit son arme dans sa ceinture et rabaissa son sweat shirt par-dessus. Nos portables et nos clés en main, nous sortîmes de l'appartement.

CHAPITRE 11

En déboulant de l'ascenseur Seif lança un juron. Sous l'œil soupçonneux du remplaçant de Colgate, Tom assis dans l'un des fauteuils du hall de l'immeuble, feuilletait des prospectus publicitaires qu'il avait pêchés sur les étagères de l'entrée.

- Qu'est-ce que vous fichez ici ? demanda Seif sans préambule.

- Sam m'a demandé de le relayer…

- Le relayer ?

- Oui, il a fait la veille de nuit, je suis venu à dix heures ce matin pour le remplacer.

Je me mordis l'intérieur des joues pour ne pas pouffer en voyant l'air ahuri de Seif pendant que Tom lui expliquait le topo. Sam, tu parles d'une nounou ! Une nounou têtue il faut dire. *Ooooh !* Louisa, Aref et Sam avaient vu Seif m'embrasser, maintenant c'est l'IES au grand complet qui saura qu'on avait passé la nuit ensemble chez moi. Il ne manquait plus que la radio et la télévision pour que toute la ville soit au courant !

- Et Bilakiev, qui le surveille lui ? reprit Seif sur un ton courroucé.

- Il n'est plus chez lui. Selon Bill, Horak est allé tout droit à Saint-Léonard hier en milieu de matinée et il y a ramassé Bilakiev avant de filer à son entrepôt.

- Où sont-ils allés ensuite ?

- Quand ils ont vu toutes les bagnoles de police devant l'entrepôt, ils ont fait demi-tour et sont retournés à Notre-Dame-de-Grâce. C'est pour çà que Sam m'a dit de décrocher de chez Bilakiev et de venir ici, expliqua Tom patiemment.

- Puisque vous êtes ici, restez-y, et demandez à Julien qu'il vous envoie des photos de Hamad et de sa clique via son portable. Vous connaissez déjà Horak et sa bande. Si l'un d'entre eux s'aventure par ici, appelez-moi tout de suite. Je rentre chez moi, je dois parler à Sam et tout de suite, dit Seif en me prenant par le bras avant de sortir de l'immeuble à grandes enjambées.

Une fois dans la Mercedes je coulai un regard vers Seif. Il avait l'air sérieux mais ses lèvres esquissaient un semblant de sourire. Je comprenais ce qu'il ressentait, mais je ne voulais pas que Sam se fasse engueuler pour avoir voulu nous protéger. Je me demandai quoi dire pour alléger sa sentence. En arrivant à Westmount je me décidai.

- Ne sois pas trop sévère avec Sam, il voulait juste nous protéger, dis-je à Seif avant de pouffer de rire.

- Tu trouves çà drôle ? demanda-t-il avec une amorce de sourire.

- C'est la tête que tu faisais quand tu as vu Tom qui m'a fait rire.

- Je ne m'attendais pas à çà en sortant de chez toi.

- Heureusement qu'on n'est pas partis plus tôt, dis-je en riant sous cape, sinon c'est sur Sam qu'on serait tombés.

- Celui-là, crois-moi il ne perd rien pour attendre. Mais comme tu dis heureusement qu'on n'est pas partis plus tôt, fit Seif en faisant glisser sa main libre sur ma cuisse tandis que la voiture s'engageait dans l'allée du garage.

- Tu es obsédé ma parole ! dis-je en riant.

- C'est toi qui m'obsèdes depuis que tu as croisé ma route, répondit Seif en freinant avant de m'attraper par le cou pour m'embrasser.

Un *toc ! toc !* sur ma vitre nous fit sursauter. Sam, debout dans l'allée, le visage fendu par un sourire qui s'étirait d'une oreille à l'autre nous regardait.

- Pas moyen d'être tranquilles, grommela Seif, tandis que je priai pour que mes joues aient cessé de rougir avant de sortir de la voiture.

- Tom m'a dit que vous veniez ici ! dit Sam en nous détaillant de pied en cap.

- Je vois çà, répondit Seif en s'évertuant à avoir l'air sévère.

- T'as l'air en forme Zika, je ne t'avais jamais vue la mine aussi épanouie, me dit-il en clignant de l'œil alors que je repiquai un fard illico.

- Toi aussi tu as l'air d'aller beaucoup mieux.

- Rien de tel qu'une bonne nuit de sommeil au chaud dans son lit pour se retaper, pas vrai Sam ? lui lança Seif avec un regard de biais.

- Aref m'a demandé de monter la garde chez Zika, il était inquiet…

- *On* montait la garde chez Zika, dit Seif en tapotant son sweat shirt là où son arme faisait une bosse.

- Oui bon, mais on n'est jamais trop nombreux et…

- Merci pour les cornes de gazelle Sam, dis-je pour détourner la conversation en voyant la fumée commencer à sortir des oreilles de Seif.

- Au moins il y a quelqu'un qui a apprécié mon attention, fit Sam faussement indigné. Tes valises sont dans le coffre ?

- Non, coupa Seif, on s'arrête juste le temps de me changer et de manger un morceau avant de repartir. On n'a pas vraiment eu le temps de petit-déjeuner.

- Je vois, parfois c'est difficile d'interrompre une….. conversation importante, fit Sam en riant, alors que Seif faisait mine d'ôter sa chaussure pour la lui lancer.

Aref nous attendait à l'entrée du salon, ses yeux pétillants allant de Seif à moi.

- Tout s'est bien passé les enfants, je veux dire pas de problèmes ?

- Tout s'est *très* bien passé Père, je vous remercie.

- Tant mieux, entrez donc Zika, vous avez une mine resplendissante.

- C'est ce que je lui ai dit, renchérit Sam. Je vais préparer une collation en vitesse, les pauvres n'ont pas eu le temps de déjeuner.

- Bon, bon, j'y vais, fit Sam en riant car Seif lui montrait la porte.

- Je monte me changer, déclara Seif alors que son père m'entraînait vers le salon.

- Depuis ma première visite je n'ai pas encore eu l'occasion de vous complimenter sur votre bibliothèque Aref, dis-je en m'asseyant.

- Je suis ravi qu'elle vous ait plu, vous aimez lire ?

- J'adore lire. Depuis que je suis enfant je dévore les livres.

- La lecture agrandit l'âme…. commença Aref.

- Et un ami éclairé la console, complétai-je.

- Mes compliments, peu de gens connaissent cette citation, dit Aref.

- Voltaire a toujours été un de mes auteurs favoris, répondis-je en souriant.

- Vraiment ?

- Absolument, j'adore ses œuvres, mais j'aime aussi son tempérament et son côté rebelle et insoumis, dis-je les yeux brillants.

- Rebelle et insoumis….. Çà me fait penser à quelqu'un, dit Seif qui, revenu sur ces entrefaites, me regardait d'un œil amusé.

Il avait fait vite pour se changer. Avec son tact habituel, il ne voulait probablement pas voulu me laisser seule face aux autres. Il avait mis des jeans noir, une chemise sport en flanelle noire et ocre ouverte sur un t-shirt noir. Je détournai les yeux pour éviter de le dévorer du regard. Sam fit son apparition, poussant une table roulante, sur laquelle étaient disposés plusieurs plats, un saladier et une corbeille de pains dorés croustillants. Sur l'étagère inférieure, des assiettes, des verres et ustensiles, et une carafe de jus de fruits frais. Nous nous levâmes pour nous servir.

- Après ce qui s'est passé hier, quels sont vos plans ? demanda Aref en prenant une fine tranche de roastbeef froid et quelques feuilles de salade.

- D'après Tom, Bilakiev se trouve maintenant chez Horak, dit Seif. Aucune nouvelle de Hamad pour le moment. Nous pensions aller faire un tour de reconnaissance à Notre-Dame-de-Grâces et aller voir Julien au Bonaventure qui aura peut-être du nouveau.

- En collant au tandem Horak-Bilakiev il y a de bonnes chances pour qu'on finisse par repérer Hamad, répondit Aref.

- En parlant de se faire repérer, dit Seif en se tournant vers Sam, comment avez-vous fait pour vous introduire dans l'immeuble de Zika hier soir ?

- Ben…. arrivé devant la porte vitrée j'ai vu un gardien à l'intérieur, commença l'interpellé. J'ai décroché mon portable et j'ai commencé à parler dans le vide jusqu'au moment où un groupe de gens est entré. Je me suis glissé parmi eux et je suis monté à l'étage déposer le paquet de gâteaux. Pendant que j'étais là, j'ai inspecté les issues de secours et la salle de lavage commune à l'étage et je suis redescendu.

- Colgate ne t'a pas posé de questions ? demandai-je étonnée.

- Si tu parles du gardien, avant même qu'il n'ouvre la bouche, je lui ai dit que j'étais le chauffeur d'un ami qui était invité chez un résident de l'immeuble et que je devais l'attendre. Je me suis installé confortablement dans un fauteuil de la réception en prévision d'une longue nuit, expliqua Sam en m'adressant un sourire. De temps à autre, je sortais sous prétexte de me dégourdir les jambes, et j'allais inspecter le jardin, la rue, les allées. On a fini par sympathiser ton Colgate et moi, si bien que lorsque Tom est arrivé je lui ai dit que c'était lui qui allait attendre notre patron parce-que je devais partir, conclut Sam en enfournant un morceau de pain.

- Du gâteau quoi, tu parles d'une sécurité ! Il faut une clé spéciale pour entrer, ou bien taper un code pour se faire ouvrir la porte avant d'affronter les questions du gardien et toi tu es rentré comme çà ! fis-je en claquant des doigts.

- Finalement j'ai bien fait de demander à Sam d'aller là-bas, dit Aref en se calant dans son fauteuil.

Seif ne songeait plus à houspiller Sam d'être venu nous materner.

Quant à moi j'en voulais à Colgate de sa négligence tout en m'efforçant de grignoter tranquillement alors que j'avais une faim de chacal. *Les exercices ça creuse !*

- Tu veux encore un peu de viande ? Tu dois prendre des forces, on ne sait pas ce qui nous attend aujourd'hui, me dit Seif une flamme dansant dans les yeux, en me tendant le plat de viandes froides. *Ho ho !*

Seif nota l'air surpris d'Aref et de Sam devant ce tutoiement nouveau avant de les voir échanger un regard entendu, mais il n'en perdit pas son flegme pour autant. Moi je fixai avec obstination le vase de fleurs posé sur la desserte pour m'éviter de rougir *comme d'habitude.*

Lorsque nous eûmes avalé une portion de tarte aux pommes chaude saupoudrée de cannelle pour laquelle je complimentai vivement Sam, Seif donna le signal du départ. Aref et Sam nous accompagnèrent jusqu'à l'entrée. Nous quittâmes la maison sur la promesse de donner des nouvelles au quartier général, après que Sam m'eut filé en cachette un autre sac en papier assez rebondi.

- Qu'est-ce que c'est çà ? me demanda Seif en attachant sa ceinture.

- Cadeau ! dis-je en piochant une corne de gazelle dont je croquai la moitié avant de glisser le reste entre ses lèvres.

Le quartier de Notre-Dame-de-Grâce est sillonné de petites rues généralement tranquilles bordées de maisons et de duplex. Il y a des coins chauds, surtout la nuit, où sévissent quelques gangs de rue qui jouent à *jesuisplusfortquetoi* au lieu de jouer aux cartes comme tout le monde. De temps à autre la police ramasse le cadavre du perdant sur le trottoir mais comme le taux de criminalité est relativement faible compte tenu de l'immensité du territoire de la ville de Montréal par rapport aux autres grandes villes Nord-américaines, çà ne retient l'attention du public que l'espace de quelques secondes entre les nouvelles des sports et la météo.

Hormis la rue Sherbrooke et l'avenue Monkland le long desquelles s'alignaient des commerces et des cafés terrasses, il n'y avait pas beaucoup d'animation dans le secteur en ce samedi grisâtre. La bruine qui tombait sans discontinuer devait y être pour quelque chose. À moins d'être obligés de sortir, c'était plutôt un temps à rester à la maison au coin d'un bon feu. J'ai toujours regretté de ne pas avoir de cheminée dans mon appartement, contrairement aux pompiers de mon secteur qui trouvaient que les flammes qui envahissaient parfois ma cuisine suffisaient à leur bonheur.

Seif tourna sur la rue Côte-St-Antoine et longea un petit parc. Ralentissant, il me montra une maison sur la droite, située un peu en retrait des autres.

- C'est ici, dit-il sans tourner la tête. La Jeep est encore dans l'allée du garage. On va se mettre un peu plus loin et je vais appeler Bill.

- Il arrive ! dis-je en voyant dans le rétroviseur latéral un bulldozer vêtu d'un blouson à capuche qui arrivait nonchalamment.

Parvenu à la hauteur de la Mercedes, il ouvrit tranquillement la portière et s'installa sur la banquette arrière après nous avoir salués. Seif démarra aussitôt et s'engagea dans une rue transversale pendant que Bill résumait la situation.

- Depuis leur retour de l'entrepôt hier, rien à signaler. Personne n'est sorti de chez Horak, pas de visiteurs non plus, en dehors d'un livreur de pizzas à dix-neuf heures. Bilal qui m'a remplacé pour la nuit m'a dit rien à signaler quand je suis revenu ce matin. En passant, félicitations ! Sam m'a dit que vous aviez pu récupérer le sceau. Si je me fie à ce que j'ai vu sur le boulevard Industriel, la lutte a été chaude on dirait.

- Merci, dit Seif, le sceau se trouvait finalement chez Bilakiev. Le rodéo sur le boulevard Industriel n'était pas prévu. Un complice de Hamad qui venait d'arriver au moment où on partait a tiré sur Sam avant d'embarquer de force Zika dans sa voiture ! expliqua-t-il le regard dur.

- Oh merde, comment çà va toi, et Sam ? me demanda Bill.

- Dieu merci Sam va bien. Je dois dire que j'ai eu la trouille, mais je m'en suis sortie avec un bobo sur la tête et une aversion nouvelle pour les calmars, dis-je en riant.

- Je suis content que vous vous en soyez bien tirés. Y-a-t-il de nouvelles instructions ou bien on continue à planquer devant chez Horak ? demanda Bill.

- Pour le moment, rien de changé, mais tenez-vous prêt et passez le mot à Bilal. Dès qu'on aura retracé Hamad, on pourrait avoir besoin de renforts, dit Seif après avoir résumé ce qui avait été dit un peu plus tôt à Westmount.

- Pas de problème ! Déposez-moi ici au coin de Girouard, pas la peine de se faire repérer, je finirai le trajet à pied, dit Bill en s'apprêtant à descendre de la voiture.

- On dirait qu'ils se contentent de tenir un conseil de guerre chez Horak, dis-je à Seif après que Bill nous eut laissés.

- Oui, dommage qu'on ne puisse pas savoir s'ils se sont téléphoné. Maintenant, en route pour le Bonaventure ! fit Seif. S'il s'était passé quelque chose Julien aurait appelé, mais d'ici notre arrivée peut-être qu'il y aura du nouveau. J'en profiterai pour lui dire à lui aussi de se tenir prêt et de rester en liaison avec Tom.

Quand Seif se gara près de la rampe d'accès de l'hôtel Bonaventure, je me tournai vers lui.

- Je pensais à la première fois où on était ici ensemble. J'étais furax contre toi parce-que tu m'avais laissée dans l'auto pour courir après ton *cousin*…. et j'ai pris du poids en dévorant des Bounty pour me calmer ! conclus-je en riant.

- Je m'en souviens, j'étais salement coincé ce jour-là ! dit Seif en éclatant de rire. Je devais te garder sous la main pour savoir pourquoi tu me suivais, et en même temps je devais courir après l'autre. Pour finir j'ai marché sur la patte d'un chien et j'ai dû battre en retraite précipitamment.

- Tant de choses se sont passées depuis, j'ai l'impression que c'était il y a des mois, dis-je rêveuse. Tu m'avais déjà volé un baiser ce jour-là ! ajoutai-je grondeuse.

- C'était une urgence, j'aurais pu trouver autre chose mais j'avais déjà une envie folle de t'embrasser, dit Seif en se penchant pour déposer un baiser sur mes lèvres.

- C'était mieux à l'aéroport, fis-je en me dépêchant d'ouvrir la portière avant qu'il ne puisse me prendre dans ses bras.

- Tu ne perds rien pour attendre, dit-il en descendant à son tour de la Mercedes.

Nous commençâmes à monter la pente en riant comme des enfants. Une navette débarquait des voyageurs, Japonais pour la plupart, sur l'esplanade face à la porte principale. Nous restâmes sous l'auvent à l'extérieur pour nous protéger de la bruine pendant que Seif appelait Julien. Quelques minutes plus tard, je vis arriver un jeune homme dégingandé d'une trentaine d'années à peine, cheveux blonds très courts dressés sur sa tête à grand renfort de gel, look jeune oursin en ballade. Lorsque Seif nous présenta l'un à l'autre, il me serra la main avec un sourire sympa.

- J'ai appelé Steve hier pour me relayer, mais ni lui ni moi n'avons revu Hamad. C'est à se demander où il a disparu, dit-il en secouant la tête.

- Gardez l'œil ouvert, il va sûrement revenir à un moment ou un autre, recommanda Seif, d'ici là, restez en contact avec Bill et Tom et surtout tenez-vous prêt à accourir si on a besoin de renforts, au cas où on tombe sur Hamad avant vous.

- On a quartier libre maintenant, où as-tu envie d'aller ? me demanda Seif alors que nous avions réintégré la voiture.

À vrai dire je n'en savais trop rien. Les évènements s'étaient succédés à une vitesse effarante depuis ces dernières semaines et…. les habitudes ont la vie dure, les miennes en tout cas. Depuis presque vingt ans, le samedi soir nous sortions au restaurant Riad et moi, ou bien on préparait un dîner sympa chez lui ou chez moi, on écoutait de la musique et après on faisait l'amour. On connaissait chaque parcelle de nos corps, chaque habitude, chaque…. Mon cœur se serra brusquement tandis que des larmes contenues brûlaient mes paupières. *Pourquoi Riad, pourquoi ?* Une épée se ficha dans mon cœur en pensant qu'il était dans la même ville que moi, si proche et si inaccessible, et que je ne le reverrai peut-être plus. *Au secours ! Il me faut un psy d'urgence !* J'ai fait l'amour avec Seif la nuit dernière et là je donnerais tout ce que j'ai pour être avec Riad maintenant. Je me sentais coincée entre Seif qui était amoureux de moi et Riad qui apparemment ne l'était plus. Seif était sympa, prévenant et sexy mais ce que je ressentais pour lui c'était plus de l'attirance physique que de l'amour. La décision que Riad avait prise à notre sujet n'avait été que le déclencheur de ce qui s'était passé ensuite entre Seif et moi. Si Riad n'avait pas décidé subitement de prendre des semaines de réflexion, on serait ensemble en ce moment. *Aya, toi et tes putes de cousines, quelle merde vous avez mise ! Aaargh* Je me sentais de plus en plus paumée, de plus en plus misérable…. ce qui ne réglait en rien mon problème.

- Il n'est que dix-huit heures, me contentai-je de répondre à Seif en consultant ma montre, je ne sais pas.

- Je t'emmène prendre un verre, dit Seif en démarrant. Sur la rue Bishop pas loin de chez toi, il y a un bistro sympa et pas trop bruyant. On pourra parler tranquillement, ajouta cette fine mouche qui avait senti que je n'étais plus tout à fait la même.

Pendant qu'il conduisait, je lui jetai de temps en temps un coup d'œil à la dérobée. Il était toujours aussi séduisant, aussi sexy, aussi gentil, mais mon cœur savait mieux que moi-même apparemment que c'était Riad que j'aurais aimé avoir à mes côtés. Riad, gentil et tendre quand ça lui chantait, hargneux et froid la plupart du temps, sauf au lit. J'avais une envie dingue de me balancer des gifles jusqu'à ce que ma tête tourne sur elle-même. C'est pas croyable que les femmes puissent être aussi connes, et moi en tête du peloton en maillot jaune pour faire plus joyeux !

Nous nous installâmes devant la baie vitrée et Seif commanda deux Perrier citron. Je tentai de retrouver un air enjoué pour dire combien je trouvai l'endroit sympa, mais il m'arrêta en posant une main sur la mienne.

- Qu'est-ce qui te tracasse Zika ? Tu as l'air différente depuis tout à l'heure, dit-il doucement.

- Je…. rien, je t'assure.

- Écoute, je ne veux pas te brusquer, mais je sens qu'il y a quelque chose qui ne tourne pas rond. Si tu penses pouvoir me faire confiance, alors parle-moi.

- Ce n'est pas toi, c'est moi…. je me sens paumée, complètement paumée, finis-je par avouer en baissant la tête.

- Regarde-moi…. tu regrettes ce qui s'est passé entre nous ?

- Je t'ai déjà dit que je ne regrettais jamais ce que j'avais fait consciemment, dis-je en essayant de prendre un ton plus léger.

- Alors, c'est ton copain ?

- Oui, fis-je en rebaissant la tête.

- Hier il t'a appelée quand on était en route pour aller chez toi. Tu faisais une drôle de tête en parlant avec lui et quand tu as raccroché je t'ai senti au bord de l'explosion. Qu'est-ce qui s'est passé ? Ne te sens pas obligée de me le dire mais j'essaye de mieux te comprendre, dit-il en relevant mon menton et en plongeant ses yeux dans les miens.

Je narrai à Seif le plus succinctement que je le pus, le voyage de Riad au Maroc, ses projets qui avaient bifurqué une fois sur place, ce que j'avais ressenti quand il était allé dans un hôtel boire avec ses soi-disant *cousines*, sa conversation bizarre à son retour au sujet de cette saloperie de paire de bottes, son premier je t'aime après presque vingt ans, suivi le lendemain par son annonce au sujet d'une autre qu'il aurait en tête, et sa décision de ne pas me voir ces prochaines semaines pour…. réfléchir, sans même que je sache si je le reverrai un jour.

Seif m'écouta parler sans m'interrompre, hochant parfois la tête et durcissant son regard lorsque je parlai du comportement de Riad. Je conclus en lui disant une fois encore que je ne regrettai pas d'avoir fait l'amour avec lui, que l'envie que nous avions l'un de l'autre existait déjà avant, que je le trouvais formidable et sexy, mais que les sentiments que j'éprouvais depuis tant d'années pour Riad ne pouvaient être balayés d'un revers de mains même s'il m'arrivait d'éprouver de la haine pour lui à cause des souffrances qu'il m'infligeait.

- Tu vois, je ne sais pas ce qui est pire, continuer à aimer un homme qui ne le mérite pas, ou ne pas pouvoir aimer davantage un homme qui le mérite, dis-je pour finir.

- Écoute, ce qui est fait est fait et on n'y peut rien. Je suis mal placé pour te dire qu'il est facile de rejeter l'amour qu'on éprouve pour quelqu'un qui ne le mérite pas. Même après avoir rompu avec elle, j'ai souffert pendant des mois. Tu aimes Riad ou tu crois l'aimer, je ne sais pas. Moi je suis amoureux de toi, mais je ne sais pas encore si cela deviendra un amour solide et durable. Tu sais, au début les gens tombent amoureux mais c'est avec le temps que l'amour vrai se développe et grandit. On en a déjà parlé, le comportement de Riad n'est ni un comportement honnête, ni celui d'un homme qui a pris une décision. C'est plutôt celui d'un homme qui aime une femme, qui est tombé amoureux d'une autre et…. qui a besoin de temps pour y voir clair. Je ne sais pas ce qu'il va finalement décider, je ne suis pas à sa place, et surtout je ne suis pas lui. La seule chose que je sais, c'est que je tiens à toi, et que j'attendrai jusqu'à ce tu saches qui tu aimes et ce que tu veux faire. Mektoub, le Destin, c'est lui qui décidera !

- *Mektoub, encore et toujours !* Tu es tellement…. tu es un homme bien Seif. Tout çà c'est ta faute, si ta route avait croisé la mienne vingt ans plus tôt, dis-je avec un clin d'œil qui fut noyé de larmes l'instant d'après.

- Il y a vingt ans tu n'aurais pas adressé un regard au gamin que j'étais, fit-il avant de s'interrompre brusquement devant mon regard.

- Tu viens de remettre le doigt sur un autre bobo, répondis-je soudain ramenée à une autre dimension de notre relation.

- On en a déjà parlé, et tu connais mon avis là-dessus. Sèche tes larmes, dit-il en me tendant une serviette en papier. Il y a un type près du bar qui me fusille du regard en pensant que je suis une brute, et je n'ai pas envie de me battre en duel ce soir, j'ai laissé mon épée chez moi, fit-il déclenchant mon rire.

- Tu es un peu comme Sy, lui dis-je alors que nous nous apprêtions à nous en aller, nos consommations avalées, tu réussis à me faire rire après avoir eu envie de pleurer.

- Un chic type ce Sy, je suis heureux de l'avoir rencontré.

La pluie ayant cessé, nous marchâmes tranquillement jusqu'à la voiture. Seif appela chez lui pour dire qu'il n'y avait rien à signaler.

- Tu as faim ? me demanda Seif.

- Pas une faim de cannibale, mais un petit creux quand même.

Roulant au hasard, nous jetâmes notre dévolu sur un petit restaurant Grec de la rue Sainte-Catherine, non loin de l'Université Concordia. Le temps de garer la Mercedes, plusieurs personnes faisaient déjà la queue à l'extérieur. Je regardai les gens devant moi, puis assenai une claque légère mais retentissante sur l'épaule d'une femme qui me tournait le dos, à la stupéfaction de Seif qui devait penser que je perdais la boule.

- Non, c'est toi ? C'est bien toi ? dit Hélène en ouvrant des yeux comme des soucoupes volantes et en tapant à son tour sur le bras de son mari. Regarde

Ben, c'est Zika ! C'est dingue, on ne se voit pas pendant des semaines, et d'un coup pouff ! on se rentre dedans à tout bout de champ.

- Où est Riad ? reprit-elle en secouant sa tête dans tous les sens.

- Hélène, je te présente Seif mon patron, dis-je en tirant celui-ci par la manche.

- Seif, voici Hélène, notre témoin oculaire improvisé, et voici Ben, son époux.

- Joignez-vous à nous ce serait génial, reprit Hélène toute excitée, pas de manières entre nous. fit-elle en riant de plus belle tandis que les yeux de son mari roulaient dans leurs orbites comme des boules de flipper.

Essayant d'assimiler le flot verbal de mon amie, Seif la regardait avec l'œil d'un entomologiste qui a découvert une nouvelle variété d'insecte. Quant à moi, je ne disais rien, me contentant de hocher la tête à l'occasion. Je savais depuis longtemps qu'il était plus facile d'attraper une navette spatiale avec un filet à papillons que d'interrompre Hélène une fois qu'elle était lancée. La file avançait rapidement à l'intérieur du restaurant et nous approchâmes de la porte d'entrée.

- Oooh j'allais oublier, devine quoi ? continua Hélène sans reprendre son souffle, je t'avais dit que Sue avait trouvé son mari au lit avec un autre homme, et bien on dirait que c'est contagieux ce truc-là, et il n'y a même pas de vaccin en plus. Figure-toi que trois jours après, Marie-Pierre a appelé Julie pour lui dire qu'elle avait viré son copain et qu'elle en avait marre des mecs. Là-dessus elle a décidé de devenir lesbienne et elle a mis une annonce femme recherche femme. Tu te rends compte ? Elle aurait dû faire un essai d'abord, c'est fou çà, c'est comme si elle achetait une robe ajustée sans l'essayer avant.

- Tu devrais avancer ma chérie, c'est à notre tour d'entrer, dit Ben en nous lançant un regard désolé tandis qu'il guidait sa femme à l'intérieur du restaurant.

- Tu comprends maintenant pourquoi on l'appelle radio-express ? glissai-je à Seif qui avait l'air groggy.

Exception faite du moment où le serveur vînt prendre notre commande, nous ne pûmes placer un mot, Hélène monopolisant la conversation. Ben profita d'un instant de répit pour prendre la parole pendant que sa femme mastiquait vaillamment ses tsatzikis.

- Finalement avez-vous retrouvé le gars du centre Bell ? demanda-t-il.

- On sait où il habite en effet, mais ce qui nous intéresse surtout c'est de localiser son chef, répondit Seif.

- Je suis sûre que vous y arriverez bientôt, dit Hélène qui piqua une fourchette énergique dans sa salade verte, Montréal n'est pas si immense que çà. C'est comme l'autre zozo…. là, fit-elle les yeux exorbités en se mettant à tousser comme une perdue.

- Que t'arrive-t-il ma chérie ? Mon Dieu elle est en train de s'étouffer avec sa salade, dit Ben paniqué, alors que sa femme essayait de parler au milieu de sa quinte de toux.

Nous nous empressâmes à sa rescousse. Seif lui tendit un verre d'eau, je me levai et commençai à taper dans le dos de mon amie. Le calme revint, et après avoir bu une gorgée d'eau, Hélène retrouva son souffle et la parole en même temps.

- C'est ce que j'étais en train de dire, c'est comme l'autre zozo là, fit-elle en pointant son doigt en direction de la paroi vitrée qui donnait sur la rue.

- Mais de qui tu parles à la fin ? m'énervai-je.

- Du type du Centre Bell, Il est passé devant le restaurant avec un autre mec juste au moment où on parlait de lui, c'est pour çà que j'ai avalé ma salade de travers vous compr…..

- QUOI ? m'écriai-je alors que Seif se ruait déjà vers la sortie.

M'excusant auprès de mes amis, je me précipitai derrière lui. Hélène m'emboîta le pas, laissant Ben attablé, complètement désemparé.

- Je viens avec vous, çà a l'air follement excitant ! dit-elle en trottant à mes côtés.

- Retourne auprès de ton mari, çà pourrait être dangereux, fis-je essoufflée alors que j'essayais de rattraper Seif qui courait cinquante mètres plus loin.

- Tu es folle ? Pour une fois qu'il y a de l'action dans ma vie, répondit Miss Têtue.

J'essayai de courir plus vite, ignorant le poing de côté qui se dessinait. Les talons d'Hélène résonnaient sur le trottoir mouillé. *Rien à faire, il faut que je me remette à l'entrainement si je veux continuer à faire ce boulot !* Seif s'arrêta en secouant la tête avant de revenir sur ses pas. Il nous rejoignit alors que piétinant ma fierté, je m'étais adossée, respiration coupée, contre la vitrine d'une pharmacie.

- Disparu dans la nature ! ragea Seif en me prenant le bras pour retourner au restaurant.

- Ah vous revoilà, je vous croyais disparus corps et bien ! s'écria Ben en nous voyant réapparaître, essoufflés et la mine basse.

- On l'a raté de quelques minutes, dit Seif en se rasseyant.

- C'est ma faute, fit Hélène la mine embarrassée, si je n'avais pas mangé cette fichue salade…

- Vous n'y êtes pour rien, mais dites-moi, vous êtes sûre qu'il s'agissait bien de lui ?

- Vous plaisantez, j'ai l'œil vous savez. Il avait un pantalon moutarde et un sweat marron, et il avait tout un côté du visage marbré de brun et de vert, assorti quoi ! dit-elle en riant. Je l'ai reconnu quand il s'est tourné vers l'autre et…

- Quel autre ? demanda Seif vivement.

- Celui qui marchait avec lui, pardi ! Un grand brun, un Arabe avec des Ray-Ban.

- Un Arabe tu es sûre ? m'écriai-je.

- Tu me demandes çà à moi qui suis née et qui ai grandi à Meknès ? dit Hélène l'air scandalisé. Je l'ai remarqué parce-que des lunettes noires sur les yeux quand il fait nuit çà craint !

- Bon Dieu ! fulmina Seif en tapant du poing sur la table, faisant renverser le verre de vin de Ben sur sa braguette, qui se mit illico à éponger le désastre.

- C'était Hamad ! dis-je consternée en me tournant vers Seif.

- Sans aucun doute, répondit-il frustré.

- C'est qui ce Hamad ? osa demander Hélène.

- Celui qu'on recherche…. le patron de l'autre ! répondis-je.

- Oh Merde ! fut son seul commentaire.

Nous terminâmes le repas dans un silence relatif, seulement coupé de temps à autre par les commentaires d'Hélène sur son tiramisu. Même elle avait l'air d'avoir perdu son entrain. Au moment de partir, elle remit en route son moulin à paroles.

- Ben ! Qu'est-ce qui t'es arrivé ? cria-t-elle l'œil fixé sur le pantalon de son époux.

Tous les regards convergèrent sur l'endroit incriminé. Une large tâche de vin s'étalait sur la braguette du pantalon beige clair de Ben. Impossible à dissimuler. Rose de confusion, celui-ci ne savait plus où se mettre, d'autant plus que les autres dineurs ameutés par le cri d'Hélène se rinçaient l'œil à présent.

- Je vais arranger çà tout de suite, dit Hélène, cramponnant la salière sur la table voisine et commençant à saupoudrer généreusement le pantalon de son mari sous les regards amusés des voisins de table.

Ben voulut l'arrêter mais peine perdue !

- C'est une recette de grand-mère infaillible, dit-elle à la ronde, la seule façon de venir à bout d'une tâche de vin. Pas vrai Zika ? fit-elle, en se tournant vers moi.

- Absolument ! Ma grand-mère et ma mère faisaient la même chose, approuvai-je.

- Mais j'ai l'air de quoi maintenant ? dit Ben en jetant un regard consterné sur son pantalon où la tâche rouge était à présent hérissée d'une multitude de points blancs.

- Maintenant tu es comme un anchois en conserve, tu as du sel sur la queue, dit Hélène en éclatant de rire, aussitôt imitée par la salle au grand complet, tandis que Seif et moi essayions de garder notre sérieux, pour ne pas aggraver le désarroi de Ben.

Comme celui-ci se tenait toujours figé, Hélène prit la situation en mains. En deux temps trois mouvements elle mit son propre cardigan autour des hanches de son mari et en noua les manches dans le dos pour dissimuler le maximum du dommage, si bien qu'à présent Ben avait l'air de porter un tablier de soubrette.

- Ton amie a l'air d'être tout un numéro, dit Seif, une fois de retour dans la voiture.

- C'est vrai mais je l'adore, elle est tellement sympa, dis-je souriant au rappel de la soirée.

- On va sillonner le quartier avant de rentrer, dit Seif, au cas où on aurait la chance de retomber sur Hamad.

Nous parcourûmes tout le quadrilatère entourant l'Université Concordia avec une obstination digne d'éloges, les yeux fixés sur les trottoirs encombrés par les noctambules. Aucune trace de Ray-Ban ou de pantalons moutarde. Seif reprit la direction de mon appartement.

- Ce dont nous avons parlé tout à l'heure ne change rien au fait que tu dois être protégée, dit Seif en voyant l'expression de mon visage, alors soit tu viens chez moi à Westmount, soit je retourne passer la nuit chez toi. Tu ne peux pas rester seule, surtout avec Hamad dans le coin. T'inquiète pas, il ne se passera rien que tu n'auras pas voulu.

- Je ne m'inquiète pas, répondis-je doucement, je me demandais juste comment tout çà allait finir.

- Tu parles de Hamad là ?

- Non, je parle de nous.

- Qu'est-ce-que tu veux dire exactement ?

- Ce que je veux dire c'est que Riad ou pas Riad, est-ce-que tu envisages de rester chez moi toutes les nuits à venir ? Est-ce-que tu vas nous laisser nous habituer à être continuellement ensemble jusqu'au jour où tu décideras de retourner chez toi ? Et comment on va expliquer çà aux autres à l'agence ? demandai-je soucieuse.

- Tu réfléchis trop, dit Seif en souriant. Pour le moment, Riad ou pas Riad comme tu dis, ma priorité c'est de te protéger jusqu'à ce qu'on mette la main sur Hamad. Après, on avisera, on pourra soit vivre chacun chez soi en se voyant en dehors du travail si tu le souhaites, ou vivre ensemble. Quant aux autres, ce n'est pas vraiment leur problème, tu ne crois pas ?

- C'est vrai çà ne les regarde pas, mais tu penses bien qu'avec Sam, le bruit sera vite répandu, si ce n'est déjà fait, et alors…. comment leur expliquer ?

- Sam ! dit Seif en secouant la tête. Écoute, prenons un jour à la fois, d'accord ?

- Si tu te mets à parler comme lui à présent, dis-je malicieusement, et nous partîmes à rire, notre bonne humeur revenue.

Tom grillait une cigarette dans l'allée de l'immeuble. Son visage ne refléta ni surprise, ni sentiment d'aucune sorte en voyant Seif auprès de moi et dans mon immeuble pour la deuxième fois aujourd'hui. Un homme bien élevé ou un self-control à toute épreuve, pensai-je. Un autre de l'IES qui sait maintenant où Seif passe ses nuits.

- On a raté Hamad d'un cheveu il y a moins d'une heure à deux rues d'ici, lui dit Seif, ouvrez l'œil et bipez-moi s'il y a quelque chose.

- Comptez sur moi !

Colgate n'était pas dans le hall, probablement en train de faire sa ronde dans les étages, ce qui m'arrangeait dans un sens. Il voyait Seif plus souvent que Riad ces derniers temps et devait se demander à quoi je jouais. *Jouer !* Ouais…. Pas exactement le terme approprié. Je dirais plutôt que je dérivais dans le courant d'une rivière en crue.

À peine arrivée chez moi, je jetai mes boots à l'entrée, posai ma veste sur le dossier d'une chaise et apportai une bouteille de jus de fruits et deux verres au salon. Sans nous consulter, nous nous installâmes chacun sur un divan, les yeux rivés avec un ensemble touchant sur la télévision. Aucun nouveau développement aux informations, pas de match de hockey non plus. Je repensai à la soirée de la veille, ce que devait sûrement faire Seif aussi, mais aucun de nous n'osait ouvrir la bouche. Je jetai un coup d'œil discret à ma montre, vingt trois heures ! Seule, je serais allée me coucher, en pleurant naturellement, me demandant ce que Riad était en train de foutre. Là, je n'osai pas aller dormir. Ce fut encore Seif qui sauva la situation.

- Si tu as sommeil, tu peux aller te mettre au lit, je m'allongerai ici avec la télé en sourdine. Lui et moi on reste ici pour monter la garde, dit-il en déposant son flingue sur la table basse…. Sauf si tu préfères t'allonger sur le divan près de moi, reprit-il avec un clin d'œil.

- Je vais fumer une cigarette avant d'aller me coucher si çà ne t'ennuie pas, du sommeil à rattraper, va savoir pourquoi ! répondis-je en souriant.

Il me rendit mon sourire en me regardant droit dans les yeux. Il n'était pas dupe, mais eut le tact de croire en mon explication vaseuse. Riad se trouvait dans le salon entre nous et nous le savions très bien. *Aaargh* Une fois ma cigarette éteinte, je me levai et allai déposer un léger baiser sur les lèvres de Seif avant d'opérer une retraite vers ma chambre dont je laissai la porte ouverte. Pas de la provocation. Pas de *aucasoùjechangeraisd'idée*. Juste le besoin de sentir la présence réconfortante de Seif, peut-être aussi le besoin d'agir moins connement, moins mochement.

Après ce qui s'était passé entre nous, je n'allai pas en plus fermer la porte et mettre une barrière du genre *jen'aipasbesoindetoicesoirmerci*. J'enfilai un top de pyjama et me glissai dans mes draps. Je me sentais nulle à chier. J'étais seule dans mon lit confortable à cause d'un mec qui n'en avait rien à cirer de moi, pendant qu'un homme fantastique essayait de se reposer comme il pouvait dans un divan au lieu de se prélasser dans son propre lit. Pour qui, pourquoi ? Pour moi, pour me protéger ! L'œil vissé sur mon réveil, je regardai défiler les minutes en me tournant et retournant sans cesse.

J'avais dû finir par m'assoupir car un bruit de clé tournant dans la serrure et un choc sourd contre la porte d'entrée me réveilla en sursaut. Vingt trois heures trente. Je regardai stupidement le réveil me demandant si j'avais rêvé. La porte s'ouvrit et le battant alla heurter le mur. J'entendis un juron. Je me levai d'un bond, courus hors de la chambre et me trouvai aussitôt projetée au milieu d'un cauchemar. Riad, les yeux exorbités regardait Seif qui lui faisait face, son arme pointée dans sa direction. Quand les deux hommes me virent arriver, Seif se tourna vers moi, baissa son revolver, et Riad poussa un autre juron sonore en me voyant vêtue de ma seule veste de pyjama.

- Qu'est-ce-que tu fous là ? demanda Riad. Et qu'est ce qui est arrivé à tes lèvres ?

- J'ai pris des baffes…. entre autres. Et c'est chez moi ici, figure-toi ! Ce que je veux savoir c'est ce que toi tu fous ici, et à cette heure-ci en plus !

- Je suis venu te voir. Je voulais te parler…. et lui qu'est-ce-qu'il fabrique ici ? questionna Riad en toisant Seif de la tête aux pieds avec un regard mauvais.

- Il fait ce que tu aurais dû faire toi si tu n'étais pas un salaud ! lancé-je.

- C'est-à-dire ?

- Il me protège, il veille sur moi, et…. il garde mon corps, ne pus-je m'empêcher de rajouter sans toutefois oser regarder Seif.

- Il garde ton corps, et depuis quand ? gronda-t-il. Tu as besoin d'avoir un type armé chez toi pour tirer sur les mouches ? fit-il en se rapprochant encore de moi esquissant le geste de me gifler.

Seif s'interposa aussitôt en lui mettant son flingue devant le nez.

- Ne m'obligez pas à vous tirer dessus ! dit-il froidement.

Riad, tremblant de colère rentrée, se figea.

- Garde tes sarcasmes pour ta poufiasse au Maroc ! grondai-je à mon tour, toute ma rancœur revenue au galop. On a aperçu Hamad dans le secteur. Il est à ma recherche et probablement armé. Seif est chez moi depuis hier et pour une durée indéterminée, de même que Tom qui monte la garde autour de l'immeuble au cas où çà t'intéresse.

- Je ne comprends pas à quoi rime tout çà, fit-il en reprenant du poil de la bête.

- Il n'y a rien à comprendre, c'est notre boulot ! Maintenant, si çà ne t'ennuie pas… dis-je en tournant les talons.

- Hé ! Où vas-tu comme çà ? cria Riad en faisant mine de me suivre, mais Seif se mit en travers de son chemin.

- Je retourne me coucher, j'ai sommeil. Si tu penses rester, installe-toi sur l'autre divan dans le salon avec Seif. Sauf si tu préfères rentrer chez toi pour penser à l'autre connasse et pour réfléchir comme tu me l'as dit hier ! laissé-je tomber froidement.

- Ma place est à côté de toi dans notre lit ! hurla-t-il.

- Mon lit, corrigeai-je, ce n'est plus *notre* lit depuis ton voyage de merde ! Quand tu auras réfléchi et trouvé où est ta place, tu me le feras savoir…. si je suis encore disponible et prête à t'écouter. En attendant, décide-toi pour que je puisse aller dormir.

- Puisque c'est comme çà, je reste ici, fit-il en se dirigeant vers un des divans.

Je ne répondis rien, me contentant de regagner dignement ma chambre sous l'œil attentif de Seif, et celui furieux de Riad.

Dire que la nuit fut douce et paisible serait de l'hérésie. Sitôt allongée sur mon lit, mon corps se hérissa d'antennes et de radars orientés en direction du salon alors que mes oreilles étaient à l'affût du moindre bruit. Je n'entendis que le murmure de la télé dont le son était réduit au minimum et le claquement du briquet de Riad. Il n'y a vraiment qu'à moi qu'arrive ce genre de situation à la con, pensai-je en imaginant ces deux mâles enfermés côte à côte dans la même pièce pendant qu'à deux pas de là, je tâchai de me faire oublier. Riad aurait voulu être avec moi au lit, Seif aurait aimé m'avoir à ses côtés sur le divan, et moi Miss Stupide j'étais seule dans ma chambre à me morfondre et à me demander si ces deux-là n'allaient pas se prendre à la gorge !

- Il n'y a rien d'autre que cette chaîne à la noix ? dit Riad au bout d'un moment.

- La télécommande est ici, répondit Seif.

- Baissez le son, reprit-il, alors que Riad fidèle à ses habitudes avait monté le volume et commencé à zapper comme un malade.

- Ici, vous n'avez pas à me dire quoi faire !

- Si, puisqu'apparemment vous êtes incapable de penser aux autres ! rétorqua Seif.

- Çà veut dire quoi ?

- Zika essaie de dormir, elle a besoin de se reposer.

- Vous veillez aussi sur son sommeil ? demanda Riad ironiquement.

Énervée, je sortis de mon lit et débarquai au salon. Les deux hommes assis chacun sur un des deux divans qui formaient un angle droit se regardaient en chiens de faïence, tendus.

- Qu'est-ce qu'il se passe encore ? demandai-je furieuse.

Les deux hommes me dévisagèrent sans répondre, puis se mirent à parler en même temps.

- Il prétend me dicter ma conduite, commença Riad.

- Je lui ai demandé de baisser le son pour que tu puisses dormir tranquille, dit Seif.

- Merci tu es gentil, j'essayais de m'endormir en effet.

- Tu ?? Depuis quand vous vous tutoyez ? releva Riad en sautant sur ses pieds.

- Çà c'est la meilleure ! Toi qui tutoies n'importe quel crétin ou n'importe quelle connasse qui entre dans ton magasin! Est-ce que je t'ai demandé si tu tutoies ta paire de BBM ?

La vibration du portable de Seif sur la table du salon interrompit une discussion qui menaçait de devenir orageuse.

- …. Oui on est chez elle…. Il a été vu sur Sainte-Catherine près de Mackay avec Thomas Lecoq il y a environ trois heures, ils nous ont échappés. Tom et Julien sont en alerte.

- C'était Bill. Une bagnole a quitté le domicile de Horak avec deux types à bord. Comme Bilakiev et Horak sont encore là-bas, il a préféré rester sur place.

- On va pouvoir enfin dormir maintenant ? jeta Riad, furieux de se sentir hors du coup.

Personne ne daignant lui répondre, il fonça dans la salle de bains en claquant la porte. Lorsqu'il revint, Seif était de nouveau au téléphone. Je commençai à envisager la perspective d'une nuit blanche, lorsqu'il raccrocha.

- Plus la peine de se demander où allait la voiture. Steve m'a annoncé qu'ils sont plantés tout près du Bonaventure. Personne n'est sorti. On dirait qu'ils attendent.

- Les choses recommencent à bouger on dirait, dis-je pensivement.

- Tu devrais retourner te coucher et essayer de dormir, me dit Seif gentiment.

- Tu as raison, demain ce sera peut-être une journée mouvementée, fis-je avant de retourner dans ma chambre.

- Tu as changé d'avis ? Je peux enfin dormir dans un lit normal ? me demanda Riad.

- Pourquoi ? Quelque chose a changé depuis tout à l'heure ? Si Seif est capable de se contenter du divan, tu devrais pouvoir en faire autant !

- Je pensais que j'avais droit à un traitement de faveur avec toi, dit Riad d'une voix adoucie, tentant de m'amadouer.

- Tes privilèges ont été abolis depuis ton retour du Maroc, tu ne t'en doutais pas ? fis-je ironiquement, estomaquée par son culot.

- Je ne te parle pas de baiser, juste de dormir ! répliqua-t-il à nouveau furieux.

- Tu dois confondre avec ton bétail habituel, moi je ne baise pas, je fais l'amour…. du moins quand je suis avec un homme en qui j'ai confiance ! dis-je sèchement.

- Allez-vous enfin la laisser aller se reposer ? fit Seif qui commençait à perdre patience.

- Allez-vous cesser de vous mêler de nos affaires personnelles ? dit Riad en haussant le ton.

- Continuez comme çà et je vous fous à la porte de chez moi tous les deux ! lancé-je en me dressant face aux deux hommes. J'ai assez de problèmes et je suis crevée. Pour toi demain c'est dimanche, ajoutai-je en me tournant vers Riad, nous on peut être appelés à tout moment pour se faire tirer dessus, ou pour bosser dans le meilleur des cas, alors oui, j'ai besoin de me reposer…. et vous feriez bien d'en faire autant vous deux, conclus-je en fixant sévèrement les deux hommes qui continuaient à se mesurer du regard.

- Dors bien Zika, dit Seif en reposant son portable.

Riad se rassit sur son divan en grommelant des paroles incompréhensibles.

Les nouvelles sur l'affaire Hamad plus l'altercation qui avait eu lieu entre Riad et Seif firent qu'une fois de plus mes paupières tardaient à se fermer. Deux heures moins cinq ! Quand allai-je pouvoir avoir enfin une nuit normale de sommeil nom d'une pipe?

À cinq heures et demie, le tintement d'une cuiller frappée à répétition dans une tasse me jeta en bas de mon lit. *Marre, y en a marre !* Je me propulsai dans la cuisine et surpris Riad en train de se préparer un café selon sa méthode habituelle. À l'aide d'une petite cuiller il remuait à toute vitesse dans une tasse de la poudre de café instantané additionnée d'un peu d'eau, avant d'y verser de l'eau bouillante. Seif les yeux rougis par le manque de sommeil le regardait faire, intrigué.

- Bordel, tu as juré de ne pas me laisser dormir ? demandai-je furibarde.

- C'est le décalage horaire ! Je ne me suis pas encore réhabitué, dit Riad en haussant les épaules, alors comme je ne pouvais plus dormir je me suis préparé un café.

- Tu ne pourrais pas faire moins de bruit par hasard ?

- Comment veux-tu que je m'y prenne ? Tu sais bien que c'est comme çà que j'aime mon café.

- J'en prendrais bien un moi aussi, dit Seif.

Riad lui jeta un bref coup d'œil et sortit une autre tasse. La cuiller se remit à cliqueter. Je levai les yeux au ciel et donnai un coup de pied dans le mur ce qui fit sursauter les deux hommes. Satisfaite de mon comportement rationnel, je retournai me coucher et me calfeutrai les oreilles avec mon oreiller. *Les Galapagos, je le savais depuis le début !*

Je rêvais que je dormais sur une île déserte, bercée par les vagues qui venaient s'écraser sur le sable et les cris des cormorans qui tournoyaient dans le ciel, lorsqu'une discussion animée brisa mon sommeil une fois de plus à huit heures trente. J'hésitai entre me mettre à hurler comme une sirène d'alarme ou lancer ma table de chevet contre le mur. Finalement j'eus pitié de mes voisins et je me traînai en bâillant vers le salon.

- On parle de quoi cette fois ? demandai-je déjà à cran.

- Il a utilisé mon rasoir ! cracha Riad indigné.

- Il n'y a pas de machette ici, comment tu voulais qu'il se rase ? Avec ma cire à épiler ?

- Il dort chez ma copine, utilise mon rasoir, boit mon café, et quoi encore ? dit Riad sur un ton écœuré.

Seif et moi jugeâmes inutile de répondre à sa question. Une ombre de remords me traversa, vite balayée lorsqu'une paire de bottes s'imprima dans mon cerveau. Renonçant à retourner au lit, je me rendis à mon tour dans la cuisine et me versai un grand verre de jus de pamplemousse que je vidai d'un trait, espérant contre tout espoir que cela me réveillerait. Puis je mis la bouteille et des verres sur un plateau que je déposai sur la table du salon. Je retournai préparer du thé et faire griller des toasts pour tout le monde.

Nous mangeâmes en silence. J'avais un mal fou à garder les yeux ouverts, et en regardant les deux autres je vis qu'ils n'étaient pas en meilleur état. Cheveux en bataille, yeux rougis et cernés, ils avaient piètre figure. Je ne devais pas avoir meilleure mine et je n'avais pas hâte de me regarder dans le miroir. La sonnerie de mon portable vrilla mes tympans et je me dépêchai de répondre.

- Hélène !! Tu es bien matinale un dimanche !

- Désolée si je te réveille, on allait partir en ballade avec les enfants. Je voulais m'excuser pour hier et savoir si vous aviez retrouvé le type que vous cherchiez.

- Tu ne me réveilles pas, on a passé la moitié de la nuit debout ! Et non, on ne l'a toujours pas retrouvé. dis-je en soupirant.

- On ?.... Ne me dis pas que Seif a passé la nuit chez toi ! fit-elle incrédule.

- Si.

- Oh mon Dieu ! J'espère pour toi que çà ne tombera pas dans les oreilles de Riad, dit-elle tout de suite effrayée.

- Il est ici aussi.

- Ouah ! On ne parle pas de trip à trois là quand même ? demanda-t-elle toute émoustillée.

- Je te rappelle demain, on aura plus de temps pour bavarder, dis-je en vitesse avant qu'elle ne me bombarde de questions.

- Hélène voulait s'excuser et savoir si on avait retrouvé Hamad, dis-je à Seif.

- Ah parce qu'en plus il la connaît ! jeta Riad avant que Seif n'aie eu le temps d'ouvrir la bouche.

- Çà te pose un problème ? demandai-je énervée.

- On dirait qu'il s'est passé pas mal de choses pendant que je n'étais pas là ! dit Riad sur un ton acerbe.

- Personne ne t'avait forcé à partir, d'ailleurs je pourrais te retourner le compliment, répondis-je en m'efforçant de garder le peu de calme qui me restait.

- C'est quoi le programme aujourd'hui ? demanda Riad en ignorant Seif délibérément.

- On n'en avait pas encore discuté, mais j'imagine qu'on doit passer chez Seif pour qu'il se change et pour qu'il fasse le point avec son père.

- Pourquoi *on* ?

- Je dois rester à ses côtés vingt-quatre heures par jour jusqu'à ce qu'on ait retrouvé Hamad, on croyait vous l'avoir dit ! fit Seif avant que je n'ai pu répondre.

- Bon dans ce cas je vous attendrai ici, décida Riad fermement.

- Tu plaisantes j'espère, répondis-je aussitôt. On ne sait ni à quelle heure on en aura terminé, ni même ce qui va se passer aujourd'hui. Qu'est-ce que tu ferais si Hamad rentre ici flingue en main en pensant me trouver ? De toute façon cette conversation n'a pas de sens !

- C'est ce que tu penses ?

- Mais qu'est-ce que tu croyais à la fin ? m'emportai-je. Avant-hier tu m'as balancée en disant que tu avais besoin de plusieurs semaines pour réfléchir à une autre, hier soir tu débarques chez moi comme si de rien n'était, et aujourd'hui tu veux me dicter mon emploi du temps ? Tu me prends pour qui au juste ?

- Si tu le prends comme çà, je partirai d'ici en même temps que vous, mais je reviendrai. Il faut qu'on parle.

- Je ne suis pas une marionnette que tu manipules à ta guise. Ton comportement dégueu a fait que maintenant moi aussi j'ai besoin de temps pour réfléchir. Si tu penses revenir ici appelle-moi avant, d'ailleurs rends-moi la clé de mon appartement. Si tu crois que tu peux me jeter quand çà te chante, et ensuite débarquer chez moi sans prévenir à n'importe quelle heure du jour ou de la nuit, tu t'es mis le doigt dans l'œil !

- Tiens ! dit-il en jetant la clé qui retomba à mes pieds.

Je ramassai la clé en le regardant de travers, et la mis dans la poche de ma veste.

- Si personne n'a besoin de la salle de bains, je vais aller me préparer maintenant, dis-je à la ronde.

Personne n'ayant soulevé d'objections, je fouillai dans le placard de ma chambre, pris des sous-vêtements, un jeans noir et un chandail stretch kaki look militaire avec ses épaulettes et m'engouffrai dans la salle de bains dont je fermai la porte à clé. Avec Riad, fort de ses prérogatives et Seif la sentinelle zélée, il valait mieux parer à toute éventualité.

Ma tranquillité retrouvée, je pris tout mon temps pour me doucher, me faire un shampoing et me maquiller. J'ajoutai du fard kaki sur mes paupières, assorti au chandail ce qui fit ressortir les paillettes vertes de mes yeux, un trait de khôl et une double couche de mascara volumisant. La coupure sur ma lèvre commençait à cicatriser. J'ouvris la porte et sortis la tête comme un coucou suisse.

- Seif passe-moi le tube de pommade s'il-te-plaît, je l'ai encore oublié dans le salon.

Il me le lança avec un clin d'œil malicieux et je m'en tartinai une bonne couche que je recouvris de gloss transparent longue durée. Çà c'est de la protection ! dis-je à mon reflet dans le miroir, avant de saisir ma brosse et mon séchoir à main.

- Jolie et sexy, dit Riad quand j'arrivai au salon, tandis que Seif approuvait en hochant la tête. Tu es sûre que tu vas aller bosser ?

- Tu recommences ? Est-ce qu'il faut être moche et mal sapée pour aller travailler ?

- Pendant que j'étais sous la douche il m'est venue une idée…. commençai-je en prenant place sur un divan.

Deux paires d'yeux se fixèrent sur moi avec la même lueur de convoitise. Je roulai des yeux. *Les mecs, tous des obsédés !*

- Une super idée au sujet du boulot, précisai-je en souriant sardoniquement.

Les lueurs s'éteignirent.

- Aïe aïe aïe ! dit Seif

- Je me disais aussi ! grommela Riad.

- Réfléchissez, qu'est-ce qu'on veut en ce moment ?

Les lueurs se rallumèrent.

- On veut Hamad, dis-je en soupirant d'énervement. On veut le retrouver. On veut le mettre hors d'état de nuire…. Mais on ne sait ni où il est ni ce qu'il mijote, alors….

- Alors ? firent deux voix simultanément.

- Alors je vais servir d'appât ! laissai-je tomber fière de moi.

- QUOI ?? Tu es cinglée ? s'écria Riad.

- Trop dangereux, je ne te laisserai pas faire çà ! dit Seif en se levant.

- Dans un de mes bouquins j'ai lu que….

- Çà m'aurait étonné que tu ne la ramènes pas avec tes bouquins à la mords-moi-le truc, dit Riad. Avoir su, je les aurais tous foutu dans la chute à déchets il y a longtemps, on ne pataugerait pas dans la merde en ce moment !

- Tu n'as pas l'air de te rendre compte du danger Zika, fit Seif. Ce n'est pas de la fiction. Ce type est cinglé et il est prêt à tout pour avoir le sceau.

- Attendez !…. Il m'est venu une autre idée, dis-je tout à coup.

Un double soupir se fit entendre.

- Quand on en a discuté chez ton père, repris-je en me tournant vers Seif, tu as dit qu'on ne pouvait ni faire incriminer Horak et Bilakiev, ni se débarrasser de Hamad sans récolter des éclaboussures avec les flics.

- Oui je m'en souviens, et alors ?

- Alors…. une minute que je mette çà en place dans ma tête, dis-je en commençant à faire les cent pas dans le salon sous leurs regards anxieux.

- J'ai trouvé !….

- Encore un plan fumeux que tu as pêché dans tes bouquins ? demanda Riad.

- Non, dans ma tête !

- Je ne sais pas si c'est mieux ! bougonna-t-il.

Seif ne disait rien, mais ses yeux inquiets étaient rivés sur moi.

- C'est quoi ton idée ? finit-il par demander.

- Je vais servir d'appât non seulement avec Hamad, mais avec Bilakiev et Horak aussi ! assenai-je dans un silence de plomb.

La tempête se déchaîna. Les voisins devaient se régaler avec le boucan qui régnait dans la pièce, pour leur dimanche matin paisible et tranquille. Riad gueulait en gesticulant qu'il allait m'attacher pendant les deux prochaines années. Pour couvrir sa voix Seif criait que c'était hors de question, allant même jusqu'à me menacer de me suspendre de l'affaire jusqu'à ce que tout soit réglé.

- STOOOOP !

Mon cri fit cesser le vacarme aussi rapidement qu'il avait débuté.

- Je sais ce que vous pensez tous les deux, je sais que vous songez à ma sécurité, mais est-ce que seulement l'un d'entre vous s'est demandé comment moi je me sens ?

- Qu'est-ce que tu veux dire ? demanda Seif.

- Je veux dire que je refuse de continuer à vivre dans la trouille en me demandant si Hamad est dans mon dos chaque fois que je fous le nez dehors. Et même si on arrive à choper Hamad, je continuerai à sentir la menace de Bilakiev sur mes côtelettes. Il m'a vue chez lui, il sait que c'est moi qui ai trouvé le sceau qu'on lui a repris. Pour lui, je demeure celle qui lui a fait perdre les millions qu'il pensait encaisser, sans parler de la raclée qu'il a reçue quand je l'ai appâté pour qu'on l'emmène au parc.

- Ah parce que c'est toi qui... commença Riad en fronçant les sourcils.

- C'est pas le moment, coupai-je en balayant l'air d'un geste de la main.

- Je veux enlever tous ces tordus de mon paysage perso et vivre en paix, martelai-je en tapant du pied sur le plancher.

- Qu'as-tu en tête exactement ? redemanda Seif.

- Les dresser les uns contre les autres pour qu'ils se foutent en l'air entre eux.... et faire en sorte que ce soit les flics eux-mêmes qui finissent le boulot.

- Oh bordel ! souffla Riad.

- Mais comment tu vas t'y prendre ? Ce ne sont pas des enfants de chœur tu sais !

- C'est vrai Seif, mais je compte sur l'appât du gain. Je pensais à contacter Bilakiev, le convaincre que je suis en mesure de me procurer le sceau et prête à le lui vendre pour la somme modique d'un million de dollars, juste assez pour foutre le camp de ce pays et recommencer une nouvelle vie ailleurs. S'il mord à l'hameçon et me demande pourquoi je n'essaie pas de faire plus de fric en le vendant à Hamad, je lui dirai que je n'ai pas apprécié les gifles et le traitement que j'ai dû subir quand cette ordure a essayé de me noyer dans le bassin de calmars.

Riad sursauta et me regarda avec les yeux qui lui sortaient hors de la tête.

- Si tout baigne, poursuivis-je, je me *laisserai* repérer par Hamad et lui dirai que j'ai cédé le sceau à Bilakiev, en lui servant la même fable, et en rajoutant que j'aurais préféré gagner plus d'argent en le lui vendant à lui, mais que je ne savais pas où le joindre. Comme tu l'as dit, Hamad est sous pression avec son client, il voudra racheter ou reprendre le sceau. Pour l'amener à agir le jour où on lâchera les flics sur eux, je lui dirai que j'ai surpris une conversation de Bilakiev qui s'apprêterait à rencontrer un autre acheteur.... à une date qu'on aura fixé entre nous…. et qui sera celle où Bilakiev m'attendra avec le sceau. On avertira la police qui arrivera à temps pour la réunion, et qui pourra se couvrir de lauriers en chopant le voleur-vendeur et l'acheteur.

- Tu parles d'un coup tordu ! dit Seif assommé. Et si Bilakiev ne marche pas ?

- Je ferais comme si, et je maintiendrai ma version avec Hamad. Si Bilakiev lui dit qu'il n'a plus le sceau, Hamad me croira d'autant mieux, car il pensera que Bilakiev lui ment parce qu'il veut en tirer plus de fric en le vendant ailleurs.

- Tu as oublié un détail, dit Seif doucement. Comme tu ne vas remettre le sceau ni à l'un ni à l'autre, comment vont-ils faire la transaction, et comment la police va pouvoir les coffrer sans cette preuve ?

- Évidemment que je ne donnerai pas le sceau à ces types…. on a eu assez de mal à le retrouver. Mais le sceau sera là, c'est toi qui l'apporteras !

- Tu es folle ?

- Il faudra qu'on fignole les détails et le timing, continuai-je fiévreuse. Écoute, ta famille est la propriétaire légitime du sceau, c'est logique de penser qu'en tant que détective tu te sois chargé du dossier dès que le vol a été commis. Disons qu'après des semaines de recherches tu as été amené à t'intéresser de près à Horak que tu surveillais depuis quelque temps, raison pour laquelle tu te trouvais sur place le jour où la police débarquera.

- Même si je commets la folie d'emporter le sceau avec moi, comment les flics vont-ils le trouver chez Horak ?

- Ta position devrait te permettre d'entrer dans la place avec les policiers. Ce sera serré mais je suis sûre que tu pourras t'arranger pour le planquer quelque part, tu sais…. comme dans les bouquins, quand les flics veulent incriminer des dealers en leur collant un sachet de drogue dans les poches avant de les coffrer.

Riad roula des yeux en faisant mine de s'arracher les cheveux. Le souffle coupé, Seif me regardait comme si j'étais une extra-terrestre.

- Ben quoi ? Dites quelque chose au lieu de faire des têtes pareilles ! m'écriai-je.

- Depuis que je te connais tu m'épates, mais là je dois avouer…. finit pas dire Seif.

- Tu deviens de plus en plus dingue, l'histoire du chien à côté c'est que dalle ! lança Riad hors de lui.

- Le chien ? demanda Seif.

- Elle a roulé comme une dingue après un mec qui avait écrasé un chien et on a défoncé une borne fontaine, dit Riad sur un ton écœuré alors que Seif riait de bon cœur.

- Tu ne vas pas remettre l'histoire du chien sur le tapis, dis ?

- Je pense qu'entre tes bouquins et ton boulot je n'ai pas fini de te voir faire des conneries !

- À quoi tu penses Seif, tu fais une drôle de tête ?

- J'étais en train d'imaginer la tête de mon père quand il saura ce que tu veux faire. Si je te donne mon accord, il va sauter les plombs. Sans parler de Sam, quoique Sam...

- Si on explique à ton père que c'est mieux çà que d'attendre qu'Hamad me tombe dessus on devrait pouvoir le convaincre. Quant à Sam, même s'il a tendance à me couver je suis sûre qu'il sera d'accord.

- C'est bien ce qui me fait peur, dit Seif. Depuis quelque temps Sam et Zika sont devenus une espèce de frères siamois, et peu importe la connerie que l'un fait, l'autre le suit, expliqua Seif à Riad qui avait l'air ahuri.

- On devrait se mettre en route, plus vite on leur en parlera, plus vite on pourra passer à l'action, dis-je en sautant sur mes pieds.

- Pourquoi j'ai l'impression en t'écoutant que c'est gagné d'avance ? demanda Seif.

- Peut-être parce que tu sais que mon idée tient la route, répondis-je.

- Ou peut-être parce qu'il a compris que tu ne resteras pas tranquille tant que tu n'auras pas fait ce que tu t'es mis dans le crâne, dit Riad d'un ton lugubre.

- Çà je m'en suis déjà aperçu ! soupira Seif.

- C'est quoi çà, une coalition? rouspétai-je en enfilant mon blouson et mes boots.

Voyant mon air décidé, les deux hommes ramassèrent leurs affaires et nous sortîmes de l'appartement comme un commando de choc.

CHAPITRE 12

- Ah vous êtes déjà là ? J'allais partir, Tom ne devrait plus tarder, dit Sam qui s'interrompit brusquement en voyant Riad sortir de l'ascenseur.

- Vous tombez bien, on allait à la maison. On doit parler! annonça Seif.

- Du nouveau ?.... Hamad ? demanda Sam l'air soucieux.

- En quelque sorte. Zika a imaginé un plan tordu …

- Je veux en être ! s'écria aussitôt Sam la mine réjouie. Je ne sais pas de quoi il s'agit, mais je suis sûr que je ne vais pas être déçu avec elle….

- Vous ne savez pas même pas ce que c'est! répliqua Seif énervé.

- Non, mais je sais qu'avec Zika ce sera forcément super hyper cool.

- Et dangereux aussi !

- On sera là pour la protéger, moi le premier ! Je marche avec elle quoi qu'il arrive, déclara Sam sur un ton sans appel.

- Qu'est-ce que je vous disais ? soupira Seif en se tournant vers Riad qui se contenta de lever les yeux au plafond.

- Sam je t'adore, je savais que je pourrais compter sur toi! fis-je en lui sautant au cou.

- On est maintenant frère et sœur de sang pas vrai ? dit-il en enchaînant avec un Haka auquel je me joignis aussitôt, naturellement.

Seif était maintenant un habitué, par contre Riad, Tom qui venait d'arriver et le nouveau gardien que je n'avais aperçu qu'une ou deux fois avant, nous regardaient bras ballants, yeux exorbités et bouches grandes ouvertes, se demandant s'ils n'étaient pas victimes d'hallucinations collectives.

- T'inquiète pas Curry, dit Sam au gardien qui n'arrivait pas à reprendre pied dans la réalité, c'est notre signe de ralliement, une sorte de danse quoi !

- Curry ? m'étonnai-je.

- Ouais, on a sympathisé pendant notre nuit de garde. Il vient des Indes, mais comme il a un nom à coucher dehors, je l'ai appelé Curry, c'est plus simple.

- C'était quoi ce bordel ? demanda Riad lorsque le calme fut revenu.

- Le Haka O Pango des All Blacks ! Sam et moi on est tous les deux des fans de cette équipe de rugby.

- La meilleure ! souligna Sam avec un clin d'œil.

- Mon œil, l'équipe d'Angleterre est à cent coudées au-dessus ! lança Tom.

- Quoi, tu rigoles ? dit Sam avec une moue dégoûtée.

- On va t'éduquer et t'apprendre le Haka, fis-je en me mêlant au débat.

Seif leva les bras au ciel, probablement pour l'implorer de l'aider à rester patient.

- C'est quoi cette connerie de frère et sœur de sang ? questionna Riad, revenant à la charge.

- Sam a pris une balle quand on était devant chez Bilakiev l'autre jour. Comme on a le même groupe sanguin, c'est moi qui lui ai donné mon sang.

- Elle m'a sauvé la vie, ajouta Sam en posant sa main sur mon épaule.

- Exactement comme je l'ai fait pour toi il y a onze ans ! dis-je à Riad en le regardant droit dans les yeux.

- La seule différence entre Sam et toi, repris-je froidement, c'est que lui m'est reconnaissant d'être encore vie, alors que la seule façon que toi tu as eue de me remercier de ne pas être sous terre depuis onze ans, ça a été de me trahir à répétition et de me poignarder dans le dos toutes les fois que tu l'as pu !

Un silence mortel s'abattit dans le hall. Ignorant cette histoire, Seif, Sam et Tom se regardèrent consternés avant de fixer sur Riad un regard chargé de dégoût et de mépris. Celui-ci eut la bonne grâce de paraître gêné, mais retrouva bien vite son naturel agressif.

- J'ai assez ri pour aujourd'hui ! Je vous laisse vous amuser ensemble, quant à moi je retourne sur ma planète, dit-il la main sur la poignée de la porte d'entrée. Si tu n'es pas occupée à décimer la population de la ville, poursuivit-il en s'adressant à moi, on pourra peut-être réussir à se voir bientôt…. en tête-à-tête !

- N'oublie pas de m'appeler avant !

La porte s'était refermée sur Riad mais le malaise flottait encore dans l'air.

- C'était qui ce salaud ? demanda Tom.

- Mon copain ! laissai-je tomber.

- Oups désolé, j'ignorais ! fit-il confus.

- Tu n'as pas à te sentir désolé…. c'est parfois un salaud en effet !

- Bon, alors on va la décimer cette ville ? demandai-en riant de son air effaré.

Une fois dehors, Sam se dirigea vers une Land-Rover LR4 noire avec des vitres fumées parquée le long du trottoir.

- C'est à toi ça ? Je n'en ai jamais vue une de près, je peux regarder à l'intérieur ?

- Sûr ! Tu veux la conduire ? demanda Sam en me tendant les clés.

- C'est vrai ? Je peux ?

- Noooon ! cria Seif.

- Qu'est-ce qu'il a ?

- C'est parce que je l'ai un peu… bricolée, dit Sam en regardant le bout de ses pieds. Elle est beaucoup plus performante comme ça.

- Encore mieux, j'ai hâte de la piloter ! dis-je en m'empressant de grimper à bord.

- Je serai derrière vous, et pas de folies, je vous ai à l'œil, dit Seif sourcils froncés.

Dès que je tournai la clé de contact et me dégageai du stationnement, je me rendis compte que j'avais en mains un char d'assaut sur roues. Moins confortable que la Mercedes, mais puissante. J'avais l'impression de pouvoir escalader les Montagnes Rocheuses avec cet engin. Ayant perdu l'habitude des transmissions manuelles, je fis craquer un peu le levier lorsque j'enclenchai les vitesses, mais je pris vite le tour de main.

- C'est dommage qu'on soit en ville, on ne peut pas savoir ce qu'elle a dans le ventre cette bagnole !

- Tu sais quoi ? Tourne ici, dit Sam, me montrant le parc qui entourait le Lac des Castors.

- C'est juste une route goudronnée, dis-je dépitée.

- Attends tu vas voir. Un jour j'ai repéré un sentier qui s'enfonçait au milieu des arbres sur le flanc du Mont-Royal, abrupt, caillouteux et tout et tout…. tu vas adorer !

- Seif n'a pas l'air souriant, fis-je en jetant un coup d'œil dans le rétroviseur.

- Avec la Mercedes il ne pourra pas nous suivre là où on va ! jubila Sam.

Son portable sonna.

- Je voulais lui montrer un chemin où elle pouvait voir ce que la Land avait dans le ventre, dit-il…. Elle va être déçue…. Pourquoi ne pas garer la Mercedes devant le lac et venir avec nous ? On n'en a pas pour longtemps, l'entendis-je plaider.

- Arrête-toi, Seif va venir avec nous, fit Sam avec un sourire canaille.

- Je me demande vraiment ce que je vais faire de vous deux ! lança Seif dès qu'il monta à bord.

- On ne fait rien de mal. C'est ma faute, j'ai dit à Sam que c'était monotone de piloter cette Land sur une stupide route goudronnée.

- Bon, prête ? demanda Sam.

- Prête !

- Alors en avant toute ! fit-il alors que Seif à l'arrière se dépêchait d'attacher sa ceinture de sécurité.

- Tourne ici, et contourne le lac jusqu'en arrière du petit chalet.

- Mais c'est interdit ! C'est réservé aux promeneurs et aux gens qui font du ski de fond en hiver, protesta Seif.

- Il n'y a pas encore de neige, et avec ce temps gris, tout ce qu'on risque de trouver ce sont des zigotos qui font du jogging.

- Et des policiers à cheval qui surveillent le parc, ajoutai-je.

- T'inquiète ! Là où je vais te faire aller, leurs canassons ne pourront pas y mettre les sabots, dit Sam en riant.

Toute excitée et curieuse de voir de quoi Sam parlait, je suivis le large sentier qui contournait le lac. Dans le rétroviseur je voyais Seif qui tentait de repérer des silhouettes de flics à cheval. Le sentier devint plus étroit et descendait en pente douce vers le sud. Si on avait rasé les arbres on aurait pu apercevoir tout le centre-ville de Montréal et plus loin encore, toute la Rive-Sud au-delà du fleuve Saint-Laurent. Ma main droite fermement posée sur le levier de vitesse, je cherchai du regard où aller. Je vis des rangées d'escaliers d'environ une quinzaine de marches chacune, disséminées à travers bois. De chaque côté, des monticules de terres parsemés de rochers et au-delà, des arbres plantés irrégulièrement.

- On va où maintenant ? demandai-je à Sam. Il n'y a plus de sentier.

- La Bête est tout terrain. On va passer entre les escaliers et les arbres. Plus loin quand tu auras pris le coup de main et si tu as envie d'émotions plus fortes, tu pourras descendre les escaliers aussi.

- Ouah ! Tu es sûr qu'on peut y arriver ?

- Sûr et certain. Visualise le trajet, calcule la trajectoire et vas-y.

- J'aurais dû l'obliger à venir avec moi dans la Mercedes, rouspéta Seif de l'arrière.

Concentrée sur le tracé devant moi, l'adrénaline arrivant à flots dans mes veines, je me mis en route, doucement d'abord alors que je sentais les roues escalader les rochers avant de retomber dans les creux. Je flottai sur un nuage d'irréalité, au volant de ce monstre et au milieu de ce bois désert. Je parvins à négocier les passages sans toucher les troncs d'arbres tout proches et m'enhardis à accélérer. L'excitation augmentait au fur et à mesure que nous descendions la pente plus rapidement, alors que je gagnai en assurance. À vingt mètres du quatrième escalier, je jetai un bref regard à Sam qui me fit un clin d'œil d'encouragement.

- Vas-y, et surtout accélère quand les roues auront mordu la première marche pour ne pas perdre ton élan et ton équilibre ! En bas de l'escalier il y a une sorte de terre-plein en pente qui s'étale sur environ trente mètres. Juste après, à environ dix mètres sur ta gauche tu verras la dernière volée de marches qui atterrit sur la rue Cedar à deux pas de l'entrée nord de l'Hôpital Général. *Bonne idée, en cas de bobos on ne sera pas loin !* Tu peux rouler à côté des escaliers ou bien dessus, c'est à toi de voir, dit-il calmement.

Je vis Seif s'accrocher à la poignée fixée au-dessus de sa vitre. Je respirai à fond et roulai en direction de l'escalier. Chaque parcelle de moi-même était chevillée à la Land Rover avec laquelle je faisais corps. Je sentis la voiture se pencher vers l'avant lorsque les roues touchèrent la première marche et accélérai aussitôt. Avec l'impression d'être assis sur le moteur à propulsion d'une fusée et secoués comme des feuilles de laitue dans un panier à salade, nous dévalâmes l'escalier. Sitôt arrivés sur le terre-plein, je braquai le volant à gauche en fauchant une fougère au passage et sans ralentir j'engageai la Land Rover sur les dernières marches. Dès que les roues touchèrent le bitume de la rue Cedar je freinai dans un crissement de pneus qui nous projeta tous vers le pare-brise. Les roues arrière dérapèrent dans la terre humide. Le museau de la Land Rover était à moitié engagé sur la rue. Je laissai passer deux voitures qui se dirigeaient vers l'hôpital tout proche et dont les passagers nous jetèrent des regards stupéfaits. Ils devaient se demander comment on avait fait pour se retrouver dans cette posture à cet endroit. Je me garai le long du trottoir après avoir traversé la rue et me tournai vers Sam.

- Un des meilleurs thrills de ma vie, dis-je les yeux brillants de plaisir. Je n'arrive pas à croire que j'ai descendu le Mont-Royal en bagnole sur des escaliers. Trop cooool ! me mis-je à crier en tapant sur le volant alors que Sam et Seif éclataient de rire.

- Quand on aura un moment je te montrerai d'autres endroits cooool comme tu dis.

- Pourquoi ne pas vous engager tous les deux comme cascadeurs? dit Seif pince sans rire.

- Parlant de cascadeurs, mon appartement est à peine deux rues plus bas….

- Et ? demanda Sam les yeux rieurs.

- Ben, j'étais en train de me dire qu'avec un terre-plein plus long, tu sais comme une rampe de lancement, en prenant l'élan on aurait pu atterrir dans mon salon.

- Trop cooool ! cria Sam.

- Bon Dieu je vois çà d'ici, dit Seif. Si on en a fini avec les numéros de voltiges, ce serait cooool que tu me ramènes à ma voiture Zika. J'ai hâte d'être à la maison devant un double scotch.

- Besoin d'un remontant ? demandai-je avec un sourire en coin.

- Pas du tout ! C'est juste que…. bon d'accord, j'avoue que j'ai eu la trouille, finit-il par avouer.

Sam et moi nous nous tapâmes dans les mains en riant sous l'œil offusqué de Seif et je remis le cap sur le Lac des Castors.

- Chacun son tour d'avoir eu la trouille, dis-je à Seif au moment où il s'apprêtait à descendre, lui montrant du pouce l'endroit où il m'avait demandé de me garer pour me faire subir un interrogatoire…. il y avait un siècle de çà !

- Match nul, fit-il en riant. Allez, on se retrouve à la maison !

- Çà voulait dire quoi çà, match nul ?

- Le premier jour où j'ai vu Seif, après l'avoir suivi toute la journée il m'a démasquée et ordonné de venir ici pour m'interroger. Je ne savais ni qui il était, ni ce qu'il voulait, et je peux te dire que j'avais une peur bleue même si j'essayais de ne pas le lui montrer, expliquai-je à Sam qui se remit à rire.

- Au fait, avant qu'on arrive à la maison, comment ça s'est passé la nuit dernière ? Quand j'ai vu ton copain, j'ai tout de suite regardé si vous aviez des bleus.

- Ne m'en parle pas ! Riad a débarqué vers onze et demi sans prévenir et….

Au fur et à mesure que je racontais à Sam ce qui s'était passé, je l'entendis éclater de rire à plusieurs reprises.

- Une chance qu'il ne vous a pas trouvés ensemble en train de…. enfin je veux dire….

- J'étais en train de dormir dans mon lit, et Seif regardait la télé allongé sur le divan du salon quand Riad est arrivé, dis-je tranquillement.

- Déjà de l'eau dans le gaz avec Seif ? fit Sam, une pointe de regret dans la voix.

- Pas exactement, c'est juste que….

Lorsque j'eus fini de relater la conversation que nous avions eue Seif et moi la veille avant de retourner chez moi, il resta silencieux un moment.

- Ouais…. pas simple tout çà ! Il faudrait que ton copain décide de ce qu'il veut faire à la fin, et que toi tu finisses par savoir ce que tu ressens…. et pour qui.

- Tu as tout compris, et comme tu l'as dit, c'est tout sauf simple cette histoire, dis-je d'une voix morne.

- Te biles pas va, tout va finir par s'éclaircir un jour.

- Inch'Allah !

Je ne sais pas si on avait traîné en discutant, ou si Seif avait voulu nous battre de vitesse, toujours est-il que sa Mercedes était déjà dans l'allée lorsque nous arrivâmes à la villa. En entrant, nous ne vîmes qu'Aref qui lisait tranquillement dans le salon.

- Seif est monté se changer, dit-il en se levant pour me faire la bise.

- Comment allez-vous Aref, remis de vos émotions j'espère ?

- Si je vous dis que j'ai passé une partie de la nuit à contempler Ramsès et Néfertari enfin réunis, vous allez penser que je sombre dans le gâtisme, dit Aref en souriant.

- Je dirais simplement qu'à votre place, et après l'épreuve que vous avez subie, j'aurais fait la même chose.

Il se mit à rire doucement.

- Quelque chose de nouveau depuis hier ?

Passant sous silence nos conversations privées, je racontai à Aref notre souper avec Hélène, et comment nous avions failli retracer Hamad.

- C'est dommage, fit-il de sa voix posée. Mais ce n'est qu'une question de temps avant qu'on le retrouve, il faut garder espoir.

- Seif voulait qu'on se voie aujourd'hui, dit Sam, il a dit que Zika avait eu une idée….

- Tordue, c'est exactement ce que j'ai dit, compléta Seif qui pénétra dans le salon. Il avait troqué ses jeans pour un pantalon noir et un chandail gris à col montant. Son eau de toilette vint chatouiller mes narines.

Déjà Sam apportait une petite table roulante sur laquelle étaient disposés des verres, des bouteilles d'alcool divers et des jus de fruits, un sceau à glace et quelques bols remplis d'amuse-gueules.

- Servez-vous, dit Seif, en se versant un double scotch dans lequel il fit tomber un cube de glace sous l'œil surpris de son père.

- Thérapie ! expliqua Seif. Nécessaire, après ce que je viens d'endurer.

- J'ai laissé Zika conduire ma Land Rover, Seif a voulu venir avec nous, dit Sam en commençant à rire.

- Ils ne m'ont pas laissé le choix, se défendit Seif avec un air de victime.

- C'est çà qui t'a mis dans cet état ? Sam dit que Zika conduit comme un pro.

- C'est vrai, mais ces deux-là sont aussi fous à lier l'un que l'autre ! Du Lac des Castors jusqu'à la rue Cedar, on a dévalé la pente du Mont-Royal avec la Land Rover en passant au ras des arbres et en chevauchant des tas d'escaliers, dit Seif avec une grimace comique, pendant que Sam et moi on se tordait de rire.

- Çà devait être excitant ! dit Aref s'efforçant de ne pas rire à son tour.

- J'en sais rien, j'étais occupé à souder ma main à la poignée de la portière et à visser mes pieds dans le tapis du plancher.

- Détends-toi, l'épreuve est terminée, fit Aref en tapotant l'épaule de son fils.

- Me détendre !! Attendez de connaître le plan que Zika a échafaudé, dit Seif. Tu leur dis toi-même ou tu préfères que je m'en charge ? reprit-il en se tournant vers moi.

- J'ai hâte de savoir, fit Sam avec une mine gourmande.

- C'est d'une simplicité enfantine, commençai-je, tandis que Seif s'étranglait avec son scotch.

- Si, c'est vrai ! répétai-je en tirant la langue à Seif qui rit de plus belle.

- Elle a manigancé un plan pour retrouver Hamad avant de l'arnaquer, pour escroquer Horak et Bilakiev, et pour que la police coffre tout ce beau monde, dit Seif en détachant ses mots.

- Rien que çà ! dit Aref estomaqué. Et en s'y prenant comment ?

- Je sens que le meilleur est à venir, dit Sam en m'adressant un clin d'œil.

- Vas-y, dis-leur, fit Seif en se renfonçant dans son fauteuil.

Pour Aref et Sam, je répétai le plan que j'avais élaboré un peu plus tôt. Lorsque je me tus, comme chez moi, ce fut un tollé de protestations. Aref ne voulait rien savoir de ce qui pourrait mettre ma vie en danger et Sam me conjurait de revenir sur ma décision.

- Je l'ai déjà dit à Seif, je ne veux pas passer le reste de ma vie à avoir peur en me demandant quand et où ces trois maboules vont me tomber dessus. Avec votre aide, on peut se débarrasser d'eux pour un bon nombre d'années. Ils paieront pour ce qu'ils ont fait et moi je pourrai enfin respirer.

- Il n'en reste pas moins que çà peut être très dangereux pour vous, dit Aref en fronçant les sourcils. On pourrait tout simplement faire savoir à la presse que nous avons récupéré notre sceau, ainsi les autres sauraient qu'ils n'ont plus rien à espérer.

- J'y ai pensé aussi, répondis-je, sauf que mis à part les problèmes que cela vous causerait, non seulement ils ne seront jamais punis pour leurs délits, mais s'ils sont assez fous ou frustrés d'avoir perdu tout ce fric, rien ne les empêcheraient de se venger sur moi.

- Vu comme çà…. dit finalement Sam, si tu veux aller de l'avant, je suis avec toi !

- Tiens çà m'étonne, fit Seif ironiquement.

- Mais c'est vrai, et puis elle ne sera pas seule. Avec son plan, plus besoin de surveiller ces zouaves, ce qui fait qu'on sera tous là pour la protéger. Il y aura Bill, Tom, Steve, Julien, Bilal, Seif, moi…. fit-il en comptant sur ses doigts. On pourrait aussi demander Greg et Aldo en renfort. A l'agence il y a tout l'équipement qu'il faut. On planquera un micro sur elle et un GPS sur sa bagnole. On saura tous ce qui se passe, où elle se trouve et prêts à venir à sa rescousse si quelque chose ne va pas.

- Çà pourrait être faisable…. mais il faut compter avec les imprévus. Qu'est-ce que tu en penses Seif ? demanda Aref.

Nous nous tournâmes tous vers Seif, suspendus à ses lèvres, attendant son verdict. De sa réponse dépendait la réalisation du plan. Il nous regarda tous l'un après l'autre, réfléchissant. Au bout de qui me sembla une éternité, il prit enfin la parole.

- Pour une raison toute autre que celles qui ont été énoncées…. je suis d'accord !

- Quelle raison ? demanda Aref alors qu'un soupir de soulagement s'échappa de mes lèvres.

- Parce que je commence à connaître Zika ! dit Seif en riant.

- C'est-à-dire ?

- Si je refuse, je suis prêt à parier qu'elle le fera quand même toute seule. Entre deux maux il faut choisir le moindre comme on dit. Je préfère que le plan soit organisé dans le moindre détail, qu'elle soit encadrée et protégée, plutôt que de la savoir rôder autour du Bonaventure ou du domicile de Horak à la merci de ces ordures, déclara Seif.

- Effectivement, c'est un argument de poids, dit Aref.

- Quand est-ce qu'on s'y met ? me demanda Sam.

- Le plus tôt sera le mieux. Puisque chaque fois que je suis tombée sur Hamad c'était au centre-ville, je pensais aller à l'agence demain, et une fois équipée, me balader dans la zone entre René-Lévesque, Ste-Catherine, de la Montagne et Mansfield. Si çà ne donne rien, j'agrandirai le circuit. Je suis sûre qu'il n'est pas loin. En plus Steve et Julien ne l'ont pas revu, ce qui veut dire que ses affaires sont encore à l'hôtel.

- Cela ne veut pas dire qu'il vit au centre-ville, peut-être qu'il n'y est venu hier soir que pour rencontrer l'autre, Lecocq ! dit Seif.

- Greg ou à Aldo pourraient planquer devant l'appartement de Lecocq avec la photo de Hamad, suggéra Sam.

- Bonne idée, peut-être qu'il squatte chez lui. De toute façon on n'a pas d'autres pistes, dis-je en haussant les épaules.

- Dites donc, c'est toute une surface à quadriller, mine de rien vous allez en faire des kilomètres ! fit Aref.

- Il faut regarder le côté positif ! Çà doit faire deux ans que j'envisage de marcher davantage, et pour finir je me retrouve toujours au volant de ma voiture, dis-je en essayant de me convaincre moi-même.

- J'appelle les autres tout de suite pour leur dire de rester à leur poste jusqu'à demain, dit Sam, et vers neuf heures on fera les tests sono avec eux. Le temps d'équiper Zika, elle sortira à l'heure du lunch, ainsi elle aura plus de chance de se faire repérer.

Dire que je me sentais euphorique, non pas vraiment. Excitée à l'idée de ce qu'on allait mettre sur pied oui peut-être, mais surtout…. je dirais que j'étais carrément morte de trouille. Juste à l'idée de revoir un de ces débiles j'en avais la chair de poule, mais j'aimais mieux avoir peur pendant quelques jours que pendant des années. Il ne me restait qu'à prier pour que les copains restent en alerte et que les micros fonctionnent.

D'accord avec Seif, nous écourtâmes notre visite pour rentrer chez moi plus tôt et reprendre des forces avant la bataille. Nous partîmes après le déjeuner et les ultimes recommandations d'Aref. Sam promit de me retrouver à l'agence dès huit heures pour procéder en personne à mon harnachement. Nous nous arrêtâmes en chemin pour capturer un poulet grillé et de la salade pour le dîner. J'aurais pu faire un effort pour cuisiner, mais pourquoi se compliquer la vie quand la nature nous offrait des solutions plus simples. La nuit avait été mouvementée, les heures de sommeil plutôt courtes, et je rêvais à mon lit comme un chien rêve à un os.

Je me demandais comment Seif faisait pour tenir le coup sur le divan. D'accord il était super confortable et assez grand pour sa taille, mais çà ne valait pas un lit king size. Retrouvant des habitudes déjà ancrées, il déposa son revolver et son portable sur la table basse et alluma la télé. Je filai à la cuisine shampouiner la salade puis dressai la table.

- Tu te sens nerveuse ? demanda-t-il.

- À quel propos ?

- Je parlais de demain, sauf si as d'autres raisons de te sentir nerveuse, fit-il avec un petit sourire en coin.

- Je dois être encore un peu normale puisque j'arrive à avoir peur à l'idée de ce qui va se passer.

- Bonne nouvelle !

- Que j'ai peur ? Ou que je sois normale ?

- Les deux. La peur est un sentiment normal face au danger.

- J'ai des papillons dans la poitrine, j'espère que j'arriverai à fermer l'œil pour être en forme demain.

- Je n'ai pas de filet à papillons mais j'ai quelques idées pour t'aider à dormir…

- Comme de faire deux ou trois fois le tour du pâté de maisons en courant ? dis-je en clignant de l'œil.

- Il y des méthodes plus cool comme tu dis.

- Je les connais tes méthodes, avec elles demain je serai bonne à jeter, dis-je en riant.

- Qu'est-ce que tu vas chercher ? dit Seif l'air innocent. Je pensais juste à te prendre dans mes bras pour calmer tes craintes, et puis glisser ma main…. dans tes cheveux et te caresser la tête pour t'aider à t'endormir….

- Humm ! Assez tentant je dois dire, j'adore qu'on joue dans mes cheveux, çà me détend !

- Tu vois bien ? Avant de t'endormir je te mettrai de la crème sur tes lèvres. Très important çà, tu te rappelles ce que le toubib a dit ?

- Hypocrite, je te vois venir ! dis-je en lui jetant un coussin sur la tête. Tu en profites parce-que je suis petite et faible !

- Petite et faible, toi ? Tes trucs de karaté et tes idées démoniaques feraient reculer n'importe quel grizzly sain d'esprit, fit-il en m'attrapant par le bras avant de m'asseoir sur ses genoux.

- Et Riad ?

- Quoi Riad ?

- Tu y as pensé ?

- Pas en ce moment je dois dire, je suis concentré sur un problème délicat.

- Comme quoi ?

- Je me demandais si j'allais t'enlever d'abord ton chandail ou ton jeans, dit Seif en me renversant sur le divan.

Retour à la case départ !

- Sois sérieux une minute, si on était ensemble depuis longtemps, et que tu me trompes, et que tu me laisses, et que tu décides de revenir vers moi, et que tu trouves quelqu'un d'autre avec moi…. qu'est-ce ce que tu penserais ? qu'est-ce que tu ferais ? lui demandai-je en le regardant dans les yeux.

- Je penserais que je suis un crétin dans tous les cas ! Crétin de t'avoir trompée avec l'autre, et si c'est l'autre que je préfère, crétin de l'avoir trompée ensuite avec toi. Ce que je ferais ? Je ne sais pas…. je pense que j'irai en chercher une troisième pour avoir une meilleure idée et vous départager… aïe !

- Arrête de m'arracher les cheveux, je blaguais. En fait, si après avoir fait ce que tu as dit je revenais vers toi et que je trouve la place occupée j'irai me taper la tête sur le mur le plus proche en pensant que pour une connerie j'ai perdu celle que j'aimais…. ou que je risque de la perdre. Et si je pensais qu'il me reste une seule chance de te reconquérir, je ne te lâcherais plus, dit Seif en vrillant ses yeux dans les miens.

Ouais, comme apparemment ce n'était pas la première fois que Riad me trompait, il y avait des chances pour qu'il recommence…. pour avoir une meilleure idée quoi, comme pour une sélection de volailles au concours agricole ! Peut-être même qu'il était en train de faire la tournée des basse-cours en ce moment pendant que je perdais un temps précieux à me faire aimer par un homme qui savait qui il voulait.

- Je vais me laver les dents, dis-je en enlevant mon chandail.

- Je m'occupe du reste ! fit Seif avant de poser sa bouche sur mes seins.

Ce fut différent de la dernière fois. On ne fit l'amour que deux fois avant de sombrer, épuisés, dans un sommeil réparateur, mais là c'était…. autre chose.

Le désir était toujours aussi fort entre nous, mais on aurait dit qu'une sorte de tendresse s'y était ajouté de sa part comme de la mienne d'ailleurs. Avant de fermer les yeux, avec son bras autour de moi et sa tête nichée dans mon cou, j'eus le temps de me dire que je devrais installer des pare-feux autour de moi. Si je commençais à tomber amoureuse de Seif en l'étant encore de Riad je n'avais pas fini de m'arracher les tifs !

On s'était endormis relativement tôt, mais le réveil fut rock'n roll. D'abord j'avais oublié de régler mon réveil, et si je n'avais pas attrapé les fourmis avec mon bras coincé sous l'épaule de Seif on se serait pointés à l'agence la semaine suivante. Ensuite, il me fallut le convaincre qu'on n'était pas dimanche mais lundi alors qu'il voulait refaire l'amour dès qu'il ouvrit les yeux. J'avais dû m'enfuir dans la salle de bains pour me préparer en vitesse avant de lui laisser la place. Lorsque j'en sortis pour filer m'habiller, jeans et chandail noir à col V, il avait déjà préparé les jus de fruits, le thé et les toasts beurrés. *Ouah !* Je ne me rappelais pas en quelle année j'avais eu droit à ce traitement royal ! Le petit-déjeuner englouti, je chopai mon blouson et nous nous ruâmes hors de l'appartement. J'allais descendre au sous-sol pour prendre ma voiture, mais Seif ne voulut rien savoir.

- On va ensemble à l'agence avec la Mercedes. De toute façon c'est à pied que tu vas quadriller le secteur, et s'il y a quelque chose, les gars seront dans le coin, la plupart avec leurs bagnoles.

- Mais tout le monde va nous voir arriver ensemble ! dis-je en fronçant les sourcils.

- Je te parie cent dollars que toute l'agence est au courant, répondit Seif en riant.

- Sam, bien sûr….

- Et Tom !

Génial !

Nous poussâmes la porte d'entrée à huit heures moins cinq. Louisa accrochait sa veste au dossier de son fauteuil. Steve et Aldo, une tasse de café dans la main étaient assis dans les fauteuils de la réception. Des bruits nous parvinrent du fond du couloir.

- Sam et Greg sont en train de rassembler le matériel, dit Louisa.

- Je vais voir où ils en sont, me dit Seif. Je reviens te chercher dès que tout est prêt.

Je vis Louisa lever les sourcils et braquer un regard malicieux dans ma direction lorsqu'elle entendit Seif me tutoyer. Les deux autres n'avaient pas semblé y prendre garde, à moins qu'ils n'aient déjà lu les dépêches.

- Viens, on va se préparer un café en attendant, me dit Louisa avec un clin d'œil.

On y était. Il allait falloir que j'y aille de mon rapport.

- Alors raconte ! C'est vrai que Seif et toi vous vivez maintenant ensemble chez toi ? demanda-t-elle avec un gentil sourire, après avoir refermé la porte de la cuisinette.

- Seif campe chez moi depuis vendredi, garde rapprochée…. à cause de Hamad qui est dans la nature.

- Je vois, fit-elle en éclatant de son rire spécial tandis qu'elle lorgnait mes lèvres.

- Bon d'accord, c'est aussi….

- Prête Zika ? demanda Sam qui venait d'ouvrir la porte.

- J'arrive !

En entrant dans le dernier bureau au fond du couloir, suivie de Louisa naturellement, je vis un amoncellement de trucs et de gadgets sur la table.

- Vous n'allez pas scotcher tout çà sur moi j'espère ! dis-je horrifiée.

- Bien sûr que non, dit Sam, mais il faut trouver ce qui sera le plus performant et le plus discret en même temps. File ton portable à Louisa, pendant qu'on t'équipe elle va y enregistrer les numéros de téléphone de tous nos gars. Tu aurais déjà dû les avoir depuis longtemps, fit-il avec l'air sévère d'un père qui s'assure que sa fille a bien noté le numéro du domicile familial avant sa première sortie.

Je remis mon téléphone à Louisa qui s'esquiva aussitôt en direction de son bureau.

- Voilà le micro, dit Sam, me montrant un bidule pas plus gros qu'une pastille à la menthe, je vais le clipper sur le centre de ton soutien-gorge. Ton décolleté est assez échancré pour que le son passe, mais pas assez pour qu'on le repère, à moins de coller son œil dessus.

- Si l'œil d'Hamad approche de mon décolleté à moins de trente centimètres je le lui fermerai d'un coup de poing ! Bon passe-moi çà que je j'aille dans la salle de bains pour l'installer.

- Pas question ! C'est moi qui vais l'installer, c'est trop fragile, il ne s'agit pas que tu l'écrases ou que tu bouches l'entrée du son. T'inquiète, j'ai déjà vu d'autres soutiens-gorges depuis que ma mère m'a sevré….

- Je vais l'installer moi-même, dit Seif, en prenant le micro des mains de Sam.

Il glissa doucement sa main dans mon décolleté. Bien qu'il n'y ait aucune connotation sexuelle, je me mis à fondre en sentant la chaleur de ses doigts frôler mes seins. Nos regards se croisèrent, complices. Louisa arriva avec mon portable juste au moment où j'entendis le clic du micro qui était fixé maintenant sur mon soutien-gorge.

- J'ai raté quelque chose ? fit-elle avec un clin d'œil à mon intention lorsque la main de Seif ressortit de mon chandail.

- Seif m'a installé un micro.

- Les autres sont arrivés, dit Louisa, Bill est en train de garer sa voiture.

- Parfait, on pourra commencer les tests audio, dit Sam en prenant la boîte de récepteurs. Allons dans l'entrée, il n'y a pas assez de place pour tout le monde ici.

Les gars étaient tous là, Bill y compris. Un homme assez grand, la quarantaine, cheveux et yeux noirs, vint vers moi. Il portait des jeans bleu clair et un blouson en cuir brun foncé sur un chandail blanc.

- On n'a pas eu l'occasion de se rencontrer, je suis Bilal, dit-il avec un sourire en me serrant la main.

Sam tapa dans ses mains pour ramener le calme.

- Voilà le plan dans les grandes lignes les gars. Zika va aller se balader dans le quartier et faire en sorte que Hamad la repère. Si çà ne donne rien aujourd'hui, elle procédera de la même façon demain et les jours suivants, jusqu'à ce que le poisson morde à l'appât. Votre boulot sera de veiller sur elle discrètement. Surtout ne vous faites pas remarquer, si Hamad se doute de votre présence tout va foirer ! Elle a un micro sur elle. Chacun de vous, aura un mini-récepteur dans l'oreille pour savoir ce qui se passe et la localiser au besoin. Si elle réussit à rencontrer Hamad, n'intervenez pas. Elle va lui proposer un deal pour l'arnaquer. Mais au moindre signe suspect, à la moindre alerte, celui ou ceux qui seront les plus proches devront agir en conséquence pour assurer sa sécurité. Ce type a probablement une arme sur lui, mais ne sortez les vôtres qu'en cas d'absolue nécessité, pas besoin de semer la panique en ville ! Vous resterez en contact entre vous avec vos portables. Seif et moi aurons également des récepteurs connectés à son micro, de même que Louisa qui assurera la liaison au besoin. S'il y a un contrordre Seif prendra la décision qui s'impose en vous appelant sur vos portables. Le même plan sera appliqué par la suite avec Horak et Bilakiev. C'est clair pour tout le monde ?

- Mama mia Zika, sei pazza ? s'écria Louisa lorsque Sam eut terminé son exposé.

- Non ti preoccupare. Tutto andrà bene... spero ! dis-je pour la rassurer.

- Qu'est-ce qu'elles ont dit ? s'inquiéta Tom.

- Louisa lui a dit qu'elle était folle, traduisit Aldo.

À voir tous les visages présents, l'opinion était unanime.

- Et je lui ai dit de ne pas s'en faire, que tout ira bien… je l'espère ! ajoutai-je.

- Pourquoi envoyer Zika au casse-pipe au lieu de choisir l'un d'entre nous ? demanda Julien, elle n'a pas d'expérience et….

- C'est elle qui a imaginé ce plan pour se débarrasser de cette clique, dit Seif.

- Vous auriez dû la dissuader patron, jeta Bill, çà peut devenir dangereux.

- Vous avez déjà essayé d'arrêter la Terre de tourner vous ? demanda Seif lugubre.

- On peut savoir c'est quoi ce stratagème ? intervint Greg qui jusque là n'avait pas ouvert la bouche.

Pour tous ceux qui l'ignoraient encore, Seif expliqua les grandes lignes de ce que j'avais mijoté et ce, dans la consternation générale. Les plus modérés me regardaient comme si je me baladais avec un entonnoir sur la tête.

- Merde, tu es complètement dingue ! explosa Steve. Est-ce que tu réalises dans quoi tu t'embarques ? Tu as tellement envie de retourner au Montreal General ?

- Tu n'as pas peur ? demanda Aldo avec un air frileux.

- Bien sûr que j'ai la trouille, mais avec vous tous près de moi, çà devrait aller.

- Tu es gonflée toi, Oullah ! dit Bilal en me tapant sur l'épaule.

- Bon, grouillez-vous d'installer vos bidules, coupa Sam en passant la boîte à la ronde. Zika, monte dans le bureau de Seif et parle dans ton micro. Pas besoin de baisser la tête, fais comme si tu parlais normalement.

J'attendis que tous et toutes aient mis leurs écouteurs, puis je montai en courant à l'étage avant de refermer sur moi la porte du bureau de Seif.

- Je suis en place, dis-je d'une voix normale. Je répétai la même phrase plusieurs fois en élevant ou en baissant la voix, jusqu'à ce qu'elle ne fut qu'un murmure. Je voulais être sûre qu'ils puissent m'entendre même si je ne pouvais parler librement.

- Alors çà fonctionne ? demandai-je dès que je redescendis.

- Oui, tout baigne, tout le monde t'as entendue, dit Sam. Demain, je ferai un saut chez toi pour installer un GPS sous le pare-chocs de ta voiture, je voulais le faire auj….

- Donnez-le moi, je le fixerai quand on retournera à la maison ce soir, dit Seif d'une voix naturelle.

Un sourire vite réprimé flotta sur les lèvres de Louisa tandis que les autres ne parurent pas autrement surpris. *Ça devait faire partie du boulot de Seif de m'escorter jusque chez moi.*

- Maintenant, voyons la répartition, continua Sam en prenant une grande feuille de papier dans le tiroir de Louisa. Muni d'un gros marker noir, il entreprit de dessiner à grands traits le quadrilatère à couvrir.

- La zone se situe entre la rue Ste-Catherine au nord, le boulevard René-Lévesque au sud, et entre la rue de la Montagne à l'ouest et la rue Mansfield à l'est, énonça Sam. Bill et Tom couvriront de la Montagne, Drummond et Ste-Catherine jusqu'à Drummond, Steve et Julien s'occuperont des rues Peel, Metcalfe et Ste-Catherine jusqu'à Metcalfe, Greg et Aldo feront équipe sur Mansfield depuis le Bonaventure jusqu'à Ste-Catherine. Bilal fera le boulevard René-Lévesque de la rue de la Montagne jusqu'à Mansfield. Seif et moi sommes des visages trop familiers pour Hamad aussi nous planquerons dans ma Land Rover devant le Square Dorchester sur Peel. Avec les vitres fumées, personne ne pourra nous voir. Si d'ici demain il n'y a pas de résultats, par la suite Greg et Aldo iront se poster devant chez Lecocq au cas où il hébergerait Hamad, et on réaménagera la zone à couvrir avec le reste de l'équipe.

- J'avais cru comprendre que tu voulais d'abord appeler Horak pour lui proposer le sceau. Tu veux le faire maintenant ? me demanda Sam.

- Oui, il faudrait juste que je me procure un autre portable, je ne veux pas qu'il puisse me retracer si j'appelle avec le mien.

- Ça ce n'est pas un problème, dit Louisa en piochant deux portables dans un des tiroirs de son bureau. Ce sont des téléphones jetables donc impossible de retracer la personne qui les utilisent.

- D'accord je prends le bleu, comme çà je ne le confondrai pas avec le mien.

- Si Horak te demande ton numéro pour te rappeler… commença Sam.

- Je lui donnerai le tien, dis-je en riant avec Louisa de sa mine épouvantée. Mais non je blague, je prendrai ma voix de flic pour leur dire que c'est moi qui le rappellerai.

- Pffiouh ! J'aime mieux ça, dit Sam en s'essuyant comiquement le front. Qu'est-ce tu vas dire à Horak ?

- Je vais lui offrir le sceau contre du fric. Si çà marche, je lui dirai que je ne l'aurai que d'ici un jour ou deux…. ce qui nous laissera le temps de trouver Hamad.

- Après la vie dure qu'on leur a menée, Horak tout comme Hamad vont sûrement te demander pour quelle raison tu es prête à nous trahir, dit Seif, qu'est-ce que tu vas leur dire ?

- Une histoire de fille ! Je vais leur dire que c'est par vengeance, que mon *chéri* m'a trahie et que je veux lui rendre la monnaie de sa pièce ! dis-je d'une voix résolue en pensant à Riad. Seif me ramena sur terre vite fait.

- Lequel ?

- Comment çà lequel ?

- Quand on le filait, Hamad t'a vue avec moi chez Alphonse et croit que c'est moi ton chéri. Jusque là c'est logique, il nous a vu ensemble aux mêmes endroits….

- Bon et bien c'est parfait non ?

- Pas tout à fait. Que feras-tu si Riad tombe accidentellement sur toi pendant que tu es avec Hamad ?

- Merde, çà je n'y avais pas pensé, dis-je décontenancée.

- Je vais m'occuper de lui, dit Sam.

- Tu ne vas pas le…? sursautai-je.

- Mais non qu'est-ce-que tu vas chercher ! Je vais lui dire d'éviter de s'approcher de toi, de l'agence et de la zone qu'on va surveiller, pour ta sécurité.

- Espérons qu'il t'écoutera, dis-je en soupirant.

- J'ajouterai que c'est pour sa propre sécurité aussi, çà devrait le convaincre !

- Riad est le copain de Zika, expliqua Tom aux autres en pensant clarifier les choses. En fait, ils avaient l'air encore plus paumés, et devaient se demander combien j'avais de *chéris*..

- Il va falloir que tu prennes un ton convaincant pour parler de trahison et de vengeance, ces types là ne sont pas des idiots, dit Seif.

- Pour çà ne t'inquiètes pas, je n'aurai pas à me forcer, dis-je en serrant les mâchoires.

Sam, Louisa et Seif hochèrent la tête avec un bel ensemble sachant de qui et de quoi je voulais parler. Les autres flottaient encore, mais bon, il sera toujours temps d'éclairer leur lanterne…. le jour où la mienne sera allumée.

- Quel itinéraire penses-tu suivre ? me demanda Sam.

- Et bien je pensais commencer par me balader lentement sur Peel, puisque c'est là où j'ai vu Hamad à deux reprises, puis remonter sur Ste-Catherine et redescendre par Mansfield qui est la plus proche de son hôtel, avant de revenir sur mes pas en empruntant René-Lévesque, dis-je posément. Bien sûr, çà c'est en théorie, si je le vois plus loin que mon circuit je m'arrangerai pour me retrouver sur son chemin *par hasard* !

- Parfait ! Des questions ? interrogea Sam à la ronde.

Personne ne bronchant, Sam replia sa feuille et la glissa dans la poche de son blouson après avoir noté les noms de chacun à l'endroit qui leur avait été assigné.

- Tu es sûre que çà va aller ? me demanda doucement Seif en s'approchant de moi.

Je captai au vol les regards surpris que s'échangeaient les autres. *Cette fois tout le monde était au courant !* Je me jetai à l'eau.

- Ne t'en fais pas, tout ira bien ! répondis-je en le rassurant du regard.

- J'ai l'impression que je suis plus inquiet que toi, dit-il en tentant de sourire.

Seif faisait visiblement un effort sur lui-même pour ne pas me prendre dans ses bras. Sam l'œil de lynx à qui rien n'échappait détendit l'atmosphère.

- Si vous voulez parler météo sans être retransmis en direct, dites-le, on enlèvera nos écouteurs, lança-t-il hilare, tandis que je me mis à rougir *exceptionnellement*.

Les autres se figèrent le temps de voir la réaction de Seif, puis se mirent à rire de concert en le voyant rouler des yeux et lever les bras d'un air découragé.

- Je vais te donner le numéro du domicile de Horak si tu veux l'appeler maintenant, dit Louisa en sortant un dossier, tu veux son adresse aussi ?

- Pas la peine merci, je sais où c'est.

Je saisis mon nouveau portable et enfonçai la touche haut-parleur. Après avoir regardé les visages tendus qui m'entouraient et pris quelques secondes pour me concentrer, je composai le numéro que Louisa avait griffonné sur un collant. Sam fit signe à tout le monde de se taire.

- Passez-moi Horak, c'est urgent ! dis-je d'un ton ferme.

- Qui parle ? demanda une voix sèche.

- Je le lui dirai moi-même !

- Il ne prend pas d'appels d'inconnus, reprit la voix.

- C'est moi qui ai nettoyé le congélateur de son copain !

- Un instant, je vais voir !

- Que voulez-vous ? demanda une autre voix quelques instants plus tard.

- Je veux parler à Horak ! m'impatientai-je.

- Je suis Horak ! Qu'est-ce que vous voulez ? dit-il d'une voix dure.

- Je peux me procurer ce que vous voulez et je suis disposée à vous le vendre…. si çà vous intéresse toujours !

- De quoi parlez-vous ?

- Cessez de faire l'imbécile, je n'ai pas de temps à perdre ! Je parle du sceau. Si vous êtes prêt à payer je vous le remettrai. Sinon je le proposerai à quelqu'un d'autre !

- Les acheteurs pour ce genre… d'article ne courent pas les rues, dit-il ironiquement.

- Pas besoin de courir les rues, je n'aurai qu'à m'adresser à votre acheteur !

- Combien voulez-vous ? Et pourquoi nous rendre le…. l'objet maintenant ? reprit Horak après quelques secondes de silence.

- Un million de dollars ! Mes raisons ne vous regardent pas, disons que j'ai un compte à régler avant de me tirer d'ici, laissai-je tomber.

- Pourquoi m'avoir appelé moi en premier ? Vous auriez pu obtenir plus en contactant…. l'autre, dit-il alors que je regardai Seif et Sam d'un air entendu.

- Je n'ai pas apprécié le traitement qu'il m'a infligé lors de notre dernière rencontre, et je n'ai pas le temps d'organiser une vente aux enchères, je suis pressée. Çà vous suffit comme çà ? dis-je en levant la voix.

- Pas la peine de monter sur vos grands-chevaux, rétorqua Horak. Je suis en droit de poser des questions !

- Je ne monte pas sur mes grands-chevaux, dis-je d'une voix tranchante. Tout ce que je veux c'est me venger, encaisser mon fric et me tirer ailleurs pour refaire ma vie !

De longues secondes s'écoulèrent. Je sentis des gouttelettes de sueur perler à mes tempes. J'avais l'impression que ceux qui m'entouraient avaient cessé de respirer. Tout se jouait en ce moment.

- Je vais y réfléchir et je vous rappellerai. Donnez-moi votre numéro !

- Vous me prenez pour une conne ? C'est moi qui vous rappellerai demain à la même heure exactement ! Un conseil, ne réfléchissez pas trop longtemps, comme je vous l'ai déjà dit je suis pressée d'en finir ! dis-je avant de raccrocher.

Lorsque je reposai le portable sur le bureau de Louisa, on aurait pu entendre un moucheron se gratter sous les aisselles. Il me fallut quelques secondes pour réaliser que les *boum-boum-boum* que j'entendais dans mes oreilles étaient les battements de mon cœur. Tout autour de moi ce n'était qu'un ensemble uniforme de visages stupéfaits.

- On dirait que tu as fait çà toute ta vie ! s'écria Steve en me tapant dans la main.

- Tu parles d'un aplomb ! Je commençai à croire que tu étais sérieuse, dit Sam.

- Si tu changes de boulot, tu pourrais envisager une carrière au cinéma, lança Bilal.

- Je ne sais pas trop, on m'a suggéré récemment de m'engager comme cascadeur, dis-je avec un regard en coin pour Seif tandis que Sam partait à rire.

- Tu as les nerfs solides toi, moi en entendant la voix de ce type j'avais la chair de poule, fit Louisa.

- Pas si solides que çà, dis-je en lui montrant les paumes de mes maintes moites, que j'essuyai aussitôt sur mon jeans.

Sam consulta sa montre et claqua des doigts pour attirer notre attention.

- Si vous voulez prendre un café avant de partir, c'est le moment ou jamais. Il est onze heures, on lèvera les voiles dans trente minutes, une personne à la fois, reprit Sam.

- Je vous rejoins dans cinq minutes, je sors fumer une clope, dis-je alors que les autres se dirigeaient vers la cuisinette.

- Je viens avec toi ! fit Louisa en enfilant sa veste, au grand dam de Seif qui avait amorcé un mouvement pour me rejoindre et qui dut battre en retraite.

- Alors ? On n'a pas eu le temps de se parler tout à l'heure, je veux tout savoir, dit-elle dès que nous fûmes dehors.

- On n'a pas le temps maintenant tu sais. Mais toi dis-moi, on n'a pas eu l'occasion d'en discuter depuis, comment çà va avec Gino ? Tu as pu régler le problème ?

- Ne m'en parle pas ! Je ne lui ai pas adressé la parole pendant deux jours. Pour finir c'est moi qui ai eu l'air d'une *stupida* quand les livreurs ont sonné à ma porte.

- Quels livreurs ? De quoi tu parles ?

- Il n'était pas avec une femme ce soir-là. Monsieur a passé la soirée au Casino de Montréal avec Pietro, un mec avec qui il bosse. Il voulait essayer de gagner assez de fric pour m'offrir l'ensemble de table de jardin avec les fauteuils assortis dont je rêve depuis deux ans.

- Il est trop adorable ton mari, dis-je en l'étreignant. Toi qui le traitait de stronzo !

- Ouais, bon !.... Dans un sens c'est quand même un stronzo.

- Comment çà ?

- Non seulement il n'a rien gagné au Casino, mais en plus il s'est fait lessiver le fric qu'il avait emporté avec lui. Maintenant il fait des heures sup pour rembourser l'argent qu'il a dû emprunter à Pietro pour m'offrir l'ensemble de jardin, dit Louisa les yeux brillants d'émotion. J'aurai préféré continuer à m'asseoir sur l'herbe au lieu d'avoir vécu deux jours d'enfer à m'imaginer des choses.

- On n'est jamais contentes, on est peut-être des connasses nous aussi !

- Peut-être.... mais seulement parce qu'ils nous ont contaminées, fit-elle en riant.

CHAPITRE 13

Les gars sortirent de l'agence avant moi, me tapant sur l'épaule au passage en guise d'encouragement, et se dispersèrent aussitôt.

- Je n'ai pas pu joindre ton copain alors je lui ai laissé un message dans sa boîte vocale, espérons qu'il l'ait à temps, me dit Sam.

- Comme monsieur n'a pas de portable, impossible de communiquer avec lui dans l'immédiat, répondis-je soucieuse.

Sam leva les yeux au ciel et s'installa dans la Land Rover, attendant Seif. Profitant de l'absence momentanée de Louisa repartie dans la cuisinette, celui-ci s'approcha de moi.

- Çà va ?

- Oui, ne t'inquiètes pas. Fais comme si j'allais faire une marche de santé pendant l'heure du lunch !

- Une marche de santé ! Je sens que je suis en train de perdre la mienne.

- Ta faute, il faut dormir la nuit !

- Petit démon !

- Sam t'attend, et moi je dois y aller.

- Écoute…. dit-il en me prenant par le cou, pas d'imprudences, pas d'idées bizarres, pas de coups de têtes, pas de…

- Ma parole, tu deviens pire que Sam. Il m'a déjà fait toute une liste de recommandations, tu ne vas pas t'y mettre toi aussi dis ?

- C'est parce qu'on commence à te connaître…. et qu'on a peur pour toi, dit-il en se penchant pour m'embrasser.

- Bon, là ce n'est pas de ma faute, il n'y a aucune porte où je puisse frapper ! s'écria Louisa en éclatant de rire, coupant net l'élan de Seif qui soupira bruyamment.

- Gira[17] la testa un attimo ti prego, penso che abbia qualcosa da dire ! lançai-je à Louisa qui se remit aussitôt à rire.

Avant qu'il n'ait eu le temps de poser une question, j'attirai la tête de Seif vers moi et l'embrassai doucement. Mauvaise idée, il enfonça aussitôt sa langue dans ma bouche pour un baiser plus exigeant. Je n'étais plus très sûre de vouloir sortir du bureau, mais un toussotement exagéré de Louisa nous ramena à la réalité.

- Vous ! dit Seif à Louisa en la menaçant du doigt, tandis qu'elle était pliée en deux dans un fou rire…. Mais qu'est-ce qui vous fait donc rire à ce point-là ?

- J'étais en train de penser aux gars à l'écoute qui ont dû se régaler.

Meeeerde ! J'avais oublié ce foutu micro et à voir sa tête, Seif aussi. C'est le bouquet ! Pourquoi lui avais-je dit qu'il aurait dû dormir la nuit ? S'il y avait encore un doute dans la tête des autres… J'avais envie de me flanquer des baffes, au lieu de çà je m'éclipsai sur la pointe des baskets après un dernier Ciao !

Mains enfoncées dans les poches de mon blouson, je marchais sans me presser sur René-Lévesque, les yeux à l'affût et les sens en éveil, et le col de mon blouson relevé à cause du vent aigrelet qui soufflait du nord. D'ici peu de temps la neige sera là. J'aurais bien voulu remonter le zip aussi pour me réchauffer, mais je n'osais pas à cause du micro. Je me sentais bien, pas relax, mais bien. Un peu bizarre aussi, je connaissais le quartier comme ma poche, mais c'était la première fois que je m'y baladais avec un micro scotché sur moi et une petite armée de gardes du corps dispersée aux alentours.

Les gens commençaient à sortir des tours à bureaux avoisinantes et se pressaient à cause de la température qui avait sérieusement fraîchi. Je repensai à ma première et unique leçon de filature avec Steve qui avait mené à ma rencontre avec Hamad. Pourquoi pas, on ne sait jamais, me dis-je en tournant sur Peel. Têtue dans mes convictions, surtout celles qui se basaient sur mes intuitions, j'étais sûre que Hamad n'était pas loin. Je ne le savais pas, je le sentais. Longeant le trottoir direction rue Ste-Catherine, je tentai de discipliner mes cheveux que le vent ramenait sans cesse sur mon visage. Comme toujours, Ste-Catherine était encombrée de véhicules collés pare-chocs à pare-chocs, alors qu'une foule de plus en plus compacte monopolisait les trottoirs. Je m'arrêtai auprès d'un sans-abri qui chantait un reggae de Bob Marley comme un pro en s'accompagnant de sa guitare. Ce type avait un talent fou, sûr qu'avec

---

[17] Gira la testa un attimo ti prego, penso che abbia qualcosa da dire! – Tourne la tête un instant s'il te plaît, je pense qu'il a quelque chose à dire. – en Italien

des bons contacts il ferait un tabac sur scène ! Je fouillai dans mes poches et déposai un billet de cinq dollars dans la soucoupe posée devant lui. Sous le charme, je restai là à écouter sa musique en battant la mesure avec mon pied. Un homme me bouscula sans même s'excuser et poursuivit son chemin. *Reste concentrée Zika !*

Je continuai à déambuler lentement en léchant les vitrines. Une veste en laine noire, simple et chic à la fois avec son col de renard monopolisa mon attention et une envie sournoise d'entrer l'essayer se glissa en moi, sans compter qu'il devait faire plus chaud à l'intérieur. J'allai pousser la porte du magasin lorsque je me souvins du micro. Pas le meilleur endroit pour justifier de faire du shopping, il n'y avait que des vêtements pour femmes là-dedans. À moins qu'il n'ait sérieusement révisé son orientation, ce serait surprenant d'y trouver Hamad. Je regardai ma montre, seulement midi moins vingt.

En passant devant l'une des rares terrasses encore ouvertes à cette époque de l'année, je décidai de m'y installer en face d'un thé bouillant. Vu qu'elle était déserte, je n'eus que l'embarras du choix pour trouver une table disponible, mais j'optai pour une place dos à la baie vitrée, ainsi je ne risquai pas une arrivée surprise et en même temps j'avais une vue imprenable sur les trottoirs devant moi. Les passants frigorifiés jetaient des regards effarés à la piquée assise sur la terrasse, aussi détendue que si on était au mois d'août. Il faut dire qu'ils ne voyaient pas mes vertèbres claquer de froid comme des castagnettes ni mes orteils se recroqueviller dans mes baskets. Pour justifier mon choix je m'empressai d'allumer une cigarette, et commandai un thé très chaud au garçon qui s'était enfin décidé à sortir de son terrier. J'eus l'idée de signaler ma position aux autres, mais comme je ne voulais pas avoir davantage l'air d'une débile en parlant toute seule, je saisis mon portable dès que le garçon tourna les talons et faisant mine de téléphoner je commençai à parler dans le vide.

- Je suis sur la terrasse d'un café presqu'au coin de Ste-Catherine et de Metcalfe. Je m'y gèle en attendant mon thé, dis-je en m'efforçant de ne pas claquer des dents.

Un homme d'une trentaine d'années assez mignon je dois dire, une casquette des Pingouins de Pittsburgh sur la tête *Heuuuurrrkkkk* traversa la terrasse dans ma direction.

- Avez-vous du feu ? demanda-t-il en souriant.
- Merci, dit-il après m'avoir rendu mon briquet.
- Vous attendez quelqu'un ? reprit-il en tirant sur sa cigarette.
- Oui, le garçon avec mon thé, répondis-je impatientée.

Putain de dragueurs ! Ils devraient suivre des cours de recyclage, le truc du *avezvousdufeu* était usé jusqu'à la corde depuis l'époque de Vercingétorix !

- Vous devez vous sentir bien seule ici.

- Si j'avais envie de voir du monde je serais à l'intérieur, dis-je sèchement. *Est-ce que connard allait se tirer à la fin ?*

- C'est juste ! fit-il avec un rire idiot. Bonne idée le thé, je vais en prendre un aussi, dit-il lorsque le garçon s'amena avec ma commande, sur la terrasse au moins on a le droit de fumer.

- C'est juste ! dis-je avec le même rire idiot en me levant.

- Le thé est pour monsieur, il en voulait un justement ! lançai-je au serveur.

- Hé attendez quoi ! fit-il en voulant me rattraper.

- Attendez quoi ? Je me suis assise ici pour boire un thé en paix pas pour me faire emmerder, c'est clair ?

- Mais….

- Çà fera cinq dollars monsieur ! dit le garçon d'une voix ferme.

Je me retournai à temps pour voir l'idiot mettre la main à sa poche avant de se laisser tomber sur la chaise que je venais de quitter. Quelle merde, j'en avais vraiment envie de ce thé ! Je suis partie trop vite, j'aurais dû le renverser sur sa tête d'abruti avant. Frustrée, je tournai sur Metcalfe et vis Julien sur le trottoir d'en face. J'eus juste le temps de noter son regard rieur qui m'effleura et continuai mon chemin jusqu'au Square Dorchester où je m'assis sur un banc. Allumant une autre cigarette, je laissai mon regard errer alentour. La Land-Rover de Sam était stationnée de l'autre côté du Square sur la rue Peel et je me forçai à en détourner mon regard. Mon estomac émit des gargouillis de mauvaise augure. J'avais faim, aussi je décidai de remonter vers Ste-Catherine en prenant Mansfield cette fois-ci pour aller me chercher une pointe de pizza. Vu d'ici, le rôle de marcheuse forcée me semblait moins amusant que lorsque j'avais imaginé ce plan à la gomme. Je redoutais de me retrouver nez à nez avec Hamad mais en même temps j'avais hâte de le voir, ne serait-ce que pour pouvoir retourner à l'agence m'asseoir sur la plinthe du chauffage. Mon portable sonna alors que j'atteignais le coin du boulevard René-Lévesque et de la rue Mansfield.

- Ne te retourne pas, continue à marcher normalement, dit Bilal. Tu as une bagnole aux fesses depuis que tu as quitté ton banc. Une Ford Taurus bleue qui était garée sur Metcalfe, seulement le conducteur à bord. Elle a tourné sur René-Lévesque et s'apprête maintenant à virer sur Mansfield. J'appelle

Greg et je transmets le numéro de la plaque à Louisa, fit-il avant de rompre la communication.

J'aurais dû être contente de savoir que quelque chose bougeait, alors pourquoi sentis-je les poils de mes bras se hérisser ? Peut-être que c'était une fausse alerte, une coïncidence. Je me forçai à marcher lentement mais ne vis aucune Ford bleue me dépasser. Je voulus en avoir le cœur net. La rue Mansfield était à sens unique vers le nord, et Ste-Catherine l'était aussi en direction est. Parvenue au croisement de Ste-Catherine je décidai de tourner à gauche. S'il me suivait réellement le type serait obligé de laisser sa voiture pour continuer à pied. J'empruntai le trottoir opposé à celui que j'avais suivi tout à l'heure. Arrivée à une vingtaine de mètres de la terrasse j'y jetai un coup d'œil par réflexe et notai que le casse-pied n'était plus là. *Grrrr* Il n'y était resté que le temps de me priver de mon thé. Complètement frigorifiée, je hâtai le pas et pénétrai avec soulagement dans les Cours Mont-Royal. Je descendis dans la zone restauration où je consultai rapidement les panneaux colorés des petits restaurants qui offraient des plats à manger sur place ou à emporter. Il y avait de tout, Chinois, Grec, végétarien, Arabe, Japonais, Thaïlandais…. J'hésitai entre un bœuf Teriyaki et des kebabs et optai finalement pour un muffin aux pommes et canneberges accompagné d'un thé dans lequel j'ajoutai du lait et du sucre. *Ce qui s'appelle avoir de la suite dans les idées pas vrai ?*
Installée à l'une des rares tables inoccupées j'avalai avec volupté une gorgée de thé chaud. Puis saisissant mon portable je rejouai le même numéro de *jailairdeparlerautéléphonemaiscestpasvrai* pour redonner ma position. Mon devoir accompli, je décortiquai la pellicule en plastique de mon muffin et m'apprêtai à y planter les dents lorsque mon téléphone sonna.
- Le type dans la Ford Taurus est garé au coin de Mansfield juste avant Ste-Catherine. Il discute avec un mec qui est monté à son bord, dit la voix de Greg.
- Hamad ?
- Négatif ! Celui-là c'est un jeune avec une casquette des Pingouins à la con sur la tronche et….
- Oh Bon Dieu ! m'exclamai-je en sentant se dresser le duvet sur ma nuque.
- Que se passe-t-il ?
- Dis-moi, est-ce qu'il a une veste en jeans ?
- Ouais pourquoi ?
- C'est lui bordel !
- Lui qui ?

- Le petit con qui m'a abordée sur la terrasse. Je croyais qu'il voulait me draguer et je me suis barrée !

- On les a dans la mire, Aldo est à cinquante mètres de moi.

- Je vais retourner sur mes pas jusqu'à Mansfield pour voir ce qu'ils vont faire. Peut-être ce sont juste des copains qui avaient rendez-vous, dis-je en mordant une bouchée de mon muffin. Attends une minute, j'ai un double appel… C'est Seif.

- Vas-y, il a peut-être de nouvelles instructions, je reste en ligne, dit Greg.

- Oui Seif ?

- Je t'ai entendu parler avec Greg…

- Oui, le temps de mordre une bouchée de mon muffin et j'y vais, le coupai-je.

- Non, n'y vas pas ! On ne sait pas qui sont ces mecs, ni ce qu'ils te veulent….

- Allo ?…. Allo ? dis-je en froissant ma serviette en papier contre mon portable, je t'entends mal, je suis au sous-sol, la liaison ne passe pas, fis-je avant de couper la ligne.

Il devait être en train de jurer assis à côté de Sam, mais tant pis. Je voyais çà d'ici, il s'apprêtait sans doute à me dire de rentrer au bercail. Ce n'était pas l'envie qui m'en manquait d'ailleurs sauf qu'en lui obéissant on ne saurait jamais qui sont ces types, et tout serait à recommencer. Peut-être que Hamad avait eu la même idée que moi et qu'il avait envoyé ses types pour me retracer. Le suiveur suivi quoi ! J'avalai en vitesse une bouchée de muffin avant de reprendre la ligne avec Greg.

- Tout va bien, je me mets en route dans ta direction, lui dis-je avant de raccrocher. *J'imaginai Seif grincer des dents en entendant dans son récepteur ce que je venais de dire. Encore une engueulade en vue !*

Je gobai deux autres bouchées de muffin histoire de tenir le coup et remis le couvercle en plastique sur ma tasse de thé que j'emportai avec moi, avant de remonter les escaliers jusqu'au niveau de la rue Ste-Catherine sur laquelle je me mis aussitôt à trotter. Le ciel était gris et bas et la température avait chuté encore de quelques degrés. À la hauteur de la rue Metcalfe, je stoppai un instant pour avaler une gorgée de thé pour me réchauffer. Je venais juste de remettre le couvercle quand un imbécile qui slalomait sur le trottoir avec des patins à roues alignées me percuta, envoyant valser ma tasse sur la rue entre deux voitures stationnées. Elle rebondit, le couvercle sauta et le thé se répandit sur la chaussée. *Merde c'est pas vrai ! Est-ce que j'allais réussir à boire un thé à la fin !* *Aaargh* Un peu avant Mansfield, je vis Aldo sur Ste-Catherine au-delà du carrefour. Je ralentis le pas et tournai sur la rue Mansfield que je redescendis en direction de René-Lévesque. Greg, sur le trottoir d'en face cent mètres plus bas parlait au téléphone en fumant une clope. Je mourrais d'envie de scruter les voitures stationnées de chaque côté de la rue pour repérer la Ford, mais je n'osai pas de peur de donner l'éveil. Je venais à peine de faire une trentaine de mètres lorsque j'entendis sur ma gauche

- Hé salut !.... Le monde est petit non ?

- Encore vous ? dis-je en fronçant les sourcils, alors que le fan des Pingouins marchait nonchalamment dans ma direction.

Je poursuivis mon chemin lui montrant par là qu'il m'importunait. En sentant sa main saisir mon bras, je me retournai vivement.

- Allez-vous me foutre la paix à la fin ? Et d'abord enlevez votre sale patte ! grondai-je.

- Pas la peine de vous énerver comme çà, vous allez juste m'accompagner gentiment, fit-il en resserrant sa prise sur mon bras.

- Rien que çà ! dis-je sarcastique en me dégageant. Justement pas plus tard que ce matin je me disais, tiens, quel inconnu vais-je suivre aujourd'hui ? Laissez-moi tranquille, je n'ai pas de temps à perdre, ajoutai-je avec une assurance que j'étais loin de ressentir.

- Mon boss veut vous voir, on doit vous conduire à lui, reprit-il plus fermement, tout sourire envolé.

- On ?

Il se contenta de tourner la tête. Je suivis son regard et mon cœur remonta dans ma gorge en voyant mâchoires brisées sortir d'une Ford bleue garée trois voitures plus bas. *Pas de panique Zika, les autres ne doivent pas être loin.* Je repris du poil de la bête.

- Tiens qui voilà ! Êtes-vous venu me chercher pour m'emmener voir vos Canadiens reprendre une volée ? dis-je à voix haute pour mon micro.

- Ferme-là et suis-nous sans faire d'histoires ! fit-il l'œil mauvais.

- Je n'irai nulle part, rétorquai-je en le défiant du regard. Si votre cher patron veut me voir, il n'a qu'à se déplacer lui-même.

- C'est pas çà qui est prévu, insista-t-il, tandis que casquette de Pingouins soudain mal à l'aise se dandinait d'un pied sur l'autre en regardant un BMW 4x4 ralentir à notre hauteur avant de faire un créneau. La portière du côté conducteur s'ouvrit. Hamad !

Seule contre trois je n'avais aucune chance. J'aurais dû écouter Seif pour une fois. Il y avait bien quelques passants se hâtant de retourner au boulot, mais çà m'étonnerait qu'ils se précipitent à mon aide si çà devait chauffer pour moi. Bordel, mais où étaient passés les gars ? On leur avait dit de ne pas intervenir sauf extrême urgence, n'empêche que s'ils entraient dans mon champ de vision là tout de suite, çà m'aiderait à voir la vie en rose. J'essayais de me persuader que c'était des pros, qu'ils avaient l'habitude de passer inaperçus, n'empêche que j'avais une trouille pas croyable. Je tournai le dos à Hamad et me remis en marche vers René-Lévesque encadrée par les deux macaques.

- Zika ! lança une voix impérieuse.

Je me retournai lentement. Hamad le regard dur me fixait.

- Qu'est-ce vous voulez vous ? Me replonger la tête dans un bassin de calmars espèce d'ordure ? dis-je pour que les gars sachent avec qui je me trouvais, et en priant pour que Hamad ne remarque pas le tremblement de ma voix.

Il esquissa un sourire qui n'atteignit pas ses yeux, et qui me donna la chair de poule.

- Il faut que je vous parle ! dit-il en s'approchant de moi.

- Je n'ai pas le temps, il est presque treize heures et je dois retourner au travail, répondis-je sèchement en regardant ma montre.

- Je vous accompagne…. comme au bon vieux temps, dit-il doucereux.

- C'est çà ouais ! Si vous devez me parler faites-le maintenant, je vous ai dit que je suis pressée, dis-je en me remettant à marcher.

Je n'avais qu'une hâte c'était d'atteindre René-Lévesque, près de Bilal et pas loin de Seif et de Sam.

- Est-ce que ces deux tarés vont continuer à me suivre encore longtemps? demandai-je énervée à Hamad qui marchait à présent près de moi en regardant de tous côtés.

- Ils sont là pour me protéger.

- Vous protéger ? Et de qui grands dieux ? Les secrétaires ne se baladent pas avec un flingue vous savez !

- Çà vous pose un problème ? dit-il d'une voix dure.

- Oui ! Je n'aime pas leurs sales gueules !

- Attendez-moi à la voiture vous autres ! lança-t-il aux deux pots de colle, puis il se tourna vers moi.

Nous étions parvenus au coin de René-Lévesque et par-dessus l'épaule de Hamad, je vis soulagée Bill et Tom s'amener sur le trottoir en discutant tranquillement, tandis que le mufle de la Land-Rover était à présent visible au coin de Peel.

- Bon, alors quoi ? m'impatientai-je.

- La dernière fois qu'on s'est vus je suis retourné à Saint-Léonard avec le type qui vous avait *chargée*. On a trouvé le gros lard, le comparse de Horak, ficelé et amoché. On a vu aussi que sa baraque avait été retournée de fond en comble. Ce gros sac n'a rien voulu dire et pourtant on s'est montrés très persuasifs ! J'ai réfléchi depuis et j'en suis arrivé à la conclusion que c'est vous et votre *chéri* qui avez maintenant ce putain de sceau. Il me le faut !

- Mon chéri ! crachai-je…. Je n'ai plus de contacts avec ce salaud !

- Si vous essayez encore de me prendre pour un con çà va vraiment aller mal pour vous !

C'était le moment de sortir le grand jeu, et je me mis mentalement en condition.

- J'en ai rien à foutre de ce que vous croyez ! Cette ordure m'a trompée avec une poufiasse ! dis-je d'une voix cinglante, renouant avec la colère qui m'animait en pensant à ce que Riad avait fait pendant son voyage au Maroc.

Je n'avais même plus peur. La rage que j'éprouvais envers Riad dépassait la peur que j'avais de Hamad. Je ne pensais même plus aux autres, ni à Seif.

- Je me fous de vos histoires avec ce mec, ce que je veux c'est le sceau ! fit-il glacial.

- Vous arrivez trop tard ! jetai-je haineusement.

- Qu'est-ce que vous voulez dire ? fit-il en me prenant aux épaules et en commençant à me secouer.

- Lâchez-moi bon Dieu, les gens nous regardent, grondai-je en voyant Bill et Tom marcher plus vite et affolée à l'idée qu'ils interviennent et foutent le plan à l'eau.

- Je vous ai posé une question, répéta-t-il en obtempérant.

- C'est simple ! dis-je de plus en plus hargneuse. J'ai rendu à ce fumier la monnaie de sa pièce ! Il a dû s'absenter de Montréal pour son boulot, j'en ai profité pour ramasser mes affaires qui traînaient encore chez lui, et j'ai piqué le sceau qu'il avait mis dans son coffre. Il pensait le foutre en sureté à la banque à son retour. Il va frapper un mur quand il rentrera la semaine prochaine, bien fait pour sa gueule !

- Vous voulez me faire croire que vous savez désosser un coffre-fort ? dit-il ironiquement.

- Vous êtes vraiment allumé vous ! dis-je dédaigneuse. Ce connard avait choisi mon prénom comme combinaison.... j'imagine qu'il n'a pas eu le temps de le changer pour le nom de sa pétasse ! crachai-je avec dégoût.

- Dans ce cas c'est encore plus simple, rendez-le moi ! fit-il d'une voix dure.

- Vous êtes bouché ou quoi ? m'énervai-je à nouveau. Je vous ai déjà dit que vous arriviez trop tard ! Si j'avais su où vous contacter je vous aurais appelé en premier pour vous le vendre avant de me tirer d'ici et avant que l'autre salaud revienne, mais vous ne m'aviez pas laissé de carte de visite. Elle a dû tomber dans le bac à calmars, dis-je sarcastique.

- Bon Dieu…. qu'est ce que vous en avez fait ? demanda-t-il tendu à l'extrême.

- Le seul que je connaissais de nom c'était Horak. J'avais entendu celui que vous appelez mon chéri en parler. Je l'ai appelé et finalement on est arrivés à s'entendre. Je lui ai remis le sceau, il m'a donné mon pognon, le reste je m'en balance, de toutes façons dans quelques jours je serai loin !

- Vous lui avez vendu le sceau ! dit Hamad assommé. Combien ?

- Un million !

- Vous êtes vraiment conne, je vous en aurais donné cinq fois plus ! siffla-t-il exaspéré.

Pas si conne que çà, pensai-je, puisqu'apparemment tu as avalé l'hameçon et la canne à pêche en prime.

- Qu'est-ce que çà peut vous foutre maintenant ? D'ailleurs ce n'est pas à vous qu'il avait l'intention de le vendre apparemment, dis-je sur un ton sec *en jouant mon dernier atout.*

- Qu'est-ce que vous voulez insinuer ? fit-il en me cramponnant le bras.

- Je vous ai déjà dit de me lâcher ! grondai-je en reculant d'un pas.

- Je n'insinue rien, j'ai des oreilles et je sais m'en servir !.... Quand j'étais chez Horak, un de ses gars est venu lui dire qu'on le réclamait au téléphone. Il s'est éloigné et parlait à voix basse. Je n'ai pas tout saisi, mais je l'ai entendu parler de Zürich et après il a dit quelque chose comme *je l'ai, oui…. je vous attends mardi soir comme prévu.* Il avait l'air tendu, sur le moment j'ai cru que c'était avec vous qu'il parlait….

- Mardi soir comme prévu ? Bordel de merde, l'enfoiré ! gueula Hamad. Je vais m'occuper de ce fumier !

- Si c'est tout ce que vous aviez à me dire, je fous le camp maintenant. Je dois retourner bosser, dis-je d'un ton sec en faisant mine de partir.

- Quant à vous, reprit-il menaçant, n'essayez pas de me jouer un tour de salaud, comme vous avez pu vous en rendre compte je sais où vous retrouver.

- Je n'en ai plus rien à foutre de vous, de Horak et de votre clique. À la fin de la semaine je serai loin de cette foutue ville et de toutes vos conneries !

Il tourna les talons après m'avoir jeté un dernier regard furieux, et je me mis aussitôt en route vers mon *travail*. J'avais les jambes en coton maintenant que l'adrénaline commençait à refluer et je sentais tous mes membres trembler convulsivement. Je ne désirais qu'une chose, rentrer à l'agence et me sentir enfin à l'abri. Ne sachant si Hamad ou d'autres types à lui étaient encore dans le coin, je me résignai à tourner le dos à l'agence et forçai mes jambes à aller vers l'immeuble à bureaux où Hélène bossait. Les copains devaient se demander où j'allais. Je joignis les deux extrémités du col de mon blouson devant ma bouche et m'adressai au micro.

- Sam, je me dirige vers l'immeuble collé à l'hôtel Reine Elizabeth, Hamad croit que je bosse là-bas. Je vais entrer par la porte principale et je trouverai un moyen pour ressortir par l'issue de secours. Ramasse-moi s'il-te-plaît dans le stationnement de la rue Belmont en arrière, je devrais y être d'ici cinq à six minutes.

J'entrai dans l'immeuble, passai devant l'agent de sécurité et pris l'ascenseur jusqu'au deuxième étage choisi au hasard. Je marchai dans le couloir devant les portes vitrées qui s'alignaient des deux côtés, me tapai le front *oupsjemesuistrompéed'étage* et redescendis dans le hall en boitant fortement. Je m'approchai de l'agent un sourire douloureux plaqué sur mes lèvres.

- Je viens de me fouler la cheville, j'ai vraiment très mal. Vous seriez un amour si vous me laissiez utiliser l'issue de secours. Mon mari m'attend dans le stationnement en arrière, cela m'éviterait de faire tout le tour du pâté d'immeubles.

- Mais certainement, je vais vous accompagner Madame. Dites donc cela a l'air douloureux, attendez, laissez-moi vous aider, dit-il en m'attrapant un aileron.

Et voilà ! Pas plus compliqué que çà !

Nous traversâmes l'immense hall jusqu'au mur du fond puis il bifurqua à droite et m'ouvrit la porte qui donnait sur le parking. À quelques encablures je vis la Land-Rover se rapprocher.

- Faites attention à vous ! dit le sympathique monsieur en agitant la main après m'avoir aidé à grimper dans la Land-rover.

- Qu'est-ce qui t'es arrivé, tu es tombée ? demanda Sam inquiet.

- Non, c'était une combine pour pouvoir utiliser la porte de secours.

- T'es vraiment incroyable toi, merde alors ! dit-il en éclatant de rire.

Seif ne riait pas, ne disait rien, pour dire les choses clairement il faisait carrément la gueule. Sam surprit mon regard dans son rétroviseur et leva les yeux au ciel. Ma montre indiquait treize heures trente quand nous entrâmes dans l'agence. Seif fila directement dans son bureau dont il claqua la porte avec fracas. Tous les gars déjà revenus se précipitèrent vers moi, m'étreignant, me tapant sur l'épaule et parlant tous à la fois.

- Dio Bono ! fit Louisa en me serrant dans ses bras, tu m'as tellement foutu la trouille que je suis restée vissée sur l'écouteur, incapable de bosser.

- La prochaine que tu partiras en ballade de santé comme tu dis, moi je me mettrai en congé ! dit Bill la gorge nouée par l'émotion.

- On a eu la trouille pour toi, confirma Tom en hochant la tête, et avec Seif derrière nous dans la Land çà n'aidait pas.

- Je peux le comprendre, ajouta Steve avec véhémence en se tournant vers moi, si j'avais été plus près de toi Bruinsie, je t'aurais botté les fesses jusqu'à ce que tu ne puisses plus t'asseoir de la semaine !

- En parlant de Seif, pourquoi il a grimpé là-haut comme une flèche ? demanda Julien.

- Pour se calmer sans doute, dit Sam avec un bon gros rire. Je ne l'avais jamais entendu égrener autant de jurons. Il avait interdit à Zika de retourner sur Mansfield quand il a su que les deux mecs étaient là-bas, mais Miss Rebelle…. Steve a raison, tu mériterais une fessée.

- Je confirme, t'as vraiment pas froid aux yeux toi Oullah ! lança Bilal.

- Tu crois çà ? lui dis-je dès que je pus placer un mot. J'étais morte de peur devant Hamad, tu sais j'ai payé pour savoir de quoi il est capable, et j'avais encore plus peur qu'il ne gobe pas mon histoire, ce qui fait qu'au bout du compte j'étais carrément terrorisée.

- Hé ben c'est pas l'impression que tu nous a donnée quand tu parlais avec lui, j'ai même pensé à un moment que tu allais le frapper. C'est là d'ailleurs que Seif a filé un coup de poing sur le tableau de bord. J'ai cru qu'il allait le mettre en miettes! dit Sam en secouant la tête énergiquement.

- Ma rage était tellement forte que j'ai fini par oublier d'avoir peur !

- Au fait…. c'était quoi l'idée de lui parler de Zürich ? demanda Bill.

- Çà m'est venu comme çà, pour avoir l'être crédible je ne pouvais pas dire que la seule chose que j'avais entendue c'était le jour du rendez-vous, alors j'ai pensé à la Suisse le pays des banques, et à Zürich parce que j'adore cette ville !

- Tu parles, tu avais tellement d'aplomb que même moi j'ai marché !

- Quand Seif redescendra parmi nous on devra discuter de la suite du programme, savoir ce qu'il décide, dit Sam. Demain matin, Zika doit rappeler Horak.

- Si çà ne t'ennuies pas, laisse-moi juste le temps d'aller me faire un thé je n'ai….

- Zika, dans mon bureau tout de suite ! dit une voix glaciale du haut de l'escalier.

Le silence se fit aussitôt tandis que des regards de sympathie se posaient sur moi.

- Décidément je n'arriverai pas à boire un thé aujourd'hui, grommelai-je en grimpant les marches.

La porte de son bureau n'était même pas encore refermée que Seif m'accueillit à sa façon.

- Bordel de merde ! C'est quoi ton problème, tu as juré de me rendre dingue ? hurla-t-il.

Génial ! Comme çà les autres en bas pouvaient suivre le reportage en direct !

- Je repasserai quand tu auras pris une douche froide, criai-je à mon tour.

- Viens ici et ferme cette saloperie de porte ! continua-t-il à hurler.

J'obtempérai et restai debout au milieu de la pièce. J'avais déjà vu Seif furax mais franchement jamais à ce point. Les mâchoires contractées, ses yeux noirs lançaient des flammes. Je m'attendais presque à voir de la fumée s'échapper de ses oreilles.

- Qu'est-ce que je t'avais dit ? De rester où tu étais ! De ne pas aller sur Mansfield nom de Dieu ! cria-t-il en ponctuant ses paroles de coups de poing sur son bureau.

- C'était mon boulot ! gueulai-je à mon tour. Qu'est ce que tu voulais que je fasse, que je reste assise en face de mon thé jusqu'au Nouvel An ?

- Ton boulot comme tu dis ce n'était pas de te mettre en danger. Tu ne savais pas qui étaient ces types, tu ne savais pas s'ils étaient armés, ni ce qu'ils avaient en tête !

- Mon boulot c'était de me faire repérer par Hamad ! Qu'est-ce que j'étais supposée faire ? Me coller un panneau sur le dos *Hou! Hou! Hamad, je suis là !* Et quoique tu en penses j'ai réussi ma mission puisque Hamad m'a trouvée.

- Tu as désobéi à mes ordres !

- Puisque tu le prends comme çà je démissionne ! criai-je complètement enragée en amorçant un demi-tour vers la porte.

- Démission refusée ! Reste ici nom de Dieu, je n'ai pas fini !

- Moi si !

Il contourna son bureau et vint vers moi. Instinctivement je me mis en position de défense. Seif ou pas, s'il faisait un geste de trop il allait y avoir droit.

- Tu ne pensais quand même pas que j'allais te frapper ? fit-il d'un ton incrédule et radouci.

Je ne répondis rien, trop ulcérée pour dire un mot. Il s'approcha encore…. et encore un peu. Je le voyais tout flou soudainement alors que les larmes s'accumulaient sous mes paupières. Il me releva le menton.

- Tu pleures ?

- Non, je ne pleure pas ! dis-je rageusement en éclatant en sanglots.

La marche, la faim, le froid, la peur face à Hamad et maintenant l'engueulade de Seif avaient eu raison de moi. Je pleurai à gros bouillons que j'essuyai d'un revers de manche.

- Là, calme-toi…. viens t'asseoir ! dit Seif en posant sa main sur mon épaule.

- Ne me touche pas, je te déteste ! criai-je à bout de nerfs en balayant l'air du bras envoyant valser au passage sa lampe de bureau qui se brisa contre le mur.

- Assieds-toi, je vais te chercher un jus de fruit, dit-il en ouvrant la porte.

- C'est quoi ça ?

Je me retournai en m'essuyant les yeux. Ils étaient tous là, Louisa en tête, petit groupe compact debout sur les marches de l'escalier, yeux braqués sur la porte.

- Ben quoi ? Vous gueuliez tellement fort tous les deux….. quand on a entendu la lampe se briser on s'est dit qu'on devait venir voir ce qui se passait, dit Sam pendant que les autres approuvaient de la tête.

Seif figé ne trouva rien à répondre, et se retourna vers moi lorsque j'éclatai de rire.

- Tout va bien alors ? demanda Tom.

J'étais aux prises avec un fou-rire dantesque qui se répandit jusqu'à l'escalier comme un raz-de-marée.

- On dirait que ça va maintenant, dit Seif riant à son tour. Allez, tout le monde en bas, on va boire quelque chose.

- Un thé ! Ce ne sera que le troisième de la journée que j'essaie de boire !

Nous nous regroupâmes tous dans la cuisinette, debout ou assis. Une fois que nos tasses et nos verres furent vidés, Sam reprit la parole.

- Comme je le disais tout à l'heure, dit-il en s'adressant à Seif, on aimerait connaître la suite du programme, car demain matin à dix heures Zika doit rappeler Horak.

Toutes les têtes se tournèrent vers Seif qui pianotait sur la table en réfléchissant. Finalement il se décida.

- Je vous le rappelle, le but est d'amener Hamad, Horak et Bilakiev à se retrouver au même endroit et d'après ce qu'on a pu entendre aujourd'hui il est certain que Hamad va aller rendre visite aux deux autres, demain soir probablement. Ce que je veux avant tout c'est zéro dérapage qui mette notre équipe en danger, sans parler du sceau ! C'était ton idée Zika, comment tu vois les choses ?.... Il vaut mieux lui poser la question, fit-il en direction des autres, sinon quoi que je dise, elle n'en fera de toute façon qu'à sa tête !

- Çà veut dire quoi ça encore ? lui demandai-je l'œil à nouveau chargé d'éclairs tandis que les autres se poussaient du coude en riant.

- Que tu es une rebelle et une tête de mule !

- Tête de mule hein ?

- Dites, vous n'allez pas recommencer vous deux ? demanda Sam, fronçant les sourcils comme un prof devant des élèves indisciplinés.

Après quelques rires étouffés, je pris la parole.

- À dire vrai, je n'ai pas de plan précis sur qui doit être où, ni faire quoi. Ce que j'avais pensé en gros c'était de faire en sorte que Horak accepte d'acquérir le sceau, que Hamad se pointe chez lui pour le lui acheter, ou le lui reprendre avant qu'il ne le vende à un autre selon la fable que je lui ai servie, et pour finir que l'un d'entre nous appelle les flics pour qu'ils chopent tout ce beau monde en flagrant délit avec le sceau comme pièce à conviction. Maintenant, pour les détails c'est à vous de voir.

- Si Horak accepte mon offre, poursuivis-je, je lui proposerai une rencontre mercredi soir.

- Pourquoi mercredi et pas demain comme tu l'as dit à Hamad ? demanda Seif.

- Si je lui propose mercredi, il ne pourra pas le remettre avant à Hamad. Si Hamad le contacte pour savoir s'il est toujours disposé à lui vendre le seau, Horak n'aura pas le choix de convenir d'une date de rencontre à partir de mercredi, ce qui persuadera Hamad que l'autre veut le doubler. Donc il viendra la veille avec un couteau entre les dents.

- Bien vu, mais…. et si Horak se dégonfle ? S'il décide finalement de laisser tomber cette histoire ? demanda timidement Aldo.

- Je peux me tromper, mais après avoir mis sur pied tout ce cirque, je serais surpris qu'il n'essaie pas une fois encore de s'approprier le sceau, dit Seif.

- Oui, mais si malgré tout il se désiste qu'est ce qu'on va faire ? osa redemander Aldo nous surprenant tous, car habituellement il écoutait plus qu'il ne parlait.

- Dans ce cas-là, on ne change rien…. j'espère ! dis-je avec ma fougue habituelle, avec un regard en coin vers Seif qui souriait, imperturbable. Si Horak n'a pas le sceau il n'a aucune raison de contacter Hamad. Et si c'est Hamad qui le contacte, quand l'autre lui dira qu'il n'a pas le sceau, là encore Hamad croira que l'autre veut le doubler. Dans les deux cas, Hamad va s'amener chez Horak demain soir. Il pourrait bien y avoir du grabuge car Hamad va sûrement se pointer avec sa garde personnelle.

- Et si Hamad débarque chez Horak ce soir au lieu d'attendre à demain ? dit Greg.

- Si Hamad l'appelle avant il aura la même réponse, pas de sceau, dit Seif après avoir réfléchi. D'autre part, il ne peut pas savoir si le sceau se trouve chez Horak ou s'il l'apportera seulement mardi *pour l'autre acheteur.* À mon avis il ne courra pas le risque d'un esclandre ce soir pour rien.

- Lesquels d'entre nous avez-vous prévu côté surveillance ? lui demanda Sam.

- Pour une surveillance de routine un ou deux gars auraient suffi, dit Seif. Mais cette fois-ci plus on sera nombreux pour protéger le sceau, mieux ce sera. Je pensais à Bilal, Greg et Steve encore inconnus dans le secteur pour couvrir l'avant. Bill et Tom qui ont planqué souvent devant chez Horak surveilleront l'arrière et les côtés de la maison avec Julien et Aldo. Pour les mêmes raisons qu'aujourd'hui, Sam et moi resterons dans la Land Rover garée sur Côte-Saint-Antoine. Si Hamad ou Bilakiev nous voient, toute l'opération sera à l'eau. Dès qu'Hamad arrivera chez Horak, ou plutôt dès qu'il entrera chez Horak, on appellera la police. Un appel anonyme bien sûr.

- Et moi alors ?…. Je reste à la niche ? demandai-je d'une petite voix pointue.

- Pour ta sécurité et notre santé mentale à tous, dit-il en riant, tu resteras avec nous dans la Land. *Éclat de rire général.* D'ailleurs ta photo aussi est dans leur album de famille.

- Ouais…. dis-je un peu déçue de ne pas participer aux festivités. Heureusement je vais pouvoir me dégourdir les jambes quand on entrera chez Horak, j'ai hâte de voir la tête de Hamad quand il verra mon *salaud de chéri* débarquer avec moi, il va….

- Parce que tu t'imagines que tu vas entrer chez eux avec moi ?? dit-il soufflé.

- Tu ne vas pas me laisser dans la voiture quand même ? dis-je en recommençant à me pomper.

- Si ! D'ailleurs tu n'as pas d'arme !

- S'il n'y a que ça, peut-être que Sam pourrait me prêter la sienne….

- Oups ! Sur ce coup-là, il te faudra la bénédiction de Seif, répondit Sam.

- Il ne manquerait plus que ça ! dit Seif en levant les bras. Toi avec un flingue, c'est l'asile à coup sûr pour moi !

Tout le monde se mit à rire bruyamment tandis que je me renfrognai.

- Calamity Zika ! lança Louisa l'œil rieur. Il faut d'abord que tu t'entraînes au tir.

- Pourquoi faire ? C'est pas pour tirer sur quelqu'un, juste pour leur faire peur !

- Pas question ! cria Seif en tapant sur la table de la cuisinette, faisant sauter les verres et les tasses. Vous ! dit-il en pointant le doigt vers Sam, vous resterez avec elle et veillerez à ce qu'elle ne fasse pas encore une de ses…

- Conneries ?…. Comme quoi par exemple ? demandai-je doucereuse.

- Laisse-tomber, la liste est trop longue ! fit-il en roulant des yeux pendant que les autres essayaient de garder leur sérieux.

- Han ! Et le sceau ?

- Quoi le sceau ?

- Comment tu vas t'y prendre pour le planquer chez Horak pour que les flics le trouvent ?

- Il faudra que je profite du moment de surprise quand les flics entreront et seront occupés avec eux.

- J'aimerais bien être une mouche pour voir ça ! dis-je les yeux brillants. Ni Horak ni Hamad n'imagineront un instant que c'est toi qui l'a. Je suis sûre que tu trouveras un moyen, ça ne doit pas être si compliqué, tu entres en même temps que les flics, tu le pose quelque part, tu gardes l'œil dessus, tu ameutes la garde…. et voilà !

- Et voilà ! dit-il ironiquement. J'apporte le sceau, je le pose sur la table d'Horak, je siffle les poulets et voilà ! Pas de problèmes en somme hein ?

Éclat de rire de Louisa.

- Ce sera un moment délicat. Ce ne sera qu'une fois dans la place que je saurai quoi faire et quand. Croisons les doigts pour que tout aille bien !

- Il le faudra, Aref va être sur des charbons ardents en sachant que le sceau va se retrouver chez les zouaves, dis-je pour ajouter mon grain de sel.

- J'aime mieux ne pas y penser ! dit-il d'un ton sinistre. Bon, je crois qu'on peut en rester là pour le moment. Julien assurera le relais couverture ce soir et cette nuit devant le Bonaventure au cas où Hamad s'y pointe. Tous les autres, rendez-vous demain ici à neuf heures. Suite à la conversation que Zika aura eue avec Horak, on avisera et on mettra les détails au point.

Toute l'équipe se leva et se prépara à quitter les lieux. Seif se tourna vers moi.

- Enlève ton micro, moi je monte récupérer mon portable et ensuite on file chez toi.

- Tu ne peux pas m'accompagner chez moi, si Hamad est toujours dans le secteur et qu'il nous voit ensemble on aura l'air fin.

- Ne vous inquiétez pas, je vais la raccompagner chez elle, intervint Steve.

- Bon d'accord, j'en profiterai pour faire un saut chez moi. Je te retrouverai plus tard à l'appartement, Steve restera avec toi en attendant que j'arrive.

S'il y avait encore quelqu'un qui ignorait que Seif campait chez moi....

En chemin, je demandai à Steve de s'arrêter chez Sy pour prendre de quoi faire un dîner convenable. J'achetai trois boîtes de soupe de palourdes du Maine au cas où Steve partagerait notre repas. Délicieux, nourrissant et question préparation, imbattable. Un ouvre-boîte et hop à table ! Steve gara sa Honda le long du trottoir et nous entrâmes dans le hall juste à temps pour voir Colgate nous fixer de toutes ses dents plantées en forme de points d'interrogation. Pas besoin d'être devin pour savoir ce qui se passait dans son crâne de serin. Depuis des années il me voyait entrer ou sortir de mon appartement toujours seule ou avec Riad lorsqu'il venait chez moi, et voilà qu'en l'espace de quelques jours c'était un défilé d'hommes toujours inconnus de lui et toujours différents !

- C'est sympa chez toi et pratique, dit Steve en regardant autour de lui. Vivre sur le flanc du Mont-Royal c'est avoir les avantages du centre-ville sans les inconvénients.

- Tu as raison, d'ici on n'entend pas le boucan de la foule et de la circulation. Mais assieds-toi, tu veux un jus de fruits, un thé ?

- Si tu as un grand verre d'eau ce serait parfait, je suis saturé de jus pour la journée, dit-il en souriant.

J'apportai un plateau avec nos boissons et allumai la télé. Rien de nouveau aux nouvelles, ce qui est un comble ! Je ne savais pas si je devais me réjouir qu'il n'y ait pas de développements récents sur l'affaire Horak ou m'en inquiéter. Je zappai les chaînes et finis par dénicher un match de hockey. La saison régulière avait commencé et ce soir les Pingouins de Pittsburgh étaient venus rendre une visite de politesse aux Canadiens. *Hiiiirrrrkkkk ! Les deux équipes que je détestais le plus !* Par égard pour Steve je laissai la chaîne branchée sur le match. Pendant qu'il commentait les efforts de ses Canadiens je fixai les chandails de leurs opposants ce qui me fit penser au type avec la casquette des Pingouins, et me ramena par ricochet à Hamad.

- J'ai hâte que çà soit terminé, dis-je en soupirant.

- Hé attends une minute Bruinsie, çà vient à peine de commencer ! protesta Steve.

- Je ne parle pas du match, je parle de l'affaire avec Horak et Hamad. En voyant le logo des Pingouins çà m'a rappelé le ouistiti qui m'a demandé de le suivre aujourd'hui.

- Ouais, on en a tous marre je dois dire. Ne te fais pas de bile, si tout se passe bien, demain on sera enfin débarrassés de toute cette clique…. et tu pourras concentrer ton temps et ton énergie à potasser tes bouquins de règlements ! dit-il en clignant de l'œil.

- J'ai hâte tu parles ! répondis-je avec une mine renfrognée. C'est le côté le plus tarte de cette formation.

- T'as pas le choix, on doit tous en passer par là.

- Je sais mais avoue que c'est moins rigolo que d'entrer en douce par les fenêtres, tirer des coups de pieds, claquer des tronches de méchants ou…

- Heu…. Çà dépend de quel côté du pied on se trouve, dit Steve en passant sa main sur sa mâchoire.

- *La gaffe !* Ta mâchoire va me filer un complexe de culpabilité à vie tu sais, dis-je la mine contrite, mais aussi quelle idée de gueuler comme un fou *vas-y, met le paquet !*

- C'était pour que tu sortes le max de toi-même. En général c'est le principe des cours d'auto-défense.

- Tu es un super prof, j'ai bien aimé ton cours. Si tu m'en donnes encore je ferai très attention promis, ou bien je m'arrangerai pour frapper quelqu'un d'autre.

- Dans un sens j'étais satisfait du cours moi aussi…. en quelque sorte. C'était la première fois que je pouvais voir le résultat aussi vite et d'aussi près ! dit-il en riant.

La seconde période du match venait de se terminer. Les Canadiens menaient deux buts à zéro et Steve était content.

- Dis-donc ce n'est pas que je m'ennuie avec toi mais je trouve que Seif est bien long à revenir, dit-il soucieux, j'espère qu'il n'y a pas eu de pépin en cours de route.

- T'inquiète pas, avec Sam sur ses talons, on l'aurait su. Je crois plutôt que Seif a dû argumenter longtemps avec Aref au sujet du sceau, m'esclaffai-je.

- Tu le connais bien ? Je veux dire Aref.

- Je l'ai rencontré deux ou trois fois chez eux, généralement en revenant de l'hôpital, un homme gentil et très courtois, tu ne trouves pas ?

- À vrai dire, je ne l'ai vu qu'une fois. Il était venu à l'agence juste après le vol. On aurait dit un homme brisé, le sceau devait représenter énormément de choses pour lui.

- C'est le cas. Sans entrer dans les détails, ce sceau est dans leur famille depuis plusieurs générations et cette histoire l'a gravement affecté. C'est pourquoi je comprends que juste l'idée de le voir ressortir de la maison doit le faire flipper.

La sonnerie de l'intercom résonna et je me grouillai d'actionner le bouton d'accès à l'immeuble.

- Çà doit être Seif ! On va pouvoir dîner, je commençai à avoir un creux. Finalement je n'ai rien avalé aujourd'hui, dis-je en riant. Si tu veux te joindre à nous, bienvenue !

- Je ne veux pas te déranger.

- Tu ne déranges personne et il y assez à manger pour tout le monde, dis-je en allant ouvrir la porte.

- Encore du hockey ! s'exclama Seif en entrant dans le salon.

Il portait un blouson aviateur en cuir noir qu'il déposa sur le dossier d'une chaise avant de s'asseoir parmi nous.

- Il faudra t'y faire, la saison commence à peine. Mais ne te tracasses pas tu as jusqu'au mois de juin prochain pour t'habituer, dis-je en riant.

- Tout va bien ? demanda Steve en voyant les traits tirés de Seif.

- Une négociation difficile après une journée mouvementée, dit celui-ci en soupirant.

- Aref t'as finalement donné le feu vert ? demandai-je à mon tour.

- Oui, mais avec tant de recommandations à la clé que je me demande si je vais oser sortir le sceau de ma poche.

- Ne lui en veux pas cette histoire l'a tellement secoué. Tu as faim ? Tu veux un jus de fruits avant de passer à table ?

- Je vais vous laisser manger tranquillement, dit Steve en se levant.

- Je t'ai déjà dit que tu ne nous dérangeais pas, reste avec nous, ce sera sympa !

- Sûr, asseyez-vous donc, on pourra discuter tranquillement de ce qui nous attend demain pendant que Zika nous mijote un bon dîner. Tu as besoin d'un coup de main ? me demanda Seif l'œil malicieux.

- Dans une cuisine elle est redoutable, dit-il à l'intention de Steve.

- Ah oui ? dit Steve en se pourléchant les babines.

- Absolument ! Tous les pompiers du centre-ville la connaissent, dit Seif en riant.

- Mauvaise langue ! Vous allez vous régaler, et il n'y aura pas d'incendie ! fis-je en lui jetant un coussin à la tête.

- Tu as trouvé le truc infaillible ? demanda Seif toujours hilare.

- Oui, un ouvre-boîte ! répliquai-je dignement avant d'aller dans la cuisine.

Le dîner se passa dans une ambiance détendue, malgré nos soucis à propos du lendemain, et j'eus même droit à des compliments sur *ma* soupe aux palourdes. Les Canadiens avaient finalement remporté le match de justesse face aux Pingouins qui avaient rattrapé leur retard, et Steve affichait une mine épanouie.

- Je te l'avais dit que c'étaient les meilleurs !

- C'est vrai, quand ils ne jouent pas contre nous, ils ne s'en sortent pas trop mal, dis-je pour le taquiner.

- Vous nous avez eus par surprise, protesta Steve.

- Pourquoi ? Avant d'aller sur la glace personne leur a dit qu'ils allaient affronter les Bruins ? dis-je l'air candide.

- Si vous avez l'intention de rejouer un épisode du Centre Bell, il vaut mieux que je coure acheter une caisse de pansements, dit Seif sérieux comme un pape.

Steve et moi nous nous fîmes un signe de la paix, ce qui suffisait pour apaiser momentanément nos egos sportifs.

- Il est vraiment sympa, je l'aime bien, dis-je à Seif après le départ de Steve.

- Moi aussi, il connaît son métier et c'est un bon gars.

- Je ne voudrais pas ramener çà sur le tapis maintenant qu'on est à la maison, mais…. tu penses qu'on va réussir le coup demain ?

- Tu sais dans ce genre d'opération, même si on essaie de prévoir tous les cas de figure il peut y avoir des impondérables, et il faut se débrouiller avec ! Tu as peur ?

- Peur, pas exactement, dis-je en réfléchissant, je veux dire je n'ai pas trop peur d'eux physiquement même si je trouve Hamad un peu barjot. J'ai surtout peur qu'ils passent entre les mailles du filet et qu'on n'arrive pas à les faire coffrer. On ne sait pas sur combien de types on va tomber, si chacun a sa garde privée on risque de rejouer Fort-Alamo.

- Si Hamad s'entend avec Horak, je suppose qu'ils n'auront que leur garde rapprochée. Maintenant si Hamad décide de jouer le tout pour le tout….

- Espérons pour le mieux ! Demain soir avant de me coucher, je saurai si je peux dormir relax en sachant ces types sous les verrous.

- Et moi, je saurai si je peux dormir relax en les sachant encore dans la nature, dit-il avec un drôle d'air.

- Tu es sérieux ?

- Je n'ai jamais été aussi sérieux, dit Seif en plantant ses yeux dans les miens. Tant que ces mecs sont dans la nature tu as besoin d'un garde du corps jour et…. nuit.

Oups ! C'est vrai ça, une fois cette histoire bouclée les choses reviendront à la normale, si on peut dire.

- Quand ils seront pris, un garde du corps vingt quatre heures sur vingt quatre ne s'imposera plus pour toi, reprit-il lentement en prenant mes mains dans les siennes.

Le goudron s'épaississait et ma situation au sujet de Riad et de Seif n'avait toujours pas évolué ni dans un sens ni dans l'autre. J'essayai de plaisanter pour alléger l'ambiance.

- Tu ne seras plus obligé de faire des heures supplémentaires pour protéger une rebelle, plus obligé de dormir inconfortablement sur un divan, plus obligé….

Je ne pus en dire plus car Seif me prit dans ses bras et m'embrassa longuement, farouchement.

- Je n'étais pas obligé de faire ce que j'ai fait. J'aurais pu coller Sam sur un siège devant ta porte et Tom au pied de l'immeuble.

- Et dormir dans ton lit, complétai-je en souriant.

- Ou te jeter sur mon épaule et t'emmener dormir dans mon lit, corrigea-t-il la voix rauque.

Je m'écartai un peu et allai devant la grande baie vitrée. Dehors il faisait nuit noire. Quelques lumières provenant des immeubles voisins trouaient l'obscurité. Je ne savais plus quoi penser, quoi dire. Demain Seif ne sera plus là. Riad ne sera pas là non plus. Et moi je resterai assise stupidement dans un divan en me demandant comment j'avais pu me mettre dans une situation aussi délirante.

- Qu'est-ce que tu as ? demanda Seif en se rapprochant. Tu es fâchée ?

- Non, pas du tout…. si ce n'est contre moi-même.

- Pourquoi ?

- Parce que j'ai l'impression que j'ai compliqué une situation qui l'était déjà. Le problème avec Riad n'est pas réglé, et depuis qu'on a fait l'amour ensemble j'ai rajouté un problème sur tes épaules et sur les miennes, dis-je d'une voix triste.

- Zika, commença-t-il doucement en posant ses mains sur mes épaules, quand on a fait l'amour ensemble nous étions tous les deux conscients et consentants. On savait tous les deux depuis longtemps que nous ne pourrions pas lutter contre cette force qui nous attirait l'un vers l'autre. Tu étais sûre que Riad t'avait laissée pour une autre, et même si c'était douloureux tu étais prête à tourner la page et aller de l'avant. Son retour inopiné t'a à nouveau replongée dans l'incertitude. Moi, la seule chose dont j'étais sûr c'est que je prenais le risque de m'attacher davantage à toi. Mais j'étais prêt à courir ce risque, et prêt à attendre le temps qu'il fallait jusqu'à ce que tu saches ce que tu voulais et qui tu aimais, parce que j'étais et je suis encore amoureux de toi, et personne n'y peut rien.

- Être bien auprès de toi et me sentir coupable vis-à-vis de Riad, ou être auprès de lui et me sentir coupable vis-à-vis de toi, tu parles d'une situation confortable non seulement pour moi, mais aussi pour toi et pour lui, dis-je de plus en plus perdue.

- Écoute, ce qui est fait est fait, et comme dirait notre Sam national, seul le temps apportera une réponse à nos questions. Jusque là, pourquoi ne pas saisir les moments heureux lorsqu'ils passent ? dit Seif en déposant un baiser sur mes lèvres.

- Si l'opération se passe bien demain, cette nuit sera la dernière que nous passerons ensemble avant que le destin décide, soufflai-je contre sa bouche.

- Ou la première de milliers d'autres !

- Mektoub, encore et toujours lui !

- Si tu préfères aller te reposer et dormir dans ta chambre, on montera la garde encore une fois, dit Seif en déposant son revolver sur la table du salon, sinon….

- Sinon ?

- Je peux te faire de la place contre moi sur le divan.

Sans répondre, j'allai fermer les stores puis j'éteignis toutes les lumières ne laissant que la petite lampe du salon. Je revins vers Seif et commençai à relever doucement son chandail.

La lumière de la lampe me réveilla vers deux heures du matin. Seif était allongé sur le côté, son visage niché dans mon cou et son bras passé autour de ma taille comme il avait coutume de le faire. Je sentais son souffle sur ma peau et me sentis émue. Demain, je ne sentirai pas son souffle, et je me demanderai probablement si je n'avais pas rêvé ces nuits passées ensemble. Je m'ébrouai mentalement en me sentant glisser sur une pente émotionnelle savonneuse et décidai de me lever pour aller boire un verre d'eau. Le bras de Seif se resserra autour de moi et sa jambe emprisonna les miennes.

- Ne me dis pas que c'est déjà l'heure d'aller bosser ? dit-il en entrouvrant les yeux.

- Non, rassure-toi, je vais juste chercher un verre d'eau.

- Là tout de suite ? dit-il en posant sa bouche sur la mienne.

- C'est ce que j'avais pensé oui, fis-je en glissant ma main autour de son cou.

Nous refîmes l'amour et sans nous concerter, cette fois ce fut très spécial. La tendresse occupait à présent une place prépondérante. Un peu comme si Seif voulait me montrer qu'il m'aimait, comme s'il voulait que cette fois-ci reste imprimée dans mon esprit comme dans mon corps. *Pour çà je n'avais aucun doute là-dessus !* Il me garda serrée dans ses bras lorsque le sommeil nous emporta.

La sonnerie de mon portable nous arracha brutalement des limbes à sept heures et demie du matin. Je me levai en titubant pour aller à la pêche de mon téléphone.

- Numéro inconnu au bataillon, dis-je à Seif qui m'interrogeait du regard.

- Bonjour ma belle ! Désolée si je te réveille, je voulais éviter de te déranger en t'appelant pendant tes heures de travail, dit Riad gentiment.

- Riad ? Tu es tombé du lit ma parole, quelque chose d'urgent ? demandai-je en coulant un œil vers Seif dont le regard s'était assombri.

- Je voulais juste te dire que j'ai trouvé un nouveau boulot, je viens de commencer.

- Tant mieux pour toi, mais tu aurais pu choisir une heure moins matinale pour m'annoncer la nouvelle, dis-je un peu plus sèchement que je ne l'aurais dû.

- Je voulais aussi te dire que je pensais venir chez toi ce soir après le travail pour….

- Pas question !

- Écoute, j'ai beaucoup réfléchi ces derniers jours tu sais, et il faut que je te parle.

- Encore de bottes ? coupai-je brutalement.

- Non…. de nous, dit Riad doucement.

- Tiens, j'ai dû rater les dernières manchettes, je ne savais pas que cette expression était encore d'actualité ! dis-je ironiquement.

- Zika, on ne peut pas parler de cela au téléphone, je veux être en face de toi, près de toi ce soir pour t'expliquer….

- Il faudra trouver un autre moment, ce soir c'est hors de question. L'affaire Hamad touche à son terme et ce soir on donne l'assaut final ! dis-je impatientée.

- Ne me dis pas que tu vas encore t'embringuer dans un truc dangereux, dit-il en s'énervant.

- C'est mon boulot je te le rappelle!

- Encore à Saint-Léonard chez l'autre dingue ?

- Non, chez Horak à Notre-Dame-de-Grâces ! répliquai-je en me mordant la langue mais trop tard. *De toute façon le quartier était suffisamment étendu au cas où il aurait l'idée saugrenue de m'y retrouver.*

- Je dois te laisser, repris-je, on a rendez-vous avec toute l'équipe au bureau à neuf heures, et on est en retard.

- On ? Ne me dis pas que Seif est encore chez toi ! dit-il acerbe.

- Si, et ce tant que Hamad court encore, comme on te l'a déjà expliqué !

- Bon, je dois aller bosser maintenant, mon patron me regarde, je te rappellerai, dit Riad avant de raccrocher.

- Il voulait venir ce soir pour me parler, dis-je en me retournant lentement vers Seif.

- Oui, j'ai entendu. Du nouveau ? Tu as l'air toute retournée !

- Il a trouvé un nouveau boulot et il voulait me parler de…

- De ?

- De nous, laissai-je tomber.

Seif se leva, splendide de virilité dans sa nudité et vint m'enlacer tendrement. Je glissai mes bras autour de sa taille et déposai ma tête contre sa poitrine tandis qu'il me serrait plus fort contre lui. Nous restâmes un long moment collés l'un à l'autre sans bouger, sans parler. Puis Seif me releva le menton.

- Il est huit heures moins vingt….

- Hmmm ?

- On a tout juste le temps, fit-il en plongeant son regard dans le mien.

- C'est ce que je disais…. tu es vraiment insatiable !

- Qui moi ? Je voulais dire qu'on avait tout juste le temps de se doucher…. après ! dit-il en riant et en m'entraînant vers le divan.

On aurait dit que nos corps avaient compris que c'était peut-être la dernière fois qu'ils s'unissaient, et nous fîmes l'amour comme si c'était le cas. En sueur, échevelés, à bout de souffle, nous prîmes ensuite une douche ensemble avant de nous ruer sur nos vêtements. Je me maquillai et séchai mes cheveux en temps record. Pas le temps pour le petit déjeuner, juste quelques instants pour un verre de jus de fruits. Slalomant entre les voitures, les autobus et les deux-roues, nous débarquâmes à l'agence à neuf heures cinq.

CHAPITRE 14

- Coincés dans le trafic ! dis-je en poussant la porte de l'entrée.

- Oui, c'est ce que je pensais aussi, répondit Louisa en pouffant, le regard vissé sur mes lèvres. Les autres sont dans la cuisinette, ils vous attendent.

Noooon, pas encore ! pensai-je en effleurant de mes doigts ma bouche gonflée.

- Du thé et du café seraient les bienvenus, dit Seif en enlevant son blouson.

- Je cours chercher des croissants pour tout le monde chez Sunny, j'ai l'impression que vous n'avez pas eu le temps de prendre un petit-déjeuner…. à cause du trafic ! annonça Louisa en éclatant de son rire contagieux.

- D'accord, d'accord…. je reviens tout de suite, dit-elle riant toujours en se dirigeant vers la porte que Seif lui montrait d'un doigt impérieux, alors qu'il se mordait les lèvres pour essayer de garder son sérieux.

Du couloir on entendait l'animation qui régnait au bout du couloir. Quand Seif et moi entrâmes dans la pièce, le silence se fit momentanément, puis les conversations reprirent de plus belle. Les gars parlaient tous à la fois, sérieux mais de bonne humeur. En dehors de Julien qui avait assuré le quart de nuit au Bonaventure et qui tasses de café à l'appui luttait contre le sommeil, tout le monde avait l'air en pleine forme. On sentait l'excitation des chasseurs pressés d'envahir la cache du gibier tant convoité. Le bon regard de Sam glissa sur Seif et moi, et un sourire illumina son visage en s'attardant une seconde de trop sur ma bouche. Mes joues prirent aussitôt la couleur des tomates au mois de juillet. *Aaargh* Louisa sauva la situation en arrivant avec deux énormes sacs de croissants croustillants sur lesquels nous nous jetâmes tous comme des lions affamés.

- Je l'ai rechargé dès mon arrivée, tu as assez de batterie pour lui réciter l'annuaire du téléphone, dit Louisa en déposant devant moi le portable bleu.

- Tu es une perle rare toi, tu penses à tout. J'avais complètement oublié de le charger hier, fis-je en me frappant le front.

- Vingt-cinq minutes avant d'appeler Horak, dit Sam en s'adressant à moi. Comment tu te sens ?

- Un peu nerveuse, mais çà va. Je vais aller fumer une clope, çà ira encore mieux après, dis-je en me levant, suivie par Greg qui fumait lui aussi et par Steve qui voulait prendre l'air.

- Tu as l'air soucieuse, dit Louisa qui naturellement nous avait emboîté le pas.

- J'essaye de me mettre mentalement en condition pour affronter Horak, dis-je en exhalant une volute de fumée. Une fois que je serai pompée, çà devrait aller.

- Voyons, voyons, de quoi pourrais-je te parler pour t'énerver ? dit Louisa en se tapotant le bout du nez.

- J'y suis....comment va Riad ? demanda-t-elle avec un air malicieux.

- Il m'a appelée ce matin, il a l'air de vouloir se faire pardonner mais on n'a pas eu le temps de parler. Il va me rappeler.

- Mauvaise idée, essayons autre chose. Est-ce que Seif t'as encore engueulée depuis hier après-midi ?

- Non, au contr…. répondis-je vivement avant de m'interrompre brusquement.

- Je vois…. fit-elle en clignant de l'œil. Aucune coopération, de quoi je pourrais bien te parler pour te foutre en pétard ?

- Tu ne sais pas t'y prendre, intervint Steve.

- Au fait tu es au courant Bruinsie ? lâcha-t-il l'air innocent. La LNH[18] a collé deux matches de suspension à votre défenseur à la noix pour rudesse quand il a blessé notre attaquant vedette lors du premier match.

- Qu'est-ce que tu racontes ? C'est quoi cette histoire à la noix ? dis-je tout de suite furax. Votre attaquant a été blessé accidentellement, repris-je en détachant mes mots, il est reparti au vestiaire sur ses deux patins avec juste son nez qui pissait du sang !

- Accidentellement ? tu plaisantes j'espère, riposta Steve se piquant au jeu. C'était un échec avant vicieux doublé d'un coup de bâton au visage !

- Et alors ? Cet idiot n'a qu'à jouer avec des lunettes s'il n'est pas foutu de voir arriver un bâton de hockey !

---

[18] Ligue Nationale de Hockey

308

- C'est notre attaquant vedette que tu traites d'idiot ? s'interposa Louisa offusquée en faisant des moulinets avec ses mains.

- Zika c'est l'heure, dit Seif qui venait de nous rejoindre, il faut….

- Idiot parfaitement ! Vous n'arrivez à gagner des matches contre nous qu'avec l'aide des arbitres ! criai-je en m'énervant de plus belle.

- Qu'est-ce qui se passe encore ici ? demanda Seif qui nous regardait sans comprendre..

- Rien ! On parlait hockey et on n'était pas tous d'accord, dis-je en relevant fièrement la tête avant de pousser la porte de l'immeuble.

Steve, Greg et Louisa me suivirent en se tapant dans les mains, précédant Seif songeur. J'arrivai dans la cuisinette comme une furie sous les regards ébahis des autres, chopai le téléphone bleu, et appuyai successivement sur les touches haut-parleur et recomposition du dernier numéro. Le silence se fit quand la sonnerie d'appel résonna. Quelqu'un décrocha et tout le monde retint son souffle. Je n'eus pas à suivre la procédure de la dernière fois car ce fut Horak lui-même qui prit la parole.

- J'écoute ! fit-il sèchement.

- Vous avez réfléchi à mon offre ? demandai-je tout aussi sèchement, sans autre préambule.

- Quand pouvez-vous m'apporter le…. l'objet ?

- Quand aurez-vous le fric ? répliquai-je du tac au tac.

- Ne vous inquiétez pas pour çà, je l'ai ! Alors quand ? reprit Horak impatienté.

- Je serai chez vous demain soir à vingt heures et je veux des billets usagés, c'est clair ? Une dernière chose, pas de coup tordu surtout ! Si je ne suis pas de retour chez moi saine et sauve demain soir à vingt et une heures au plus tard attendez-vous à des emmerdes ! dis-je froidement avant de couper la communication.

- Bon Dieu, tu me fais froid dans le dos ! dit Sam rompant le premier le silence, me regardant comme s'il ne me reconnaissait plus. Les autres étaient toujours muets, sauf Steve qui me fixait avec un air malicieusement provocateur. Je m'en pris aussitôt à lui.

- Je maintiens ce que j'ai dit, vous n'avez réussi ce coup salaud qu'en soudoyant quelqu'un, c'est sûr ! lui dis-je en fulminant, ce qui provoqua son hilarité. Soufflés, les gars se demandaient quel mouche m'avait piquée.

- Il fallait qu'elle se pompe pour affronter Horak, et Steve n'a rien trouvé de mieux que d'insulter ses Bruins pour la mettre en condition, expliqua Greg en riant.

- Çà va mieux maintenant ? demanda Steve en se retenant de rire.

- J'attends tes excuses d'abord ! dis-je têtue.

- Pas besoin d'excuses, ce n'était pas vrai.

- Quoi ??

- Je t'ai menti pour la bonne cause, ton défenseur n'a pas récolté de matches de suspension, fit Steve sereinement.

- Je vais t'étrangler, lentement mais sûrement, dis-je en entourant son cou de mes deux mains et faisant mine de serrer.

- Arrête, je suis encore fragile, fit-il en gémissant.

- Fragile mon œil !

- On aura vraiment tout vu ici, résuma Bill en se resservant un café.

- Bon, je pense qu'on peut réviser le programme pour ce soir, avant de laisser Julien rentrer chez lui pour récupérer des forces, dit Seif. On ne sait pas à quel moment Hamad décidera de débarquer aussi je propose qu'on soit tous à nos postes dès dix-huit heures.

S'il était encore basé au Bonaventure, Aldo aurait pu planquer là-bas et nous avertir de son départ, mais nous n'avons plus cette option maintenant.

Nous passâmes l'heure suivante à répéter le scénario qui devrait mener à la capture de Horak, de Bilakiev et de Hamad. À onze heures Julien retourna chez lui pour un repos bien mérité avec la promesse d'être de retour à l'agence à dix-sept heures pour retrouver Steve qui l'emmènerait ainsi qu'Aldo sur Côte-Saint-Antoine. Puis chacun alla vaquer à ses occupations. Seif monta à son bureau avec Sam et Bill pour discuter de dossiers restés en suspens, l'affaire Hamad ayant mobilisé la plus grande partie de leur temps ces dernières semaines. Steve et Aldo quittèrent l'agence pour aller acheter des trucs. N'ayant rien de mieux à faire, je pris mon courage à deux mains et me rendis dans mon petit bureau pour potasser les manuels des règlements.

Si je parvenais à gober les deux livrets restants je devrais pouvoir passer l'examen à la fin de la semaine. À travers la cloison j'entendais Tom et Bilal discuter de leurs prochaines vacances pendant la période des Fêtes. C'est vrai, encore deux mois et on y serait. C'est fou à quelle vitesse le temps avait filé. Cela faisait moins d'un mois que je faisais partie de l'IES, mais je m'étais si bien intégrée à l'équipe grâce à leur gentillesse à tous que j'avais l'impression d'être ici depuis des années. Tant de choses s'étaient passées depuis ce premier jour où j'étais venue ici, candide et motivée par mes seuls rêves. J'entendais encore la voix de Louisa me demander si c'était pour la caméra invisible ! Je partis dans mes souvenirs et sursautai lorsqu'en consultant ma montre je vis qu'il était déjà presque midi. Je replongeai dans mes bouquins, décidée à en liquider au moins un aujourd'hui. Pour me motiver je pensai à l'examen et au badge de Poirot.

En faisant irruption dans mon petit bureau, Louisa et Bilal me tirèrent de ma concentration.

- Il est une heure et quart, on va aller casser la croûte vite fait à côté chez Sunny, çà te dit de venir avec nous ?

- Bonne idée, ce sera mieux que de dévorer ces pages, dis-je en soupirant comiquement. Où sont les autres ?

- Seif, Sam et Bill sont toujours là-haut, j'espère qu'ils ne se sont pas endormis, fit Louisa en rigolant. J'ai laissé une note sur mon bureau pour leur dire où on était. Aldo et Steve ne sont pas revenus, ils ont dû en profiter pour aller déjeuner.

Nous nous retrouvâmes attablés chez Sunny, menus en mains en moins de temps qu'il n'en faut pour le dire. C'était un petit resto sympa, rempli en grande majorité d'habitués des immeubles à bureaux avoisinants. À l'heure du lunch c'était toujours plein à craquer, et parfois la file d'attente débordait jusque sur le boulevard René-Lévesque. Sunny, le patron de l'établissement faisait la circulation, ne manquant jamais d'accueillir ses clients avec un mot gentil. La soixantaine bien sonnée, assez grand, des cheveux roux autour d'un crâne dégarni, il promenait son ventre proéminent dans la salle, allant de table en table pour s'assurer que tout le monde était satisfait. Un serveur venait de déposer nos assiettes lorsque Seif, Sam et Bill firent leur entrée. Sunny les salua et se mit en devoir de coller une table à la nôtre. Seif s'installa aussitôt auprès de moi.

- On n'a pas vu le temps passer, ce sont les gargouillis de mon estomac qui nous ont alertés, dit Sam en riant. Qu'est-ce que tu manges Zika ? Çà a l'air sympa !

- C'est nouveau paraît-il, d'après Sunny ce sont des ailes de libellules farcies avec des testicules d'abeilles ! répondis-je, essayant de ne pas rire devant ses yeux écarquillés tandis que Louisa naturellement s'esclaffait dans son verre d'eau.

- Non, je blague, ce sont des lamelles de veau sautées sauce Madère, tu veux goûter ? dis-je à Sam en poussant mon assiette vers lui.

Il allait piquer sa fourchette dans un morceau de viande lorsqu'il poussa une sorte de barrissement. Au même instant je sentis Seif sursauter avec un cri de douleur suite au coup de pied que Sam venait de lui balancer sous la table.

- Goûtez ça Seif, votre fiancée a vraiment choisi un plat délicieux, dit-il les yeux braqués derrière nous.

À l'appellation de fiancée, nous nous regardâmes tous pour savoir si on avait bien entendu. Une blondasse aux cheveux longs et aux yeux bleus inexpressifs, s'approcha de notre table.

- Seif mon chéri, quel hasard, comment vas-tu ? dit-elle d'une voix roucoulante.

Je le sentis se raidir à mes côtés et sa main vint se poser sur la mienne. Louisa semblait pétrifiée, Bill et à Bilal se demandaient combien de chéris ou de chéries chacun de nous avait. *Çà doit être la garce qui était avec Seif avant.* La fille amorça un mouvement pour poser sa main sur l'épaule de Seif qui gardait le silence, mâchoires serrées.

- Je ne pense pas vous avoir autorisée à appeler mon fiancé *mon chéri*, dis-je d'une voix suave en la regardant comme si elle était une merde de chien oubliée sur un trottoir.

- Qui c'est celle-là ? demanda vulgairement la blonde avec dédain en me détaillant de pied en cap.

- C'est ma fiancée comme elle vient de te le dire, répondit Seif, en se penchant vers moi pour déposer un baiser sur mes lèvres.

Il ne manquerait plus que Riad débarque pour que la réunion de famille soit au complet, je voyais déjà le tableau !

Le temps semblait suspendu. À notre table, on n'entendait plus le brouhaha de la salle. Louisa regardait la blonde comme si elle voulait la mordre. Sam avait reposé sa fourchette et demeurait aux aguets comme un fauve prêt à bondir. Bilal, de même que Bill réalisant enfin que quelque chose d'anormal se passait avaient cessé de manger.

- Ta fiancée ! cracha-t-elle en me lançant un regard venimeux. Drôle d'idée, tes critères de sélection ont changé on dirait !

- Tout à fait, il préfère les femmes qui ont de la personnalité et le sens de l'exclusivité, dis-je avant que Seif n'ait le temps de placer un mot.

- Exact, et tellement plus encore ! appuya Seif en me regardant tendrement.

Louisa éclata de rire. Sam leva son pouce dans ma direction en regardant la femme ironiquement. La blonde comprenant que tout le monde se moquait d'elle, eut un mouvement d'humeur et fit le geste de saisir mon verre d'eau pour me le lancer à la figure. Personne n'eut le temps d'intervenir. Alors qu'elle se penchait sur la table, d'une main preste je l'attrapai rapidement par les cheveux et abaissai son visage dans mon assiette que j'avais soulevée de l'autre main pour l'occasion. Je m'accordai quelques secondes supplémentaires de jouissance en frottant son museau dans la sauce puis la relâchai brusquement. Perdant l'équilibre, elle vacilla et j'en profitai pour glisser négligemment mon pied derrière ses jambes. Le visage et les cheveux collés par la sauce, qui s'égouttait sur son t-shirt et son jeans, elle battit l'air des bras avant de tomber sur le derrière. Seif m'adressa un regard complice. Louisa avait renoncé à maîtriser son fou-rire ce qui attira l'attention de tous les convives. Sam se retenait à grand-peine d'applaudir. Sunny arrivait au galop slalomant entre les tables.

- Puis-je avoir un autre veau sauce Madère, cette personne ayant disposé de mon assiette, lui dis-je dès qu'il arriva auprès de nous.

Le regard stupéfait de Sunny allait de nous à la blonde qui se relevait péniblement, les joues, les cils et une partie des cheveux englués sous un magma de sauce. Il appela un serveur et lui demanda de nettoyer la place le plus vite possible.

- Vous allez me le payer ! me jeta Miss Fadasse tremblante de colère et de honte.

- Il faudra patienter un peu, le temps qu'on me rapporte une autre portion de veau, dis-je en souriant. À propos, vous devriez changer de fonds de teint, celui-ci semble un peu trop épais à mon avis !

Cette fois, même Seif et Bilal se mirent à rire. La blonde nous fusilla tous du regard une dernière fois et fit demi-tour vers la sortie en s'essuyant rageusement le visage avec le dos de sa main.

- Zika, comment j'ai fait pour ne pas mourir d'ennui avant de te connaître ? dit Sam hilare avant de poser sa grosse patte sur la mienne à travers la table.

- C'est ce qu'on se demande tous, ajouta Louisa en essuyant les larmes de rire qui coulaient sur ses joues.

- Puisqu'à mon tour je suis devenue ton garde du corps, je peux avoir un permis de port d'arme maintenant ? demandai-je à Seif avec un grand sourire candide.

- Tu as vraiment de la suite dans les idées toi.

Le lunch passé ensemble nous fit un bien fou. On parla de tout et de rien, histoire de reléguer à l'arrière-plan de nos esprits l'opération prévue pour ce soir. Louisa et moi avalâmes sans remords de belles portions de tarte aux pommes chaudes saupoudrées de cannelle. Le dernier café bu nous repartîmes en direction de l'agence.

- Mama Mia, tu as des éclaboussures de sauce Madère sur ton chandail, s'exclama Louisa en me regardant.

- Flûte ! Je vais rentrer en vitesse chez moi pour me changer.

- Il n'est pas tout à fait quinze heures, tu as largement le temps ne t'en fais pas, dit-elle.

- Ma voiture est restée chez moi, je vais demander à Sam s'il peut m'emmener.

- À Sam ? fit-elle surprise, je suis sûre que Seif pourrait t'accompagner.

- On parle de moi ici ? demanda Seif qui marchait juste derrière nous.

- Zika s'est tâchée avec de la sauce tout à l'heure, elle doit retourner chez elle se changer, dit Louisa, faisant fi de mes sourcils froncés.

Si c'est Seif qui me conduit chez moi, pas sûre qu'on sera de retour à temps.

- Je t'emmène tout de suite ! dit-il aussitôt.

- Je pensais demander à Sam pour ne pas te déranger, au cas où tu aurais des trucs à faire au bureau, lancé-je rapidement, *trop rapidement peut-être.*

- Rien de plus important à faire pour le moment, répondit-il avec un grand sourire qui confirma mes *craintes,* avant de me murmurer à l'oreille *trouillarde !* ce qui me fit regarder intensément la pointe de mes godasses.

Louisa ayant enfin compris, y alla de son rire. Sam voulut pimenter la sauce.

- Si vous voulez, je peux l'y conduire avec la Land, dit-il avec un sourire innocent.

- Hors de question, répondit Seif fermement. Si je les laisse ensemble et avec la Land en plus, reprit-il en s'adressant aux autres, c'est la porte ouverte aux folies en tous genres et ils ne seront jamais de retour à l'heure.

- Alors tu ferais peut-être mieux d'y aller avec Seif. Il faudra juste faire attention de ne pas arriver en retard…. à cause du trafic, je veux dire ! me lança Louisa avec une horrible grimace pour garder son sérieux.

Résistant à l'envie de lui tordre le cou Seif m'attrapa par un bras avant de m'entraîner en direction du stationnement. À ma demande, on s'arrêta un moment chez Sy en coup de vent pour une urgence urgente, je n'avais plus de clopes ni de Bounty.

- Alors quoi de neuf, çà s'est calmé ? demanda Sy dès que je poussai la porte de son magasin.

- Comment çà ?

- Ben, comme je ne t'ai pas vue aux derniers bulletins de nouvelles, j'ai pensé que tout s'était arrangé !

- On le saura dans quelques heures, ce soir on donne l'assaut ! dis-en souriant.

- Je vois…. encore des sueurs froides en perspective ! Vous ne pourriez pas la freiner un peu vous, histoire qu'elle fasse moins de conneries ? demanda Sy à Seif.

- J'ai essayé, mais vous la connaissez ! répondit ce dernier en soupirant comiquement.

- Surtout ne vous gênez pas vous deux, faites comme si je n'étais pas là.

Curry était de permanence lorsque nous entrâmes dans mon immeuble. Il ne s'était pas encore remis du Haka car il me suivit des yeux jusqu'à ce que les portes de l'ascenseur se referment sur nous. En arrivant dans le salon je vis que la lumière rouge clignotait sur mon téléphone. Trois messages dans ma boîte vocale, un d'Hélène et deux de Riad. *Et alors ? Tu devais me rappeler lundi et tu m'as oubliée. Devine quoi ? Marie-Pierre a eu trois réponses à son annonce et… bon sang c'est trop long à raconter au téléphone, je te dirai quand on se verra. J'espère que vous avez retrouvé le mec, bisous. – C'est moi, j'étais sérieux tu sais, il faut vraiment que je te parle…. en tête-à-tête. Je t'embrasse. - J'ai repensé à ce que tu m'as raconté, je t'en supplie sois prudente.*

Hélène pareille à elle-même parlait avec le débit d'une mitrailleuse. Riad avait une voix grave aux inflexions tendres. Les yeux noirs de Seif étaient fixés sur moi.

- Hélène voulait savoir si on avait retrouvé Hamad. J'avais oublié de la rappeler.

- C'est pour çà que tu as l'air si pensive ? *Rien ne lui échappe décidément.*

- Riad a laissé deux messages aussi…. pour me redire qu'il voulait me parler et pour me supplier d'être prudente ce soir.

Seif hocha la tête et plongea son regard dans le mien.

- Tu devrais aller te changer maintenant, dit-il doucement.

Je soutins son regard encore quelques instants. J'allai ouvrir la bouche pour parler, mais il posa son doigt sur mes lèvres.

- Mektoub ! fit-il seulement.

Je me détournai alors et gagnai ma chambre. J'enfilai rapidement une nouvelle paire de jeans noirs cette fois et un chandail plus chaud de même couleur. Je peaufinai mon maquillage hâtif du matin. De retour au salon je mis

315

mes boots et un blouson matelassé noir mat dans les poches duquel je glissai des Bounty. Seif se leva du divan dans lequel il s'était installé et s'approcha de moi. Il m'entoura de ses bras sans parler et m'embrassa tendrement. Puis se reculant, il fit des yeux le tour de la pièce comme s'il voulait l'imprimer dans sa mémoire et me regarda à nouveau. Ma gorge se noua.

- Viens, il est temps de partir, murmura-t-il en me prenant par la main.

Nous n'échangeâmes aucune parole jusqu'à l'agence, mais il garda ma main dans la sienne durant tout le trajet. À notre arrivée Louisa regarda sa montre, surprise de nous voir de retour si tôt, mais un coup d'œil à nos visages lui ôta toute envie de lancer une de ses plaisanteries. Sam la fine mouche vit tout de suite que Seif et *sa fiancée* n'était pas sur le mode *toutbaignedansl'euphorie* et rameuta ses troupes pour faire diversion. Toute l'équipe était déjà là, y compris Julien, les paupières bouffies de sommeil. Sam déroula une grande feuille blanche sur laquelle il avait dessiné à grands traits la demeure de Horak, le parc et les rues avoisinantes et la remit à Seif qui la colla sur le mur avant d'y noter les noms des gars sur les emplacements qui leur avaient été assignés.

- Si quelqu'un a des questions, c'est le moment ! dit Seif après avoir redonné ses instructions.

- Qu'est-ce qu'on va faire quand la police se pointera ? demanda Bill.

- Vis-à-vis d'eux je ne serai dans le coin qu'en mission de surveillance sur Horak, que nous soupçonnons avoir trempé dans le vol du sceau, donc un seul agent sera près de moi officiellement.

- Tous les autres devront partir alors ? questionna Julien.

- Absolument pas, toute l'équipe restera là, mais planquée. Assurer la sécurité du sceau est primordial ! Si pour une raison ou une autre, un de ces types réussit à s'en emparer…. j'aime mieux ne pas y penser, mais il faut tout envisager, alors tous les moyens seront bons pour l'empêcher de quitter l'endroit avec le sceau.

- Tous les moyens ? demanda Tom qui aimait les précisions.

- J'ai bien dit *tous* les moyens ! répéta Seif en détachant ses mots.

Nous nous entre-regardâmes. Pour être clair, c'était très clair !

- Si tout se passe comme prévu, poursuivit Seif, dès qu'ils l'auront trouvé les policiers vont saisir le sceau et la procédure suivra son cours. Je les accompagnerai jusqu'au poste où m'attendront des heures de réjouissance à remplir des paperasses. Tout ce que j'espère c'est que je pourrai récupérer le sceau assez rapidement et le mettre enfin à l'abri une fois pour toutes.

- Inutile d'attirer l'attention en allant là-bas avec trente-six bagnoles, un véhicule par équipe suffira, dit Sam en regardant les agents attentifs. Hamad peut rappliquer très vite comme il peut décider d'attendre la fin de la soirée quand tout est calme pour déclencher l'offensive, alors un conseil, munissez-vous de sandwiches et de boissons au cas où on doive poireauter. Hors de question de quitter son poste! Dernier détail, nous communiquerons avec nos portables qui seront tous en mode vibration, si j'entends une seule sonnerie je vous fais avaler votre téléphone, compris ?

- Compris ! lancèrent tous les agents à l'unisson en s'empressant de saisir leurs téléphones pour couper la sonnerie.

- Je vais préparer des sacs de bouffe pour tout le monde, annonça Louisa en allant vers la cuisinette.

- Attends, je vais t'aider, lui dis-je en me levant.

- On est des grands garçons, on va s'en occuper, fit Tom auquel se joignit le reste de la troupe.

Les sacs furent rapidement remplis dans un brouhaha de cantine scolaire. Quand tout le monde en eut terminé, Seif donna le signal du départ. Je regardai ma montre, il était dix-sept heures huit exactement. Louisa nous souhaita à tous bonne chance et demanda que quelle que soit l'heure on lui dise comment çà c'était passé.

- Sinon Dio Moi, je me connais, je ne pourrai pas fermer l'œil, dit-elle en faisant des grands gestes.

Lestés de nos sacs et de nos armes, du moins pour ce qui était des agents, nous sortîmes par petits groupes de l'IES.

Seif, Sam et moi nous nous dirigeâmes vers la Land Rover qui était garée sur Drummond. Depuis la banquette arrière, je regardai défiler les bâtiments du centre-ville et les passants qui se hâtaient vers leur domicile, leur journée de travail terminée. La notre commençait. Les rues étaient encombrés de véhicules, comme toujours à l'heure de pointe, mais parvenus à la rue Sherbrooke la circulation devint un peu plus fluide.

- On va d'abord s'arrêter à la maison pour prendre le sceau, annonça Seif.

- Bonne idée, sinon tout ce que tu pourras laisser chez Horak ce sera un Bounty, répondis-je en essayant de ranimer des sourires.

- Ce serait criminel d'en donner à ces tordus ! renchérit Sam entrant dans le jeu.

Nous nous efforçâmes de rire, mais le cœur n'y était pas. Seif et moi étions perdus dans nos pensées qui devaient sûrement être similaires. Sam sentait qu'il s'était passé quelque chose mais n'osant pas poser de questions, il se contentait de nous jeter un coup d'œil furtif de temps à autre. Laissant la rue Sherbrooke plus achalandée, Sam décida de prendre la rue Côte-Saint-Antoine pour rallier Le Boulevard.

- Il y a moins de trafic ici, on pourra mieux voir si on est suivis, fit-il en conduisant tranquillement.

- Tu roules bien sagement toi aujourd'hui, dis-je à Sam.

- Mieux vaut éviter de se faire arrêter par les flics, surtout avec ce qu'on a dans les poches ! Si on avait un peu de temps, je t'aurais montré un autre coin sympa dans la colline de Westmount en haut du Belvédère avec plein de creux, de bosses et d'arbres.

- On tente de refaire le même coup ? demandai-je plus pour susciter une réaction de Seif que par envie de refaire un slalom entre les arbres avec la Land.

En temps normal, Seif aurait protesté ou éclaté de rire, ou les deux à la fois, mais là aucune réaction. Sam et moi échangeâmes un regard entendu via le rétroviseur. Dès que la villa fut en vue, Seif demanda à Sam de se ranger dans le garage intérieur. Aref sortit de la bibliothèque le regard inquiet.

- Çà y est, sur le pied de guerre ? demanda-t-il en déposant un baiser sur ma joue.

- On peut dire çà comme çà en effet, dis-je en jetant un regard de côté sur Seif qui grimpa l'escalier sans mot dire.

- Il va chercher le sceau, fit Sam pour répondre à l'interrogation muette d'Aref.

- Voulez-vous vous asseoir un instant Zika ?

- Merci, c'est gentil Aref, mais en pensant aux heures que je vais passer assise dans la voiture je préfère profiter de mes jambes en attendant. De toute façon on ne peut pas s'attarder, on doit être là-bas à dix-huit heures.

- J'ai pris un en-cas supplémentaire, fit Sam en rapportant un gros sac en papier.

- Laisse-moi deviner, tu as pris des oranges ?

- Non.

- Des pommes, des yaourts ? continuai-je pour le taquiner.

- Non, si tu ne peux pas deviner, tu n'en auras pas !

- Ah J'ai trouvé…. c'est de la tarte aux pommes. Attends que je vérifie, dis-je en essayant de m'emparer du sac que Sam cacha promptement derrière son dos.

Une mêlée s'ensuivit et le sac tomba à terre. Je piochai aussitôt une corne de gazelle que je coinçai dans ma bouche en me dépêchant de ramasser les autres. Sam essaya de me les reprendre pour les remettre dans le sac ce qui dégénéra en une bousculade ponctuée de rires et de cris de Sioux au cours de laquelle j'en profitai pour manger deux autres pâtisseries, sous le regard amusé d'Aref.

- Si vous avez fini de jouer, on peut y aller, dit Seif en descendant l'escalier, tenant un étui qu'il fit glisser dans sa poche de blouson.

La remarque dite sérieusement jeta un froid sur l'assemblée. Aref examina son fils pensivement tandis que Sam se dépêchait d'avaler le gâteau qu'il avait dans la bouche.

- On ne jouait pas, n'est-ce-pas Sam ? On dégustait des cornes de gazelle, précisai-je en souriant.

- Soyez prudent les enfants, recommanda Aref en nous accompagnant à la voiture, et appelez-moi pour me tenir informé.

- Ne vous inquiétez pas Aref tout ira bien, dis-je en lui faisant la bise avant de monter dans la Land Rover.

Sam était déjà au volant. Seif s'approcha de son père et l'étreignit avant de nous rejoindre.

Aux approches de Côte-Saint-Antoine, je regardai autour de moi, m'amusant à essayer de détecter la présence de nos gars qui devaient déjà être sur place. Je n'en repérai aucun. Ou ils étaient très forts, ou ils n'étaient pas encore arrivés. Sam passa par la rue Girouard pour sillonner ensuite les petites rues qui entouraient le domicile de Horak.

- Rien de suspect, les gars sont en place, dit Sam en faisant le tour du parc pour revenir sur Côte-Saint-Antoine où il gara la voiture au bord du trottoir, une trentaine de mètres avant la maison de Horak.

- Tu as un œil d'aigle toi ! J'ai essayé de les repérer mais je n'en ai vu aucun, dis-je d'un ton déconfit.

- Question d'expérience, fit-il en se retournant vers moi avec un clin d'œil. Si tu regardes sur la gauche, de l'autre côté du parc, tu peux voir Bilal et Greg en grande conversation sur le trottoir rue Sherbrooke. Le gars qui marche relax dans le parc, dos tourné, c'est Steve. Bill et Julien étaient planqués dans les entrées de garage des maisons situées en face de celle d'Horak dans la rue transversale, et Tom et Aldo étaient de l'autre côté de la haie qui sépare Horak et son voisin de derrière.

- Là, je dois avouer que tu m'en bouches un coin, je me sens minable d'un coup, dis-je de plus en plus piteuse. Il me faudra un siècle ou deux pour devenir aussi bonne que toi.

- Mais non, t'inquiètes, à force tu vas développer une espèce de sixième sens.

- En tant que femme, je pensais déjà l'avoir mais bon, peut-être qu'il m'en faut un septième, rétorquai-je déclenchant le rire de Sam.

- Qu'est-ce que tu en penses toi ? demandai-je à Seif en lui tapant sur l'épaule, histoire de le sortir de son mutisme qui commençait à me courir sur le système.

- Hein quoi ? fit-il en nous lançant un regard de dormeur éveillé.

- Super ! Tu es sûr d'être assis parmi nous ? dis-je ton ironique.

- Je…. pensais.

- Ah d'accord, çà explique tout ! fis-je en levant les yeux au ciel.

Il daigna esquisser un sourire et s'assit de biais sur son siège pour me voir plus commodément. Son regard semblait agité d'émotions multiples.

- Çà va toi ? fit-il dans un effort visible pour se recentrer.

- Il le faut bien, esquissant ensuite silencieusement sur mes lèvres les mots Souris-moi, ce qu'il finit par faire. *Enfin !*

S'installant du mieux qu'on le pouvait sur nos sièges, nous nous préparâmes à une attente qui pouvait être longue. Finalement, j'avais la meilleure part, puisque je pouvais allonger mes jambes sur la banquette alors que les deux autres étaient coincés sur leurs sièges avant. La nuit était à présent tombée et quelques lumières brillaient aux fenêtres des maisons alignées face au parc. Dans celle de Horak, les pièces à l'étage demeuraient obscures et seules les deux baies vitrées du rez-de-chaussée, de chaque côté de la porte d'entrée étaient éclairées. D'ici on ne pouvait voir s'il y avait du mouvement à l'intérieur. Dans l'allée qui menait au garage accolé à la maison il n'y avait que le Jeep Cherokee bleu foncé. À travers les vitres fumées de la Land Rover j'essayai de distinguer le parc, éclairé par des lampadaires. Je ne vis plus les silhouettes de nos gars et en fit part à Sam.

- Maintenant qu'il fait nuit ils ont dû se rapprocher, dit-il sans s'inquiéter outre mesure.

La température avait encore baissé et on commençait à le ressentir dans l'habitacle. On ne pouvait pas allumer le chauffage sans démarrer le moteur, ce qui était hors de question pour ne pas nous faire remarquer. J'eus une pensée pour nos amis qui étaient dehors. Heureusement qu'on n'était pas en janvier, une planque dehors à moins quarante degrés çà ne devait pas être génial. J'allumai mon portable pour lire l'heure. Dix-neuf heures vingt ! On était coincés là-dedans depuis plus d'une heure et je commençai à sentir des fourmis attaquer mes foufounes. Je dépliai mes jambes que je déposai sur la banquette, bras replié sur l'accoudoir. Pas confortable. J'enlevai mes boots, pliai les jambes et m'allongeai carrément, un bras replié sous ma tête.

- Tu cherches la meilleure position pour dormir ? demanda Sam en se tournant vers moi.

- Non juste pour m'étendre, pas facile d'être une girafe j'te jure !

Personne ne parlait, et je commençai à trouver qu'être en planque c'était plutôt chiant. J'avais envie de sortir fumer une clope mais je n'osai pas en parler. J'étais une pro pas vrai ? Farfouillant dans le sac que j'avais apporté de l'agence, j'extirpai un sandwich œufs durs-mayonnaise et une bouteille de jus de pomme.

- Vous n'avez pas un creux vous deux ? lancé-je dans le silence.

- Pas pour le moment, dit Seif, les yeux fixés devant lui, mais mange si tu as faim.

- Je dois rester éveillé, renchérit Sam, si je mange maintenant je vais m'assoupir !

- Bien vu ! fis-je en remballant illico mon sandwich.

Je me contentai d'avaler un Bounty en sirotant mon jus de pomme, espérant que ça remplirait un peu mon estomac, et me remis comme les autres en mode hibernation. Seif et Sam avaient l'air de statues figées, mais on les sentait attentifs à ce qui se passait dehors. De temps à autre je voyais les yeux alertes de Sam dans le rétroviseur qui scrutait les alentours. Je regardai au-delà des vitres, souhaitant que quelque chose se passe enfin. En dehors d'un vieil homme qui promenait son chien en s'éloignant sur le trottoir opposé il n'y avait personne. Très peu de voitures circulaient sur cette rue résidentielle, et aucune n'avait l'air suspect. Pas d'arrêt ou de ralentissement devant chez Horak. Une vieille Honda rouillée passa à côté de nous dans un gros panache de fumée qui sortait de son pot d'échappement. Je me mis à sourire dans le noir, Haroun, l'ami de Riad n'était pas le seul à avoir une caisse aussi pourrie ! Mes pensées dévièrent sur mon copain. De quoi voulait-il me parler ? Avait-il pris sa décision, et laquelle ? Je sentis une main broyer mon cœur à l'idée qu'il m'annonce que c'était l'autre qu'il aimait, et qu'il voulait repartir au Maroc pour retrouver cette garce.

J'essayai d'imaginer ma vie sans Riad, mais je n'y parvins pas sans ressentir une douleur effroyable, un vide immense et une peur irraisonnée. Presque vingt ans de hauts et de bas, de disputes mais aussi d'amour passionné, et même d'amour tout court, quoique Riad s'en défende. Des souvenirs par milliers stockés dans les tiroirs de ma mémoire qui n'appartenaient qu'à nous. Je tentai de chasser ces idées pessimistes.

De mon siège, je regardai Seif. Une bouffée de tendresse et une vague de chaleur m'envahirent à mesure que des images de nous défilaient dans ma tête.

J'essayai d'imaginer cette fois ma vie sans Seif. Il me manquerait sans aucun doute, lui et son allure sexy, son sourire craquant, sa gentillesse et la complicité qui s'était développée entre nous, sans parler de notre entente parfaite au lit. Il était amoureux de moi, et moi, l'étais-je de lui ? Pour être honnête avec moi-même, je dus m'avouer qu'il ne faudrait pas grand-chose pour que je le devienne. Rien à voir avec ce que je ressentais pour cette tête à claques de Riad, mais la relation entre Seif et moi était beaucoup plus récente.

Un aboiement me ramena sur terre, ou plutôt dans la Land Rover. Le vieux monsieur revenait dans notre direction avec son chien. Je me secouai mentalement et rallumai mon portable. Dix-neuf heures cinquante. La pendule s'était arrêtée ou quoi ? J'étais à deux doigts d'exploser. Rester comme çà sans rien faire ce n'était vraiment pas mon truc. J'aurais dû demander à être avec l'équipe de Greg dehors, au moins j'aurais pu bouger et fumer. J'étais en train de ruminer de vagues projets de patches à scotcher sur mes bras lorsque Sam et Seif se redressèrent simultanément sur leurs sièges.

- Qu'est-ce qui se passe ?

- La porte de chez Horak vient de s'ouvrir ! dit Seif la voix tendue.

Je me penchai vers l'avant. Un homme était dans l'allée et allumait une cigarette en regardant autour de lui. Impossible de distinguer ses traits d'ici, mais à ses gestes et à sa démarche je jugeai qu'il devait être dans la quarantaine. Lorsqu'il se tourna dans notre direction par réflexe je me renfonçai dans mon siège.

- T'inquiète! de l'extérieur tout ce qu'il peut voir c'est une Land noire avec des vitres noires ! fit Sam qui avait perçu mon mouvement.

L'homme s'avança jusqu'au trottoir, resta planté un moment, regarda Côte-Saint-Antoine derrière nous et consulta sa montre. Il jeta son mégot dans la rue et retourna dans l'allée où il demeura quelques secondes avant de rentrer dans la maison.

- C'est un guetteur, laissa tomber Seif.

- Mais Sam a dit qu'il ne pouvait pas nous voir ! sursautai-je.

- Il vérifie simplement si tout est normal aux alentours, reprit-il patiemment.

- Oh !...

Le portable de Seif vibra.

- Oui Bill ?.... Ou çà ?.... Rappelez-moi dès qu'il y a du mouvement !

- Un BMW 4x4 blanc vient de se garer dans la rue transversale à vingt mètres de chez Horak. Quatre personnes à bord. Pour le moment ils n'ont pas bougé de la voiture.

- Hamad ? soufflai-je.

- Oui, on dirait que tu avais raison, il n'a pas pu résister à l'envie de venir régler ses comptes. Sam, appelez Greg pour lui dire de se rapprocher avec son équipe. J'appelle Tom pour qu'il se tienne prêt.

Maintenant que l'heure de l'action se précisait, mon cœur battait à grands coups. Je ne pensais plus ni à manger ni à fumer. Échafauder un plan dans mon salon était beaucoup plus facile que de le vivre en direct, çà ne faisait pas l'ombre d'un doute !

- Qu'est-ce qu'on fait ? demandai-je après que les deux hommes eurent fini leurs appels.

- On attend, dit Seif. Hamad n'est pas venu jusqu'ici pour rien. Quand il sortira avec ses copains de sa bagnole, nos gars le colleront. Dès qu'il entrera chez Horak, Steve appellera la police comme prévu et me bipera quand ce sera fait. Sam et moi attendrons que les flics soient là, avant de nous joindre à eux pour entrer dans la place.

Les minutes continuèrent à s'écouler inexorablement dans un silence à couper au couteau. Je commençai à voir trouble à force de fixer la porte et la maison de Horak. Je ne voyais aucun de nos hommes, mais je savais qu'ils étaient là, tapis dans le coin, et cela augmentait le sentiment irréaliste qui m'habitait.

Le portable de Seif vibra de nouveau. Pas un muscle de son visage ne bougea tandis qu'il écoutait.

- Hamad et deux types sont descendus de la BM. Ils se dirigent vers le domicile de Horak. Sam avertissez Greg et préparez-vous.

Mes nerfs étaient tendus comme des cordes de violon tandis que je scrutai l'obscurité. Plus loin, de l'autre côté de l'intersection je vis deux silhouettes se diriger vers nous. Lorsqu'ils passèrent sous un lampadaire, l'espace d'une seconde je reconnus Bilal et Steve qui s'enfoncèrent dans le jardin de la villa située face à celle d'Horak, de l'autre côté de la rue transversale. Le portable de Seif vibra encore.

- C'était Tom. Le type qui était resté dans la BM vient de pénétrer dans le jardin arrière de Horak. Bill et Julien sont derrière Hamad et les deux autres. Ils arrivent. Steve est averti, dit Seif en déposant son flingue sur le tableau de bord.

Sam se pencha et sortit de dessous son siège une boîte de cartouches. Il en préleva une bonne poignée qu'il inséra dans une des poches de sa veste. *Oups !* L'assaut était imminent. Je ne devais pas être encore assez endurcie pour ce genre de sport, mes mains étaient moites et ma bouche complètement asséchée, tandis que mes oreilles bourdonnaient. Je me demandai si Seif et

Sam pouvaient entendre mon cœur cogner contre mes côtes. J'allumai mon téléphone, vingt heures dix-huit.

- Le voilà ! ne pus-je m'empêcher de lancer à voix haute en voyant Hamad tourner sur le trottoir qui longeait la pelouse de Horak.

Sam et Seif s'étaient raidis, les yeux fixés sur le trio qui s'apprêtait à entrer dans l'allée. Hamad se dirigea vers la porte d'entrée et appuya sur la sonnette tandis que ses deux sbires prenaient place de chaque côté, dos au mur, une main glissée dans la poche de leurs blousons. Tout ce beau monde était armé ! La porte s'ouvrit presqu'aussitôt sur le type qui était sorti tout à l'heure. Il n'eut pas le temps de faire un mouvement. Hamad sortit son flingue et repoussa violemment le mec à l'intérieur de la maison dans laquelle il pénétra, suivi de ses deux complices. Seif jeta un coup d'œil à son portable qui venait d'émettre un signal.

- Les flics ne devraient plus tarder maintenant, dit Seif en glissant son revolver dans la poche de son blouson, en même temps qu'il entrouvrit légèrement sa vitre.

De notre place on ne voyait pas ce qui se passait, par contre nous pouvions entendre des cris et des coups de feu en provenance de chez Horak.

- Çà n'a pas l'air de se passer cordialement là-bas, dis-je une fois que j'eus réussi à décoller ma langue qui était scotchée à mon palais.

- Pas vraiment, non ! fit Sam.

Seif nous fit signe de nous taire, montrant d'un geste les voitures de police qui s'amenaient à toute allure gyrophares allumés mais sirènes éteintes. Deux d'entre elles descendirent la petite rue transversale et se placèrent au milieu, barrant celle-ci pendant qu'une autre voiture gyrophares allumés aussi nous dépassa à vive allure avant de freiner sec devant chez Horak. Une dernière voiture se mit en travers de Côte-Saint-Antoine une cinquantaine de mètres derrière nous barrant l'accès. Deux flics en sortirent et coururent vers l'arrière de la maison d'Horak. Des visages apeurés se montrèrent derrière les fenêtres des maisons contigües, et quelques téméraires s'enhardirent à l'extérieur de leurs domiciles. D'autres policiers s'élancèrent vers la maison, lançant des ordres et enjoignant aux curieux de retourner se calfeutrer chez eux, ce qu'ils firent sans demander leur reste. Un des flics sonna à la porte. N'obtenant pas de réponse, il la défonça d'un coup de pied, se mettant aussitôt en retrait sur le côté. Un coup de feu se fit entendre. Après un bref conciliabule, les flics en avant donnèrent l'assaut. Ils brisèrent les vitres du rez-de-chaussée par lesquelles deux d'entre eux s'engouffrèrent en criant *Police !* pendant qu'un troisième rasant les murs, se glissait par la porte d'entrée. Le dernier se planqua derrière le Jeep arme pointée en direction de la maison.

- On y va Sam ! dit Seif, une main sur la poignée de sa portière.

- Et Zika ?

Seif sembla réfléchir, puis se tourna vers moi.

- Surtout, reste tranquille dans la voiture et ne bouge pas d'ici, dit-il en me fixant sévèrement. Je ne plaisante pas, çà pourrait dégénérer et devenir chaud dans le coin, ajouta-t-il en voyant que j'allais ouvrir la bouche.

- Sois prudent, dis-je en le regardant dans les yeux.

Son regard s'adoucit. Il se pencha vivement vers l'arrière et déposa un baiser sur mes lèvres puis il sortit rejoindre Sam qui l'attendait dehors. Angoissée, je les regardai marcher d'un bon pas jusqu'au moment où le flic derrière le Jeep leur barra le chemin de l'allée du garage. Je vis Seif parlementer avec lui. Pourvu qu'il les laissent entrer sinon tout sera foutu ! Crispée sur mon siège, j'enrageai d'être coincée dans la Land. Deux flics venant de l'arrière de la maison poussaient devant eux un type menotté. Bordel ! C'était le type qui me suivait dans la Ford, Lecoq *alias* belles mâchoires. Il fut poussé sans ménagement à l'intérieur d'une des voitures de police garées au carrefour.

Je me demandai comment nos gars derrière la maison avaient pu échapper aux flics, et où se trouvaient les autres. Le policier qui se tenait devant Seif et Sam parlait sans discontinuer dans la radio accrochée sur son épaule, puis il leur fit signe de le suivre. Contournant le Jeep, ils se dirigèrent vers la porte d'entrée et disparurent à ma vue. Vingt heures vint-cinq. Je n'entendais plus de coups de feu et cela me rassura un peu. Les policiers étant à l'intérieur, je supposai que les autres avaient été neutralisés. Je décidai d'attendre encore une minute ou deux avant de m'aventurer hors de la Land, histoire de bouger pour me détendre un peu en faisant quelques pas et allumer enfin une cigarette. La colère de Seif s'il apprenait que j'avais *encore* désobéi faillit me faire changer d'avis, mais bon, il ne devait plus y avoir de danger à présent. J'ouvris ma portière que je refermai le plus doucement possible. Une fois à la verticale je m'étirai longuement en regardant autour de moi. Il n'y avait que les deux flics avec Lecoq dans l'une des voitures garées au carrefour. Un des deux parlait dans un micro, probablement avec la centrale tandis que l'autre écrivait des trucs. Ils ne me virent pas.

Je traversai la rue et marchai lentement tout en savourant ma cigarette. À moins de dix mètres de chez Horak un claquement de vitre qu'on repoussait violemment me fit sauter sur place. Sidérée, je vis un homme enjamber une des fenêtres situées au premier étage sur le côté de la maison, prendre appui avec ses mains sur le rebord de la fenêtre avant de se laisser tomber dans le jardin où il resta étendu. Il essaya de se remettre debout mais n'y parvint qu'avec difficulté. Plié en deux, il s'accota au mur avant de faire quelques pas en boitant. Les flics dans la voiture n'avaient pas bronché. Au lieu de fuir, l'idiote de service avança encore un peu pour voir qui était ce mec, mais il me repéra avant.

- Sale garce, tu m'as mené en bateau avec tes histoires à la con, je vais te buter, gronda-t-il en pointant un revolver sur moi.

Comment cette ordure d'Hamad avait pu échapper aux flics qui étaient à l'intérieur? Sa démarche se faisait plus sûre, rasant le mur de la maison il se rapprochait de moi me menaçant toujours avec son flingue. J'entendis quelqu'un courir derrière moi et me retournai. *Meeerde c'est le bouquet, voilà que j'hallucine maintenant.* Une centaine de mètres plus loin, Riad en jeans et veste en cuir s'amenait vers moi en criant.

- N'y vas pas Zika !

Par réflexe je m'élançai vers lui lorsqu'un coup de feu retentit en même temps que je ressentis une brûlure dans la partie supérieure de mon bras gauche.

- Zika ! hurla Riad en se précipitant vers moi bras ouverts.

Une autre détonation, et un choc violent m'atteignit au pied. Déséquilibrée, je vis le trottoir monter au ralenti vers mon visage et entendis un bruit de pas précipités.

- ZIKA NOOOOOOOOOON ! entendis-je crier Riad.

J'essayai de tourner la tête. Les flics avaient entendu le vacarme et couraient enfin vers Hamad campé en position de tir sur le gazon de Horak. Acculé, le regard fou, il leva son arme vers les policiers mais n'eut pas le temps d'appuyer sur la gâchette. Les deux flics tirèrent en même temps, touchant Hamad qui s'écroula au sol et ne bougea plus.

Riad était penché sur moi. Malgré la douleur que je ressentais à l'épaule, je trouvai la force de chercher sa main que j'agrippai puis un voile noir passa devant mes yeux.

- Zika mon amour, je t'en supplie ouvre les yeux, parle-moi… Zika, ne me laisse pas….

Venant de très loin, j'entendais la voix de Riad comme amortie par une tonne de coton, puis d'autres voix à des années lumière de là….

CHAPITRE 15

Un tintement métallique me fit soulever les paupières. Un rayon de soleil cru sur une surface blanche me les fit refermer aussitôt. Allongée, yeux fermés, encore dans les vapes, j'essayais d'identifier les bruits, les voix, les odeurs. Je remuai légèrement et gémis aussitôt de douleur. Mon épaule me faisait un mal de chien! Des bribes d'images et de sons explosèrent dans ma tête, Hamad, les coups de feu, le trottoir qui râpait ma joue, Riad…. J'entrouvris les yeux, la surface blanche bougea dans mon champ de vision.

- Vous revoilà parmi nous on dirait, dit une voix féminine d'un ton enjoué.

- Qu'est-ce que je fais ici ? demandai-je en découvrant le visage d'une infirmière penché sur moi.

- On vous a amenée ici hier soir.

- Hier soir ? dis-je en essayant de me soulever.

- Rallongez-vous. Une balle vous a atteint au haut du bras gauche. Simple déchirure mais on a dû faire des points de suture pour refermer la plaie qui saignait abondamment, ensuite on vous a injecté un calmant pour que vous puissiez dormir.

Je regardai autour de moi. Deux chaises en métal blanc contre le mur, au-delà d'une table à roulettes sur laquelle étaient posés une feuille de papier et un flacon en plastique contenant des pilules. De l'autre côté du lit, une fenêtre avec un store vénitien qui laissait passer la lumière du jour. Par la porte ouverte je vis dans le couloir une horloge murale qui indiquait huit heures cinq.

- Où sont les autres ? repris-je au bout d'un moment.

- Les autres ?

- Oui, je veux dire, je n'étais pas seule quand tout çà s'est passé….

- Un officier de police est venu avec vous dans l'ambulance, mais vous étiez inconsciente, alors il reviendra pour prendre votre déposition. Il était avec deux hommes.

- Deux hommes ?

- Oui, un énorme et un autre plus…. de taille normale quoi !

- Où sont-ils maintenant ?

- Ils sont restés à votre chevet jusqu'à minuit, ensuite l'infirmière de garde leur a demandé de se retirer pour vous laisser reposer.

- Quand pourrai-je sortir ?

- Le médecin ne va pas tarder. S'il juge que tout est normal, vous pourrez quitter le Général. D'ici là, on vous apportera le petit-déjeuner, fit-elle gentiment, avant de quitter la chambre.

Le Général !! Décidément çà devient une habitude, je devrais peut-être leur demander un abonnement. De ma main valide je tâtai doucement le haut de mon bras gauche qui disparaissait sous un gros pansement. Çà ne va pas être de la tarte pour m'habiller avec un truc pareil! Un préposé poussant un chariot s'arrêta devant la porte de ma chambre. Il déposa un plateau sur la table roulante qu'il amena en surplomb de mon lit, après en avoir redressé la tête pour me permettre de manger plus commodément. Une bonne odeur d'omelette et de toasts grillés réveilla mon appétit.

- Pourriez-vous enlever le couvercle sur le verre du jus d'orange, avec une seule main ce n'est pas vraiment pratique, demandai-je au préposé avec un grand sourire.

Il allait s'empresser lorsqu'une montagne de muscles entra dans la chambre le stoppant net dans son élan. Ce bon vieux Sam !

- Je m'en occupe, fit-il en direction du jeune homme ébahi qui regarda une dernière fois le colosse avant de pousser son chariot vers la chambre suivante.

- Comment çà va toi ? demanda Sam d'une voix enrouée, en se penchant pour m'embrasser sur la joue.

- Maintenant que tu es là, beaucoup mieux, dis-je avec un grand sourire. Tu me ramènes à la maison ?

- Hé là, on se calme jeune fille, fit-il avec un clin d'œil en décapsulant mon contenant de jus d'orange, il faut d'abord que le toubib donne son feu vert.

- Assieds-toi, tu veux partager le petit-déj avec moi ?

- Non merci, j'ai avalé le mien en vitesse avant de venir, dit Sam en s'asseyant avec précaution sur une des deux chaises qui paraissait prête à s'effondrer sous son poids.

- Raconte, qu'est-ce qui s'est passé après que j'ai eu une panne de courant. Mais d'abord dis-moi, çà a marché pour le sceau ? fis-je en sirotant mon jus d'orange.

- Bon Dieu tu parles d'une soirée !.... Je ne sais même pas par où commencer, dit Sam en secouant comiquement la tête.

- À ce point-là ? dis-je en riant, raconte vite.

- D'abord le flic ne voulait pas nous laisser entrer.

- Ouais j'ai vu çà de la voiture.

- Seif lui a expliqué qui il était, et ce qu'on faisait là. L'autre a appelé la centrale, et après des palabres il nous a accompagnés à l'intérieur. Là, c'était le bordel complet ! Deux types blessés allongés par terre et des flics qui couraient partout. Horak et Bilakiev ont voulu le prendre de haut, mais les policiers les ont mis en joue quand ils ont vu qu'ils étaient armés et les ont menottés. Les flics ont ramenés de l'étage un mec qui avait essayé d'aller se planquer. Pendant qu'ils fouillaient les hommes regroupés au salon, Seif est parti se balader mine de rien au rez-de-chaussée. Il est entré dans une pièce qui devait servir de bureau à Horak, et a foutu le sceau dans un des tiroirs de sa table de travail avant de ressortir en vitesse. Quand la police commença à embarquer tout le monde, Seif insista pour être présent pendant la fouille, arguant de sa qualité de détective et de victime du vol, et insistant sur la valeur du sceau.

- Qu'est-ce qui est arrivé ensuite ? demandai-je pressée de savoir.

- Ils ont commencé les recherches, Seif s'est approché de moi, inquiet car Hamad était introuvable. Finalement, pendant qu'on faisait semblant de fouiller dans le salon avec deux flics, un autre est enfin allé dans le bureau d'où il n'a pas tardé à ressortir avec le sceau. C'est là que çà a commencé à se gâter ! dit Sam en riant.

- Comment çà ?

- En voyant le sceau dans les mains du policier, Horak et Bilakiev ont commencé à s'insulter mutuellement, chacun accusant l'autre d'avoir essayé de le doubler. Les flics les ont laissé parler un moment pour en apprendre plus jusqu'au moment où on a entendu un coup de feu à l'extérieur. Un officier de police est resté en faction dans la maison avec moi et Seif qui ne voulait pas perdre le sceau de vue, pendant que les autres sortaient pour embarquer tout le monde en direction des voitures et voir ce qui se passait. On a entendu un homme crier à l'extérieur, puis un autre coup de feu. Seif m'a fait signe d'aller jeter un coup d'oeil. Quand j'ai mis le nez dehors, j'ai vu deux flics faire feu sur Hamad qu'on croyait planqué à l'intérieur, et plus loin sur le trottoir je t'ai vue allongée, toi que je croyais assise sagement dans la Land. Comment je n'ai pas fait une crise cardiaque à ce moment-là, je n'en sais rien ! dit Sam, se passant fébrilement la main dans les cheveux.

- J'étais sortie faire un petit tour pour me dégourdir les jambes, dis-je avec un sourire forcé.

- Un petit tour hein ? Seif a raison, tu es une tête de mule et une rebelle ! Tu réalises que la balle aurait pu atterrir dans ton crâne au lieu de ton épaule ? dit Sam qui s'énervait.

- Calme-toi Sam, je croyais qu'avec les flics à l'intérieur tout était sous contrôle. Comment j'aurais pu deviner que Hamad allait sortir par la fenêtre ?

- Quand je t'ai vu allongée, je suis retourné dans la maison pour le dire à Seif…. j'aurais dû remettre le message à plus tard bon Dieu !

- Pourquoi ?

- Il est sorti en trombe de la baraque, avec moi collé à ses basques. Un homme était penché sur toi, on ne voyait pas qui c'était de loin et Seif a failli lui tirer dessus. J'ai arrêté son bras à temps quand j'ai reconnu ton copain. Mais qu'est-ce qu'il foutait là celui-là? me demanda Sam.

- Si je le savais ! dis-je en soupirant.

- Riad avait glissé sa main sous ta tête et il te parlait pour que tu reprennes conscience. Je ne sais pas ce qu'il en est pour toi, mais moi je peux t'affirmer que ce type t'aime. Je n'avais jamais vu un désespoir pareil dans un regard, un visage aussi décomposé par la souffrance. Tu ne bougeais plus, et on croyait tous que…. Seif, commotionné, a voulu s'approcher de toi. Outch! T'as déjà vu deux ours en colère ?

- Qu'est-ce qui s'est passé ? demandai-je inquiète.

- Ton copain a hurlé *ne la touchez pas !* Comme Seif voulait quand même se pencher pour te voir de plus près, Riad s'est redressé comme un fou, a chopé Seif par le col de son blouson et a commencé à le bourrer de coups en l'insultant.

- Oh mon Dieu ! soufflai-je.

- Tu penses bien que Seif ne s'est pas laissé faire. Ils se sont battus comme des dingues jusqu'au moment où un flic et moi avons réussi à les séparer. Quand l'ambulance est arrivée et que les infirmiers t'ont chargée sur une civière, les deux voulaient venir avec toi et ont recommencé à s'insulter. Le policier a perdu patience, il a chopé Seif par un bras en l'emmenant vers la villa de Horak pour finir le boulot. Il a juste eu le temps de me demander de t'accompagner et j'ai grimpé dans l'ambulance avec ton copain. Tout le long du trajet Riad t'as tenu la main, il n'arrêtait pas de répéter *ouvre les yeux Zika, parle-moi, ne me laisse pas.* Je te jure, même moi qui suis un dur j'avais la gorge bloquée.

Au travers des paroles de Sam je revivais une émotion que je croyais enfouie depuis des années…. Une autre ambulance, et moi qui disais sans cesse les mêmes mots à Riad, gravement blessé. Onze ans plus tard, je ressentais encore la peur que j'avais eu de le perdre ce jour-là.

- Qu'est-ce qui est arrivé après ? demandai-je, essayant de raffermir ma voix.

- Sitôt arrivés à l'urgence, un chirurgien t'attendait et ils t'ont embarqué tout de suite dans une salle d'op. Des infirmiers ont dû intervenir pour retenir Riad qui voulait à tout prix t'accompagner. Je l'ai entraîné dehors, le temps qu'il fume une cigarette pour se calmer, avant de retourner dans la salle d'attente. Vingt minutes plus tard le toubib est ressorti pour dire que tu avais perdu pas mal de sang mais que tu étais dans un état stable. J'avais déjà retroussé ma manche en cas de besoin, dit Sam en baissant les yeux pour masquer son émotion.

- Une autre fois peut-être, dis-je en croisant les doigts en vitesse.

- Ne dis pas de conneries ! Sur le prochain coup, je te collerai comme une ombre tu peux me croire, fit-il indigné.

- Pauvre Sam, je ne voulais pas te donner tant de soucis, ni te faire de la peine.

- Ouais bon, mange ton omelette avant qu'elle soit froide et qu'on se mette à brailler tous les deux comme des fontaines, dit Sam sur un ton bourru.

- L'infirmière m'a dit que tu es resté avec Riad jusqu'à minuit.

- On voulait rester près de toi, mais ils nous ont foutus dehors pour que tu puisses te reposer, répondit Sam. Ton copain a fini par rentrer chez lui, il parlait d'un truc à propos d'un nouveau boulot. Moi je suis retourné sur Côte-Saint-Antoine pour reprendre ma bagnole, puis je suis allé au poste récupérer Seif avant de retourner à Westmount.

- C'est vrai je m'en souviens, quand Riad m'a appelée la dernière fois, il m'a dit qu'il avait trouvé un nouveau travail. Il a ajouté qu'il avait réfléchi, il voulait venir le soir même chez moi pour me parler. C'est là que j'ai gaffé je crois….

- Comment çà ?

- Il insistait pour venir, je lui ai dit pas ce soir, on donne l'assaut final sur l'affaire Hamad. Il a demandé encore chez Bilakiev à Saint-Léonard ? Et moi comme une conne j'ai répondu non, chez Horak à Notre-Dame-de-Grâce ! Mais j'ai pas donné d'adresse, ajoutai précipitamment.

- Pas besoin, il a eu juste besoin d'un annuaire, dit Sam en secouant la tête.

- Comment s'est passé le retour à Westmount ? demandai-je pour faire diversion.

- Ne m'en parle pas ! En voyant nos gueules, Aref qui n'était pas encore couché s'est douté que quelque chose avait mal tourné. Seif lui a remis le sceau pensant en rester là avant d'aller dormir, mais c'était sans compter avec son père qui voulait tout savoir….

- Et ?

- Devine ! Aref a pété les plombs quand il a su ce qui t'était arrivé. Il s'en est pris à nous deux, nous traitant d'irresponsables. Je voyais le moment où Seif allait repartir en claquant la porte pour ne pas taper sur son père. Finalement on a pu monter se coucher, mais à trois heures du matin j'entendais encore Aref tourner en rond dans le salon. En descendant ce matin pour le petit-déjeuner, je pensai m'esquiver pendant que les autres dormaient encore. Tu parles, ils étaient là tous les deux, la mine sinistre, à ruminer devant leur tasse de café. Seif devait filer à la police pour signer les paperasses avant de retrouver les gars à l'agence pour faire le point. Il a dit qu'il passera te voir ce matin. Aref voulait venir avec moi, mais on a réussi à l'en dissuader. Il a consenti à me laisser partir en exigeant que je l'appelle pour lui dire comment tu étais, ce que je m'apprêtais à faire d'ailleurs sous peine d'entendre encore une sérénade plus tard, dit-il en pouffant.

- J'ai l'impression que je vais encore me faire sonner les cloches par Seif! dis-je en soupirant.

- C'est pas pour dire, mais je dois avouer que tu le mérites !

- Tu penses qu'il va me foutre à la porte ? demandai-je anxieuse tout à coup.

- Mais non, qu'est-ce que tu vas chercher là ? dit-il énergiquement. S'il le fait, je rendrai mon tablier moi aussi.

- Et on ouvrira une nouvelle agence, on l'appellera le GDD, dis-je en riant.

- Çà veut dire quoi GDD ? demanda Sam entre deux hoquets.

- Le Gang Des Débiles ! dis-je avant qu'on se remette à rire comme des…. débiles.

- Pourquoi vous avez toujours l'air de vous éclater quand je vous trouve ensemble ? dit Seif en entrant dans la chambre.

Sam avait raison, il avait l'air crevé avec des cernes noirs sous ses yeux rougis. Du sang avait séché sur la plaie qu'il avait au-dessus du sourcil droit. Je me demandai à quoi ressemblait le visage de Riad. Je baissai les yeux tandis qu'il me fixait, me préparant à recevoir une mercuriale. Il regarda Sam qui comprit le message et se leva.

- Je vais passer un coup de fil à Aref, dit-il en s'esquivant.

- Prenez votre temps, répondit Seif refermant la porte derrière lui. *Oups !*

Adossé contre la porte, mains dans les poches de son blouson en cuir, Seif fixait sur moi ses yeux noirs pour l'heure énigmatiques. Je soutins son regard un moment puis y renonçai. Il devait déjà être assez en pétard contre moi, pas la peine de le provoquer en plus.

- Pas mal ton pansement ! finit-il par dire.

- Ton arcade sourcilière n'est pas mal non plus ! répondis-je du tac au tac.

Que j'aie tort je veux bien, mais s'il avait décidé de se mettre en mode sarcasmes avant d'attaquer, autant riposter !

- Cadeau de ton copain ! dit-il en s'approchant de mon lit.

Il se pencha, et se contenta de déposer un baiser léger sur mes lèvres comme si j'étais faite en cristal.

- Il n'y a que mon épaule qui a morflé tu sais, ne pus-je m'empêcher de dire.

- Ce lit est trop petit ! répliqua-t-il avec un semblant de sourire. *Oh oh*

- Comment tu vas ? eus-je le malheur de dire.

- Tu me demandes comment je vais ? fit-il avec une voix qui s'apparentait au son d'une poulie grinçante. Avant de venir te voir, j'ai hésité entre l'envie de te serrer dans mes bras, et celle de te flanquer une fessée comme tu n'en as jamais reçu !

Ah d'accoooord !

- Et ?.... remarque que pour la fessée, tu es au bon endroit, ils ont tout ce qu'il faut ici pour me rafistoler. Maintenant si c'est pour me serrer dans tes bras...

Désarmé, il avança une chaise près de mon lit et s'y laissa tomber.

- Qu'a dit le médecin ? Comment tu te sens ? finit-il par demander.

- Pas encore vu, il doit passer plus tard. J'ai mal à l'épaule, pour le reste çà va. Toi par contre tu as l'air lessivé.

Il saisit ma main qui reposait sur le drap et vrilla son regard dans le mien.

- Si tu avais juste la plus petite idée de ce que j'ai vécu depuis hier soir, tu te jetterais tout de suite à genoux pour implorer mon pardon, dit-il d'un ton désabusé.

- Sans déc ? Oublie çà, je ne vais pas en plus me péter les rotules, essayai-je de plaisanter.

- Sam m'a tout raconté, dis-je en reprenant mon sérieux.

- Je m'en doute, mais il y a sûrement des choses qu'il ne t'a pas dites.

- Comme quoi ?

- Il n'a pas pu te dire ce que j'ai ressenti quand je t'ai vu étendue et inanimée sur le trottoir avec une tâche de sang à l'épaule qui s'élargissait à vue d'œil, ni ce qui s'est déclenché en moi quand je me suis battu avec Riad ! dit Seif dont le regard s'animait en parlant.

Sa voix reprit de la vigueur.

- Personne non plus n'aurait pu te dire la colère qui me secouait en pensant à la connerie que j'avais faite de te laisser seule dans la Land, ni à la rage qui m'a pris lorsque mon père m'a traité d'irresponsable sans pouvoir lui répondre parce qu'il avait raison !

- Seif calme-toi je t'en supplie, dis-je doucement en serrant sa main. Tu n'as pas fait de connerie en me laissant seule et tu n'es pas irresponsable non plus. Comme je l'ai dit à Sam, je n'ai pas voulu te désobéir, ni te défier. Mais comme les flics étaient dans la maison et que je n'entendais plus tirer, j'ai pensé que la situation était sous contrôle, alors j'ai voulu aller me dégourdir les jambes et fumer une clope, c'est tout. Qui aurait pu penser que cette ordure de Hamad allait réussir à s'échapper par la fenêtre ? La connerie que j'ai faite, c'est que…. je ne voyais pas bien de loin de qui il s'agissait, alors au lieu de rebrousser chemin je me suis approchée. C'est là qu'il m'a vue et….

- Tu t'es approchée hein ? dit Seif en secouant la tête. N'importe qui se serait barré mais toi…

- Ce n'était pas de la témérité…. Juste de la curiosité sans plus !

- Depuis hier et pendant toute la nuit, je n'ai cessé de me poser la même question, fit-il découragé.

- Laquelle ? demandai-je d'une toute petite voix, effrayée à l'idée qu'il allait m'annoncer mon renvoi.

- Qu'est-ce que je vais faire de toi ?... Qu'est-ce qui va encore m'arriver avec toi ?... Qu'est-ce qui va se passer pour nous ?

- Çà fait plus qu'une question tout çà, dis-je en souriant doucement.

- Ce matin les gars ont ramassé un savon soigné dès que j'ai débarqué à l'agence, et même Louisa se taisait pour une fois. Je les ai accusés de ne pas avoir veillé suffisamment sur toi et…

- Tu n'aurais pas dû, le coupai-je doucement, ce n'était pas leur boulot, ce n'était pas prévu dans leur plan de match de veiller sur moi.

- C'est ce qu'ils m'ont répondu. Ils étaient d'ailleurs tous plus secoués par ce qui t'était arrivé que par l'engueulade que je leur ai servi. Steve surtout avait une tête à faire peur, il n'arrêtait pas de répéter *il faudrait l'attacher, il faudrait l'attacher !*

- Lui aussi ? C'est une manie ça, c'est ce que Riad dit toujours ! fis-je avec une grimace.

- À propos de Riad, tu l'as vu ?

- Tu veux dire aujourd'hui ?.... Non. Ce matin l'infirmière m'a dit que Sam et lui sont restés jusqu'à minuit et qu'ensuite on leur a demandé de partir.

Seif avait l'air soucieux, il ne parlait plus, se contentant de me regarder. J'essayai de relancer le dialogue.

- Tu ne m'as pas dit comment ça s'était passé avec les flics. J'espère qu'ils ne t'ont pas enquiquiné rapport à Horak, à Hamad et à la trouvaille *providentielle* du sceau.

- Non, tu parles ! Plutôt le contraire, ils m'ont remercié chaleureusement pour l'aide que je leur avais apporté. Et à voir la façon dont l'officier de police me regardait, je peux te dire qu'il n'a pas été dupe un seul instant du coup de fil anonyme.

- L'essentiel est que le sceau soit définitivement à l'abri et que ces ordures soient hors circuit.

- Pour être hors circuit, Hamad l'est complètement. Tué sur le coup par les flics. En ce qui concerne les autres, je pense qu'ils vont rester à l'ombre pas mal d'années. Les flics se sont régalés en les écoutant s'injurier et s'accuser mutuellement, et ils ont pu remplir de nombreuses cases vides de l'enquête. Non seulement ils seront condamnés pour vol, complicité, et recel, mais aussi pour tentative de meurtre sur le chauffeur qui transportait le sceau le jour où le vol a été commis.

- Tout est bien qui finit bien alors, dis-je heureuse que cette affaire soit enfin terminée et surtout réussie.

- En ce qui concerne l'affaire, oui ! Pour le reste….

Je ne répondis pas, sachant à quoi il pensait. Pour le reste personne n'en savait rien…. pour le moment.

- Je suis probablement en train de me tirer une balle dans le pied, reprit-il en essayant de garder un ton neutre, mais quand tu étais dans le cirage hier soir j'ai observé ton copain.

- Et ?

- Et il ne fait pas l'ombre d'un doute que ce type t'aime, dit-il en faisant visiblement un effort sur lui-même en prononçant ces mots. Complètement dévasté ! Il ne voyait plus personne, ni les flics, ni les flingues, il ne regardait que toi, ne s'occupait que de toi. En te voyant à terre, inconsciente, j'ai cru devenir dingue moi aussi. J'ai voulu m'approcher de toi, te tenir dans mes bras…. j'ai à peine fait un pas qu'il m'a crié *Ne la touchez pas !* avec un regard de fauve et on s'est battus jusqu'à ce qu'on nous sépare.

- Il s'est rendu compte que je tenais à toi moi aussi, les mâles sentent ces choses-là tu sais ! Je crains d'avoir compliqué ta situation avec lui, conclut Seif en me regardant droit dans les yeux.

- Tu n'as rien compliqué du tout, commençai-je la voix enrouée, c'est lui qui a faussé la donne avec cette pouffiasse au Maroc, qui n'en est d'ailleurs qu'une de plus sur la liste de celles avec qui il m'a trompée ! Toi et moi on a été attirés l'un par l'autre presque depuis le début, et oui, on a fait l'amour ensemble mais….

- Mais ?

- C'est moi qui ai compliqué les choses en quelque sorte, en te faisant souffrir, et en nous faisant tous souffrir d'ailleurs. Quand il m'a raconté sa saloperie de paire de bottes, et surtout quand il m'a dit qu'il voulait réfléchir, j'aurais dû lui dire que c'était fini et qu'il aille réfléchir auprès d'elle, au lieu de….

- Au lieu de ?

- Au lieu de laisser faire et de commencer à devenir amoureuse de toi !

- Et maintenant ? demanda Seif tendu à l'extrême.

- Depuis des années je me suis habituée à aimer cet homme qui ne le mérite pas d'ailleurs, au point d'avoir du mal à imaginer ma vie sans lui. Mais j'ai réalisé aussi que je commençais à m'attacher à toi et que si je devais ne plus te voir j'en souffrirai très certainement.

- Alors ?

- Alors, je ne l'ai pas encore vu, il a dit qu'il avait réfléchi et voulait me parler. Je ne sais même pas ce qu'il a en tête.

- D'après ce que j'ai vu hier, c'est plutôt clair ! Si sa décision est celle que je pense, çà veut dire que tu retourneras auprès de lui alors ?

- Honnêtement, je n'en sais rien…. çà dépendra !

- De quoi ?

- S'il est capable d'accepter quand je lui aurai dit ce qu'il y a eu entre toi et moi, ce qui m'étonnerait. Pour trahir aucun problème, mais être trompé à son tour ce sera plus dur à avaler pour lui ! C'est un macho avec des vues à sens unique pour ce genre de choses. Mais peu importe, çà ne sera plus jamais pareil entre lui et moi. Je ne pourrai jamais plus lui faire confiance, idem pour lui d'ailleurs, et sans confiance….

- Pour parler d'autre chose, tu vas venir au bureau demain ? demanda Seif qui semblait avoir trouvé un regain de vitalité.

- Si le toubib me laisse partir aujourd'hui, essaie donc de m'en empêcher, je dois avaler mon dernier bouquin de règlements.

- Si tu y arrives, tu pourrais passer ton examen vendredi et avoir ton badge de Poirot, fit Seif en riant *enfin* !

- Et commencer à m'entraîner au tir pour avoir un permis de port d'arme moi aussi, dis-je en riant avec lui.

- Je ne veux pas entendre parler d'armes pour le moment ! fit-il en levant les bras.

- Si j'en avais eu une, j'aurais pu descendre Hamad ! répondis-je têtue.

- On dirait que je n'en ai pas encore fini avec toi.

- Çà veut dire que tu me gardes alors ?

- Bien sûr, tu as de ces questions ! dit Seif ahuri. Peu importe ce que tu décides pour ta vie privée, je te garde à l'IES. Tu me vois annoncer à Louisa ou à Sam, ou encore pire à Aref que tu n'es plus parmi nous ?

- Tant mieux, Sam n'aura pas besoin de démissionner. Il a dit qu'il le ferait si tu me virais, dis-je dans un éclat de rire.

- J'ai eu le temps de vous entendre parler de çà avant d'entrer tout à l'heure. GDD c'est bien trouvé je dois dire, lança Seif en baissant la tête pour éviter le toast que je lui envoyai de ma main valide.

- On dirait que la forme revient, dit le médecin en ouvrant la porte de ma chambre.

Ce n'était pas le même que celui de la dernière fois heureusement, il se serait posé des questions sur mon genre d'activités professionnelles. Celui-ci était plus jeune, quarante, quarante-cinq environ, l'air dynamique. L'infirmière entrevue un peu plus tôt se tenait près de lui, et entreprit d'ôter mon pansement. Seif pâlit en voyant la plaie. En comparaison de la taille du pansement moi je trouvai que l'entaille était plutôt insignifiante, et je poussai un soupir de soulagement. Elle était rouge et boursouflée avec des points de suture pour faire plus joyeux.

- Tout a l'air en bonne voie de cicatrisation, dit le toubib en examinant ma blessure. Nettoyez la plaie deux fois par jour et appliquez une pommade antibiotique. Vous prendrez aussi ces cachets, le dosage est inscrit dessus, reprit-il en me tendant le flacon que j'avais vu sur la table à mon réveil. Je vais signer votre bon de sortie. D'ici quelques jours, vous pourrez enlever le pansement, s'il y a quoi que ce soit, revenez à l'urgence !

Là-dessus, il me tendit un bout de papier signifiant que j'étais libre et sortit de la chambre flanqué de l'infirmière.

- J'ai vu le médecin sortir, tout baigne ? demanda Sam en nous rejoignant.

- Oui je peux partir, bonne pour le service actif, dis-je tout sourire, j'ai hâte !

Sam ouvrait déjà le placard, sortant mes habits et effets personnels. Il siffla et nous le regardâmes surpris.

- Ton pied n'était pas loin, tu as vu ça ? fit-il en me montrant ma paire de boots dont un talon avait été arraché par l'impact d'une balle.

Seif pâlit un peu plus et je déglutis avec peine.

- Ce que je vois c'est que je vais clopiner un talon oui, un talon non, et investir dans une nouvelle paire de boots, dis-je en levant les yeux.

- Je vais t'aider à t'habiller, fit Seif en s'approchant de moi.

- Besoin d'un coup de main ? dit Sam en pouffant quand Seif lui montra la porte.

Seif m'habilla comme un bébé, en profitant au passage pour effleurer mes seins *accidentellement* lorsqu'il passa mon chandail déchiré au-dessus de ma tête. Je jetai mon soutien-gorge tâché de sang dans la corbeille à déchets, et tentai d'enfiler mes jeans en me tortillant pour les remonter avec une seule main.

- Laisse, je vais t'aider, dit-il en faisant glisser ses mains le long de mes cuisses.

- Il faut que je m'habitue à m'habiller toute seule, dis-je sans grande conviction.

- En attendant que tu sois guérie, dit Seif avec son sourire craquant, ce qu'il te faut c'est une personne qualifiée et tendre, quelqu'un dans mon genre quoi, pour prendre soin de toi, pour te doucher, te vêtir et...

- Me dévêtir, je sais ! fis-je en riant.

- Ça aussi, il faut le faire délicatement, dit-il en mordillant mon oreille, tandis que je sentais une bosse suspecte contre mon *ohlalalaaaaa*.

- Tu n'as pas dit que ce lit était trop petit ? fis-je en le repoussant mollement.

- Exact, le mien est mieux !

Renonçant à enfiler la manche de mon blouson elle aussi déchiquetée, Seif le posa délicatement sur mes épaules et nous sortîmes enfin de la chambre. Sam partit à l'agence pour apporter les dernières nouvelles à tout le monde, et Seif et moi fîmes le court trajet qui menait de l'hôpital à mon appart.

- Arrête-toi un moment chez Sy s'il-te-plaît, dis-je en montrant le dépanneur de mon ami. Ce n'est pas que j'ai hâte de me faire engueuler quand il me verra, mais je dois prendre des bricoles à manger.

- Je peux y aller seul si tu préfères.

- Il trouvera çà louche et va sortir pour voir ce qui se passe, c'est couru d'avance! dis-je avec une moue amusée.

- Merde, ne me dis rien ! dit Sy en tapant sur son comptoir dès que son œil se posa sur l'épaule de ma veste trouée. Et en plus, tu es contagieuse ! lança-t-il en voyant le visage de Seif. *Je pensai que la flaque de sang séché se verrait moins sur mon blouson noir mais j'avais compté sans son regard d'aigle.* Hier soir j'avais allumé la télé du magasin à tout hasard. Quand les copains ont regardé les nouvelles avec les bagnoles de flics, l'ambulance et tout, Nick a tout de suite demandé si tu travaillais ce soir-là.

Sy ne m'aurait pas lâchée avant que j'ai tout déballé, alors autant y aller d'un rapport concis sur les évènements de la veille.

- C'est une bonne nouvelle d'apprendre que ces salauds aient tous été neutralisés, mais qu'est-ce que Riad foutait là ? demanda Sy, une fois que j'eus terminé.

- Qui peut savoir ? dis-je paumes retournées. Il savait qu'on devait bosser à Notre-Dame-de-Grâces, j'imagine qu'il voulait s'assurer que tout irait bien pour moi.

- Non, je veux dire pourquoi monsieur était là après t'avoir dit qu'il devait réfléchir sur votre relation.

- Il m'a appelée hier matin en disant qu'il y avait pensé et qu'il voulait me parler.

- Je vois, s'il a finalement décidé que c'est l'autre qu'il veut, tu pourras dire que cette salope t'aura rendu un fier service ! Et si c'est toi qu'il veut…. dit Sy l'air découragé, remarquant au passage le regard de Seif qui s'était assombri.

Revenant avec des pizzas surgelées que je déposai sur le comptoir, je vis que Sy me fixait bizarrement.

- Pourquoi tu boites comme çà ?

- Une balle a fait sauter un talon.

- Tu sais quoi, il faudrait t'attacher toi !

- L'opinion est unanime on dirait, dit Seif en riant tandis que je me renfrognai.

Dès que j'entrai dans mon salon, je vis le clignotant rouge sur mon téléphone. Quatre messages en tout. Deux de Riad, un d'Hélène et un de Louisa. *Bonjour ma belle, je suppose qu'à l'hosto tu n'avais pas accès au cellulaire. J'espère que tu vas mieux, j'essaierai de te rappeler plus tard chez toi si le toubib te laisse sortir, je t'embrasse.* — *C'est encore Riad, il est dix heures j'ai profité de ma pause pour t'appeler, j'essaierai encore à l'heure du lunch, bisous.* — je regardai ma montre, dix-heures quarante — *Coucou c'est Hélène, je voulais juste m'assurer que tu n'étais pas à Notre-Dame-de-Grâces hier soir, on a regardé les nouvelles avec Ben, tu parles d'un cirque ! Appelle-moi quand tu auras un moment.* — *Dio Bono Zika, j'espère que tu vas bien, on n'a pas osé t'appeler à l'hôpital, rappelle-moi quand tu pourras. Seif vient de repartir, il est passé au bureau juste le temps d'engueuler les gars. Poverelli[19], ils étaient tellement inquiets à ton sujet. Tout le monde t'embrasse.*

- Tout va bien ? demanda Seif qui me regardait du coin de l'œil.

- Deux messages de Riad, il n'a pas osé m'appeler sur mon cellulaire à l'hosto, il voulait savoir si j'allais mieux, il rappellera pendant son heure de lunch. Hélène a regardé les nouvelles, elle voulait s'assurer que je ne faisais pas partie de la fête hier soir. Le dernier message c'était Louisa qui voulait avoir de mes nouvelles, et qui en a profité pour me dire que *Seif était passé à l'agence juste le temps d'engueuler tout le monde* ! conclus-je avec un sourire en coin.

Je filai prendre une douche vite-fait après avoir bataillé avec Seif qui voulait absolument m'aider, mis avec soulagement des vêtements propres et revint m'asseoir au salon. Il avait allumé la télé, et je pus voir en spectateur cette fois le show auquel nous avions pris part à Notre-Dame-de-Grâces. La caméra fit un zoom avant sur Horak et Bilakiev menottés qui essayaient de cacher leur visage tandis que le présentateur y allait de ses commentaires.

- Le mystère entourant les évènements de ces derniers jours dans le Nord de Montréal a finalement été résolu par la police. Cette affaire était reliée au vol spectaculaire qui a eu lieu le mois dernier, alors qu'un sceau en or remontant à l'antiquité et valant plusieurs millions de dollars avait été dérobé après son exposition au Musée des Beaux-arts de Montréal. Rappelons que le chauffeur avait été grièvement blessé à cette occasion. Hier soir, la police a arrêté à son domicile le patron de Horak Import, Branko Horak, déjà impliqué il y a quelques années, rappelons-le, pour trafic d'objets précieux, ainsi que son acolyte Vassili Bilakiev. Un homme a été tué par les policiers, alors qu'il

---

[19] Poverelli : les pauvres, en Italien.

tentait de faire feu sur eux. Des complices armés se trouvant sur place ont aussi été appréhendés. Selon l'officier de police interrogé la procédure légale suivra maintenant son cours, mais de toute évidence toutes ces personnes devront faire face à des accusations de vol, recel, agressions armées et tentatives de meurtre.

- Affaire réglée ! dit Seif en coupant le son.

- Oui, je me sens toute désemparée à présent, fis-je avec une grimace.

- Pour quelle raison ?

- J'avais pris l'habitude de me faire réveiller au milieu de la nuit pour passer par des fenêtres et aller jouer dans des parcs déserts, de me trouver nez-à-nez avec des flingues tenus par des mecs pas sympas…. et maintenant ? Des règlements et encore des règlements à apprendre par cœur, dis-je en roulant des yeux.

- Il y aura d'autres affaires, il y en a d'ailleurs quatre ou cinq en cours sur lesquelles travaillent les gars, fit Seif pour me remonter le moral.

- Musclées comme l'affaire Hamad ? demandai-je déjà émoustillée.

- Plutôt routinières, mais on ne sait pas quelles surprises elles peuvent nous réserver, surtout si tu y prends part, dit Seif en s'esclaffant.

La sonnerie du téléphone nous interrompit.

- C'est Riad ! dis-je à Seif en voyant le numéro affiché.

- Je vais faire un tour en bas pendant que tu parles avec lui ! fit-il avec tact.

Je décrochai le combiné dès que Seif eut refermé la porte de l'appartement et me préparai mentalement.

- Je suis content de savoir qu'ils t'ont laissé partir, çà veut dire que tout va bien ?

- J'ai encore mal à l'épaule, sinon çà va.

- Avant d'aller bosser, j'ai vu aux nouvelles que les flics ont coffré toute la clique.

- Ouais, on a gagné le pari !

- Pari débile et dangereux quand j'y repense, mais c'est enfin fini maintenant. J'imagine que tu vas rester tranquille chez toi aujourd'hui pour te reposer.

- Seif m'a ramenée de l'hosto pour que je puisse me doucher et me changer.

- Il est encore là celui-là ? Tu n'as plus besoin de garde du corps si les autres sont bouclés non ?

- Il est venu me voir à l'hosto et m'a conduite chez moi. Le temps d'avaler une bouchée, ensuite on ira à l'agence. Louisa et les gars ont été secoués par ce qui m'est arrivé hier soir, j'y vais pour les rassurer et pour continuer à plancher sur mes fichus règlements. Si j'arrive à assimiler ce qui me reste cette semaine,

Seif dit que je pourrai passer mon exam vendredi pour avoir mon certificat, génial non ?

- Seif ci, Seif là, tu n'as que ce nom à la bouche ! dit Riad en grommelant.

- Normal c'est mon patron et mon équipier, répondis-je impatientée.

- Vu ce qui s'est passé hier soir, on dirait qu'il est aussi plus que ça, dit-il en haussant le ton, il faudra qu'on en parle quand on se verra !

- Pas de problème, on parlera en même temps de ta paire de bottes !

- ….

- Tu es encore là ?

- Ouais je suis encore là ! À quelle heure tu seras chez toi ce soir ?

- Pour ?

- Pour te voir et pour te parler, comme je te l'ai déjà dit hier matin.

- Je devrais être de retour chez moi vers dix-huit heures, sauf si l'équipe a prévu qu'on prenne un verre tous ensemble après le boulot.

- Je t'appellerai en sortant du travail, tu me diras à quelle heure je pourrai passer. Fais attention à ton épaule, je t'embrasse.

Dès que je raccrochai, je pris un blouson Reebok plus large dans lequel je transférai une fois de plus mes affaires, piquai un Bounty au passage et descendis rejoindre Seif dans le hall, qui m'interrogea du regard.

- Il passera à la maison ce soir après le boulot, dis-je d'un ton que je voulais neutre. Tu veux qu'on aille à l'agence tout de suite, ou tu préfères manger un morceau avant ?

- Comme tu préfères.

- Alors allons-y, pendant que je suis encore à peu près en forme, on grignotera un sandwich au bureau si on a un creux.

Seif tenta de faire diversion en parlant de choses et d'autres pendant le trajet. Il pensait à Riad qui serait chez moi *et* avec moi ce soir, et moi aussi, avec des raisons différentes de stresser. Il devait penser sexe et retrouvailles, moi je pensais discussion orageuse et tempête au programme !

Je croyais avoir vu le top niveau des émotions de l'équipe l'autre fois, mais cette fois-ci ce fut du délire. Louisa ouvrit le bal en traversant la réception comme une fusée pour me serrer dans ses bras avant de piler net lorsque Seif cria *attention son épaule !* Démonstrative comme toutes les Italiennes, elle pleurait en gesticulant à grand renfort d'interjections divines. Steve, les traits tirés me regarda en secouant la tête, avant de me prendre par le cou et de m'embrasser sur la joue.

- Bruinsie, je vais acheter un rouleau de corde et je t'attacherai moi-même pour la prochaine mission, dit-il avec une conviction qui masquait son émotion.

Tous, sauf Aldo parti luncher chez lui, s'approchèrent de moi et me dirent à quel point ils étaient heureux que je m'en sois bien sortie. Je les connaissais depuis si peu de temps et cependant j'avais une réelle affection pour eux. Ils s'étaient fait engueuler par notre patron à cause de moi pour une faute qu'ils n'avaient pas commise, mais loin de m'en tenir rigueur, ils s'étaient inquiétés pour moi. J'attendis que les émotions se soient un peu calmées et les regardai tous un à un. J'essuyai furtivement mes yeux sentant poindre des larmes et toussotai pour m'éclaircir la voix.

- Je suis venue pour vous rassurer sur mon état, apparemment il en faut plus pour en venir à bout de moi, dis-je en souriant, au milieu des rires et du soupir de Seif.

- Après avoir entendu à travers les branches *coup d'œil en direction de Louisa* ce qui s'était passé ce matin ici, je suis venue surtout pour faire mon mea culpa, devant vous tous. Je ne vous tiens aucunement responsable de ce qui m'est arrivé hier soir, me protéger ne faisait pas partie de vos tâches puisque je devais rester planquée dans la Land. J'ai bien peur de devoir avouer que ce qui est arrivé était entièrement de ma faute….

- Tu fais des progrès si tu le reconnais, coupa Seif en souriant.

- Attends, j'ai dit que c'était de ma faute, mais je n'ai pas désobéi aux ordres pour te défier ou n'en faire qu'à ma tête. Je pensais que les flics étant à l'intérieur il n'y avait plus de danger alors je suis sortie faire quelques pas et fumer une cigarette…. et j'ai marché un peu plus loin…. et j'ai vu quelqu'un sauter par la fenêtre, dis-je en avalant ma salive car le plus dur restait à dire.

- C'est là que le type t'a tiré dessus ? voulut savoir Greg.

- Heu…. pas exactement, il ne m'avait pas encore repérée, dis-je en baissant la tête.

Tout le monde se tut attendant la suite qui tardait. Seif prit le relais.

- Calamity Jane ici présente voulait voir qui c'était, alors elle s'est approchée du mec et elle est tombée nez à nez avec Hamad et son flingue, dit-il écœuré.

Une cacophonie de Oh Putain ! Oh Bordel ! Oh Merde ! suivit les paroles de Seif. Tous me regardaient comme si j'arrivais de Jupiter.

- T'es vraiment chiée toi Oullah ! s'écria Bilal. T'avais même pas d'arme !

- Pas chiée, mais comment j'aurais pu savoir que ce taré avait échappé aux flics !

- T'aurais pu juste finir ta clope et retourner dans la voiture, dit Tom d'une voix douce en me voyant remontée.

- J'y ai même pas pensé, avouai-je piteusement.

- Et voilà, elle n'y a même pensé ! Il faut qu'on révise les procédures d'intervention et qu'on les réadapte pour toi, fit Seif en levant les bras au ciel.

- Hmmpff !

- Et c'est comme çà que vous avez pris un coup de poing de Hamad en voulant protéger Zika ? demanda Louisa ingénument.

Une cohorte d'anges passa et s'enfuit épouvantée.

- Zika était étendue sur le trottoir quand on est sorti de chez Horak, j'ai vu un type qui était penché à côté d'elle et j'allai lui tirer dessus. Sam m'a arrêté juste à temps quand il a reconnu Riad, le copain de Zika, expliqua Seif qui aurait voulu être à des milliers de kilomètres du bureau. Quand j'ai voulu m'approcher pour voir comment allait Zika il…. je… bref, on s'est battus !

Dans un silence de plomb, tout le monde se mit à regarder qui sa montre, qui les murs, qui son voisin. Louisa consciente de sa bévue involontaire proposa d'aller chercher des rafraîchissements. Nos boissons en mains, Seif réclama l'attention générale.

- J'ai une nouvelle à vous annoncer, dit-il en souriant, notre Miss Rebelle passera son examen vendredi.

- Si je digère le livret restant d'ici là ! fis-je en réponse aux encouragements de l'équipe.

- Je te fais confiance, têtue comme tu es, tu vas y arriver !

Ainsi mise au pied du mur en quelque sorte, après avoir bavardé avec les amis et avalé un sandwich rapido presto, j'entrai dans mon petit bureau. Je regardai les livrets entassés sur ma table et saisis le dernier de la pile.

- Toi je t'avertis tout de suite, de gré ou de force tu vas entrer dans ma tête d'ici demain soir, déclarai-je à haute voix en fixant le bouquin.

- À qui tu parles au juste ? me lança Seif, debout devant la porte restée entrouverte.

- À lui ! dis-je en brandissant le livret.

- Bon, je ne veux pas interrompre une conversation aussi animée, je monte avec les gars dans mon bureau pour faire le point sur deux dossiers qui traînent.

Dès qu'il fut parti, je m'attelai à la tâche. Au moment de prendre des notes, je m'aperçus que j'avais paumé mon stylo et dus retourner à la réception en quémander un à Louisa.

- Tu ne veux pas fumer une clope avant de te plonger dans tes leçons ? demanda celle-ci avec l'air franc d'un vendeur de bagnoles d'occasion.

- Laisse-moi deviner, tu as envie de sortir pour respirer de la nicotine, dis-je avant d'éclater de rire devant son expression *jemesuisfaitprendrelamaindanslepotdeconfitures*.

Ma cigarette n'était pas encore allumée que j'eus droit à un tir nourri de questions.

- Louisa, tu étais là quand on a raconté ce qui s'est passé hier soir, dis-je faussement grondeuse.

- La version officielle oui, ma je n'ai pas bien compris le passage entre Riad et Seif, fit-elle en riant.

Quand j'étais à terre inconsciente…..

- Tu parles d'un truc ! dit-elle une fois que j'eus raconté ce que Sam et Seif m'avaient confié.

- Ouais, l'épisode suivant sera transmis en direct ce soir chez moi.

- Ils vont encore se battre ? cria-t-elle effrayée.

- Non, je voulais dire que Riad va passer chez moi ce soir. Il m'appelle depuis hier pour me dire qu'il a réfléchi et qu'il veut me parler.

- Ah ? C'est une bonne nouvelle, non ?

- Ça dépend, je le saurai après.

- Qu'est-ce que tu veux dire ?

- Quand je lui aurai dit ce qui s'est passé avec Seif

- Oh oh ! Ça promet de l'ambiance dis-donc !

- Comme tu dis !

Il n'y eut pas d'autre interruption le reste de l'après-midi et je pus assimiler la moitié du livret. Il n'était pas tout à fait dix-sept heures quand Riad m'appela.

- Je sors du boulot dans cinq minutes, vers quelle heure tu seras chez toi ?

- Je vais demander à Seif de me raccompagner dès qu'il aura fini son travail…

- Encore ?

- Comment tu voulais que je conduise avec mon épaule ?

- Ouais bon…. on se retrouve à dix-huit heures ?

- D'acc. À tout à l'heure !

Et voilà, on y était. J'éprouvais des sentiments mitigés, en partie contente de revoir mon copain, mais pas certaine de vouloir entendre les détails de ce qui s'était passé au Maroc… si on arrivait à parler franchement pour une fois ! Et si on y arrivait, pas certaine non plus de vouloir affronter sa réaction qui pourrait devenir agressive quand à mon tour je lui parlerai de mon histoire avec Seif. Basta ! On verra bien, pensai-je en grimpant l'escalier.

- Tu as encore du travail à finir ? demandai-je gentiment à mon patron.

- Tu veux rentrer chez toi ?

- J'aimerais bien oui, Riad doit venir à dix-huit heures et je voudrais avoir un peu de temps avant pour me préparer à…. la discussion.

- Je vois, le temps de passer un coup de fil et je suis à toi, dit Seif en cramponnant son téléphone.

Malgré la circulation intense, une vingtaine de minutes suffirent pour arriver au pied de mon immeuble.

- Çà me fait bizarre de te déposer chez toi et de partir, dit Seif d'une voix sourde.

- À moi aussi, comme quoi les habitudes se prennent vite.

- Tu es sûre que çà va aller ?

- Au pire çà va gueuler, et avec l'insonorisation géniale de cet immeuble Colgate ou Curry vont rappliquer pour ramener le calme, dis-je en essayant de plaisanter.

- Je vais y aller alors, j'aurais aimé t'embrasser mais s'il est déjà dans le coin, pas la peine de rallumer la mèche.

- Tu as raison, je t'appellerai demain, fis-je en m'extirpant de la Mercedes.

Je regardai la voiture s'éloigner lentement et m'engageai dans l'allée de mon immeuble. Dans le hall Riad était assis dans un fauteuil face à Colgate. Lorsqu'il se tourna vers moi je pus admirer à loisir le bleu qui ornait sa pommette gauche.

- Çà fait longtemps que tu es arrivé ? demandai-je à Riad qui venait vers moi.

- J'ai eu du pot, au lieu de me taper le métro, mon patron qui devait descendre en ville m'a déposé, dit-il avant de m'embrasser doucement sur la bouche et de m'entraîner vers les ascenseurs sous le regard intéressé de Colgate.

- Laisse-moi t'aider, dit Riad lorsqu'il vit que je me démenai pour enlever ma veste.

L'un suivant l'autre, j'allai dans ma chambre pour retirer mon chandail et enfiler un top sans bretelles, moins pénible à supporter pour ma blessure. Puis j'allai à la salle de bains pour changer mon pansement.

- Bon Dieu çà doit faire mal ! s'exclama-t-il lorsque ma blessure fut à nu.

- Ne bouge pas, je vais te foutre de la pommade et un nouveau pansement, dit-il en joignant le geste à la parole.

L'opération terminée, il me prit doucement dans ses bras et déposa un bisou léger sur le pansement.

- Pour que çà guérisse plus vite, fit-il avec un sourire hésitant.

- Tu veux un jus de fruits ? dis-je pour m'éviter de faiblir avant le débat.

- Je veux bien, j'ai soif.

Nous allâmes chercher du jus de mangue, des verres et un sachet de bâtonnets au fromage, et nous nous installâmes au salon, chacun de nous retrouvant sa place habituelle. Après avoir bu, grignoté quelques amuse-gueule et fumé une cigarette, voyant que je n'ouvrais pas la bouche Riad se décida.

- Tu dois me prendre pour un vrai salaud….

- Ben, comment dire…. oui !

- Je pars en voyage pour notre projet à Haroun et à moi et pour finir j'ai dérapé sur l'achat d'appartements…

- Je ne pense pas que tu avais prévu plusieurs semaines de réflexion pour me parler de ton dérapage en matière d'appartements. J'ai plutôt cru comprendre que tu ne savais pas si des bottes de putain étaient mieux adaptées à ton image de marque que des boots bcbg, coupai-je histoire de lui montrer que je n'étais pas disposée à l'écouter tourner autour du pot toute la soirée.

- Comme tu y vas ! protesta-t-il. En fait, je crois que je me suis laissé emporter dans l'euphorie du moment, l'achat des apparts, du fric dans mon compte en banque pour l'avenir. Je me sentais enfin devenir quelqu'un, j'ai été invité dans ma famille, j'ai rencontré des tantes, des oncles…

- Laisse-tomber ton arbre généalogique, parle-moi plutôt de tes cousines.

- Quoi mes cousines ?

- C'est ce que je te demande justement. D'après ce que tu me racontais au téléphone quand tu étais là-bas, elles avaient l'air de t'être tellement indispensables, de remplacer le pain, le beurre et les copines absentes en quelque sorte !

- C'est vrai, elles m'ont conduit partout pour visiter les apparts, pour les remercier je les ai invitées dans des restos et…

- Un taxi t'aurait coûté moins cher. Remarque, il y a des services qu'un taxi n'aurait pu te procurer ! Je suis contente d'entendre çà dans un sens.

- Comment çà contente ?

- Ben oui, çà veut dire que tu es…. comment dire, normal ? Pendant presque vingt ans je me suis tapé des dizaines de milliers de kilomètres pour t'emmener au boulot et aller t'y rechercher, pour tes courses, ton dentiste, ton médecin, les hôpitaux, et j'en oublie sûrement en route. Et je ne me rappelle pas que tu m'aies emmenée au resto en remerciement, tu avais l'air déjà assez constipé à l'idée de me filer vingt balles la fois où j'ai dû mettre de l'essence et que j'avais oublié mon fric chez moi.

- Si tu m'interromps tout le temps, je n'arriverai pas à finir !

- Vas-y, j'ai tellement hâte de savoir la suite, dis-je avec un sourire ironique.

- Comme je disais, je nageais dans l'euphorie, j'étais comme dans un tourbillon….

Tu aurais dû en profiter pour t'y noyer dans ton tourbillon de merde, pensai-je en fulminant tandis qu'il continuait à parler.

- Un soir, après le dîner chez ma tante, j'ai eu envie de boire un verre. Comme il n'y a jamais d'alcool chez elle, j'ai décidé d'aller prendre un pot à l'hôtel et mes cousines ont voulu m'accompagner. C'était le soir où tu m'as téléphoné tu te rappelles ?

Comment oublier espèce de fumier !

- Dis-moi, il n'y avait pas de bars dans ton bled à la noix ? demandai-je d'une voix suave en essayant de me retenir de lui cracher dessus.

- Pourquoi tu poses cette question ?

- Je veux dire pourquoi aller dans un hôtel si c'est juste pour boire un verre ? Pourquoi pas un bar ?

- Çà s'est trouvé comme çà.

- Ben voyons !

- Tu ne me crois pas ?

- Non ! Et je ne veux pas connaître tous les détails de ton circuit touristique. Je veux juste savoir si tu as baisé avec cette pute !

- Tu parles de ma famille, se rebiffa-t-il.

- Ne me fais pas chier Riad ! lançai en sentant que je perdais patience. Tous les criminels, tous les voleurs et toutes les putains ont une famille. Qu'elles aient des mères, des sœurs, des frères, des tantes ou des cousins, çà n'en reste pas moins des putains ! Alors, oui ou merde as-tu baisé avec cette pute, ou ces putes si tu préfères.

- Je la trouvais jolie et sexy et…

- Laisse tomber le catalogue ! Pour tous les vieux cons comme toi qui courent après leur jeunesse, surtout les vieux crabes qui n'ont aucun contrôle sur leur queue, n'importe quel bétail qui a la moitié de leur âge est appétissant, jetai-je avec mépris. Pour la dernière fois vas-tu finir par me répondre ?

Pas de réponse. Tête baissée, Riad contemplait avec obstination ses godasses. Le poignard familier revint se ficher dans mon cœur et y resta planté.

Paradoxalement je constatai avec un plaisir pervers que je ressentais pour lui un dégoût beaucoup plus profond et tenace que lors de ma dernière visite chez lui. Je regardai Riad en me demandant comment j'avais pu aimer aussi fort un minable comme lui.

- Et maintenant c'est quoi ? Laisse-moi deviner, elle ne t'as pas dit qu'elle avait hâte de se marier avec tes apparts et ton compte en banque, elle t'a fait avaler qu'elle t'aimait depuis toujours, même avant qu'elle voit ta gueule pour la première fois c'est çà ?

- Quoi que tu en penses, je sentais qu'elle tenait à moi….

- Tous les Delcott disent la même chose, rien de nouveau sous le soleil !

- Delcott ?

- Ouais un de nos clients, ta photocopie à vrai dire, un vieux con, tombé amoureux d'une sainte nitouche qui pourrait être sa fille, qui lui avait dit tenir à lui bla bla et qui se servait copieusement de son compte en banque entre deux séances de baise avec un mec craquant et surtout…. de son âge !

- Écoute, repris-je en m'énervant, depuis hier tu me répètes que tu veux me parler, que tu as réfléchi. Çà va faire une heure que tu es chez moi et….

- Je te l'ai dit, j'ai réfléchi, commença Riad lentement, cherchant visiblement ses mots. De retour à Montréal j'étais sous le coup de ce qui s'était passé au Maroc, mais au fil des jours j'ai pensé à toi….

- Tu es trop bon, ironisai-je.

- J'ai pensé à toutes ces années qu'on a passées ensemble, à tout l'amour que tu m'as donné, à tout ce que tu as fait pour moi et que jamais aucune femme avant toi n'avait fait. Je me suis dit, comment ai-je pu imaginer un seul instant laisser tomber une femme comme toi, comment abandonner une femme qui m'aime et qui m'a sauvé la vie.

- Garde ta pitié pour les clodos et les chiens errants, moi c'est de l'amour que je veux de mon copain !

- Après presque vingt ans ensemble tu ne t'es jamais aperçue que je tenais à toi ? Après les milliers de fois où on a fait l'amour ensemble tu peux encore en douter ?

- Mais où veux-tu en venir à la fin ?

- À te dire que je tiens à toi, et que c'est avec toi que je veux rester.

- Jusqu'à quand ? Tes prochaines vacances au Maroc ? Ton retour définitif là-bas ?

- Prenons un jour à la fois Zika, qui sait, les choses peuvent changer….

- Changer ! Si mes soupçons sont fondés, je n'ai pas été la seule durant toutes ces années avec qui tu as baisé comme tu dis. Qu'est-ce que tu espères ? Continuer à baiser ailleurs chaque fois que tu as un coup de foudre ou un coup de queue, et faire l'amour avec moi quand çà s'intègre dans ton agenda ?

- Et toi ? demanda-t-il en retrouvant son ton hargneux. Et ce Seif toujours fourré chez toi, et constamment avec toi à jour et nuit ?

- Ne compare pas ce qui n'est pas comparable ! jetai-je froidement. D'abord qu'est-ce qui te fait croire qu'il y a quelque chose entre Seif et moi ?

- Tu me prends pour un con ? J'ai vu comment il se comporte avec toi, comment il te regarde !

- Il me regarde comment ?

- Comme moi ! laissa-t-il tomber.

- Seif est amoureux de moi, finis-je par avouer, depuis le premier jour où nos routes se sont croisées.

- Alors toi aussi tu m'as trompé ! dit Riad en élevant la voix.

- Tromper quelqu'un, c'est être avec quelqu'un et baiser en même temps avec quelqu'un d'autre ! Il n'y a rien eu de la sorte entre Seif et moi pendant que toi et moi on était ensemble...

- On a toujours été ensemble, protesta Riad.

- Tu as la mémoire courte, dès ton retour de voyage tu m'as parlé de ta pute marocaine, peu de temps après tu m'appelles pour me dire que tu ne veux plus me voir et que tu as besoin de plusieurs semaines pour réfléchir ! Qu'est-ce que j'aurais dû comprendre ? Comment j'aurais dû agir ?

- Tu as baisé avec lui depuis le fameux week-end alors ! dit-il en se levant.

- Tu as oublié ? Moi je ne baise jamais, je fais l'amour, rétorquai-je ulcérée. Je croyais que toi et moi c'était fini, que tu m'avais larguée pour cette radasse. C'est un concours de circonstances qui...

- Concours de circonstances mon cul ! coupa Riad.

- Parfaitement ! À cause de Hamad et du danger qu'il représentait pour moi, Aref et Seif ont décidé que je devais avoir des gardes du corps pour me protéger jour et nuit....

- C'est qui encore cet Aref ?

- C'est le père de Seif, un monsieur âgé absolument charmant. Il voulait que je demeure chez eux à la villa à Westmount où il y a des systèmes d'alarme, des armes et Sam ! C'est moi qui ai voulu rester chez moi, alors Seif a décidé de veiller sur moi ici, pendant que Sam et Tom faisaient le guet en bas et autour de mon immeuble.

- Est-ce que tous les gardes du corps baisent… pardon, font l'amour avec leurs clientes ?

- Je ne suis pas leur cliente, mais leur employée, dis-je sèchement.

- Alors ?... J'attends la suite à mon tour, fit Riad en crispant ses poings.

- Alors, je me sentais déprimée à cause de toi, effrayée à cause de Hamad et...

- Et ?

- Et Seif était près de moi, amoureux, gentil et tendre et... et voilà !

- Bordel de merde ! Je le savais, je le savais, répétait Riad en se pompant de plus belle. Quand tu étais étalée sur le trottoir hier soir, j'ai vu comment il était inquiet, comment il aurait voulu te prendre dans ses bras. Les mâles sentent ces choses-là !.... Çà te fait rire ?

- Non, je souriais parce que Seif a dit la même chose en parlant de toi !

- Qu'est-ce qu'il a dit ? voulut savoir Riad.

- En voyant l'expression de ton visage hier soir quand j'étais inconsciente, il m'a dit *ce type t'aime çà ne fait pas l'ombre d'un doute, les hommes sentent ces choses-là !*

Riad continuait à tourner en rond dans le salon, passant sans cesse ses doigts dans ses cheveux ou cognant son poing fermé dans sa main. Je restai assise en le surveillant du coin de l'œil au cas où il lui viendrait à l'idée de taper sur autre chose, sur moi par exemple, et je me tenais sur mes gardes. En même temps je me sentais calme, ou plutôt détachée. Les explications avaient eu lieu, tout était dit. Maintenant….

- Et maintenant ? dis-je à haute voix en allumant une cigarette.

- Quoi maintenant ?

- Qu'est-ce qui va se passer ?

- Je n'en sais rien, je ne m'attendais pas à çà en venant te voir, je suis encore sous le choc, dit Riad lentement.

- Oui…. çà doit être moins marrant pour toi d'entendre çà que de me raconter tes putaineries, fis-je calmement.

- Tu m'as dit qu'il était amoureux de toi, reprit Riad *comme s'il parlait à tâtons*, mais toi…. est-ce que tu l'aimes ?

- De la même façon que je t'ai aimé toi ? Non.

- …t'ai aimé ?

- Ou que je t'aime si tu préfères, bon sang laisse tomber la conjugaison ! Après quelques jours les liens n'ont pas le temps de s'approfondir, par contre….

- Par contre ?

- Je dois avouer qu'il m'attire beaucoup, continuai-je en avançant à mon tour prudemment sur un fil invisible. Je ne serais pas normale si je disais le contraire, il est sexy, craquant, gentil…

- Laisse tomber le catalogue comme tu m'as dit ! fulmina Riad, ce que je veux savoir c'est ce que tu penses faire maintenant, que ce soit avec lui ou avec moi !

- Je n'en sais rien !

- Tu te fous de moi ?

- Non, je ne m'attendais pas à ce que tu reviennes dans ma vie si tôt après m'en avoir éjectée. Je n'ai pas eu le temps de m'habituer à ne plus t'aimer, et pas eu le temps de devenir amoureuse de Seif non plus….

- Avec çà on est bien avancés ! jeta Riad en allumant une clope qu'il se mit à fumer nerveusement.

- Je vais faire chauffer une pizza, tu as faim ?

- Nom de Dieu, il n'y a rien qui te coupe l'appétit toi !

- Mon cœur, mon vagin et mon estomac ne fonctionnent pas sur les mêmes fuseaux horaires ! répliquai-je avant d'aller coller une pizza dans le four.

Malgré son commentaire, Riad ne fit aucune difficulté pour avaler sa pizza. Puis il s'allongea à demi sur son divan pendant que je débarrassai la table du salon. Tandis que je m'activai je me demandai ce qui se passerait maintenant. Ma montre indiquait presque vingt heures. Est-ce qu'il comptait rester chez moi pour la nuit ou partir en claquant la porte ? Je retournai dans le salon et me mis à l'observer sous ma loupe perso.

- Pourquoi tu me regardes comme çà ? fit-il étonné.

- Pour rien de particulier, je te regarde c'est tout.

- On dirait plutôt que tu es en train de me disséquer, dit-il avec un regard en coin.

Je me levai et allai me planter devant la baie vitrée, geste familier lorsque j'étais chez moi et que je ne savais pas trop quoi faire de ma peau. Je regardais alors les appartements éclairés au loin et m'amusais à deviner ce que faisaient leurs occupants au même moment. Dans le reflet de la vitre je vis Riad se lever. Il resta debout un instant, comme indécis, puis s'approcha de moi. Je sentis son bras entourer délicatement mes épaules avant qu'il ne me fasse pirouetter vers lui.

Il me fixait comme s'il cherchait à voir mon âme, puis il se pencha vers moi doucement et m'embrassa. Je pouvais sentir son cœur cogner contre ma poitrine. Je fermai les yeux, retrouvant la chaleur et les gestes familiers de Riad, respirant son eau de toilette si familière elle aussi. Çà avait l'air comme avant et pourtant….

- Viens, murmura-t-il en m'entraînant vers la chambre.

- Qu'est-ce que tu as ? Tu penses à lui ? dit-il déjà sur la défensive en voyant que je ne bougeais pas.

- Non…. à elle ! dis-je en le fixant dans les yeux.

En soupirant bruyamment, il alla se rasseoir sur le divan et ralluma une cigarette.

- Pendant que je te tenais dans mes bras, je me demandais si lui t'avait fait la même chose, avoua-t-il en me passant sa clope pour que j'en tire une bouffée.

- On est plutôt mal barrés on dirait, dis-je en essayant d'en sourire. Je pense qu'on devrait attendre et….

- Bordel je t'aime et j'ai envie de toi, tu as dit que tu m'aimais et si tu es ici avec moi c'est que toi aussi tu as envie de moi…. alors c'est quoi le problème ?

- Ce que tu as fait au Maroc est trop grave, trop douloureux à supporter et surtout trop… récent. Il me faudra du temps pour ne pas penser à l'autre chaque fois qu'on sera ensemble, du temps pour essayer de te refaire confiance.

- Tu ne penses pas que c'est pareil pour moi en pensant à toi et à ce Seif, répliqua-t-il aussitôt.

- Peut-être…

- Pourquoi peut-être ?

- C'est parce que tu étais amoureux de cette radasse que tu as fait ce que tu as fait, et que tu m'as balancée. Moi je ne t'ai pas laissé tomber…. et ce n'est pas moi mais Seif qui était amoureux de moi !

- Qu'est-ce qu'on va faire alors maintenant ? demanda Riad doucement.

- Attendre…. que la poussière retombe, que la souffrance s'atténue, que l'amour entre nous se reconstruise dans la confiance…. s'il se reconstruit un jour!

- Viens, allons dormir, dit-il en se dirigeant vers la chambre.

Le réveil nous fit sursauter en même temps. Riad se leva, rouspéta en se prenant les pieds dans le tapis et fila sous la douche. Je m'étirai doucement. Cela faisait bizarre d'avoir passé toute une nuit avec Riad sans avoir fait l'amour, mais c'était mieux ainsi pour le moment et il le savait lui aussi. À dire vrai, je ne savais pas si je parviendrais un jour à effacer cette pute de mon esprit, et à refaire confiance à Riad. Il faudra laisser du temps au temps comme dirait Sam. *Meeeerde Sam !* Il faut que je me grouille, il y a école aujourd'hui, le dernier jour avant l'examen.

Je courus en vitesse dans la cuisine, me prit les pris les pieds à mon tour dans le tapis et préparai le petit-déjeuner en temps record. En faisant tinter la cuiller dans la tasse de café de Riad je me surpris à rire en repensant à la fameuse nuit infernale où il avait débarqué chez moi. J'entendis la douche s'arrêter et me dépêchai d'y aller à mon tour pendant que Riad finissait de se préparer. Shampoing express, avec une seule main s'il-vous-plaît, maquillage minimum, brushing sur les chapeaux de roues du séchoir à main. Pour gagner du temps, je quémandai l'aide de Riad pour me coller un nouveau pansement et pour m'habiller. Naturellement il rouspéta *comme toujours avant d'avoir bu son café et fumé sa première cigarette* arguant qu'il devait se magner pour ne pas arriver en retard au boulot. *Rien de changé de ce côté-là !* Pendant qu'il mangeait ses œufs au plat je saisis mon portable.

- Qui tu appelles ? demanda Riad en avalant précipitamment sa bouchée.

- Seif !

- Çà faisait longtemps ! grogna-t-il.

- Je ne peux pas conduire avec mon épaule, je l'appelle pour qu'il passe me prendre pour aller à l'agence ! rétorquai-je impatientée.

- Tu es blessée, tu devrais rester chez toi et te reposer.

- C'est le dernier jour avant l'examen demain, et j'ai encore la moitié d'un bouquin à apprendre.

- Bonjour Seif…. oui çà va…. je voulais savoir à quelle heure tu allais passer me chercher…. merci, à tout à l'heure.

- Merci…. à tout à l'heure, répéta Riad en minaudant pour se moquer de moi.

- Tu recommences?? en le fusillant du regard.

Nous terminâmes notre petit-déjeuner en silence. Juste le temps de fumer une clope ensemble et Riad se leva pour enfiler ses chaussures et sa veste en cuir.

- Je dois filer, je te rappellerai ce soir, dit-il avant de déposer un bisou rapide sur mes lèvres et de foncer vers l'ascenseur.

Je lavai vite fait verres, tasses et assiettes, enfilai mes boots et posai mon blouson sur mes épaules avant de quitter l'appartement. J'avais quelques minutes avant que Seif n'arrive aussi je m'installai sur le muret dehors en fumant une cigarette.

- Tu vas bien ? fut sa première question après m'avoir examinée de la tête aux pieds.

- Çà va.

- J'ai vu Riad tourner au coin de Sherbrooke au moment où je venais te chercher, dit-il sans avoir l'air d'y toucher.

- Tu dois avoir des yeux télescopiques pour l'avoir vu d'aussi loin. En venant du Boulevard à Westmount pour aller sur Docteur Penfield comment tu as pu voir Riad cinq cent mètres plus bas ? demandai-je légèrement agacée.

- J'ai des bons yeux, répondit-il sans se démonter.

Je vois, Monsieur a dû faire le guet pour savoir si Riad avait passé la nuit chez moi.

- En réponse à tes prochaines questions, oui il a passé la nuit chez moi. Oui, il y a eu des explications orageuses. Et non, on n'a pas fait l'amour, on était en surnombre. On, ou plutôt je lui ai suggéré d'attendre de voir si notre relation pouvait être sauvée.

- En surnombre, répéta-t-il complètement largué.

- Oui, Riad, moi, toi et la poufiasse du Maroc ! lâchai-je énervée.

- Tu veux dire que tu as pensé à moi quand tu étais avec lui ? reprit-il après quelques instants avec son sourire sexy.

Riad pensait à toi et moi je pensais à cette pute ! dis-je plus sèchement que je ne l'aurais souhaité, après tout il devait souffrir en pensant à la nuit que je venais de passer avec *son rival.*

Le sourire de Seif s'effaça aussitôt.

- Écoute, je ne voulais pas être rude. Ce matin Riad s'est mis de mauvais poil quand je t'ai appelé pour que tu viennes me chercher, et maintenant que je suis avec toi, c'est toi qui joue les enquêteurs, expliquai-je plus doucement.

- Je comprends, dit-il en retrouvant son sourire.

- Pourquoi tu souris comme çà ?

- Parce-que je me disais qu'on était ex-æquo lui et moi.

- Tu peux m'expliquer çà ?

- Hier il pensait à moi quand il te tenait dans ses bras, et moi je pensais à toi en t'imaginant avec lui, dit-il simplement.

Je roulai des yeux en soupirant. Est-ce que cette situation se règlerait un jour ?

- Ex-æquo.... pas ce qu'il y a de plus confortable, mais tout bien pesé c'est positif et encourageant, fit-il comme pour lui-même.

- Ce que je veux dire c'est que vu la situation, il n'y a rien d'acquis ni pour lui, ni pour moi, expliqua-t-il tranquillement en voyant mon regard interrogatif. À part çà, tu es suffisamment en forme pour étudier et finir ton bouquin ?

- Ne t'inquiète pas pour çà, dis-je en lui jetant un regard de travers.

- Tu es toujours aussi craquante quand tu es en pétard, dit-il en riant.

Le comité d'accueil était en place lorsque nous arrivâmes à l'agence. Louisa attendit que Seif soit monté dans son bureau pour se faufiler dans le mien.

- E poi ?[20] demanda-t-elle à voix basse dès qu'elle eut refermé la porte de mon bureau.

- Riad est venu, on a parlé et il est reparti…. ce matin ! dis-je en clignant de l'œil.

- Mama Mia ! Alors çà y est ? Vous avez repris ensemble ?

- En quelque sorte.

- Ma…. qu'est ce que çà veut dire çà en quelque sorte ?

- Il m'a avoué pour la paire de BBM, je lui ai dit pour Seif…. çà n'a pas été facile. On a passé la nuit ensemble comme avant…. sauf qu'on n'a rien fait…. çà ne pouvait pas être comme avant, capisci ?[21]

- Si, ma…. et Seif ?

- Il essaie de prendre çà avec philosophie et beaucoup d'optimisme, il m'a dit tout à l'heure que finalement Riad et lui étaient ex-æquo !

- Et toi ?

- Je suis encore plus paumée qu'avant ! Mais qu'est-ce que j'ai fait au ciel, m'écriai-je en levant les bras. Je commençais à m'attacher à Seif et voilà Riad qui revient ! Ce n'est plus comme avant avec lui, et çà ne peut plus non plus être comme avant avec Seif. Cosa devo fare adesso, un pareggio ?[22]

- Comme je le dis toujours… commença Louisa,

- Je sais, lascia[23] che il tempo faccia il suo lavoro ! complétai-je en riant avec elle.

---

[20] E poi ? – Et alors ? en Italien.

[21] Capisci ? – Tu comprends ?, en Italien

[22] Cosa devo fare adesso, un pareggio ? – Qu'est-ce que je dois faire maintenant, un tirage au sort ? en Italien.

[23] Lascia che il tempo faccia il suo lavoro : Laisse le temps faire son travail, en Italien.

CHAPITRE 16

Dès que Louisa retourna à son poste, j'attaquai le dernier bouquin puis entrepris de réviser les autres en lisant les règlements pour qu'ils restent frais dans ma mémoire pour demain. La journée, uniquement coupée par une pause déjeuner bienvenue, se déroula sans incidents. Il n'était pas tout à fait seize heures trente lorsque je refermai le dernier livret, soulagée. Demain j'aurai enfin ce fichu badge de Poirot, pensai-je en touchant le bois de mon bureau. Je rapportai les bouquins désormais inutiles à Louisa qui ne tarderait pas à s'en aller.

- Prête pour demain ?

- Oui, j'ai hâte mais je dois dire que j'ai des papillons dans l'estomac, çà me rappelle les veilles d'examens quand j'étais étudiante, dis-je avec un sourire crispé.

- T'inquiètes pas, tout ira bien tu verras.

- Comment çà marche ? Quand est-ce que j'aurai les résultats ?

- Dès que je les aurai reçus, je te remettrai les questionnaires officiels que tu devras remplir. Dès que tu auras terminé, je les enverrai par fax aux examinateurs qui les corrigeront et les noteront. Si tu as réussi, ils renverront par fax le document corrigé ainsi que la copie du certificat attestant que Zika Diriva détient maintenant une licence officielle de détective. Ils enverront ensuite l'original par la poste. Si tu termines rapidement l'examen, tu pourras avoir la réponse le même jour, au pire tu l'auras lundi, m'expliqua Louisa avec un sourire encourageant.

- Je vais me débrouiller pour finir à temps, tout le week-end à me demander si j'ai réussi c'est au-dessus de mes forces ! dis-je en roulant des yeux.

- Je m'en doute, la patience ce n'est pas ton truc ! fit Seif en riant tandis qu'il descendait l'escalier en enfilant son blouson. Prête à partir ?

- Oui, à quelle heure l'examen demain ?

- Je devrais avoir les feuillets à mon arrivée à huit heures, tu pourras commencer aussitôt. D'ici là, n'y pense pas et tâche de te reposer pour être en forme demain, dit Louisa en appuyant sur le mot reposer.

Ouah ! Est-ce qu'elle me prend pour Wonderwoman ? me demandai-je amusée tandis que Seif me reconduisait chez moi.

Devant l'immeuble il se rangea au bord de la rue laissant le moteur tourner. Flûte ! Tout allait trop vite pour moi en dernier. Riad était réapparu dans ma vie hier soir, et avant-hier Seif y était encore. Une brève hésitation avant que je ne me décide à poser la main sur la poignée de la portière.

- Tu allais oublier de me dire au-revoir, rappelle-toi, ex-æquo çà veut dire que les chances sont égales, dit Seif en m'attrapant par le cou avant de m'embrasser sur les lèvres. *Riad serait sûrement fou de joie de connaître ces subtilités mathématiques.*

- Tu triches ! Comment tu veux que je réfléchisse si vous m'embrassez à tour de rôle…. façon de parler d'ailleurs car Riad n'est vraiment pas du style à attendre son tour.

- Moi non plus, ce n'est pas mon style, souffla-t-il doucement, mais j'accumule des points en attendant le résultat de la course.

- Toi et lui vous me rendez dingue, si çà continue je vais prendre un congé sabbatique et vivre en ermite au fin fond de la forêt pour réfléchir.

- Pas de problème, je porterai ton sac de couchage, dit-il avec son sourire sexy.

- Bon j'y vais, fis-je en roulant des yeux. Écoute, comme demain matin je dois être tôt à l'agence, si tu veux je peux appeler un taxi et…

- Je serai devant chez toi à sept heures trente tapantes, coupa-t-il en m'embrassant de nouveau avant que je n'ai eu le temps d'ouvrir la portière…. devant Colgate dont les yeux posés sur nous clignotaient comme ceux d'une chouette réveillée en plein jour. *Meeeerde ! Comment asseoir sa réputation en deux jetés et trois tombés !*

Installée devant la télé, je mangeai rapidement une omelette aux champignons *frais….chement mis en conserve* en regardant sans le voir un match de hockey opposant les Red Wings de Detroit et les Sabres de Buffalo. Je pensai à Seif qui était reparti chez lui, puis à Riad qui devait être chez lui. *Trop compliqué !* Je changeai ma chaîne perso et me forçai à penser à l'examen de demain. *Pas mieux, essayons autre chose !* Si je réussis l'examen, non…. *quand* j'aurai réussi l'examen je vais commencer l'entraînement au tir. Il y aura des grincements de dents de la part de Seif et des cris de la part de Riad, mais bon, çà fait partie de la formation…. en quelque sorte. Je me voyais déjà avec un casque sur les oreilles en train de faire un carton sur une cible mouvante quand la sonnerie de mon portable couvrit les coups de feu.

- Comment va ton épaule ? demanda Riad gentiment.

- L'épaule çà va, par contre ma tête va exploser en pensant à l'exam de demain.

- C'est à quelle heure ?

- À huit heures, si tout va bien je devrais avoir le résultat dans la journée.

- Ne stresse pas, je suis sûr que tu vas l'avoir ! J'ai une idée, comme le vendredi je finis plus tôt, je passerai te prendre à l'agence pour aller fêter ensemble ta réussite. Je ne parle pas d'une fiesta à tout casser parce-que je vais bosser tout le week-end, mais on peut se préparer une bouffe sympa chez toi, qu'est-ce que t'en dis ?

- Heu….

- Ouais, tu as l'air enthousiasmée rare ! dit-il sèchement.

- Non, ce n'est pas çà, c'est juste que je ne m'y attendais pas. *Essaye de ne pas visualiser Riad et à Seif face à face au bureau.*

- Alors c'est réglé ! Qu'est-ce que tu fais de beau ? reprit-il la voix plus douce.

- Je tirais des coups de feu sur une cible mouvante, dis-je imprudemment.

- Quoi ?? Je croyais que tu étais chez toi.

- Mais je suis chez moi, j'étais juste en train de penser aux leçons de tirs que j'ai l'intention de prendre après l'examen.

- Merde, alors c'est décidé tu veux vraiment me rendre chèvre ? Hamad çà ne suffisait pas, tu as trouvé autre chose de plus frappadingue ? cria-t-il énervé.

- Justement, si j'avais eu une arme peut-être que Hamad n'aurait pas eu le temps de me tirer dessus et…

- Je n'aime pas l'idée que tu te balades avec un flingue.

- C'est quoi le problème ? Seif non plus ne veut pas en entendre parler pourtant….

- Seif encore lui, toujours lui…. hé mais attends, il est avec toi là ? fit-il d'une voix changée.

- Tu me prends pour qui au juste ? Tu crois que je travaille à la chaîne ou quoi ? ripostai-je ulcérée.

- Çà va, çà va, j'ai rien dit !

- Et toi qu'est-ce que tu as fait de chouette aujourd'hui ? demandai-je pour changer de sujet.

- Rien d'excitant. J'ai bossé toute la journée comme un hmar,[24] et à cause du décalage horaire je me suis dépêché de rentrer chez moi pour appeler le Mar... dit-il avant de s'interrompre brusquement.

- Alors çà continue ? Tu as passé la nuit dernière avec moi et ce soir tu as appelé cette kaheba[25], criai-je alors qu'un voile rouge embrumait mon cerveau.

- Pas elle, ma sœur ! dit-il en criant encore plus fort.

- Ouais, c'est çà ! C'est pour çà que tu t'es interrompu net quand tu allais dire que tu avais appelé au Maroc, sifflai-je.

- C'est parce-que je savais que t'allais penser à l'autre, rass kassa![26]

- Rass kassa toi-même ! gueulai-je avant de couper la communication.

Flûte alors, moins de vingt-quatre heures après nos retrouvailles les disputes recommençaient. Ras-le-bol de ras-le-bol! Mon portable sonna à nouveau, enragée je coupai la sonnerie. Je balançai ensuite l'assiette et mes couverts dans l'évier, éteignis la télé et les lumières et allai me coucher. Vingt-deux heures à peine, mais je m'en foutais. Tout ce que je voulais c'était dormir et oublier tous ces mecs.

Je m'étais endormie de mauvaise humeur, je me levai de la même façon. Seif m'attendait au pied de l'immeuble mais refréna toute idée de démarrer une conversation quand il vit ma tête. Par politesse, je me forçai à dire un bref *on s'est disputés au téléphone,* auquel il répondit par un large sourire, ce qui m'énerva encore plus. À présent, penchée sur les feuillets éparpillés sur mon bureau, je mordillai mon stylo en lisant les questions. Pour gagner du temps, comme à la Fac autrefois, je commençai par les plus faciles, réservant les plus tordues pour la fin.

À dix heures cinquante-quatre il me restait une dernière question sur la procédure à suivre lorsqu'une cible suspecte est localisée. Je dus me concentrer au max pour ne pas laisser mon tempérament naturel répondre à la question et écrivis ce qui était recommandé dans les règlements. Comme autrefois, je ne voulus pas relire mes réponses, l'expérience m'ayant appris que les corrections avaient des effets contraires. Je remis mes feuillets à Louisa me préparant au stress de l'attente.

- Çà s'est bien passé ?

---

[24] hmar : âne, en Marocain.

[25] kaheba : putain, en Marocain.

[26] rass kassa : tête dure, en Marocain.

- Je pense oui, mais je suis complètement vidée mentalement, fis-je en me laissant tomber dans un des fauteuils de l'entrée.

- Un peu de patience, on saura bientôt, dit-elle en insérant mes feuilles dans le fax.

Steve et Bill arrivèrent quelques minutes plus tard, de retour d'une filature à Brossard, sur la Rive-Sud de Montréal.

- Un autre dossier terminé ! On monte voir Seif et on reviendra casser la croûte avec vous, dit Steve tout guilleret.

À onze heures trente, j'en eu marre de rester assise en regardant la trotteuse de ma montre faire son travail de trotteuse, et allai fumer une cigarette dehors. Je venais de l'allumer lorsque Sam s'amena sur le trottoir d'en face.

- Salut toi, en forme ? dit-il en m'embrassant sur la joue.

- J'ai fini l'examen, maintenant j'attends le verdict, fis-je en soupirant. Au fait, tu tombes bien je voulais te parler d'un truc…

- Oh oh ! Dois-je m'inquiéter ?

- Çà ne devrait pas. Je pensais m'inscrire pour suivre un entraînement au tir.

- Çà promet des débats animés avec Seif.

- Sans déc ! Je voudrais m'entraîner en attendant de convaincre Seif de m'obtenir un permis de port d'arme.

- Je dois aller le rejoindre justement, on mange ensemble après ?

- Super, Steve et Bill se joindront aussi à nous.

En retournant dans l'agence je jetai un coup d'œil à Louisa qui secoua la tête négativement. Je sortis un Bounty et lui en offrit la moitié qu'elle s'empressa de croquer. Le déjeuner réunit toute l'équipe chez Salvatore, un petit resto Italien à deux pas de l'IES. Le week-end approchait et chacun discutait de ses projets détente.

- Qu'est-ce que tu vas faire de beau toi ? me demanda Steve.

- Bonne question, dis-je en soupirant.

- Ce qu'il te faudrait, c'est un week-end détente en pleine forêt, intervint Sam.

- Ouais, relaxer dans la nature ce serait plutôt cool.

- Je connais un coin qui te plairait sûrement, continua Sam avec un air angélique. Un endroit que j'ai découvert dans les Laurentides. Des sentiers défoncés et rocailleux, un torrent de montagne et des arbres, pleins d'arbres.

- Tu parles d'un week-end relax, des kilomètres à me taper à pied dans les rochers !

- À pied c'est pas terrible, mais en Land parle-moi d'un super trip ! Des arbres juste assez espacés pour la balade, et assez gros pour y installer une cible, dit-il en éclatant de rire dès qu'il vit mes yeux s'illuminer.

- Voilà ces deux-là qui recommencent avec leurs trucs débiles, grogna Seif de l'autre côté de la table.

- C'est parce que tu n'as pas aimé les escaliers, dis-je pour le taquiner.

- Escaliers ?? demanda Steve.

- Ces deux fous furieux m'ont fait vivre un martyre, fit Seif en roulant des yeux.

- On dirait qu'on a raté un épisode fumant, lança Louisa riant d'avance.

- Ils ont foncé avec la Land sur des sentiers juste assez larges pour laisser passer un vélo avant de dévaler les escaliers du Mont-Royal pleins gaz, laissa tomber Seif dégoûté.

- Tu ne devrais pas causer d'émotions fortes à notre patron, s'esclaffa Bill en tapant dans la main de Sam.

- J'y suis pour rien, c'est Zika qui conduisait la Land ce jour-là ! se défendit Sam avant que la tablée s'écroule de rire.

En quittant le restaurant Seif laissa les autres nous distancer et me prit à part.

- J'ai quelque chose pour toi, je ne voulais pas te le donner devant tout le monde….

- Ta prime, dit-il avec un grand sourire en me tendant une enveloppe.

- Oh ! Avec tout ce qui s'est passé, je l'avais presque oubliée !…. Merci Seif.

- Non…. merci à toi surtout, pour tout ce que tu as fait et tous les risques que tu as pris pour ce sceau et pour ma famille.

J'ouvris l'enveloppe les doigts fébriles et en sortit un chèque libellé à mon ordre. Cent vingt mille dollars ! Les zéros dansaient devant mes yeux tandis que mon cœur faisait une course à obstacles dans ma poitrine. Je levai les yeux vers Seif.

- Toutes ces dernières années passées à compter chaque cent pour pouvoir survivre et maintenant…. je n'arrive pas à y croire, attends que je regarde encore une fois…. mais oui, c'est bien mon nom sur le chèque avec un nombre plein de zéros, dis-je en riant, tenant le chèque serré contre mon cœur.

- Tu l'as amplement mérité, fit Seif avant de m'embrasser tendrement sur la bouche un peu plus longtemps que nécessaire mais comment lui résister, il était vraiment adorable !

Il était presque quinze heures lorsque nous regagnâmes l'agence. Chacun reprit le cours de ses activités, ce qui veut dire que je m'installai le plus commodément possible dans un fauteuil de l'entrée face à Loulsa pour me ronger les ongles. À seize heures Sam sortit en coup de vent en criant *je reviens !* Seif était enfermé dans son bureau avec Steve et Bill. Louisa s'éternisait au téléphone avec un client de l'IES et moi j'étais prête à mordre quelqu'un. Le fax ronronna, me faisant sursauter violemment.

- Un nouveau client qui nous renvoie son contrat signé, je vais l'apporter à Seif, dit Louisa en saisissant la feuille.

Je me rencognai dans mon fauteuil en soupirant, marmonnant des trucs inintelligibles sur les examinateurs sans pitié pour le stress des *examinés*. La porte s'ouvrit devant Sam et Aref.

- Aref, quelle bonne surprise, dis-je en lui plaquant un baiser sur sa joue.

- Je voulais être là pour les résultats, fit-il avec un grand sourire.

- C'est vraiment gentil, mais on ne sait rien encore. Si vous voulez voir Seif, il est en haut avec les autres.

- J'attendrai qu'il descende, c'est vous que je voulais voir. Comment çà va Zika ?

- J'ai encore un peu mal à l'épaule, mais finalement plus de peur que de mal.

- Tant mieux, j'en suis heureux ! dit-il alors que Seif et les autres redescendaient l'escalier.

- Toujours rien ! leur dis-je en me dirigeant vers la porte d'entrée car j'avais entendu frapper.

- Riad ?? fis-je en restant plantée, yeux exorbités et bouche grande ouverte.

- Je t'avais dit que je passerai te chercher, je suis un peu en avance, dit-il simplement.

- Je croyais que… non rien, entre, je vais te présenter à tout le monde.

- Voici Riad, mon copain, dis-je à la cantonade.

- Riad, je te présente Aref le père de Seif, Sam, Bill et Seif que tu connais déjà. Ça c'est Steve mon prof d'auto-défense et voilà Louisa, notre Miss Bonne Humeur. Les autres ne sont pas ici aujourd'hui.

Si Aref fut surpris de l'arrivée de Riad il n'en montra rien. Seif lança un coup d'œil torve à Riad qui le lui rendit, avant que je les fusille tous deux du regard pour les rappeler à l'ordre. Louisa, quant à elle examinait Riad de la tête aux pieds.

- Je vais chercher des boissons, tu viens m'aider ? me dit-elle, pour dissiper la gêne des premiers instants.

En route vers la cuisinette, j'entendis Aref s'adresser courtoisement à Riad et me dépêchai de suivre Louisa pour être de retour à temps. *Il valait mieux ne pas laisser Riad et Seif ensemble trop longtemps.* Nous revînmes lestées de jus de fruits que nous déposâmes sur la table basse. Je surpris un regard de connivence entre Seif et son père.

- On va porter un toast, dit Aref, en levant son verre aussitôt imité par tout le monde, pour fêter la guérison de Zika, le dossier Hamad enfin bouclé et…. le nouveau super détective de l'IES, conclut-il en se tournant vers moi alors que tout le monde applaudissait.

- C'est gentil Aref, mais on n'a pas encore les résultats, dis-je en croisant les doigts.

- Taddam ! s'écria Louisa en secouant sous mon nez une feuille encadrée d'un liseré rouge que je saisis au vol en la parcourant avidement.

Mes mains tremblaient tandis que mes yeux s'embuaient.

- Tu l'as reçue quand ? demandai-je encore incrédule.

- Tout à l'heure par fax, tu sais…. le contrat du client, dit-elle en riant et en me serrant dans ses bras. Je suis allée avertir les autres en haut pour qu'on soit tous ensemble autour de toi pour fêter ça.

Émue et heureuse au-delà des mots, je me mis à rire et à pleurer en même temps. Chacun vint me faire la bise pour me féliciter. Riad s'arrangea pour passer avant Seif, le surveillant lorsqu'il m'embrassa sur la joue.

- Tu as enfin ton badge de Poirot, dit Seif avec un clin d'œil.

- Oui, enfin ! Je vais pouvoir commencer à m'entraîner au tir, répondis-je enthousiaste en faisant des bonds sur place.

- Pas question ! crièrent Riad et Seif avec un bel ensemble pendant que Steve secouait la tête avec un air désespéré et que Sam riait comme un perdu.

- Et pourquoi pas ? Tout le monde est armé ici sauf moi, protestai-je en tapant du pied.

- Tout ça c'est de votre faute, c'est vous qui l'avez encouragée à faire ce boulot dangereux, dit Riad en s'adressant à Seif, l'œil chargé d'éclairs.

- Pas du tout ! C'est elle qui a choisi de faire ce métier et vous devriez savoir que lorsque Zika a une idée en tête personne ne peut l'en dissuader, répliqua Seif hargneux.

- Je dois dire que j'ai été moi-même témoin de l'obstination de notre amie lorsqu'elle a décidé quelque chose, essaya d'intervenir Aref d'une voix qu'il voulait apaisante.

- Ils ont peut-être raison Zika, tu devrais plutôt opter pour un rallye en forêt, annonça Sam avec un regard malicieux.

- Ne lui recollez pas çà dans la tête vous! fulmina Seif en s'en prenant à lui.

- Quoi encore ? voulut savoir Riad qui recommençait à s'énerver.

Lorsque Seif eut finit de lui expliquer ce qu'il en était, Riad explosa.

- Tu es folle à lier ! cria-t-il, c'est quoi ton problème ? Tu te réveilles le matin en cherchant comment me rendre dingue ?

- C'est ce que je lui ai déjà dit moi aussi, renchérit Seif pour faire bon poids, au moins on est d'accord là-dessus.

- Oh vous hein ?

- Quoi moi ?

- Zika prend tes affaires, on s'en va à la maison, me lança Riad furax.

- Zika va dîner avec nous tous pour fêter son diplôme, fit Seif…. si vous y tenez vous pouvez venir aussi, ajouta-t-il avec réticence.

- Vous essayez de me provoquer c'est çà ? siffla Riad.

- Pas besoin, vous y arrivez très bien tout seul on dirait ! répliqua Seif.

- Ah oui ? C'est ce qu'on va voir, gronda Riad en laissant tomber son blouson aussitôt imité par Seif qui se mit en garde.

- Hé arrêtez vous deux ! m'écriai-je en tentant de m'interposer sans succès.

Steve voulut les séparer mais lorsqu'il reçut par erreur un coup de poing sur le nez qui se mit aussitôt à pisser du sang, il battit en retraite. Louisa se mit à pousser des cris aigus. Bill et Aref essayèrent la voie diplomatique pour faire cesser le combat. Peine perdue, aucun des deux hommes n'était en état d'écouter qui que ce soit. Découragée, je regardai Sam.

- Tu as dit qu'elle était où ta forêt ? demandai-je d'un ton las.

- À quarante minutes d'ici…. en roulant vite !

- Je n'ai rien avec moi, dis-je dépitée.

- Pas grave, on achètera des pansements en chemin ! répondit Sam hilare en posant mon blouson sur mes épaules.

Je secouai la tête en regardant les deux hommes qui continuaient à se taper dessus, puis allai embrasser Aref, Steve, Bill et Louisa.

- J'ai vraiment besoin de réfléchir ! dis-je à Sam avant de lui emboîter le pas.

Quantité Ventes & Remises Spéciales Des exemplaires de Mektoub... Le Badge en version imprimée sont disponibles à des prix très avantageux si vous les achetez en vrac pour des cadeaux à vos clients, pour des promotions de ventes et/ou des primes. Des éditions spéciales, comprenant des livres avec les logos de votre entreprise, des couvertures personnalisées, des lettres de la société ou encore du directeur général imprimées au recto, ainsi que des extraits, peuvent également être créées en grande quantité pour vos besoins particuliers. Pour plus de détails et informations sur les réductions pour les formats papier et eBook, contactez l'auteur Elizabeth Berardi à elizabeth_ber@hotmail.com ou sur www.mektoublebadgelivre.com